2021年潍坊市
重点文艺作品
扶持项目

张葆海 / 著

山东文艺出版社

北京前门外鲜鱼口街路北的天有信绸缎店

清末民初,昌邑绸商遍布全国,北京为最,解放前北京同业公会调查显示,仅在京的昌邑绸布商号就有一百余家,约占北京全部绸布商号的三分之一。位于北京前门外鲜鱼口街路北的天有信绸缎店便是老号之一。

天有信绸缎店广告（现藏于昌邑柳疃丝绸文化博物馆）

  天有信绸缎店不仅童叟无欺、货真价实，而且注重经营之道，所以顾客盈门，买卖兴隆。1937年七七事变之后，北平沦陷，天有信经营每况愈下。1942年，宣告歇业转让。店铺转给一名姓张的军官后，改为浴池，取名"兴华园"。

采一片晚霞
织成五彩绸缎
飞梭来回
织进了绸乡人的世代苦难
龙河弯弯
漂泊着多少血和泪涟
长长的丝线
牵着大洋彼岸的归帆点点

身背绸包的汉子
仿佛驮着一座山
叩别爹娘和妻儿
带走了多少牵挂的心弦
磨难重重
压不垮七尺男儿
关山万里
血泪化作丝路绸语
一路播撒到天边
大漠驼铃
伴随着无尽的长夜哀叹
瀚海风帆
演绎一段段商界波澜
长长的丝绸之路哟
铺满了生离死别的痛苦和心酸……

目录

第一章 /001

京城第一大丝绸商号——天有信绸缎店的东家阎于诚因投资失利而陷入困境。二儿子阎立信却在"八大胡同"花钱如流水,还私下里想替留香院头牌姑娘小香橼赎身……

第二章 /012

阎于诚一边派人从留香院找回阎立信,一边修书两封,让他带着信连夜赶回山东昌邑柳疃老家。他前脚刚走,留香院的龟公便找到阎家,索要欠下的茶水钱……

第三章 /021

阎立信快马加鞭回到老家,将父亲的两封信交给哥哥阎立德,一封是让阎立德赶紧筹集银两押往京城,一封是让阎立信与恒信商号老板李中原的女儿李维凤完婚。阎立信当即提出悔婚……

第四章 /032

阎立德将柞树林抵押给李家,加上东凑西凑的钱,总算筹集了四十多万两银子,准备押往京城。阎立信在去县城拜见同窗好友的路上,遇到土匪镇山东借马,不料因此陷入了一场生死命局……

第五章 /042

厄运接二连三,天有信商号因送进皇宫的丝绸出现霉斑而被查封,大查柜马清泉畏罪"自杀";阎立德为节省押镖费而执意自行押运惨遭土匪杀害,银两和妻儿被劫;阎立信被栽赃通匪入狱。阎于诚闻听口吐鲜血,临终前用血写下一个"信"字……

第六章 /053

和顺旺老板亓满贵的儿子亓学文不顾父亲与阎家的恩怨，素与阎立信交好。阎家连遭厄运后，亓满贵兴高采烈。亓学文才明白，自己无意中成为父亲报复阎家的一颗棋子……

第七章 /064

李中原眼看阎家败落，也产生了悔婚之意。亓满贵乘虚而入，欲与李家联姻而实现"强强联合"。李维凤偷偷去县城探监，告诉阎立信"生是阎家的人，死是阎家的鬼"……

第八章 /074

李维凤以死逼父亲出手去救阎立信。李中原表面答应，暗地里却收了亓满贵送来的彩礼。李中原的儿子李维善去探望阎立信，并暗中让阎家仆人二柱去京城送信给阎立信的好友李长寿……

第九章 /083

在狱中，阎立信对患重病的老囚犯满弓刀关心备至。老囚犯临终告诉阎立信"藏宝之地"，并将"铁八卦"交予他。除夕之夜，李维凤在哥哥的帮助下离家出走，赴京为阎立信申冤……

第十章 /092

途中，李维凤遭遇土匪，慌忙中滚落沟内，肋骨骨折，幸被德国传教士约翰相救。约翰答应通过外交途径救阎立信，但李维凤必须加入洋教。举行完洗礼，李维凤有了一本有德国国王签名的《圣经》……

第十一章 /102

阎立信被判斩立决，李长寿终于辗转将状纸呈给醇亲王，德国领事馆也给总理事务衙门发来专函。阎立信被押往京城官监候审，与同监的吏部右侍郎任通源熟识。在多方营救下，阎立信被无罪释放……

第十二章 /112

小香橼被亓学文赎身后，住进阎家老宅，终于等到了阎立信出狱。阎立信上门感谢李长寿，李长寿将"天有信"的牌匾交给阎立信。阎立信回到柳疃老家，每天晚上拉着棺材出去"遛魂"，实则将满弓刀所藏的宝贝偷偷运回了家……

第十三章 /123

阎立信召集商号老板聚餐，提出降价销售丝绸，亏损部分由他和李中原承担。他弄来官凭，购买枪支，组建了洋枪队，誓要剿匪为哥哥报仇。任通源让张冲来找阎立信，商量将白绸染成花绸……

第十四章 /132

去京路上，阎立信打死土匪的二当家，遇到了前来为二当家报仇的镇山东。阎立信在京城天有信商号意外发现马清泉留下的一张字条，认定马清泉为他杀，怀疑凶手是华昌商号老板孟四海……

第十五章 /142

镇山东知道了当年二当家抢回的母子就是阎立信的嫂子蓝氏和侄子阎书亭，于是，决定送母子去天津，让阎书亭去洋学堂读书。阎立信送重礼给醇亲王，老佛爷终于答应让天有信重新开张，并赏赐阎立信六品顶戴……

第十六章 /151

这天深夜,李家花匠阿全欲对李维善的小妾卢氏图谋不轨。事发后,阿全未及申辩,便被管家徐德忠当场打死。第二天一早,卢氏却吊死在李家门楣上。阎立信回老家祭祖返回途中却遇到了被三狗盗墓而"复活"的卢氏……

第十七章 /162

除夕那天,李维善去徐郎中家接回卢氏,又去阎立信家中致谢,商定了在胶东联合建厂的事宜。几天后,阎立信赶赴胶东,路遇土匪中箭而高烧昏迷。陈李氏母子舍命相救,并请来洋教父施救。阎立信意外见到了朝思暮想的李维凤……

第十八章 /173

在约翰的主持下,阎立信与李维凤举行了一场浪漫的"洋婚礼"。随后,一对新人回到柳疃,新建的工厂已完工,引进的洋设备进入调试阶段。阎立信与岳父李中原密谋了下一步的计划……

第十九章 /184

李中原安排再次为阎立信和李维凤举行隆重的婚礼。可就在婚礼的前一天,阎立信却不见了。眼看迎亲吉时已到,阎立信才匆匆骑马狂奔而来。可进入洞房不久,工厂里却传来了惊天动地的爆炸声……

第二十章 /195

阎立信第一时间赶到工厂,安排好事宜后,撇下新娘子直奔青岛重新购置设备。李维善在爆炸现场发现了对机器动手脚的人,却被捅伤腹部。李维凤在洞房里为哥哥实施了手术。李中原无意中发现,动手脚的人竟是日本人……

第二十一章 /204

在一年一度的蚕神娘娘祭拜仪式上,亓满贵带头提出,李中原得罪了日本人,没有资格领头祭拜了。在县令徐大人主持下,急匆匆赶回的阎立信和亓学文领头祭拜。新设备如期而至,阎立信喝了李维凤递给他的一碗酒,一觉睡了两天两夜……

第二十二章 /215

新建的工厂步入了正轨,为拓展丝绸销路,阎立信决定走一趟古老的"丝绸之路"。走到关外,一队押送犯人的官兵顿起歹心,双方在茫茫沙漠中展开了一场生死之战。阎立信等人巧被早年走"丝绸之路"被劫而沦为土匪的二舅周华浩所救……

第二十三章 /227

周华浩让儿子乌木里跟随阎立信西去,历经沙漠热浪、雪山严寒、飞雪冰雹、悬崖失明等艰难困苦,终于到达"丝绸之路"重镇喀布尔。乌木里好心救下了一个当地蒙着面纱的女人……

第二十四章 /240

劫后重生的阎立信在船上与英国商人查普曼签订了代理英、美、法三国七家洋行洋布的总经销权。在马来西亚,他见到了李维凤的叔叔李中楚和堂兄阎立邦,说出了重新开辟"丝绸之路"的计划。阎立信终于回到京城,一个女孩怯怯地叫了他一声爹……

第二十五章 /251

朝廷提高了丝绸税,阎立信打算公开染花绸的秘方。回到京城,他发现了天有信银窖的秘密,并苦思冥想如何让杀害马清泉的凶手露出尾巴。他去找亓学文喝酒,亓学文对他说,"你答应过俺,放合顺旺一条生路的"……

第二十六章 /261

内务府广储司主事景大人押运丝绸进宫。阎立信当街拦下,重新验货,揪出了调包丝绸的内鬼杨金友,杨金友却被一名军士当场打死。阎立信拿出马清泉留下的那张纸条,另一个内鬼韩福全也原形毕露……

第二十七章 /269

阎立信怀疑这都是孟四海扔下的烟幕弹,正面交锋之后却找不到对方任何破绽。韩福全供出调包丝绸为亓满贵指使。亓满贵对儿子说"阎老二斗不过孟四海的",随即自己吊死在屋梁上……

第二十八章 /279

阎立信到亓家吊孝,被亓满贵的二儿子齐学武赶了出来。第二天,齐学武却主动找上门来,拿出一封信。这让阎立信更加疑惑,孟四海的来头非同寻常。在天津,阎立信收到了嫂子蓝氏送到天有信分号的镯子……

第二十九章 /291

李家的管家徐德忠带领爪牙在集市上狐假虎威、横行霸市。阎立信出手教训,并准备押送官府。没想到的是,李中原却让阎立信立即放人。阎立信再次设计,一场好戏随即开演……

第三十章 /299

李中原早就着手成立丝绸商会,阎立信趁机邀请县令等参加挂牌仪式。身着便装的县令等目睹了徐德忠的横行霸道。徐德忠一看中计,随口揭露了李中原陷害阎立信以及不可告人的家丑……

第三十一章 /315

亓学武在天津武备学堂任教官时,对学生蓝月明的身世产生怀疑。身为日本间谍的孟四海苦心多年的布局被阎立信用金蝉脱壳的方式化解,他因此受到上级责罚。这时,加入义和拳的徐德忠和失踪多年的三狗回来了,发誓要置阎家于死地……

第三十二章 /322

阎立信一家人逃往京城,义和拳也在到处杀洋人和教民。约翰神父和二柱被抓,马永顺落井下石。阎立信冒死拿出了满弓刀留给他的铁八卦,意外见到了在沙漠出手救人的大师兄和镇山东……

第三十三章 /332

八国联军攻入京城,镇山东受伤,小香橼不甘受辱而跳楼自杀。阎立信为报仇而被抓,李维凤带着身孕,拿上德国威廉一世国王送给约翰主教的《圣经》前去营救。获释的阎立信乘机"黑"了洋人一把……

第三十四章 /341

亓学武带兵围剿镇山东,命蓝月明在一处豁口设伏。蓝月明却偷偷放走了镇山东。蓝氏母子二人被王寡妇收留,王寡妇有意将女儿桂花许配给蓝月明。孟四海的儿子松田孟京找亓学文索要分红,被阎立信偷梁换柱解了围……

第三十五章 /350

阎立信押送丝绸去东北途中被日本人围困,幸被蓝月明相救。但蓝月明仍怨恨叔叔,认为他当年任母子二人于土匪窝而不管,坚决不与他相认。东北的商号和工厂都被松田孟京侵占,回到柳疃的阎立信一病不起。已加入同盟会的陈干来看望他,讲了革命的事,他顿时来了精神……

第三十六章 /359

阎立信资助陈干革命,却忽视了儿子阎书强的变化。他自行改名"柳昌",参加了"五四运动"。阎立信打算带着他去上海与分号掌柜叶根茂的女儿叶丽雅完婚。不料,他却偷偷离家出走。这时,他的一位同学来找阎立信,从此一条红色"丝绸之路"延伸到了苏联……

第三十七章 /369

这天,阎立信被段执政的军需官带走,随后发来公函:十天之内拿两百万大洋赎人,否则以通匪罪执行枪决。亓学武托人说情,最终降到一百五十万。可李维凤等人东凑西借只筹到了一百四十多万。刑场上,镇山东以死抵账,阎立信再次获释……

第三十八章 /379

蓝氏病逝,蓝月明扶棺归里、认祖归宗。叶根茂来电报让阎立信去上海对账。夜间,却传来了柳昌被枪杀的消息。第二天一早,天有信分号门口却放着一个嗷嗷待哺的婴儿。阎立信、叶根茂这才知道,柳昌和梅子就是由父母包办联姻的阎书强和叶丽雅……

第三十九章 /389

在芝加哥百年进步世界博览会上,柳瞳丝绸荣获金奖。日军眼看占领丹东。阎立信意外得知,阎书强还活着,正在东北战场上与日军作战。阎立信命人炸毁机器、烧毁丝绸,并亲自拉着为国捐躯的侄子阎书亭的遗体回家……

第四十章 /398

回到家乡的阎立信连累带气病倒了,惠昌药房的隋掌柜不时前来探望送药。隋掌柜对形势的分析头头是道,令阎立信豁然开朗。从此,阎立信成为昌邑党组织的得力助手。弥留之际,他将财产与枪支悉数交给了党组织……

第一章

国运动荡，民运自然多舛。

京城第一大丝绸商号——天有信绸缎店倒了，谁都没有料到……

那是大清光绪九年的事。

这年很邪乎！

先是法国海陆同时进攻越南，很快把越南变为自己的保护国，控制了内政外交，随即得寸进尺，直逼中国西南边陲。老佛爷很生气，说了一句"洋人真不是东西"，旋即与法国人开战，最终的结果却是"大清不败而败、法国不胜而胜"。

鸦片战争使英国人在大清面前成了"太上皇"，先是索要赔款，再是逼迫清政府开通电报业务。就在这一年，天津—通州线、龙州—广州线和长江陆线相继开通，经济掠夺步步深入……

也是在这一年，黄河突然决口，大批难民涌入京城。上海爆发金融危机，很快影响到大江南北。湖北瘟疫肆虐，人们想了一个办法，用春节来祈福禳灾。可时值六月，离年尾还早着呢！于是，疫区民间把阴历六月三十当成除夕，七月初一当作大年初一，抢先半年过了个早年……

还有更邪乎的，就是天气——

已经是深秋了，换作往年，在北京人们早就穿上了冬衣。可接连几天却热得出奇，烈日明晃晃地烤着这座古城。街巷上的青石板几乎被晒得冒了烟，光着膀子的车夫都被烤出了油。就连喋喋不休的鸟儿也躲在了屋檐下，一声不吭。

大街上，偶尔传来一两声有气无力的叫卖声："凉粉，冰镇凉粉！"好歹给这份死寂增加了些许的人气。

日头偏西，热度依然不减。阎家小四合院内的那棵老枣树耷拉着稀疏的叶子，一副半死不活的样子。矮壮的二柱从门房里懒洋洋地出来，转到一旁，眯着眼睛解开裤头，对着墙根就滋了起来。尿撒在石板地上，顿时冒起一股白烟。二柱正看着稀奇，冷不丁传来一声威严的呵斥："囊地①又在墙根撒尿啊？"

二柱打了一个激灵，没尿出来的使劲憋了回去，不经意间裤腰湿了一片。提上裤子，扭头望去，见正屋廊下的竹椅上躺着一个五十多岁的男人，正是天有信绸缎店老东家阎于诚。

二柱是阎于诚一个远房亲戚的孩子，属于脑瓜子不灵光的那类人。自幼父母双亡，阎于诚见他可怜，便收留在身边。别看二柱呆头呆脑的，干活可勤快啦。平日里，他就在家中干一些杂活，每天把院子打扫得一干二净，还时常陪着阎于诚说话解闷，偶尔也去柜上帮帮忙。

二柱嘿嘿笑了，一路小跑来到了廊下，憨憨地道："俺都习惯了，再说，家里也没女人……"

阎于诚用脚踢了一下竹椅子旁边的铜壶，铜壶当啷一声倒在了二柱脚下。二柱急忙住了嘴，拿了铜壶，小跑着到后厨烧水去了。

二柱这一句没有说完的话，触动了阎于诚心底那根压抑已久的弦——

阎于诚是山东昌邑柳瞳人。当年，他和妻子周氏背着绸包来京城打拼。刚开始的时候，夫妻俩就睡在天桥下，不想女人身子弱染上了风寒，又没钱医治，就病恹恹地一直拖着。后来，眼看病情越来越厉害，只得回老家调养。可是，治了几年也不见好转，就一直在病痛中挨着。几年后，阎于诚总算在京立住了脚，打响了"天有信"的名号，好歹也成了皇城根下的一个人物。可再多的钱，也已经挽不回病入膏肓的妻子。周氏在痛苦中勉强熬了几年就撒手西去了。

那时，阎于诚才四十出头，很多人都劝他续个房，可藏在内心的愧疚使他再也容不下别的女人了，甚至连个女用人都没雇。就这样，在这所看起来不大但也有点奢华的宅子里，阎于诚看似优哉游哉，可夜深人静的时候也常常觉得空虚寂寞。有时，在煤油灯下一坐就是一两个时辰，缓慢地卷起一支"喇叭筒"，凑在灯上点燃，吸完了，又开始卷下一支……慢慢地天就亮了。

此时，阎于诚的心里无比畅快。他斜躺着，解开了扣子，敞开了怀，

---

① 囊地：方言，"怎么"的意思。

一手拿着大蒲扇呼啦呼啦地扇着,一手拿着小茶壶,哼完几句家乡小曲之后,接连喝了几口。

这个小茶壶,是景德镇骨瓷的,还是去年春上胡雪岩来京的时候,特地送给他的。有懂行的朋友看过,说值不少银子呢!

阎于诚和胡雪岩认识十几年了。两人为了生意,曾经斗过,也合作过。虽说胡雪岩处事圆滑,但在"诚信"二字上还是有口皆碑的。朋友嘛,就是有来有往,有来无往非礼也。胡雪岩出手阔绰,阎于诚自然也不能掉架子,就在前门大街的同春楼请他撮了一顿正宗的鲁菜,还邀请了七八个同乡老板作陪。

说起胡雪岩,那可是徽商的代表人物和商界一代传奇。幼年时,他家境贫困,以帮人放牛为生。十二岁那年,父亲不幸病逝,无奈之下,他孤身出外闯荡,后被杭州阜康钱庄于掌柜收为学徒。于掌柜没有后代,看他办事灵活,就把他当成了亲生儿子。弥留之际,于掌柜把钱庄悉数托付给他。就是这所价值五千两银子的钱庄,堪称胡雪岩在商海中的"第一桶金"。

在京城,胡雪岩主要开钱庄和当铺,也做丝绸和其他生意,但他做的是南方丝绸。南方丝绸所用的是桑树茧,质地柔软滑腻,适合做工考究的高档服装。而昌邑柳疃的丝绸是柞蚕茧,具有"轻薄如纸、柔软如绵、坚固耐穿、出汗不沾"的特性,深受中下阶层的人喜爱。

就在阎于诚喝完一壶茶、正要起身如厕的时候,外面胡同里传来了急促的脚步声。紧接着,大门被人推开,天有信绸缎店的大查柜①马清泉一头撞了进来。

马清泉是昌邑东冢人,论起来,是阎于诚母亲的远房亲戚,跟着阎于诚从小伙计干起,差不多有二十个年头了。五年前,升为大查柜。阎于诚很看重他,花两万多两银子给他在前门外买了一所大宅子。那宅子有阎于诚自己住的这四合院四五个大,除了十几间正屋外,连花园都有。

老板和伙计几乎是掉个了。阎于诚一向待伙计们也不薄,除了月例银外,一年两个节都有赏银,年底还有大红包。这样的好老板,京城没几个……

瞅见阎于诚站在廊下,马清泉来不及擦额头的汗水,返身将门关上后,疾步走了过去。

这大晌午的,天又这么热,马清泉要是没有急事,绝对不会上门的。

---

① 大查柜:方言,"大掌柜"的意思。

阎于诚见他的脸色不对，不待对方近前，就大声问："是不是老二又去柜上要钱了？"

阎于诚说的老二，是他的二儿子阎立信。阎立信自幼伶俐聪慧，读书过目不忘。光绪二年，十二岁的阎立信就考中秀才，成为远近闻名的神童。后来，连续两次参加乡试都没考中举人，便跟随父亲来到京城。不知什么原因，居然喜欢上了京戏，有事没事就往戏园子里跑。

阎于诚也听说，如今很多进京赶考的举子都喜欢跑戏园子，主要是因为朝廷的大人们很多喜欢看戏的，举子们借看戏的名义有时能认识几位大人，说不定就能走走暗门子呢。

阎于诚想，儿子泡在戏园子里，也许能巴结上一两个说得上话的大人，自己再出点钱给儿子捐一个功名，将来阎家好歹在官场上也算是有人了。可那小子不学好，不知从什么时候开始，居然又去了"八大胡同"。

在北京，"八大胡同"曾一度是花街柳巷的代名词。它位于西珠市口大街以北、铁树斜街以南，由西往东依次为百顺胡同、胭脂胡同、韩家潭胡同、陕西巷、石头胡同、王广福斜街、朱家胡同、李纱帽胡同。乾隆年间，徽班进京，就下榻于韩家潭胡同、百顺胡同一带。此后，四喜、春台等戏班相继来京，就下榻于百顺胡同、陕西巷和李铁拐斜街。于是，这里形成了风月场的雏形。老北京有句俗语：人不辞路，虎不辞山，唱戏的不离百顺、韩家潭。在清末，民间也曾经流传一首顺口溜，曰：

八大胡同自古名，
陕西百顺石头城。
韩家潭畔弦歌杂，
王广斜街灯火明。
万佛寺前车辐辏，
二条营外路纵横。
貂裘豪客知多少，
簇簇胭脂坡上行。

《金台残泪记》的作者也写道："每当华月照天，银筝拥夜，家有愁春，巷无闲火，门外青骢呜咽，正城头画角将阑矣。尝有倦客，侵晨经过此地，但闻莺千燕万，学语东风，不觉泪随清歌并落。嗟乎！是亦销魂之桥、迷香之洞耶?"

这不,阎立信参加乡试回来没多久,一个老鸨就跑到天有信商号要账,站在门口吆喝了大半天。阎家着实丢尽了面子,也成了同行的笑柄。

一匹丝绸的利润,不过三五两银子,哪里容得了这个败家子如此挥霍?于是,阎于诚责令马清泉不许给阎立信支银子,一个大子也不能给……

阎于诚对这个儿子也是恨其不争,不知骂过多少次,可没用。前阵子,听说与陕西巷留香院的一个姑娘好上了。那种地方可是销金窟,有多少银子够他折腾啊?!

本来,阎立信与同乡恒信商号老板李中原的女儿李维凤早就定了亲,两年前就准备成婚。可阎于诚坚持要等到儿子参加乡试高中桂榜后来一个双喜临门。不料,儿子再一次落榜。于是,他就想等到年底让两人完婚,有媳妇管着,好歹让他这个当爹的也少操点心。听说明年老佛爷五十大寿①,朝廷会开恩科,可不能再落第了,阎家丢不起那人啊。阎于诚要好②可是出了名的!

他的老家柳疃是著名的柞绸生产集散地。十二三岁时,阎于诚就在丝绸作坊里干活。从选茧、煮茧、抽丝、撒丝、倒丝,再到拧穗、牵丝、刷丝、装轴、掏缯、纺织,最后到关键的漂练、晾绸、平绸,要经过近二十道工序,他在每一道工序都干过。经过一番打拼,二十四岁那年,他终于也有了自己的商铺和作坊。

在柳疃,每一家作坊都有每一家的独门工艺,往往秘不外传。同样的蚕茧,织出来的绸布自然就质量不一样。阎于诚也琢磨出了一套独特的纺织工艺秘诀。特别是在漂练的时候,加入自己研制的秘药,织出来的丝绸白亮柔顺,为柳疃丝绸中的上品。

十几年前,他和几个同乡来到天子脚下的京城,开办了天有信绸缎店,靠着山东人特有的诚信和从不掺假的质量,买卖越做越大。如今的天有信已经是京城一块响当当的金字招牌了。柳疃柞蚕丝绸也走入官宦人家,还进了皇宫成为御用品。

前几年,天有信还在东北接连开了好几家分号。阎于诚交给妻舅周华仁管理。从此,连俄罗斯的商人也都知道了天有信丝绸。

---

① 慈禧,出生于1835年,1884年为五十虚岁。

② 要好:方言,"要面子"的意思。

昨天，阎于诚从海淀那边回来，宫内有消息传出来，说今年宫内所用的仍是天有信的绸缎。听说老乡合顺旺商号老板亓满贵给内务府的几位大人塞了银子，可没管用，老佛爷就认准了"天有信"三个字。今儿一早，内务府的冯大人就催着阎于诚赶紧送一批丝绸进宫。

亓满贵与阎于诚素有积怨，对此更是耿耿于怀。

说起阎于诚和亓满贵的结怨，还是在早些年的时候。俗话说，同行是冤家。那时，他和亓满贵在柳疃街上各自经营着自己的作坊和铺面，自然免不了竞争。

那一年，来了一位山西客商，在阎于诚和亓满贵的铺子里分别进了货。装车起运的时候，忽然发现有十几匹有瑕疵的丝绸掺在里面。因为两家的货混在了一起，谁也不承认自家的绸子有问题。争来争去，越闹越大，阎于诚当着众多同行的面，用阎家独有的纺织工艺，证明了自己卖给山西客商的是上等丝绸。

阎家独特的纺织手法是阎于诚当学徒的时候创下的。他把梭机改良后，不但每五天比别家多出一匹绸子，而且丝线紧密，每隔六尺，便有一个属于阎家的暗记。这暗记外人是看不出来的，只有阎家的人看得懂。

亓满贵呢，偷鸡不成蚀把米，不但没有赚到昧心钱，还按行规赔了几十两银子。打那之后，亓家的生意直接不行了。他爹也因为这事连气带病，没多久就去世了。

说起来，亓满贵他爹的死与阎于诚没有什么关系，可阎于诚心里还是过意不去。下葬那天，他亲自去亓家送了不少银子，但仍没有缓和两家的关系。阎于诚来京开店的头一年，亓满贵卖掉祖屋也脚前脚后地来了。出于内心的那份歉意，阎于诚多次帮助过亓满贵，却始终没有换来亓满贵的谅解。十几年来，天有信不知被合顺旺暗中挤兑过多少次。尽管每次都有惊无险，但阎于诚心里不得不设了防。

去年，亓满贵厚着脸皮上门，求阎于诚帮忙让合顺旺的丝绸搭车入宫，不惜提出五成的利润分成，却让二柱一泡尿给滋了出去……

阎于诚不是不想帮，而是不敢帮，一旦绸布出了什么差错，不是赔银子的事，那可是要掉脑袋的。在天有信绸缎店会客厅上首，供着老佛爷亲笔题写的匾额，那"信诚德昭"四个金光闪闪的大字无疑是对天有信最大的褒奖。

五年前，在胡雪岩的引荐下，阎于诚首次将"柳绸"送到宫里，老佛爷一时高兴，便赏了这四个字。这份无上的荣耀，在阎于诚眼里，比胡雪岩身上的黄马褂还要厚重！

山东的绸布和南方的丝绸不一样，山东绸布虽然没有南方丝绸那么华丽，但结实耐穿，经得住水洗，价格也低一些，所以抢去了南方丝绸的不少份额。在京城，南、北丝绸商号的老板见了面就像仇人一样，连招呼都不打。

南方丝绸以瑞德商号东家胡志兴为首，经常给山东的丝绸商号出阴招。开始时，找人扮成外地客商，故意大量购买山东丝绸，且把价格抬高。等大量山东丝绸涌进京城，客商却不见了，迫使山东丝绸降价销售。令南方老板没有想到的是，以天有信为首的山东绸布店却另辟蹊径，不但稳住了价格，还顺势把买卖做到了京城周边地区，甚至卖到了蒙古那边。

胡志兴是胡雪岩的同族兄弟，主要做南方丝绸，在胡雪岩的阜康钱庄北京分号还有股份呢。

胡雪岩有心化解京城内南、北丝绸对立的局面，来了两趟，想当和事佬，可没管啥用。生意人的眼里只有银子，至于江湖道义就看个人的修为了。

胡雪岩做买卖走的是官家的路子，这一点阎于诚并不认同。虽说有官家的人关照着，能把生意做大，但官场上钩心斗角、派系繁多，得罪了哪一方都吃不了兜着走，倒不如本本分分地做买卖，不去蹚那一泓浑水。

两年前，阎于诚为了囤积生丝，向阜康钱庄北京分号借了十万两银子，本来说好四个月就还的，可由于亓满贵联合另外几个商户刻意压低丝绸价格，导致天有信的丝绸一下子卖不出去了。直到半年后，他才从几家分号中调集了一批银子，堵上了那个窟窿。虽说利息一分不少，可他总觉得欠了胡雪岩一份人情。因此，去年胡雪岩提出和他联手收购洋人在上海的机械缫丝厂和织布厂、南北丝绸一起对抗进口的洋布时，他二话不说，一口应承下来。

阎于诚除了自己的钱之外，还向几个老乡借了三十万两银子，月息一分五。按胡雪岩的计划，只要收购了这几家机械缫丝厂，改进缫丝工艺后，做出来的丝绸更加华丽，而且成本更低。到时候，别说占领国内市场，返销到欧美都不成问题。

做生意讲究的就是一个先机，谁抢得了先机，谁就占了主动权。等别的商家反应过来，市场一大半都抢到了手，剩下的都是一些残羹冷炙了。

对于这一点，阎于诚不止一次听爷爷和父亲说过。道光二十五年，福盛店成立，成为柳疃街上第一家与丝绸有关的商号。随后，广盛店、双盛合、公聚栈、合盛栈等商号相继开设。到咸丰年间，就有了二十多家丝绸作坊、十几家店面。

为拓展丝绸销路，咸丰三年，昌邑城西岞埠村的徐忠绍、徐长庚等人首开背着丝绸到印度尼西亚和新加坡销售之先河，被称为"背包客"。而后，双台南裴村杨茂春家族几代人也相继到南洋卖绸。几经磨难，也取得了成功。于是，阎于诚的亲家李中原的弟弟李中楚也加入了下南洋的队伍。在南洋，他们从背着绸布四处走，到后来有了店铺，如今都成了南洋的大老板。因此，李家的生意也跟着风生水起，没几年就成了昌邑的高门大户。

在昌邑柳疃一带，一直流传着"穷走南，富走京，死逼无奈下关东"的说法。背包客的足迹走到哪里，哪里就有了柳疃丝绸。光绪初年，更多的背包客则在东北、关中和南洋诸岛国站稳了脚跟。

阎于诚的父亲一直后悔没有跟着下南洋。那年，在父亲的支持下，阎于诚的弟弟阎于本也跟着老乡下了南洋。通过努力，也渐渐有了一席之地，前些年把全家人都接了过去。但也有人命运不济，同一年去的西乡杨氏兄弟就把命留在了异国他乡。后来，不断有人下南洋，但生意就是比不过最早去的那些人。可见，抢占先机的重要性。

阎于诚一直相信胡雪岩的眼光，绝对不会令他失望……

此时，马清泉由于走得太急，上台阶的时候差一点绊倒，幸好被阎于诚一把扶住。站稳后，他附在阎于诚的耳边低声说："东家，俺刚得到消息，胡雪岩倒了！"

这话如同一个炸雷，在阎于诚的耳边炸响。他紧盯着马清泉，顿了一会儿，问："消息可靠吗？"

马清泉喘着粗气说："来之前，俺亲自去阜康钱庄北京分号看过，那里都排起了长龙，争着挤兑呢！听说天津、武汉、上海那边的分号已经被官府查封了，是衙门那边的消息……"

阎于诚只觉得眼前一黑，身子晃了一晃，手扶住柱子才没有倒下。

马清泉的话没说完，就听到外面传来了车马的声音。大院门很快被人推开，一个头戴凉帽、身穿浅色丝绸短褂的男子走了进来。

来人也是阎于诚的同乡——华昌商号老板孟四海。孟四海比阎于诚小三四岁，十一二岁从外地讨饭到了柳疃。当年，两人在柳疃的同一家缫丝作坊当过学徒,算是师兄弟。虽然现在都是老板,可私下里还是以兄弟相称,也没那么多客套。阎于诚所借的那三十万两银子,仅从孟四海那里就拿了十万两。

华昌商号隔着天有信没几条街,生意做得也不小,每年光是运到日本和朝鲜的丝绸就有几千匹。有时候,孟四海还亲自押货过去,一来一往就是半年多。

这么多年了,大家只知道孟四海娶了一个关外的女人。他从来没邀请过别人去家里做客,有事不是去茶楼就是去酒馆,搞得神神秘秘的……

孟四海跨过门槛的右脚还没落地,就急急地问:"哥,听说胡老板出事了?"

阎于诚稳定了一下心神,朝孟四海笑道:"这大热天的,慌啥啊?胡老板出事,南方丝绸断货,咱的生意不是更好吗?"

孟四海走近前,抱怨起来:"也真是的,你这么大一个老板,也不知道置办一所大宅子,养几个用人,就这小四合院,还有那小胡同,进来辆车都困难!"

马清泉讪讪地干笑着,说:"孟老板,您自小和俺东家一块长大的,不是不知道他的为人。咱山东人讲究勤俭持家,再大的宅子,不也是一个住的地方吗?"

孟四海嘿嘿笑了两声:"那是,那是,当年俺俩一块来京城做生意时,他连鸡汤面都舍不得吃呢,天天就着一碗清水啃杠子头火烧,还和嫂子睡天桥底下。他的节俭,老乡们都是知道的。可是,听说你们家老二在'八大胡同'可是花钱如流水啊!那孩子,自嫂子过世后就没人管喽。"

阎于诚的脸色微微一漾,见马清泉从屋内拖了一张椅子过来,便顺势从另一把大茶壶里给孟四海倒了杯茶,两人就这么坐着。

车夫躲在门廊那边的屋檐下,掀起前襟当扇子,呼哒呼哒,一个劲地扇着。马清泉从屋内拿了一把蒲扇,走过去招呼着那车夫。

孟四海看了一眼马清泉的背影,低声问:"哥,听说,去年你朝俺们几个借的那些银子,是投给胡老板了,有这事吗?"

阎于诚若无其事地扣起衣襟,慢悠悠地喝了一口茶,反问:"你听谁说的?"

孟四海抢过阎于诚手里的蒲扇,猛扇了几下,大声说:"这天气可真邪乎,前几天俺还穿薄袄呢,今天连短褂都脱了。"他给自己灌了几口茶水，接着说："前些天，阜康钱庄分号的老胡，请俺喝酒了，想让俺把银子存到他那边去，说是五分利，还说去年春上胡老板来京，邀你一起做生意，您出了几十万两呢！俺寻思着，去年你不是向我们几家商号借了三十万两吗，别被姓胡的给忽悠喽！"

阎于诚没有接孟四海的话，仍是反问："怎么，你把银子存他那里了？"

孟四海搓了搓手，说："俺是生意人，他是开钱庄的，五分利可了不得，好在当时俺刚进了一批绸布，柜上的银子不多，就存了一万多两。这下可好，如今兑不出来了，估计打水漂喽。您存了多少啊？"

阎于诚叹了口气，说："每年的春秋两季蚕茧都是现银支付，按咱昌邑人的规矩，现银归库，需要通汇的时候才找钱庄存。老胡也找过俺，俺说没钱打发了。"

孟四海追问起来："那你去年向俺几个借的那笔钱，是干吗用了呢？"

阎于诚笑起来："三个月前，俺不是从天津向南洋发了四船货吗，价值一百多万两呢，是俺弟弟亲自押的船。你不会不知道吧？"

孟四海皱起了眉头，说："这事俺知道啊，听说你用老家的商铺和作坊做的抵押，对吗？"

阎于诚朝门口看了一眼，故作神秘地说："我那几间老铺值几个钱啊？还不是靠着你们几个老兄弟帮忙吗？"

这时，二柱从后厨提着茶壶走了过来，谦卑地说了声："东家，水开了。"

孟四海看了一眼二柱，笑着骂起来："俺进门就闻到一股臊气味，你小兔崽子还满院子尿吗？"

二柱嘟囔一声："别哪壶不开提哪壶了，才挨了东家一顿骂呢！"

孟四海笑起来："该骂，该骂！还好，你东家心疼你，要是换在王府，你小子小命也就丢了。"

二柱给两人续了茶水。孟四海站起身，对阎于诚道："这样俺就放心了。哥，俺还有事，先走了。"

马清泉伺候着孟四海上了车，看着车子出了胡同口，这才回身关上门，走到阎于诚面前，小心翼翼地问："东家，囊①办啊？"

阎于诚的面色严肃起来，低声说："还能囊办？俺马上给胡老板写信，你安排柜上一个得力的人去一趟杭州。听着，这事绝对不能透露半点风

---

① 囊：方言，"怎么"的意思。

声！"

马清泉小声问："要不要通知天津和东北那边呢？"

阎于诚沉默了片刻，摇了摇头。

马清泉所指的天津那边，其实是阎于诚的弟弟阎于本的妻舅宋延森。

宋延森原是天有信的元老，本来是大查柜。几年前，因擅自为同升洋布庄卖洋布一事，与阎于诚大闹了一场，一气之下，拉走了一批价值三万两银子的丝绸，转移到了天津，洋布和丝绸一起做。

在京城，同升洋布庄的名气也很大，专做各种花色的洋布。老板姓钱，南方人，原是洋人的买办，后来做起了洋布生意。洋布庄开业两三年，靠着低廉的价格抢占了一部分丝绸和土布的市场，垄断了北京、天津的洋布市场。那些做丝绸的老板们一看有利可图，也都兼卖起了洋布，反正只要有钱赚就行。

在阎于诚的眼里，帮着卖洋布，白花花的银子都让人家赚了去，那是打自己的脸呢。于是，他发了话："天有信所有的门店一律不许卖洋布！"

看在弟弟的面子上，阎于诚并没有打算要回宋延森的那笔银子，但两人再无往来。而发往南洋的货，是直接从柳疃小龙河入海路到天津，再从天津走大货轮发的。此事都是宋延森一手操办的。

阎于诚想了一会儿，吩咐二柱："去把二少爷叫回来，就说我有急事找他！"

马清泉接过话道："二柱从来没去过那种地方，他这模样还不被人给轰出来啊？还是俺去吧！"

阎于诚铁青着脸点了点头，随手把蒲扇扔在一边，朝东屋走去。

马清泉轻轻叹了口气，走出门去。此时，阎立信正在留香院请朋友听戏、喝酸梅汤呢！

第二章

在"八大胡同",陕西巷的留香院只是一个小去处,地方并不大,进门是花园小院,迎面是一座跨水小木桥。桥下流水叮咚,在右侧形成一个小水潭。过了小桥,是一个八角的亭子。亭子上面挂着一匾额,上面题着"邀月轩"三个字,字体浑厚飘逸,下面没有署名,据说是某位中堂大人的手迹。

过了亭子,是一条石板小径,旁边还有假山。两边种着一些花草,还有几棵桂花树,花香阵阵,甚是怡人。小径的尽头是两层的青砖小楼,小楼左右两边各有一座。三座小楼呈品字形排列,相互之间都有走廊互通着。楼上一间间的都是姑娘的闺房。每一间闺房的布置都很典雅,分为内、外室,外室是接待客人喝茶、弹琴的,内室自然有内室的隐秘……

留香院当然比不得韩家胡同里的庆元春和朱家胡同的临春楼,但这里的茶水却是有些名气的。洞庭碧螺春、信阳毛尖、西湖龙井、君山银针、黄山毛峰、武夷岩茶、祁门红茶、云南普洱、六安瓜片……应有尽有,而且绝对都是上品。沏茶的水来自西山,什么时候喝什么茶、用多少温度的水冲泡都是有讲究的。每种茶叶都有不同的喝法,所用的茶具不同,冲泡的方式也千奇百样。

这里的姑娘们除了琴、棋、书、画、歌、赋、唱戏外,最精妙的就是泡茶。眼见那纤纤玉手在茶具之间灵巧地拨弄着,不消片刻,随着香气的四溢,一根用雕花湘妃竹制作的夹子便将茶水送到了客人面前。这里安静幽雅,也适合谈事,因此不乏贵客光临。

在亭子的另一侧是一座小戏台。戏台下面是一条水溪,潺潺流水带去了不少暑气,倒也不十分燥热。此刻,有几个姑娘和恩客正倚在二楼走廊的栏杆上,看着戏台上两个年轻人在表演。

那两人约莫二十出头,英俊一点的略高,另一个方脸虎眉的更壮实一些。两人都没有穿戏服，旁边也没有锣鼓伺候，他们就是在台上比画着，但一招一式有板有眼。

此时，一个穿着粉色小褂、头髻上斜插着一枝花的姑娘正倚靠在栏杆上，目光痴迷地望着那个壮实的汉子。她叫小香橼，本是官家女子，如今却是留香院数一数二的头牌姑娘。

前些年，小香橼的父亲不幸卷入一起贪腐案，父母及兄长被流放宁古塔。她则被卖入青楼，经老鸨调教，琴、棋、书、画样样精通，冲泡茶水更是一绝。她望着的那个男人，就是阎立信。

第一次来留香院时，阎立信与小香橼都感觉对方似曾相识。几次会面后，感情就像那浸泡的茶水般浓郁清香，沁入心脾了。她也知行规，身在青楼不能多情，可就是控制不了自己。

阎立信曾说要替她赎身，可不知怎么就没有了下文。后来，她才知道，是他爹不让。留香院的老鸨当年买下她，所花不过十几两银子。调教几年后，从清倌人成为头牌，早已替老鸨赚回了几万两银子。眼看着来点小香橼的客人越来越多，老鸨哪能轻易放走这棵摇钱树呢？于是就开出了一万两的天价，目的就是打消阎立信的念头。

堂堂天有信并非拿不出一万两银子，主要是阎于诚怎么会花这么大价钱来买一个"脏"女人呢？

生意人有生意人的小九九。其实，小香橼并不奢求阎立信替他赎身、娶她为妻，只要经常见到他，也就满足了。

这就是命啊！

和阎立信一起配戏的，是陕西巷不远处李家戏班的少帮主李长寿。"八大胡同"的妓院大多都有戏台，遇到豪爽的客人，直接花银子请戏班来唱戏，撑的就是自个儿的脸面。故而在"八大胡同"附近，大大小小的戏班子也有二三十家。

李长寿自幼在李家戏班长大，是李班主的义子。六年前，阎立信第一次进戏园子看戏，好奇地偷偷溜到后台，不巧被李长寿遇见，自然避免不了一顿争吵。真是不打不相识，从此两人却成了朋友。阎立信进戏园子也不用交钱了，每次可以省下五个铜钱。可他带去的那些好吃的，有都一处的烧卖和正明斋的糕点等，可比看戏的花销贵多了。

有时候，阎立信也带李长寿出去玩耍。李班主见他们交好，只要李长寿不耽误练功，便由着他们去了。在李长寿的影响下，阎立信逐渐喜欢上了唱戏。李长寿也时不时地教他一些功夫。

阎立信最喜欢唱的是《失空斩》，马谡从刚愎自用"失街亭"到后来的洗心革面，每一句唱腔都如泣如诉、动人心弦。那种从"人上人"到"万人唾弃"的落差感，让他深陷其中……

老佛爷也喜欢看戏，李班主隔三岔五就去给老佛爷唱上一出，还多次得过赏呢！

李长寿教完阎立信两招长靠武生的招式后，拍了拍他的肩膀，道："今儿就到这里吧，别影响客人们休息！"

两人离开戏台上了楼，小香橼已经迎了上来，掏出香帕替阎立信擦汗，口中道："你们哥俩也不怕热，大晌午的折腾，不如像亓公子这样在屋里喝酸梅汤呢！"

阎立信拥着小香橼进了屋，坐在桌边的一个圆脸男子望着他，笑笑说："怎么，不唱了？"

他叫亓学文，是亓满贵的大公子，比阎立信大两岁。三年前中的举，今年参加会试也没有上榜。曾经与阎立信在柳疃的同一所私塾读书，既是老乡也是同窗，关系一直不错。虽说上辈人在生意上有点不睦，可丝毫没妨碍他们之间的交往。

阎于诚得知阎立信和亓学文交往甚密后，内心稍有宽慰，毕竟是上代人的恩怨不能延续到下一辈的身上。大家外出做生意都不容易，靠的就是互相帮衬……

阎立信和李长寿坐下后，小香橼用铜勺从铜壶中舀出冒着凉气的酸梅汤，轻轻地倒入他们面前的杯子里。

阎立信的眼神始终停留在小香橼的脸上，只见那两弯媚月下面，水汪汪的大眼睛略带娇羞，粉脸柔情，丹口微张。阎立信就这样呆呆地望着，虽没有喝酒，但整个人似乎已经醉了。

他端起杯子，先送到小香橼嘴边。小香橼双目含情地微微一笑，轻抿了一小口，让那汁水在口中停留了片刻，无声无息地咽了下去。

阎立信望着小香橼，心中荡起阵阵涟漪。第二次落第后，他对那些枯燥无味的文章愈加厌烦，心中乏闷空虚。在亓学文的提议下，便来到文人雅客常来的地方寻乐子，没曾想在留香院认识了小香橼。几次接触下来，两人似有相见恨晚之意。为了和她见面，阎立信欠下了留香院不少茶水钱，老鸨要账都要到了商号门头。阎于诚为此大发脾气，不允许阎立信再去柜上拿银子。

好在马清泉清楚他的难处,不时偷偷塞给他点银子和银票。阎立信心知小香橼对他有情,也确实想替她赎身,可他爹坚决不同意,还说什么"戏子无情、婊子无义"之类的话。他愧对小香橼,一度害怕见到她,可几天不见心里就像少点什么,寝食不安。今天,他实在难以控制自己的情感,还是硬着头皮来了……

这时,老鸨推门进来,指着盛酸梅汤的铜壶,望着阎立信:"哎哟,阎公子啊,我这可是按您的吩咐,让人刚从九龙斋买来的呀!"

阎立信点点头,目光始终没有离开小香橼的脸。老鸨干咳了一声,阎立信似乎意识到了什么,忙从口袋里摸出一张银票,递了过去。

老鸨接过银票,只看了一眼,便皱着眉头假笑说:"阎公子,这是阜康钱庄的,昨儿我们这里就不收了。要不换别家的,官家的票号最好。"

阎立信火了:"怎么了?这不是银子吗?"

老鸨说:"前儿是银子,今儿不是了。我手里有好几百两阜康呢,求户部的大人给兑换,好歹拿回了三成……"

亓学文也疑惑地问:"这是咋回事?"

"我也是听别人说,具体什么情况不清楚呢!"老鸨把银票放到桌子上,"要不还是记在账上?"

阎立信收起银票,看着老鸨扭着宽大的臀部出门去了。他仰头喝下一杯酸梅汤,顿觉一股凉气在胸腹间徘徊,畅快无比,朝亓学文和李长寿道:"那不是咱管的事,还是这酸梅汤过瘾哪!郝懿行在《晒书堂诗钞》里写道:'底须曲水引流觞,暑到燕山自然凉。铜碗声声街里唤,一瓯冰水和梅汤。'这九龙斋的酸梅汤用料考究、口味独特;实属……"

他的话还没说完,就听到外面传来一个男人的声音:"什么有客人,大爷今儿就找小香橼!"

接着,房间的门被撞开,一个龟公倒退着被撞进来。三个男人出现在门口,为首的是一个矮壮的穿着浅色绣花丝绸短褂的男人,他目光轻蔑地扫了屋内一眼,大手一挥,做了个让人赶快离开的手势。

老鸨随后跟了过来,连声道:"哎哟,我当是谁呢?原来是索爷啊,今儿怎么有兴趣来我们这种小地方了呢?来来来,我带索爷去更好的雅间吧!"

被称作索爷的男人摸了一把络腮胡,哈哈笑了,说:"我当里面是什么贵客,原来是三个小白脸啊!今儿的茶钱我请了,识相一点的赶快滚蛋!"说完,掏出一张银票扔给老鸨。

老鸨拾起银票,赔笑道:"索爷您是场面上的人,这规矩可不能破啊,要不……"

索爷不待老鸨把话说完,瞪着眼珠子吼道:"今儿我就不讲规矩了,怎么啦!"

老鸨可怜兮兮地凑到索爷面前,低声说:"索爷,您就赏我口饭吃吧,行不?再说了,隔壁还有刑部的两位大人,惊扰了他们,我这留香院可就开不下去了啊!"

索爷顿了一下,笑起来:"刑部的哪两位大人啊?"

就在老鸨求索爷给面子的时候,亓学文已经看出了这位索爷的来头,朝阎立信和李长寿低声说:"咱惹不起的主,多一事不如少一事,咱们改日再来吧!"

阎立信和李长寿也知道京城有的是横行霸道的贝勒和贝子们。人家是皇亲国戚,一般人惹不起,也不敢惹。尽管心里有气,但还是起身朝门口走去。

走到门口的时候,阎立信瞪了索爷一眼,不料那位索爷突然伸手朝他劈面抓来。他歪头躲过一抓,飞起一脚踢向索爷的下腹,哪知踢出的那一脚却被另一只脚挡住了,定睛一看,原来是李长寿。

李长寿将阎立信护在身后,索爷呦呵了一句,一把抓向他。他本能地一闪,因身后紧跟着阎立信,躲闪不及,被索爷抓住了胸襟。李长寿使了一个小擒拿手正要反抗,却不知为何叹了一口气,松开了索爷的手。饶是如此,他胸前的衣扣被扯断,露出了脖子上挂着的长命金锁。

李长寿不敢说话,急忙用衣服遮住金锁,低着头紧跟着出了门。索爷刚要骂人,却听到身后一个三十出头的男子说了一句满语。

阎立信扭头望去,见索爷呆呆地望着李长寿的背影,而说话的那人脸上居然有一种凝重之色。他顿时心道:长命金锁果然不是凡物!

阎立信早就见过那个金锁。那次,他和李长寿去北海戏水,见李长寿脖子上挂着一件金锁,做工考究,中间镶嵌白玉,一看就是正宗的羊脂玉。最为重要的是那玉的背面隐隐有阴刻的文字,字体比蝼蚁还细小,肉眼根本看不清楚。

李长寿告诉阎立信,他是被李班主捡来的。从记事时,他身上就戴着这块金锁。李班主一再告诫他，千万不能让外人看见，否则会惹来祸事。

当时，阎立信还笑着说："说不定你是哪位大人被拐走的少爷呢！为什么不请人看一下，说不定能够找到亲生父母呢！"

李长寿却说："我想明白了，人的命天注定，改变不了。即便找到了亲生父母又能怎么样？我没有享福的命，还会折寿的！"

这也就是李班主给他起名"长寿"的原因。

阎立信也知道，那块金锁一直是李长寿心里绕不过去的坎，似乎想去揭开其中的秘密，可又害怕揭开。

一天，阎立信拉着李长寿去天桥上找人看相。那先生仔细端详了一番，说阎立信相貌不错，虽说会经历一些挫折，可将来儿孙满堂、财富亨通。反而说李长寿是福薄之相，虽有财运却不能聚财，恐怕连子嗣都没有……

阎立信一听，气得连赏钱都没给，拉着李长寿就跑了。

阎立信偷偷打听过，那些拐卖孩子的人是绝对不会给孩子留下长命锁的，目的就是不让人弄清楚孩子的来历。为什么李长寿身上的金锁会留着呢，恐怕只有李班主清楚。

三个人下了楼，转过流水走廊，来到了门口。阎立信愤愤地说："要不是怕连累两位仁兄，我方才要好好教训一下那个家伙！"

亓学文说："人家是满人，我们惹不起的。小不忍则乱大谋，还是忍一忍为好！"

阎立信觉得做人不能太忍让，父亲就是因为事事忍让，才更助长了亓满贵的嚣张。他刚要反驳亓学文的话，却见胡同口那边过来一辆无篷马车，待近了一些，看清上面的人是马清泉。

这大晌午的，马清泉若没有急事，是不会来这种地方的。他一见阎立信站在门口，便大声喊："少爷，东家有急事，赶快随俺回去一趟吧！"

阎立信朝亓学文和李长寿拱手道别后，便上了马车。

车子出了胡同，马清泉神色凝重地说："你和那个戏子交往也就罢了，亓满贵一直和你爹不睦，你还和他儿子交往有啥意义呢？你再这么混账下去，你爹辛辛苦苦拼下来的基业迟早会毁在你手里！"

阎立信不服气地说："俺压根就不想做生意，再说了，不是还有大哥吗？"

马清泉说："你爹原本想给你捐个官，但现在他也想通了，只求你多认识一些场面上的人，以后的生意就全靠你了。至于你哥，他在老家负责

收茧和织绸，你们兄弟一个在内、一个在外，缺一不可啊！"

阎立信低着头不说话了，车上本来就闷热，此时的氛围更加沉闷。路过一个不宽的街道时，阎立信见路边瘫卧着一个衣衫褴褛的叫花子，便从口袋里摸出十几个铜板和两粒碎银子扔了过去。

马清泉轻蔑地道："少爷，这些年你扔给他们的银子，足够在京城买一套房子了，往后多留一点给自己吧！京城外闹灾呢，很多人都涌进来，你赏得完吗？再说，东家联合了其他的老板，在前门大街设有赈灾棚，每天施粥都好几十两银子呢。"

在阎立信心中，马清泉是一位值得尊敬的长者，说的话也有几分道理。记得十年前，他坐着马车刚进京的时候，看到路边躺着一个叫花子。他扔钱过去的时候，居然把一块祖传的玉佩给扔了出去。为这事，还被他爹揍了一顿，后来他爹安排人去找，也没找回来……

好不容易熬到了胡同口，车子进不去了。他往前一瞅，见胡同里已经停了好几辆马车。当下心一沉，不知道家里出了什么事。

两人下了车，二柱跑上前，叫了声少爷，就把马车牵走了。

阎立信和马清泉进了院子，见北屋的客厅里有四五个人，走近才看清都是做丝绸生意的山东老乡。阎立信听到一个近乎哀求的声音："阎大哥，咱都是土生土长的柳疃人，乡里乡亲的这么多年了，孟老弟还和您沾着亲呢，您不能见死不救啊。咱可都说好了，利息都不要了，只要本金还回来就行！"

孟四海的声音也传来："阎大哥，胡老板彻底凉了，现在各处都人心惶惶的。您是咱山东丝绸商会会长，俺几个都损失不小啊，您给拿个主意吧！"

阎立信和马清泉就站在廊下，没敢进去，只听阎于诚说："诸位兄弟，你们慌啥啊？咱山东人出来做生意，讲究的是啥？那就是信誉，凡事都有个规矩，利息我肯定一文不少，不过现在不是没到期吗？这年头，到处都是陷阱啊！你们就是那么急功近利。你们想着人家的高利息，可人家呢，连你们的本金都给吞喽，居然连一张字据都没有。就算官府清算资产，也没你们几个的份，认栽吧！这是私事，不归商会管，俺也没办法啊！"

一个男人哭道："俺借了不少高利贷，店铺和宅子全完了，好歹阎大哥这里的几万两银子不落空。俺想明白了，再回老家去织绸，也比在这里挨饿强啊！俺那铺子，阎大哥要是看得上，作价转给您，也算帮帮老兄弟吧，怎么样？"

阎于诚呵呵笑着:"能帮的话,俺一定会帮,这几天就委屈大家了。一个月后,俺保证一两银子都不少大家的!各位请回吧,该咋吃咋吃,该囊睡囊睡!"

脚步声响,从堂屋出来好几个人,见阎立信和马清泉站在廊下,一个个眼中闪过狐疑的神色。

马清泉朝诸位老板拱拱手。阎立信看到父亲那凌厉的目光,顿时畏惧地低下了头。父亲和马清泉送客人出去,他便悄悄地独自进了客厅。只见客厅的桌子上放了几张银票,数额都不大,都是阜康钱庄的。

阎于诚和马清泉回到客厅,脸色都很凝重,与方才笑嘻嘻的模样简直是判若两人。阎于诚冷冷地看了儿子一眼,顾自走到桌前,捻起银票,一下又一下地撕成了碎片。接着,他从身上拿出四封信,两封交给马清泉,另两封递向阎立信。

阎立信见信的封口上盖了红红的印章,一封是给他哥哥阎立德的,另一封是给他准岳父李中原的。李中原不仅是柳疃第一大商户恒信商号老板,也是柳疃街的保正。他兄弟六人都从事丝绸织造和买卖,大弟李中楚在南洋的生意做得很大,二弟李中鲁在东北有十几家商号,其余的几个弟弟都在柳疃,各自从事着蚕茧收购和加工业务。

在阎立信很小的时候,李、阎两家就定下了娃娃亲。李中原的掌上明珠李维凤就成了阎立信的未婚妻。如此一来,可谓是门当户对、强强联姻。孩提时,阎立信和李维善、李维凤兄妹玩得很开心,但在他心里一直拿李维凤当妹妹对待。定亲之后,两人见面的机会就少了,都是李维善给他们当信使。后来,两人渐渐长大,无形之中多了一层隔阂,连信中写的那些话都显得很拘谨。十五岁那年,阎立信离开柳疃赴京的时候,李维善兄妹还结伴赶来送他。他坐在马车上,看着李维凤迈着小脚跟着马车跑了好一阵,心里确有一丝感动,但那丝感动很快就被迎面吹来的海风给吹散了……

来到京城,迫于父命,阎立信隔三岔五也给李维凤写一封信,但信中的内容仅限于在北京的生活见闻,没有几句甜言蜜语。倒是李维凤来信频繁一些,将少女的春心和懵懂在娟秀的笔迹中尽情表露。虽说每年回柳疃过年时,他都上门拜访岳父,可那只是礼节性的,和李维凤根本见不着面。有一次,李维凤在信里告诉他,她曾经躲在侧门后偷看过他,觉得他长高了,也壮实了,为这事还被她爹给骂了一顿呢!

自从认识小香橼后,阎立信已经有半年多没给李维凤写信了。每次提笔,都不知道该写些什么,心乱如麻,感觉那羊毫毛笔是那么沉重……

突然,他的思绪被父亲严厉的声音打断:"当年来京,俺就告诉过他们,这京城可不是那么随便闯的,没曾想他们一个个都站稳了脚跟,也算给咱昌邑人争了脸面。这下可好,还得乖乖地滚回去,怪就怪他们太贪。这一次,我要让天有信成为京城唯一的丝绸商号!"说到最后,阎于诚露出得意之色。阎立信却捏着口袋里那张阜康钱庄的银票,似乎有些不安……

阎于诚扭头看着阎立信,接着说:"你去收拾几件换洗的衣裳,带上二柱,马上回柳疃。回去后,照着你哥和你岳父的吩咐去做就行了!"

阎立信不敢搭话,连忙去西屋收拾了几件衣服,又塞了两本书,打成一个包裹。在父亲的催促下,他背着包裹出了屋门。就这工夫,他瞥了一眼客厅,马清泉不知为何跪在了他爹面前,听见他正低声抽泣着说:"……还剩两万多……"

阎立信想不明白,不由自主地放慢了脚步。接着,他爹大吼起来:"快点走,别误事!"

阎立信快步出了大门,见二柱已经牵着两匹马在等着了。二人赶紧抓缰上马,出了胡同,来到大街后朝南行了一阵,突然拍马朝陕西巷而去。到了陕西巷,在巷子口停留了片刻,并未进去。正值未时,一天中最热的时刻,陕西巷两边的店铺和勾栏院门口根本看不到人。那些载着贵客们来的车子也都停到外面街道旁的车棚里,有专人伺候着,车夫早找凉快地喝茶去了。

留香院正面二楼靠左边第一个挂着彩色贝壳风铃的雕花木窗就是小香橼的闺房,在巷口是绝对看不到的。阎立信停留了一会儿,带着思恋和不舍,调转马头,在烈日下冲了出去。

阎立信并不知道,就在他离京的当天傍晚,留香院的龟公又找到了他家,向他爹索要欠下的茶水钱,总共是一千二百多两银子。

老谋深算的阎于诚一脸恼怒,只撂下了两句话:"银子该多少是多少,不过要等犬子回来问清楚了才行!"

龟公见别无他招,只得悻悻地离开了。

其实,阎于诚的恼怒并不全是针对阎立信的,更多的是因马清泉擅自把钱存在了阜康钱庄而无法兑付了。但他估算过了,东北那边的分号加上老家筹集的银两,应该能够堵得上这个窟窿。

那时,天有信仍是京城第一大丝绸商号……

第三章

深秋的天空中，团团白云像弹好的棉花，慢慢地漂浮着。树叶大部分都变黄了，有的已经枯落下来，唯有远处的枫叶红了起来，火红火红的，为大地增添了一道亮丽的风景线。

阎立信明显感觉到了父亲面临的困境，无心欣赏路边的美景，一路快马加鞭，不敢停留。即便如此，也走了七八天。第八天下午，阎立信终于闻到了那熟悉的海腥味。

傍晚时分，主仆二人回到柳疃。柳疃距离渤海三四十里地，海边吹来的风大，带着一股特有的腥味。气候也不像北京那么炎热，街上来往的人都穿上了薄冬装。

来到家门前，二柱拴好了马，二人一前一后进了院子。哥嫂一家正在吃晚饭。阎立德和他爹一个德行，生活十分节俭。一家三口人吃饭，桌子上就一荤一素，外加一碟辣椒子酱，喝的是棒子面黏粥，吃的是白面掺着玉米面的饼子。他家的生意不算小，在京城那边是数一数二的，可家里除了家人之外，就养了一个做饭的老妈子和两个打杂的下人。主人吃饭不需要伺候，下人们便顾自在厨房吃饭。

阎立德看到弟弟进了院子，忙起身走出来，手里还捏着半个饼子："立信，你可回来了？"

听着口气，好像知道他要回来一样。阎立信忙解下包袱，掏出那两封信递了过去："这是爹给你的，这一封是给俺岳父的！"

二柱见到阎立德，憨憨地叫了一声："大少爷！"

阎立信进屋后，叫了一声嫂子，也不顾读书人的矜持，用木勺子舀了棒子黏粥直接喝了几大口。

坐在一边的侄子阎书亭说："叔，你真馋！"

阎立信捏了一下侄子的脸蛋，说："半年多没见，又长高了，叔回来得急，没给你带啥东西，年底回来补上吧！"

阎立信以前回来，都会带很多北京特产，蜜饯、糕点什么的。上次去济南参加乡试，顺便回了一趟柳疃，也是空手而回。由于惦记着小香橼，没停留几天，就连李维善、李维凤都没去见……

阎书亭笑起来："叔，那些吃的就算了，俺又不馋。你再回来给俺带一方好砚台就行，先生说有好砚台才能写出好字。"

阎立信微笑道："先生是骗你的，叔叔没有好砚台，还不照样写得好字？叔答应你，就给你带上好的歙砚、徽墨和宣纸，还有关东辽毫，文房四宝年底都会给你备齐了。"

嫂子蓝氏低声说："他叔，他才去私塾开蒙，小孩子懂什么？别糟蹋了好东西。"

阎书亭扬起小脸蛋，说："先生说的，文房四宝是有灵气的，能助人功名。俺叔小时候要是有了，今年说不定就考中了……"

蓝氏见阎立信的脸色有些不好看，忙拍了儿子一下，道："小孩子懂什么？考举人不像考秀才，哪有一两次就考上的？"说着，她又对阎立信说："他叔，今年不第，下次准能考中的！"接着，蓝氏故意岔开话题，笑着说："前些日子，维凤让人给俺捎了一块香帕，那女红真不赖，不愧是大户人家的小姐！"

这时，阎立德看完了信，吩咐二柱把马牵去后院，然后对妻子说："你带书亭去外面转转，俺跟弟弟有话说。"

阎立信看见哥哥的脸色很难看，两道眉毛拧在了一块，估摸出了事情的危急。蓝氏和儿子离开后，阎立德问："你回来时，爹没跟你具体说什么事吗？"

阎立信把他所见到的情况，对哥哥说了。

阎立德把信放在桌子上："你自己看吧！"

立德吾儿：

  天有信去年春上与胡老板合作的生意，估计不保。见字后，速筹五十万两现银押送进京。若有困难，可先变卖商铺和作坊。

                 父 字

阎立德低声说:"这两天有从京城回来的人说,胡老板的阜康钱庄不行了。京城的那些老板都损失不小,大家都在筹银子呢。去年春,爹筹了那么多银子与他合伙做生意,当时俺就不大同意,可家里的事情还是爹说了算。俺听到这个消息,预感到咱家肯定也栽进去了,这两天一直没睡着觉。真是怕啥来啥,事情不妙啊!"

"哥,那囊办?"

"还能囊办?咱家虽说街上有几间店铺,可现银不过一万两。再说,那几间店铺和四五家作坊,还有缫丝厂,为了二叔运往南洋的那些货,已经抵押给了李家。就算要卖,囊卖啊?你一路上辛苦,早点歇着吧。俺这就出去,看看有没有别的法子。"

阎立信看着哥哥出了门,他吃完饭、洗过澡,嫂子已经把屋子给收拾好了。他和侄子在炕上嬉闹了一阵,听到外面门响,知道是哥哥回来了。

哥进了屋,将儿子支了出去,低声说:"你早点歇着,明儿去你岳父家,看他那边怎么说!俺估摸着,咱爹给他的那封信,是让你和维凤成婚的。俺不妨告诉你,李家是柳疃街最大的商户,也只有他才能帮咱家了!"

李家从李中原的父亲那一辈就开始做蚕茧生意。到了李中原这一代,他和兄弟们继承祖业,稳打稳扎,渐渐成为柳疃第一商户。商铺和作坊发展到十几家,还开设了银号。

李家的生意都在柳疃、东北和南洋,与胡雪岩的阜康钱庄不沾边,因此没有遭受任何损失。相反,在此事来临之际,还乘机低价收购了不少商铺和缫丝厂,还有染坊和织绸厂,成了最大的赢家。

说起李家,在昌邑可谓是名门望族。数百年来,民间一直流传着"昌邑县,姜一半,天地不变姜不乱"的乡谚俚语。清军入关后,横扫中原。在围攻昌邑城时,城内官兵奋起抵抗,民众一呼百应,誓死守城。经过八昼夜的激战,最终昌城陷落,上至县令、县丞,下至一般百姓大都惨死战场。当时,城内阴风凄凄、灵幡惨淡,大街小巷血流如川、尸骨成垛。这就是昌邑历史上骇人听闻的"壬午兵燹"。

就在这场惨变中,城关的姜士桢在其父姜演被杀、其兄为守城战死之后,不得不归顺了清王朝,并认正白旗佐领李西泉为义父,入籍旗人,改姓名为李士桢。

李士桢自幼熟读经书,才思敏捷,学识鸿博。加入旗籍后,在众多的旗人中自然是佼佼者,深为李西泉所赏识。清顺治四年,八旗抡才,

第三章

二十九岁的李士桢参加贡生庭对，以第十六名中取，被授为长芦盐运判官。从此，他凭着自己的精明干练和李西泉的庇护在政治舞台上官运亨通、一路升迁。

当时，清廷注重笼络汉官，李士桢幸得昭圣①太皇太后厚待，其子李煦被召入宫中，伴读康熙帝。二十一岁时，李煦被授任内阁中书，后任广东韶州知府。其外甥女也成为康熙帝的妃嫔，备受宠爱。

后来，李士桢之女、李煦之妹嫁给了曹寅②。曹寅的母亲曾是康熙帝的乳母，李、曹二人均沐皇恩。随后，郎舅二人分别授任苏州织造和江宁织造。

李煦任职期间，多次让妹妹回昌邑探望族人，并带回了南方丝绸纺织工艺，使昌邑人用柞蚕丝织成府绸，也因此成就了柳疃"丝绸之乡"的美誉。

阎立信在私塾读书的时候，就经常听先生说起李氏家族的这段历史。打那起，他就立志要像李士桢、李煦父子那样跻身仕途，将柳疃丝绸产业进一步发扬光大……

兴许是连日赶路太累了，阎立德出去后，阎立信进房间就睡了过去。迷糊中，他结婚了。洞房花烛夜，他撩开红盖头的时候，发现居然是小香橼。他喜不自胜，不料旁边冲过来一个面貌模糊的女人，依稀觉得是李维凤。李维凤望着他直哭，哭得他愧疚不已。他很想解释，却一句话也说不出来。正急躁着，却见小香橼从身上掏出一把短刀，朝李维凤刺了过去。他大惊失色，蓦地惊醒了……

他抹了一把头上的汗，见身上已经被汗水浸湿了。此时，外面天色已大亮，他索性起床去后屋梳洗了一下。阎立德过来告诉他，已经准备好了礼物，让他赶紧吃完早饭去李家。

在柳疃街东首，有一座奢华的大院落，就是李家的宅院。去年，李中原专门请南方的师傅仿造苏州那边的格局，建造了这个大宅子，花了十多万两银子。宅院呈田字形，正屋和厢房共几十间，庭院相连，院内建有花园，亭台、回廊、假山相映成趣。

李中原的正室满氏，生下了李维善、李维凤兄妹二人。前几年，李中原又让人从南方买了一个姓刘的小妾。他五十岁那年，这个南方婆娘又给

---

① 昭圣：谥号孝庄。
② 曹寅：即《红楼梦》作者曹雪芹的祖父。

他生了一个大胖小子，起名李维福。

虽说李家人丁不太旺，可下人不少，光是伺候李维凤的就有两个丫鬟和一个老妈子。

李中原俨然是李氏族人的"领头雁"。不少族人和沾亲带故的都跟着从事丝绸生意，由此凝结了以李家为首的柳疃最大的丝绸产业利益共同体。

阎于诚正是看中了李氏家族的势力，才结下了这门儿女亲事……

早饭后，二柱套了马车，把礼物装到车上。阎立信正要出门，哥哥在身后低声说："你在京做的那些事，俺也听说了，要是李家人问起来，你囊回答？"

阎立信顾自苦笑了一下，也没说话，上车后径直往东而去。柳疃街两边的商铺大多是从事丝绸和生丝买卖的，也有酒馆和客栈，间或一两家银号和镖局。街上人来人往，不少人操着外地口音，似乎在讨价还价。经过龙威镖局门口时，见七八个趟子手正押着几辆大车不知往哪里去……

阎立信看着街上的风景，心里却想着哥哥问的那句话。老鸨去商号要钱的事，肯定有好事的人已经传回柳疃了。要是李中原问起这事，他还没想好怎么回答。冷不丁想起昨夜那个梦，心里又有点忐忑，心跳得愈发急促起来。

"二少爷，到了！"随着二柱的一声吆喝，阎立信从沉思中回过神来，见已经到了李家门口。

从定亲后，每年正月，他都要来拜见岳父、岳母。今年正月，当他走进这所新宅子后，就感觉有些不适。除了李维善兄妹外，李家人的脸上又多了几分豪气。虽然仍是那么热情，却似乎有了一层隔阂，没有以前那么随和了。

他曾经问过爹："咱家这么有钱，为什么不在老家也建一座大宅子养一大堆下人呢？"

爹很平静地回答："不都是过日子吗？要那排场干吗？横竖也就是躺在炕上睡觉，不需要别人伺候。"

爹真是不可理喻，做生意赚大钱，不就是用来享受吗？那么节俭委屈自己干吗呢？

李家不愧是名门大户，站在门口迎客的就两三个人。阎立信下车后，早有下人把"阎家二少爷到"的消息通报了进去。几个看门的还殷勤地帮着一起搬东西。

阎立信进门后，拐过写着斗大"福"字的照壁，就见一个干瘦的中年人堆着笑迎了上来。他认得那人是李家的大管家徐德忠。

徐德忠的父亲也是背包客，据说在南洋发了财，也曾是柳疃街的富裕户。天有不测风云。徐父在押运一批丝绸出洋途中，不幸遭遇风暴，船沉人没。噩耗传来，徐德忠的母亲一病不起，不久也撒手人寰。从此，徐家渐渐败落，徐德忠成了孤儿。十七岁那年，因斗殴被人打断了腿，成了瘸子。

李中原见徐德忠可怜，就收留了他，平日里干点杂活。徐德忠读过几年私塾，虽没上完，但人很机灵，也很会处理事。有一天清早，李中原故意在一个比较隐蔽的墙角放了两枚铜钱。徐德忠在扫地时，赶紧捡了起来，立马去交给了老管家。后来，李中原又几次考验，觉得孺子可教，就让老管家带着他熟悉情况。几年后，老管家体力不支，徐德忠顺理成章地当上了大管家……

徐德忠上前笑着打招呼："侄女婿来啦？前几天，维善还念叨你呢。上一次你回来，他没顾上见你。这会儿他又去外面办事了，晌午就能回来。老爷在会客，您先去旁边的屋子里喝着茶。等客人走了，我立马招呼你过去！"

阎立信跟着徐德忠进了会客厅旁边的一间屋子。屋里放着两排太师椅，墙角放着几盆花，墨兰、发财树等长得很茂盛。墙上挂着几幅竖屏，一看就是名家的画作。迎面墙上是一个大大的博古架，摆放着几方名砚、瓷器和奇石等，颇有些书香门第的味道。

在柳疃以及附近的几个村庄，秀才倒有几个。李家人虽然会做生意，却连个秀才都没出。

三年前，亓学文中举后，整个家族都觉得高人一等了。亓满贵特地回来，请了戏班，在门前唱了三天大戏。

阎立信听马清泉说，李中原还给亓满贵家送了一份厚礼，两人好像还拜了把兄弟。前年春节，阎于诚去拜访李中原的时候，问过这事。李中原却矢口否认，说都是外面的人胡啰啰①。

这时，有下人端了茶水进来。徐德忠陪着说了一会儿话，便借故离开了。

阎立信心神不宁地独自喝着茶，足足等了大半个时辰，才听到外面传来脚步声。门口人影一晃，只见李中原倒背着手，踱着方步走了进来。

阎立信忙起身施礼："立信拜见岳父！"

———

① 胡啰啰：方言，"乱说"的意思。

李中原淡淡地回了一句："回来了？"说完，径自走到上首坐下，把玩着手里的翡翠扳指。

阎立信跟过去，掏出那封信弯腰双手递上："这是俺爹让俺捎给您的！"

李中原接过信，脸上现出一丝深沉的笑："听说阜康钱庄出事了，你爹损失不小吧？"

阎立信回答："生意上的事，俺也不是很清楚！"

李中原哦了一声，撕开信封看了，微笑着："你爹也真是的，这么大的事，也不亲自回来一趟。不过，都是生意人，俺也能理解。没事，没事，这事就包在俺身上了。你娘过世得早，你爹不在这边，让你哥嫂按老规矩替代一下也行。其实，这事俺在前两年就想办了，只是你爹说等你中举后来个'双喜临门'。今年没中，还有下次嘛！俺这就去请人择日子，再通知你哥。俺觉得，成亲以后，你好好跟着你爹学生意，不一定非得中个举人什么的！"

阎立信愣了一下："成亲？"

李中原笑着说："是啊，你爹在信中说，天有信生意做大了，想让你学着做生意。这次让你回来完婚，定定心思。天有信的丝绸能够进宫，那可是咱柳疃的荣耀啊！"

阎立信不知道怎么附和，只得微微点头。

李中原干咳了一声，缓缓地说："俺听说有人去柜上要账？"

阎立信最怕听到这样的问话，但他知道肯定会问的，幸亏在车上的时候想好了应对之辞。饶是如此，仍不免脸色涨红，面露羞愧之色，他嗫嚅着："秋考之后，和几个考中举人的朋友去喝茶，才欠下的！"

李中原的眼睛紧紧盯着阎立信，低声说："你这孩子，从小就不会撒谎，是个实诚人。那事俺也是听人说的，其实你完全可以不承认嘛！"说完，他哈哈笑了，继续说："俺也打听过了，京城有身份的人都喜欢往那些地方钻，你去那里多认识几个人也不算坏事，往后就算做生意，也多几个朋友不是？"

阎立信点了点头。

李中原又说："俺李家不管囊说，也是柳疃的大户，维凤是俺的心头肉，你可不能亏待了她哟。你家那几间老房子是寒碜了点，你爹在信中说，已经在京城给你们小两口置办了大宅子，这俺也就放心了。"

阎立信微微一惊，并没听爹说过置办大宅子的事。以他的认知，爹宁

第三章

027

愿把钱用来囤生丝，也不会置办大宅子的。也就是说，爹在信中可能说了谎……

李中原见阎立信的神色有异，忙问："咋啦？"

阎立信忙说："没事，没事！"

李中原笑呵呵地说："一定是你路上累了，年轻人，过两天就好了！其实，俺前些天请人择过日子，十天后就是好日子。原本是给你维善哥定亲的，现在和你们的婚事一起办，这也叫'双喜临门'吧。成婚之后，先在家里住几天，然后俺亲自送你俩去京，看看你们的大宅子，也顺便见见世面，哈哈！"

阎立信深吸了一口气，站起身朝李中原躬身施礼，沉默了一会儿，才鼓足了勇气说："俺想和维凤解除婚约！"

话一出，李中原的笑意顿时僵在脸上，腾地站起来，似乎怀疑自己的耳朵出了问题，过了半晌才说："你说啥？"

阎立信低着头，憋着劲把刚才的话又重复了一遍。顿时，李中原怒不可遏，冲过去，猛地抽了阎立信一记大耳刮子，道："你犯的哪门子浑？婚姻大事都是父母做主，哪容得了你这么放肆？你和维凤没感情吗？"

阎立信低声说："俺一直把维凤当妹妹，俺没想……"

李中原大声道："俺和维凤她娘结婚前都没见过面，几十年了，不都这样过来了？婚姻大事岂容儿戏？今儿俺也不留你吃饭了，滚吧！其他事情不需要你管了，俺会和你哥处理好的，你只等着当新郎官就行了！"说完，李中原把茶杯摔在阎立信面前，起身走出屋子。

阎立信怔怔地看着地上的瓷器碎片，过了片刻，才朝外面走去。到了门口，见车上装了满满一车东西。二柱笑着说："二少爷，李家真是气派，回礼这么多！"

他见阎立信脸色很难看，也不敢多说话了。两人回到家，阎立信脚步漂浮着回到屋里躺下，二柱叫了两个人去帮着搬东西。

阎立信满脑子混沌，刚躺了一会儿，门帘子一掀，哥哥怒气冲冲地走了进来，劈头就问："你是囊地了？居然说出退亲的话。这事要是传出去，咱家还囊在柳疃待下去？你回来不但帮不上忙，净瞎添乱！"

阎立信撑起身子，说："哥，爹在信中说已经在京城给俺买了大宅子，你认为爹会买吗？爹要是有钱，就不会让俺这么急着回来，让你给筹银子了。"

"说不定爹真买了，只是还没来得及告诉你呢？"

"爹欠了李家那么多银子,在京城好几个老乡那里也借了不少。若真是买了大宅子,要俺和维凤结婚,应该会安排在正月里,而不会这么匆忙。很明显,爹这么安排的目的,就是想让李家帮咱家渡过难关!"

阎立德微微点了点头:"这也是咱爹的无奈之举啊。虽说做生意讲究诚信,可有时候也不能太实诚。话已经说出去了,覆水难收,等咱家熬过这一关,爹肯定会给你买大宅子的。"

阎立信说:"他想让俺先成婚,然后亲自送俺俩去京城,看看咱家的大宅子,到时候拿什么给他看啊?"

"你就别多寻思了,爹这么安排,肯定有他的道理。李家已经派人通知俺了,俺这就去安排,十天后你就把维凤迎过门。至于生意上的事,你别瞎操心了。维凤是个好姑娘,咱家能娶她进门,那是上辈子积的德。俺告诉你一件事,亓满贵昨儿也回来了,听说也是回来筹银子的,晌午在李家吃的饭。上次爹来信,说你想替一个窑子里的姑娘赎身,爹为这事气得不行。你以后自己做生意赚了钱,囊花那是你的事,可现在不行!为了咱家的生意,由不得你任性!"说着,阎立德拍了拍弟弟的肩膀,叹了口气,转身出去了。

阎立信躺了一会儿,中午饭也没吃,迷迷糊糊就睡着了。醒来后,心情越发烦闷,突然想起县城有个叫黄海如的同窗好友。上学的时候,两人情投意合,很是对劲[①]。黄海如几次考秀才都没有考中,去年托人给他捎过一封信,字里行间流露出看破尘世的样子,并自称"潍河钓叟"。人没老,心态却老了。

想到这里,阎立信一骨碌爬起身,准备去县城见见黄海如,顺便散散心。经过北堂屋的时候,见蓝氏与几个老妇人在聊天,手里做着大红花被的绣工活。他叫了一声嫂子,说:"俺去县城拜访一个朋友,晚上就不回来了!"说完,他去马厩牵了马,准备出门。

他刚出门,就被二柱追上了。二柱抓着马缰叫道:"二少爷,你去哪里啊?老爷说了,让俺一步不离地跟着你!"

阎立信一听火了:"让开,不用你管!"

二柱死死抓住马缰,就是不松手。

阎立信将二柱踹了一脚:"滚开!"

---

① 对劲:方言,"默契"的意思。

趁着二柱摔倒在地的空档，阎立信一阵疾驰出了柳疃，才深深地吸了几口气，感觉没那么压抑了，放缓马步继续往前走。为了享受那份宁静，他没走官道，而是选择走田间小道。两边是茂密的高粱地，一穗穗的高粱颗粒饱满，像一支支火炬，在秋风中摇曳……

往年的这个时候，高粱已经收割完了，不知怎的，这一片高粱竟还留在地里。眼见斜阳挂西，天边那一抹霞光红得艳人，其中两片云彩一上一下，像极了小香橼的红唇。一想到小香橼，他情不自禁地摸了摸怀中的小荷包。那是小香橼亲手为他绣的，上面两只鸳鸯相互依偎着，显得恩爱无比。

阎立信陷入对小香橼的思念中，信马由缰地往前走。也不知走了多久，草丛中突然窜出一个人来。马因受惊一声长嘶，差点把他颠下来。定睛一看，一个身材高大的汉子站在他面前。只见那汉子一脸凶悍，手里提着一把短刀，脚上似乎带着伤，用一块布包扎着。

阎立信大惊，心道：土匪单独剪径①的故事听过不少，却从来没有遇到过。这条路虽是田间小道，可距离官道并不远。再说，柳疃距离县城不过二三十里，土匪的胆子也忒大了，居然敢在这里剪径……

阎立信正寻思着怎么应对的时候，却见那汉子拱手道："好汉救命！"

见那汉子的眼中满是哀求之色，阎立信心生怜悯，随即下马，对那汉子说："你骑着俺的马一直往北就是柳疃，去庄南找徐郎中，他的金疮药很好！"

那汉子也不客气，接过马缰忍痛上了马，拱手道："敢问恩人大名？"

阎立信笑道："什么恩人不恩人的，俺叫阎立信，柳疃街的。你看完郎中后，只要把马还给俺就行了！"

那汉子说："俺记下了，他日必当重谢！"说完，骑马绝尘而去。

阎立信见那汉子跑远了，这才想起自己没了马，不如转到官道上，说不定能遇到哪家运货的马车顺便捎个脚呢。

转到官道，刚走了没多远，前面呼啦啦来了一拨人，都是穿着官服的捕快。一个为首的捕头指着他，喝道："哪里的，到哪儿去？"

没等阎立信搭话，一个捕快朝那人道："头儿，方才听到有马蹄声，说不定他就是前来接应镇山东的！"

阎立信大声道："俺是柳疃的阎立信，刚从京城回来，哪里认识什么

---

① 剪径：拦路抢劫。

镇山东,刚才确实是有人抢走了俺的马!"

为首的捕头说:"俺听说阎立信是神童,十二岁就中了秀才,前些年去了京城。可是,县里早有告示,与土匪有染者立即擒拿!"

阎立信解释道:"俺昨天才从京城回来,不信你去俺家里问问!"

那捕头上下打量着阎立信,说:"看样子像个读书人,就不绑你了。等到了县衙,问明白了,自会还你清白的!"

捕头盼咐几个人押着阎立信回县城,其余的人继续跟着他往前追去……

到了县城,阎立信并没有像一些犯人那样被押去牢房,而是进了县衙后堂,由两个人看守着。过了一会儿,县丞老爷走了进来。这县丞原是教谕,因兴学有功,报批吏部核准后升为县丞。因此,阎立信认得他,当即叫道:"恩师,救救俺!"

县丞老爷的长相实在不敢恭维,一张生过天花的面饼子麻脸,两条鼠须飘在嘴角两边一晃一晃的,鼻梁上架着一副玳瑁老花镜,十足一副老学究的模样。当年主持全县秀才祭孔仪式上,阎立信还偷偷笑称他是偷芝麻油的老鼠精转世呢!

县丞老爷从镜片后面射出一道寒光,捻了捻胡子,说:"真是你呀,方才听衙役说柳疃一个叫阎立信的秀才通匪,俺还不信呢!"

阎立信急道:"不是那么回事!"于是,他把当时的情况叙述了一遍。

县丞老爷冷笑着:"笑话,你要是调转马头就跑,他一个受了伤的人,怎么能追得上呢?"

阎立信心中一惊:不错,他若是及时调转马头,那土匪未必追赶得上。可他当时见对方脚上受伤,是出于好心才那么做的,并没有往别处想。

县丞老爷嘿嘿笑了,说:"早就听说你去了京城,若真如你所说的刚回来,俺也不相信你和土匪有染。不过,这事只能等捕头回来说明情况,报县令大人核实后,自然就真相大白了。你暂且在后衙住下,有什么事明天再说吧。"

接着,县丞盼咐衙役在后堂收拾了一间干净的屋子,让阎立信住下,门口还安排了两个守夜的人。阎立信走得有点累,躺在席子上不久就沉沉地睡去。

此时此刻,他怎么也没有想到,在后衙的另一间屋子里,一场关乎他命运的交易正在秘密进行着……

第四章

  人世间，有些事，是总也说不清的。李中原赶走阎立信之后，又觉得有失妥当，当即修书一封，命人去京城当面交给阎于诚，让阎于诚回来主持婚礼。

  其实，他让人去京还有一个意图，就是摸摸阎家的家底，看看阎于诚新买的大宅子在哪里，还有亓满贵说的阎家资金链断裂是真是假。

  送信的人刚出门，阎立德就上门来了。

  原来，阎立德得知弟弟提出悔婚，也很生气，骂弟弟是个半混①。在家骂归骂，见了李中原后，阎立德一再道歉，说弟弟不懂事，父亲不在，一切由他做主。李家觉得该囊办就囊办，按着规矩来，要办得排场一些、喜庆一些……

  李中原听了，心里稍微轻松了些。

  阎立德此行，并不完全是冲着弟弟的婚事去的，还为去年父亲用街上的商铺和作坊作保从李家调走一百多万两银子丝绸的事。在家时，老账房高友亭给阎立德看了账目，铺面上的现银只有两三万两，怎么也不够北京那边急需的。此时，阎立德又不能直说，只得迂回表示，由于阜康钱庄出事，京城那边山东老乡的好几家商号损失很大，不少人正在低价转让铺面和存货。他爹想趁着这个机会把天有信的生意进一步做大，可手头的银子不宽裕，看看亲家能不能通融一下，先借出那保书，把柳疃街上的商铺和作坊抵押些银子，尽快送到京城去。

  李中原听完，眼珠子一转，慢慢地吸了一口烟，说："俺知道你爹是做生意的好手，去年调配给你家的那些货也不是俺一家的。这么大的事，

---

  ① 半混：方言，类似"神经病"的意思。

俺一个人做不了主啊，容我商议一下吧！"说完，又狠狠地吸了口烟，低头思索了片刻，继续说："你爹也真是的，有这么好的机会，也不拉俺一把。要不俺找个时间和你去一趟京城。立信和维凤的婚事年底办也行，也不差这几个月了，你说呢？"

阎立德点点头："您说得也有道理，不过这商机，有时候一闪即逝，等咱俩去京来来回回，说不定……"

李中原不待阎立德说完，打断问道："你是急着想送银子？"

阎立德点点头："听说阜康钱庄已经被官府查封了，这时候送银子过去是最佳时机。一旦南方的那些老板得到消息一出手，咱可就迟了呀！"

李中原笑笑说："你阎家的商铺和作坊已作保抵押，一时半会俺也无法答复你。在柳疃，你家就剩下那栋老宅了，也就值个千儿八百两的。不过，俺知道你们家在莱阳有几百亩柞树林，那可是出好茧子的地方，个大饱满、出丝白。你们送进宫里的丝绸都是用那里的蚕茧织出来的吧？要是你爹急等钱用，就用那几百亩山地作押，多了不敢说，三十万两还是值的。"

阎立德心一沉，看着李中原那似笑非笑的模样，心中暗暗骂了一句老狐狸，嘴上却说："那是俺爹十几年的心血，是天有信的本钱哪。要论价值，不少于二百万两呢。"

李中原笑起来："他哥，这个俺肯定知道。这不是作押吗？就像铺子和作坊一样，还是你们阎家的。三十万两，那可是白花花的现银啊。俺的钱庄暂时也只有这么多了。你回去考虑一下，俺等你的消息。"

见没有回旋的余地，阎立德便起身和李中原作别。刚出李家大门，就见一辆华丽的马车停在了李家大门口，从车里钻出两个人，是亓满贵和儿子亓学文。

阎立德还没来得及打招呼，亓满贵就笑呵呵地拱拱手："大侄子，这么巧，要走吗？要不一起再进去，陪我喝杯茶？"

看着亓满贵那得意的样子，阎立德不亢不卑地回礼："多谢亓老板好意，俺弟弟十天后要迎娶李家大小姐，俺还要赶着回去准备呢。等结婚的时候，一定陪着您多喝几杯！"

亓满贵目光阴沉地看着阎立德上车离去，轻蔑地摇了摇头。他和儿子刚拐过李家的"福"字大照壁，就见李中原一脸笑容地迎了出来。父子二人被迎进李家正堂会客厅后，亓学文按晚辈的规矩，给李中原施了礼。

亓满贵有些得意地看着儿子："前两年刚中了个举人，今年就参加会试，

结果和阎家老二一样，啥也没捞着！"

这话明显是在炫耀，他儿子已经是举人了，而阎立信那个号称神童的人却连举人也不是……

李中原微微一笑，从旁边拿起旱烟袋，塞了些烟丝，就着火折子吸了几口，才缓缓问道："今年京城那边的生意不好做吧？"

亓满贵笑着说："别家的生意怎么样俺不好说，俺家的生意还行，前不久又在西安开了一间分号！"

李中原明显看出亓满贵又在显摆，不以为然地微微一笑。

亓满贵似乎更来劲了："李掌柜，俺可不像某些人，快破产了还到处划拉①钱。唉，不说了，只是很长时间没见您，想您了！"说着，从口袋里摸出一个小玩意，轻轻放在李中原面前的茶桌上。

李中原瞅了一眼，见是一个白玉小瓶子，上面阴刻着"福"字，还有几只展翅飞舞的蝙蝠。

亓满贵低声说："这叫鼻烟，是满人喜欢的，京城有身份有地位的人才吸得上呢。听说康熙皇帝就喜欢这玩意，王爷们兜里也大都装着这个呢。"

李中原顿时来了兴趣，拿起来仔细端详着。

亓满贵见李中原喜欢，就像注了一针鸡血，滔滔不绝，唾沫星子乱喷："俺经常见满族的贝子闻烟。"接着，他用手比画着："从瓶子里挑一点来，往鼻孔里一抹，就成了。要不您试试？"

在他眼里，李中原虽然是柳疃首富，可也是没见过世面的乡巴佬、土财主。

一听是皇帝和王爷都稀罕的玩意，李中原也按捺不住内心的好奇，当即按亓满贵所教的方法，用小签子挑了一点，往鼻孔里一抹，顿时觉得一股醒脑的清香钻进了五脏六腑，忍不住接连打了几个喷嚏，感觉浑身上下舒畅无比。接着，满脸堆笑地朝亓满贵拱手道："那我可就愧领了。"

李中原知道，不说那鼻烟价值几何，单就这羊脂玉的小瓶子就价值不菲。他赶紧吩咐徐德忠："去把前年江苏客人送的那幅画拿来！"

亓满贵急忙说："兄弟，千万别这样，俺还有事求您呢。"

李中原淡定地一笑："哦，千万甭客气，有事就说。"

---

① 划拉：方言，"筹集"的意思。

亓满贵说:"那我就直说了,犬子好歹也是个举人,虽然以前给定了亲,不是后来又散了嘛。京城那边都是达官贵人,看不起咱这样的寻常人家。可俺寻思着怎么也得找个门当户对的吧,唉,要是您多一个女儿就好了。"说着,抬头看着李中原,见李中原只顾把玩那鼻烟壶,有点不悦地继续说:"您也是柳疃街的头面人物,认识的人也多,俺就想求您帮忙看着给物色一个。"

李中原摸了摸胡子,似乎思考了一会儿,说:"放心吧,这事俺放在心上就是。今冬或明年开春,一定有好消息。走,吃饭去,中午好好喝几盅!"

不提李中原陪着亓满贵父子喝酒之事,且说阎立德回去后,又把弟弟好一顿训斥,而后出门继续筹集银子。傍晚回到家,听蓝氏说弟弟到县城去见朋友,晚上不回来了。

当兄长的也知道弟弟的脾气,性子太直爽,没有那么多花花肠子。虽有些文采,但有点恃才傲物,挂着神童的名,却连续多次都考不中举人,肯定有人在背后嚼舌根子。弟弟本来心里就不好受,又被自己骂了一顿,出去找朋友散散心也好,估计过两天就回来了。

夫妻俩安顿阎书亭睡了,躺在炕上说了一阵子话,都是关于怎么迎娶李家大小姐的。阎立德没敢把自家的那些事说给蓝氏听,怕女人嘴杂,传到李家人的耳中误了大事。

半夜时分,忽然听见有人叫门。阎立德赶紧起床,开门一看是天有信柳疃铺面上的魏掌柜。他原是舅舅周华仁的一个亲戚,跟了阎于诚好几年了,本来要跟着去京城的,可放心不下家中的老母亲,便在街上的铺面当了掌柜。

魏掌柜进门后,急慌慌地说:"大少爷,不好了!俺听一个当捕快的朋友说,二少爷涉嫌通匪,被押到县衙去了,快想办法救人啊!"

阎立德大惊:"究竟是咋回事?他才从京城回来,蓦地就通匪了呢?不可能啊!"

魏掌柜说:"具体情况俺也不是很清楚。俺还听说,捕头带着人追到柳疃,本来是要上咱家问明原委的,却被亓满贵请去喝酒了。他那人心肠歪呢,和你爹有仇呢,得防着他使坏啊。要不您去县里打听一下,这事可耽误不得。说不定县里的那些老爷们见咱们家生意好,正变着法子想捞点银子呢。俺看啊,不管蓦地,救人要紧!"

这些年来，阎立德本本分分做生意，交往的都是生意场上的人，极少和县里的老爷们打交道。送走魏掌柜后，回到屋里，他把这事对蓝氏说了。蓝氏也认为肯定是有人使坏，目的就是讹点银子。她沉默了片刻，出了一个主意："李家不是说十天后嫁女吗？孩他叔要是一直关在县衙里，这婚怎么结啊？李中原是保正，又是场面上的人，听说他和县官老爷有私交，让他帮忙想想办法吧！"

就在阎立德夫妇商议着第二天去找李中原的时候，亓满贵早已经到了县城。在师爷的引荐下，他见了县令大人，先是奉上两千两银子，并直接说明了来意，那就是坐实阎立信通匪的罪名。

县令有些为难："方才县丞和他谈过，阎公子刚从京城回来，哪里会通匪啊，只是碰巧被土匪劫走马匹罢了。再说，他乃本县神童，秀才之身，再就是那阎家不是有丝绸进宫吗，万一……"

亓满贵得意地笑了："大人，阎家的丝绸进宫，这事不假，但这是两码事啊。如果大人有顾虑，那只烦请大人以细查为由，将阎立信留于县衙半个月，每天好吃好喝地善待他。这总行了吧？"

他见县令还在犹豫，又狠狠心拿出两张银票，低声道："他们阎家为了救人，少不得也会上下打点，这样衙门里的伙计们不也落点零花钱吗？俺只要半个月，半个月就行。"

县令看着桌子上的银子和银票，狠下心说："那就以半个月为期，半个月后没有实证，俺就放人。"

亓满贵急忙拱手："那我可就谢谢大人了！"

不提亓满贵连夜回到柳疃，且说阎立德一大早准备去找李中原商议对策，还没启程呢，外面就响起了急促的敲门声。开门一看，是李维善。

李维善开心地说："昨儿从莱阳收茧回来，到家都快半夜了。听俺爹说立信回来了，要和俺妹妹成婚。今儿过来看看，顺便替俺妹捎一封信给他。"

阎立德微微一愣，说："他昨天过晌去县城看望一个朋友，还没回来呢。"

李维善显出一副失望的样子："俺还想着中午请他喝酒，下午去海边挖蛤蜊呢。如果他回来，让他去银号找俺吧。"

阎立德多了一个心眼："你不是一直在莱阳那边收茧吗？怎么，你爹又让你管银号啦？"

第四章

李维善笑着说:"俺爹说了,从看茧到剥茧抽丝,再到纺织的工艺,俺都得学。至于银号上的事情,由俺爹管着,有空俺就去帮帮忙。今儿有一笔银子进账,俺去看看怎么入库。"

阎立德问:"这几天不是经常有京城回来的人筹集银子吗,你家银号应该放出去才对,怎么会把银子入库呢?"

李维善也实诚,不假思索地答道:"俺二叔才从南洋汇回来的,在青岛的官号折成了现银,昨天晚上到了镖行,今天办理交接呢。"

阎立德笑着说:"你二叔在南洋的生意做大了,这趟回来的钱肯定不少吧?"

李维善连连点头:"听说有一百多万两呢。俺爹说官家太黑,折率低了三个点,要不然,还得多几万两。俺走了,记得告诉立信啊。"

阎立德见李维善走远,回屋梳洗了一下,来不及吃早饭,便去了李家。

李中原在左边的小客厅里见了阎立德,得知阎立信被抓走的消息后,并没有急于说出自己的想法,而是故作深沉地思考了片刻,才说:"虽说俺和县令大人认识,可这种通匪的罪名,都是官家两个口,他们说了算啊。人不能不救,但是囊救,得从长计议啊。"他又停顿了一会儿,话题一转:"昨天你跟俺提的那事,想好了没?"

阎立德又气又急,却不能发作,只得忍着性子说:"那事俺想再考虑一下。"

李中原平静地说:"阜康钱庄的银票,俺这里也有不少,都成废纸了。大家都有损失啊,如今商家连晋商票号都不认了,只收官家的银票和现银。昨儿俺家的银号放出去几十万两,所剩现银也不多了。"

阎立德微微一怔:"这么说,街上一半以上的商铺和作坊都是你们李家的了?"

李中原露出一抹得意之色,故意叹了口气,说:"这家大业大的,难着嘞!"

阎立德主要是为了弟弟的事情才上门的,便追问了一句:"那立信的事……"

李中原摸了一下胡子,慢悠悠地说:"要不俺写封信,你带着去见县令大人,俺能帮的只能这样了。"

阎立德算是看明白了,李中原若是真心要帮,会直接去找县令,只是写封信纯粹是在敷衍他。想到这里,他起身施礼道:"那俺先替立信谢谢您了。"

李中原看着阎立德离去的背影，嘴角露出一抹冷笑。当初，他将女儿许配给阎立信，就是看中那小子神童的名号，指望阎立信将来考中举人和进士，前途一定不可估量。如今，阎立信连续考举人不第，他已经对阎立信失望了。再者，他听闻阎立信经常出入烟花柳巷，老鸨要债都要到商号了，更加坚定了他对阎立信的看法。李维凤是他的掌上明珠，他不能让女儿嫁一个不务正业的男人。但阎于诚的亲笔信，又使他改变了些许看法。尽管阎立信主动提出解除婚约，可他出于对阎于诚的信任，坚持尽快举行婚礼，完成阎、李两家的强强联合。不料，昨天亓满贵告诉他，阎于诚在胡雪岩那里投了一百多万两银子，都是向几家老乡商号筹借的。如今，人家都上门要银子，阎于诚这才想出让儿子成亲，目的就是要李家出手帮忙。

尽管他对亓满贵的话半信半疑，可对阎于诚信中主动提出让儿子完婚的举措，也感到有些疑惑。他不愧是蹚过几十年风风雨雨的人，在这场乱局中，只要按兵不动，就是最大的赢家。当他得知阎立信被官府抓起来后，内心有些兴奋，那可是上天相助啊！

阎立信被抓，阎于诚不可能袖手不管，如此就能看出阎家究竟有多少实力了。况且，一旦阎家真的落败，阎立信通匪一案，不管是否属实，影响肯定很大。于是，他产生了解除婚姻、另择良婿的想法。因此，他对于阎立德的祈求，显得有些漫不经心。作为生意人，他想的自然是利益的最大化。

阎立德离开李家，回到铺面上，找高友亭拿了一些银两，急急忙忙赶往县城。不料，他连几位大人的面都没见着，只得到一个"正在调查，会还阎秀才一个清白"的口信。

回到家，阎立德再次看了爹写的那封信，思考了很久后，终于做出一个决定，再次厚着脸皮去李家。这一次，他是来谈生意的，他愿意以莱阳几百亩柞树林作抵押借银五十万两。李中原听了，立马露出了和蔼的微笑："贤侄，要是你爹在这里，他早就这么做了。上回俺答应你三十万两，你却张口五十万两，俺这边拿不出来啊。"

阎立德说："您在南洋的弟弟不是刚汇过来一笔银子嘛，有一百多万两吧？"

李中原嘿嘿笑了两声："想不到你消息蛮灵通的，可那是俺弟的钱，不是俺的，是要用来囤蚕丝的，可不能乱动啊。这样吧，看在咱两家相交多年的分上，俺再多出五万两，一共三十五万两。要不你就找别家看看？

俺相信整个昌邑，只有俺家能出这么多现银了。"

阎立德听得出，最后这句话多少带有一点威逼的语气。他沉默了片刻，说："俺还有一个条件。"

李中原说话也利索了："啥条件，说吧。"

阎立德说："你必须救出俺弟弟，否则抵押到期，俺家只还本金。即便还不上本金，俺家还占一半的山林。"他提出这样的条件，也是对李中原这只老狐狸最大的约束。

李中原再次摸了摸胡子，说了一个字："中！"

当天下午，在几个证人的见证下，阎立德和李中原签下了为期一年的抵押书，顺利从李家的银号提到了三十五万两现银。

就在阎立德考虑怎么委托镖行押运去京城的时候，阎于诚已经病倒在床上了。

原来，就在阎于诚催着阎立信赶快上路的时候，马清泉跪在他的面前，主动交代了将商号的十多万两银子放给阜康钱庄的事，如今商号内的存银也就两万两。

阎于诚听了，头立时大了，身子晃了几晃。他坐了下来，低声而愤怒地质问："你为啥不告诉俺一声啊？"

马清泉哭着说："老胡只说用两个月，六分的利，俺寻思着这两个月不需要从山东那边进货，就……就答应他了。没曾想会这样……"

阎于诚叹了一口气："你就是把宅子和家当都卖了，也堵不上这个窟窿啊！"说完，他慢慢地点了一袋烟，思考了一会儿，说："赶快派人去东北，让那边抓紧凑银子尽快送来。这事绝对不能透露半点风声，听到没？"

马清泉朝阎于诚磕了一个响头，低着头出去了。

阎于诚看着马清泉的背影，眼睛有些迷蒙起来。对于一个跟了他这么多年的老伙计，在于事无补的情况下，他还能说什么呢？去年囤丝绸的仓库着了火，烧掉了十几万两的丝绸，还烧死了两个看守仓库的伙计。他也没有责怪马清泉，这天干物燥的，谁能担保没点闪失呢？

大意失荆州啊！如果当初不答应和胡雪岩合作就好了，可惜了那一百多万两银子。这做生意就跟下棋一样，一招不慎，处处受制。若无本事翻盘，便会满盘皆输。

好在他还有翻盘的机会，每年送进宫内的几百匹丝绸，虽然所赚不多，但那是天有信的牌子和面子啊。另外，东北那边的几家分号生意还不错，加上柳疃老家的支援，应该能挺得过去。至于发到南洋的那批货，则要等到几个月后才有消息。远水救不了近火，他也就不指望那边了……

阎于诚靠在椅子上迷瞪好一阵子，才缓过神来，发现自己不知何时居然出了一身冷汗。他暗自骂了一声："这是咋的啦？大风大浪都挺过来了，还怕个啥，不就几十万两银子吗？天有信还撑得住啊！"

尽管心里这么想，他还是如坐针毡，浑身刺挠。于是，他吩咐下人烧水洗澡。这时，竟有些后悔没有听孟四海的话，在原配妻子过世后续个弦。要是身边有个女人照顾着，好歹还有个说说话的人。其实，他不是没考虑过这个问题，花个一二百两银子娶个良家妇女安安稳稳过日子，可又怕像李中原那样，五十出头了，再生个小子出来。再者，这几年忙于生意，男女那事也都淡了。若是再续个弦，家庭生出事端来，反而不好，倒不如一个人将就着过完这辈子拉倒……

洗完澡，他又让下人去天福号买来酱肘子，去惠丰堂叫了几个地道的山东菜，邀上孟四海和那几个老乡，就在廊下的小石桌上敞开了怀喝酒。

越是紧要关头，越要稳住阵脚，这才是阎于诚的本色。虽然那几个老板各有心事，但一见阎于诚那胸有成竹的模样，也都定下心来。几杯酒过后，彼此话头多了起来，一个老板说："阎大哥，听说阜康钱庄的二掌柜老胡昨天在前门外一家客栈里死了，是被人杀的。官家还找俺问过话呢！"

孟四海他们几个人也附和着，说不知道是哪个人下的狠手，拿不回银子，就把人给杀了。

阎于诚暗惊，隐约觉得老胡的死并非那么简单。老胡是胡雪岩的同宗兄弟，在阜康钱庄北京分号干了十几年了，好歹也是场面上的人。他在短期内高息揽银，那也是胡雪岩同意的，目的是填补上海那边的窟窿，所欠的银两不是一两家的。再说，老胡只是经办人，惨遭挤兑那是生意上的事情，自有官家出面处理。他罪不至死，何至于搭上性命呢？

阎于诚也没往深处想，装作事不关己的样子，笑着对几个老板说："阜康钱庄出事，受损失的可不止咱们昌邑人，做生意嘛，哪有一顺百顺的？一个月之后，诸位来天有信领银子，眼下挺一挺也就过去了。实在要转让商铺的，咱也可以合计一下。"

孟四海道："有阎大哥这话，俺也就放心了。山东丝绸商会只要有阎大哥在，就垮不了。不过，俺听说亓满贵搭上了户部朱大人那条线，想把他家的丝绸也送进宫呐。虽然朱大人是李中堂的得意门生，可那事得内务府的大人们说了算，谁家的质量好要谁家的，哪那么容易啊？天有信的丝绸有独门工艺，连老佛爷都认可呢。"

阎于诚微微一笑，不置可否，端起酒杯敬了大家一杯。几个人一直喝到月上柳梢头，才在各自下人的搀扶下醉醺醺地散去。他见那一盘猪蹄子和酱肘子没怎么吃，便吩咐一个叫满驼子的下人打包给马清泉送去。马清泉做事很尽职，通常都睡在门店里。

阎于诚回到屋内躺下，居然睡得很安稳，连梦都没做一个……

朦胧中，他被外面的拍门声吵醒了。他欠起身推开窗户，见下人开了门，马清泉的儿子马永顺撞了进来。马永顺比阎立信小一岁，也在商号柜上帮忙。

马永顺是哭着进门的，一边哭一边喊："东家，俺爹上吊了！"

第五章

阎于诚一直拿马清泉当兄弟，怎么忽然就上吊了呢？阎于诚赶紧扯了一件衣服披在身上，立即下炕走了出去。

马永顺扑过来跪在地上，哭道："夜来①俺爹回到商号，就让人去了东北和杭州。他把自己关在屋里，晚上也没回家。今儿一早商号还没开门，就来了一队官兵，把商号给围了。官老爷说，天有信送进宫的丝绸是劣质品，欺君罔上，要拿大爷您是问呐。俺进去叫俺爹，却发现他已经……"

阎于诚皱起眉，道："不可能啊！送进宫的那几百匹丝绸是俺亲自过目的，都是上等丝绸啊，怎么会变成劣质品了呢？"他稳定了一下情绪，回屋穿好衣服，接着说："走，去看看！"

天有信商号门前，果真围着一些官兵，还有不少行人在看热闹。天有信绸缎店的牌匾也没了。阎于诚推开人群走了过去，见两个五品顶戴的官爷坐在那里，商号的十几个伙计和账房被官兵押在一边。他认得其中一个人，是内务府广储司主事景大人，忙上前拱手施礼，低声问："景大人，这是咋回事呀？"

景大人指着放在柜上的几匹丝绸，说："阎老板，正要去找你呢，你倒自己来了。这是贵商号前些天让人送进宫的，都长霉斑了。你好大的胆子啊，竟敢糊弄老佛爷！"

阎于诚定睛看了柜上的丝绸，见那丝绸确实长了霉斑，再一看暗记，确定是自家的货。猛然间，他想起去年从老家运过来的一批丝绸，由于掩盖不严实，路上淋了雨，有十几匹发了霉。天有信不卖劣质品，他当时就叫马清泉拿出去烧掉，怎么会混到入宫的这批丝绸里了呢？前些天送进宫

---

① 夜来：方言，"昨天"的意思。

的丝绸是他亲自检验后，让马清泉送去交接的。也就是说，只有马清泉知道为什么会掺有劣质丝绸。

他走进内堂，见马清泉的尸身放置在一块门板上，用白绸盖着。他掀起白绸，眼中落下几滴老泪，喃喃地说："老伙计，俺这么信任你，为啥给俺来这么一出啊？"

景大人跟了进来，低声道："接老佛爷的懿旨，查抄天有信，一干涉事人等收押刑部大牢，听候发落。阎老板，我也帮不了你了，走吧！"

阎于诚感叹道："景大人，天有信不是头一回给宫内送丝绸了，这您是知道的，俺就是有天大的胆子，也不敢这么做啊！"

景大人面无表情地说："可那些劣质丝绸也是事实。你要是有冤屈，到时候去刑部大堂对诸位大人说吧，我们几个只是奉旨办事。"接着，景大人低声说："刚才查抄的时候，我就觉得奇怪，天有信这么大的买卖，柜上居然只有几百两现银，库存的丝绸不过一百多匹。阎老板，这怎么解释呢？"

阎于诚摇了摇头，马清泉已死，他实在没法解释了。

景大人继续说："去你府上吧。就这几百两银子，我们几个办事的都没法回去交差呢。"

阎于诚被几个官兵押着出了门，他都不知道怎么回到家的。进门之后，就坐在廊下的椅子上发呆，任由官兵四处查抄，翻箱倒柜挖地三尺找银子。

也不知过了多久，景大人来到他身边，说："堂堂的商会会长、京城第一大丝绸商号的老板，居然住在这样的破宅子里，说出去都没人相信呐。今儿我们几个算是栽了，除了几件古董和几吊大钱，就抄出了十几两碎银。阎老板，走吧！"

阎于诚低声哀求道："景大人，咱俩认识好几年了，多少有些交情吧，帮帮俺啊！"

景大人也没搭话，掂了掂手上的十几两碎银子。

阎于诚当然明白景大人的意思，如今朝野上下只有银子才能通神，可他实在拿不出银子了。刚起身，突然眼前一黑，就什么也不知道了……

当阎于诚醒来的时候，发觉自己躺在炕上，旁边坐着一个人，是孟四海。

孟四海见阎于诚醒了，急忙说："囊地会这样呢？老马跟了你这么多年，是个可靠的人哪！"

阎于诚艰难地张了张口,已经说不出一个字了。

孟四海点点头:"俺已经让人快马加鞭回山东去叫人了。景大人他们本想把你送进刑部大狱,俺使了些银子,才以你昏迷为由,暂时收押在家里,门口有人守着呢。如果你不见了,他们会拿俺是问的!"

阎于诚的眼中露出感激的表情。

孟四海说:"如今只要设法保住天有信的牌子就行,好在还有东北和老家以及南洋那边,肯定能挺得过去。你安心养好身子,等山东那边的银子到了,上下打点一下,估计也就没事了。"

阎于诚的眼角流出几滴浊泪,孟四海用手绢替他擦了擦,而后拍了拍他的手,起身走了。

此后几天,孟四海天天前来探望,确实够仗义的……

就在阎于诚躺在炕上苦苦等待着老家的银两抵京的时候,阎立德却听信蓝氏的建议,为了省下四千两的镖行押运费,擅自招揽了二三十名年轻力壮的小伙子充当趟子手,押着近四十万两现银和一千多匹丝绸浩浩荡荡地准备上路了。蓝氏也想去京城见见世面,便索性带着儿子一起赴京。

魏掌柜和高友亭以及几个铺面上的老人都赶来了,一个劲地劝阎立德找镖行押运。高友亭拽着阎立德的马缰绳,低声哀求道:"大少爷,高总镖头和俺是同宗兄弟,还是请他帮忙吧。这么一大笔银子,就这几十个人,要是有个闪失,可囊办呀?"

阎立德笑道:"放心吧,俺走的是官道,土匪的胆子再大也不敢在官道上抢劫的。"

魏掌柜和高友亭见说服不了阎立德,眼中满是担忧之色,只能眼睁睁地望着阎立德的车队走了。

阎立德已经想过了,李中原就是再滑头,也不会和银子过不去。至于弟弟,有功名在身,县里也不敢过于刁难,调查清楚原委后,自然会还他一个清白。如今,京城那边都火烧房梁了,爹急盼着银子,所以孰轻孰重,他很清楚。至于弟弟与李家的婚事,也不急于一时,待诸事顺利之后,年底完婚也不是不行。

阎立德并不知道,镖行押镖除了靠武功之外,更多的是与江湖黑道朋友的交情。路过每一处地方,都会奉上买路钱,才保所押的镖不会被劫。就在他的车队离开柳疃的时候,站在街边顺义酒家二楼上的亓满贵望着车队远去飞扬的尘土,露出了得意的微笑……

第五章

李维善听说阎立德要自己押运银两去京，赶紧骑马追了上去，终于在潍县地界追上了车队。他劝道："大哥，如今四处兵荒马乱的，俺家从莱阳运蚕茧回来，都是请镖行帮忙。我叔从南洋运回来的一百多万两银子，除了镖行之外，还特地请了官家的人帮忙，派了一百多号人的洋枪队一路护送。就你这几十号人，也敢千里迢迢去京城吗？"

阎立德笑着说："俺想一路上走官道，应该没事的！"

李维善继续劝道："阎大哥，你听俺一声劝吧，要不去潍县防军的营房，花个千儿八百两银子，找十几个洋枪队的兵勇跟着，好歹要稳妥一些。"

阎立德笑道："多谢兄弟提醒，俺这就去请。俺弟弟那事，就拜托你了。"

李维善说："妹夫那事纯粹是误会，听说衙门那边好吃好喝地待着他，过两天查清楚了，应该就没事了。"

李维善本想和阎立德一起去潍县防军的营房一趟，可阎立德坚持不用。想到家中的事情挺多，李维善又吩咐了一番，才骑马往回走。

李维善走后，阎立德根本没有把他的话放在心上，而是继续朝济南、德州方向而去。却不知，一伙土匪已经在官道上布下了一张罪恶的大网……

有人的地方就有恩怨，有恩怨的地方就有江湖。这几乎是一个社会定律。就在阎立德一家人和车队离开柳疃的当天晚上，他家门口拴了一匹马，马鞍上的包裹里有三十两碎银，还有一封信。信很短，就几行字：

立信老弟：
  感谢相助，奉上白银三十两，以表心意。青山不改绿水长流，
以期下次见面，请老弟畅饮。

镇山东

经二柱辨认，那匹马确实是阎立信骑走的那匹。就是这匹马，还有包裹里的那封信可真把阎立信通匪的罪名给坐实了。

县令得到阎立信通匪的实证，当即写了呈文，命人奏请山东学政大人，革去阎立信的秀才功名，然后再论罪定刑。

李中原得到这个消息，他怔怔地望着李维善："你确定没有听错？"

前些日子，李中原请县令喝酒的时候，还特地说到他那个神童女婿阎立信参加乡试临场失利的事。县令不是不知道他和阎立信的关系，怎么不

事先通知他呢？他这个堂堂的保正，难道在县令大人的眼里，就那么寒碜吗？于是，他赶紧修书一封，让李维善拿着去见县令。县令大人一口肯定：这事假不了！

李中原思索了一会儿，放下茶杯："不行，俺得亲自去一趟！"

就在李中原前去昌邑县城时候，李维善进了后院，把消息告诉了正在阁楼上绣花枕的妹妹。李维凤听了，右手一抖，左手的中指上立即绽放出一枚绚丽的血花。那血滴在花枕的鸳鸯眼上，那眼珠顿时红得瘆人，显得特别怪异……

李维凤抬起秀眉，问："他不是刚回来吗？嚢就通匪了呢？"

李维善说："俺也是这么想的，阎家上上下下有百八十人，也没听说谁通匪。这次立信回来，是要和你完婚的。咱爹已经通知他哥十天后给你俩办喜事，哪知会闹这一出呀？"

李维凤把手指放在嘴里吸了吸，才悠悠地说："这半年来，俺就没有收到他一封信。"

李维善说道："别人不说，可立信的为人俺还是知道的，打死俺都不相信他会通匪。俺寻思了一下，觉得这事有些邪乎。"

李维凤仰起头问："嚢地邪乎了？"

李维善说："十天以后的好日子，是咱爹给俺看的。你未来嫂子和你一样，是莱阳那边大户人家的小姐，按规矩，结婚都是在年底或者正月。咱爹接到你公爹的一封信，就急着替你俩完婚。可俺听徐德忠说，亓满贵和咱爹吃饭的时候，说阎家虚张声势，其实已经撑不下去了。昨天一早，阎立德找咱爹帮忙救立信，可咱爹却根本不当回事，还趁机提出把他家在莱阳的几百亩柞树林抵押了三十万两，最后爹说看在多年交情的份上，多给了五万两。阎立德押着现银，就急匆匆地去京了。俺得到消息他没有请镖局押运，就追上去叫他花点银子去潍县军营请了洋枪队。"

李维凤皱着眉说："哥，你一口气说了那么多，俺听着却有些糊涂，是不是爹嫌贫爱富，故意害他的啊？"

李维善说："妹子，可不能这么想。虽说爹有点那个，可也不至于害人，但亓满贵就很难说了，他和阎家有仇呢。"

李维凤说："俺听说那事其实是亓满贵自己闹的，把差的料子当上等料子卖，不关立信他爹什么事。再说，那事已经过去这么多年了，他不至于还那么记仇吧？"

李维善笑着说:"妹子,你整天在这绣楼上,大门不出二门不迈的,不知道外面的世道人心有多么险恶。在生意的道道上,防人之心不可无啊,这也是爹一再教导俺的。爹今天去县里了,以爹和大人的交情,立信应该会没事的。"

李维凤低下头,过了一会儿,说:"哥,俺听下人说,立信向爹提出解除婚约,是不是真的?"

李维善笑起来:"哪有的事,俺都没听说呢,一定是哪个下人嚼舌根子。"

李维凤有些幽怨地说:"哥,无风不起浪啊。俺给立信写了好几封信,可他半年都没给俺回一封,以前他给俺回的信,俺觉得……"

李维善打断了妹妹的话:"妹子,你别胡思乱想了,立信不是那种无情无义的人,你准备当新娘子就行了。"

李维凤望着床铺上那些做好的新被子,喃喃地说:"不管他家怎么样了,也不管立信怎么看俺,反正俺就是阎家的人了。"

李维善想着商铺和银号那边还有很多事,安慰了妹妹几句,便起身离开了。

且说李中原到了县里,直接和县令大人在后堂见了面。两人寒暄了一番,他便说明了来意:"大人,听说俺女婿和土匪勾结,囊地俺都不知道呢?"

县令微笑着说:"你不知道才好呢,要是知道的话,还落个包庇罪呢。这事已经有了实证了!"

李中原说:"大人,他一直在京城,前两天才回来,是不是误会了?"

县令命师爷拿出那封信,说:"阎立信借马给土匪逃脱,土匪还马的时候,有银两相赠,还有这封信,你自己看看吧!"

李中原接过信,眉头旋即皱了一下,又立马恢复了平静,说:"可否容我和他见一面?"

县令点点头,对师爷说:"吩咐班头领李保正进去。"

李中原谢过了县令,在师爷的带领下来到大牢门口,人还没有进去,就被一股扑面而来的腐臭味给熏得后退了几步。师爷和看管大牢的班头交代了几句,班头便在前面带路。

大牢内光线昏暗,两边都是隔着栅栏的牢房。每间牢房里关押的人数不等,有的躺在草铺上呻吟,有的扑到栅栏边呆滞而好奇地看着李中原。

班头来到一间牢房前,轻蔑地用手里的棍子敲了敲牢门:"阎立信,

有人看你来了。"

蹲坐在草铺上的阎立信抬起头，明显感觉出了班头对他态度的转变。原来还一直称呼他"阎秀才"，今天怎么就直呼其名了呢？

看到李中原走过来，阎立信站起身，神情漠然地看了一眼。

李中原站在牢房外，问："立信，你和那个土匪镇山东是怎么认识的？"

阎立信抬起头，说："俺从来不认识什么土匪，更不认识什么镇山东。俺已经说了，俺骑马来县里见朋友，半路上被土匪劫了马。他们把俺关在后衙，说是等调查清楚会还俺清白的，可昨天夜里就把俺关到这里来了。"

李中原似乎明白了什么，说："大人那里有你通匪的实证，俺也没有办法救你了。孩子，这就是你的命啊！"说完，他顾自离开了牢房。

回到后衙，李中原直接问县令："大人，您看多少银子能够放人？"

县令脸色微微一漾，招呼李中原喝茶："咱俩不是外人，去年县城南面遭了灾，还是李保正鼎力相助，做了全县士绅的表率。你府上那块匾，还是俺恳求抚台大人给题的呢！唉，阎立信通匪一案，难办哪！"

李中原喝了口茶，说："大人，这事其实就是一个误会。"

县令笑着说："是不是误会，谁都不好说，不过有了实证，那可错不了。"

李中原长吁了一口气，伸出三个指头，说："既然大人没有把俺当外人，那就好办了，三千两？"

县令慢悠悠地敲了敲茶杯盖："以你我之间的交情，要说放人，也不是没有可能。可这件事连上面都知道了，估计很麻烦啊。"

李中原的眼中闪过一抹寒光："大人，俺上次去莱阳收蚕茧，抚台大人请俺喝过酒，还说您是个能人知县呢！要不俺明儿去莱州府，找抚台大人给说说？"

县令的手微微一颤："那是抚台大人抬举俺啊。其实，俺这个县官当得累呢。你也知道，衙门里杂七杂八的事情太多，县里每年办学、救灾、修河堤全靠你们这些大老板出钱。你对俺的支持，俺都记在心里呢。咱俩也是老交情了，就不用烦劳抚台大人了。再说，这事捅大了可不好，别人俺不说，你李保正可是个明白人。这样吧，一万两银子！"

李中原不是拿不出一万两银子，但他觉得县令这么狮子大张口，背后肯定有原因。再者，作为生意人，他的每一笔开支都会盘算值与不值的问题。如果阎家确如亓满贵所说的已经家败，而阎立信也主动提出解除婚约，那么此刻花一万两银子救人，并非明智之举。他想了一会儿，说："那孩子自小没有遭受什么挫折，让他多在牢里待几天学学怎么做人，也未尝不是坏事。一万两银子可不是小数目，容俺回去想想办法吧！这段时间，还请大人看在俺的面子上，不要为难他啊！"

师爷在一旁赔着笑，说："李保正的面子，大人肯定会给的！"

县令对李中原非常客气，亲自送出后衙。临行还硬塞给他一条熏羊腿，说最适合就着喝酒了。

李中原离开县衙后，大牢的班头给阎立信送来了两个馒头和一碗红烧肉。阎立信没有起身吃饭，仍呆呆地坐在那里。自李中原来过后，他就预感到了事情的不妙。所谓的通匪实证，具体指的是什么？已经过去好几天了，为什么县里还没有调查清楚呢？而且连李中原都知道了底细，为什么他哥不来探望一下呢？

前几天，阎立信被关在县衙后堂一间小屋里，每餐都有酒有肉，还有书可以看。昨天半夜，就有衙役进去，说是换一个地方，结果就被带到这里来了，连早饭都不给送。在这潮湿又充满臭味的地方，他恶心了一上午，后来竟慢慢适应了。

算命先生曾说，他有灾难。他其实是个不信命的人，也不是一个遇事不淡定的人。他认为，既然灾祸临头了，急也没有用，唯有泰然处之。孟子曰：天将降大任于斯人也，必先苦其心志，劳其筋骨，饿其体肤，空乏其身，行拂乱其所为，所以动心忍性……

今天，他又纳闷了，怎么又改善伙食了呢？看着那碗红烧肉，他根本没有胃口。旁边牢房的几个犯人朝他喊起来："你要是不想吃，就行行好吧。一两年没有见到白面馒头了，更别说红烧肉了。"

他瞅了一眼那些蓬头垢面、衣衫褴褛、浑身散发着臭味的因犯，朝外面喊："班头，麻烦来一下？"

班头应声走过来："啥事？"

阎立信从身上摸出二两多碎银递给班头，说："麻烦再去买点吃的，给牢里的这些人分分，另外还求您通知一下俺哥，让他来见俺，俺有话要说。"

班头看着手里的碎银，摇了摇头说："外面的兄弟也想喝一盅呢，这点银子哪够啊？"

阎立信笑起来："只要俺哥来，少不了你们喝的！"

班头点点头："那俺可替兄弟们谢谢了。"

班头出去后，那些囚犯一个个朝阎立信作揖，说着感谢的话，有人甚至跪下来磕头。他神情淡然地看着他们，或许用不了多久，他就会变成像他们那样。

正想着，外面传来一个声音："呦，原来是李大少爷，什么风把您给吹到这儿来了？"

"王班头，听说俺妹夫给关大牢里了？"说话的正是李维善。

王班头笑呵呵地说："那是大人的意思，俺只管看押犯人，刚刚李保正来过了。"

"俺知道，俺就是等他走了之后才进来的。"

阎立信站在牢门前，看到入口那边的人影一闪，王班头领着李维善走了过来。两人相对而立的时候，还没等阎立信问话，李维善就开腔了："俺想知道，你为啥跟俺爹提出要解除婚约？"

阎立信露出一丝羞愧的神色，说："这事容俺以后再跟你解释，你帮忙问问，为啥好几天了，还没调查清楚呢，还说俺有什么通匪的实证了？"

李维善把土匪还马、马背上放银子和信的事说了。阎立信呆了半晌，才喃喃地说："这下子，俺就是跳进黄河也洗不清了。"说着，他提高了嗓门喊起来："俺冤枉啊，俺真的没有通匪啊！"

有几个犯人也跟着哭号着："俺也冤枉啊！"

李维善低声说："俺相信你，可这事也没法说明白。当官的只想讹点银子。"接着，他把阎立德抵押几百亩柞树林、押着银两去京城的经过给说了。最后他拿出一封信，说："这是俺妹写给你的。"

阎立信接过来，没有急着拆开，而是将李维凤对他的真情放进了胸前的内衣里。

李维善安慰道："这事肯定是个误会，你别急，说不定俺爹正在想办法呢。你哥去京了，用不了多久就会回来。你就当是在这里玩，俺给你带了换洗的衣服。哦，二柱也跟来了，俺给他在边上找间屋子住着。每天给你送饭，好歹有人照顾你。你要是想俺妹子了，就让王班头准备纸笔，写完后让人捎去就行。俺妹子说了，不管你们阎家怎么样，她生是阎家的人，死是阎家的鬼！"

听到这里，阎立信涌起一阵无可名状的愧疚，低声道："俺知道了。在牢里闷得很，你给俺捎几本书来吧。"

李维善笑起来:"稍后让二柱给你送来,柜上的事情太多,俺先回去了,改天再来看你吧。"

李维善走出牢房后,给了王班头五两银子的赏钱,然后将二柱带到县城的分号铺面安排住下,叮嘱铺面掌柜,每天买好吃的,交给二柱送去。吩咐好了这些,他突然想起一件事,问二柱:"你跟着少爷在京城,他是不是经常去那些不干不净的地方,还有了相好的?"

他怀疑阎立信有了别的女人,要不然也不会不给他妹子回信,更不会主动提出解除婚约。

二柱愣了一下,低着头说:"俺都是跟着老爷的,不过听说少爷想替一个女人赎身。老爷不答应,少爷气得几天不回家。他平常和亓家的大少爷都去那些地方玩,说是结交什么朋友。"

李维善哦了一声,继续问:"有没有人去找你家老爷催债的?"

二柱说:"有啊,俺来的那天就有好几个呢,都是老乡。俺在外面听到有人要把铺面低价卖给老爷呢,老爷说要等银子到了才行。"

听到这里,李维善和铺面的掌柜相互一视,默默地作了眼神的交流。

李维善问:"那你从京城一路跟着少爷回来,有没有见他和别人喝过酒?"

二柱说:"少爷很少喝酒的,俺俩急着赶回来,哪里还有时间和别人喝酒啊?少爷来昌邑见朋友的时候,俺要跟着来,可他不让,还踢俺,把俺的腿都踢肿了。要是俺坚持跟着来,少爷或许就没事了。"

这时,内堂传来一声咳嗽,掌柜的连忙让人把二柱领走了。李维善看着从内堂走出来的李中原,叫了一声爹。

掌柜低声说:"老爷,这个二柱从小就是一个爷巴①,爷巴不会说谎!阎家少爷那事,看来真的是冤啊!"

李中原看了儿子一眼:"你去探望一下也好,好歹让大伙都知道咱李家有情有义,你先回去吧。刚到了一批生丝,你负责押回柳疃。俺已经和你岳父说好了,等你成了婚,就在莱阳那边开缫丝厂、织布厂,还有染坊,直接把成品从青岛上船运往南洋,没必要像以前那样走天津了。关于阎家的事情,晚上再跟你聊。还有,不要把这事告诉维凤!"

李维善点了点头,急忙出了铺面,上马押着两大车生丝往柳疃赶去……

---

① 爷巴:方言,"傻子"的意思。

　　阎立信失去了自由，内心很是痛苦。其实，有一个人比他更痛苦，那个人就是亓学文。

　　亓学文从小就是个听话的孩子，从来没有忤逆过父亲。这一次，他的良心受到了鞭挞，连他自己都不知道该怎么做……

　　三年前，他考中举人，本来已经和昌邑南部一个地主的女儿定了亲，而他也确实到了该成家立业的年龄，哪知他爹却以门不当、户不对为由，硬逼着退了亲。他原以为，爹会另外给他说一门更好的亲事。可一直没有动静，只告诫他努力读书，考中进士，光大亓家的门楣。后来，爹得知他与阎立信交往甚密，不但没有阻止，还吩咐管家出资让他请阎立信去"八大胡同"玩耍。

　　从那时开始，他就觉得爹好像在布一场大局。一个月前的一天下午，阜康钱庄二掌柜老胡和亓满贵在一间屋子里嘀咕了半天。阜康钱庄一出事，很多山东老乡找亓满贵帮忙。亓满贵趁机低价收购了不少铺面，也不知哪里来的那么多钱？

　　就在离开京城的头天晚上，亓满贵半夜才回来。他隐隐约约听到娘在屋里哭泣："造孽啊，造孽啊！"

　　第二天，娘就去了西山寺庙上香，并请了一尊菩萨回来供在屋里。同父异母的妹妹亓祥芝告诉他："哥，听大娘说，阎家要倒霉了！"

第六章

阜康钱庄遭挤兑后,其他老乡都受损不轻,唯独合顺旺商号不但没受影响,生意还越来越好了。

亓学文发现,爹那发自内心的兴奋与愁眉不展的母亲形成了鲜明的对比。他偷偷问过母亲:"娘,现在咱家买卖这么好,您为啥不开心啊?"

母亲长叹一声:"俺嫁给你爹后,就知道他心术不正。这么多年了,也一直没有改变。俺现在求佛拜菩萨,只求咱家别遭报应。你们兄弟俩千万别学你爹啊!"

前几年,十七岁的弟弟亓学武被爹花银子送去了天津水师学堂。当时,他很奇怪,为什么爹不让他们兄弟学做生意,而逼着他们朝一文一武去发展呢?

吃午饭的时候,爹得意地喝了点酒。亓学文就问:"爹,你是不是对阎家做了什么?"

爹说:"俺的事情你少管,叫你干啥就干啥行了!"

后来,他听说了阎立信与土匪有染而被抓的事。别人不了解阎立信,亓学文是最清楚不过的。阎立信的朋友本来就不多,除了李长寿和他之外,就只剩下屈指可数的几个文人墨客了。至于小香橼,那也是他领着去了留香院之后才认识的。两人你侬我侬的,倒也情投意合。

亓学文一直没弄明白,阎立信也是个读书人,一直在京城住着。这刚从北京回来,怎么就通匪了呢?他明显感觉到,阎家出的那些事,与爹有很大关系。内心的不安使他不顾一切地说出了心底的话:"爹,咱家与阎家的恩怨,那是您和阎于诚的,不关阎立信什么事啊!"

亓满贵看了儿子一眼,得意地说:"爹告诉你,连上天都在帮咱家。阎立信通匪一事,本来是误会,可谁叫那土匪还有情有义呢,不但还马,

还搭上了几十两银子……"

亓学文大惊："那封信是您派人塞进去的吧？"

亓满贵收起笑脸，说："胡说！该让你知道的，爹会告诉你；不该让你知道的，你别乱猜。再过些日子，等你成了李家的乘龙快婿，爹的计划就完成一大半了。"

亓学文听了，突然跪在地上："爹，求求您了，不管您之前对阎家做过什么，能不能放过立信？"

亓满贵看了一眼条案上首的祖宗牌位，冷笑着说："你爷爷被人气死的时候，他阎家可没放过俺。俺一家人在大冬天离开柳疃的时候，连一个送行的人都没有。这么多年来，俺无时无刻不记着呢，总有一天，俺要让全柳疃的老少爷们都仰着头看咱亓家！"

亓学文说："爹，俺早就知道，当年那事是您不地道，把劣质发霉的绸子卖给人家，犯了行规，而且被人家查出来……"

话还没说完，亓满贵吼道："你知道个屁？好绸子每匹要十六两二分五，那外地客商只出十二两银子，我能给他好的吗？其实，那个人自己心里也清楚，他拉回去不会亏本。当时已经装车了，可阎于诚非要最后当众检查，这才露了馅。那外地人不是善茬，索性倒打一耙。做生意本来就尔虞我诈，他阎家借势一闹，趁机打出了他家的名气，把咱家踩在了脚底下，还不忘吐上几口唾沫。你爷爷就这么给气死的，明白吗？"

亓学文说："可听俺娘说，阎于诚也帮过咱家啊！"

亓满贵指着外面，说："你当他阎于诚那是做善事吗？咱家原来在这里有三个铺面和一家作坊，是他借钱给了李中原，用低价给买走了。到京城后，阎家占据了半个京城的生意，俺要不是采取薄利多销的方式，早就被他挤对出京了。"接着，他瞪了亓学文一眼："你还跪着干啥？你爹当年也给人家跪过，可是没用。爹后来才明白，必须站着做人。你给俺记着，在生意场上，只有生意，没有人情，懂吗？给我站起来！"

亓学文怏怏地站起身。

生意场上，只有你死我活，没有仁义道德。亓满贵就认准了这个理。

前不久，他把十六岁的女儿亓祥芝许配给了户部朱大人的傻儿子，和朱大人结成了儿女亲家。

亓满贵冷笑着说："爹的计划天衣无缝、步步为营，学着点吧。还有一件事要告诉你，阎家老大押着银子出行的当天，爹让你去龙池送了一封信，记得吗？"

亓学文不解地问："咋啦？"

亓满贵恶狠狠地说："那是一封阎家老大的催命符！"

亓学文呆了半晌，问："那天有信被查封，是不是也是你干的？"

亓满贵得意地仰起头："那可确确实实是他家的绸子，他阎于诚再有本事也不可能像二十多年前那样去当众证明了。阎于诚用人不疑，他那个甩手掌柜当到头了，怪就怪他太相信别人。爹再教你一招，在生意场上用什么人、该怎么用，那是你的眼光，千万别撒手。人心可隔着肚皮呢。马清泉跟了阎于诚几十年，住的宅子比阎于诚的都大，除了例银还有红利，可他还是不知足呢！"

亓学文问："那阜康钱庄的老胡……"

亓满贵更加得意地点了点头。

亓学文声泪俱下地说："爹，您有没有想过，您做的这些亏心事，万一东窗事发，可就身败名裂了啊！"

亓满贵厉声道："没有万一，天知地知你知我知，你要是想去告发你爹，那就去吧。别忘了，你那个举人还是爹花了银子买来考题才中的。你考不上进士无所谓，爹想过了，再搭进去几十万两，给你补一个实缺。你想想京城上下那些达官贵人，再想想天桥上的那些乞丐，识时务者为俊杰啊。你要怎么做，自己想清楚了！"说完，亓满贵哼了一声，顾自走了出去。

亓学文呆呆地望着爹的背影，痛苦地闭上了眼睛。接连几天，他都喝得酩酊大醉，让浓烈的酒精麻醉着自己的神经，决心不去想阎立信的事，就这么迷迷瞪瞪地活下去。

亓学文跪在地上求亓满贵放过阎立信的时候，李维善也在求他爹，不过他没有跪着，而是面对面地坐着，就像生意场上的谈判。

李中原故意支开李维善，让他送生丝回柳疃，那是有事不想让他知道。作为李家的大少爷，跟着爹做生意这些年，已经完全能够独当一面了。他结过一次婚，妻子过门没多久就得肺痨死了。此后，也没有找到合适的。前几年，他送货去潍县的时候，和一家杂货铺掌柜的女儿看对了眼，可他爹就是不同意。后来，两人还是如胶似漆，继续该怎么交往怎么交往。不久，那女人就给他生下一个儿子。他爹一看没辙了，看在孙子的面上，答应让女人进门，但有个条件：只能当妾，而且他娶了正室之后，才能进家门。

李维善也不是善茬，不让进门，就索性在外面置办了一所外宅，过起了家外家的生活，倒也其乐融融。只在有事的时候，他才回到那高大幽深的李家大院。不管怎么说，他也是少东家，商铺和银号上都有他的股份呢……

此时，父子俩就那么坐着，谁都没有主动开口说话。过了好一阵，还是李中原打破了沉寂："俺已经让人去京了，阎家的事情不需要你插手太多，面子上过得去就行了，毕竟他还不是你的妹夫啊！"

李维善说："爹，这事好像和亓家有很大瓜葛，亓学文一反常态，每天把自己灌得大醉。他和立信是好朋友呢，也没去探望！"

李中原微笑着："那一塘浑水，咱李家不去蹚。这两天，亓满贵在街上买了好几间铺面和两家缫丝作坊，还让你三叔传话给我，说阎家抵押的那些铺面，他可以按市场价收购，玩的都是套路啊！"最后这句话，他也是说给自己听的。

李维善疑惑地问："不是还没有到期吗？再说阎家在京城和东北有那么多生意，还有南洋那边呢，他亓满贵怎么斗得过阎家呢？"

李中原摸出那个鼻烟壶，吸了一口鼻烟，低声道："你确定阎家老大去潍县雇了人？"

李维善回答："俺一直追上他，一再告诫他不能掉以轻心。这一路去京，土匪横行，毕竟那是几十万两现银啊，他应该不会冒险吧？"

李中原的眼神有些茫然起来："阎于诚一生节俭，那是出了名的。阎立德和他爹一个德行，柳疃就有镖行，他不雇，俺怀疑就是为了省下那点银子。唉，听说德州那边很不太平。这一趟去，连镖行都不好走，别说他了。"

李维善微微一惊："爹，你是不是听到什么了？"

李中原往后一躺，没有接话："若阎于诚能够赶回来，这事就不难办，否则……"

他没有往下说，而是发出一声长叹，过了一会儿才说："让二柱每天给他送点好吃的，别亏待了他。"

李维善说："爹，阎立德把他家的山林抵押给咱家的时候，可是有条件的呀。"他意在提醒李中原要设法救出阎立信。

李中原瞪了儿子一眼："爹做事不需要你来教！"过了片刻，他接着态度一转，说道："定亲的礼物都买好了，过两天你就去莱阳吧，拜访一下你那未来的岳父，年底就把婚事办了，也好把那娘俩一起接进来。"

李维善笑起来："俺看还是算了吧！她娘俩在那边挺好的，进了大宅子，人多嘴杂。您要是想看孙子了，吩咐下人去接来就行。"

李中原没有接腔，说："上次俺去莱阳的时候，地方都看好了，缫丝、织绸、印染以后都归你。家里事多，这次俺就不去了。你那岳父和俺一样，就一个宝贝女儿，不想嫁得太远。俺连宅子都给你置办好了，离你岳父家也不远。"

李维善没接话。

李中原沉默了一会儿，继续说："等你走了，俺就让人把她娘俩接到宅子里来。住在一个庄上都两三年了，俺还没见过孙子，说出去让人笑话啊。"说完，他又吸了一口鼻烟："听你三叔说，那女人长得有几分姿色，庄上的男人可没几个好玩意，都管不住裤裆里那玩意。就拿你三叔来说，除了爱喝酒，还勾了几个小媳妇，要不是俺挡着，早让人给剁了。你不在家的日子，他娘俩也不安全，还是搬进来住吧！"

李维善寻思着，爹今儿是怎么了？他置办宅子把娘俩从潍县接来的时候，被骂了好几次。娘和妹子去宅子里见过那娘俩，都欢喜得不得了。他本想着趁过年家里热闹，让儿子见见爷爷，可他爹早放出话来，说没有进正门的野种，不准进李家的大门。啥叫进正门，那就是花轿子抬进来。爹一直不松口，他也就没必要寻那不自在，一家三口过日子，在外面照样乐呵。

李中原见儿子不说话了，继续道："囊地，不愿意啊？俺已经叫你德忠叔找人收拾了东北角的小跨院。他娘俩就住那里，离你妹也近，也多一个说话的人。"

李维善确定他爹说的是实话，笑着说："既然爹愿意，俺这就让他娘俩搬过来吧。"

第二天上午，李维善将卢氏和儿子李思远接进了李家大院，一家人和和气气地吃了顿饭。下午，李维善去街上的商铺看了看，得知不少商铺已经换了主人，成了亓家的产业。他想起亓学文这几天的反常，忍不住想上门去看看。

亓学文考上举人的那一年，亓满贵就在柳疃的西边置办了一所宅院。虽不大却也气派，他一家人都在京城，只有老母亲住在那宅子里，有两个下人伺候着。亓家出了个举人，排场自然就上来了。

李维善来到亓家的时候，亓学文还迷瞪着眼，一副没有睡醒的样子。

李维善让亓家的下人端来一盆水，给亓学文抹了脸。亓学文才认出眼前的人是李维善。

李维善支开下人，直接说明了来意："你和立信是好朋友，他进了大狱，你囊不去探望一下呢？"

亓学文苦笑了一下："俺倒想去探望，可俺爹不让啊。庄上的人都知道俺两家的恩怨呢！"

李维善说："俺和你不一样，俺有了女人，爹不让进门，俺就在外面给置办宅子。都是爷们，这么大年龄了，哪能处处还听爹的？怼不怼啊？你还是个举人呢！"他换了一副口气，接着说："听二柱说，你在京城经常和立信一起玩耍，他是什么人，你应该最清楚，通匪这事完全是一场误会。你是个举人，要是你能够作保，向县老爷证明他是无辜的……"

亓学文打断了他的话，吐着酒气说："他通匪有了实证，俺咋证明？再说，他和土匪交往的事，俺也不知道啊。他可是你们李家的女婿啊，既然你们都认为是一场误会，你爹是柳疃的保正，为啥不出面作保呢？"

李维善被一顿抢白，登时说不出话来，但他却以生意人的精明，从亓学文闪烁的眼神中看出了心虚。他拿过酒壶，抿了一口，笑着说："他是俺妹夫，俺肯定会设法帮他。俺认为，上代人的恩怨不应该折腾到下一代人身上。你应该劝一劝你爹，做生意讲究和气生财，冤冤相报何时了。俗话说得好，做人留一线，日后好相见。你好好琢磨琢磨吧！"说完，也不待亓学文说话，他径自离开了亓家。

亓学文看着李维善的背影，号了一声，把酒瓶里的酒全部灌进了肚子里，仿佛他吞进去的不是酒，而是和着眼泪的苦水。

已经上马的李维善听到了亓学文的号叫声，眼中露出一抹得意，他几乎肯定了自己的猜测。

两天后，李维善在爹的一再催促下，带着满满两大车礼物，在三叔李中茂的陪同下，前去莱阳定亲。而李维凤与阎立信的婚期却因阎立信的入狱和阎立德的匆忙离开而不得不拖后了。

儿子与莱阳的第一富户赵家联姻，李中原自然是喜不自禁。于是，在街上摆下了流水席，还请了县里最有名的戏班子，连唱了三天三夜。与李家门庭若市相比，阎家老宅门口那两盏暗淡的破灯笼被海风吹得晃动着，摇摇欲坠。几声苍老的咳嗽声不时从那紧闭的宅门内传出，好歹还证明有一点人气……

第六章

在千里之外的京城，阎于诚经过几天的治疗，身体有所恢复，能坐起来和孟四海说话了。他心里明白，送入宫的那批丝绸出了问题，一定与马清泉有关。如今，马清泉死了，死无对证，根本无从追查。马清泉的尸身经官府检验后，暂时停灵在家。

昨天，马永顺哭着在阎家大门口跪了一晌午，说是宅子也让官府查抄了。这两天，马永顺想扶柩归乡，特来向东家辞别，也替他爹前来赔罪！

任由阎家下人怎么劝说，马永顺不见东家就是不起来。阎于诚叹了口气，蹒跚着走出来，无力地挥了挥手。

马永顺接连磕了三个头，哭着转身离去。

此时此刻，阎于诚心里明白，天有信被查封了，唯一的希望就是山东和东北那边的银子尽快送来！

孟四海告诉阎于诚，天津那边的宋延森让人送来了五万两银子。他自作主张，拿了两万两打通了内务府的关系，这事暂时压下了。另外的三万两，他暂时替天有信收着。

阎于诚清楚，宋延森这是在还他人情呢。孟四海那么安排，虽然没有什么不妥，但他觉得这么花银子，实在有些不甘心。

孟四海盼咐阎于诚好生调养身子，只要山东那边的银子一到，再出一些银子上下打点一下，说不准，老佛爷一开心，就能让天有信重新开张呢！

孟四海与阎于诚在京城交谈的时候，李中原却在柳疃的大宅子里练字呢。他不喜欢看戏，没事的时候就独自在书房里练字，都说练字如练人，字写得多了，自然就有了那股儒雅之气。

当下，他紧握笔杆，饱沾了浓墨，定气运神，准备在宣纸上写下"宁静致远"四个字。刚要落笔，书房门突然被人推开，徐德忠一瘸一拐地冲了进来。

李中原一愣，一滴墨汁滴在了雪白的宣纸上，宛如美人的脸上多了一颗黑痣，气得他转身把笔朝徐德忠扔了过去，骂道："俺一再交代，写字的时候不要打扰，你聋了？"

徐德忠擦了擦脸上的墨汁，惊慌失措地说："出事了，出大事了！"

李中原倒背双手，瞪了徐德忠一眼："你跟了俺这么多年，就没学到一点，淡定，凡事淡定一点，天塌下来也用不着你去顶，啥事啊？"

徐德忠喘了几口气，说："阎家真出事了，跟阎家老大押车的一个人跑回来了，说在德州遇上了土匪。阎家老大被杀了，老婆孩子被土匪抢走了，银子也没了。他们逃得快的，捡了一条命，逃得慢的，连命都没了。"

李中原脸上的肌肉抽了一下，来回走了几步。徐德忠把地上的毛笔捡起来，小心放回笔架上，低声说："亓老板来了，俺让他在客厅那边等着呢！"

李中原摸出鼻烟壶，在手上把玩着，平静地说："你把他领到这里来吧。记着，别让下人靠近书房！"

亓满贵被徐德忠领进来的时候，看到李中原在一张新宣纸上写完了四个字的最后一笔，并非原先的"宁静致远"，而是变成了"财源广进"。

徐德忠退出去后，李中原和亓满贵都似笑非笑。两人就那么对视着，想说的话似乎都用眼神交流了。

过了片刻，亓满贵往前走了几步，认真地看着纸上的字，赞赏道："好字，有大家风范！"

李中原笑着说："这是俺准备送给你的。"

亓满贵眯起了眼睛："既然是送给俺的，那俺可就不客气了。阎家的那几家商铺和作坊，八万两，现银交易，如何？"

李中原摇了摇头："急啥啊？先陪俺喝一盅。生意可不是一天就能做成的啊。"

亓满贵点着头："那是，那是，李老板不愧是生意场上的行家。俺一直都觉得，你要是去京城，哪还有阎于诚什么事啊？"

李中原走得很稳健，微笑道："俺这人恋家，走不远，再说家里还有老母亲，可不像你，啥都能抛开。"

亓满贵的脸色漾了一下："俺当初也是没办法，不是被人给逼的嘛，不是没辙了嘛。"

李中原似笑非笑地说："所以你今儿就加倍索回了？"

亓满贵回道："那是上天看不下去了，都在帮俺家呢。怎么？李保正想替未来的女婿打抱不平吗？"

李中原笑起来："不提那事，不提那事。走，喝酒去。俺家刚请了一个诸城的厨师，烤出来的肉那叫一个绝呀！"

在主客厅旁边的一间屋子里，徐德忠已经上了一桌上等的酒菜，都是诸城的烧烤特色，中间那盘是整只烤羊羔，色泽金黄，皮酥肉嫩，香味弥漫了整间屋子。

亓满贵走到门口，就闻到了酒菜的香味。他望了李中原一眼，笑道："你把俺当贵客了！"

李中原笑了两声："在俺家里，你本来就是贵客嘛！"

两人分宾主坐下，徐德忠在旁边伺候着倒酒，喝的是窖藏乾隆杯高粱烧，刚从地窖里取出来的。陈年的酒香中，隐约还带着北方泥土的醇厚。

两人边喝酒边唠着，聊的都是生意上的事情。李家作为柳疃丝绸行业的龙头，一句话就决定丝绸的价格。这秋茧下来没多久，昌邑和掖县一带的蚕茧绝大多数都让李家给收了，价格是每斤六钱二分银子，比其他商户多出二分银子。其他商户自然没有李家财大气粗，好茧都让李家给收了。十斤蚕茧才能出一斤丝，一斤生丝的成本就是六两多银子。

李家那些缫丝作坊日夜赶工，将蚕茧变成生丝。因此，李家的作坊大量招工，以至于很多农人都来不及收成熟的高粱，都去作坊干活赚银子了。在李中原的眼中，那一堆堆白花花的玩意不是蚕茧，而是入手沉重的银子。

就在酒杯的碰撞中，亓满贵向李中原定下了八十万两银子的生丝，价格是每斤六两四分，而市面上的价格是每斤七两多银子。

那只烤羊羔吃掉了一小半，李中原就有了八分醉意，而亓满贵似乎已经醉了。徐德忠吩咐两个下人扶着他上了门口的马车。

李中原目送着亓满贵离开，回到书房，想要继续写字，推开门却看到女儿坐在案桌前。他愣了一下，问："你囊来了？"

李维凤朝爹道了一个万福，娇羞地问："哥去了掖县定亲，俺啥时候和立信办喜事啊？"

李中原打了一个酒嗝，笑着说："傻闺女，急着出嫁啊？爹还舍不得呢！"

李维凤的眼中有泪水在打转："立信不可能通匪，爹要救他啊！"

李中原坐了下来，低声说："俺去过县里，可大人说有了实证。这事很难办啊，爹正在想办法呢。"

李维凤问："不是说有银子就能办事吗？咱家有的是银子，囊就不能救呢？"

李中原喝了一口茶水，说："闺女，咱家有银子不假，可有时候花银子也不能花得不明不白啊。阎家也有银子，还轮不着咱家呢。俺寻思着，等立信他爹从京城回来，就给你俩办喜事。等明年再给俺生个大胖外孙子！"

李维凤的脸上泛起了红云，跺脚道："爹，你都说些啥啊？"

李中原看着女儿的脚，顿时板起脸道："从小俺就宠着你，你娘也是。你五岁就开始缠脚，缠到现在都没有缠好，三寸金莲才是真正大户人家的闺女。你看你那双脚，足有五寸吧。好在你是俺李家的闺女，咱不怕嫁不出去！"

李维凤假装生气地出了书房。李中原看着女儿的背影，目光中闪过一丝复杂之色。这时，一阵快乐的笑声传来，他走到门口望去，见孙子思远正朝李维凤跑去，后面跟着卢氏。

他望着卢氏那前凸后翘的婀娜身段，目光有些痴迷起来。过了半会儿，他居然抽了自己一记耳光，那声音似乎吓坏了从旁边走过来的徐德忠。

徐德忠问："老爷，有蚊子？"

李中原嗯了一声，扭头进了书房。

徐德忠望着书房廊下几棵落光树叶的芙蓉树。这样的天气，不要说室外，就是屋里也没有蚊子了。他看了一眼消失在院门那边的卢氏，又扭头望着李中原的背影，露出一丝微笑。他跟随李中原这么多年，早就摸透了李中原的心思。

在别人看来，徐德忠是靠着那层亲戚关系才在李中原手下干的。他可不这么认为，没有他，就没有李家的今天。不过，那是他们两人之间的秘密，也是他为什么能够成为李家大总管的原因。他和李中原就是一条绳上的蚂蚱，谁也挣脱不了谁……

徐德忠在门口干咳了一声，也走进书房。李中原站在案桌前，手中握着毛笔，却一直在那里沾墨，一下一下地，似乎并无写字的意思。

徐德忠走过去，低声说："亓满贵那个人，您得多防着点。他能对阎家下死手，恐怕……"

李中原盯着徐德忠，缓慢地说："那事只要你不说，没有第三个人知道！"

徐德忠笑着说："俺当然不会乱说的。这么多年了，您不是不了解俺的为人！"他停顿了一下，看到李中原的脸色有些缓和，才继续说："牢里的那位，您打算怎么办？"

李中原冷笑了一声，说："已经到这一步了，就顺其自然吧。急啥啊，他一时半会还死不了。"

徐德忠说："毕竟他和咱家的关系不一般啊……"他没有往下说，但意思已经表达出来了。

李中原冷冷地望着徐德忠,一字一句地说:"你越来越没有规矩了。俺做事还不需要你来教,一万两银子买阎立信的命,只怕俺答应,亓满贵也不答应。他不是要赶尽杀绝吗?就让他去好了。出去吧!"最后三个字,显然是李中原对徐德忠多事的一种警告。

徐德忠没有言语,面色淡定地退了出去。但谁也想不到,接连到来的厄运生生将阎家推向了悬崖浪尖……

第六章

第七章

　　人生如戏，角色的转换有时就在一瞬之间。就在李中原陪着亓满贵喝酒的时候，阎立信已经过完了大堂。

　　公堂上，知县大人不顾阎立信极力申辩，以咆哮公堂之罪重打了阎立信三十大板。打完后，阎立信已经晕死过去，被衙役抬回了牢房。

　　半夜里，阎立信悠悠地醒转，感觉下半身几乎没了知觉，耳边听到一个人在呜呜地哭。他用力睁开眼睛，歪过头去，见二柱跪在身边，哭得很伤心。旁边还有一条被鲜血染红的裤子。

　　二柱见阎立信醒了，顿时停止了哭泣，急忙说："少爷，您趴着就行，俺已经给您上药了。牢房里的人说，躺半个月就没事了！"

　　阎立信神情漠然地问："你哭啥？"

　　二柱又哭起来，边哭边说："大少爷……大少爷被土匪害了……"

　　阎立信一惊，正要起身，不料下身传来一阵阵剧痛。他只得继续趴着，喘着气问二柱："你听谁说的？"

　　在二柱断断续续的讲述中，阎立信终于明白了怎么回事。他想说话，可张了张嘴，一个字也说不出来，感觉心里堵得慌。他抬头看了一眼那黑色的屋顶，就像一座崩塌的大山压了下来。他痛苦地闭上眼睛，任由泪水滑落。他的身体颤抖着，一双手在地上拼命地乱抓，指甲都翻了起来，鲜血淋漓。

　　二柱见他这样，连忙把他的双手按住。可是，他的头却往地上磕，咚咚咚，一下，一下……震得整个牢房都在颤抖。

　　二柱哭道："少爷，别这样，您要是想哭，就哭出来吧！"

　　阎立信磕了一阵，又晕死过去。半个多时辰后，他在二柱的揉捏中渐渐苏醒，撕心裂肺地喊了一声："哥啊！"

第七章

那声音充满了悲愤和无助，飘出牢房，在天空中回荡着，却又多了一份血肉相连的牵挂……

二柱安慰道："已经有人去京了，等老爷回来就没事了。"

阎立信虚弱地说："二柱，你赶紧去京。爹没事，俺就没事，赶快走！"

二柱惊道："为啥？老爷让俺来服侍少爷的。少爷这样子，俺不走！"

阎立信闭上眼睛沉默了好一会儿，要二柱去外面求王班头拿来文房四宝，他忍着伤痛，提笔写了一封信。写完，他在二柱的耳边低声说了几句话。二柱听完，急忙将那封信折好藏进贴身的地方，起身出了牢房。

阎立信看着牢门被关上，眼神逐渐空洞起来，思绪飞回了京城，飞到了爹的身边。此时的他并不知道，二柱还没有赶到京城，阎于诚就已经撒手人寰了——

原本躺在床上的阎于诚，在几个下人和孟四海的照料下，病情逐渐好转，勉强可以下地走动了。那些老乡也经常过来探望，言语间都在打探虚实。大家心里明白，以阎于诚的为人，就是给他一百个胆子，也不敢在送入宫的丝绸上动手脚。大家都觉得阎于诚冤，可也拿不出什么好主意。

户部朱大人给老佛爷上的折子里，每一句话都是刺向天有信的尖刀啊！

虽然马清泉自杀前留下遗书，坦言以次充好并以死抵罪，可老佛爷发了话，天有信还是躲不过去……

那些老乡们的心思，阎于诚非常清楚，他们和他一样，都在盼着山东和东北那边过来的银子呢。

阎于诚首先盼来的是李中原派来的人。他看了李中原的信，心里暗骂阎立信太实诚，不懂得如何变通。生气归生气，但他不能沉不住气。当下，他就给李中原回了信，并让孟四海带着那下人去宣武门大街西侧随便看了一处新宅子。那下人没有见过世面，一看大宅子门口很威武，还有两只大石狮子，惊得直咂舌，也不辨真假。在京城住了一个晚上，第二天拿着信就往回赶了。

就在那下人回山东的第二天，前往关外的人也回来了，来的不止一个，总掌柜周华仁亲自来了，另外那几个都是阎于诚派去关外的老伙计。周华仁得到阎于诚的信后，低价处理了丝绸，好歹凑了十万两现银，委托镖行运送，自己也跟着来了。几个老伙计也想来看看老东家，便跟着来了。

风尘仆仆的周华仁进屋后，扭头看了一眼门口守卫的官兵，低声问：

"姐夫，囊地了？"

阎于诚叹了口气，拍了拍内弟的肩膀，以示安慰。他原想着关外能够凑个五六万两就不错了，哪知居然凑出了十万两，加上山东老家那边来的银子，完全可以堵上那个窟窿了。

当天晚上，他的心情很好，陪着这些老伙计喝了几杯。那几个老伙计听说了马清泉的事，也都唏嘘不已，纷纷夸赞老东家的宽宏大量。

按阎于诚的想法，这十万现银，除了分一点给那些难熬的老乡外，剩下的则设法打通宫内的关系，让天有信恢复营业。哪知那二十箱银子在院里还没有放稳妥，举着火把的大队官兵就冲了进来。阎于诚认出为首的仍是内务府的景大人。

景大人把手一挥，让官兵将银箱抬走。

阎于诚上前道："景大人，这是咋回事？"

景大人冷笑着说："太后懿旨查抄天有信，所有银两都在查抄之内！"

阎于诚急了，大声道："送入宫的丝绸不过几百匹，其价不过两万两白银。即便要天有信赔，也不过两万两，而这十万两是关外送来救急的啊！"

景大人哼了一声，说："送入宫的丝绸虽然值不了多少银子，但欺君罔上的大罪，是要诛九族的。如今让你在家里养病，那是太后老佛爷的恩典，怎么，不服吗？"

阎于诚望着那些官兵往外搬箱子，叹了口气，将景大人拉到一边，哀求道："景大人，平日里俺待你不薄，就不能高抬贵手吗？"

景大人往后退了两步，故意将声音放大："虽说你我之间有些交情，可这事我也帮不了你。谁让你和胡老板走得太近呢？公事公办吧！"

阎于诚愣了一下，似乎明白了什么。他早就听闻李中堂与左中堂两人不睦，胡雪岩靠的是左中堂那边的势力。去年就听说新任的户部徐尚书，要查办胡雪岩侵吞公帑私款的大案，后来不知怎么没了消息。今年春上，徐尚书成为军机大臣后，就着手安排各地抚台督办此案了。徐尚书是李中堂的人，摆明了就是要抄左中堂的老底。他以为只要左中堂还得势，胡雪岩就不会倒。没想到居然来得这么快，令他都措手不及……

孟四海看到阎于诚发愣的样子，气得直跺脚："这还有天理吗？"

阎于诚回过神来，把一个伙计叫到面前，低声吩咐道："你马上去山东方向，设法拦住运银两的车队，让他们直接把银子运到商会去。俺阎于诚就是倾家荡产，也不能对不起老兄弟们！"

等那伙计走了，他将眼下的情况给周华仁和几个老伙计交了底，让他们当夜就返回东北，不求生意做大，能够保住商号就行。

天有信出事后，天津和东北过来的十多万两银子转眼就打了水漂。如今唯一指望的就是老家那边，只要根基能够稳住，天有信就倒不了！

初冬的北京，北风呼啦啦刮了一宿，吹散了前些日子的热劲，转眼就让人穿上大袄了。周华仁眼见京城的形势严峻，不敢多作停留，次日一早就和那几位老伙计上路返回了。

阎于诚送周华仁他们出门后，还与孟四海下了两盘棋。下棋的时候，他让人在旁边支起一个鏊子，烙了几张面饼，卷着大葱，沾上六必居的面酱，吃得特别香。

门口仍有兵丁把守着，不准阎于诚离开宅子。对于进出的人，也不多拦。内务府的官员都知道，天有信的摊子那么大，阎于诚肯定跑不了。

景大人给老佛爷回了话，说天有信的丝绸不好，那就改用合顺旺的吧，都是昌邑丝绸，质量也是上等。

老佛爷也没细问，微微点头就算同意了。

又煎熬了一天，阎于诚没有等来老家送银子的人，却等来了德州衙门的官差。两名官差是由顺天府衙门的人领着进来的，其中一人手里提着一个青色包袱，在问明了阎于诚的姓氏和籍贯后，当众打开，露出一套血衣来。血衣上面还有一封信，阎于诚认出正是他写给大儿子阎立德的。

官差解释说，一队从昌邑赶往京城的商队在德州境内遭了劫。官府闻讯赶到的时候，现场只见到几具尸体。官府根据报信人的指认，其中一具尸体就是天有信商号少东家阎立德。在尸体的身上，还找到了这封信。商队被土匪劫去几十万两银子和丝绸，还有一个女人和孩子。目前，官府正全力缉拿土匪……

阎于诚没有听完那人的话，一口鲜血喷出，当即向后倒去。不知过了多久，他醒来时，见孟四海一脸忧愁地坐在旁边。他张了张口，艰难地吐出两个字："命啊！"

孟四海点了点头，一副欲言又止的样子。

阎于诚长叹一口气，有气无力地说："说吧！"

"哥，那银子……"孟四海话还没说完，柳疃老家那边送信的人就来了。信是魏掌柜写来的，信中说阎立信因通匪被剥去秀才之名，下了大狱，要

阎于诚尽快设法救人!

阎于诚又一口鲜血喷出,雪白的墙上立时出现了一个鲜红的扇面……

孟四海见此,立即命人前去通知天津那边的宋延森,还有正在赶往东北路上的周华仁,并把太医院的御医也给请来了。

老御医把脉后,摇了摇头,表示无力回天了。此时,阎于诚气若游丝,处于弥留状态。虽然偶尔醒来,可除了吐血,已经说不出一个字了。

熬到次日傍晚,阎于诚睁开眼睛,盯着床榻前的孟四海,用手指沾着吐出的鲜血,颤抖着在被单上写下了一个"信"字。

孟四海哽咽着:"大侄子的事情,俺一定尽力相救!"

阎于诚的手一松,登时气绝身亡。孟四海用白绸帕子将阎于诚的脸盖住,把憋了好些天的委屈释放了出来:"哥,你一走了之了,俺可囊办啊?"

得到消息的几个同乡老板也来了。阎于诚一死,他们都没了主心骨,更没了希望。

孟四海告诉大家,就在阎于诚去世前,他得到天津那边传来的消息,说前往南洋的船只遭遇了风暴,下落不明。天津商号的经营也不行,宋延森前阵子送来的那五万两银子,有一部分还是向别人借的,月息八分。出于道义,他必须设法去救阎立信。

眼下要做的,就是办理阎于诚的后事。由于阎于诚是戴罪之身,必须先报到顺天府衙门和内务府,请求准予办理后事。他计划把阎于诚的灵柩送回柳疃,再设法去救阎立信。

没曾想,孟四海刚安排完,顺天府衙门就来人了,将他以保人的连坐之罪直接下了大狱。

此时,阎立信还不知道,在亓满贵的操纵下,县令只对他过了一次堂,就判决他勾结土匪属实,秋决斩首示众。同时,将卷宗报到山东按察使司,只等核实后报刑部批复……

十一月的昌邑,海风呼啸,万物凋零。河沟边枯黄的苇子被风吹得哗啦啦作响。柳疃往昌邑的官道上,卷起的尘土扑面而来,令人睁不开眼。这时,来了一辆马车,马铃声响,叮叮当当,好歹给这肃杀的冬日增加了一点活气。

驾车的是一个五十多岁的男人,穿着青灰色的大袄,头上戴着老羊皮帽,缩着脖子坐在车辕上,时不时地挥起手中的马鞭,朝着马背上方甩几下响鞭。

车内传来一个脆生生的声音:"魏叔,还要多久才到啊?"

被称作魏叔的男人,就是天有信柳疃分号的魏掌柜。他朝身后说:"再有半个时辰就到了。"

坐在车里的是李维凤。数天前,她从嫂子卢氏那里得知,爹请来了柳疃街上的十几位名望之士,声称阎立信毁约在先,且有了通匪实证,当众宣布解除与阎立信的婚约。

此前,阎立信主动提出解除婚约的事,李维凤也听下人提起过,但她怎么也不相信阎立信会这样。婚姻大事由父母做主,即便阎立信一时糊涂说出那样的话,也是不能作数的。如今,爹见阎家落败,不但不出手相救,还落井下石吞了阎家的几百亩柞树林。这么做,实在是太不厚道了。有了上次的经历,她知道就算去找爹质问,也问不出所以然来,索性不再去问了,仍旧一副啥事都不在乎的样子,终日在阁楼上绣花,偶尔下楼陪着侄子玩耍。其间,爹上阁楼找她聊过两次,父女二人各怀心思,谁都不主动捅破那层窗户纸。

爹似乎有所提防,请了一个绣娘整天陪着她做嫁妆,还一再叮嘱不让她下阁楼。好在卢氏理解她的苦衷,趁着爹外出办事之际,借故支开绣娘,并暗助她从偏门逃走了。

离开李家大宅后,李维凤也不知道往何处去,只是循着小巷子往庄外走,正巧遇上了魏掌柜。

原来,李中原得到阎立德出事的消息后,把阎家用作抵押的铺面和作坊全都转手卖给了亓满贵。亓满贵接手后,立马辞退了魏掌柜等几个阎家管事的人。魏掌柜愤恨之余,偷偷将作坊那几十台织机上的关键零件给拆了下来……

魏掌柜得知李维凤想见阎立信,二话不说就回家套了车,拉着李维凤往昌邑县城赶。两人急赶慢赶,终于到了昌邑,来到县衙旁边的大牢门口。

此前,魏掌柜来大牢探望过阎立信几次,已经认得看守牢房的几个衙役。自二柱去了京城后,为防止有人在饭菜里下毒,他还安排儿子魏海生每天给阎立信送饭。

两人来到大牢门口,却被王班头拦住了:"魏掌柜,大人下令,任何人不得探望阎立信。"

魏掌柜一怔,前几次来,没少给衙役们使银子,有两次还是王班头陪着进去的。他听了王班头的话,道:"按规矩,即便是犯了死罪,也应该允许家人给送牢饭的。"

王班头为难地说:"俺也知道,可大人发了话,您老可别让俺丢了差事啊!"

魏掌柜脸色铁青,大声道:"俺这就去找大人!"

"魏叔,"这时,李维凤突然从头上拔下玉簪,抵在自己脖子上,平静地说,"您还是别去了,让王班头派人禀告大人,就说李保正的女儿想见阎立信。大人要是不让,俺就死在这里!"

此言一出,不但魏掌柜惊呆了,连王班头也怀疑自己的耳朵听岔了,可看见李维凤那冷静而坚定的样子,好像不是说谎。他连忙派身后的一个衙役去禀报大人。

一听王班头说大人有令不让进去探望,李维凤就想到知县大人和她爹一个德行,都是对阎家落井下石的。以魏掌柜的身份,别说去见大人,连衙门都不可能进去。她只能搬出她爹的名头,以自己的性命逼知县就范。

没多一会儿,那衙役就回来了,后面还跟着县丞和师爷。师爷上下打量了李维凤一番,问:"你真是李保正的女儿?"

李维凤回答:"是不是,进去就知道了!"

师爷的眼珠子一转,对县丞耳语了几句,县丞点了点头:"姑娘,把簪子放下,你进去吧。"

李维凤微微一笑,在众人的注视下,和魏掌柜一起走进大牢。当她走到一间牢房门口看到趴在地上的阎立信时,眼泪禁不住簌簌而落。多少个夜里,她期盼着和阎立信正式见面是在洞房中,没曾想会是在这里……

魏掌柜低声朝里面喊:"少爷,李家大小姐来看你了。"

阎立信闻声扭过头,看着魏掌柜身边的李维凤,呆呆地愣了。两人就那么望着,谁也没有说话。

李维凤用帕子擦拭了眼泪,鼓起勇气问:"真的吗?"

阎立信嗯了一声。

李维凤问:"为啥?"

阎立信的嘴角浮起一抹苦笑:"不为啥!"

李维凤再问:"俺哥给了你没?"

阎立信吃力地撑起身子,从衣内掏出那封信。他拿着信的手微微颤抖起来,眼泪止不住滚落,哽咽道:"维凤,忘了俺吧!"

李维凤露出一抹欣慰的微笑:"不成!"

阎立信突然歇斯底里地吼起来:"俺对不起你,俺不是人!"吼完,他扭过头去,不再看李维凤。他明白自己对李维凤的情感,那是带着儿时记忆的一种亲情,纯洁而不能亵渎。而他与小香橼之间的爱,则是兴趣相投后的水到渠成,是男人真情的流露。

如今,他已是一个囚犯,生死未卜。魏掌柜和高友亭几次来探望他,也透露出担忧。他是个男人,是个顶天立地的男子汉,他有自己的尊严,当危机来临,绝对不会低声下气去求别人。他只希望李维凤嫁个好郎君,将来过得更幸福。

吼完那一句,他以为李维凤会对他破口大骂,哪知好一会儿都没有声音。当他忍不住扭头望去时,见李维凤跪在栅栏外,目光温柔且痴痴地望着他,嘴角微微上扬,挤出一丝微笑,说了三个字:"俺知道!"

听到这三个字,阎立信的心仿佛被人一把揪住,狠狠地揉捏着。他几乎喘不过气来,突然扬起手,朝脸上扇了几记耳光。那声音,全牢房都能听到。

李维凤一字一句地说:"立信,你听着,俺告诉你,俺生是阎家的人,死是阎家的鬼!"

他正要说话,却见李维凤起了身,顾自朝外面走去。

魏掌柜愣了一下,说:"少爷,俺先送她回去,改天再来探望你。"

李维凤走出牢房的脚步异常稳健。当她转过大牢门口的照壁时,迎面撞上一个人。那人二话不说,抬手给了她一个耳光。她捂着脸,看清来人是李中原。

李中原怒不可遏:"反了你了,还敢偷偷跑到这里来!"

李维凤捂着脸,倔强地说:"他是俺男人,俺来看他囊地啦?"

李中原怒道:"你敢顶嘴,你和他的婚约已经解除,他和你再也没有关系了。你一个没过门的姑娘家,知不知啥叫羞耻?"他看到李维凤身后的魏掌柜,大声道:"姓魏的,你好大的胆子,敢拐带良家妇女,来人!"

他身后的两三个家丁和衙役作势上前,被李维凤拦住了。李维凤大声道:"爹,是俺求魏叔来的,他没有拐带俺!"

李中原指着魏掌柜道:"姓魏的,从今儿起,柳疃容不下你,你立马滚出柳疃!"

李维凤后退几步,靠着大牢门前的铁制狴犴站定,朝着李中原说:"爹,你要是敢为难魏掌柜，俺今天就撞死在这里！"

李中原登时变了脸色，急忙道："傻闺女，俺是跟魏掌柜开玩笑呢。你别当真，别当真啊。"

李维凤道："爹，立信是冤屈的，你为啥不救他？"

李中原看了一眼身边的县丞，对李维凤说："俺这不是找大人商议吗？俺不看在你的份上，也会看在立信他爹的份上。闺女，你先回去，立信的案子，俺尽量想办法！"

李维凤道："让大人答应俺，往后有人要探望立信，不许拦着！"

李中原连连说："不拦着，不拦着。这行了吧？"

魏掌柜问："李老板，俺听说，县里已经判了，是不是？"

县丞的眼珠子一转，说："此案已上报，咋了，想翻案？"

魏掌柜还没说话，只见从县衙那边过来了几个人，为首的一个穿着长衫大袄，走近后，朝县丞和李保正施了礼。

李中原不认识他们，问："你们是什么人？"

那人说："在下黄海如，乃潍河边区区一无名之人，与阎立信有过几年同窗之谊。听闻阎立信是来昌邑找俺，才出的事！"他转向县丞，继续说："恩师，方才听说案子已经上报？如此说来，立信通匪的罪名坐实了？"

县丞道："土匪送回马匹，回赠银两，还有那封信，铁证如山！"

黄海如冷笑一声，说："俺这些同窗都知道立信的为人，他从不乱交友，况且一直在北京，如何通匪？俺和身后这几位读书人，你问问，谁会通匪？再者，如果立信通匪，他哥如何会被土匪所害？"

县丞迟疑了一下，说："或许阎立信所通的镇山东，与截杀他哥的不是一伙土匪呢！"

黄海如怒道："官字两个口，如此通匪案件，这么快就判决了，只怕是大人们都黑了心，收了别人的银子吧？"他朝身后看了一眼，继续说道："俺几个已经商量好了，誓要替立信申冤，哪怕官司打到京城去。大人，别忘了明年还有恩科，老佛爷五十大寿呢！"

县丞的身子微微颤抖了一下，一摸山羊胡，凶道："此乃牢房重地，哪容得你们猖狂？若再出言不逊，定你一个妨碍公务之罪！"

黄海如倒也不惧，他身后的那几个人却有些畏惧地拉扯着向后退去。

李维凤大声道："这位大哥，敢问一下老佛爷五十大寿是咋回事？"

黄海如扭头，瞪了县丞一眼："天理昭昭，老佛爷五十大寿乃大喜事。

按大清的规矩，除了大逆不道、谋反、江洋大盗外，即便是死囚亦可赦免死罪。"

李维凤朝黄海如弯腰施礼："多谢大哥指点！"

待黄海如他们离去后，李维凤平静地对李中原说："爹，俺跟你回去！"

李中原望着朝他走过来的女儿，蓦然之间，他发现居然不认识自己的女儿了。从小到大，维凤都是一个听话的孩子，从来没有忤逆过他，可今天居然会做出这么大的举动。他心里问：这是俺李中原的女儿吗？

这时，一个衙役怯生生地凑到县丞耳边："方才他们几个去衙门击鼓喊冤，俺说大人病了。他们几个听到这边有人嚷嚷，就追过来了。"

县丞踢了那衙役一脚："滚！"

第八章

寒风萧瑟，枯草凄凄，通往柳疃的路上几乎看不到人。李维凤坐着李中原的车，路上一句话也没说。李中原几次想开口，可又不知该说些什么。进了李家大院，他跟着上了绣楼，才说："闺女，你有什么心里话，就告诉爹，别憋着。"

李维凤平静地说："没事，爹，俺累了。"

见女儿斜躺在了床上，李中原也不好再停留下去。他下楼后，吩咐徐德忠把几个侧门都锁了，以后李家的人都从前门进出，并安排多找几个家丁盯着绣楼上的动静。原先那个绣娘也被辞退了，吩咐另找一个机灵的。

徐德忠应了一声，凑在李中原的耳边低语了几句。李中原登时大怒，快步朝卢氏所居的跨院走去。

卢氏正逗着儿子玩得高兴，听到外面传来脚步声。随着几声咳嗽，棉布门帘一晃，一个人影出现在门口。她抬头一看，见公爹走了进来。

李思远朝李中原奔过去，抱着他的大腿，奶声奶气地叫了一声爷爷。

李中原吩咐屋内的一个用人领着孙子去别处玩耍。

卢氏起身，朝李中原拂了一礼，怯怯地叫了一声爹。

李家大宅子虽是仿造南方园林的格局，却加入了北方的特色，每间屋子底下留有火道，在外面升起火来，整个屋子都很暖和。此时，卢氏穿着粉色对襟小褂，尽显少妇的风韵。脸上由于屋内的热气而泛起一抹潮红，更加衬托得面若桃花。

李中原的原配满氏年纪已大，夫妻那事早就不行了。后来，他从南方买了刘氏，长得也不赖，也极力迎合他，可不知为啥，和刘氏做那事时，一次次都力不从心，脑海里总是闪过卢氏的身影……

他愣愣地看了一会儿，暗自骂了一句，然后拿出威严来："你虽然没有正式过门，可也是李家的人，你妹子出逃那事，是你帮的她？"

卢氏从旁边拿过一个没有绣好的荷包，低着头道："爹，俺听人说那绣娘的活不错，寻思着给孩子他爹绣一个荷包，便把她请过来了。"

李中原问："那看守侧门的人，被你支走了，是咋回事？"

卢氏说："俺屋里的这几盆花，想搬到院子里见见日头，看到侧门那边有人闲着没事，便叫过来了。"

李中原盯着卢氏，又看了一会儿，才说："往后这些杂活，吩咐你徐叔找人干就行了。天冷了，你也别出院子了，就在屋里待着。维善去了莱阳，一时半会儿回不来。等他年底大婚完，再给你俩办。"

卢氏始终低着头："谢谢爹。"

李中原离开跨院，徐德忠迎上前来："老爷，亓老板来了。他送来了一尊玉观音，还有……"

李中原摆了摆手，示意徐德忠不要再说下去。原来，他知道亓满贵上门的目的。在生意场上，强强联合是他的手段。李家的生意都在柳疃和东北以及南洋，他也早想着杀进京城去。

走进会客厅，李中原就看到了那尊用红布盖着的玉观音。在桌子的下方还有几个大箱子，不知里面装的什么。亓家父子见他进来，急忙起身行礼。

李中原回礼后，笑道："亓老板，囊给俺送这么重的礼啊？阎家的那些铺面和作坊已经给了你，该不会又看上俺家的哪间铺面了吧？"

亓满贵满脸春风，与亓学文一脸颓废的模样形成了鲜明对比。他朝李中原说："上次李老板曾答应给犬子说一门亲事，还记得吧？"

李中原微笑道："亓老板不愧是做生意的能人，这定金才下，就要人家发货？俺这不是正给物色着吗？"

亓满贵正色道："李老板看不起俺吧？"

李中原笑道："哪能啊？你亓老板的生意做得那么大，柳疃上下谁敢瞧不起你啊？"

亓满贵知道李中原是揣着明白装糊涂，往前走了两步，掀开了玉观音的红布："俺这是替儿子求亲来了。只要咱们两家成了亲家，京城那边的生意，俺让出一半来。"

看着桌子上那尊玲珑剔透的玉观音，李中原的眼睛眯了起来。此时，他派去京的人已经带回了阎于诚的亲笔信，信中解释了天有信想趁机拓展生意的规划，而送信的下人也说看到了一座门口有一对石狮子的大宅子。虽说阎立德送去京的银子遭了劫，可阎家有东北和南洋那边的生意，实力仍不容小觑啊！

亓满贵又陆续打开另外几个箱子，都是人参、鹿茸，还有不少珠宝。他得意地说："能够和李老板门当户对的，只怕柳疃找不出第二家来啊。"

李中原打了一个哈哈，说："虽说俺已经宣布和阎立信解除婚约，可阎老板那边好歹也要有个说法啊。你这么做，不是陷俺于不义吗？还不知柳疃的老少爷们背后怎么说俺呢！"

亓满贵道："嘴巴长在别人脸上，哪管别人囊说啊？这礼物进了门，你可不能叫俺再抬回去吧？俺过几天就回京，那边的事情太多。阜康钱庄闹了这一出，正是俺大展拳脚的好时机。阎家老二已经判了，相信李老板也知道了吧？"

李中原走到一旁背对着亓满贵，抬头欣赏着挂在墙上的一副吊屏，低声说："老佛爷明年五十大寿的事，亓老板不会不知道吧？"

亓满贵得意道："俺当然知道，天有信出事后，宫内改用俺合顺旺的绸子了，已经送进宫一千多匹了。你放心，阎家老二熬不到朝廷开恩的。"

李中原转过身，直视着亓满贵："你也太狠了吧！"

亓满贵笑起来："手段不狠，囊做生意呢？李老板，今儿俺还有事，先告辞了。"

不待李中原回话，亓满贵顾自带着儿子离开了。

徐德忠上前道："老爷，要不要让人把这些东西给退回去？"

李中原叹了一口气："先留着，找地方放好了。"

夜深了，万籁俱寂，黑黢黢的，宛若死去一般。阎立信自李维凤离去后，就一直默默地流泪。他没有想到，李维凤竟是一个执着的奇女子。那几记耳光抽醒了他，也使他更加意识到，这是一场针对他家精心布局的阴谋。即便没有通匪之事，说不定他也会跟他哥一样惨遭毒手。所以，他让二柱尽快送信去京，通知他爹设法应对。

他被关进大牢后，不断有人来探望，但有一个人没来，那就是亓学文。他知道亓学文就在柳疃，既然不来，那肯定有不来的道理。

阎于诚做生意，讲究"诚信"二字，除了亓满贵外，并没有第二个仇人。商场如战场。合顺旺一直被天有信压着，亓满贵自靠上朱大人那层关系后，就嘚瑟起来了。两家二十几年前的那场恩怨，亓家哪有不报仇的道理？

前两日，黄海如来探望他的时候，说联合几个同窗为他喊冤，他知道没用。在京生活这几年，虽没有认识官场上的人，但也听说了不少事。前些年的江南杨乃武大案，就是官场最大的营私舞弊案。官员上下勾结，草菅人命。杨乃武是被证人做了假证而屈打成招的，但他的通匪罪名不一样，官府有实证呢。

这样的案子要想翻过来，比登天还难。除非官府抓住了镇山东，镇山东亲口承认与他并不认识，可这样的概率简直是万分之一。

阎立信不由得想起天桥上那算命先生说的话，希望算命先生真是位高人，而不是骗人钱财的。黄海如说过，老佛爷明年五十大寿，朝廷开恩科，肯定也会赦免囚犯的。想不到这"潍河钓叟"，对朝廷上的那些事还挺关注的。看来还是没有放下，白白在潍河边钓了那么些年的鱼……

正想着，牢门被人推开，魏海生走了进来，将食盒中的饭菜摆在阎立信面前。连日来，一日两餐，一荤一素，都是他送的。

摆完，他拿出创伤膏，为阎立信抹了药。

阎立信低声问："俺哥送回来没？"

魏海生沉默了一会儿，回答："俺爹央人去了，可是……"

阎立信闭上眼睛，叹了口气："别说了，俺明白。"

魏海生上好药，见阎立信没动筷子："少爷，你咋不吃啊？"

阎立信说："心里堵得慌，吃不下。"他看了一眼右边牢房里那个窝在杂草中的老囚犯，对魏海生说："往后也给他送一份吧，能吃饱就行。"

原来，关进大牢的第二天，他就注意到了那个老囚犯。那人蓬头垢面，衣衫褴褛，年纪六旬左右，脚上戴着五十斤的大镣铐。眼睛盯着别人的时候，目光凶狠。没人给他送饭，偶尔有狱卒扔进来两个馒头。有时一连几天没有吃的，他也不叫喊，就那么窝着。他曾经让人给那人送馒头和肉，那人拿起来就吃，连一句感激的话都没有。听牢房的其他囚犯说，他是个孤老头，外地口音，不知从哪里要饭来的，住在昌邑下营那边的土地庙就不走了。村里人见其可怜，就给他送点吃的。春天里，有衙役在下营抽税，打伤了人。老头看不过去，上前把那几个衙役打得满地找牙。最后去了二十几个人，用长绳索才把老头制住。过堂的时候，他什么也不说，被打了六十大板，抬到牢里只剩了一口气。原以为熬不了几天，没想到居然活到了现在。县里一直没有定罪，就这么关着……

阎立信听魏海生答应了一声,接着说:"俺家的那些铺面和作坊都已经抵押给了李家。俺在这里每日都有花销,告诉魏叔,要是银子不够,把俺家的老宅给卖了吧,好歹值几百两银子。"

魏海生道:"少爷,别说那样的话,俺爹说了,有俺家的活路,就有少爷的活路。少爷,俺昨天在街上听人说,马清泉死了,他儿子马永顺扶柩回来了。"

阎立信大吃一惊,记得他离京的时候,就看到马清泉跪在他爹面前。马清泉的身子一向硬朗,不可能暴毙。他想了一下,说:"你明天去一趟东家,向马永顺打听一下俺爹的情况。"

次日下午,魏海生来送饭的时候,后边跟着一个人,正是马永顺。他戴着重孝,一进来就跪下磕头,哭着说:"是俺爹听信了阜康钱庄老胡的话,使天有信损失了十几万两银子。他一时想不开,就上吊了……"接着,马永顺把离京前天有信的情况说了。说完,他从身上摸出一些碎银子,说道:"俺这里还有点钱,少爷您先收着,过些天再来看您。"

阎立信点了点头,在马永顺的耳边说了几句话。马永顺抹着泪,千恩万谢地走了。

待马永顺出去后,阎立信低声对魏海生说:"你偷偷跟着他,看他是回东家还是去柳疃。"

尽管魏海生不知阎立信这么吩咐有什么用意,但还是照着去做了……

转眼到了十二月上旬,牢房内冷得刺骨,连放在角落里的尿桶都结了厚厚一层冰。魏海生给阎立信送来两床新被褥,可还没有盖,就被他转手送给了隔壁牢房那位不断咳嗽的老囚犯。当然,崭新的被褥同样没有换来一个谢字。他这么做,除了一丝怜悯外,更多的是对老囚犯仗义的敬佩。

一连几天,魏海生没来送饭。阎立信问了王班头才知道,大人不让送进牢房了,统一由狱卒送进来。

过了几天,魏海生来了,说马永顺去了柳疃。阎立信立刻意识到自己处境的凶险。亓满贵肯定要对阎家赶尽杀绝,并会不择手段。从此,狱卒送来牢饭,他先分一半给别人,待别人吃完后没事,他才慢慢地吃。

魏海生还告诉他,黄海如被人打了闷棍,发现的时候已经死了。那几个替他喊冤的秀才再也没人敢出头了。

阎立信大惊,他怎么也没想到自己会连累这么多人。他的伤势已经痊愈,完全可以在狭小的牢房内走来走去。每天,他用土块在墙上划着日子。

第八章

二柱一直没有回来,他也不知道京城的消息。

这天,狱卒送饭的时候,从外面跟进来一个人,是李维善。他与莱阳第一富户的女儿完婚了,那女人长相还过得去,只是那骄横的脾性让人受不了。为了家族的生意,他只能强忍着。新婚期一过,他就找借口迫不及待地赶回来了。还是卢氏贴心,小别胜新婚,卢氏躺在他的怀里,将家里发生的这些事都告诉了他。

他觉得爹这么做,实在太不厚道。大宅子里的是非太多了,他叮嘱卢氏以后少说话、少掺和事……

李维善给他送来了酒肉,两人就在牢里喝酒、吃肉、聊天,说的都是莱阳那边生意上的事。虽然那几百亩柞树林现在归了李家,但李维善承诺,等到阎立信出狱,林子还是阎家的。

几盅酒下肚,李维善说了亓满贵给亓学文捐了一个候补知县,还有亓家和李家结亲的事。不过,李家上下瞒得很紧,李维凤还不知道此事。

阎立信听了,拿着酒杯的手颤抖了一下,将那酒一口灌进肚里,而后又连灌了好几杯。直到李维善实在看不过去,伸手将他扯住:"你要想喝酒,俺让人给你送一坛好酒过来。不过,有一件事,俺还是要告诉你。"

阎立信垂着头说:"别告诉俺他们的婚期,俺没法祝贺他们!"

李维善说:"不是那事,是你爹,你爹……没了……"

阎立信顿时呆住了:"不可能!怎么会呢?"

李维善眼里噙满了泪花,顺手擦了一把:"是真的,二柱回来说的。你爹得知你哥出事,当场就吐了血;东北那边的十万两银子刚到家,就被官府强行抬走了。你爹没熬几天就下了世,孟老板也被下了大狱,还是几个老乡给办的后事,暂时停棺在报国寺……"

阎立信呆愣着,若有所思地点了点头,也不吭声。

李维善哽咽着道:"立信,你没事吧?"他的话音刚落,就见阎立信仰头向天,发出一声长号,突然一头栽倒在地……

王班头见状,赶紧开了牢门,进去扶起阎立信,用手指猛掐他的人中。掐了一会儿,阎立信慢慢醒来,有气无力地喊了一声爹,默默地流下两行清泪。

李维善道:"俺知道不该告诉你,可你迟早都要知道。你想让俺囊办,尽管说!"

阎立信摇了摇头,挤出一丝微笑,说了一句:"多谢了。你走吧,俺

想自己静一会儿。"

李维善走出牢房的时候,把身上的貂皮大氅给留下了。回到家,晚上一家人吃饭的时候,李中原阴沉着脸催他过几天就回莱阳,说他三叔好酒误事,生意场上要有一个镇得住的人才行。

晚饭后,李维善去了一趟阎家老宅。自阎立德出事,老宅的那几个下人都走了。听到外面门响,二柱举着灯出来。李维善进屋后,见桌子上有两三个冷窝窝头,连炕都没烧。他拿出十几两碎银子放在桌上。

二柱连忙说:"大少爷,使不得,使不得,俺这里还有。前几天魏掌柜一家搬家的时候,给俺留了三吊钱。昨儿晚上,不知谁往院子里扔了东西,俺起来一看,里面装着二百两银子。"

李维善勉强笑了一下,一定是柳疃的哪个好心老板见二柱可怜,又怕被别人知道,才偷偷扔银子进来。魏掌柜帮助李维凤去牢里探望阎立信,以他爹的为人,肯定不容魏掌柜一家在柳疃。不过这样也好,省得像阎立信的同窗那样,搭上更多无辜的性命。

他拿出一封厚厚的信放在桌上,低声道:"你再去一趟北京,立信有个朋友叫李长寿,是个唱戏的。你找到他,把这封信交给他。你回来后,对谁都不能讲,就在这宅子里住着。"

李维善听阎立信说过,李长寿是个名角,只要有机会把状纸面呈给王爷,说不定就有转机。他亓家的手再长,也伸不到王爷府上。

二柱说:"俺知道少爷和小姐都是好人。街上的人都说,害阎家的,就是亓满贵。俺要是遇上他,一定杀了他!"

李维善道:"可别说这样的话,也不许你做傻事,将来立信出了狱,还要你服侍呢。"

二柱连连点头:"少爷,俺明白,俺今夜就动身!"

离开阎家老宅,李维善思前想后,觉得有必要让妹妹知道这些事。他回来两三天,连妹妹的面都没见,也实在说不过去。

李维善回到李家大院,见绣楼上亮着灯。刚走到跨院门口,就被两个家丁上前拦住了:"大少爷,老爷吩咐过,任何人不能进小姐的院子!"

李维善抬手给了那家伙一个耳刮子。在家丁委屈的目光中,他大步上了阁楼。不拿出一点大少爷的威风,他就白姓李了。

阁楼上除了李维凤外,还有一个三十多岁的绣娘。

李维善在桌子边坐了下来,望着正在绣枕头的妹妹,当着那绣娘的面说:"妹子,你知不知道爹已把你许配给亓学文了,年后就成婚?"

李维凤愣了一下,抬头道:"哥,爹咋就做出这样的事啊?"

李维善说:"立信他爹没了,阎家彻底败了。爹这么安排,也是为你和咱家着想啊。亓学文现在是候补知县,以后你就是官家太太了。"

李维凤似乎显得很平静:"爹也没问俺答不答应,他就不怕俺出嫁的时候,抬出去的是俺的尸身吗?"

李维善暗惊:"妹子,你可别糊涂啊。哥知道你性子烈,所以来劝你。你心里只有立信,俺也知道,可是你要想救他,就必须安安心心嫁给亓学文。那样,亓家才有可能放过他啊。我过几天就回莱阳了,哥还等着带你的正嫂子回来喝你的喜酒呢。听哥一句劝,顺着爹一点,这么大的家业,他也不容易啊!"

李维凤见他哥的眼中闪过另外一种神色,似乎明白了什么,眼泪扑簌簌地流下来:"哥,俺明白了。"

正说着,楼下传来声音,李维善起身掀开帘子,见爹正走上来,徐德忠站在楼梯下。他大声道:"爹,您别上来了,下去说吧。"

父子俩在楼梯下,大眼瞪小眼地瞪了一会儿。李维善说:"爹,您别生气,俺觉得那事瞒不过她,终究要嫁到亓家去的呀。刚才,妹子说了,不怕抬出去的是一具尸身吗?俺劝了她,还说了阎家落败的事,咱李家能否兴旺,全指望着她呢。不信您问那绣娘去!"

李中原问:"她怎么说?"

李维善说:"她只说她明白了。爹,俺觉得嘛,不能老把她这么困着。她那性子您又不是不知道,您越这么憋着她,越容易出事。应该找人陪着她聊天,跟她讲讲道理,慢慢地也就缓过劲来了。只要让人看好她,不让她出这大宅子就成。"

李中原笑起来:"臭小子,果然是俺的儿子。你三叔加上他那俩儿子都比不过你。你爹年纪大了,你弟弟还小,到时候咱李家还不是靠你撑着啊?行,这几天你多陪陪维凤,劝劝她吧。"他顿了一顿,继续说:"爹也知道你们兄妹和立信的感情,可爹也是没办法呐。很多事情并不是你们想象的那么简单啊!"

李维善望着李中原离去的背影,对那挨了打的家丁道:"你那耳刮子打得不冤,往后多学学咋做人。"

此后几天,李维善每天上楼陪着妹妹说话,还去大牢探望阎立信。悲痛在极点上持续，就不再是悲痛了。阎立信似乎已经认命，心情好了一些。趁着狱卒没防备，他低声将二柱去京送信给李长寿的事说了。不管怎样，好歹也有个希望。

两人之间的谈话，好几次被隔壁牢房老囚犯的剧烈咳嗽声打断。阎立信央求李维善帮忙找个郎中给老囚犯看看，也算是行善积德。

李维善离开的时候，给阎立信留下一双银筷子，内中的意思无须多说。

第二天，来了一位郎中，隔着老远听到那老囚犯的咳嗽声，吓得立马就逃走了。没一会儿，王班头领着两个狱卒进来，每个人的脸上都蒙着布，还提着一桶石灰，往那牢房里泼撒。

阎立信叫道："王班头，这是咋啦？"

王班头道："郎中说，他这是伤寒。"

人们都知道，伤寒是传染人的，不及时医治会死人。阎立信叫道："麻烦班头求郎中开药，所有药费俺出。"

王班头道："你哪来的银子？"

阎立信拿着李维善留给他的那件貂皮大氅，说："这可是上好的关东貂皮，就算拿到当铺去，也值个一二百两银子。"

王班头道："就算药汤熬好了，谁敢和他靠近？"

阎立信笑着："外面有人盼着俺死呢，要是俺被传染了，不正好吗？"

王班头嘿嘿笑了，从阎立信手里拿走了貂皮大氅："那是老爷判的，没人想你那么快就死。行吧，药汤俺让人熬好，能不能活，就看他的造化了。"

为了方便喂药，王班头索性将他们两人关在了一起。连续五六天的药汤灌下去，老囚犯的病没有多少起色，呼吸越来越急促，咳嗽虽没那么频繁了，却更加沉闷。

阎立信想起留香院的老鸨说过一个治疗伤寒的土方子，给病人烫脚，再用艾条灸几处穴道。

他让王班头每日送来热水，并买来艾条，他亲自给老囚犯泡脚和艾灸。土法子似乎还有点用，老囚犯的呼吸渐渐平缓了不少。

阎立信和老囚犯就这样熬着，不仅泡脚、艾灸，还亲自喂水喂饭、挖屎倒尿，宛如一对父子，但还是没有换来老囚犯一句感谢的话……

这天，王班头陪着一个人进来。阎立信一见，笑了："你终于来了！"

第九章

万物皆有裂痕，那是光照进来的地方。

在阎立信心里，最失魂落魄的日子，亓学文仍是帮他驱散黑暗与寒冷的那束光。因为亓学文在阎立信心中的地位一直是很重要的。

连日来，阎立信心里有许多解不开的谜，多么想找几个知心朋友排解一下啊。欲将心事付瑶琴，知音少，弦断有谁听？此时，他才发现，身为落难之人，已经没有几个朋友了。一天天的失望，一次次的落泪，终于等来了亓学文的出现。由于牢房内有伤寒病人，两人就隔着牢门面对面地坐着。两人都瘦了，默默地用眼神交流着彼此心中的苦楚。

王班头拿来一张桌子，摆上了酒菜。

阎立信擦了一把泪，笑呵呵地说："这里可没有九龙斋的酸梅汤啊！"

亓学文脸上的肌肉抽搐了一下，给两人的杯子满上酒："立信，咱俩相交一场，可没掺杂上代人的恩怨啊！"

"俺知道。"阎立信一口将酒干了，"听说你将要成为李家的乘龙快婿了，祝贺你！"

"父命难违啊！"亓学文长叹一声，也一口干了杯中酒，仿佛他喝下去的是一杯难以名状的苦水。

阎立信笑道："俺能理解。"

亓学文道："听班头说，维善兄送给你一双银筷子，囊不见你用啊，你不怕俺在酒菜里下毒吗？"

阎立信笑起来，等笑够了才说："你要是下毒，那也是俺的命，说明俺白交了你这个人。俺曾告诉过维善兄，在京城只交了两个朋友，其中一个就是你！"

听了这话，亓学文的眼中有泪光闪现，哽咽起来："俺真想在里面的

是俺，而不是你啊！"

阎立信笑道："甭说那些不开心的事，今儿咱哥俩就光喝酒。"

两人有一句没一句地搭着，转眼就将一壶酒喝了个底朝天。亓学文不胜酒力，瘫软在地。王班头叫人把他给抬了出去。阎立信倒头就睡，这一觉竟然睡得十分安稳，那呼噜声打得山响，牢房外面都能听见。

一早醒来，他看到窗外飘起了鹅毛大雪。有几片雪花钻进来，落到老囚犯的脸上，转眼化成水珠。阎立信正要伸手替老囚犯擦掉水珠，却见对方睁开眼睛，直愣愣地望着他，张了张口，说出两个字："谢谢！"

阎立信笑了，可转眼却笑不出来了。随之，老囚犯一顿剧烈的咳嗽，咳出了一摊带血的浓痰，断断续续地又挤出几个字："别……管俺了……没用的……"

在阎立信的吼叫声中，王班头让人又送来了热水，还熬了药汤，可老囚犯牙关紧闭，把头扭过去就是不喝药。

阎立信道："老人家，俺还不知道您姓甚名谁呢，俺素来敬重忠义志士。您若不仗义出头暴打衙役，也不至于落到如此地步。俺只是敬重您。俗话说，好死不如赖活着，只要有一线生机，俺就不会放弃。等您病好喽，俺让朋友去衙门花点钱，让他们把您放了，您还回土地庙去。"

这时，两行浑浊的泪水从老囚犯的眼角滚下。他扭过头，微微张开了嘴巴。然而，每日的药汤加艾灸并没有缓解老囚犯的病情。他咳血越来越频繁，脸上已看不到一丝血色，有时双眼紧闭，整日都在昏迷中。

牢里好几个囚犯都被传染了，咳嗽声此起彼伏。奇怪的是，离老囚犯最近的阎立信居然没事。

王班头几次提出让人把老囚犯抬走，阎立信就是不让。这么重的病情，一旦被扔到雪地里，活不过半个时辰。

当外面传来鞭炮声，阎立信才知年关已至。过完年，李维凤就要嫁给亓学文，成为亓家的儿媳了。想到这里，阎立信悔恨交加，但只能默默地在心里祝福……

李维善又来牢房探望了。王班头怕李维善被传染，没让他进去，只把送来的东西放在了牢门口。他刚从莱阳回来，李家在莱阳那边又买了不少地，盖了几家缫丝厂和织绸厂。

他来昌邑的时候，爹一再交代让他早点回去，说要宴请从京城回来的亓满贵。现在，亓满贵已经成了李家的贵宾，可不能怠慢了。

第九章

亓满贵父子是过小年那天回到柳疃的。那天下午,亓满贵领着全家人隆重地祭拜了祖宗,挂上了家堂。他等了二十几年,终于等到了今天!

他现在是北京山东丝绸商会会长了。阎于诚死后,京城一大半丝绸生意都是他亓家的了。女儿已经和朱大人的傻儿子结了婚。听说朱大人得李中堂提携,年后要去总理事务衙门任职。亓家傍上了这棵大树,想不发达都难呢。县里、府里、省里,还有刑部,他都使了银子,势必对阎家赶尽杀绝。虽说银子花了不少,可往后生意做大,还怕赚不回来吗?

亓学文虽然看不惯爹的做派,但也是心有余而力不足,只得每天浑浑噩噩,醉生梦死……

以前,亓满贵连县太爷的面都见不着。如今,县丞领着县太爷直接登门拜访了。县丞捻着那两缕鼠须,一个劲地夸亓学文相貌堂堂,有官相,将来当个巡抚都不成问题。虽说这话很假,可亓满贵听着舒坦!

送走了两位父母官,亓满贵让人套了车,装上礼物,领着儿子去李家。这一次,他让亓学文兄弟俩坐在车上。他亲自牵着马,沿大街一路走过去,车上的铃铛叮当作响。他要让全柳疃的人都看着,亓家现在是今非昔比了。

人的心情好了,走起路来都带着风。行在柳疃街上,看着那一张张献媚的脸,心里就一个字——爽!

刚拐过一处街口,斜里冲过来一个人。那马受惊嘶鸣着,被他死死拽住了。那人冲过来,跪在他面前就一个劲地磕头。他定睛一看,认出是二柱,当即厉声呵道:"滚开!"

二柱哭着:"亓老爷,求求你,高抬贵手,放过俺家二少爷吧。"

原来,二柱拿着李维善的信去了京城,好容易找到李家戏班,把信给了李长寿。李长寿看完信,一句话也没说……

二柱回到以前住的宅子,见上面贴着官家的封条,便去了报国寺,哭着祭拜了一番。他寻思着把老东家的灵柩运回柳疃,可身上剩下的那点银子根本不够。他一路讨饭回来,听说李家大少爷回来了,想着大少爷为人仗义,便上门求见,也被家丁一顿乱棍给打了出来。他一路走过来,看到走在街上的亓满贵,便不顾一切冲上了上来。

亓满贵笑起来:"咋?你不滋俺尿了?"

二柱一边磕头一边说:"只要你能放过二少爷,你滋俺,滋多少都成!"

他的头磕在夹着冰碴儿的地上,嘣嘣直响,没几下就磕破了,那血糊得满脸都是……

亓满贵冷笑着："听你这口气，好像是俺要害他一样。"他接着放大了嗓门："柳疃的老少爷们都听着，俺亓满贵和阎于诚是有些恩怨，可阎家老大遭匪与俺无关，老二通匪那是官家搜查到了铁证。要是谁还敢胡咧咧，别怪俺不客气。这官家办案还讲究证据呢，谁能拿出证据是俺亓满贵害的阎家？这半混定是受人指使，想让俺出丑呢！"说完，他一脚把二柱踢到一旁，从口袋里摸出几个大钱扔了过去，然后牵着马扬长而去。

到了李家大门口，李中原已经在门口候着了，身后跟着李维善和徐德忠。

李中原拱手上前，亲热地拉着亓满贵："亲家，外面冷，走走走，里面请！"

进了大客厅，分宾主坐定，亓满贵先让亓学武上前拜见李中原。李中原打量着，见亓学武个子高壮，眉宇间英气十足，举手投足之间带着一股军人气质。

亓满贵得意地说："刚去天津水师学堂没多久，正学着洋文呢。"

李中原一连说了几个好字，接着道："亲家这一文一武，全昌邑都没有啊，不服不行！"

亓满贵摸了一把短荏的胡子："朱大人给了话，过完年就放实缺，学文去江苏那边。那可是一块富庶之地，苦不了儿媳妇的。"

李中原笑起来："亲家你说这话就见外了，嫁鸡随鸡，嫁狗随狗。贤婿是县太爷了，实在是俺李家高攀了！"李中原接着对儿子说："维善，让你妹妹下来见见公爹！"

亓满贵道："别，别，还是按老规矩来，婚前不见生，也过不了几天了。俺特地换了两千两银子的大制钱，结亲的时候，从街头撒到街尾，也让柳疃的老少爷们都看看俺亓家的实力。"

李中原点了点头："你亓家财大气粗，可俺李家也不能小气啊。俺陪嫁街上的四个铺面和两个作坊，上次你送来的聘礼，除了留下那尊玉观音，其余全部陪嫁。另外，在庄北起一个大宅子，也是他们的。明年京城那边的生意要是能够开张，也给他俩一半的股份。"

亓满贵哈哈大笑："那俺娶这房儿媳，可就赚大发了。"

中午，酒喝得很融洽。亓满贵有几分醉意的时候，亓学文已经趴在桌子上了。当初，亓满贵打定主意来李家提亲的时候，亓学文哭着求他说，除了李维凤，随便给他娶一个啥样的女人都行。但亓满贵不答应，儿女婚事都是父母做主的，他拿定主意的事，任何人都改变不了。就如当年他领着全家人离开柳疃时发出的那一声诅咒一样……

亓学武的酒量不错，再喝个两三杯都没问题。亓满贵担心大儿子酒后出丑，眼见着差不多了，便起身告辞。

李家父子同样送到门口，徐德忠还屁颠屁颠地抱来一床新棉被塞进车内，说怕姑爷酒后冻闪着。

李维善看着亓家父子的车子离开，低声道："爹，俺听立信说，亓学文的酒量不错，今儿囊就这么不经酒呢？"

李中原目光阴冷："往后别在俺面前提那个人！"

李维善连忙点头："爹，俺知道了。要是没啥事，俺想上楼去和妹子说说话。"

李中原嗯了一声："去吧，好好劝劝她。为了咱李家，爹也是迫不得已啊！"

李维善径自来到妹妹的绣楼上，觉着有些口渴，借口茶水已凉，让绣娘下楼去叫人送些热茶上来。他每次上来都是陪着妹妹聊天，绣娘已经习惯了，也不觉得会有啥事。

听着绣娘下楼，李维凤盯着哥哥，严肃地问："哥，你真的愿意看着俺死吗？"

李维善虽有几分酒意，却没有醉，瞪着眼问："爹看得这么紧，还能囊地？"

李维凤说："哥，俺想去京城替立信申冤！"

李维善说："你从来没有出过远门，一个弱女子，这天寒地冻的，如何去得了京城？"

李维凤坚定地说："俺听绣娘说，乡下有不少人结伴闯关东呢。俺跟着他们一起走，准没事。哥，到时候爹就是把俺捆起来塞进花轿里，俺也会……"

李维善怜爱地看着妹妹："你想让俺囊帮你？"

李维凤道："帮俺逃出这宅子就成，往后是死是活听天由命。爹不厚道，可也是咱爹，往后尽孝的事就全指望你了。"

李维善沉默了半刻，咬紧牙关终于吐出一个字："中！"

大年三十，阎立信在墙上重重地画下一竖，又在那一竖上郑重地画了

一个圈,凝视了好一会儿。上次,李维善告诉他,已经让二柱去京送状纸给李长寿了,可至今也没个回音。以李长寿的为人,应该会设法把状纸给递上去的。

过完年,老佛爷五十大寿,朝廷的恩赐赦免下来,亓满贵的手就是伸得再长,也挡不住了。阎家只要他还活着,就有重振天有信的那一天!

他出资让王班头给大牢内的人准备了白面饺子。这时,老囚犯气若游丝,连咳嗽的劲儿都没了,每呻吟一下,就从嘴角往外冒血沫子。别说吃饺子,就连汤药都灌不进去了。

阎立信就蹲在老囚犯身边,一口一个吃光了两大盘饺子。进来这么久,他已经看淡了一切,能吃就吃,能睡就睡。

老囚犯虽然已经灌不进汤药,但阎立信仍照样进行艾灸。烟雾缭绕中,一只大手突然像铁钳一样抓住了他。他定睛一看,见老囚犯目露精光,脸色似乎好了许多。他的另一只手,哆嗦着从衣内摸出一个用羊皮包着的东西,低声道:"附耳过来……"

阎立信贴耳过去,只听得那老囚犯说:"俺乃……遵王麾下……满弓刀……肖炎……此铁……八卦乃……义军信物……可号令江湖……下营北……盐滩……有一破船……船头八卦……印记……往东一百步……地下……五尺……"

阎立信听得没了声音,扭头看时,老囚犯已经咽了气。满弓刀的名号,他小时候就听长辈人说起过。同治七年,捻军与清军大战胶莱河,遵王麾下有一个外号叫满弓刀的悍将,率数百人杀出一条血路,掩护遵王南下。那一战,胶莱河水都成了红色,尸首把河流都堵住了。随后,满弓刀带着人在胶莱河一带驰骋冲杀,抢占地盘。

此时,朝廷大将傅振邦正在昌邑老家养伤。说起傅振邦,可是一员猛将。他是昌邑虫埠村人,七岁时,入私塾读书,同时精习骑射及武功;十九岁参加地方州府考试,名列榜首;连中武举、进士后,被道光帝看中,钦点为御前侍卫,擢乾清门行走。后来他从戎试帅,长期与太平军、捻军作战,屡建奇功,皇帝赏绰克托巴图鲁勇号。

咸丰十一年,朝廷命傅振邦疗伤期间钦差督练民团,防堵登、莱、青三府。傅振邦奏言:择要防堵,必于险隘处所。臣病未瘥,训练布置,实在为难,拟专办团练。朝廷传旨允之时,满弓刀率军正节节胜利。

傅振邦迅速组建民团,倡导筑圩防御。同时,奉命率军围追堵截。满弓刀的这拨人马最终被剿灭。有人说满弓刀死于乱军之中，也有人说上船去了关东。那些年，清军挨户搜查外地口音的人，一抓到立即斩首。有几拨前来柳疃做生意的外地客商也险些丧了命……

阎立信从满弓刀的手中接过那个羊皮小包裹，借着微弱的光线打开，见是一个四寸见方的铁制八卦。正面是一个八卦符，中间有"救我残黎除奸诛暴"八个隶书字，背面字样是"五旗兄弟，天下一家。江湖正义，永世不绝"。

阎立信不知道这铁八卦究竟有何用，既是满弓刀肖炎的遗物，不妨先收着。当下藏好铁八卦，朝肖炎的尸身恭恭敬敬地磕了三个头。

除夕夜，鞭炮声响成一片。他不由得想起往年这个时候，一家人围在桌前，团团圆圆地吃着年夜饭。那白菜猪肉馅饺子里部分放有钱币、红枣、年糕等，吃出钱币意味着"发大财"，吃出红枣寓意"过得好"，吃出年糕为"高人一等"。于是，大人、孩子争着相食。有一年，他撑得肚子如鼓，好一顿难受……

他听着远处的鞭炮声，望着牢房的小窗户，思绪回到了京城。小香橼是不是也在想他呢？他知道，"八大胡同"有个不成文的规矩，过年是不接客的，姑娘们想咋玩都行。吃年夜饭的时候，老鸨还会领着姑娘们祭拜祖师管仲，以求来年的生意更好。

他又想到了维凤，此时一定在陪着家人吃饺子吧？正月里，她就要嫁去亓家了，好好地当亓家的媳妇吧！

爹在那儿冷吗？有没有人去为他送年夜饭啊？

……

就在阎立信在牢里胡思乱想的时候，李维善领着儿子在大院里放鞭炮；而绣楼上的维凤却背着一个随身的小包袱，悄悄地离开了李家大院，独自向北而去。

她必须尽快赶到灶户，明儿一早跟着闯关东的人一同前行。为了安全起见，她换上了哥哥的衣服，还将头发扎成男人那样的粗辫子。她的脚虽不是三寸金莲，但也缠过，走起路来比不得常人。摸着黑走了五六里地，便觉得脚底疼痛无比，也不敢歇息，一步步熬着往前走。

眼瞅着后面来了一队人马，举着火把，追赶而来。她知道，那肯定是爹派来的，急忙躲在几个大土堆后面。火把越来越近了，她惊骇地发现，自己正趴在一个坟堆上，顿时吓得失魂落魄，差点叫出声来。

第九章

待那些人过去后，她起身朝坟堆作了几个揖，也不敢继续顺大路走了。瞅见往西还有一条小路，便快步朝西走去。就是这一走，李维凤走出了自己的别样人生……

李家大院里，李中原的怒火足可把眼前的人都烧死。他是在李维善第二次出去放鞭炮和烟花的时候，才发现李维凤不见了的。

监督李维凤的绣娘不知囊地醉倒在床上，怀里还搂着几锭银子。李中原命人用冷水泼醒，绣娘跪在地上，心惊胆战地交代：吃完年夜饭，李维凤显得很开心。两人聊到男人喝酒，绣娘说自己的酒量还可以。于是，李维凤拿出银子，说一两银子一杯酒。绣娘寻思着维凤已经认命，加之大年夜宅子里那么多人，便放心地赌上了。就这样，两人很快喝光了两大壶……

小跨院的右边墙根有一把梯子，墙外也有一把，很明显是一场预谋好的出逃。墙外的梯子不知何人所搭，但墙内的梯子是徐德忠吩咐下人往树上挂小灯笼后，随手靠在墙边的。

李中原不相信徐德忠会帮李维凤出逃，而李家上下最有可能帮李维凤的只有李维善。可李维善当时在放着鞭炮呢，还是他让李思远去请姑姑下来看放鞭炮和烟花时才发现李维凤不见了的。若李维善真心帮妹妹出逃，完全可以找借口拖延更多的时间。

李中原命人把绣娘打了个半死，将所有家丁全都派了出去，分东西南北几路追赶，特别叮嘱不要放过阎家老宅和魏掌柜家。他对所有人发了话，就是找到个死人也要抬回来。

在挨了火辣辣的几记耳光后，徐德忠怎么也想不明白，自己会犯下这么低级的错误。当时，他看着那几个下人挂完灯笼，李维善就过来叫那几个人去后院搬东西。他自己扛不动梯子，只得放在了一旁。那挂灯笼的梯子并不高，距离墙头还有两尺多，可李维凤踩着出去的梯子与墙头一般高。他断定，是有人偷换了梯子。

李维善说维凤很可能去了昌邑大牢，便亲自带人骑马往昌邑追去。一路追到昌邑，他来到大牢门口，见几个狱卒蒙着口鼻，从里面抬出一具尸首。其中，一个狱卒认出了他，大叫起来："大少爷，离远点，这病传染人！"

其实，他心里清楚，李维凤肯定不会来昌邑，他也就没进大牢，一边往回返，一边假装沿路寻找，一直折腾到天亮才回去。这时，另外几拨人也回来了，和他一样，没有任何消息。

李中原的眼中布满了血丝，说话的声音都哑了，连忙吩咐加派人手，在方圆五十里内的村子、水沟、河滩、草垛等地继续寻找。只要有可能藏人的地方，都不要放过。一连两天，李家派出去了数十人，仍没有见到李维凤的影子。

李家大小姐出逃的消息，如同一阵风般刮过柳疃的上空，带起了漫天的沙尘，所有人都被迷了眼……

当亓满贵上门的时候，李中原已经气倒在床上了。亓满贵安慰了李中原一番，顺便提出了解决方案：第一，继续派人寻找；第二，北京那边缺货，想从李家调一万匹丝绸过去，价钱还是老价钱，先付一半的银子，其余的等货到了京城再结算。

李中原表示，李家几兄弟的存货还不到三千匹，就是把柳疃所有人家的丝绸都收拢过来，仍凑不满一万匹。

亓满贵临走的时候，扔下一句话："你莱阳那边不是刚结了亲吗？"

李维善看不过去了，等亓满贵走后，说："爹，咱就这么任他欺负吗？"

李中原长叹一声："谁让咱先对不起人家呢？去把你几个叔叔叫来，就说俺有事找他们。"

李维善把几个叔叔请来后，借口出去找妹妹，骑马来到了灶户村。灶户是昌邑北海边的一个小村子，有二三十户人家。明洪武年间，村民就开始挖井晒盐，替代煎盐。清乾隆年间，在灶户以北建富国场，为官办十二盐场之一。如今，朝廷盐税太重，盐民没了活路，就开始结伴去闯关东。

李维善早就打听到有几个人准备大年初一动身，便事先联系好了，还一再叮嘱那几个人要保证他妹子的安全。他负责照顾他们留在村里的家人，并约定绝对不能对任何人说。

李维善来到其中的一户人家，家人说初一一早就走了，但没有等到他妹子，还以为不去了呢！

他脑子里嗡的一声，顿时蒙了……

第九章

第十章

今夜的风很大,风中裹着一丝丝衰草的气息。没有月亮,稀疏的星星散落在天幕上,映衬出片片朦胧。北风就这样呜呜地刮着,像天边传来的声声呼唤。

李维凤顶着刺骨的寒风,摸着黑一路跌跌撞撞往西而去。后来实在走不动了,眼瞅着路边有一间小屋子,就在推门进去的那一刻,晕倒在了地上……

当她醒来的时候,见躺在一盘炕上,炕沿坐着一个老太太,正给她喂着姜汤。老太太见她醒来,亲切地道:"闺女,大年夜的,你这是唱的哪一出啊?要不是俺家老头子想去土地爷那里烧头香,只怕你就冻死在那里了。即便不冻死,碰上了坏人,可咋办啊?"

李维凤的脸一红,她一身男人的打扮骗得了一般人,可骗不过把她背上炕的人,当即欠身谢过老太太,并问:"嬷嬷①,这是哪儿?"

老太太道:"这是神堂子②。闺女,看你这身打扮,还有那包袱里的东西,就知道不是普通人家的孩子,你这是要上哪儿去啊?"

李维凤怕引来麻烦,不敢说真话,只说自己是昌邑龙池街的,家里是做丝绸生意的。因惹上了官司,爹在年三十被官府抓走了。娘让她去营口投靠亲戚……

李维凤从来不会撒谎,说话的时候,眼神都在闪烁。老太太也不点破,笑着说:"你先歇两天,俺让老头子送你去吧。"

交谈中,李维凤得知老太太的丈夫叫孙有福,两个儿子都去了关东。

---

① 嬷嬷:方言,"奶奶"的意思。

② 神堂子:今潍坊市寒亭区固堤街道神堂子村。

去年把媳妇和孩子都接过去了,家里就剩下了老两口。老头子天没亮就抢着到土地爷那里烧头香,就是想求土地爷保佑两个儿子平平安安。没承想,遇到了昏迷的李维凤……

李维凤趁机提出看看村里有没有去关外的,想结伴走。老太太说,村里有两三个,可年前就走了。不过往年从初一开始,就有从昌邑那边过来的人,都是闯关东的,可以帮忙打听打听,看看能不能搭个伴。

李维凤从包袱内拿出一锭银子,感谢老人的救命之恩。可老人说救人是给儿子积福报,收人钱财那是损阴德,坚决不要。李维凤问清了老太太两个儿子的名字,默默记在了心里。

傍晚,老头子回来说,有十几个从昌邑那边过来的背包客,正在村头讨水喝呢。

从道光年间开始,胶东一带闯关东的人就络绎不绝,有走海路的,也有走陆路的。海上风险大,所以大多数人宁愿绕道走陆路。昌邑北部的闯关东客都是背着绸子结伴而行,一个村两三个,到了下一个村子就变成七八个,甚至十几个。到最后,队伍浩浩荡荡一两百人。出了山海关,各人朝着自己的目的地走,队伍人数又逐渐变少。

在老人的引导下,李维凤迅速穿好原来的衣服出了门,见到那几个人后,才知不是从灶户过来的。不过好歹也是昌邑老乡,愿意带着她一起走。她拿出银子央求老人买了一头驴,骑着驴就不怕跟不上队伍了。

又在神堂子村住了一宿,李维凤告别两个老人,跟着闯关东的人一起上路了。刚到寿光与博兴交界的地方,就看到前面有人疯着往回跑,一边跑一边喊:"土匪来了,土匪来了!"

闯关东客中有不少人身上都带着家当,因此成了土匪的抢掠目标。许多闯关东的人还没到山海关,就把命给丢了。

李维凤赶紧下了驴,呆呆地站在一边。看着人群蜂拥着往回跑,她吓得直哆嗦。那驴不知怎么受了惊,蹬起一脚将她踢到了路边沟里。依稀之间,她听到几声巨响,想努力爬起来,可右上腹疼痛无比,眼前一黑就晕了过去……

又不知过了多久,她努力睁开眼,忍着剧痛爬出路边沟。原来,她被驴踢倒在沟下的时候,正好滚到一处旁侧凹进去的土坑,上面有苇子挡着,就算有人拨开苇子丛,也看不见她。

路上倒着十几具尸首,有的首身分离,鲜血流了一地,已经被冻住了。

第十章

望着眼前的惨状，李维凤的胃一阵痉挛，哇哇地吐了起来。等吐够了，她咬牙忍着痛继续前行。勉强走了两三里地，她再次晕了过去……

醒来时，发现自己躺在一辆车内，旁边坐着一个黄卷头发、大鼻子、蓝眼珠的人。那人穿着黑色的大袍，脖子上挂着一根银闪闪的链子，手里拿着一本厚厚的书。她吓得一骨碌想爬起身，但腹部的疼痛使她忍不住发出了呻吟。

那人放下书，和蔼地说："姑娘别乱动，我检查过了，你断了一根肋骨，需要好好休养。"

李维凤见那人面容慈祥，说着一口不太流利的官话，于是问："你是什么人？"

那人呵呵一笑："我叫约翰，是德国的传教士，也是一名医生，来你们中国，是帮助人的。我看到你晕倒在路边就把你救了。等到了潍县，我有个老朋友是你们的中医，他那里有膏药，贴上之后用不了三个月就好了。"

李维凤曾听人说过，有很多洋人在山东传教，洋教父都懂得医术，能给人看病。她低头看见自己衣襟敞开了几粒扣子，顿时又羞又气。

约翰见状，连忙道："姑娘，在我们医生眼里是没有男女之分的，我并没有轻薄姑娘，请你不要生气！"

李维凤挣扎着就要起身："让俺下车，俺不想回潍县！"

车子停住了，李维凤掀开车帘，见外面有二三十个背着枪的大清官兵，一个个都望着她。约翰并没有让她下车，而是让车继续走，接着说："姑娘，你听我说，在路上我看到有很多人被土匪杀了。你身上有那么多钱，又长得这么漂亮，就不怕被土匪抓去当压寨夫人吗？你家在潍县吗？是从家里逃出来的吧？"

李维凤一门心思要去京城替阎立信鸣冤，却没有想到才走了两天，就伤成了这样。当下她也不知道该怎么办了，情不自禁地捂着脸哭起来。

约翰说："你要是不想回潍县也不要紧，你要去哪里？我让士兵送你去。"

李维凤停止了哭泣："俺把钱都给你，你让人送俺去北京吧。"

约翰问："去北京做什么？"

李维凤不再说话，斜靠在一旁，听着车轱辘压着冰碴子的声音，对约翰仍充满了戒备。

约翰把车内的一个暖手盆放到李维凤面前，说："从这里去北京就是骑马也要走七八天，走路的话最起码半个月。你们中国女人都是小脚，根本走不了远路。你要去北京，应该找人陪你一起去啊。"

李维凤听人说过，连县太爷都怕洋人。她想起约翰说过的话，便问："你说你来中国帮助人，是真的吗？"

约翰笑起来："当然是真的，这几年我帮助了很多人。"

李维凤问："那牢里的人能帮吗？"

约翰连连摆手："牢里的人是犯了罪，即使忏悔上帝也无法原谅他，必须接受惩罚。"

李维凤道："可他是被冤枉的！"

"所以你要去京城告状？"约翰有些狡黠地望着李维凤，"我猜想牢里的那个人一定是你一个非常重要的人，告诉我怎么回事，也许我能帮你。"

李维凤见事情都被对方猜到了，而且这洋教父看上去也不像坏人，于是把阎立信被冤入狱、自己被父亲逼婚、逃出来去京为阎立信申冤的经过一一都说了。

约翰听完，跷起了大拇指："我以为你是为父亲或者兄弟喊冤，没想到是为未婚夫，你是我最佩服的中国女人。如果入了基督教成为教会的人，或许我可以通过德国领事馆向大清官府进行交涉。"

李维凤急道："只要能救他，干啥都行。俺这就带你去昌邑吧！"

约翰笑道："你跑出来，你父亲一定在到处找你，如果你和我回昌邑肯定会被你父亲抓回去。我对你们大清的刑律多少知道一些，犯人一般都会在秋天斩首，我们有的是时间，现在要做的是先治好你的伤。我们在潍县停留一天，然后直接去青岛。"

李维凤有些担忧："俺爹肯定也会来潍县找俺的。"

约翰张开手比画着："放心，我们住在基督教堂，你父亲找不到的。"

他见李维凤不时皱一下眉头，便从旁边的小箱子里拿出一个小玻璃瓶，倒出一粒浅棕色的药片："这是我们德国的药，可以止疼的。"

李维凤犹豫了片刻，接过药片含进嘴里，感觉有点苦涩，混着口水咽了下去。她见那小箱子都是些瓶瓶罐罐，还有一些形状奇怪的金属物品，好奇地问："那些是啥？"

约翰把箱子盖上："是做手术的工具。"

李维凤瞪大了眼睛："手术？"

约翰笑着说:"是的。比如子弹打进了肚子就必须割开肚子,把子弹取出来,就用这些工具。在动手术的时候,还要消毒以免伤口感染。"

洋人的药就是好,李维凤突然感觉不那么疼了。她饶有兴趣地听着约翰讲述治病救人的过程,不时好奇地还插问一两句,就如一个懵懂好奇的孩子。

快到潍县的时候,她突然冒出一句:"俺跟你学救人吧?"

约翰似乎吃了一惊:"你真的想学?"

李维凤异常坚定地点点头。她已经想过了,跟着洋人学医,也算是一门手艺,将来无论走到哪里,都不用求人。正如爹说过的,别看江湖郎中走街串巷,可走到哪里都有饭吃,还受人尊敬。她哥小时候得过一场病,远近闻名的徐郎中都没辙,连小棺材都准备好了,最后还是一个路过的江湖郎中把她哥给救活了。她爹把家里仅有的五十多两银子都给了那郎中,当时就差没下跪了。

她还听人说,即使是土匪劫道,也不会劫郎中。有的还会恭恭敬敬地把郎中请到山寨,好酒好肉地伺候,让郎中给山寨的兄弟们看病。完事送下山,还按规矩奉上银两……

约翰的蓝眼珠子转了几下,这几年他在山东布教,遭到很多百姓的排斥。如果能够收一个本地人当助手,对于布教会有很大的帮助。可这个女子毕竟是大户人家的小姐,能不能吃得了苦,倒还在其次。若是大户人家得到消息前来要人,他不可能不把人交出去。想到这里,他轻声问:"你愿意和我一样信仰上帝吗?"

李维凤点点头:"俺现在就信!"

到了潍县,他们并没有进城,而是来到了位于潍县东关的乐道院。光绪八年,美国基督教长老会派牧师狄乐播偕夫人阿撒拉氏来潍县传教,在当地教友的协助下,建起了这座乐道院。乐道院由教堂、学堂、诊所三部分组成,用以传教、办学和开办诊所。

约翰让教堂主教帮着一起为李维凤做洗礼。李维凤也不知信上帝是怎么回事,让她跪着就跪着。这时,一个戴着高帽子的洋教父拿着一本书指指点点,口中念念有词,还用手沾了水,洒在她的身上。后来,她才知道,那本书叫《圣经》,所有洋教父都有,而洒在她身上的水就是圣水。教父说能驱邪静心……

折腾一番之后,教父让她跪在一个钉在十字架上的雕像前,说那是耶稣,要她向耶稣忏悔。她不知啥叫忏悔,教父说做了错事的人必须忏悔,才能得到主的谅解。她想来想去，七岁那年在阎立信家玩，把一盘棉籽倒在马槽里。没几天，他家的马就死了两匹。为这事，阎立信挨了他爹一顿打，她到现在都没敢说。还有一件，就是她正在做的，不该忤逆她爹出逃……于是，她把这两件事都说了，教父说主会宽恕她的。

这时，约翰已经让人拿了几贴膏药来，让李维凤自己敷上，还拿了一本有德国国王签名的《圣经》给她，说以后她就是主的人了，要照着书上的意思去传播福音给别人。

当天晚上，她就住在了教堂内。本来是要在教堂停留一天的，哪知第二天一早约翰就要动身。那些当兵的虽然眼中有不满之色，可谁都不敢发牢骚。一个年纪大的士兵告诉大家，早点把洋教父送到，大家就可以好好歇歇了。

约翰也承诺到了青岛，每个人多赏二两银子。顿时，士兵们乐开了花。

从潍县到青岛不过四五天的时间，约翰一路上向李维凤讲解《圣经》教义，还有一些医学常识。到青岛后，约翰按李维凤所说的，写了一封信，委托朋友交给德国领事馆。他在信中表明，如果能够得到当地老百姓的信赖，将更有助于传教！

阎立信是在正月十四才得知李维凤出走的。

李维善告诉他，亓家以此为要挟，拉走了李家一万匹丝绸，李家搭进去十万两银子。他爹气得病倒在床上，这两天才好些了。十几天了，一直在派人寻找李维凤，至今都杳无音信。他听说博兴那边有闯关东的人被土匪劫了，死了不少人。说到最后，李维善一个劲地叹气："是俺害了她，俺就不该帮她啊！"

年前，二柱也回来了。李长寿一直也没个回信。二柱独自住在阎家老宅里，连炕都舍不得烧。那天，当街磕头求亓满贵的事，昌邑城都传遍了，都说二柱忠义。忠义归忠义，阎家老宅门口还是连个人影也看不见。

大年三十，魏掌柜让儿子送了一袋子白面和两条咸鱼，二柱凑合着过了年……

过了正月十五，李维善就要去莱阳了。这次来，是向阎立信辞行的。他告诉阎立信，亓满贵曾得意地告诉他爹，说阎家老二熬不到朝廷的恩免。

临别，李维善的眼中尽是担忧和不舍。他怎么也没有料到，亓满贵的话真的应验了，刑部对此案的批复很快下来了——

正月底，阎立信第二次过堂，县令当堂宣布：斩立决！

听到这样的判决，阎立信顿时蒙了，如同坠入了万丈深渊，他感到了从未有过的恐怖。亓满贵的手确实够长，把天都给遮住了。他愣了片刻，冷笑道："大人收了多少银子啊？"

县令一拍惊堂木，两个肩膀往上耸了几下："本官清明如镜，爱民如子。你暗通土匪，证据确凿，不容狡辩。本朝没有正月行刑的范例，故将行刑日拖延至二月初八。"

阎立信仰头哈哈一笑："那我可就多谢大人了，让我多活几天。大人，二月初八是柳疃大集，是不是有人故意要大人选在这一天啊？"

县令的脸色一变，看了一眼身边的县丞，而后挤出两个字：退堂！

胶东的农村，稍微大一点的村子都有集市和山会，人们在固定的日子里赶大集。此前，官府早已贴出了告示，说二月初八在柳疃西边的棒子地里砍阎老二的头呢。

那天，十里八村的人都来了。街上人潮涌动，卖糖葫芦的、卖糕点的、卖玩具的、耍猴的、江湖卖艺的……早早就占下了位置，亮起嗓门使劲吆喝。小孩骑在大人的脖子上，一双明亮而天真无邪的眼珠子滴溜溜打量这人世间的稀奇和古怪。

一阵大锣声由远而近，人们一个个支起了头朝前望。随着一阵吆喝声，一队官兵过来了。走在最前面的是一个粗壮大汉，手里甩着丈二长的大鞭子。大鞭子在他手里上下飞舞，啪啪直响，受惊的人群急忙往两边闪开。这叫"开道"。

有腿脚不利索的被人挤倒在地，连滚带爬地回到人群里。那队持着红缨枪的官兵后面，是一辆马拉的大囚车。囚车上五花大绑、背上插着亡命牌的正是阎立信。

今儿天刚擦亮，王班头就进牢房向他道"喜"，说下辈子投胎去一个好人家。他喝了半壶乾隆杯高粱烧，但那酱肘子和葱油饼，还有羊肉馅的饺子，怎么也吃不下……

自得知自己的刑期后，他该流的泪已经流干了，整个人已经麻木了，就那么呆呆地坐在那里。此时，他心里最放不下的，便是不知下落的李维凤。他好想再见她一面，和她说说话，聊聊小时候玩耍的那些趣事。他明白了，如果小香橼是他的知己，那么李维凤就是他的知心人。如果有来生，他一定好好珍惜……

第十章

他被人拖出牢房的时候，马永顺跪在旁边，叫了一声二少爷，磕了几个头，跪在一旁烧纸，一边烧，一边抹眼泪。

离开大牢后，县太爷似乎对他有所恩典，从昌邑到柳疃都是坐在马车上。等到了柳疃街头，衙役们才摆开架势，将他架上了囚车。

记得到京城的那年，听说菜市口那边"出红差"，很多人都去看。他不懂是干什么的，便央着马清泉带他去，到那里一看，原来是杀人的。两个犯人跪在那里，后面走过来一个人，还没看清那人是怎么下刀的，人头就滚到了地上，血喷出好远。他后来就再没敢去看，那情形至今历历在目。他怎么也想不到，自己居然也会成为被杀的人。

在牢里的时候，他已经不知诅咒那天桥算命的多少次了……

"少爷！"随着一声撕心裂肺的呼叫，二柱扑上前，却被官兵拦住了。二柱跪在地上号啕大哭，追着囚车不断地磕头。

高友亭领着阎家柜上的几个老人想要上前敬酒，也被官兵拦开了。他流着泪哭着："二少爷，二少爷……"

两边人群有不少人摆下了香案，跪在那里磕头，哭声钻进他的耳中，一阵又一阵地揪着他的心。那些都是受过阎家恩遇的人，有几位是阎家同族的叔婶。

魏掌柜在儿子的帮助下，不顾一切冲了过来，手里提着一壶酒。他攀上囚车，将壶嘴凑到阎立信的嘴边，低声道："少爷，这酒里有药，等会儿就不疼了。"

阎立信感激地望了一眼魏掌柜，微笑着说："多谢魏叔，俺不需要。"

他听人说过，有的家人在酒里下麻药，喝了，行刑的时候就没有感觉了。阎家在柳疃行得正、坐得稳，不能让人看扁了。他不能给阎家的祖宗丢脸，就是死，也要死得轰轰烈烈！

魏掌柜被官兵拖开后，摁倒在地上。阎立信大叫起来："魏叔，俺求您，等把俺爹和俺哥接回来，和俺葬在一起！"

柳疃街的那些老少爷们有不少人都是他认识的。他不敢睁开眼睛，怕见到那些人的目光，有怜悯的，也有幸灾乐祸的。

囚车后面是两顶轿子，里面坐着县令和县丞。对于这样的场面，他们早就预料到了，充耳不闻就是了。等到了刑场，午时三刻办完事，就算交差了。

亓满贵答应事成后额外给两万两银子，应该不敢赖账。当官其实和做生意一样，只是求财的法子不一样而已。要不然，十几年寒窗岂不白熬了吗？

轿子突然停住了，县令敲了敲轿杠，厉声问："咋回事？"

外面飘来一个声音："大人，亓家的老大要生祭呢。"

县令应了一声，心里道：亓家人做事就是漂亮，这猫哭耗子的把戏还是要做一做的。于是，吩咐道："随他去吧，耽误不了时辰。"

囚车停住的时候，阎立信睁开眼睛，看到十字街口摆着一张香案。亓学文捧着一碗酒，一步步走上前来："兄弟，哥来送你了。"话音一落，滚烫的泪水已经顺颊而下。

阎立信笑了："你没当得了李家的女婿啊？"

亓学文流着泪说："俺本来就没想，是俺爹逼的。"

阎立信问："是你爹让你来的？"

亓学文说："俺爹和弟弟都回京了，俺留下来，就是想见你最后一面。"

"你总算自作主张了一次。"阎立信发出一声大吼，死死地盯着亓学文，"来生，咱们还做好朋友吧？"

亓学文用力点了点头："俺每年都会给你上坟的。"

衙役们搬来凳子，亓学文踩着凳子，把酒放到阎立信嘴边。阎立信喝了几口，说："你爹干得漂亮！"

亓学文哭着说："为啥非要这样呢？"

阎立信望了亓学文片刻："俺相信你是真心的！"

衙役过来催促，说怕耽误了时辰。亓学文把后面的两碗酒泼在了地上，用力摔碎了碗，突然像个孩子一样号啕大哭起来。

囚车继续前行，阎立信想起李长寿教他的京剧名段《失街亭》，于是大吼一声，亮起了嗓子：

　　两国交锋龙虎斗，
　　各为其主统貔貅。
　　管待三军要宽厚，
　　赏罚中公平莫要自由。

顿时，人群中发出山呼海啸般的叫好声。这是诸葛孔明的老生唱腔，铿锵有力而壮烈激昂，且不失沉稳。李长寿擅演武生，老班主那老生的本领也都教给了他。他与阎立信配戏的时候，一会儿武生，一会儿老生，故而阎立信也一起学了过来。

第十章

《失街亭》还没唱完，就到了庄西头的棒子地。那棒子地本来是阎家的，杀的是阎家的老二，就这么富有戏剧性。那里已经被人平整出一块地方，还搭了台子。阎立信被人拖下囚车，强令跪在地上。棒子地周围站了很多人，二柱的哭号声不断传来。

人群中也有人在窃窃私语：

"亓家太不厚道了，这是要赶尽杀绝啊！"

"阎家太惨了，他还是个神童呢。听说几次都没考上举人，要是考上了，说不定就没有这茬事了，都是命啊！"

"俺看亓家的老大，比他爹有良心！"

"李家也不地道，当年是靠着阎家才有的今天，今儿连面都不露……"

"听说李家大小姐不见了？"

……

县令在县丞的陪同下，上了台子坐定，扫了一眼围观的人群，又看了一眼跪在地上的阎立信，嘴角荡起一丝冷笑，威严地干咳几声，吩咐县丞宣读刑部的文书。

宣读完毕，还未到午时，一大帮人就那么干等着。县令喝了几口茶水，竟有些心浮气躁起来。他监斩过很多次，却从没有哪一次像今天这样坐立不安。感觉时间过了很久，他扭头望了望县丞，县丞连忙回答："大人，还没到时辰。"

突然，县令看到从远处飞奔过来三匹马，近了看清马上骑着的是官差。那三匹马冲入人群，其中一个官差大声喊着："昌邑县令何在？"

县令急忙下了台子："本官在此。"

官差拿出一份公文，大声道："跪下！"

县令和县丞二人急忙跪在地上，听得官差大声道："奉太后老佛爷口谕，昌邑县秀才阎立信通匪一案有诸多疑点。即日押解进京交刑部审讯。"

县令听完官差的宣读，连起身的力气都没有了，在县丞的搀扶下站起身，鼓足勇气问："敢问这位官爷，那刑部的批文……"

官差厉声道："这是老佛爷口谕，醇亲王遵旨执行的，查明刑部已经批复，特命我们几个人连夜加急赶来。王爷有令，若人犯已经处决，则拿你是问！"

县令的身子一软，再次跌坐在地。这时，跪在地上的魏掌柜抬头向天，用力号出了一句："苍天有眼哪——"

第十一章

命运不是风来回吹，命运是大地，走到哪里你都在命中。

亓满贵是正月底回的京，尽管与李家没有结成亲，但他也没吃亏，一万匹丝绸，那就是十几万两银子，把他搭进官场上的那些银子都赚了回来。

二月初三，朱大人又给他带来一个不好的消息，也不知什么人把状纸递到了醇亲王那里。醇亲王向来与李中堂不合，正愁没有把柄呢。更奇怪的是，德国领事馆给总理事务衙门来了专函，也是关于昌邑阎立信秀才的案子。

李中堂不敢生事，请恭亲王帮忙拿着函件进宫请示老佛爷。老佛爷不敢得罪洋人，立即让醇亲王派人把人犯押解进京审讯。

朱大人和亓满贵一样也闹不明白，阎家啥时候和洋人扯上关系了？早知道阎家和洋人有关系，这事就不该这么办了。醇亲王派人到刑部查卷宗，得知案件已经批复"斩立决"，当场就把刑部的两个大人摘了顶戴。那两个大人都是李中堂的门生，醇亲王这么做，谁都能看得明白！

亓满贵呆了，一招好棋，想不通问题出在哪里？儿子和阎家老二是朋友，他和阎于诚在京明争暗斗这么些年，没听说阎家和洋人有啥关系啊！

洋人的领事馆给总理事务衙门去专函，那肯定就是天大的事。现在已经折进去两位大人了，还不知醇亲王会怎样趁机对李中堂下死手呢。照情况分析，估计朱大人都不能自保，一旦那样，他这个做生意的就更难保了。

亓满贵问过朱大人："俺再多使点银子还不成吗？"

朱大人叹了口气，说："银子也不是万能的啊，这个时候可千万不能再使银子了，那更会落下把柄。具体情况怎么样，谁都不好说。等把犯人押来刑部再说吧。"

亓满贵一宿没有睡好，早上一起来就派人赶回昌邑，通知县令提前行刑。可惜他的人还没到，醇亲王派出的人就赶到了。

亓满贵呆了，李中原也呆了！

胡老板出事后，南方丝绸一时供应不上，黄河以北都在用山东的丝绸。物以稀为贵。在亓满贵的操作下，丝绸零售价从原来的每匹十六两三分银子涨到了十九两六分。丝绸涨了，土布和洋布也都跟着涨价了。

李中原被亓满贵讹走一万匹丝绸后，终于醒悟了，亓家就是一条喂不饱的恶狗。他原来想和亓家结亲是希望强强联合，把生意做大，哪知天不遂人愿，既伤透了女儿的心，也损害了李家的利益。他的几个兄弟都埋怨他做事欠考虑。虽然那些银子是他一个人出的，可在柳疃，李家已经背上了沉重的道德包袱。

二月初八这天，李中原起了一个大早。徐德忠问要不要安排生祭，他拒绝了。若李维善在这里，无须他多说，自然会去。可是，以他的身份，去生祭一个小辈，还有脸面在柳疃混下去吗？

他打算等这事过了，安排人去京把阎于诚的灵柩运回来，顺便捎带着阎立德的，把他们父子仨埋在一起，也不枉交往一场。

阎立信的案子，他也知道是冤枉的，怪就怪那个土匪不该把马给送回来。起初，他只是站在一个生意人的角度来权衡这件事的利弊，而后来，他有些于心不忍，想救阎立信一命，可事情的发展已经出乎意料了。

他要是果断地拿出一万两银子救人，阎立信虽然没事，可他李家就成了亓满贵的攻击目标，说不定会像阎家一样倒霉。况且，阎家倒了，阎立信也已经没有什么希望了，总要为女儿的将来考虑吧……

眼看着阎立信就要走上断头台，他又有些懊悔和痛心，要不然也不会对儿子说："若是立信能够活着，将来出狱后，那几百亩柞树林是要还给阎家的。"故而亓满贵提出用一百万两银子盘下阎家那一半柞树林。李中原坚决不答应，因为那是他的底线！

李中原到现在都不明白，阜康钱庄倒闭，亏了那么多人，可亓满贵不但没事，还一下子多出那么多银子来。阜康钱庄不姓亓，人家姓胡呀，要玩现银抽空的招数，也轮不到他吧？说不定亓满贵仗着那个朱大人的势力，就像讹他一样，不知从哪个倒霉鬼那里讹了一大笔银子呢！

一想到被亓满贵讹走的银子，李中原就心疼。其实，他最心疼的，还是他的女儿。李维凤在大年夜出逃，就像有人在他心上狠狠地剜了一刀。

第十一章

那种心底的痛，没人能够体会到。从小到大，女儿一直是他的心头肉，被他小心呵护着；女儿也很听话，从来没忤逆过他。可这一次，她走得那么决绝，一个脚不沾地的小姐出逃，需要多大的勇气啊？

好几次在梦里，他看到李维凤满身是血，朝他喊："爹，救救俺，救救俺！"他醒来后，当着小妾刘氏的面伤心了好一阵子。

李维善曾经提醒他，维凤很可能跟着那些闯关东的人赴京替阎立信告状去了。于是，他派了两拨人马一路去京，果然有消息传来，说一个大户人家的小姐在神堂子村住了一夜，跟着昌邑来的一拨闯关东客走了。那拨人在博兴遭了匪，死了不少人。他当即带人前往博兴，看了那几十具尸首，没有发现女儿。他知道女儿的性子，要是被土匪掳了去，为了保住贞洁也绝对活不了。他暗中托了很多关系，可土匪那边回话说，人是杀了不少，但没有见到一个女人。

他在博兴一带放出了话，找到他女儿的，赏银五万两；送上尸首的，赏银五千两。

他疑心是李维善帮助女儿逃走的，软硬问了好几次，李维善咬着死口就是不承认。这兄妹俩，对他这个当爹的都不说实话了。他究竟错在哪里呢？

他无数次在心里喊：闺女，你到底在哪儿啊，爹想你了！

当得知阎立信在刑场被京城来的官差带走后，他顿时愣在那里发了好一会儿呆。他抬头望着旁边站着的徐德忠，突然大笑起来。

徐德忠被李中原的笑声吓住了，过了一会儿，才小心地问："老爷，您囊地啦？"

李中原笑够了，才缓缓地说："俺以为鹬蚌相争，渔翁得利，哪知这是个死局啊。他姓亓的也好不到哪里去，连老佛爷都过问的案子，看他还有多少银子往里填！"

徐德忠问："老爷，您想到啥了？"

李中原镇定下来："阎于诚以诚信经商，绝对不会往宫内的丝绸做手脚。俺听说前年天有信烧了仓库，十几万两银子的丝绸瞬间没了，阎于诚都没有骂马清泉一句。你想想，马清泉为何要自杀？俺怀疑这事和亓满贵有关，一旦朝廷追究起来，他也脱不了干系。"

徐德忠说："俺也听说马永顺办完他爹的丧事后，在家里盖了大宅子呢。阎于诚被那父子俩害得不轻啊！"

李中原深深地吸了一口气："今年老佛爷五十大寿，阎立信被押去京城，即便要定罪，也死不了。你马上通知维善，让他回来一趟，俺有事要他去办。"

　　最危急的时刻也许就是拐点的开始。阎立信就像做了一个梦，稀里糊涂地转了一个圈。当被人架上囚车的时候，他使劲咬了一下嘴唇，才发觉很疼，自己还活着。他的眼睛闪着一种奇异的光，像是一种能量在瞬间被点燃了。

　　魏掌柜脱下身上的棉衣，又用布打了一个包裹，往里面塞了几张煎饼和几锭碎银子；魏海生提着包裹，冲过去塞到囚车里。

　　囚车离开柳疃，一路往西北方向走。在车队的后面，远远地跟着一个人，是二柱。押车的官兵几次驱赶，二柱都哭着不肯离去。

　　阎立信告诉官兵，那是他家的下人。官兵不再驱赶，任由二柱跟着。官兵们见他憨实，一路上拿他逗乐子。每到驿站歇脚，二柱忙前忙后地伺候阎立信，完事后去马棚里窝一宿。

　　进了京城，阎立信被押去刑部大牢。他让二柱去找李长寿，并代为感谢……

　　刑部大牢与昌邑大牢相比可是天壤之别，就如乡试的考场一样，一间一间的，只不过要大许多。三四个犯人关在一间，连床榻都有。不像昌邑大牢，犯人都是睡在地上的草堆里。

　　进来的当天，同监舍的犯人问他官居几品、任职何处，他根本回答不出来。那些犯人说话带着官腔，连走路和坐像都有县太爷的威严。后来才知道，这里是官监，关在这里的都是犯事的朝廷命官。若是普通监，待遇可没这么好。他想不明白，自己只不过是一个秀才，怎么能够进官监呢？

　　这里不让家人送饭，都是狱卒统一送饭食，有同监舍一起的，也有特别给一个人的。外面的人可以托狱卒帮忙送些吃的进来。阎立信进来一个多月，已经吃了两次正明斋的糕点，那肯定是李长寿送来的。

　　从饭菜的好坏，就知道外面有没有人帮忙使银子。每次阎立信有单独的饭食，都会分给别人一些。等别人吃完后，他才吃，为的就是防止亓满贵把手伸进刑部大牢。

　　这天，司狱前来巡监，见到阎立信，当即笑起来："嘿，你小子也有今天呐？"

阎立信认出这司狱就是在留香院耍横的索爷，心想：坏了，落到这家伙手里了！

索爷得意道："怎么，你那位贝勒爷朋友没帮你吗？"

阎立信暗惊，想起在留香院的那一幕，当时索爷他们几个人正是看到李长寿身上的长命金锁，才不敢乱来的。那块金锁果然不是凡物，难道李长寿是皇家的子孙，可他怎么被李老班主收留了呢？

几个月的牢狱之灾，已经消磨了阎立信的年轻锐气，学到了不少为人处世之道，深知在这大牢里，弄死一个人跟捻死一只蚂蚁没啥区别。他走到牢门前，拉过索爷的手，偷偷塞过去几两碎银，接着鞠了一躬，低声道："索爷，上次有眼不识泰山，多有得罪。索爷您大人有大量，多多包涵。要是没我那朋友帮忙，我早就上了刑场了，哪里还有机会和索爷您见面啊？"

索爷脸上的肌肉抽搐了一下："我也不管什么贝勒爷，到了我这里，可得给我老实点！叫啥名字？"

阎立信老实回答："阎立信。"

索爷昂着头问："哪个衙门的？官居几品呀？"

阎立信说："哪个衙门的都不是，我只不过是一个秀才。"他想了一下，接着低声道："有机会我让那朋友在他阿玛面前，替索爷多说几句好话，还怕索爷不升官吗？索爷，您可千万别去瞎打听，他那身份见不得人。误了您的事，可不好！"

索爷眯起眼睛："行吧，你这个朋友，爷交定了。"

有索爷照应着，阎立信过得还不错。但在牢里住着，感觉比住客栈花钱多。狱卒们变着法子讹钱，有银子的酒肉伺候着；没有银子的，就只给发了霉的冷馒头。有一个云南的六品通判吃了几天的发霉馒头后，撕开衣服打成绳结上吊了。

魏掌柜给他的那点碎银子，早就花光了。阎立信也吃了两天的发霉馒头，同监舍的人见他可怜，便把酒菜匀给他一份。不过，他在魏掌柜给的棉袄夹层内，发现了十张五十两的户部官票。他现在想明白了，反正横竖就是这条命，该吃就吃，该睡就睡。偶尔起了兴致，便唱上一段，好歹博一点牢友的掌声。

有好几次，他的唱腔不正，还被隔壁牢房一个叫任通源的牢友点拨。任通源是江苏人，原是吏部右侍郎，因得罪了上司被关进了大牢。他不愧是二品大员，住着单人牢房，连送饭的狱卒都一口一个大人，叫得挺尊敬。

隔着一道墙，阎立信和任通源聊着京戏，聊得挺投机。后来，他也主动聊一些小时候的趣事，还叙说了当年进京时把一块祖传玉佩和一些碎银子扔给叫花子而被父亲一顿揍，还有他与小香橼和李维凤的那段情。聊到上刑场的事，却被任通源打断。原来，在刑部大牢内，也是有很多忌讳的，诸如"砍头""死""刑场"之类的字眼，都不能说……

虽然阎立信说自己只不过是一个秀才，是被人诬陷的通匪罪，可任通源根本不信。

过了两天，任通源突然问阎立信："你的案子并不大，区区一个秀才之身，为何连醇亲王和洋人都要过问呢？"

阎立信自己也没弄明白，就把李维善对他说过的那些话重复了一遍。任通源笑起来："这就是你的命吧，洋人那边不知道怎么回事？不过，醇亲王这边嘛……不说也罢！"

既然任通源不愿说，阎立信当然也不好问。同监舍的都是七品以上的官员，有一个还是从三品游击，姓孙，那人是淮军出身，身经百战。谈起在山东围剿捻军，口沫直飞，一脸的豪气溢于言表，还说认识昌邑的傅振邦，称赞他是一员猛将。

阎立信进来的第三天，就听说了。孙游击每过几天就说一次，听的人耳朵都起了茧。有一次，讲到后来无限感叹，说湘军攻破天京，上下将士都发了财，淮军却没捞到多少好处。而后神秘兮兮地告诉众人，李中堂得知山东捻匪聚集了一批浮财，这才极力剿匪。哪知剿完之后，并未见那批浮财的去向。后来，朝廷追问此事，李中堂不得已纵兵劫掠，抢得一些浮财上缴朝廷，但朝廷疑心淮军有所藏匿。淮军上下吃了哑巴亏，对李中堂心生怨恨。当朝廷下旨裁军，不少淮军学着湘军的样子，成了为祸一方的土匪。他奉朝廷之命前往山东剿匪，李中堂却要他暗中寻访那批浮财的下落。他在剿匪之时，对于昔日的兄弟难免手下留情，没想到却被人背后给告发了。堂堂的三品游击就这样下了大狱……

听着孙游击的夸夸其谈，阎立信情不自禁地捏了一下怀中的铁八卦，想起了满弓刀肖炎临终前对他说过的话。肖炎告诉他的，是不是就是捻军的藏宝之地呢？

孙游击后面说的那些话很快在大牢内传开。任通源告诉孙游击，他很快就要出去了。果然没两天，狱卒请孙游击出去过堂。孙游击出去后，就再也没有回来。

大牢内不断有人被狱卒请出去,有回来的,也有不回来的,同时也有进来的。阎立信所在的牢房,除了他之外,犯人都换了一茬。不过,隔壁牢房有一个叫叶根茂的,是从七品户部仓场衙门坐粮厅文官,和他一样,也没有过堂。他和叶根茂聊天,发现叶根茂对账目以及生意场上的经营手段超乎常人。他笑着与叶根茂约定,要是两人有命出去,就让叶根茂当他的掌柜……

有时候,任通源让狱卒把阎立信带过去。任通源的监舍就像一间小书房,两人一边聊天,一边喝酒吃肉,完事后再让狱卒给送回来。

任通源学识渊博,无论是经史子集,还是满藏回文,无一不通。而对于人际关系,更有独到的见解,令阎立信大开眼界。有时,他将自家发生的事情,求任通源帮忙分析。任通源却只告诉他:人心险恶,利字当头,人性经不起诱惑,既要用人也要防人!

任通源不但教他各种阅人之术和交际手段,还教他认识洋人的机械,说广东南海有一个叫陈启源的商人,通过改进纺织机械,纺织出来的布和洋商的一样,有机会可以去见识一下。

无论两人聊什么,任通源对于他自己的案子却只字不提。

有一次,他与任通源聊天,想起了李长寿长命金锁上的满文,便依葫芦画瓢地写了一些让任通源认,想揭开李长寿的身世之谜。任通源看了,脸色一变,问:"这是不是刻在一块金镶玉的长命金锁上?"

阎立信点点头:"是我一个朋友,从小就戴着呢,从来不给别人看!"

任通源神色严峻,说:"此人能活着就是万幸,千万不能示人,否则人头落地、株连九族!"

一听这话,阎立信连大气都不敢喘了,难怪李老班主会对李长寿看得那么严了。

转眼又到了年底,阎立信在刑部大牢里已经关了快一年了。其间,他认识了不少官员,也从他们身上学到了很多书本上没有的知识。一天,任通源告诉他,他的案子没事了,不过要过刑部大堂,千万不要轻易认罪,只要极力替自己辩解,便可以回家过年。出去后,会有一个叫张冲的人去找他。

阎立信知道任通源虽然身在牢中,但消息灵通,所说的话也都不虚。他说,哪位犯官要出去,两三天内,准有狱卒把人叫出去。他要说回来的,也一准回来。

果然，到了第三天，狱卒过来叫："山东昌邑阎立信，过堂了！"

到了刑部大堂，阎立信按着任通源所教的，堂上的大人问什么，他就答什么，除了承认马匹被土匪劫走外，其他的一概不知。对于自己所画的押，也声称当时被打了三十大板晕了过去，醒来后已经在大牢内了。

几个大人相互望了望，起身退入后堂，没大一会儿，出来一个人，对阎立信说："阎秀才，你没事了，回去吧！"

阎立信听了，还以为自己听错了。当堂内的衙役过来赶他时，他才意识到是事实。走出刑部大堂，他发觉外面的阳光很刺眼，刺得他有些头晕，扶着那大石狮子过了好一会儿才恢复过来，便迈开腿漫无目的地往前走。

他并不知道，大清朝廷和法国人开战，恭亲王被罢黜，光绪皇帝的亲爹醇亲王进了总理事务衙门。法国教会仗势欺人，在山东和河南等地排挤德国教父。当大清和法国签订条约的时候，德国人"仗义言辞"，多少维护了大清的脸面，老佛爷感慨说洋人也有好的。他这宗连德国大使馆都关注的案子，自然就成了大清投桃报李的筹码。就在他离开刑部大堂的当天，总理事务衙门给德国领事馆去了公函：现已查明，山东昌邑阎立信一案，纯属诬陷导致，相干人等革职查办。

此时，法国人和德国人为了传教的事，在山东和河南等地闹得不可开交。老佛爷发了话：那是洋人的事儿，由着他们闹去吧。

阎立信跌跌撞撞，不知怎的来到了天桥。他走过一个卖包子的店铺，感觉有些饿了，停下来一摸口袋，才知身无分文。伙计走了过来："走走走，别挡着做生意，等你去讨了钱再来吧。"

这时，他才反应过来，此刻自己的这副面容与路边的乞丐没啥两样了。他想起以前和李长寿来算命的事，就走到那个卦摊前，见已经换了人。摊主朝他上下打量了一番："二十文钱一卦。"

他问："以前在这里算命的那个先生呢？"

摊主白了一眼，不耐烦地说："上终南山了。"

他苦笑了一下，离了天桥。

此时，北风刮得越来越紧，冻得他缩着脖子。他双手拢在袖口内，不紧不慢地走着。一路看着那些行色匆匆的人群，偶尔有马车和轿子经过。终于，他走到了一家店铺门口，昂起头望去。那门口的上方原来有一块匾额，上面有"天有信绸缎店"六个大字。可如今匾额不见了，就像一个被剃光了眉毛的人，显得很是别扭。店铺的门半开着，破碎的玻璃被糊上了

第十一章

一层白纸。门板上面的油漆也爆了皮,那种令人心疼的落寞无以言表。

他刚走上台阶,见里面出来一个穿着蓝色粗布棉袄的妇人。那妇人端着一盆水正要往外泼,看到了门口的他,怔了一下。当看清男人的样子时,手里的铜盆哐当一声掉落在地,洒了一地水:"天哪,你终于回来了!"

阎立信看到那妇人狂涌而出的泪水,认出是小香橼。还没等他说话,小香橼尖叫一声扑上前,搂着他大哭起来。

阎立信拥着小香橼,低声问:"你怎么会在这里?老鸨把你赶出来了?"

小香橼俯身拾起铜盆,拉着阎立信快进屋:"先进屋,喝杯热茶,我去烧水给你洗澡,等会儿再和你说。"

阎立信进了屋,坐下后,恍惚了一下,说:"我饿了。"

小香橼急忙从里面端出一些吃的,还特地烫了一壶酒。她看着阎立信狼吞虎咽的样子,心疼道:"你受苦了。"

"我这才明白,爹说过的话,不吃点苦头,就不知道以后的路怎么走呐。是男人,心就要大点啊!"

阎立信一想到爹的教诲,便禁不住流下泪来。于是,他不再说话,边吃边听小香橼讲了前段的经历。原来,小香橼从恩客那里听到天有信出事的消息,心里很着急,却不知怎么办。她托人找来李长寿,问是怎么回事。李长寿告诉了她事情的经过,并说会想方设法替阎立信申冤。今年春,亓学文突然替她赎了身,并把她带到了这里,让她住下等着阎立信。她从李长寿那里打听到阎立信进了刑部大牢,大牢根本不让人进去。她按李长寿的吩咐,隔三岔五去刑部大牢给狱卒送银子,只求阎立信在里面过得好一点。这前前后后大半年,已经送了上万两银子,有一大半是李长寿给的。

阎立信吃完饭,又洗了澡,把头发和胡子刮了。小香橼看着镜子里的阎立信,虽然清瘦了许多,但也成熟了不少。随即,小香橼拿出一个小箱子:"这里面是我剩下的一些首饰,你拿去变卖了做点小生意,我们俩好好过日子吧。"

阎立信搂住小香橼,狠狠地亲了一口。他来到后堂,见一张供桌上摆着阎于诚的灵位。一问,才知是二柱从那边的宅子里拿过来的,她每天都上香祭拜。今儿一早,二柱就去了报国寺,说是老爷的周年。胶东人对逝去亲人的周年祭,看得比什么都重……

阎立信点上香,和小香橼一起恭恭敬敬地给爹磕了头,然后一字一句地说:"爹,您在天有灵,保佑儿子重振天有信!"

祭拜完毕,小香橼依偎在阎立信身边,说:"重振天有信,谈何容易啊?"

"天底下哪有容易的事啊?"阎立信望着爹的灵位,"我不能让天有信毁在我的手里!"

傍晚,二柱回来了,见到阎立信,跪在地上哇哇大哭,就像一个受了委屈的孩子。阎立信扶起二柱,抹去他腮边的泪水,低声道:"往后,咱就是兄弟!"

二柱从怀中拿出店铺的地契文书,说春天里官府拍卖店铺的时候,亓家大少爷出银子买了下来,让他住在这里,还把契书给了他。原先的小四合院被孟老板买走了,成了华昌商号的库房。那几个老人,孟老板也都留着呢。

望着破败不堪的院落,倾听着寒风的呼啸,阎立信有点摇摇欲坠,但这种微晕的感觉很快就被一种责任打包放进了刚强的意志里。他拿着契书,凝固于一个瞬间,目光变得阴冷起来……

第十一章

第十二章

　　北风呼啸，寒气逼人。阎立信的心里却如同着了火，他一件件梳理着埋在心里的事。

　　小香橼已经听二柱说了李维凤的事，她流着泪说："你和她本来就有婚约，我成全你们，明儿我就去找个庵堂过完下辈子吧。"

　　阎立信拥着小香橼："你们两个对我的好，我心里很明白，我不能对不起你们了。她来京告状，至今下落不明，我必须要找到她。"

　　小香橼告诉他，"八大胡同"里很多姑娘都是被拐卖来的。这大半年，她和二柱已经找遍了京城，都没有李维凤的消息。也许她没有来京，而是去了别的地方呢。

　　得到二柱的肯定后，阎立信暂时放弃了寻找李维凤的念头。他来到李家戏班，见到了李长寿。李长寿见阎立信要下跪，连忙上前一把托住："我们是朋友，不要来这些俗套。走，喝茶去！"

　　李家戏班在京城内的一百多家戏班子中，可谓首屈一指。但李家戏班有个不成文的规矩，那就是从不去王府。李长寿一心为阎立信喊冤，当醇亲王命人相请的时候，他擅作主张应承下来。李班主得知，兀自长叹了一阵。

　　李长寿进王府后，靠武生的技艺引来了满堂喝彩。醇亲王一时高兴，命人打赏。李长寿却不要赏银，只求上前跪见醇亲王。他跪在醇亲王面前，拿出状纸，将好友被诬陷通匪一案给说了。醇亲王接了状纸，只说转给山东巡抚，命其查明真相。

　　后来，醇亲王根本未将此事放在心上，那状纸也随意扔在一旁，连看都没看。但没多久，他听说德国领事馆给总理事务衙门去了公函，是关于山东昌邑阎立信一案，这才想起有戏子告状一事。于是，命人找到那份状纸，看完后，立马让人去刑部查询，看看有没有这宗案子的报批公文。一问才得知，刑部已经批复"斩立决"，而且公文已经发回去了。

醇亲王大吃一惊，区区一个秀才通匪，刑部如此快速批复，有悖于常理啊！

刑部办理此案的那两个官员都是李中堂的门生，醇亲王与李中堂不睦，正好借此敲打敲打。于是，他当即拿着状纸进宫面见老佛爷，将洋人发公函和戏子告状的事都说了。老佛爷发了话，把犯人押解来刑部审讯！

阎立信被关入刑部大牢后，正值法国人闹事。醇亲王正好想从此案中挖出一些更有价值的线索，也最终被他挖到了朱大人与此案的关系。由于李中堂的门生遍布朝野，牵一发而动全身。醇亲王权衡利益关系后，并没有发难，而是坐观其变。

李中堂不愧是一只老狐狸，在这场大清与法国人的战事中，处处抬出恭亲王。朝廷内有人担心云南那边因战事而引发民变，老佛爷便一心求和，为此还罢黜了恭亲王和军机处的几个人。李中堂受老佛爷恩典，以商办的名义掌控军机处。从各地藩镇的奏折中，他也看出了大清的千疮百孔。在军机处办事，就如风箱里面的老鼠——两头受气。

大清在海上打不过法国人，但在陆地上却没吃亏。李中堂和法国人谈了好几个月，也没谈出个结果。台湾和福建沿海以及云南那边，还在和法国人打仗。法国人的要求也太蛮横了，张口就要五千万两银子。今年老佛爷五十大寿，内务府那边的花销不过五十万两。他心里明白，李中堂的日子比他要难过得多。听人说，李中堂有时候一天只喝一碗小米粥呢。

朝廷还仰仗着李中堂与法国人周旋，醇亲王想着等李中堂与法国人谈判失利后，再来个落井下石。没曾想，德国人为大清在法国人面前挣了面子，老佛爷赞扬了德国人，刑部这边便主动上报要审理阎立信通匪一案。

在这场权力角逐中，李中堂丢弃了几个小棋子，连带着压垮了昌邑县和莱州府的官员。

醇亲王是个很识时务的人，李中堂搞洋务那一套，能振兴大清。因此，他绝对不能与李中堂闹翻，彼此之间有个制约就行。在他眼里，汉官是大清的奴才，是拿来用的，只有失去了利用的价值，才能像破布一样抛弃。那个叫阎立信的秀才到底有没有通匪，与洋人究竟是什么关系，他不想知道，也不愿知道。他的眼里，只有大清的江山，因为大清江山将来就是他儿子的。他儿子现在还小，国事由老佛爷做主。按大清的规矩，皇上大婚

第十二章

之后就可以亲政,一旦老佛爷归天,这大清就是他们父子的了。

大清的南海舰队被法国人包了饺子,李中堂上书重建舰队。老佛爷不想让李中堂插手大清的军队,放出话说找一个可靠的人去海军衙门。这个可靠的人十有八九就是他醇亲王,估摸着过完年,老佛爷就会让他去那边。大清被洋人欺负,缺的就是海上的力量。这回老佛爷下定了决心,拿银子增加军备,海军衙门是个大肥缺啊!

两人坐下,李长寿给阎立信泡了一壶上等的铁观音。那茶倒出来后,清香扑鼻,整间屋子都闻到了。

喝了几口茶,阎立信张了张口,不知该说些什么。救命之恩,可不是一两句话就能表达的。倒是李长寿先开了口:"你没事就好。亓学文找过我几次,说了他和你之间的事情。他结婚了,娶的是山西一家钱庄老板的女儿,是他妹妹的公爹给牵的线。本来,他要去江苏上任的,不知怎么一直没去成。他帮小香橼赎了身,又买下你们家天有信的总铺面,还给了我五千两银子,让我替你花在了刑部大狱。"说完,李长寿让人去屋子里抬出一块匾来,正是"天有信绸缎店"的匾额。他解释说,那天见官兵摘下牌匾扔在街上,就捡了回来,现在可以物归原主了。

阎立信忍住了眼眶中打转的眼泪,挤出一丝笑意:"先放在你这儿,我先把我爹的灵柩送回老家,再回来重振天有信!"

李长寿笑了:"这才是我心目中的阎秀才啊,你随便什么时候来拿都行。"

阎立信想起在监狱中任通源说的话,问:"你那块长命锁还在吧?"

李长寿在胸口摸了一下:"怎么,你想看?"

阎立信问:"你没找人看看?"

李长寿给阎立信倒了茶,沉声道:"唉,看了又能怎么样啊?"

李长寿贵为贝勒爷,却不能堂堂正正地出现在人们面前。最是无情帝王家,与其去探究根源惹来杀身之祸,倒不如就这么平平淡淡地过下去。他叹了口气:"这就是命呵!"

两人又聊了一会儿,阎立信起身告辞,出门前看到李老班主。他蓦然发现,李老班主的眼神中充满了忧虑……

阎立信回到铺面,见来了一个人,是孟四海。孟四海见到阎立信,惊喜地上前,左看右看了一会儿,似乎不相信自己的眼睛,口中喃喃道:"不可能,不可能,进了大狱哪有不挨板子的?俺在顺天府的大狱都被折腾个半死，听说刑部大狱更黑，那些家伙吃人都不吐骨头！"

阎立信笑了笑，并不解释。

孟四海说他下了大狱后，前前后后花了几万两银子，回到家休养了几个月才恢复过来。他今天有事经过天有信，碰见二柱，听他说少爷回来了，他便在店里等着。

两人坐在火盆边烤着火，小香橼伺候着给上了茶。孟四海一个劲儿地说着生意上的事情：有几个撑不下去的老板已经回了昌邑，现在京城内外的丝绸生意一大半都是合顺旺的了。亓满贵在晋商的帮助下，还把生意做到西北和东北去了。另外，阎立信下了刑部大狱后，东北那边的周掌柜派儿子周当荣来了京。周当荣去刑部喊冤，结果被打了个半死，连命都差点丢掉，还是几个山东老乡帮着送回东北的。孟四海写了信过去，让周华仁别来掺和了，保住东北那边的店铺生意就算对得起阎家了。后来，东北那边让人捎了银子过来，都花到刑部大狱了。

孟四海还说了一件事，那就是马永顺去了合顺旺，大小也是一个管事的。马清泉自杀，绝对不是亏空了银子。明眼人都看得出，往宫内丝绸掺假那事就是马清泉干的，就是他们父子把天有信害成了这样。孟四海还说："你去衙门告他们，不能便宜了那吃里爬外的王八蛋。只要官府一查，就能查个明白。阎大哥死得也忒冤了，俺都咽不下这口气啊。"

君子报仇，十年不晚。阎立信微微一笑，摇了摇头，没有说话。杀父弑兄之仇肯定要报，但绝不能像梁山好汉那样莽撞，只图一时痛快而不计后果。只要机会来临，他绝不会错过。他在官监里待了大半年，学到的东西比在外面二十几年还多。亓满贵是怎么害人的，他会不动声色地还回去。他首先要做的，就是重振天有信，夺回天有信的声誉和市场！

孟四海愣了半会儿："为啥？阎家受这么大的罪，就这样白白饶过他了？"

阎立信安慰了孟四海几句，接着说："俺想先把爹的灵柩送回去。等俺回来，您把那些借了银子给天有信的人都叫来，俺有话要说。"

孟四海望了阎立信一会儿："你爹欠着人家几十万两银子呢，你想干啥？"

阎立信淡淡地说："替俺爹还钱！"

孟四海差点没跳起来："天有信已经倒了，你刚刚从牢里出来，日子都不知咋过，哪来的银子还？俺寻思着让你去东北你舅那边，先学几年，

等学出来了，俺再借你点银子让你做买卖，也算对得起你爹了。"

阎立信扭头环视了店铺一眼："多谢孟叔的好意，俺决定的事情不会改变，先重振天有信，再和姓亓的玩一场。您就甭管了，有俺在，天有信倒不了！"

孟四海露出复杂的神色，点头道："中！"

孟四海离开后，一个三十多岁操着南方口音的人找上门来了，自我介绍说叫张冲，原是杭州织染局所属染色房的官匠，是任大人让他来的。

阎立信这才想起，出狱时任通源说过的话，赶紧热情地招呼张冲进屋。进屋后，张冲拿出两片染过色的绸布，说："南方丝绸是家养的桑蚕茧，昌邑是户外的柞树茧，质地粗糙，含胶多且杂质多。如果直接对绸布漂染，势必造成绸布易脱色和脆弱，必须把生丝变成熟丝，去除胶质和杂质，保留生丝的韧性，那样才好上色。熬丝的火候和药水的配制、染料的配比都很重要。"

阎立信知道张冲说的不假，柳疃出产的丝绸都是本色的，也就是柞蚕丝的颜色。各家商号的作坊都根据自家的工艺将绸布漂浆成白色，俗称"白绸"。几年前，天有信和一些商号也学着洋布的花色，想给白绸染色，可都失败了。染色后的丝绸不但掉色，而且变得脆弱，失去了柳疃丝绸的特色，最终只得放弃了。

阎立信笑了："只要能够达到我想要的效果，你就是天有信的股东。过两天跟我一起回山东，随便你怎么实验都行！"

阎立信送走张冲，去街上买了一个十二三岁长相清秀的女孩，起名"瑞珠"。有了瑞珠相伴，小香橼也不觉得闷了。

安顿好小香橼，阎立信带着二柱来到他们曾经住过的那所老宅子，原先的几个老人还住在这里。宅子的地面被人整过，连院墙边的老枣树都挖了。

一个叫满驼子的老人告诉他：老爷过世后，这里就让官府封了。他们几个老家伙被孟老板好心收留，后来孟老板从官府手里买下了这个宅子，还重新翻整了，又让他们几个老头住了进来。孟老板实在太仗义了，是个好人嘞！

满驼子还告诉阎立信一件事：那晚，老爷让他给马掌柜送肘子，他听到马掌柜在和别人吵架，就没有进去。第二天，马掌柜就死了……

阎立信安慰了几位老人一番，就与二柱离开了。随后，又来到报国寺，找到他爹的灵柩，守了一夜的灵。次日一早，便与二柱扶柩归乡。

他们走官道经过德州时，想把阎立德的遗骨也一起带回去。可到了德州一问，才知当时官差只把尸体用草席卷了，随意埋在了一个地方。后来不知怎的，那坟墓让人给刨了，如今连个土堆都没有了。

阎立信跪在地上，仰头大号："哥，你在哪里？告诉我啊，让我带你回家吧！"

他看过地形，哥丧命的地方就在官道上，距离最近的村子不过五六里地，附近也没有什么山林，这地方根本不适合土匪劫道。很明显，土匪是有目标而来，为的就是杀人劫银子。

他在这里停留了一宿，希望哥哥能够托梦给他。可偏偏这一夜，他睡得很沉，一个梦都没做……

并非所有的沙都能被风吹散。阎立信从来就是眼里不揉沙子的主。早上起来，他抽了自己两记耳光，那眼珠子变得比山间的野狼还怨毒，盯得二柱头皮发麻。二柱怯怯地说："少爷，您没事吧？"

阎立信闭上眼睛，深深地吸了口气，沉声道："走！"

记得任通源说过，年轻人充满激情，但不谙世事，往往思维简单、行事鲁莽。凡事应三思而行，深谋而断天下，那才是做大事的人。

在守灵的那个晚上，阎立信就一遍遍地假设：回到柳疃后，如果听哥哥和李中原的安排与李维凤成婚，也许爹和哥哥都不会死。很显然，亓满贵的这场局布了很久，也许从他与亓学文在京见面时就开始了。亓学文带他去"八大胡同"吃喝玩乐，到后来在留香院认识小香橼，目的就是把他这个神童变成庸人。

对于亓满贵的布局，爹其实已经觉察，也拿出了最有力的对策。可爹却忽略了儿子的秉性，是他的任性间接帮助了亓满贵，成了间接害死爹和哥哥的凶手。如今，嫂子和侄子，还有维凤都下落不明。所有这些，都是因他而起。世上没有后悔药，他要做的就是亡羊补牢，让天有信东山再起！

他相信，亓学文在柳疃街上生祭的时候，所流的眼泪不假。那是他们二人友情的见证，也是亓学文发自心底的忏悔。也正因为有愧疚，才会买下天有信总店铺面，并替小香橼赎身。

陷害天有信的不是亓学文，而是亓满贵，亓学文不过是被利用的棋子。对亓学文的情，他会还；对亓满贵的恨，他也会还！

阎立信回到柳疃，一同回来的除了二柱和张冲外，还有两只装着染料的大箱子。魏掌柜带着儿子,已经在阎家老宅等着了。他们见阎立信还活着,开心得直掉泪。

阎立信选了一个吉日,在魏掌柜等人的帮助下,将父母合葬在一起。然后,他去县城见了王班头。王班头告诉他,说县丞和县令都被查办了。他不关心那些事,只问生病而死的老囚犯埋在哪里。王班头知道他和老囚犯的感情,便告诉了坟地所在。他让人买了几副棺材,用其中的一副装了老囚犯肖炎的尸骨,运回柳疃后,葬在了他父母旁边。

而张冲和二柱则在后院支起了几口大锅,把生丝放到锅里煮,又捣鼓着从京带回来的那些颜料和药水,弄得四处飘荡着难闻的怪味。有时候,阎立信也到后院去看,但很快被那股怪味给熏了出来。

每到傍晚,阎立信就用马车装着棺材,庄里庄外地四处游走,直到天明才歇息。如此几天,庄上便有流言飞出:阎家老二疯了!

当人们习惯看着阎立信拉着棺材四处溜达的时候,他寻了一个月黑风高的晚上,驾着马车,带着工具,往下营海滩而去。

大冬天,海上的渔民早就封了船,全都窝在炕上熬冬呢!

海滩的沙子被冻成了冰碴子,一块块的,沿岸的海冰层下面冒着一圈圈的大气泡。在火把的映照下,就像黑暗中鬼魅的眼珠,呼啦啦的北风刮得很紧,几乎要把火把吹灭。

阎立信深一脚浅一脚地沿着盐滩往东走。盐滩上有不少破船,他每一艘都仔细端详,确认没有八卦的符号后才离开。

往东走了七八里地,终于找到了满弓刀说的那艘破船。破船就在一处堤坝头,堤坝有好几米高,隔着海边还有一段距离,海水涨潮都淹不到这里。他照着满弓刀所教的,往东走了一百步,看准地方,拖来破船上的几块船板,点起了火。烧了约半个时辰,他把火堆移开,然后开始用铁锹往下挖。

这里距离最近的村子也有八九里地,白天都很少有人来,晚上更是一个人影也见不到。盐滩往南的大片盐碱地里,长着一人多高的苇子。沿着海岸线连绵两三百里,西到寿光、东营,东到掖县,几百人往里面藏,都很难找得到。

夏天苇子茂盛时候,更是一望无际,成了野鸭的天堂。阎立信曾经和李维善来这里拾野鸭蛋,野鸭子吃海边的贝壳和小鱼,那蛋壳很硬,都是绿色的。美味的鸭蛋引来了黄鼠狼,还有从东山里流窜过来的狐狸。

盐碱地的上层被冻住了，但挖到三尺多深，土壤就松软了，都是沙质土，很容易挖。挖到六尺多深的时候，果然碰到了东西，用火把一照，是一只大木箱子。箱子外面用桐油漆过，就像船板一样。大木箱子的两头还有大箱子，没办法继续挖了。他就用工具撬开了大木箱，见里面还有一个木箱，木箱与木箱之间包着油布。阎立信费了很大劲才撬开里面的箱子，箱子一打开，他不禁眼前一亮，里面满满都是黄金，五十两一锭的大金锭子。就这一箱子黄金，折合白银不少于十万两。

他赶紧把箱子里的黄金转移到马车上的棺材里，然后把挖开的地方用船板盖住，上面堆上沙土，装扮得与原来一模一样，这才安心离去。

回到柳疃时，天还没亮，他赶紧把那些黄白之物塞到哥嫂住过的那间屋子的火炕下。从此，他白天睡觉，晚上出门，一连干了十几个晚上，才把满弓刀所藏的浮财全部搬回来。大体清理了一下，黄金两万两、白银近二十万两，还有不少奇珍异宝，仅仅是那十几颗圆溜溜的东珠，每一颗就价值上万两；那一尊羊脂玉佛雕工精美，价值也肯定不菲；最值钱的要数那一个紫檀木小盒内装着的两颗夜明珠，如鸽卵般大小，晚上不用点灯，照得整个屋子都亮堂堂的，连头发丝都能瞧得见。

这一大笔财宝若是突然面世，定会引来官府追查。阎立信已经想到了，怎么做才能使其顺理成章……

这天一早，他精心打扮了一番，登门拜访李中原。其实，李中原早就得到了阎立信回来的消息，还让徐德忠去打听过。徐德忠回来说，阎家老二好像疯了，大白天喝酒睡觉，傍晚拉着棺材出去，天明之前回来。有人问过，他说那是给他自己"遛魂"呢！

当李中原在客厅里见到阎立信的那一刻，心里猛地咯噔了一下，在鬼门关转了一圈的人就是不一样。那眼神看人，感觉都能渗到骨子里。李中原故作威严地干咳了一声，坐下后拿出鼻烟壶，抹了一点鼻烟，打了几个喷嚏后，做了一个请坐的手势，才慢悠悠地问："听说你'遛魂'去了？"

阎立信坐下后，一本正经地道："俺在庄西头的刑场上被吓走了三魂七魄，不遛回来不行啊！"

李中原微微一笑："找俺啥事？"

阎立信问："维善告诉俺，只要俺活着，莱阳那边的几百亩柞树林可要还给俺的。"

李中原的嘴角狡猾地抽了一下，不紧不慢地说："林子肯定还给你，

可俺那三十五万两银子，加上利息，不能打了水漂吧？"

阎立信喝了几口茶，淡定地说："俺哥说过，那几百亩柞树林，每年春秋两季可以产茧一百多万斤，折合生丝近二十万斤，可以织三万多匹上等绸布，难道还不够你那三十五万两银子的利息吗？"他换了一副口吻，接着说："当然，您被亓满贵讹走一万匹丝绸，那是自作孽啊！"

李中原的手颤抖了一下，怔怔地看着阎立信，突然呵呵笑了，道："这一年多的牢你没白坐。进来的时候，我就看出你和以前不一样了。说吧，还有啥事？"

阎立信道："俺哥在德州被土匪劫了四十多万两银子，这事可没完。俺已经打听到了土匪的老巢，不想惊动官府，寻思着组建洋枪队替俺哥报仇。您是保正，又是柳疃最大的商号，要是能出面就最好了。一支洋枪要三十两银子，起码要二十支洋枪，另外……"

他的话还没有说完，只听得李中原厉声道："你来是向俺要银子的？俺李家可不欠你啊！"

阎立信笑了："俺是来和您谈生意的，若是您出钱买了洋枪，剿灭土匪拿回了银子，可以分您两成。"

李中原冷笑起来："连官府都办不了的事，俺凭啥相信你？来人，送客！"

阎立信起身道："您是个明白人，柳疃街上响当当的李保正，后悔的事可不能一而再再而三吧？这传出去也不好听，有损您的名声啊。俺阎家在柳疃欠债的可不止您一家，与其成为死债，为何不设法盘活呢？"说着，拱拱手，说了告辞。

李中原呆呆地望着阎立信的背影，顿时觉得背上升起一股凉气。眼前这个阎立信，言行举止完全不像二十岁出头的年轻人，那种沉稳和刁钻倒像是在生意场上泡了几十年的老手。他望了一眼徐德忠，喃喃道："这是阎家老二吗？怎么像真疯了呢？"

徐德忠摇了摇头，又点了点头："老爷，俺也不知道他囊地了。"

阎立信离开李家大院，又去街上转了一圈，和每一个债主都见了面，寒暄了几句，承诺阎家的债务由他来偿还。然后，他骑马去了县城，拜见新来没多久的县令徐大人。

这徐大人是从翰林院放缺出来的，听说阎立信拜访，急忙让人请进了后衙。在他的眼中，阎家的势力不容小觑，与醇亲王沾着关系呢。难怪进了刑部大牢后，一点事儿都没有，反倒昌邑县和莱州府的几个大人都被撤职查办了。此人可得罪不起啊！"

阎立信寒暄了几句，就开始讲述他哥遭土匪杀害一事，提出组建民团洋枪队保护商队安全。徐大人自然应允，当场开出了官凭。

有了官凭，阎立信去了一趟潍县军营，买回来三十支半新不旧的洋枪，然后在柳疃贴出告示，招募年轻力壮的小伙子，月例银一两。若执行任务好，则另有赏。

原来，阎立信在刑部的官监内，就听人说了"涤帅（曾国藩）办湘勇"的故事，重赏之下必有勇夫，他也要组建一支勇猛的洋枪队！

朝廷的绿营兵一个月饷银不过六七分，而在各家商号作坊里做工的人一个月也不过五六分银子。告示一出，一个个健壮的小伙子就在阎家老宅门口排成了一溜长队。

阎立信亲自挑选，选出了五六十名精干的青年，又从潍县火枪营请来教官，就在他差点被砍头的棒子地里加紧训练。魏海生体格健壮又会武术，成了洋枪队队长。

就在洋枪队初展身手的时候，好事接踵而至。经过十几天的试验，张冲终于熬制出了去除胶质和杂质后的上等熟丝。阎立信异常高兴，拿着入手滑溜的熟丝，在爹的灵前与张冲结拜为异性兄弟，并立下协约：张冲拥有天有信两成的股份。

接着，阎立信让魏掌柜通知附近村子从事纺织的人家，到阎家老宅来学习织机和缫丝机的改进技术，把原先的手动式老织机改成脚踏式新型织机，把原先的三人双手捻丝变成单人单手操作模式。这样操作后，在减少人工的情况下，还加快了纺织速度，每五天就多出一匹绸。

除此之外，天有信与每个纺织户签订契约，从家里拿来生丝在天有信这里加工成煮好的熟丝，直接上机织成白绸，统一由天有信回收。就此一项，柳疃附近十几个村子的两三百户纺织户都开始为天有信织绸。而阎立信所付出的，只是一点人工和药水的费用。这叫"借鸡生蛋"，也是任通源教给他的。

其实，刚出狱的时候，阎立信就想打破各家商号作坊垄断纺织的局面，让所有纺织户都分享天有信的纺织工艺，以加大绸布产量。绸布的产量上去了，成本自然下落了。这也是阎立信对付合顺旺的第一步棋：以高于十两的价格，诱使合顺旺吃下京城内所有的山东白绸，然后迅速推出天有信

独有纺织工艺的大量白绸，成本控制在十两以下。虽然利润低了，但只要把量做上去，照样赚钱。合顺旺的几万匹白绸成本都在十一两，如果不亏本甩卖，就只能放在库房内发霉。

阎立信早就知道，阎家用独特工艺织出来的丝绸，成本在九两左右。他就是不赚钱，也要击垮合顺旺！

第十三章

年轻人就是年轻人，干什么事都环环相扣、紧锣密鼓。洋枪队成立的第三天，阎立信去看了小伙子们的训练，还未到家，就见徐德忠远远地过来了，恭恭敬敬地说："少爷，俺家老爷请您过去喝酒呢。"

阎立信知道李中原坐不住了，微笑道："实在不好意思，俺已经约了魏叔，要去潍县办点事，改天再说吧。"

李中原听了答复，看着面前一桌子酒菜，气得掀了桌子，坐在边上的三弟李中茂弄了一身菜汤。

李中茂道："哥，您这是囊地了呢？阎家那小子蹭鼻子上脸，咱别跟他计较。柳疃，还是咱姓李的说了算。他要折腾洋枪队，由着他折腾好了，以后肯定有求咱的时候。"

李中原凶道："你懂个球？原来的县令大人和俺私交不错，俺想以商号的名义弄个官凭，组建护商队，都没办成。现在的徐大人是从翰林院下来的，直接给他办了。就这事，谁敢小瞧他啊？"

那天，阎立信找他出银子买洋枪，他不是没有动心，只是觉得这事不靠谱。没想到阎立信不但弄来了官凭，还买了三十条洋枪。他问过那些同行老板，可谁也不承认借钱给阎立信。人心隔肚皮。他知道，肯定有人对他说了谎。

阎立信放出话来，洋枪队就是保护商队的，大家都得利。洋枪队成立那天，阎家老宅门口的鞭炮炸得震天响。他没请别人，单单把镖行总镖头高通达请来了，还聊了近两个时辰。高总镖头可是个老江湖，柳疃各家商号的货物大多都是他的镖行承运的。

李中原专门让人找来高通达，问阎立信和他聊了什么，可高通达说就是喝酒，没聊啥。

李中原根本不信，自从他被亓满贵讹了后，被同行老板当成了笑料，在柳疃已经没了威望，好像所有人都有事瞒着他。阎立信选在洋枪队成立那天把高总镖头叫去，仅仅是为了喝酒，谁信呢？

这时，李中原想起了阎立信离开李家大院时说的那句话。这小子坐牢出来后，完全变了一个人，行事不按常理出牌，这样的人才真正可怕。于是，他打定主意，亲自去请阎立信。他不相信，以他在柳疃的身份，还怕请不动他？

李中原还没出门，二柱倒是上门来了，说少爷在顺义酒家雅间等着他呢。

李中原笑了，阎立信要想在柳疃安身立命，绝对绕不过他这一关！

他来到顺义酒家，见已经来了七八个人，都是生意场上的老面孔。此刻，他们一个个脸色都不好看。李中原与在座的人彼此寒暄了几句，被阎立信安排坐到了上首。

一个老板起身直截了当地说："李老板，您来了就好，您说句公道话，二少爷这么做，往后还有咱的饭吃吗？阎老掌柜要是还在，绝对不会这么干的！"

阎立信笑呵呵地说："诸位都是俺的大爷、叔叔，今儿把大家请来，就是想跟大家商量的，谁都有饭吃，而且比原来吃得还要多。"

李中原听了，朝阎立信多瞟了两眼。在柳疃，无论哪一场酒局，上首的位子都是他的，那是身份和威信的象征，没人敢乱来。

坐下后，大家一个个你看我、我看你，谁都不肯先发话了。在这种场合下，最怕的就是说错话。倒是阎立信先开了口，朝李中原拱手道："李老板，今儿俺摆下这酒席，除了和大家商量点事外，主要还是为您设的。"

李中原没想到阎立信会说出这样的话，他皱了皱眉，不知道阎立信的葫芦里到底卖的什么药，从鼻子里哼了一声，作为回答。

阎立信举起酒杯，朝大家示意了一下："正常丝绸的价格，每匹最高不过十五六两银子。李老板被亓满贵弄走一万匹后，丝绸的价格涨到了二十一两多，可诸位的手里已经没了存货，全都到了亓满贵的手里。他这一笔横财发得可不轻啊。来，先干为敬，我敬各位前辈一杯！"

众人听阎立信这么一说，赶紧端起酒杯把酒干了。随即，一个个低着头叹起气来，后悔不该把手里的货都转给李家。否则的话，大家也都跟着赚不少。李中原听完阎立信的话，那张脸顿时成了猪肝色。他来这里可不是被阎立信当众羞辱的,当即狠狠地拍了一下桌子,起身要走。

阎立信笑道:"李老板,您老别生气。俺说过,今儿就是为您设的酒席,自然是帮您办事的,您听完再走也不迟啊!"

李中原忍着气重新坐了下来,给自己倒了酒,顾自又喝了一杯。

阎立信问:"李老板,亓满贵从您这儿讹走的一万匹丝绸,什么价,付给您多少银子啊?说出来大家也好商量,别让亓满贵吃了独食啊。"

几个老板齐声附和起来。尽管这是商业秘密,但在这种情形下,李中原还是不情愿地说了:"十二两四分,他只付了俺一半。"

阎立信道:"据俺所知,您从其他商家买了六千多匹,可是花了十五两八分的价钱,白白搭进去十多万两啊。"

一个老板替李中原辩解:"那是李老板愿意的,谁也管不着!"

阎立信道:"俺当然管不着了,不过俺知道亓家手里的丝绸成本,加上从柳疃去京的费用,总成本超过了十二两银子。如今,他的生意除了京城,还做到西北和东北去了。他把价格抬得那么高,柳疃这边也就跟着上去了。但今年夏季的绸布成交量少了九成,导致秋茧都在树上化成了蝶。相反,洋布并没有涨多少,咱们的主顾都让洋布和南方丝绸抢去了,对吧?"

一个老板道:"那也没办法,人家洋布和南方丝绸的花色多,咱只能卖白绸,本来就没法和人家比。你爹和俺一样试过给白绸染色,可不中,穿不上身啊!"

另一个老板点头道:"前段时间,柳疃这边的价格也涨到了十九两八分。俺以为今年可以多赚点,哪知客商都跑去南方了。后来,俺把价格偷偷给降下来,照样没人买。"

阎立信笑着说:"洋布和南方丝绸的花色多,人家买咱的白绸,是贪咱的价格低,你把价格涨上去,和南方丝绸一样了,人家谁还要啊。客商一旦跑了,就很难再回来。俺知道,亓满贵刚从你们这里买走一批货,价格是十两八分。如今,你们手上已经没有多少存货了吧?"

一个姓韩的老板说:"大侄子,那你这么做,家家户户都有了织机,俺实在是没法子了,十两八分的价格,一匹还搭进去几分银子呢。想着春茧下来,靠着你们阎家改进过的织机把成本降下来,好歹还能赚几分银子吧?"

阎立信笑了:"韩老板是个精明人。您刚才说的话,正是俺今天要告诉大伙的。如果大伙的作坊里,都用俺阎家改进过的织机,每匹绸布的成

125

本至少降低一两银子，买卖还能继续做嘛！"

李中原先是静静地听着，喝着闷酒，最后实在按捺不住地放下酒杯，大声问阎立信："你到底想说啥吧？"

"李老板，您别急，听俺说完。"阎立信道，"去年秋茧几乎没有收成，如今亓满贵手里至少有九成的柳疃丝绸。他囤货的目的，就是为了控制市场卖高价。他一旦觉得时机成熟，把价格降到十五两，恢复市场价，那么他就是最大的赢家。如果柳疃这边的丝绸降到八两五分，他的如意算盘就空了，他不但赚不了，还会白白搭进去不少银子。"

韩老板说："可咱们手上已经没货了，拿啥卖？各家的生丝也不多了。再说，每匹丝绸的成本都不止八两五分，差着三四两银子呢，俺可亏不起啊。"

阎立信笑道："今年的绸布当然没有了，可是转眼就开春了，几个月之后春茧就会下来。你们可以告诉客商，现在预订明年的丝绸，分三个档次，最高的每匹八两五分。只要客商回来，买卖就能做下去，各家商号才会有饭吃。"

李中原听不下去了，大声道："你疯了，谁来填补这个亏空啊？"

阎立信指指李中原，再指指自己，道："你和俺！"

李中原怒道："俺凭啥当这个冤大头？"

阎立信说："您不冤，还会赚钱。行商就是行诈，您想一想，如果柳疃这边把预订明年丝绸的价格放出去，北京那边绝对会暴跌。他亓满贵最先想到的，就是把十二两四分的绸布退还给你，转手从诸位老板手里预订八两五的绸布。亓满贵欠你的那一半银子，不知猴年马月才会给你啊，倒不如设法把你的绸布给要回来。"

李中原心中一动，说："那又咋样？生意场上讲究诚信，大家预订出去的那些丝绸，亏空多少也没个数。俺原来买的那些丝绸，每匹还亏空着几两银子呢。俺李家可补不起啊！"

阎立信说："俺哥把俺家那几百亩柞树林抵押给你之时就说明了，即便俺家还不起三十五万两银子，俺也还占有一半。俺明年就拿一半柞树林产出的生丝来贴补诸位的损失。一旦亓满贵把丝绸退给李老板后，大家稳住了客商，再以春茧收成不多为由，可以带客商去收茧、看煮茧、看缫丝、看纺织，让客商自行算出一个成本价。做买卖讲究将心比心，一旦客商得知每匹绸布的成本不低于十两，他们也就不好再给出八两五的价格了。至于亓满贵,他把摊子铺得那么大,他家可没有那么多生丝供应,都要从诸位手里拿货。到时候,他没货,绝对会来求诸位。那个时候,赚多少银子,可就由你们说了算了。"

李中原细细品着阎立信说的话,觉得有几分道理。如果亓满贵把剩下的丝绸退给他,他就不至于亏十多万两银子了;恢复市场价格后,也亏不了多少;若能把价格往上扬一扬,确实还能再赚一点呢。

阎立信道:"大家只需放出风去,俺担保他亓满贵熬不到春茧下来。如果大家不齐心协力,那就等着像京城那边的老板们一样,乖乖地被他挤对出局,以后昌邑的丝绸就是他亓家独大了。俺阎家在京那么大的摊子,都被他整得家破人亡。他亓满贵的心有多狠,李老板肯定知道,对吧?俺要说的就这么多,诸位是想继续做买卖呢,还是回家摇纺车,就看你们自己怎么做了。"

阎立信玩的这一招,叫"群狼逼虎",就是把大家拧成一股绳,一同与亓满贵那只老虎抗衡。亓满贵就是再财大气粗,也不可能得罪这么多同行老板。

一个老板问:"俺亏空了银子,到时候你不给俺补囊办?"

阎立信道:"'天有信'三个字,就是最好的保证!"说完,他目光深远地看了李中原一眼,从衣内拿出一份写好的承诺书,拍在桌子上,朝大家拱了拱手,顾自出了门。在他的计划里,李中原是最人的受益者。无须多说,李中原会帮着摆平那些老板们的。

他来到街上,信步走到洋枪队操练的地方,看了一会儿,告诉教官三天后出征剿匪,他要替他哥报仇,夺回被抢走的银子!

三天后,阎立信带着洋枪队威风八面地离开了柳疃。一行人赶到德州,摸黑进了山,找到一处山寨,一顿枪响后冲进去,只见地上乱七八糟地扔了一些大刀、长矛,还有一堆堆的破衣服。他们在屋子里找到十几只大木箱,烧了几栋草屋子后,浩浩荡荡地带着大木箱回到了柳疃。

其实,在几天前,魏掌柜就按阎立信的吩咐,在德州那边的一处山里临场搭建了几间草屋,又用几个大木箱子装满石头放在屋子里,另外找了一些人假扮土匪,导演了一场"剿匪"大剧。

大剧闭幕,李中原再一次惊呆了。阎立信要他出银子买枪,还答应剿匪夺回银子后分他两成。阎立德被土匪抢走的银子有四十多万两,两成就是八九万两,这么好的生意送上门,他居然没做,是自己老了吗?

阎立信拉着银子回到柳疃的当天，街上就有风声传，预订明年的丝绸，每匹八两五分，亏空的银子由阎家承担。那些老板们都是"不见兔子不撒鹰"的角儿，看不见银子，单凭一张承诺书，很难令他们信服。听说阎家老宅抬进去十几只大木箱子，白花花的银子堆满了屋。这下他们信了，有好几个老板还跑到阎家老宅去祝贺，其实就是想眼见为实。他们亲眼见了大堆的银子后，回到铺面立马挂出"预售价每匹八两五"的牌子。

李中原想不明白，阎立信这么做，真的能打垮财大气粗的亓满贵吗？

他等着阎立信来找他，拿银子换回抵押的那几百亩柞树林，可徐德忠告诉他，阎立信已经还了阎于诚当初欠下的那些债，差不多有十多万两，都是白花花的现银。如今，柳疃的那些老板们都在按阎立信给出的法子，用八两五的价格对外预订，想把客商重新拉回来。阎立信用马车拉着七八只大箱子，打着天有信的旗号，由洋枪队保护着去京了。

李中原一拍大腿，惊叹道："奇才！他爹以前囊没让他做生意呢？他这么做，是要重振天有信啊！"

李中原猜对了，阎立信所做的一切，就是要重振天有信！

这天，迎着旭日，阎立信带着车队浩浩荡荡地离开柳疃，朝京城而去。在离开柳疃的前两天，他就从镖行请了十几个趟子手，定下了离开的日子和时辰，包括行走的路线。

其实，阎立信这次赴京，主要是为了引蛇出洞。他哥被土匪所杀，这笔账不能不算。如果没有柳疃这边通风报信，土匪不可能那么准确地劫道。他首先要做的，就是先弄清杀他哥的土匪究竟是谁，血债必须血偿！

当商队来到博兴境内的一处山坳，见道路被一棵大树拦住了。突然，山林中一声呼哨，射出了一排箭矢。走在最前面的魏海生和几个洋枪队队员瞬间中箭倒地……

阎立信见状，急忙招呼大家往后撤，退出弓箭的有效射程，然后依托道路两边的树木和沟坎，朝着前面开火。另外十几个人依靠在马车上的大木箱边，预防土匪抢掠货物。

阎立信提着一杆洋枪，领着几个得力的队员，偷偷从侧面的树林中包抄过去。待靠近后，看到一个满脸络腮胡的汉子正站在一处山坡下，朝土匪们挥手指挥。

阎立信闪身在一棵大树后面，端起枪瞄准了那家伙，一扣扳机，枪声响起，那家伙晃了几下，一头从山坡上滚了下去。其余的土匪见状，赶紧往山后面四散而逃。

等到山林中没了动静，阎立信才小心地下了山。见那个家伙已经死在一棵树下，头上有一个指头大小的窟窿。他吩咐队员把尸体抬到车上，说不定这具尸体到了官府那边能值几千两银子呢。官府对于土匪都有悬赏，匪首的价格从几百到几万两不等。

洋枪队死了两名队员，一个胸口中箭，一个脖子中箭；魏海生被射中大腿，血流了不少，另外几个也伤得不轻。

阎立信安排人对受伤的队员作了包扎，匀出一辆马车来，将他们抬上车，并吩咐几个队员护着马车往回赶，找就近的地方救治，其余的人跟着他继续前行。

打死匪首，肯定会遭到土匪的疯狂报复。为了防止万一，阎立信派出两个队员在前面探路，与车队隔着一段距离。往前走了两三里地，走在头里的那匹马突然发出嘶鸣。马车随之一晃，两个轮子陷入了坑内。

阎立信定睛一看，见路中央有好些圆溜溜的孔洞，人走着倒不觉得，可马蹄子一陷进去，马腿立马就折了。

探路的两个队员已经被擒，脖子上架着刀，身后站着好几个土匪，两边的山林中传出一片喊杀声，估摸有好几百人。

阎立信往林子里开了一枪，大声道："爷手里有几十条洋枪，有本事别躲在林子里，出来干一仗！"

话音落地，林子里嗖嗖飞出漫天箭雨。好在阎立信他们早有防备，并没有伤到人。大伙各自朝林子里开枪，枪声既可以壮胆，也可以威慑对方。

这时，林子里有人喊话："胆敢往前一步，人头落地！"

前面过不去了，阎立信将队员分为两组，想掩护大家往后撤，但后面的山林中也传来喊杀声，从山上滚下来的几根大圆木正好堵住了退路。

几个持刀的匪徒从林子里走出来，远远地站着，大吼道："就是豁出命，也要替二当家的报仇！"

原来，车上的那具尸首是二当家的。阎立信心知无法撤了，吩咐队员紧靠着马车。虽然他身边只剩下了二十几个人，但凭着手里的洋枪也能杀出一条血路。

突然，林子里冲出来一匹枣红马，后面紧跟着十几个土匪，枣红马上骑着一个满脸络腮胡的土匪，大声道："就算你有二三十条洋枪，俺也不怕。你们听好喽，等到了阴曹地府，别忘了向阎罗王报出俺的名号——镇

山东！"

一听"镇山东"三个字，阎立信打了一个激灵，站起身大声道："你真的是镇山东？"

那人大声道："爷爷行不更名坐不改姓，官府一万两银子悬着赏呢！"

阎立信道："你可知道昌邑柳疃的阎立信？"

"阎立信？"镇山东催马靠前过来。

阎立信也坦然地走过去，待走近了些，认出对方正是一年前骑走他马的那个汉子，当即道："真的是你？"

镇山东也认出了阎立信，连忙下马，双手抱拳往地上一跪："阎秀才的救命之恩，镇山东永世不忘，请先受俺一拜！"

阎立信道："起来吧。俺好心把马给你，让你去找郎中治腿，你为何还要害俺啊？"

镇山东起身道："俺没有害你，只是让人把马匹送了回去。"

阎立信道："你送马匹不假，还给俺留了几十两银子和一封信，害得俺被认定通匪，上了刑场差点掉了脑袋。"

镇山东愣道："没有啊，俺只是让人送马匹而已，俺大字不识一个，哪会写信啊？"

阎立信倒吸一口凉气，心道：不错，这占山为王的，多半都是不识字的蛮汉子。若镇山东只是送回了马匹，那信和银子一定是别人塞进去的。他想了片刻，大声道："俺就想知道，究竟是谁向你们通风报信的？"

镇山东道："收人钱财与人消灾，俺要是告诉了你，兄弟们以后还怎么混？俺的命可以给你，江湖规矩不能破啊。既然跟恩人见面了，那就请去山寨一聚，喝一杯薄酒，好好感谢感谢！"

阎立信也知土匪有土匪的规矩，他不想强逼镇山东说出来。当初，他救镇山东乃是无心之举，不想和土匪有什么牵连。他的瞳孔渐渐收缩，冷冷地道："俺尊重你们的江湖规矩，好意俺心领了。若你真要感谢俺，那就帮忙打听一下，一年前在德州害了俺哥阎立德的土匪究竟是谁？俺嫂子和侄子究竟去了哪里？"

镇山东迟疑了片刻，说："恩人相托，俺一定帮忙打听！"

阎立信往后退了几步："那好，该算一算眼下这笔账了。俺死了两个兄弟，伤了好几个，但你们山寨的二当家死在俺手里。当下只有两个选择：一是你替二当家的报仇，俺杀出一条血路，生死听天由命；二是你放俺走，咱俩各不相欠！"

镇山东望了一眼马车上插着的旗子，说道："两条命换一条命，俺山寨已经赚了，你把二当家的尸首留下，走吧！俺答应你，往后只要是插着天有信旗号的商队，在山东境内畅通无阻！"说完，镇山东打了一声呼哨，把手举过头顶挥了几挥，一群土匪上前把马车抬了出来，又把马陷坑和窟窿都填好。接着，他走到那受伤的马匹前，挥刀砍断了马脖子，对阎立信道："这马给山寨的兄弟们开个荤吧！"随后，他把自己的那匹马给套上，朝阎立信深施一礼，并退到一旁。

此时此刻，阎立信对镇山东的礼遇一直保持着警觉，以防被人下暗手。他让两组洋枪队员保持警戒，前后掩护着车队继续前行。走了一段路，才听到镇山东的声音传来："恩人，不送了！"

离开博兴后，车队一路顺畅，过了沧州，路边多了很多饥民，在寒风中瑟瑟前行，偶尔还有一两具衣衫褴褛的尸体。

阎立信去钱庄换了几百吊钱，遇上饥民，便每人十文钱一路散过去，另外找人将路边的尸体就地掩埋了。

这一天，到了霸州，见路边又有两具尸体，有一具就倒在路中间。他让人将尸体移开，队员们抬起尸体的时候，发现居然还有气。一碗热汤灌下去，那人醒了过来，说姓杜，直隶河间人，苦读诗书十几年，连个秀才都没考上。如今前往天津大沽口投军，一路上花光了钱，饿了两天，走到这里，没想到晕了过去……

阎立信见此人比他稍大几岁，虽然衣衫单薄，但眉宇间透出一股英气，便有了惺惺相惜之感，赶紧让人去车上拿来他的皮袄，亲手给那人穿上，又赠予白银五十两。

姓杜的那人感恩不已，问清阎立信的名讳后，深深鞠了一躬，声称若日后发达定当重谢！

阎立信扶起这人，笑道："俺帮人可不是图你以后重谢的，人生于世，做到君子坦荡、无愧于心就行了。"

阎立信没有想到，三十年后再次遇到这个人，已经是上海滩的风云人物了……

第十四章

在没有天然尺度的世界上,信念就是最后的尺度,是一种没有退路的选择。阎立信一路奔波,脑子却没有闲着。他明白了人生并没有什么最好的选择,任何选择都要付出代价。是啊,这信念曾像日出东方一样坚定,而如今的悲剧在时间的巨掌中已经注定。这个事实他只能接受。

车队从柳疃到京城,足足走了半个多月。到了天有信的铺面,小香橼已经远远地候着了。见到阎立信后,她像蝴蝶一般飞了上去,搂住阎立信的脖子,扬起秀眉娇嗔道:"怎么去了这么久,想死我了!"

阎立信来不及和小香橼叙旧,吩咐大家把车上的箱子搬进后堂的一间屋子。那屋子原是马清泉住的,马清泉死后便锁了起来。他仔细端详着那大木床,床头的圆形立柱上有一圈抓痕,还隐隐有血迹。他低下身子,在床前的地上找到了两片碎裂的指甲,还在床头的夹缝中发现了一张纸条。他让下人们全部出去,独自看完后,将纸条折好,放进口袋中。

此时此刻,他像一只站在峭壁上的老鹰,用敏锐的目光注视着这里的一切。人们都说,马清泉是自杀的,可据官监内一位大理寺的犯官讲述的案例,这种情形极有可能是他杀。

究竟是谁杀了马清泉,却又制造出自杀的假象呢?答案就在这张纸条上,必须设法揪出真凶,告慰马清泉的在天之灵!

大木床挪开后,他还找到一粒带着一小片丝绸的纽扣和一只布鞋。鞋面很脏,似乎被人踩过。他找遍了整间屋子,也没找到另一只。鞋子是马清泉的,不知怎的只剩下了一只。这纽扣是从蓝色的丝绸衣服上撕扯下来的。他看着干净的床底,似乎想到了什么,蹲下来敲了敲地砖,有一处居然发出的是空鼓声。于是,他撬开地砖,发现有一扇暗门,扯出暗门,是一排往下的台阶。一瞬间,似有烟雾升腾在他的周围。他没有躲闪,而是点起油灯下了台阶。

这是一个地窖，里面并不大，两边都是放银子的格子，只可惜已空空如也，连一点碎银也没有了。毫无疑问，这是天有信的银窖。按山东人的规矩，银窖应该在东家所住的宅子里，而具体位置也只有东家才知道，为何天有信的银窖却在铺面上，还是在掌柜的床底下呢？

实在是不合常理，而这种不合常理，透露的是老板对掌柜的信任！

顿悟的时刻在这时降临了。他记得那天离京时，听见马清泉跪在他爹的面前哭，隐约听到"还剩两万多"。即便被人忽悠，往阜康钱庄存了十几万两，但银窖中不可能一两银子都不剩啊。官府查抄天有信，只在柜上查出几百两，是柜上的一些流动现银。银窖里面的银子究竟被谁拿走了呢？

阎立信走出房间，望着对面的一间屋子。平时住在这铺面里的，除了马清泉外，还有两个伙计——韩福全和杨金友，他们都是马清泉一手调教出来的。天有信用的人都是沾亲带故的。韩福全比马永顺大几岁，是马清泉的亲外甥。

在马清泉出事的那天晚上，韩福全和杨金友都被马清泉支使去了库房那边。当时，天有信铺面里只有马清泉一个人……

把东西全搬进来后，阎立信让洋枪队队员去客栈住，次日返程。他在魏掌柜那里留了两千两银子，足够洋枪队几个月的开销。

回京的当天，阎立信得知丝绸的价格已经落到了十七两二分。他和二柱两人带了一些珠宝，花了几天的时间，去琉璃厂那边换成了银子，然后让二柱去华昌商号通知孟四海。

阎立信这边的酒菜刚备好，孟四海和几个老板就到了。坐下后，阎立信朝大家拱手道："感谢诸位对天有信的支持，今儿请大家来，是想告诉诸位，你们的银子连本带息一文钱都不会少。"

几位老板面露喜色，孟四海道："俺几个早就听说了，你夺回你哥被土匪劫走的银子了？"

阎立信笑道："当然，还顺便捞了一点浮财，足够用来还大家的。来，先喝酒！"

孟四海笑道："都说，大难不死必有后福。来，大侄子，俺敬你一杯！"

几杯酒下肚，彼此之间的话多了起来，都是围绕着合顺旺生意场上的话题。合顺旺把丝绸价格抬得那么高，客人不买账，都去买洋布和南方丝绸了。京城新开了十几家洋布庄，都从同升洋布店那里拿货，生意好得不得了。

一个老板问："听说柳疃那边把明年的丝绸预订出去了，价格低到八两五，不知咋回事？囊地做上赔本买卖了，一匹绸布的成本都十几两呢。"

阎立信放下杯子，说道："各位都是俺的长辈，更是生意上的行家，但俺还是有几句话想说。"

孟四海道："都不是外人，有话就说吧，没事。"

阎立信说："君子爱财，取之有道。做生意赚钱不假，可不能赚黑心钱。山东丝绸往上涨了，洋布和南方丝绸也跟着涨，连包子都从原来的一文钱涨到三文了。昨儿，前门外官家拉走了十几具尸体，都是冻死、饿死的。本来就闹饥荒，那些人涌进京城，只求一条活路。咱山东乃孔孟之乡，各位好歹也是读过一些诗书的，书中那些济世救人之德，都没忘了吧？"

几句话说完，几个老板的脸上顿时有了愧色。站在一旁伺候着斟酒的瑞珠，捂着脸呜呜哭起来："俺娘就是在路上饿死的。俺爹带着俺和弟弟来到京城，俺爹帮人家干活，一天十二文钱，勉强可以养活俺和弟弟，可是……"瑞珠哭着说不下去了。

阎立信道："她爹生了病，没钱抓药，她就把自己给卖了，只要两吊钱，俺给了她五两银子。虽说灾年人贱，可咱这些做买卖的不能趁火打劫。这么大的孩子，就值这个价吗？"

孟四海道："大侄子，俺知道你和阎大哥一样，都是热心肠，可京城内那么多饥民，咱也救不过来啊。大伙每天都施着粥呢，去年的饥民就不少，今年更多了。"

"没法救那就想法子救，得先把物价给降下来。"阎立信淡淡地问，"你们还有多少库存？"

几位老板报了数额之后，阎立信算了一下，加起来不到三千匹。他接着道："有个事情俺可要说清楚，几位老板今儿先拿走本金，要官票的给官票，要现银的给现银。至于那利息，一个月后连同另一笔钱一起支付！"

一个老板说："阎大哥生前做事稳当，但人有旦夕祸福，谁也想不到会出那样的事。咱今儿能够拿走本金就非常知足了，哪里还敢奢望利息呢？"

阎立信道："天有信靠的就是诚信，俺爹答应了诸位的，自然一个子儿都不会少。如今，合顺旺弄得大家都没有买卖做，不过俺有一个法子，诸位既做了买卖，也不至于赔本。诸位的绸布，俺以十两五的价格全要了！"

一个老板道:"可现在市面上十七两多呢,十两五那是最低的成本价啊!"

阎立信笑道:"一个月前还二十一两多呢。咱山东人把丝绸价格抬得那么高,那是在挤对自个呢。这一年来,你们卖出了几匹?胡老板虽然倒了,可南方的丝绸并没有倒。俺打听过了,人家上等的丝绸原先十六两六分,现在也才十七两五。人家可没涨多少,做的是量,只要量上去了,钱照样赚到手。难道你们没看出来合顺旺那么做,其实是在对付你们吗?不是有好几个老板回家了吗,就剩下你们几个了。一旦你们都熬不下去了,整个京城就只有合顺旺了。俺告诉你们,一个月内,俺担保山东丝绸价格掉到十两以下,信不信随便你们。如果信得过俺,今儿就立下字据,丝绸还归你们卖,但价格和柳疃那边一样,八两五,所有亏空的银子由俺补齐。这就是俺刚才说的另一笔钱。一个月之后,如果价格没有落到十两,算俺食言,俺以十七两二的价格和你们算账。"

一个老板问:"大侄子,你这样做,究竟是为啥啊?"

阎立信说:"这年头,谁都贪便宜,原来十几两的绸布,现在只要八两多,肯定大批的人抢着买。就是要让更多的人知道咱柳疃绸的与众不同,打出咱自己的名号!"

一个老板说:"俺知道你是为了对付合顺旺,可这么搞哪是做买卖啊,不是变相竞争吗?八两五,很快就会卖断货,到时候咱们没货了,只有合顺旺有货,价格不是还要上去?"

阎立信笑道:"现在每天限卖十匹就成,俺担保一个月后,大批的绸布给你们卖。"

孟四海叫了一声好,笑道:"俺早就想对付合顺旺了,替阎大哥出一口恶气,只是俺一个人的力量不够。如今,立信这么做,囊算俺都没亏着,俺听你的!"

那几个老板见孟四海发了话,心里一阵琢磨,觉得阎立信说的也有道理。只有把价格降下来,绸布才能卖得动,要不是兼着卖一点洋布,早就没有活路了。

这时,阎立信让人从内堂抬出那些大箱子,都是一锭锭的现银,还有两大摞官票。二柱在旁边支上桌子,摆好文房四宝。孟四海拿着算盘,按阎立信吩咐的,连带着把这一年的利息都算了进去,写明了数额。

阎立信挨个给每位老板支付了银子,并安排伙计帮忙一起送回去。拿到钱的老板,一个个走到阎于诚的灵位前,恭恭敬敬地上了香。

等那几个老板走了,阎立信让伙计们都回去,吩咐二柱把门关严了,屋里就剩他们四个人。他和孟四海继续喝酒,小香橼和二柱站在一旁伺候着。酒至半酣,阎立信带着醉意说:"孟叔,您是俺爹的好兄弟,是看着俺长大的。俺爹出事后,全仗着您帮忙支应着。"

孟四海道:"应该的,俺和你爹掰伙①这么多年了。当初俺来京创业,你爹也帮了俺不少忙。"

阎立信说:"现在山东人在京做丝绸买卖的,除了合顺旺,就属你华昌商号了。孟叔,只要您不吃他们的货就行,按照俺的计划,只要半年的时间,就能把合顺旺的势头给压下去。"

孟四海笑起来:"那是,那是,本来俺也差点熬不下去了,全仗着天津宋老板那边给你爹的那五万两银子。俺帮着上下打点,还剩三万多两。你爹答应让俺先收着,要不然,和东北那边过来的银子一样,就都让官府给抄了去了。十万两啊,连个说理的地方都没有啊!"

阎立信敬了孟四海一杯酒:"叔,俺想重振天有信,往后您可要多帮帮俺。"

孟四海笑道:"俺义不容辞!"

阎立信起身到后堂搬出了一个紫檀木盒子,放在桌子上打开。孟四海一看是两颗夜明珠,眼珠子都差点掉了出来,急急地问:"哪来的?"

阎立信盖上盒子,递给旁边的小香橼,对孟四海道:"土匪窝里,也不知是哪户人家给劫去的。孟叔,这两颗珠子不知值多少银子?"

孟四海的眼睛眯成一条线:"起码十五万两吧。"

阎立信把紫檀木小盒子从小香橼的手里拿了回来,再次打开给孟四海看了后,郑重地盖上盖子、贴上封条,对孟四海说:"叔,俺和您商量个事?"

孟四海似乎也有了几分醉意:"有啥事,尽管说!"

阎立信问:"俺爹还欠您多少银子?"

孟四海顿时酒醒了不少,拿着手边的一张条子道:"都在这明摆着,俺借给你爹现银六万,加上三万二的货,是被你叔运去南洋的,一共是九万二千两,另外利息是一万四千两。不过呢,天津给你爹的那五万两,

---

① 掰伙:方言,"交往"的意思。

还剩下三万多两……"

阎立信接着问:"俺家那小四合院,您从官府手里买下来,花了不少银子吧?"

孟四海叹了口气:"那四合院和这门店一样,都死过人,官府卖不上价。俺寻思着,你爹在这里住了那么多年,还有几个老伙计也都没地方去,就花了五千两买下来当仓库,也让那几个老伙计继续住着,每人每个月,俺还给两百文钱呢。"

阎立信道:"叔,俺已经去看过了,几位老人都说您仗义呢。俺也知道您对俺爹好,他生病都是您帮忙照应着,您的情俺都记着呢!可俺现在现银没那么多了,想着留点银子做买卖。您如果不急着用钱,俺现在把这两颗珠子暂时放在您那儿。三个月之后,俺拿十五万两现银赎回;如果到时候拿不出,这两颗珠子就归您了。当然,咱的债务也就两清了。俺可说好了,要是这封条被动了,俺可就不认账了,欠您的银子,一两都不给。人情归人情,这生意还是照着生意的规矩来。您说是吧?"

孟四海呵呵笑了:"那是,一码归一码。咱立个字据,要是三个月后你拿不出银子,这两颗珠子可就算俺的了。俺知道你想重振天有信,可你手里没有了丝绸,你卖啥呀?"

阎立信低声说:"叔,天有信原来只卖柳疃绸,俺老家确实没有丝绸了,可南方有啊。俺在刑部大牢里,住的可是官监,那里面大人小小的都是官。俺认识同监的一位户部大人,他说杭州织造是他的表弟,每年官家有很多丝绸偷着卖给商家,价格比市场上低两三成。现在,京城的南方丝绸卖得这么好。俺有关系,傻子才不做这样的买卖呢!"

孟四海笑道:"就是啊,俺华昌商号也做南方丝绸,还有洋布,要不没法活啊。大侄子,不瞒你说,俺从别人手里进的南方丝绸是十二两二分银子。要是你那边的价格少到十一两,俺要一万匹,不,五万匹!"说着,伸出了五个手指头。

阎立信点头道:"叔,大清和法国人正打仗呢。俺在大牢里就听说,法国人把沿海都控制了,今年的南方丝绸出不去,都压着呢,所以价格低。京城的南方丝绸都让瑞德商号占着,大伙都不知道。俺本来想进几千匹试试,听您这么说,俺把全部的家当都赌上,进十万匹。俺一匹卖十三两,赚二两银子,那就是二十万两。叔,生意上的事情,您是行家,可要多教教俺。珠子您还是先拿着,字据还是要写的。"

两人立下字据后，阎立信用一张皮缎子将紫檀木盒包了起来，郑重地交到孟四海手里，然后让二柱套了车，送孟四海回去。

临上车的时候，他让孟四海帮忙打听一下原来柜上的韩福全和杨金友去哪里了。天有信重新开张，少不得雇人帮忙，还是用旧人稳妥，知根知底的。孟四海一口应承下来。

孟四海离去后，阎立信看着渐渐暗淡的天色，将一大沓官票塞进衣兜，驾着马车往西而去。

冬日的京城，大街小巷看不到几个行人。半个月前下过一场雪，到现在还没全化，地上结了冰。走路的人稍不注意就摔个四仰八叉，车辘辘碾着雪冰，哗啦哗啦直响。北风呜呜的，直往人的脖子钻。一路过去，经过几处城门洞，城墙根下避风的地方，黑乎乎一团团的，都是窝在一起抱着取暖的灾民。也许明天一早，他们就会变成一具具尸体，任由官家的收尸队抛上车，运到西边乱葬岗子丢弃。

合顺旺商铺在西直门大街，阎立信走到那里的时候，见门口停着一辆马车。两个伙计正在关门板，一个穿着皮袄的人从里面出来。阎立信认出是亓学文，连忙喊了一声。

听到喊声，亓学文看到跳下车的阎立信，怔怔地看了一会儿，面无表情地说："你来找俺？"

阎立信上前扯着亓学文的手："不找你，俺来这里干啥？走，进去讨杯茶喝！"

两人进了合顺旺，来到掌柜的屋子，里面生着炉子，挺暖和。伙计送进来刚沏好的一壶茶，还有一些瓜果点心。

阎立信喝了口茶，问："生意咋样？"

亓学文微微笑了笑，没有回答，过了一会儿说："天有信沿路救济灾民、安葬饿殍的事，朝廷都知道了。刚刚听说你把你爹欠下的账都还了。"

阎立信却道："你丈人是晋商，开钱庄的，你们家资金雄厚啊！"

亓学文没有接话，沉沉地说："山东这边的老乡都帮忙找了一年了，一直没有维凤的消息啊。"

阎立信也不接话，掰了个橘子吃了："这橘子不错，可没有咱山东的苹果甜。记得在昌邑同窗的时候，你从家里带去一筐子苹果，几个同学抢着吃，没两天就吃完了。那苹果，真甜啊！"

亓学文的目光迷离起来："你在昌邑大牢里待了两个多月，俺在家里喝光了两大缸老高粱。俺不想醒，就想整天醉着。"

"咱昌邑人啊，能走到今天，靠的就是一股子闯劲，只要敢闯就有出路！"

两人说着话，各说各的，好像八竿子都打不到一块，可话中的意思，只有两人才明白！

阎立信从口袋里拿出那一沓官票："赎小香橼一万两，从官府那里买下天有信是一万五千两，还有五千两是你给李长寿的，都替俺花在了刑部大狱。这里有三万两，俺不想欠你的。"

亓学文深吸了一口气，苦笑道："那是俺欠你的！"

阎立信笑道："在柳疃街上的那一碗酒和两行泪，你就已经不欠俺了。这钱必须还的！"

亓学文冷笑一声，望着面前的火盆："你我之间的交情，不是这点银子能够算得清的，别逼俺把银票扔进火盆里。"

阎立信收起官票，顾自说："多谢亓老板的赏！"

亓学文苦笑了几声："如果有那么一天，你能不能放合顺旺一马？"

阎立信把掰好的橘子整个儿塞进嘴里，爽快地说："好，俺答应你！"说着，他起身拍了拍手，认真地望着亓学文，过了好一会儿才说："告诉你爹，俺要拿回阎家所有的一切，包括柳疃的铺面和作坊。"

他在这句话中没有用"想"，也没有用"会"，而是用了一个"要"字，意思就是志在必得！

亓学文听了，只轻声回了一句："俺知道了。"

阎立信离开合顺旺，抬头看了一眼繁星点点的夜空。上车的时候，突然流着泪道："文兄，俺真想和你实实在在地喝一顿酒，好好醉一次啊！"说完，他头也不回地朝着马狠狠抽了一鞭子，那马嘶鸣一声，甩开四蹄狂奔起来。

亓学文望着阎立信的车子消失在夜色中，才上车回家。他的眼神很恍惚，却没有泪……

接下来的几天里，阎立信让伙计们逐家去南方人开的丝绸店，每家定一千匹丝绸，并扔下二百两银子的定金，声称一个月内必须到货。

天有信的门口支起了三个赈灾大棚，除了稀粥外，每人还有一个馒头。

阎立信又去了李家戏班，求李长寿带他去见醇亲王。醇亲王是什么人，哪能随便什么人都能见的？不过钱能通神，王府管家收了二百两银子后，

答应给一次机会。

醇亲王有个习惯，那就是午后在书房喝茶。茶能消食醒脑，王府内最不缺的就是来自各地的好茶。

用完午饭的醇亲王信步走进书房，接过管家递来的茶水，刚喝了一口，便扬起眉头问："今儿这茶是谁泡的？"

他起身几步转到屏风后面，见中间摆了一张矮桌，桌子上放着一套茶具，还有两个小盒子；边上生着一个火炉，炉子上放着一个小铜壶，一个穿着得体的年轻男子正跪在一旁。

醇亲王一见那人的打扮不像王府的人，厉声问："你是何人？"

那人跪着磕了三个响头，道："回王爷话，小人乃山东昌邑人氏，姓阎名立信，王爷伸张正义为小人洗脱罪名，特来感谢！"

醇亲王脸上怒容未消，看了一眼身后跟着的管家："你好大的胆子，敢随便让人进府……"

阎立信不等醇亲王把话说完，大声道："王爷请息怒，容我把话说完，然后任凭王爷处置。"他抬起头接着说："还有两天就是老佛爷的大寿，我这里有两份厚礼，一份是给王爷您的，一份是求王爷转献给老佛爷的。此事必须面见王爷，所以……"说着，他打开了其中一个小盒子，露出了那几颗东珠，见王爷的脸色有所缓和，继续说："王爷，这茶如何？"

醇亲王盯着阎立信："你会泡茶？"

阎立信说："王爷乃朝廷重臣、大清砥柱，整日为国事操劳，加之平时饮食重荤腥，导致五脏失调、身体发虚。我为王爷所泡之茶，乃用上等普洱，加入少许陈皮，取西山之泉，用铜壶烧开。冲泡之时，再加入上等沉香燃尽后的灰末，此茶兼含金、木、水、火、土，唤名'天地混元五行茶'，正好补王爷五脏不调，且有健脾化痰、解腻留香之功效。"

醇亲王点了点头，挥手让管家退出去，对阎立信道："你起来吧，为本王泡茶！"

管家出去后，阎立信又小心伺候着醇亲王喝了几盅，低声道："天有信做生意向来讲究诚信，就是有天大的胆子，也不敢在送进宫的丝绸里动手脚。小人愿意再出两万两现银补偿给朝廷，求王爷替小人说说好话。"说着，随手又打开了另一只盒子，让醇亲王看到里面的两颗夜明珠，接着道："虽然是小人孝敬老佛爷的，但经王爷的手转呈上去，就等于是王爷您送的一样。如果天有信能够重新开业，小人另有重谢。"

第十四章

醇亲王喝了几口茶："这'天地混元五行茶'不错，本王收下了，你且去吧！"

阎立信又磕了几个头，这才退了出去。来到外面，冷风一吹，才发觉自己出了一身冷汗。

从王府出来后，阎立信接着去了刑部大牢。见到索爷后，递上五十两银票，想进去探望一下任通源，可索爷说任大人从不让人探望，不过可以帮忙进去通报一声。

没过一会儿，索爷出来了，拿出一块用帕子包着的东西，说任大人不愿相见，只给了这样东西。

阎立信打开帕子，见是一块玉佩，正是他当年扔给叫花子的那块祖传玉佩。还有一页纸，纸上写着四个字：丝绸之路。

阎立信惊呆了，赶紧把那张纸郑重地放进衣内，对索爷说："麻烦您转告任大人，我一定会走一趟的！"

第十五章

且说镇山东目送阎立信离去，带着兄弟们抬着二当家的尸首回到山寨。

山寨就在青州的方山上，以险决胜。山虽然不高，却布满了峻岭绝壁，陡峭悬崖。进出山寨只有一条山路，崎岖难行，易守难攻。方山顶部是一方形平台，从远处看形似砚台，故又称"砚台山"。从明代开始，这里就有土匪盘踞，并用大石块垒成了山寨城堡。到了镇山东的手上，山寨的规模更大了，围墙高大而坚固。几处地势险要的关隘口都设了卡子，加固了工事，有"一夫当关、万夫莫开"之势。

土匪有土匪的规矩，兔子不吃窝边草。他们不但跑到几十甚至几百里外的地方劫掠，还经常拿抢来的粮食救济附近的穷人。

镇山东虽然是个目不识丁的粗人，可他深知情报的重要性，就如《水浒传》中朱贵开店一样，他在山外设了好几个情报点，每次征缴的官兵还没进山，他就已经得到消息并设下埋伏了。因此，官兵几次来围剿，都损兵折将徒劳而回。

当土匪干的就是刀刃舔血的活，只要有人出钱，什么活都干。那年，他和中间人约好在昌邑见面，谈一票两千两银子的大买卖。不料走漏了风声，被官兵围捕。慌乱中，他脚上中了一刀，带去的几个兄弟拼死护着他逃走，可他受了伤跑不远，就躲在了高粱地中。忽然听到前面传来马蹄声，以为是官兵，待偷偷查探确定是一人一马后，才现身出来。他本想把那人骗下马后夺马杀人，哪知那人却主动把马给他，还让他去柳疃找郎中。望着那人一脸诚恳的样子，他竟然有了一丝感动，问明那人的姓名后，策马离去。他并没有去柳疃，而是骑马赶到龙池北的孙子庙，在那里和二当家的会了面。

第十五章

由于受了伤,他先回到山寨,把事情交给二当家的去办,另外让人把马匹给送回去。十天后,回来的第一拨弟兄将一个妇人和一个孩子带上山,说劫了昌邑一家做丝绸生意的大户商队。二当家本欲把妇人和孩子都杀了,可一见那妇人有几分姿色,就想着弄回山寨做压寨夫人。那妇人死活护着孩子,就一起被带了回来。

一个土匪头目说,二当家的带着其他兄弟们押着几大车银子和丝绸随后就到。几天后,二当家的孤身一人回来了,身上还带着伤,说路上碰到了官兵,弟兄们死伤殆尽,劫来的几大车银子也被官兵抢走了。

镇山东定下的规矩,不能强人所难,但进了山寨的外人只有死人才能离开。那妇人为了保住孩子的命,应承了二当家的。当天晚上,全山寨的兄弟喝酒吃肉,庆祝二当家的大喜事。一个月后,二当家的出去把那妇人丈夫的尸骨运了回来,葬在了后山。

后来,二当家的几次带人下山,每次都有些收获。到了十一月,山下传来消息,说又有一票大买卖,但对方有二三十条洋枪。二当家的提出多派一些弟兄下山,镇山东听从二当家的建议,只留下十几个弟兄保护山寨,其余的都下了山。为了保证顺利行事,他派出探子远远地跟着那支商队,确定商队行走的路线,并选定了抢劫的最佳地点。他将山寨兄弟分成两批,二当家的带着几十个兄弟在前面试探,他则带着其余的兄弟按计划实施。

洋枪虽然厉害,但兄弟们的弓箭也不是吃素的。他让人准备了几口大铁锅,那玩意两口重叠起来,用木棍子夹住,两三个人一组提在手里,往前冲的时候能够抵挡洋枪的子弹。

一阵枪声后,兄弟们跑回来说,二当家的让人打死了。他顿时红了眼,发誓要灭了这支商队,替二当家的报仇。

当他认出对面的人就是送他马匹的阎立信后,按江湖规矩下马跪拜。尽管死了二当家的,可他欠人家一条命,打算就这么相抵了,放对方过去。可是,接下来的谈话令他大吃一惊,他没想到还马后会给阎立信造成那么大的灾祸,他也知道了二当家的干的那一票究竟是怎么回事了。

他让人抬着二当家的尸首往回赶,却陷入官兵的重围。弟兄们拼死杀出一条血路,赶到山寨的时候,在山脚下再次遭到官兵围堵。好在他对地形熟悉,背着二当家的尸体钻进了林子,绕了一个大圈才从另一条小路回到山寨。

山寨已经被官兵攻破,房子都被烧成了灰烬。聚义厅外面的场地上,摆放着十几具无头尸体，都是留守山寨的兄弟。

一个兄弟哭着道："大哥，咋办？"

镇山东的眼珠子通红，朝着天空吼道："俺要让官府见识一下，俺镇山东可不是吃素的！"

发泄完后，他吩咐兄弟们把尸首埋了。他亲手给二当家的换下血衣时，在二当家的胸口发现了一块白丝绸，上面画着简单的图案。他认出图案中所指的地方，是距离山寨不远的蛤蟆山。那山上原来有一座庙，乾隆年间就荒废了。庙后面有一深不见底的蛤蟆洞，传说里面有吃人的蛤蟆精。

镇山东拿着这块白绸，微微皱起了眉头……

这时，一个兄弟叫起来："他们还活着！"

镇山东抬头望去，见一个三十岁左右的妇人牵着一个七八岁大的男孩走了过来。那男孩望着他们，眼中露出惊恐之色。他们就是阎立信想要寻找的嫂子蓝氏和侄子阎书亭。

镇山东走上前问："为啥你们还活着？"

蓝氏回答："官兵冲上来的时候，俺带着孩子逃到了后山的林子里。"

镇山东叹了一口气："为啥不逃走？"

蓝氏朝后山望了一眼，低声道："俺男人在这里埋着呢。"

镇山东扑通一声朝蓝氏跪下："往后您就是俺嫂子。明儿俺就送你们回昌邑吧。"

蓝氏怔怔地看着镇山东，眼眶噙满了泪。她抹了一把泪，叹气道："俺是一个失了节的女人，要不是舍不得这孩子，早就跟随俺男人去了。你让俺回昌邑，俺男人还葬在这里呢。他叔还在牢里不知死活，家已经不是一个家了。再说，俺还有脸回去吗？"

镇山东道："俺听说他叔已经没事了，在京城做买卖呢。"

蓝氏喃喃道："没事就好，没事就好！"

镇山东磕了三个响头，起身道："嫂子，俺想认这孩子当义子。他是大户人家的孩子，不能跟着俺当土匪。您若是不想回去也行，俺听说天津卫有洋人开的学堂，俺送他去那里念书吧。嫂子要是舍不得他，就一块跟着去，你们娘俩也好有个照应。"

蓝氏朝镇山东跪下："俺替他爹谢谢了。"

镇山东连忙搀起蓝氏："嫂子，俺受不起您的跪。俺镇山东大字不识几个，被官兵逼着落草为寇，却也懂得天道人伦之理。都是俺的错，没早日问清嫂子的来历。唉！啥话都不说了，从今日起，俺镇山东不能再对不起你们阎家了。你们走后，俺会设法把孩子他爹送回昌邑。您就放心吧！"

是夜，静谧而深沉。镇山东独自坐在一块巨石上，翻来覆去回放着一幕幕往事。就在黑暗的另一边，有一双眼睛正像饿狼一样凝视着他。二当家的杀了阎立信的兄长，却死在阎立信的手里，冥冥之中很多事情是说不清楚的。

其实，镇山东也想知道，为什么他在昌邑会被官兵追捕，为什么这次下山后，不但山寨被官兵攻破，而且两次遭官兵围剿？

二当家的已经死了，他不愿去寻找答案。在他的内心深处，情愿二当家的是一个共生死的好兄弟……

正如阎立信所预料的那样，受柳疃那边的影响，京城的山东丝绸一天一个价。一个月的时间没到，就已经跌到了九两九分，连带着南方的丝绸和洋布也都在往下落价。

任通源教过阎立信：物以稀为贵，多则贱。

没几天，大批的南方丝绸运进了京城，堆在各家商号的库房里，扔下二百两银子定金的人，却没有去提货。

一天，官府来了人，允许天有信开张。阎立信选了个吉日，重新挂上了"天有信绸缎店"的牌子。尽管他下了请帖，可前来道喜的，除了孟四海外，只有寥寥几个同乡老板。几个人不冷不淡地喝着酒，还算尽兴……

天有信绸缎店总算重新营业了！

阎立信以每匹十二两的价格，从华昌商号调过来几十匹绸布，同样是卖八两五，做的也是亏本的买卖。

天有信绸缎店门口天天挤满了人，都是来自各地的灾民。光是赈灾这一项，每天二三十两银子。天有信重新开张、低价销售绸布的消息也很快通过灾民的口传遍了京城……

孟四海天天来天有信，看到账面上每天都亏几十两，便皱着眉头不说话了。他在与阎立信喝茶时候，问道："别人做生意都赚钱，你囊天天亏本呢？"

阎立信笑笑说："叔，俺这才开张呢？做生意哪有开始就赚钱的？俺这是赔钱赚吆喝呗。"

孟四海担忧道:"可你每天几十两的亏,也不是个事啊!"

"叔,实话实说吧,如今这京城内外都知道咱山东的绸布便宜,俺要的就是这个劲!"

孟四海不解地望着阎立信,摇了摇头。阎立信却拍着胸脯一副无所谓的样子:"没事,亏个一年半年的,俺还承受得住。叔,生意场上的那些道道,您可多教教俺啊!"

孟四海也不吝啬,有空就教阎立信关于柳疃丝绸的工艺和经营的基本常识,还特意告诉阎立信,南北绸布商对立的问题一直存在。天有信最大的对手除了瑞德商号外,就是合顺旺。合顺旺的亓满贵属于窝里横的那种人,除了做山东绸布外,还做洋布和南方绸布。另外,这几年洋人用机器纺织的洋布进入市场,对传统丝绸业冲击很大。同升洋布庄就是最好的证明。

阎立信认为,传统丝绸不能受洋布排挤,洋布的优势在于成本和花样。如果把洋布的纺织工艺和花样用到丝绸上,把白绸变成花绸,降下成本,就能够和洋布对抗了。

阎立信还把他在刑部大牢内听到的那些犯官们说的趣事,讲给孟四海听。两人聊完后,偶尔还下下象棋。他在棋技上根本不是孟四海的对手,有时候求孟四海让他,可还是输了。

老佛爷五十大寿到了,合顺旺学着瑞德商号的样子,联合十几个山东的老板给老佛爷送了一块匾,还备了一份厚礼。

阎立信告诉孟四海,天有信啥都没送,老佛爷有那么多人送礼,不差他这一点。奇怪的是,老佛爷大寿后没几天,宫内来了人,说老佛爷要见阎立信。

孟四海愣愣地看着阎立信跟着公公离去的背影,又摇了摇头……

孟四海实在看不懂阎立信这小子了,就一直在天有信等着。傍晚,阎立信回来了,说宫里的人觉得还是天有信的丝绸穿着舒服。老佛爷已经下懿旨给内务府,明年还是让天有信送货。他也向老佛爷保证,若再出现质量问题,甘愿去菜市口。另外,老佛爷还赏了他六品顶戴。他现在和胡老板一样,也是"御赐商人"了。

两人坐着说了一阵子话,小香橼给他们备了酒菜。还没开始喝呢,景大人穿着便装进门了。进门后,他被阎立信热情地迎到上座。景大人也不客气,坐下喝了两杯酒,为去年发生的事情感慨了一番,并解释说内务府对这事查了很久,也没查出个所以然来。

孟四海以为阎立信会有所怨言，可阎立信竟然像什么事没发生一样，一个劲地上酒，并说着感谢的话。

喝到半酣，孟四海和景大人都没事，阎立信却醉得一塌糊涂，当场就吐了。二柱上前，将阎立信背着去歇息。孟四海陪着景大人又喝了一会儿，低声说了几句话，才各自离去。

没两天，吏部派人送来呈文。阎立信有了户部官凭，让小香橼给他做一身六品的官袍，可小香橼说只会泡茶、吟诗、唱曲，偶尔绣个荷包还行，女红那方面的活拿不上手。阎立信不由得想起了回柳疃时，嫂子蓝氏说过李维凤的绣活很好。他押着那批财宝回京时，也一路上打听李维凤的下落，可一点儿消息也没有。快一年了，估计李维凤已不在人世了。要是还活着，知道他出狱了，不可能不来找他。

阎立信心里想着李维凤，郁闷了好几天，才去吏部衙门旁边的铺面买了一身六品官袍。

山东人在京做丝绸买卖二三十年，第一个拿到宫廷定制的是天有信；而第一个获得朝廷赏赐品衔的，还是天有信。荣耀虽是天有信的，可这也是给山东人长了脸面，大家都觉得光彩。

前来天有信道贺的人络绎不绝，除了亓家父子，其他的山东同乡都来了，连瑞德商号的胡志兴也亲自上门了。阎立信和胡志兴在里间单独聊了半个时辰，胡志兴出门的时候，脸色很是难看。

孟四海满面春风，忙前忙后地帮忙照应着，好像老佛爷赏六品顶戴的人是他一样。

阎立信在同春楼订了酒席，宴请同行老板。虽然他亲自去合顺旺送了请帖，可亓家父子依然没有来。

阎立信偶尔一个人出门，没人知道他去干什么。

孟四海问过，也没得到答案。

合顺旺牵头联合十几家商号从同升洋布庄拿下了洋布在京津一带的四成销售代理权，生意越做越大，还在天津开了几家分号，专卖洋布。受洋布市场冲击，无论是南方和北方的丝绸都几乎卖不动了。

亓满贵放出话来："姓阎的二小子想和俺玩，还嫩着呢！"

虽然山东丝绸的价格在八两五分，但合顺旺还硬扛着十四两的价格。胡志兴约亓满贵喝酒，席间说了一句："你傻啊？你们山东白绸的成本都不止八两五，他们要卖是他们的事，你不会全部吃下他们货吗？到那时候，

第十五章

整个市场就是你一家独大，价格还是你说了算！"

亓满贵也正有这个打算，所以他吩咐伙计们去那些山东的商号买绸布。虽然各个商号每天只卖几匹，可半个多月下来，一大半的山东白绸都进了合顺旺的库房。

亓满贵每天晚上都喝几盅小酒。可他怎么也想不到，胡志兴居然会帮着阎立信给他挖了一个大坑。没有人知道胡志兴为什么要帮阎立信，只有胡志兴自己心里明白……

富贵险中求，不踮起脚尖怎么知道自己能看多远呢？前一段时间，阎立信花了两三千两银子，使南方丝绸涌入京城。这只是第一招棋。如果胡志兴不答应阎立信的要求，接下来，南方丝绸在上海的码头就会堆成山，每一匹落到七八两的谣言就会通过灾民的口很快传遍整个京城。

要不是短时间内涌入了那么多南方丝绸，胡志兴才不会被阎立信拿捏住呢。但胡志兴不恨阎立信，因为他知道，一个从来没做过生意而且刚从大狱里出来的年轻人哪有这样的毒辣手段，肯定是孟四海教的。连天有信的伙计们都说，孟四海天天教他们少东家做买卖呢！

一个月的时间很快到了，阎立信按约定，给那几个老板支付了银子。孟四海算了一下，利息加承诺的银子贴补，天有信搭进去五六万两。那些老板都没亏着，亏的还是天有信。

街上传闻，那些做南方丝绸买卖的老板一夜之间愁白了头。阎立信笑了，这一招叫"隔山打牛"，果然不同凡响。眼下京城的丝绸市场就一个字：乱！

阎立信要的就是这种"乱"，仅仅是市场乱还不够，他还要亓满贵和胡志兴的心里都乱起来。于是，阎立信通过索爷的关系，给刑部的几位大人使了银子。叶根茂被提前释放了，很快成了天有信的大查柜。

阎立信告诉孟四海，过几天他要去杭州一趟，然后就回山东，以后京城铺面上的事由叶掌柜说了算。

其实，他并没有去杭州，而是直接往南走，打算去广东南海拜访一位叫陈启源的纺织前辈。他听孟四海聊了那些关于丝绸的常识后，认为降低成本的关键就在缫丝和纺织这一块。之前，他爹之所以能够打开京城的市场，靠的就是过硬的技术。阎家作坊从缫丝、捻线到纺织，都在机械上动心思，仅仅是一架改动过的织机，每五天就比别人多出一匹绸。在保证质量的同时，降低了成本，才能与同行竞争。

要想对抗亓满贵，光是死扛还不行，那只会两败俱伤，必须学会用巧劲，而巧劲就是技术革新。洋人为什么欺负大清？不就是仗着船坚炮利的先进武器吗？

胡雪岩在上海也曾想通过改进机械的手段，摆脱生意上的困局。可惜没能成功，以至于连累了天有信。

当阎立信出现在陈启源面前说明来意时，陈启源惊叹不已，当即带他去了缫丝厂。进入缫丝厂的车间，必须换上一身干净的衣服，连鞋子也要换。进门后，还有一道帘子，将内外完全隔开。

陈启源告诉阎立信，要想保证生丝品质，缫丝厂内的环境卫生非常重要，不能有一丁点尘土，以免刚出锅的蚕丝沾上漂浮的灰尘。

车间内，一台台泛着油光的机械在几个大转轮的带动下，飞速旋转着。十几个工人站在机械前，紧张地配合着机械缫丝。从机械另一边出来的成品生丝比手工缫丝要均匀透亮，且不带任何杂质。所有的机械动力均来自缫丝厂外面的一台蒸汽机。蒸汽机的动力由于蒸汽的强弱导致不均衡，可以通过设在缫丝厂里面的一个调节装置进行调节。有了那个调节装置，就能保证所有的机械不快不慢，有序地缫丝。

机械不需要休息，日夜轰鸣，工人实行两班制。这样一来，产量就上去了。为了保证机械不出故障，每三天停机检修一次。

看完缫丝流程后，阎立信大开眼界，当即与陈启源签下合约，他出资在山东建造厂房，并购买机械。陈启源派人改进机械，负责维修保养。阎立信先定下了一千台缫丝机和一千台纺织机。

回到柳疃，已是腊月，把昌邑领进腊月门的是一场雨夹雪。就是这场雪，把躁动的小鸟、游荡的灵魂、不安的思绪都沉静下来。当夜，阎立信起出了埋在后院的一部分浮财，望着茫茫夜空，筹划着下一步的计划……

日上三竿，经过一夜的休憩后，阎立信终于又展露出了新的活力。这天，阎立信把连着他家庄西头棒子地的几块地都买了下来，并按照陈启源给的工厂设计图纸，开始购买建筑材料，只等一开春就立马动工。

知县徐大人早已得到户部的传文，阎立信被老佛爷赏赐六品顶戴。一听阎立信回来了，便急着前来拜访。阎立信对徐大人说了他的想法，徐大人竖起大拇指，表示赞许。

县令登门拜访的事情很快传开，柳疃的老少爷们才知道，年前差点砍头的阎家老二成了太后老佛爷当前的红人。县令和州府的大人们都来巴结呢！

原先门可罗雀的阎家老宅，瞬间门庭若市。那些与阎立信攀亲拉辈分的人，脸都不红一下，谁也不再提二月初八那天他坐着囚车经过大街的事了。当然，阎立信更不会提，来者都是客，阎家别的没有，茶水还是有的。因为他知道，以后做生意还需要那些人的帮衬。

就在他走后的这段时间，柳疃街上多出了很多白绸，都是各家纺织户织出来的。虽然是同样的织机，但由于具体操作的技术不同，也存在质量的好坏。上等的丝绸价格降到十两五，魏掌柜每收一匹，就要搭进去二两银子。这样的买卖看似没法做，可阎立信仍要魏掌柜继续收绸布。

在合顺旺二三十家商铺的暗中操作下，柳疃的白绸稳定在了十一两。很多纺织户的绸布刚织出来，就被合顺旺的伙计给收走了。

阎立信在阎家老宅的旁边又建了一座宅子，是给张冲的。宅子的院墙很高，高过了李家大院的院墙，平日里大门紧闭着，谁都不让进去。

日出日落，风啸雪落，时光在繁忙中悄悄溜走。终于，小龙河岸畔映现出一道壮观的视觉盛宴。经过摆绸湾的水漂洗，张冲把几匹泛着光泽的花绸摆在面前时，阎立信发自内心地笑了。

任通源给他的那四个字，一直深深印在脑海中。他不打算赚中国人的钱，天有信的花绸布定价十两五。有了十两五的花绸布，谁还会去买十二三两的白绸呢？

就在阎立信准备大展手脚的时候，李家大院却出事了……

第十六章

一切都让阎立信给说中了!

腊月里,李中原收到亓满贵的信,那一万匹丝绸还剩下七八千匹。如今丝绸卖不动,年前就找镖局押运回来,仍按照原来商定的价格退给他。

每年的腊月二十七,李中原都会以恒信商号的名义召集大家,商讨今年的生意以及明年的打算。不少人受亓满贵的影响,亏了不少钱,而阎立信教的法子,好歹挽回一点客源,可情况仍不容乐观。

柳疃周边又多出了几百个纺织户,织出来的绸子质量和各家商号作坊的不一样,价格从六七两到十两多不等。合顺旺为了垄断绸布市场,仗着财大气粗,直接派人下乡收绸,想阻断天有信的路子。这两家在斗,大家都跟着倒霉。明年的生意如何,大家心里都没底……

那天,会一开,就吵得不可开交。见没法开下去了,李中原索性不管了,悄悄退了出来。来到大街上,他漫无目的地转了一会儿,发现闯外的不少人都回来了,纷纷热情地向他打着招呼。

回到家,他就想着去莱阳一趟,一是胶东一直有"年前访友、节后走亲"的习俗,他打算去拜访几位老客户;二是他想到亲家那里,看看李维善那边的情况,顺便接李维善一家回来过年。于是,李中原即刻让徐德忠备车,往莱阳方向赶去。可还没过胶莱河,就听说掖县那边闹大刀会,官兵正在镇压呢,还杀了不少人,客商都不让过去了。没办法,他只得回转,回到柳疃已是深夜。

进门后,他鬼使神差地走到卢氏的小跨院前,见门半掩着,里面黑着灯,以为用人忘记了关门,便顺手把门带上了。刚要转身离开,刹那间,一个人影从卢氏屋内窜了出来。他喊了一声,只见那人影迅速跑向墙角。

李中原大喊:"来人啊,抓贼啊!"他一边叫喊,一边追着那人影。

李家大院都是一丈多高的围墙。自李维凤出走后，他命人将靠近围墙的大树全部砍掉了。若没有梯子，谁都无法爬上去。

守夜的家丁听到叫喊，也追了过来。那人影跑到围墙下面，抓着一根绳索就往上爬。李中原冲上前，奋力一扑，抱住了那个人，死命拖了下来。那人挣扎着，劈面打来一拳，打得李中原眼冒金星，但他死死地搂着就是不放手。

赶来的家丁们一拥而上，将那人抓住。这时，徐德忠提着灯笼赶了过来。李中原也爬起身，接过灯笼一照，认出是那个留在大院的南方师傅阿全。

当年修建李家大院的时候，从南方找来十几个工匠。大院建好后，其余的工匠都走了，一个叫阿全的工匠自愿留下来，说会修缮房屋，还会摆弄花草。李中原想着宅子里也缺这样的人，便留下了他。

徐德忠骂了一声："老爷待你不薄，居然做出这等禽兽之事！"

还没等阿全说话，徐德忠从背后抽出一个铁榔头，对着阿全的头顶狠狠就是一下，只见那头顶顿时凹下去一块。阿全眼珠子死死地盯着徐德忠，连哼都没哼一声，就倒在地上断了气。

阿全是从卢氏房中窜出来的，李中原当即转身朝小跨院而去。进了跨院，见里面亮起了灯，传出卢氏撕心裂肺的哭号："思远，思远……"

李中原来不及多想，一脚把门踢开，见卢氏衣衫不整地坐在床边，怀里搂着满身是血的李思远，服侍卢氏的女用人俯身倒在床边，身下是一大摊血。

卢氏看到李中原，呆呆地叫了一声爹。

李中原的心猛地抽了一下，几步抢过去，从卢氏怀中抢过李思远，上下检查，却没见伤口在哪里。当下朝着站在门口的徐德忠大吼："快去请郎中！"

满氏听闻孙子出事，急忙赶了过来，紧紧地抱着孙子，心肝宝贝地叫起来。府内出了这么大的事，刘氏却没有过来……

当徐德忠领着郎中走进李家大院的时候，李思远已经醒了。他身上并没有伤，只是后脑起了一个大包。倒是那女用人，胸口中了一刀，已经死了。

卢氏穿好了衣服，惊魂未定，由两个老妈子安慰着。李中原让满氏把孙子带走，冷冷地望着仍在哭泣的卢氏，目光非常复杂，最后深吸了一口气，说："李家容不得你这样的女人，赶出去！"

卢氏听到这话，惊恐地抬起头，语无伦次地说："爹……俺没有……不是的……"

徐德忠按着李中原的吩咐，不顾卢氏苦苦哀求，命人强行将她拖上车，连夜送回了潍县的娘家。

奇怪的是，次日一大早，卢氏竟然吊死在李家大门的门楣上……

官府来了人，查验了一男、两女三具尸体，初步断定是阿全意图对卢氏图谋不轨，女用人在外间听到声音进去救援时被阿全所杀。阿全施暴时，碰醒了睡在旁边的李思远，顺手将其扔下床，导致后脑着地晕厥，且身上沾了女用人的鲜血。

杀人的凶器是后厨的剔骨刀，就扔在女用人尸体的旁边。

随即，官府宣判：阿全杀人行奸，罪大恶极，已被管家打死，尸体用席子卷了随便安葬。女用人忠义救主而亡，李家出抚恤银一百两。卢氏吊死在李家门口，验尸时发现贞洁带完好，贞洁尚在。卢氏之死事出有因，李家酌情赔偿卢氏娘家二百两现银，并厚葬。

这天正好是柳疃大集，也是年前最后一个集，赶集的人格外多。李家发生的事像风一样地传开了……

其实，李家大院之所以出事，从徐德忠盯着卢氏胸部的那一刻就种下了苗子——

卢氏虽是小家碧玉，却贤惠，脾气也好，上尊公婆，下和家丁用人，李家大院上下没人说卢氏的坏话。倒是李维善那正室赵氏，正月里才来三天，就把李家大院闹得鸡犬不宁，不是嫌弃用人服侍得不好，就是嫌弃饭菜不合口味。

李中原和满氏都看出来了，那娘们其实是在生李维善的气呢。李维善一回来就去了卢氏那边，把那女人给冷落了。人家是大户人家的小姐，从小娇惯了的，任性起来啥都不管。结果，还没出正月，李维善就带着那女人回了莱阳。六月份回来了一趟，待了半个月又走了，至今再没回来。

有一次，李思远扯着李中原的衣角说："爷爷，俺想爹了！"

李中原一瞅卢氏，卢氏羞涩地低下了头。他知道，那是儿媳想男人了。他让人捎了信，可李维善回信说那边事情多，暂时回不来，还说过完年家中就添喜了。

正室和偏房之间,向来都是有矛盾的。李中原只希望儿子能够像他一样，慢慢降得住正室，家宅平安就好。女人一旦有了孩子，精力就放在了孩子

身上,对男人就管得没那么严了。

这些都被一个人看在眼里,这个人就是徐德忠。

那年夏天的一个傍晌,徐德忠经过卢氏所居的小跨院,听到里面传来嬉闹声。走近一看,卢氏正与孩子撩水玩。别看孩子小,可不顾忌,双手捧着水直往他娘身上泼,卢氏穿着白色的绣花丝绸短褂,身上早已淋湿,粉红色的内衣透显出来,将那丰满而曼妙的身材展现得一览无余。当时,一直没有妻室的徐德忠就有了反应,但怕被人看到就疾步离开了。

不知从什么时候起,徐德忠早就与刘氏有了一腿。那天,他从小跨院回到屋里,灌了几口冷茶,可肚子里的邪火却怎么都下不去,不得已来到刘氏的屋内,也不顾大白天的,扯着刘氏就上了床。刘氏闭着眼睛,像木偶一样任他折腾。在刘氏身上的时候,他眼前总是萦绕着卢氏撩水的样子,感觉躺在底下就是卢氏。完事后,他坐在床边看着刘氏,却接连叹了几口气。

也就是从那时候开始,他往小跨院去的次数多了,一边逗着思远玩耍,眼睛却时不时地偷看卢氏,将那一笑一颦深深地映入脑海中。从此,也不知是怎么了,要是两天见不着卢氏,他心里就想得慌,见上一面后,回头就把那邪火往刘氏身上发泄。

女人到了一定的岁数,床帏之事就成了老牛拉犁——没有那劲了。刘氏与他本来也没啥感情,办那事一直就像叫驴儿寻骡马——搭不到一块。就这样,不憋出一肚子邪火才怪呢。

他比不得李中原的三弟李中茂,既不顾名声也能扛揍。李维善回来说,三叔在莱阳那边,两天就勾搭上了一家卖烧饼的小媳妇,被人家男人当场抓住,腿都差点打折,前后打点花了好几百两银子,才没有被送去官府。那腿刚好没几天,又勾搭上一个……

李中茂曾经对徐德忠炫耀过:妻不如妾,妾不如偷,偷得着不如偷不着。他偷女人还偷出了经验,偷出了境界!

可想归想,徐德忠思前想后还是没胆量去找卢氏。怎么把卢氏拿下呢?于是,他想到了一个人,就是阿全,也就惹出了这一连串的事……

阎立信听闻李家大院出事的消息后,眉头一皱,作为外人,他感觉事情有些蹊跷。阿全图谋少奶奶有姿色,可为何偏偏选在那天,且正巧被李中原撞见呢?阿全既然已经杀了女用人,也知道小少爷和少奶奶睡在一起,为何不干脆一刀杀了,反而扔在地上,不怕孩子啼哭引来家丁吗?阿全既然已经被抓住，为何不交给官府，却被当场打死呢？一系列的疑问，他怎么也想不通……

任通源曾经告诉过他，有些事如实在想不明白，就干脆不要去想，白费心思还不如多干些实事呢。

李中原未让卢氏在柳疃停灵，当天就下葬了……

腊月二十九那天，阎立信听说哥哥的遗骨被人送回来了。午饭后，就驱车来到阎家祖茔，果然见父母的坟墓旁多了一个新坟。坟前有一石碑，上书：阎立德之墓。

族人说，几天前，有十几个德州口音的人用马车拉着一口棺木，问明了阎家老坟的位置后，就在阎立信父母坟墓的下首安葬了。大家还以为是阎立信找到了兄长的尸骨，让人给送回来的呢！

那些人办完事就走了，连水都没喝一口……

阎立信想到了镇山东，可镇山东以及那拨土匪的口音都是沂山那边的，莫非镇山东真的托人把阎立德的尸骨送回来了。那么，嫂子蓝氏和侄子阎书亭也应该很快会有消息了。

他在父母和哥哥以及满弓刀的坟前呆呆地坐了一个下午。尽管当地规矩，大孝三年不走亲，但村内族人还是极力求他去家中避寒。年近八十的老族长也颤颤巍巍地赶来，给他的父母上了香。

阎家祖上是从山西迁移过来的，建村已有好几百年了，繁衍了十几代人，都没有出过一个举人。阎立信考上秀才，族长还在祠堂祭拜了祖宗，期望阎立信能够替族人长脸。后来，他出事，有人偷偷地将他爷爷的牌位给撤了下来。当得知他从北京回来还被老佛爷赏赐了六品顶戴后，族人又赶紧做了三个新牌位，端端正正放在中间供着。

村里人虽有心请阎立信回来一趟，可谁也开不了那个口。阎立信在柳疃街上过街的时候，没人敢去生祭，都怕惹事上身。听说阎立信回来上坟，全村闻讯出动，纷纷杀猪宰羊。老族长涎着脸，央求阎立信去祠堂里坐坐。

看在老族长的面子上，阎立信去了阎家祠堂。阎家祠堂里早已有了一大帮子人，大多是叔伯辈的老人，也有几个和阎立信同辈的。

六品官员进祠堂，那是阎家的大喜事，也是一种无上的荣耀。全村男丁分长幼辈分，按着最高规格，举行了祭拜仪式。

仪式结束，族内几个辈分高的老人陪着阎立信吃晚饭。席间，一个叫阎于河的族叔带着歉意说："大侄子，别怨俺没有去牢里探望你，都有一

大家子人，难嘞！"

阎立信微笑道："俺知道，所以俺没有怨你们。但是有些话，俺必须说出来。谁都怕惹事，都想过太平日子，有时候事找人，由不得人。人心都是肉长的，要是俺的哪个兄弟朋友出了事，俺不帮忙，良心上过不去，俺自己都臊得慌。各人自扫门前雪的事，俺阎立信做不到。一个指头，很容易就被人掰喽，但五指握成拳，谁敢轻视？俺没有别的意思，只希望往后咱阎家人拧成一股绳，别把自己当外人，我们身上流的都是一个祖宗的血啊！"

老族长布满沟壑的脸上，淌下了两行浑浊的老泪。他用拐杖敲着地大声道："立信这番话，也说出了俺的心声。这话俺说了很多遍，可没人往心里去啊。阎家在村西北原来有几十亩好地，就因为咱们不团结，被人家白白占去了。四年前，老六去和人家讲理，差点被人打死。俺让大伙一起去，可五六十户的村子，只去了几个人，为啥？都怕事，都想过太平日子啊。前年，老六吊死在祠堂里，你们都忘啦？老六是在气咱呢，老少爷们一大堆，就没几个敢站出来说话的。男人裤裆里面挂着的是啥，那不是鱼泡子，是男人的血性。今儿立信说得好，往后咱阎家人，不管是村里的，还是在外面的，都要团结，拧成一股绳。俺要在祠堂里立个牌子，往后谁家有事，哪家不帮忙的，甭想进这祠堂，甭葬进阎家祖坟地，当孤魂野鬼去吧！"

阎立信见老族长一副义愤填膺的样子，急忙上前扶住："太爷爷，您老消消气。俺只是这么说说，至于大伙心里咋想，俺管不着。俺将来还是要进这祠堂的。"

在座的爷们一个个面有愧色，纷纷答应以后要齐心合力，拧成一股绳子。

吃完晚饭，族长让阎立信在村里住下。他谢绝了老族长的好意，说："老规矩不能破，虽是晚上，可俺有洋枪！"

告别了族人，他独自一人驾着马车往柳疃赶去。他车上有两支洋枪，足够防身。

丝绸般的月光皎洁如银，泻在大地上，折射出一抹抹朦胧的光晕。马车头挂着的两盏气死风灯，随着马车的颠簸左右摇晃，照着崎岖不平的路面。阎立信侧身坐着，手里提着一根长鞭，任由身体随意摇摆。此情此景，天地之间，一人一马，却不显孤独。听着北风、马蹄声和铃铛声混合成的美妙乐声，他仿佛有些醉了。他深深地吸了一口气，对着夜空发出几声大吼，憋在胸中的那股闷气随着几声吼叫瞬间被北风吹散了。

他哈哈大笑起来，随手从车内拿过一支洋枪，嘭地朝天开了一枪。枪声在旷野中传出很远、很远。那马受了惊，甩开蹄子跑了起来，一跑跑出了两三里地，才慢了下来。

阎立信想起《空城计》，顿时来了兴头，清了清嗓子，以铃铛和马蹄声当伴奏，高声唱了起来：

> 我本是卧龙岗散淡的人，
> 凭阴阳如反掌保定乾坤。
> 先帝爷下南阳御驾三请，
> 算就了汉家业鼎足三分。

刚唱了几句，瞅见前面的路边有一个人影晃动着。他揉了揉眼睛，确定是一个人影。这大冷天的晚上，谁会走夜路呢？难道有人想暗算自己？

正寻思着，那个黑影突然变大了。阎立信想起左边就是李家的坟场，几天前还葬了一个人，是李家的儿媳妇卢氏，是上吊死的，心里带着怨气呢。

他打了一个机灵，拿起另外一支洋枪，大声喊："你到底是人还是鬼？是人的话，吆喝一声，要不俺开枪啦！"

谁知，就是这一声吼，不但救了一个人的命，还得知了残害他同窗好友黄海如的凶手是谁。

柳疃街上，三狗可是个名人。他本姓唐，排行第三，又叫唐三。从小被父母宠坏，好吃懒做，长大后不务正业，偷鸡摸狗，坏事做尽。这个家伙就像狗一样，看到有钱有势的人，摇头摆尾上前讨好，求几个大钱的赏；欺负起老实人来，比狗还凶，且翻脸不认人，逮着就咬，贼狠，街上的人便给他起了个"三狗"的外号。

三狗觉得这个外号很贴切，还洋洋自得。他与李家大院的管家徐德忠沾着亲，论辈分，比徐德忠还高一辈。可徐德忠年纪比他大，为了攀上这关系，他自动降了辈分，管徐德忠叫表哥，一个劲地贴乎儿①。饶是如此，徐德忠仍不待见他，经常给他脸色看。

---

① 贴乎儿：方言，"套近乎"的意思。

三狗他爹很会过日子，给他挣下一份大家业，光是街上的铺面就有两个。他爹说过："懒不打紧，俺给孩子留下的家当，够他吃喝一辈子的。"

　　三狗有过媳妇，还给他生了一个女娃。那年，三狗学着有钱人的样子抽上了大烟，没几年就把他爹留给他的几间大屋和铺面都抽光了。正寻思着把媳妇和女儿卖给来柳疃进货的陕西老板，媳妇却带着孩子跟着别人闯了关东，从此没有了消息。

　　三狗住在一间破屋里，一个人吃饱了全家不饥困，过得也挺快活。有时候，没钱抽大烟，那烟瘾犯起来，鼻涕眼泪直流，满地打滚。爬到别人的铺面前，一个劲地磕头求赏几个大钱。要是人家不给，他就一直不走。于是，他成了柳疃街上最令人厌烦的人，可谁都怕他。人们的忍让更助长了他的骄横霸道。到后来，他的烟瘾犯了，直接到人家铺面门口，叫嚷着："给钱，给钱！"

　　三狗那么胡闹，搞得店铺没法做生意，老板们怨声载道。李中原召集大家商量了几次，也没商量出一个好办法来，任由他在街上晃悠，只要不闹出人命就行。

　　从此，三狗更加有恃无恐，纠集了几个小混混，尽干一些吃人饭不拉人屎的事，可又犯不上大清律法。加之，他与徐德忠确实有那层亲戚关系，李中原管不了，别人就更不敢管了。就如《水浒传》中的牛二，非得等着遇上杨志那样的人物，给一刀才行……

　　卢氏出殡后，他不知从哪里打听到，棺材中放了不少值钱的东西。而且卢氏的美貌，柳疃的爷们也都知道。只因她是李中原的儿媳，自然没人敢有那念头。

　　当天晚上，三狗喝了酒，趁着天黑，摸到了李家的坟地，认准了一个新坟头就开始刨。新土还没有冻透，大半个时辰就刨开了，三两下撬开棺材摸下去，果然摸到了一些银两和珠宝首饰，摸来摸去，感觉卢氏的尸体不那么僵硬，想起卢氏生前的美貌，顿时起了邪念。

　　抽大烟的人，身子本来就虚，他忙活了这么久，已是累得不行了。当下坐在棺材里，喘着粗气扶起卢氏，一边翻来覆去撕扯卢氏的衣服，一边开始解自己的腰带。

　　哪知卢氏突然啊了一声，喉咙里发出咕噜噜的声响，眼睛直瞪瞪地望着三狗，一双手慢慢地伸了过来。

　　诈尸了！

三狗吓得大叫一声，裤裆里顿时湿漉漉一大片，手忙脚乱地爬出了坟坑，也顾不得那些包好了的金银珠宝，只恨爹娘少生了两条腿，一溜烟就跑了。

　　三狗毕竟胆子大，跑了一段路后，想起那些珠宝还没带，便壮着胆子回到坟前，见卢氏已坐起身，正在哭泣，那哭声非常瘆人！

　　三狗看了一会儿，断定卢氏是复活，而不是诈尸。顿时，他咧开嘴巴笑起来："俺三狗也有走桃花运的时候啊。"说着，就跳进坟坑，搂着卢氏往棺材里按。

　　卢氏不肯就范，哭嚷着拼死挣扎。三狗折腾了半天也未能得逞，当即恼了，恶狠狠道："你若是从了俺，留你一条命，否则就像昌邑那个替阎秀才喊冤的人一样，一棍子送你……"

　　三狗的话还没说完，眼前一晃，右眼一阵剧痛。原来，卢氏趁他说话的当儿，拔出了头上的金发簪，劈头朝三狗刺去。

　　三狗捂着受伤的眼睛，恶向胆边生，去抓木棍。卢氏刚爬出坟坑，背上中了一棍，顿时扑倒在地。

　　这时，远处传来一声枪响，三狗吓了一跳，见来了一辆飞驰的马车，也顾不得看卢氏的生死了，捂着眼睛就跑了。

　　卢氏身上穿着的寿衣有七八层，虽被三狗打了一棍，却并不怎么疼，挣扎着起身向大路上奔去。

　　且说阎立信看到卢氏，以为是鬼，吼了一声后，卢氏摔倒在地，看上去好像那黑影不见了。阎立信笑起来："哈哈，原来鬼也怕洋枪。"

　　待走近了一些，看到路边一团黑乎乎的东西，他听到了女人微弱的声音："救救俺！"

　　在气死风灯的光线下，阎立信看清倒在地上的是一个女人，一头蓬乱的头发下面是一张俊俏的脸。

　　阎立信小时候听老人说过，恶鬼和狐狸精一样，害人的时候，都会变成美女来迷惑男人。他的背上顿时起了一层鸡皮疙瘩，壮着胆子用枪指着那个女人，问："你是谁，为啥会在这里？"

　　他的心几乎提到了嗓子眼，如果那个女人朝他扑来，就立马开枪。

　　只听见这个女人呻吟了一声："俺是李家的儿媳妇……求你……救救俺吧。"

　　一听这话，阎立信觉得头发都竖了起来，厉声道："你有冤屈，应该

去找阎王申诉，不要出来害人！"

卢氏捂着脸哭道："俺真的……没死……"

阎立信听得哭声瘆人，正要开枪，却看到了卢氏的影子。他听老人说过，鬼是没有影子的。当下问："你吊死在李家门口，官府查验的尸首，李中原让人把你葬到这里的，咋会没死呢？"

卢氏道："你是阎少爷吧？俺真的是个活人，你不认识俺了？要不你开枪吧，让俺死了算了。"说着，卢氏吃力地站起来，往前刚走了两步，忽然软软地倒了下去……

原来，卢氏上吊后刚气绝就被人发现，仵作赶来验完尸首，就让换衣入棺。棺材在马车上从柳疃到李家的老坟地，一路颠簸，已经缓了几分气。葬下去没多久，三狗就来刨坟，还翻来覆去地折腾，她便醒了过来。她毕竟是一介弱女子，与三狗挣扎那么久，又奋力跑到路边，体力已完全透支，所以才晕倒了。

阎立信连忙跳下车，走近前一探卢氏的鼻息，确定是个大活人。眼下救人要紧，顾不得男女授受不亲了。他将卢氏抱上马车，用车上的被子盖着，驱马就往柳疃赶。

到了柳疃，直接去了庄南的徐郎中家。他敲开了门，央人将卢氏抬了进去。

徐郎中把了脉，来不及多问，一碗热乎乎的姜汤灌进去，几根银针一扎，卢氏悠悠醒了过来。

阎立信对徐郎中说了卢氏的身份，徐郎中吩咐老婆子领着卢氏进了内堂，换了一身衣服，又让儿子去通知李家来领人。

卢氏对众人行了礼，抽噎着讲述了活过来的经历。

徐郎中听完，骂起来："三狗平日里偷鸡摸狗、敲诈勒索，也就算了，居然干出这样大逆不道的事来，还杀过人，可不能饶了他。明天抓了他，直接送衙门！"

阎立信一听三狗就是残害黄海如的凶手，一股无名之火蹭地上了头顶，大声道："还等明天？俺这就带人去抓！"

他刚出门，见徐德忠来了，说要接少奶奶回去。不料，卢氏道："俺死也不进李家大门，俺已经是死过一次的人，大不了再死一次！"

大家见卢氏的性子刚烈，担心会出人命，正僵持着，还是徐郎中有法子："不如先让她在俺这里住两天，等俺帮她调养好了，再说！"

卢氏点头答应了。

阎立信回到家，叫起了魏海生，两人提着洋枪和绳索，往三狗住的破屋而去。到了那破屋，阎立信一脚踹开门，屋里散发着一股霉臭味，他用火把一照，并不见三狗在里面。魏海生让阎立信先去歇着，又去叫了几个洋枪队员。几个人守在三狗的破屋前，只等三狗出现，立马抓住押送官府。哪知几个人熬着冻守了一夜，也没见三狗的踪影。

除夕天明时分，李中原亲自带着几个家丁来了，问了一下情况后，立即派人搜寻三狗，活要见人，死要见尸。可邪乎的是，搜寻了十里八村，仍不见三狗的踪影，和去年的李维凤一样都凭空消失了。

阎立信去昌邑，到黄海如的墓前祭奠了一番，还给了黄海如家里五百两银子。黄海如仗义鸣冤，却无辜搭上一条命，这份情义无法用银子来衡量。只是三狗至今还没抓到，实在遗憾。

他去了县衙，回拜徐大人，说了黄海如的遭遇。徐大人答应贴出悬赏通告，尽快抓住凶手。

阎立信认为，三狗和黄海如互不相识且无冤无仇，不可能平白无故下死手，肯定是受人唆使。尽管阎立信认为真凶是亓满贵，可也只是怀疑，没有实证。只有抓到三狗，才会真相大白……

第十七章

这年春节,亓家父子居然没有回来。

柳疃街上的商铺大都早早地关了门。有几家在南洋做买卖的倒是回来了,带回了阎立信的堂哥阎立邦的家信。信中,阎立邦向大伯阎于诚问好,还提到他爹阎于本押船下南洋的事。听说船队遇上了台风,估计连人带丝绸都没了。天有信在南洋的几家分号都经营得不好,若是情况再不妙,就打算转掉店面,携母亲回山东老家。

阎于本当年是跟着老乡下南洋的,与大家一样,经历了千难万苦,总算在马来西亚站稳了脚跟。经过这些年的努力,天有信在吉隆坡、新加坡和印度尼西亚开了四五家分号。

阎立信看完信,着实伤心了一阵,然后写了回信,介绍了一下家里的情况,写明待春后蚕茧上来,会继续给南洋供货。上代人用性命拼搏来的买卖,可不能就这样给毁喽。既然李家能够在南洋做得风生水起,阎家为什么就不能呢?阎家的买卖绝对不能毁在"立"字辈的人手里,否则愧对先人啊。

在信里,阎立信还简要地说了他的计划,目的就是让堂哥安心……

昌邑人下南洋,真的就是用命拼来的。最早在清咸丰年间下南洋的那些人,背着绸包,克服了水土不服和语言不通的障碍,四处挨家串户叫卖,一户户赢得回头客,终于打开了市场。吃的苦、受的累,只有这些背包客自己清楚。这些年来,在南洋丧命的有名有姓的就好几十人。李中原的弟弟也曾生过一场大病,差点把命丢在了那边……

除夕那天,李维善赶了回来,进了李家大院后还没有一炷香的工夫,便带着儿子李思远出了门,去徐郎中家中与卢氏见了面,并恭恭敬敬地奉上一百块大洋的谢礼。

听人说，李家父子是在书房里见的面，也没吵架，但李维善离开后，李中原摔了两个茶壶。

阎立信和张冲在魏海生父子的陪同下，吃过了年夜饭。席间，阎立信吩咐魏掌柜父子俩：洋枪队那边还要多练习，再多招些人，以后会有大用。年后，工厂这边的建设让魏掌柜帮忙盯着。不等出正月，他就要出去一趟，计划到莱阳、掖县和栖霞那边转转。

这个年，大家都过得不熨作①，街上连鞭炮都稀稀落落的。当夜，阎立信却让魏海生买来一大车爆仗，就在他差点被砍头的棒子地里放了大半宿。

阎立信站在哥嫂住过的屋子里默默地流了一阵子泪，回到自己屋里躺下后，满脑子都是小香橼和李维凤相互交替的影子。

四更天，院子里传来了脚步声。昌邑这边农村的规矩，过完子时便是新年。在天亮之前，小辈要去长辈家中磕头拜年；天明之后，做生意的朋友和街坊邻居彼此上门拜年。

阎家不是柳疃街人，排不上辈分，但在这里生活了两代人，自然也有不少朋友。

阎家正屋的上首挂着祖宗的画像，桌子上摆着供品和香烛；客厅里摆上了香烟和瓜子、花生。阎立信提前给每个前来拜年的晚辈都包好了五十个大钱的压岁包。

听脚步声，来的人还不少。阎立信走出屋子，见进门的足足有三四十人，领头的正是一个在祠堂内和他喝过酒的族叔阎于河。

阎立信惊讶地道："叔，您囊也来了呢？"

阎于河上前道："大侄子，你在祠堂内说的那话，真是刺在叔的心里面去了。咱也是人嘞，也有良心啊。叔也想明白了，不能守着自家几口人过太平日子，姓阎的都是一家人，往后遇上事，叔第一个上京告状。俺就不相信，姓阎的大老爷们还比不过人家李家的大小姐！"

阎立信笑起来："叔，那是两码事。您想明白了就行。来来来，快进屋！"

阎于河拖过两个儿子，说："这是你俩兄弟，阎立昌和阎立业，往后他们就供你使唤了。要是不听话，该咋教训就咋教训！"

阎立信笑道："俺正好缺人，暂时就跟着魏叔吧。"

---

① 熨作：方言，"开心、舒心"的意思。

第十七章

那些晚辈进屋磕了头，领了压岁钱。阎立信陪着阎于河他们几个长辈说了一阵子话，眼见天色蒙蒙亮，一行人告辞而去。

阎立信亲自送他们出门，站在门口，见从西边过来了一个人，待走近了一些，认出是李维善。

两人望了一会儿，阎立信笑了，上前拉着李维善的手："走，屋里坐！"

进屋坐下，李维善喝了几口茶，说："亏得你救了你嫂子，该囊感谢你啊？"

阎立信道："千万不要客气。俺那是顺道路过，没曾想是嫂子。你要说感谢，那就罚你两杯酒吧！"

李维善道："甭说两杯，今儿俺陪你醉一次，如何？"

阎立信点点头："中！"

不一会儿，简单的酒菜上齐，也不论时间早晚了，两人就开始把盏对饮。席间，李维善道："俺听说亓学文把小香橼给赎出来了，囊不带回来见见呢？"

阎立信叹了一口气："在没有找到维凤之前，俺不会给她名分的！"

李维善拍了拍阎立信的肩膀："俺妹子没那福分，你现在是朝廷六品官了，连俺爹都佩服你呢。"说着，他拿出一张纸，当着阎立信的面给烧了："这是你哥和俺爹签的抵押书，莱阳的那几百亩柞树林还是你家的人管着，俺没动。"

阎立信望着渐渐燃尽的灰烬，低声道："欠债还钱，天经地义。俺过几天就把那三十五万两银子给你家送去。"

李维善正色道："这大年初一的，你找抽是吧？你真要给银子，行，俺先放你那里，当入股了，俺每年吃红利就行。"

"中！"阎立信爽快地答应着。

李维善端起酒杯，说："一言为定。你把你们阎家的看家本事都教给了大伙，然后闷声在家里捣鼓花绸布。俺也想过，柳疃丝绸要真正扩大市场份额，就必须学南方人的样子，把白绸变成花绸才行，俺相信你是个做大事的人。"

阎立信笑起来："其实，俺爹早就立下了规矩，天有信不掺外股，俺就破个例，收下你这个股东了。来，俺让你认识认识另外一个股东。"

说着话，魏掌柜从偏院把张冲叫了过来，和李维善见了面。

李维善看着张冲带过来的几种花色样布，眼睛里放着光："立信，还需要多少银子投进去,你说个话就行。就这花色的绸布绝对能把客商给招过来!"

阎立信道:"俺也是这么想的。柳疃的白绸都下了南洋,花绸肯定要去西洋。等俺把所有的事情都安排妥当,就想去走一趟。"

李维善问:"坐洋人的轮船去?"

阎立信笑着说:"俺想从新疆那边穿过去。"

李维善说:"听说那边闹匪挺厉害,你二舅当年和一些人也是走的那条路,一走就是二十几年,不是至今都没消息吗?"

阎立信说:"俺有洋枪队,还有这身官袍呢!"

张冲问道:"那你走了,这边一旦有事,怎么办?"

阎立信说:"你也是股东了,有什么事情,你们两个股东商量着就行。维善哥主要在莱阳那边,柳疃这边的事情,张大哥也可以和魏掌柜商量着办。"

张冲笑着说:"我只会染布,生意上的事情还是让魏掌柜看着办吧!照目前的染料配比计算,每匹绸布多出三分银子的成本。"

阎立信点了点头,对李维善说:"你打算啥时候回莱阳,俺想跟你一起去。"

李维善道:"过两天就走,俺那大房快要生了,再说那边有很多事,去年的秋茧下来,亏了不少。哦,俺听说你计划在柳疃建缫丝厂,为啥不在莱阳那边也建一个呢?那边的茧子下来,马上就可以缫丝,省得往回运。俺有一块地,可以给你建厂用。"

阎立信紧紧拉着李维善的手:"好,过两天俺和你一起走。今儿也没啥好菜,咱哥仨一醉方休,如何?"

确实没啥好菜,哥仨却喝了个稀里哗啦。下午,魏掌柜过来,见他们都醉倒在炕上,那呼噜声差点没把房梁子给震下来……

几天后,阎立信带着高友亭和李维善结伴去了莱阳,先去拜访了李维善的丈人,又去看了那块地,觉得位置不错,就让李维善按着图纸,开春之后立马动工。

两人又骑马去莱阳的山里看了那几百亩柞树林,负责这一块的是蓝氏的舅舅王银树。王银树在这边负责蚕茧的管理和收购,有十个年头了。老人家也听说了外甥女失踪的事,见到阎立信后,流了不少眼泪。这几百亩柞树林雇着周围几个村子的人养蚕,每年的蚕茧下来,分几个档次,最好

的每斤三钱四分。

老人心疼地说:"去年的秋茧,每斤两钱都没人要,白花花的茧挂在树上,最后全都成了蚕蛾,心疼啊!"

阎立信要王银树通知养蚕户,今年的蚕茧价格只收最好的。阎家柞树林的蚕茧每斤加一分银子,为三钱五分,其他户自家柞树养出的上等好茧每斤五钱二分银子。

看完这些,阎立信心里有底了。如果用广东那边过来的机器,可以大大降低丝绸的成本,每一匹的成本大约在七两左右。而推出八两五的价格,让普通人也可以穿得起丝绸,就能把"柳疃绸"的名号打出去。

回到莱阳,阎立信告诉高友亭,接下来要做的就是在莱阳、掖县和栖霞三地召集收茧,天有信保障茧农的利益。无论市场如何,今年收茧的价格还是每斤五钱二分银子,但天有信只收好茧。每户茧农根据往年的出茧量,可预先领取三成的定金。

莱阳这边的事就交给了王银树,让他与李维善对接。所有蚕茧在这边缫成生丝,再运到柳疃进行去胶、纺织和印染。

就在阎立信和高友亭离开莱阳的当天,李维善的正室难产,在床上叫了一宿。请来了莱阳最好的接生婆子,也是束手无策。一位接生婆子说,栖霞那边有洋人教父,可以给女人的肚皮动刀子,也许能救命。

阎立信立即让人套了马车,他骑着马就要走,却被李维善的丈人拉住了:"咱堂堂中国人,绝不和洋人掺和。洋教父是男的,给女人动刀子,那成何体统啊?"

李维善望着阎立信,含着泪微微摇了摇头,从莱阳到栖霞有上百里地,来回最快也要一天一宿。即便找到那洋教父,也来不及啊!

中午,内室传出李维善丈母娘的哭号,大人最终没有保住,却生下了龙凤胎。

阎立信望着李维善伤心欲绝的样子,不知道该说什么。李维善的正室虽说脾气刁蛮专横了点,但对李维善很好,也答应生完孩子,就让他和卢氏正式成婚,以后和卢氏以姐妹相称,好好相处。

阎立信抱了一下李维善以示安慰,与高友亭二人离开莱阳前往掖县。到掖县停留了半个多月,支付了四十万斤蚕茧的定金。

听闻招远和栖霞一带闹瘟疫,高友亭有些害怕。于是,阎立信让高友亭先回柳疃,他独自一人前往。他在昌邑大牢里的时候,伺候肖炎半个多月,都没被传染。小小的瘟疫，阻挡不了他创业的步伐！

阎立信独自一人到了招远，先找客栈住下，问明几家做丝绸的店铺所在，信步走去。阎家在招远这边没有业务，恒信商号与当地的大成商号有业务来往。李维善让阎立信去招远找大成商号老板邱大成。

走到大成商号门口，见商号门面很气派。有两个伙计正往车上搬运生丝，生意还不错。阎立信正要进去，一个衣衫褴褛的老太婆拄着棍子来到门口："老板发大财，行行好，给点吃的吧？"

一个伙计不耐烦地叫起来："去去去，没看正忙着吗？"

老太婆并不离去，在一旁等着，口中道："俺是栖霞那边养蚕的，被官府逼得没活路了，没办法才……"

老太婆话还没说完，从里面走出一个掌柜模样的人，吼道："现在买卖不好做，哪里还有闲钱打发你，快滚！"

老太婆叹着气摇了摇头，继续往前走。走了两三个门店，也没有要到一个铜板。走到一家福盛店的小门头前，门口站着一个四十多岁的男人，朝老太婆道："老人家，俺也听说栖霞那边的官家逼死人了，养蚕的还不如种地的呢。"

老太婆抹着泪道："可不咋地，俺一家人一年到头出一百来斤蚕茧，本来日子还过得去。可自从何大人来了后，就不让人活了。所有蚕茧由官家收，上等蚕茧每斤才给三百钱，还不给现钱。每户茧农还要收取十两银子的蚕茧税，不给就抓人。唉，俺儿子就被他们抓去了……"

那男人从口袋里摸出一把大钱来，叹道："官府压榨得厉害，日子确实没法过了。老人家，您收着吧，俺要是像大成商号那么有钱……唉！"

老太婆叫着："好人嘞！"说着，就要下跪，被那男人扶住了。

阎立信走过去，朝那男人拱手道："这位老板贵姓？"

男人回礼道："免贵姓郝，郝进财。听口音，您是西乡人吧？"

阎立信微笑道："不错，俺是从昌邑过来的。"

郝进财道："这倒春寒，外面挺冷的，进来喝杯热茶吧。老人家，您也进来暖和暖和吧。"

老太婆道："俺一个要饭的老婆子，哪能跟你们老板一起啊？"

阎立信道："老人家，不碍事的，过些天俺正好去栖霞那边，还想向您老打听几个地方呢。"

阎立信扶着老太婆一起进了福盛店，里面并不大。两边的架子上放着

一些生丝，色泽灰淡，一看就是中下等货。柜上摆着几匹白绸，也都是下等货色，架子下面还有几袋茧衣。柜台后面是一架织机，一个背着孩子的妇人正在织着绸。妇人见他们进来，忙起身去屋角的炉子上提了热水，给他们砌上茶。

阎立信坐下道："郝老板，你这生丝颜色泛黄，粗细不均，质量不行啊。"

郝进财叹了口气道："客人也是懂丝的？前面那大成商号，就是和你们昌邑恒信商号李家做买卖的，一次出货都几百上千斤。不瞒客人，俺家从俺爹开始就做这生丝买卖，本本分分的，从来不掺假。原先的买卖还行，这几年被大成商号挤对得直接不行了。"

阎立信问："各家做各家的买卖，咋挤对呢？"

郝进财道："客人对这生丝的买卖不了解吧？俺们这边的生茧，上等茧每斤四钱八分，中等的三钱二分，下等的一钱四分，每十斤茧出一斤生丝。大成商号的那些生丝，不但掺浆厉害，而且都是中等茧和下等茧，用药水泡过，看着挺白的，夹在上等生丝里卖，每斤比俺家便宜三四分银子，客人自然就到他们那边去了。那些生丝被药水浸过，质地变脆，织的时候很容易断。"

阎立信曾经听孟四海说过煮茧和剥茧的过程，有些专门卖生丝的商号就在剥茧的时候动手脚。蚕茧用火碱煮出来后，再用大锅熬上白糖，把白糖熬到一定的程度，加入滑石粉搅拌成粉浆，洒在蚕茧上。等粉浆渗透进去，再进行剥茧。剥茧是剥开外层，行话叫"大挽手"。而纩丝出来的碎丝叫"二挽手"，都可以用来捻成粗丝。这种由"大挽手"和"二挽手"制作出来的粗丝，只能纺成质量下等的白绸。掺浆的蚕茧看上去透亮而硬茬，还可以增加生丝的重量。

阎立信平静地问："李家做了几十年的丝绸买卖，都是行家，怎么能看不出来呢？"

郝进财道："原先是李家三爷来收的，当然能看出来。后来，李家大少爷来收，也看出问题来了，但人家给李家大少爷的确实有上等生丝。可等装货的时候，夹着一些进去，也看不出来。俺干不了那缺德的事，上等生丝的买卖没法做，只能做次品，实实在在的，能卖多少算多少。卖不出去的，就让孩子她娘纺成绸子，赚点工夫钱，能过日子就行。"

阎立信问："你们这里一年能产多少生丝？"

郝进财道："上等生丝大约十二三万斤，都被大成商号收去了。到了他们那里,能变成二十万斤上等生丝。"

阎立信笑起来:"郝老板,今年就拜托您帮忙收茧。俺叫阎立信,是天有信的少掌柜,我们只要好茧,就按四钱八分,能收多少,俺要多少。"

郝进财惊道:"俺听说过天有信,买卖做得很大,连太后老佛爷都要你们的丝绸。可是,俺听说天有信不是出事了吗?"

"那是陈年旧事了,天有信还是原来的天有信!"阎立信拿出了准备好的契约,"这上面的条款,您看看,如果同意就签字。以后您这里就是天有信招远分号,负责蚕茧的收购,仍挂你福盛的牌子,把握好质量就行。"

郝进财看了条款,眼中尽是不可思议的神色:"您出本钱,还给俺五成的利润,天底下哪有这样的好事啊?"

阎立信拿出一沓银票,说:"这是五千两定金,蚕茧下来前,俺会让人来找您。俺天有信做买卖一直讲究诚信为本,赚的是天道。俺不冲别的,就看中您方才给这个老人家的几十文钱。这才是咱们生意人的本分。"

郝进财激动得眼泪都出来了,拉着婆娘就要给阎立信下跪,被阎立信一把拉住:"有善心才有福报,俺相信您。您签了这契约,俺还要和这位老人家去栖霞呢。"

郝进财起身,颤抖着签了契约,摁上手模,转身抱着妇人,含着泪道:"孩他娘,财神爷进门了,咱家好日子来了!"

妇人道:"俺这就去做饭,让你陪财神爷……哦,不,阎贵人喝一盅。"

阎立信转身对那位老人道:"大娘,你也陪着俺喝一盅?"

老太婆抹着眼泪道:"中,只要财神爷不嫌俺老婆子脏就成。财神爷,俺那边可比不得这里,只怕您那买卖不好做啊。"

阎立信道:"没事,到了那边再说。"

喝完酒,阎立信和老人在郝进财夫妇的叮嘱下上了路。事情办得顺利,心情就好。他甩开鞭子放着马奔跑了一阵,听得车上的老太婆直哼哼,心知老人受不了颠簸,赶紧收紧马缰,让马碎步走。就这样一路走,一路和老人闲聊着,老人的夫家姓陈,叫陈李氏,是栖霞蚕山脚下曲家沟人,几代人都是茧农。

蚕山与牙山、艾山、崮山、唐山、方山,号称"栖霞六大名山"。这一带的山坡上都是柞树,最适合养柞树蚕。由于日照充足,树叶肥厚多汁,蚕茧个大饱满,丝质弹力十足,是出上等好茧的地方。

阎立信曾经听爹说过,栖霞的蚕茧要好于莱阳,出丝量多,且易于纺织,不容易断。但当地土匪多，经常有商队被劫。从官府手上买丝，价格高一两成，且要官府帮忙押送，无形之中就多出了成本，所以天有信一直没法用栖霞的好丝。

陈李氏告诉阎立信，那些土匪和官府都是一伙的，抢走的生丝都卖给了城内的广源商号。那广源商号老板就是县令大人的亲弟弟何德兴。官府收茧，也都是交给广源商号。何德兴为人刻薄，收蚕茧的都是十三两秤，一斤蚕茧到了他那里，就变成了十三两，故而得了一个外号，叫"何十三"。

从招远到栖霞，一百多里地，阎立信走了两天。一路上，遇到三拨土匪，小股的三四个人，大股的二三十人。他车上有洋枪，操起来就打，枪声一响，小股土匪吓得像兔子一样往林子里钻。大股土匪仗着人多，一边射箭，一边往前冲。他趴在车上瞄准开枪，接连打翻了七八个，土匪这才钻进林子里散去。

虽然没有被土匪拦住，但他的右胳膊还是被土匪的箭射伤了。跑出一段路，他忍痛拔出箭，随意用布包扎了一下，继续往前行。

一片苍茫的河水从远处携冰而来，河边的几丛芦苇虽已是枯秆败叶，仍顽强地挺立着。一路走来，两边山坡上的柞树开始冒芽，嫩芽儿翠绿翠绿的，特别惹眼。春天已经来了！

栖霞和莱阳、招远一样，都属于登州府管辖。据记载：康熙三十年，诸城人教植柞树，饲山蚕成茧。据此推算，栖霞这边养蚕有两百多年的历史了。

阎立信之前就向徐大人打听过，栖霞的县令姓何，举人出身，花银子捐的实缺，官声一般。当官和做买卖一样，花银子买来的，自然要拼命赚回去。这些年，可苦了栖霞的老百姓了……

快到栖霞的时候，路过一个村子，见村口摆着十几口棺材。满地的纸钱随风飘舞，就像那化茧成蝶的蚕娘娘。奇怪的是，只见棺木却不见祭拜的人，反倒是村里传出一片哭声。

陈李氏叹息道："俺正月里离开家去招远时，就听说这边闹瘟疫。"

不一会儿，从村里面跑出来几个人，后面追着十几个拿着棍棒的汉子，一个劲地驱赶着他们。那几个人穿着很奇怪，就如他在京城街头见过的外国教父，隐约还有一个女人。

陈李氏问："那些穿着黑衣服的都是啥人？"

阎立信道："好像是洋教父！"

因为有疫情，阎立信不敢停留，猛抽了几鞭子，马车飞快地逃离了。

进了栖霞县城，找了一家客栈住下。他给了陈李氏十两银子，让她先去把儿子救出来，陈李氏千恩万谢地去了。

第二天一大早，阎立信想着去街上打探一下行情，哪知一起床，只觉得头昏眼花、浑身乏力，而且咳个不停，连路都走不了了。他想起路上遇到土匪，开枪的时候出了一身汗，后来迎着冷风策马狂奔，一定是伤风了，便让店伙计熬了姜汤。原以为喝下去会好一些，哪知身体愈发沉重，连眼皮都睁不开了。

下午，陈李氏带着儿子陈树贵来到客栈。娘俩见阎立信这副模样，便去街上请来了郎中。郎中听说他们从城外的瘟疫区经过了，吓得连门都没敢进就走了。

客栈老板一看情况不妙，吩咐伙计们把阎立信抬着扔出去。陈树贵推开伙计，背起阎立信，和陈李氏一起上了马车，出了城。他们也怕阎立信染上了瘟疫，所以没敢回村，就在城外一座破庙里栖身。

陈树贵偷着进城买了一些草药，熬了几剂给阎立信灌下去。可不见好，眼见着咳个不停，连血丝都咳出来了。

陈李氏抹着眼泪告诉儿子，他的命是阎贵人救的。即便阎贵人得的是瘟疫，他娘俩也要陪着一起死。陈树贵没有说话，只是点点头。

陈李氏跪在神像面前，一个劲地求菩萨保佑阎立信好起来。

到了第四天，阎立信浑身烫得厉害，怎么叫都叫不醒，身体一阵阵地抽搐。陈李氏坐在一旁，一个劲地落泪："老天爷，咋好人就没好报呢？您这是瞎眼了吗？"

陈树贵对陈李氏说："娘，俺在牢里的时候听人说，洋教父能治瘟疫呢。您看着恩人，俺去寻洋教父。他这么下去，横竖都熬不过，如果找到洋教父，或许还有一线希望。"

陈李氏对儿子说了在十几里外的一个村庄见到洋教父的事。陈树贵立马驾着马车往那边赶，走了约十里地，迎面来了两辆马车。头一辆马车上坐着的，正是一个黄头发蓝眼珠子、穿着一身黑色大袍的洋人。他当即下了车，拦住那车道："是会治病的洋教父吗？俺有个病人，想求您去看看。"

这马车上坐着的，正是德国教父约翰和其他几个教父，后面的车上坐着李维凤和另外两个修女。

原来，栖霞这一带出现疫情，约翰和他的朋友积极投入到医疗救助中。尽管有李维凤帮忙，可当地老百姓根本不相信洋人，还拿着棍棒驱赶他们。

约翰探出头问："病人在哪里？快带我们去！"

一行人来到破庙，约翰为阎立信检查了一下，又看了他右胳膊受伤的地方，断定不是瘟疫，是风寒引起的重度肺炎，还有破伤风感染。

当约翰向陈李氏询问病人的情况时，坐在庙门口马车上的李维凤听到了"昌邑……天有信……姓阎……买生丝……"的对话。

她的身体一颤，手忙脚乱地下了马车，几步冲进破庙内。只见躺在褥垫上那个双目紧闭的人，正是她日夜思念的阎立信。顿时，她百感交集，泪水狂涌而出，上前扑到阎立信身上，口中道："俺滴娘哎，你囊地来到这里了呢？"

她的举动令在场的人都吃了一大惊，约翰问："李，你认识他？"

李维凤紧紧搂着阎立信，哭道："这就是俺求您写信要救的俺男人。"

约翰在胸口画了一个十字："你天天想念着他，主保佑你，终于让你们见面了，用你们中国人的话说，有缘千里来相会！"

约翰吩咐其他人去车上搬药箱下来，然后对李维凤说："李，他是你男人，你给我当助手。他右臂的伤口开始化脓了，先给他注射药物，再替他清创。"

在李维凤的辅助下，约翰很快完成了手术。他告诉李维凤："你男人的病情耽误了，很严重，能不能活过来就看他的造化了。"

破庙不是栖身的地方，约翰让人把阎立信抬到车上。他们在城里有住所，到那里可以做进一步治疗。

陈李氏一听不是瘟疫，也就放心下来。娘俩等他们离去后，朝着马车的背影磕了几个头，才往蚕山方向而去……

第十八章

　　阎立信苏醒过来，已是六天以后了。他见自己躺在一张床上，身边还趴着一个穿黑衣服的女人。那女人的一头秀发倾泻下来，有一缕挂在他的脸上。他伸手将那缕头发移开，那女人嘤咛了一声，抬起了头。刹那间，他怀疑自己是在梦中，喃喃道："维凤，真的是你吗？"

　　李维凤露出了欣慰的笑，眼中立时溢满了泪水，用力点了点头。

　　"俺还以为是在梦里呢。"阎立信伸手替李维凤抹去泪水，"你瘦了，囊地会在这里呢？"

　　李维凤便把她出逃之后遇到约翰以及救他的事都说了。

　　阎立信再也忍不住，一把将李维凤搂了过来，哭着说："俺欠你太多了，这一辈子都没法还清啊！"

　　李维凤偎依在阎立信宽厚的胸膛上，被那双强而有力的胳膊搂着，听着那急促的心跳，感受到了浓浓爱意，幸福的泪水怎么也止不住，哽咽道："你囊地也来这边了？"

　　阎立信低声把他俩分别后的事一五一十地说了。说到最后，他感觉李维凤没有了回声，低头一看，她闭着那双美丽的大眼睛，发出了均匀的鼻息。

　　门被推开，一个穿着黑色长袍的洋人走进来，微笑道："你终于醒了。"

　　阎立信问："您就是约翰神父？"

　　约翰点点头："你从第四天开始退烧，我就知道你会活过来的。她已经在你身边守了六天六夜，累坏了，让她好好休息吧，我不打扰你们了。"

　　阎立信想起身施礼，又怕惊醒了李维凤。约翰示意他不要动，蹑手蹑脚地出去了。约翰出去后，阎立信轻轻地侧身躺下，李维凤枕着他的左手臂，他的右手轻轻抚摸着李维凤的脸颊和秀发，静静地望着她……

当李维凤醒来的时候，见阎立信满含柔情，一眨不眨地望着她，顿时脸上飞霞，将头埋进阎立信的怀里，问："俺睡了多久了？"

阎立信轻声道："一宿。"

李维凤抬起头："你就这样让俺枕着？"

阎立信刮了一下李维凤的鼻子，见她那羞不自胜的样子，忍不住在她脸上亲了一口："俺想让你枕一辈子。"

李维凤摸了摸阎立信的额头："没事了。你知道俺有多担心，怕你熬不过去。俺想过了，要是你……"

阎立信赶紧捂住李维凤的嘴："有你这个外国郎中护着，俺死不了！等俺在这边办完事，就带你回家。"

李维凤道："俺现在是主的人，不能走。"

阎立信道："为啥？当尼姑还可以还俗呢，入了洋教就不让人走了？京城有很多入了洋教的，都是可以回家的？"

李维凤道："不行，必须约翰神父同意才行。"

阎立信起身下床："俺这就找约翰神父。"

刚打开门，约翰就站在门口，微笑着："昨天晚上我看到你们，就决定让你带她回去，只要心里有主到哪里都是一样的。"

阎立信道："等俺的生意走上了正轨，出钱给您盖一座教堂。您救了俺两人，这份恩情永远都不能忘！"

约翰笑着："谢谢你的慷慨，不过我想做一件事，那就是主持你们的婚礼。虽然没有婚纱和鲜花，但主见证了你们的爱情，会祝福你们的！"

几天后，阎立信已经完全康复。他看了看放在褡裢里的银票和银两，一个子都没少，不禁感慨陈李氏母子的为人。十两银子换来一份人情，这笔买卖不亏。等办完了事，一定去蚕山那边看望一下母子二人。

这一天，天气格外晴朗，明媚的阳光洒在大地上。在一间供奉着耶稣的大屋子里，约翰以上帝的名义，主持了二人的婚礼。俩人十指紧扣，心心相印。最后，约翰要他们当众拥抱亲吻的时候，阎立信突然脱下外套盖住了两人的头部，抱着李维凤深情地吻了下去……

那天下午，阎立信换了一身土棉布大袄，把一支洋枪用布缠好，当作挑担一般挑着两个包袱来到街上，其中一个包袱里包着从掖县带来的十斤上等生丝。

广源商号隔着衙门没多远，门头比招远的大成商号还要气派，门口站着五六个精壮的汉子。他走过去的时候,一个汉子问:"干吗的?"

阎立信回答:"俺来卖生丝。"

那汉子一挥手:"进去吧。"

走进广源商号,见里面布置得有点像当铺。柜台有一人多高,只不过旁边空出一块地方来,摆着几杆大秤。柜台上探出一个戴着双耳丝绸面羊皮帽、鼻梁上架着玳瑁老花镜的老头,尖着嗓音说:"卖生丝呢?拿上来看看吧。"

阎立信把那包生丝扔上柜台,老头打开看了看:"你是哪儿的?"

阎立信想起陈李氏说的地名,忙说:"蚕山曲家沟的。"

老头扶了扶眼镜,斜了一眼:"听你口音不是那边人吧?"

阎立信赔着笑:"俺是潍县人,入赘到这边,往年都是俺丈人来卖。"

老头鼻子里哼了一声:"都啥时候了,怎么你家还有生丝?缴蚕丝税了吗?"

阎立信忙说:"缴了,缴了,蚕茧早就卖了,只是留了一点自己缫丝,本想着织一点绸,可家里没钱了,没办法才拿来卖的。"

老头打开包袱,扫了一眼那捆生丝,抓起一杆秤称了称,拿过算盘一顿噼里啪啦,然后喊:"次品生丝七斤六两,每斤二两八分,得银二十一两二分八厘,扣去每次交易的蚕丝税,剩余十六两整。"

阎立信叫道:"俺这捆生丝是整整十斤,咋就成七斤六两了呢?俺这是上等生丝,不是次品。再说,俺已经缴过蚕丝税了,咋地还要缴……"

他的话还没说完,里面飘出一张纸来,老头露出半个头道:"听明白了,是每次交易的蚕丝税,生丝是好是坏,俺说了算。三个月之后,拿着这张条子来领银子,滚!"

随着老头的那一声"滚"字,从外面进来三四个壮汉,恶狠狠地盯着阎立信。阎立信捡起那张纸,哀求道:"俺丈人生病了,家里急着用钱呢,行行好,先给俺点银子吧。"

一个汉子来抓阎立信,他一闪身退到一旁。柜台里面的老头叫起来:"敬酒不吃吃罚酒,把他扔出去!"

说时迟,那时快,阎立信迅速解开洋枪上的缠布,朝着柜台上方开了一枪,打中了一盏挂在上面的灯笼。那灯笼落下来,砸在柜台上,碎了一地。

阎立信快速上好子弹,枪口指着那几个汉子:"怎么,要试试洋枪的威力?"

那几个汉子看着黑洞洞的枪口，吓得脸色都变了。老头的声音从柜台后面传过来："你是啥人，敢在这里撒野？不要命了！"

阎立信拖过一把凳子坐下，冷笑道："让何十三出来见俺，何止是十三两，比十二两还少。价值四十两银子的上等生丝，到你们这里就成十六两的次品丝了。俺见过黑心的，却没见过这么黑的。"

一个汉子飞快地跑了出去，没多一会儿，从衙门那边过来一队手持洋枪的绿营兵。领头的是一个把总，把总身后站着穿着七品官袍的县令。在县令的身边，还有一个肥头大耳的胖子。此人与县令长相相似，应该就是广源商号的老板何十三。

那几个壮汉一见来了援兵，气焰顿时嚣张起来："你只有一支洋枪，我们有十几支。识相的赶紧放下枪，跪下来给大爷磕头谢罪，好歹留你一条性命！"

把总在外面叫道："胆敢在这里闹事行凶，你究竟是什么人？"

阎立信慢悠悠地朝外面喊："俺是什么人，等会儿你就知道了。"

街面上站了不少人，远远地看着这边，不少人都面露担忧之色。这时，阎立信打开另一个包袱，从里面抖出一件六品官袍来，慢悠悠地穿上，对一个汉子道："让你们何大人进来。"

在刑部大牢的时候，任通源就说过，官大一级压死人。有时候必须拿出一点官威来，否则会让人"拿着豆包不当干粮"。

当阎立信抖出官袍的时候，那几个汉子的嘴巴都张大了，挺起的胸膛也瘪了下去。那个壮汉弓着身子上前，连说话都打了结："大……大人……俺狗……狗眼不识……"

阎立信放下洋枪，道："别磨叽了，要算账也轮不到你们头上。"

那汉子跑了出去，何县令与把总一齐走进来，躬身施礼道："下官何德能、把总朱秋里拜见大人，不知大人到临，有失远迎！"

阎立信换上了一口纯正的京腔，板着脸道："何知县，如果我是你治下的普通百姓，只怕今天小命就留在这里了吧？"

何德能道："哪里，哪里？本县向来以律法治理，只求一方平安。"

阎立信冷笑道："你是举人出身，捐的实缺，只怕这几年你们兄弟两个也捞够了吧？还有你朱把总，不维护地方治安，任由土匪劫掠，还帮着为虎作伥。你俩这七品官，只怕是当到头了！"

他这一招，在官场上叫"唬"，是为官之道的一种。等于摸透了官员

第十八章

的底细，先一番吓唬，令下级官员战战兢兢，不敢造次。

何德能与朱秋里齐声道："求大人明察！"

阎立信把那张纸扔在他们面前："价值四十两的上等生丝，变成十六两的次品丝。这就是铁证，还需要再查吗？栖霞的茧农被你们鱼肉得还不够吗？"

其实，阎立信那一口京腔，已经把何德能与朱秋里吓得半死，怀疑他是朝廷派下来暗访的巡察官员。两人哆嗦着连忙跪下，道："求大人网开一面！"

阎立信也知他这六品官，只是老佛爷赏赐的，并无实权。何德能兄弟在栖霞鱼肉百姓，几年来平安无事，没少上供给登州抚台衙门。像这种贪官，大清遍地都是，实在不知该怎么治。为今之计，只能暂时稳住他们，尽力让老百姓少受些罪。想到这里，他故作威严地咳了一声，说："我一路走访过来，你们的所作所为，瞒得过别人，可瞒不过我啊。我要是和你们山东臬台大人说一声，后果怎么样，想必两位比我还清楚吧。不过……"

一听到"不过"两个字，何德能与朱秋里相视一眼，偷偷朝后面做了一个手势。紧接着，从柜台后面蹦出了那个瘦猴模样的老头，招手让何十三进来，并将那几个汉子赶了出去，随手把门关上了。

何十三进到柜台里面，捧出来一个小箱子，恭恭敬敬摆到桌上，打开一丝箱盖。阎立信见那箱子里装着金锭，足足有二百两，当下问："这是我卖生丝的钱吗？"

何十三连忙道："是的，是的！"

阎立信立刻换了一种口吻："你们都是与丝绸打交道的，前年京城天有信出的那事，想必也都听说了吧？"

何德能点头道："听说了，听说了。天有信在入宫的丝绸里掺假，被人查出来了。太后老佛爷发了怒，查封了天有信。俺还听说天有信的老东家气死了，大少爷被土匪杀了，二少爷通匪被抓进了大狱。这阎家老二命大，被砍头的时候，刑部来了人，把他押去了刑部，也不知现在咋样了？"

听了这话，阎立信心里有了底，说："后来查明是同行的陷害，老佛爷开了恩，天有信没事了。你们瞅瞅，这丝绸买卖上的小事闹大了，谁都不好过。所以，朝廷要查访胶东几处丝绸产地有无压价盘剥的不法之徒……"他看了看何德能等人的脸色，继续慢悠悠地说："你们县的情况，我就不说了。何大人，我有几句话，不知当讲不当讲？"

何德能挤出一丝笑意："大人请讲，下官听着呢。"

阎立信的声音顿时严厉起来："第一，放开蚕茧买卖，不许你弟弟一家独大；第二，取消蚕丝税，遵照朝廷正常税点征收即可；第三，贴出告示让茧农来兑换银两，重新以足秤足量兑付；第四，城外瘟疫横行，罚你弟弟出银十万两，交给洋神父约翰，让洋人帮忙抵抗瘟疫、救助难民；第五，朱把总应当尽力剿匪，如果再出现商队被劫事件，谁也保不了你。"说完，他的语气缓和起来："何知县、朱把总，其实我这么做，也是在帮你们。你们在栖霞这几年，只怕弄了不少银子，除去应付抚台衙门的，这区区十万两只是九牛一毛而已。再说了，十万两买一个稳当，总比去刑部大堂好吧？"

何德能连连道："多谢大人提点，下官一定照办，一定照办！"

阎立信这一番装腔作势的官调，都是在官监中学来的，没想到效果出奇好。他凑到何德能的耳边，说："何大人，我在这边交了几个朋友，要是我听他们说，你俩对我说的话阳奉阴违，那就是自己作死，可怨不得我啊！"

何德能颤抖了一下："不敢，不敢。"

阎立信年纪轻轻就是六品官衔，在何德能的眼中，以后混个督抚绝没有问题，便急着想拉上这层关系，凑上前轻声道："大人，可否去衙门一聚？也好让下官尽地主之谊。哦，还没请教大人尊姓，是……"

阎立信的眼珠子一瞪："怎么？想跟我回都察衙门？"

何德能吓得不敢吭声了，连忙把伸出来的脖子缩了回去，用舌头舔了舔干裂的嘴唇。

接着，阎立信换回了原来的衣服，要回了那十斤生丝，顺便将那箱金子收了，这才挑起两个包裹大步走了出去。

走了一段路，觉得后面有人跟着，知道是何德能派来的盯梢，就是想摸清他的底细。其实，他就是想要人跟过来。别说是县令，就是山东巡抚也不敢对洋人造次。

他进了院子，把那箱黄金给了约翰，还说县令会派人送来十万两银子，用来抵御瘟疫和救济难民。此时，李维凤已经换回了原来的服饰，一身青色的绣花长袄，头发也挽了起来，在脑后结了一个发髻。她背着一个黑色箱子，朝阎立信深情而含羞地微微一笑，利索地上了车。两人告别约翰，驾车出了城。

第十八章

到了城外，从南边吹来的风已经有了些许暖意。道路两边的山上已经披上了一层淡绿色的外衣，柞树的叶子有铜钱般大小。这时候，茧农们已经开始孵蚕宝宝了。

两人有说有笑，满车子的郎情妾意，一路随风飘洒，羞得路边的小野花都躲了起来。他们先去看望了陈李氏，给娘俩留下了一些银两。然后，谢绝了陈李氏的热情挽留，继续西行。

他们避开瘟疫区，走的另外一条道，居然没有遇见土匪，也不知咋回事。阎立信问那黑色箱子装的是啥，李维凤回答说是药箱，里面装着洋人的药，还有动手术的工具。她跟着约翰一年多，学会了不少洋人的医术。

到了莱阳，两人先去见了李维善，才三十岁不到的人，鬓角居然有了几丝白发。中年丧妻是人生一大悲哀，但兄妹重逢，好歹带来了亲情的安慰。

两个孩子有奶娘养着，小小年纪感受不到丧母之痛。李维善给两个孩子起了名，都跟着岳父姓赵，儿子赵思柳，女儿赵思雅，也算是对老丈人的一个交代。

李维凤高兴地抱抱这个，亲亲那个，开心得不得了。

阎立信在她耳边轻声说："到时候咱俩生一大堆，随便你喜欢！"

李维凤轻轻踢了他一脚，可脸上却飞起了桃花。

工厂已经建了一大半，李维善问机器啥时候能够运过来。阎立信算了一下日子，从广东过来的缫丝机和纺织机差不多应该到青岛了。他必须尽快赶回去，若是厂子建好而机器没到，就耽误大事了。

两人在莱阳只停留了一夜，就立马往回赶。走到潍河边，两人下了车，洗了把脸，手捧河水猛灌了几口，然后继续赶路。进了昌邑地界，他们没有急着回家，而是继续往西走，到神堂子村看望了孙有福夫妇。

一进门，阎立信、李维凤双膝跪地，感谢孙有福夫妇对李维凤的救命之恩。孙有福夫妇赶紧搀扶二人起来，拉着李维凤的手，来到屋里。

李维凤述说了走后的遭遇，老太太唏嘘不已，直抹眼泪。阎立信拿出几锭银子，硬塞给老人，并问明了两个儿子的住地，承诺如果他们有困难就去找东北的天有信分号……

回到柳疃时，见厂子已经盖好，两千台机器也陆续运到，广东过来的王师傅正在帮着安装机器呢。

厂子太小，机器太多了。魏掌柜为这事正犯愁，没有阎立信的吩咐，他不敢擅自做主。更奇怪的是，半个月前，镖行从沧州那边押过来四十万两现银，说是给天有信的阎立信，镖头死活不说货主是什么人。

魏掌柜和高友亭在张冲的见证下收了银子，把银子封箱后就放在阎家老宅内，派洋枪队日夜看守着。

阎立信的心念一动，知道他哥的尸骨和这些银子都是镇山东送来的。只是他嫂子和侄子为什么一直没有消息呢？

他让高友亭匀出一半的机器尽快运到莱阳，交给李维善，又让魏掌柜选了几个原先柜上可靠的老人，每人拉着五万现银，由洋枪队和镖行联合护送，分头前往掖县、招远、栖霞等地，直接向茧农预订春季的上等茧。

安排完毕，他选了几件值钱的珍宝，用箱子装了，驾着马车，载着李维凤前往李家大院。到了李家门口，李中原从里面迎了出来。李维凤下车后双膝一跪，哭道："爹，女儿不孝！"

李中原扑下台阶扶起李维凤，狠狠地抽了自己两个嘴巴子，哭道："闺女，爹糊涂啊。"

阎立信走过去，低声叫了一声爹。

李中原看了一眼阎立信，又看了看面前已经挽了发髻的李维凤："你们……"

李维凤低声道："爹，回家再说吧。"

几个人进了李家大院，得到消息的满氏追了过来。母女俩见面哭了一阵，李中原朝满氏道："她娘，闺女都回来了，这是天大的喜事，哭啥啊？"

一家人进了屋分头坐下，阎立信和李维凤按着老家的规矩，给李中原和满氏磕了头。起身后，李维凤将她离家遇到约翰加入洋教、在栖霞一带布教遇见阎立信、两人举行洋婚礼的事都说了。只是有一件事，李维凤没说，虽然她是小媳妇打扮，但和阎立信却没有圆房……

李中原抹着眼泪，笑着接连说了几个"好"字，然后道："俺这就找人择日子，马上给你们俩完婚，俺要在柳疃唱上七天七夜的大戏。"

徐德忠在一旁笑道："咱李家的姑爷，现在是六品官了，连县太爷都巴结呢。老爷，俺这就去安排酒菜，把三爷他们都叫过来。"

徐德忠出去后，阎立信把李维善的事说了。李中原发出几声长叹，沉声道："那都是他的命呵！"

看着偎依在一起低声细语的娘俩，李中原低声对阎立信道："俺李家的闺女出嫁不能太寒碜。那几百亩柞树林是你和维善的事，俺不掺和。街上的铺面和作坊给你一半，还有那钱庄里属于俺的股份，分你三成……"

阎立信道："爹，俺别的不要，只想要回属于俺阎家的东西。"

李中原的笑容僵在脸上，过了一会儿，说："这事都怪俺一时糊涂，中，俺找亓满贵要去，大不了多出点银子，把你们阎家的产业还给你。"

阎立信道："亓满贵吃进去的东西，给再多的银子也换不回来。他和俺赌着那口气呢。爹，以后柳疃生意上的事，您多多照应着就行。"

李中原道："如今街面上，有三分之一的铺面和作坊都是合顺旺的了。俺知道你要对付他，多了不说，三四十万两现银俺还是能够拿得出的。"

阎立信笑道："爹，俺不要您的钱。如果您愿意帮俺，那就把您和俺那几位叔的铺面和作坊都设法卖给合顺旺吧。"

李中原顿时瞪圆了眼珠："为啥？买卖靠的就是铺面，没有了铺面，俺做啥？"

阎立信认真地说："爹，合顺旺的铺面越多、开支越大，如果到时候他收不上茧，囊办？"

李中原问："你囊知道他收不到茧？去年他收的春茧就不少，还从掖县那边买了很多生丝呢。"

阎立信带着一种高深莫测的样子："俺出去这一趟干啥了？"

李中原沉思了一会儿："亓满贵不像你爹，在莱阳那边有几百亩柞树林，他在柳疃只有几十亩，其余的全靠收购。你想控制他的货源？可俺听说他现在主要做洋布和南方丝绸了。"

阎立信说："南方丝绸的市场价每匹大约十五两，咱的白绸成本都在十二两以上，卖价比南方丝绸还高，所以卖不过的。如果俺将成本控制在八两之内，每匹丝绸的卖价不超过十两，您认为他的买卖还能做吗？至于洋布，俺看他也做不了多久了，他从同升手里拿货，人家可赚了他一大笔。"

李中原惊道："俺听说你从广东买来了新机器，徐管家和你三叔都去看过。这蚕茧价是没法降低的，除非在缫丝、纺织上节约成本。听说你养了一个外地人，成天在宅子里捣鼓着染绸子，有这事吧？咱柳疃的白绸可染不了，几代人都试过的。"

阎立信说："那是咱们以前不懂囊染，咱的柞蚕茧胶质多、杂质多，只要设法除掉胶质和杂质，就能和南方绸布那样染上颜色，俺要用花绸打出天有信的名号，这才是俺真正要做的。"

李中原又接连说了几个"好"字，开心道："这就是你把阎家特有的

第十八章

织绸工艺教给大家的原因吧？"

阎立信说："不错，俺去广东看过。以前，咱这边两三个人一台机子，五天才出一匹绸，就算是俺阎家的织机也快不了多少。换上那机器后，一个人一天就能出一匹。缫丝机器也一样，比以前的人工缫丝快十倍以上。洋人把鸦片卖给大清，赚走咱们的银子。俺要把丝绸卖到他们那边去，把银子给赚回来。到时候，洋商就会直接到柳疃来进货，柳疃周边那些纺织户也能赚银子、有饭吃，甚至可以拿绸布当银子使用。做买卖可不能只顾自家，咱吃大鱼大肉，也得留点汤给乡亲们喝，是不是这个理啊？"

李中原一拍大腿："好，俺支持你！"

阎立信说："爹，俺今儿对您说的话，可千万不要对外人说。否则，俺对付合顺旺的招数就不灵了，而且很可能被他反制，俺还会亏得一塌糊涂啊。"

李中原笑道："俺明白！"说着，李家几个兄弟都过来了，陪着阎立信喝了酒。李中茂借着几分酒意，把阎立信夸上了天，顺带着数落了大哥几句。

李中原也不介意，微笑着承认自己是一时糊涂。

酒席散了，又喝了一会儿茶，几个人聊了生意上的事。临别时，李中原在阎立信的耳边嘀咕了一句："你哥那事，有空找高总镖头聊聊！"

阎立信意味深长地看了一眼李中原，在李维凤恋恋不舍的目光中，独自离开了李家大院。

回到家，他让高友亭把镖行总镖头高通达请来喝酒。高通达不愧是走南闯北的人，屁股一坐下，就直接把话挑明了："俺知道你想问什么，走镖靠的是交情，江湖规矩不能破啊。押镖过来的人既然不肯说货主是什么人，您就甭问了。"

阎立信盯着高通达好一会儿，才缓慢地问："如果当初俺哥请您帮忙护镖，应该就不会出事了吧？"

高通达的眼神有些躲闪起来："俺高家镖行在柳疃十几年，帮着各家商号押送货物，从来没有出过岔子。你哥那事，俺没法回答你！"

阎立信给高通达斟满酒："俺知道你们的规矩，俺不问了。俺想求您一件事，帮忙打听镇山东那股土匪的老巢，这总可以吧？需要多少银子，俺给就是。"

高通达问："为啥？"

阎立信先干为敬,说:"俺哥是回来了,可俺嫂子和侄子呢?死活也得给个信吧?您不是说江湖也有江湖规矩吗?俺就想知道他们到底囊地啦!俺担着心呢!"

高通达也爽快:"中,俺尽量找朋友帮忙,但俺把丑话说在前头,不一定有消息。即便有了消息,你可别犯浑,刀口上舔血的人,惹不起啊!"

阎立信点了点头,他已经得到了想要的答案,接连和高通达喝了几盅。送走了高通达,他来到厂房内,看见王师傅正领着人挑着灯笼在安装机器。在茧子下来前,必须把所有机器安装到位,并调试好。

阎立信把长褂一脱,和大家一起干起来。十天后,机器安装完毕,开始调试。外面的大型蒸汽机内烧起了熊熊大火,那巨大的轰鸣声整个柳疃都能听到。很多人还跑到厂子边沿的高垄子上,踮起脚跟看热闹。

看着机器飞速旋转,阎立信疲惫的脸上终于露出了笑容。这种脚踏织机不但速度快,而且丝线均匀。他记录着测试的数据,眉头却渐渐锁紧了。虽然成本降低了,但没有达到他的期望值,还必须想法对机器做进一步改进。

王师傅告诉他,这已经是最快了。如果还想再快,就只有在蒸汽的轮轴上动心思,但超快的转动会加速机械损耗,减短使用寿命。

阎立信和王师傅研究了两天,也没有研究出好的办法来。魏掌柜因事前来找阎立信,看了一会儿后,拿出了他当时从原来的机械上拆下的配件,试试能不能用上。

魏掌柜拿出的这些配件,都是原先阎家作坊老机器上的,根本不配套。但那些配件增加了缫丝的股数,如果能够装到新机器上,肯定能体现出阎家特有的缫丝和纺织技巧来,而且不拖缓速度。可问题是,那些配件都要按原来的构造重新加工,机械上的事差一丝一毫都不行。

离春茧下来还有一个多月,新的纺织机械需要调整,必须尽快调试完成。于是,阎立信让人带着图纸立即赶赴青岛,找官方的机械制造厂重新定制,一个字:快!

第十九章

春天来得悄然不觉，就如少女一般，羞涩而含蓄。小草在料峭的寒风中从土里探出头，展开了娇弱的身躯。等人们察觉麦子返青的时候，漫山遍野的野花已经笑得灿烂了。

阎立信天天忙忙碌碌，他的计划也在有条不紊地实施着。很快，柳疃街上就传出天有信想要买铺面的消息，有人看到魏掌柜接连去找了几个铺面的老板……

就在阎立信和李维凤大喜的前三天，亓满贵回来了，一起回来的除了孟四海，还有好几位老板。原来，李中原择好日子后，第一时间派人给他们送去了请柬。他的面子，京城那边的人不会不给的。

孟四海到柳疃后，急匆匆地寻到了天有信刚建成的厂房，一头撞了进去。阎立信正和王师傅领着十几个小伙子在安装和调试机器，见孟四海进来，忙迎了出去："叔，您回来了？"

孟四海将阎立信拉进一间屋子，关上门，指着他的鼻子，压低声音骂道："你……你小子，居然敢阴我……"

阎立信微笑着："叔，别急，慢慢说，咱现在是在柳疃，说家乡话亲切一些。"

孟四海怒道："你安的啥心？那盒子里装的是啥？"

阎立信问："您打开了？"

孟四海气呼呼地说："你一走就是几个月，早过了咱俩约定的期限了，南方丝绸一匹也没见，俺不打开看看还囔地？"

阎立信问："那两颗珠子呢？"

孟四海的眼珠子都要瞪出来了："那是玻璃球球，你小子拿两个玻璃珠子当夜明珠玩你叔呢？"

阎立信坏坏地笑起来，走到孟四海面前，低声说："叔，你为啥没有提契约的事？只要你打开了盒子，那就是你认账了啊。眼睛长在你脸上，珠子也是你亲自看过的。至于如何变的，你没看出来吧？就像俺爹没看出你一样，他死的时候，都当你是兄弟呢！"

孟四海往后退了两步："你……你啥意思？俺和你爹可是几十年的兄弟，俺囊对不起他了？"

阎立信的眼神变得复杂起来："马大叔自杀的那天晚上，俺爹让满驼子给他送吃的东西，遇见在里面和他吵架的应该就是你吧？俺爹以为马大叔只是被姓亓的利用了，可他怎么都没想到，中间还夹着个你呢！马大叔跟了俺爹这么多年，他知道亓、阎两家的恩怨，俺相信他不会被亓满贵轻易利用，但你不一样，他和俺爹都相信你，也只有你才知道天有信的漏洞在哪里，是你在入宫的丝绸里动了手脚，对吧？你这么害俺爹，对你有啥好处啊？"

孟四海的脸色瞬间变得死灰，定了定神，道："就算有人听到俺和马清泉吵架，也不能断定就是俺杀了他吧，证据呢？俺害你爹，对俺有啥好处？那种损人不利己的事，你认为俺会干吗？俺和你爹是多年的兄弟，没有任何恩怨，凭啥害他啊？到底是谁告诉你的？"

阎立信道："孟叔，俺记得你有一件蓝色大褂，咋不穿了？是被人撕破了吧？你睡觉的时候，有没有梦见马大叔来找你？天有信出事，你落井下石扣下了天津过来的五万两银子；俺爹生病后，看守门口的是顺天府的官兵，可俺舅舅他们那十万两银子一进门，景大人就带着人到了，当时除了你，没有人能够通知景大人。你从景大人那里分了不少吧？那晚景大人来天有信喝酒，他是内务府广储司三品郎中，凭啥来俺这里？那是他去找你，你不在，你的伙计告诉他，你在俺这里，他才找来的吧？俺酒醉退出，你和他说话的声音虽然很低，可二柱都听到了。天有信的丝绸入宫，俺爹没把你当外人，都是让你帮忙一起陪着景大人，所以你就搭上了景大人的线。亓满贵要是有你和景大人这关系，也用不着把女儿嫁给朱大人的傻儿子了。你华昌商号的丝绸比不过天有信，进不了宫，你内心嫉妒，便不顾一切利用亓满贵，使大家都认为，天有信就是亓满贵害的。你为了显示自己的仗义，还演了一出苦肉计，让人把你抓进了大狱。其实，你和俺都知道，只要有钱上下打点，住在里面跟住在家里没有啥区别。孟叔，你这一招真的很精明，几乎瞒过了所有人。你知道俺为啥怀疑你吗？其一，俺在马大

第十九章

叔床边捡到你的一粒扣子；其二，你不该买下俺家的那所宅子。你知道山东人做买卖都是现银交易，都有自家的银窖。天有信这么大的买卖，银子肯定不少。可出事之后，官府在铺面和老宅都没有搜出多少银子，俺爹一直在老宅里住着，你怀疑银窖在老宅，所以买下来后挖地三尺，把那棵老枣树都挖掉了，也没有找到银子。最后，你失望了吧？你没想到的是，马大叔留了一手，写了一张条子塞在了夹缝里。如今，马大叔已经死了，天有信遭了一劫，俺不想再折腾了。看在你服侍俺爹那些天的情分上，俺放过你。俺还答应你，不会把你杀马大叔的事告诉马永顺。"

孟四海呆了片刻，顾自笑了几声："俺告诉你，那晚俺确实和老马吵架了，也动了手，但俺真没杀他。第二天早上，马永顺带人到铺面，那门闩是从里面插着的。没想到啊，阎家出了你这么个厉害角色。不错，不错，阎大哥后继有人了，俺服了。往后骑驴看唱本——走着瞧吧！"

阎立信心里咯噔一下，难道马大叔是别人所杀，那个人究竟是谁呢？他虽然那么想着，但脸上仍挂着微笑，说："别走着瞧，往后咱叔侄还是生意上的同行。俺最喜欢听你唠嗑，你教了俺很多东西。"

阎立信走过去，陪着孟四海一同出了屋子，送出厂门的时候，还不忘叮嘱到时候多喝几杯。

就在阎立信和孟四海说话的时候，李中原和亓满贵也在说着事。还是在那间写过"财源广进"的书房，只不过两人的脸色都不如原先那么春风得意了，各自都藏着心事。

李中原寒暄了几句，主动提出收回他转卖给亓满贵的那些阎家的产业，在原来的基础上加两万两银子。正如阎立信预料的那样，亓满贵委婉地拒绝了："李老板，俺合顺旺还没到卖铺面的地步啊！"

既然亓满贵不卖，李中原愿意拿铺面和作坊交换，且多给两个铺面。亓满贵道："买卖归买卖，他阎家老二想要回那些铺面和作坊，让他自己来呀！"

李中原脸上有些挂不住了："俺的面子你都不给吗？"

亓满贵微笑着："这是俺和阎家的事，虽然阎老二成了你的乘龙快婿，李、阎两家合为一家，可那是俺和阎家的旧账，不关你李家啥事。阎老二进了大牢，你没少往县衙跑吧？人家那几百亩柞树林，你开价三十五万两，做得挺漂亮啊。要不是阎老二又转过来了，你那笔买卖可就赚大了啊！"

李中原脸色阴沉起来："你合顺旺在柳疃有二三十个铺面和作坊，既然是做买卖的,咱们就谈买卖呗!"

亓满贵从李中原的话中听出了玄机,冷笑道:"李老板,在柳疃就数你们李家势力最大。俺明白,你那女婿不过是老佛爷赏赐的六品,别拿来压人。京城满大街走的都是四五品官呢!老佛爷和洋人打交道,还得仰仗总理事务衙门,俺亲家就在总理事务衙门呢。俺的那些铺面和作坊就算关了门也不卖。俺现在卖洋布,和同升合作,生意好着呢!"

李中原也知道,同升洋布庄的买卖做得很大。如果任由洋布泛滥,丝绸的买卖还能做下去吗?他拱手道:"行啊,那俺就祝亓老板买卖兴隆了!"

亓满贵说:"你女婿把他家的织机本事都教给了大伙,如今柳疃街上的白绸都掉到八两二了。俺在京囤了一万多匹八两五的白绸,买卖囊做啊?他在庄西头建厂子装机器,听说还请人捣鼓花绸布,他这是要大干一场啊!"

李中原笑着说:"那是他的事,俺不掺和。俺打算把街上的一半铺面作为陪嫁,省得他纺出来的货没地方卖。你猜怎么着?他居然不要,还让魏掌柜帮着买别人家的铺面,这是在打俺的脸呢。你知道,俺家里也出了不少事,老大在莱阳那边,老二还小,俺老了,让年轻人干去吧。俺往后就领着儿子和孙子玩耍了。你和俺不同,开始做洋布了,柳疃绸布买卖不做也罢!"

亓满贵一时没闹明白李中原的话究竟是什么意思。他离开李家大院,回到家才休息了一会儿,一同从京来的程老板就找上门了,说魏掌柜和李家四爷在谈事,好像天有信要买下李家的那些铺面,为银子的事情没谈拢。李家总共要八万两,可魏掌柜坚持出五万两,天底下居然有这样的奇事。既然女儿都是人家的了,干脆送给阎家得了,还来这一出,不知唱的什么戏?

程老板走后,亓满贵想了一个下午,终于明白李中原是想把铺面给阎立信,让李、阎两家合为一家,然后排挤他合顺旺的生意!

傍晚,他让人去请李中茂喝酒,要探探底。李中茂和他的私交关系还不错,为人比李中原要实诚一些。

几杯酒喝下来,李中茂那打结的舌头里蹦出几句话:"俺收的是俺家下面几个兄弟的铺面钱,大哥的那些铺面看着是搭在一起,其实是送给阎立信的。"

李中茂的话，证明亓满贵的猜测没错。他在心里早就算过了，李家兄弟那十几个铺面不少于十万两，一旦让李、阎两家谈拢，在柳疃这边，他合顺旺的买卖真的会受到很大排挤。李中原想拿铺面换走阎家的产业，他没有答应，没想到李中原就使出了这一招。

　　其实，阎家的那几间作坊到了他手上后，由于关键的零件不见了，缫丝和纺织都受到很大影响，几乎没啥用，而铺面的生意虽然靠着天有信的老客户做了一些，也没赚多少。

　　阎立信从大狱里出来没多久，就去合顺旺商号找过亓学文。两人聊天的时候，有伙计听到阎立信说要盘回阎家的产业。也就是说，阎立信对那些铺面和作坊志在必得。

　　亓满贵思考了一个晚上，与其让阎立信得到李家的那么多铺面，不如他来一招釜底抽薪。李中原不是为了维护脸面，愿意多出铺面换回阎家的产业吗？行，那就再加一点，拿李家兄弟所有的铺面来换。到时候，柳疃一大半的铺面都在卖合顺旺的丝绸和洋布，看阎立信还怎么做买卖。就让天有信纺织出来的丝绸堆在仓库里发霉吧！

　　打定了主意，亓满贵简单用过了早饭，套了车往李家大院赶。正如他所预料的那样，李中原宁愿出银子，也不愿意拿李家兄弟所有的铺面交换。两人谈得很不投机，最后亓满贵做出让步，另外加现银三万两。

　　所有的契约签署完，亓满贵在支付了三万现银后，似乎感觉有些不妥，但他想来想去，也不知道问题出在哪里。合顺旺以低于市场价的方式，得到了李家兄弟在柳疃街上的铺面。这笔买卖，他是稳赚不赔的。李家兄弟做生意那么多年，难道为了阎家的那些铺面和作坊，甘愿做赔本的买卖吗？

　　不管怎么说，他合顺旺不管在京城还是在柳疃，都成了第一大商号。当天下午，他让人把那些铺面全都换成了合顺旺的牌子。他从街头走到街尾，感觉每一步都走得很稳当，心里也很舒坦。别以为阎老二从广东运来一些洋人的机器，就能翻了天了。这买卖不在铺面上做，难道去厂子里谈吗？那岂不成了笑话？有本事把厂子搬到大街上来啊！

　　亓满贵在街上迈着轻快而稳健的脚步时，阎立信却脱去外衣钻到了机器下面，帮着王师傅一起调试机器。脸上沾了机油，用手一抹，顿时成了戏台上的"猛张飞"，惹得旁边的人哈哈大笑。

　　只要有了银子，没有办不成的事。青岛那边的机械厂以最快的速度赶出了几个样品，只要样品没有问题，就立马投入批量生产。

新的缫丝机器将传统的手工操作改为用脚控制，同时保持了水温，原先两三个人的活，现在只要一个人就行。抽丝的过程既快捷又不断丝，且生丝保持了应有的弹性。单就这一项，至少节约两成的成本。由于损耗都在零部件上，不影响整体机械的使用寿命，只需勤更换零部件，多保养就行。

阎立信整日在机器旁边帮忙，吃住都在厂里，直到舅舅周华仁在婚礼的头一天从东北赶到，才去厂子里把他逮回了阎家老宅。

在阎立德住过的那间屋子里，甥舅二人先抹了一阵子眼泪，然后叽里咕噜说了半天，连外面负责布置新房的魏掌柜都没听清说的啥……

阎立信的父母和长兄都没了，自然一切由舅舅做主。周华仁不顾长途劳累，以阎家长辈人的身份和魏掌柜、高友亭一起招待着前来道喜的朋友。下午，徐知县亲自上门道喜，周华仁却满屋子找不到阎立信了。

魏掌柜派人去厂子里找，去找的人回来说："东家和王师傅都不见了！"

明天就要做新郎了，居然不知道去了哪里。最后，还是魏海生跑来告诉周华仁："二少爷和王师傅骑马去了潍县，说明天一早回来迎亲。"

周华仁急得直跺脚，只得求徐知县谅解。徐知县并不介意，在魏掌柜的陪同下去了李家大院。

李、阎两家联姻，是柳疃几十年不遇的大事。李中原早就命人请来了六个戏班，搭起了大戏台，从街头到街尾，摆上了流水席。路过的客人和附近的村民尽可敞开肚皮吃喝。就这阵势，已经超过了亓家大少爷考上举人时的排场。

迎亲的时辰是事先定下的，李家巳时初刻发亲，午时过门。按照时辰，新郎应提前到达李家门口，举行迎送仪式。

阎家迎亲的队伍，光是唢呐手就有二十个，加上抬轿子的、扛喜牌的、抬食盒的、挑子孙担的，还有开道的三十个洋枪队员，有一百多人。这阵势，整个昌邑都找不出第二家。远近几个村的人都跑来看热闹。

眼看吉时将近，饶是周华仁见过大场面，也急得手足无措。派了两拨人骑快马去潍县找，也没有消息。吉时不能错过，万一阎立信还没到，就找同族兄弟阎立昌先顶上去，把新娘子接回来再说。

阎立昌已经穿上了新郎装，骑在了马上，就等着周华仁点头出发。

庄东头那边不断传来轰天雷的声声巨响，那是李家在通知阎家尽快赶

第十九章

去迎亲呢!

周华仁下了决心,朝魏掌柜点了点头。魏掌柜的大手一挥,唢呐声和鞭炮声同时响起,响彻柳疃的上空。这时,不知谁喊了一声:"来了!"

只见庄西头狂奔过来一匹快马,马上正是阎立信。魏掌柜喊:"赶快准备!"

阎立昌赶紧下马,三两下脱了新郎服。阎立信飞身下马换上衣服后,周华仁叫起来:"你那脸咋啦?"

这时,大家才看清,阎立信的脸就像包公一般漆黑。高友亭端着一盆水快步上前,阎立信急忙洗了一把,见整盆水都黑了。他又匆忙抹了几把,上了马,和迎亲队伍一起,朝着街东头而去……

在顺义酒家的二楼,亓满贵眯着眼睛看着街上的迎亲队伍。那时,他就是站在这里看着阎家老大押着四十多万两银子离去的,脸上同样充满高深莫测的微笑。

一个声音从身后传来:"真是世事难料啊!"

亓满贵扭头看了一眼,说:"你我还是不要走得太近,当心着点。"

孟四海走到亓满贵身边:"亓老板处处小心,可还是上了别人的道。听说你搭上三万两银子,用阎家的产业换成了李家兄弟的铺面,这生意看着是赚了不少。可你想过没有,李家兄弟的铺面都在东边,可他们的银号,还有作坊都在西边呢。阎立信在西边开厂子,而且拓宽了西边的道路,往西南可通潍县,往南可通昌邑。听说还要盖屋子建一条新街,往后的买卖基本都在西街。李家玩的这一招,那叫一个绝啊!"

亓满贵脸色一变,冷笑着:"大不了俺卖煎饼和洋布。"

孟四海笑着说:"就是,洋布的买卖比丝绸好多了。亓老板,人家开厂子,你咋不开呢?到时候你那些铺面,总不能都卖洋布和煎饼吧?俺看明白了,阎家老二就是想控制货源,到时候咱们都得看他的眼皮子。"

亓满贵笑起来:"他阎老二多大的手掌啊?能盖住天!虽说柳疃如今家家户户都织绸子,可也要咱的店铺帮忙卖啊。难不成像赶集那样,去街上摆摊吧?"

亓满贵没有想到的是,还真让他说中了。几年以后,柳疃逐渐形成了丝绸大集,从清末到民国初年到达巅峰。各地赶来的客商和洋商都在集上坐着买卖,每天现银进出都十几万两。在这种环境下,催生了一种柳疃独有的赌博方式——撞银。两个财大气粗的老板,通过撞银的方式定输赢,赢了的控制银价和丝绸价格，输了的则瞬间倾家荡产。

孟四海赔着小心："俺看阎二根本不会做买卖。不过，有一件事，俺至今没想明白……"

亓满贵打断了孟四海的话："俺知道你想说啥，那件事所有的人都没闹明白。阎于诚为了堵上窟窿，让他大儿子把莱阳的山林都抵给了李中原，可阎家老二出狱后回来了一趟，哪来的那么多银子呢？"

孟四海点头道："就是啊，都要卖阎家老宅了。可最后他除了银子，还有很多珠宝呢。听说他带着洋枪队去平了一窝土匪，俺找人打听过，洋枪队到了德州那边山里，开了一阵子枪，连一个土匪都没打死。土匪就那么轻易让他把银子抢走了？前阵子，有镖行押来几十万两银子，就是阎家老大被土匪劫走的那些，你说土匪囊就那么好心呢，人都杀了，还会把银子给他送回来？"

亓满贵低着头自言自语："难道他真的通匪？"

孟四海嘿嘿笑了："他有没有通匪，你比俺还明白！"

亓满贵眉头一扬："姓孟的，你啥意思？"

孟四海笑了："亓老板，别看了，越看越糟心。走，去李家喝酒去。过几天是蚕神娘娘的祭祀节，俺想看着你给大家主持呢！"

这时，亓满贵的眼睛还望着骑在马上的阎立信。阎立信双手作揖，朝挤在两边看热闹的乡民频频施礼，后面跟着那顶十六人的大花轿，被十六个汉子抬出了庄重和威严。

亓满贵的瞳孔渐渐缩紧了，嘴唇颤抖着蹦出三个字："喝酒去！"

在李家大院的正厅堂屋内，已经摆上了山珍海味。整个李家大院披红挂彩，下人们来来往往忙碌着，一派欢乐喜庆之气。

徐德忠走进会客厅，朝李中原和徐知县躬身道："大人、老爷，请上席，四爷和五爷他们都在等着了。"

待李中原起身后，徐德忠上前低声说："亓老板和孟老板他们几个还没来，俺已经找人去催了。"

李中原没有说话。当他陪着徐知县走出客厅时，亓满贵和孟四海正从大门那边的照壁转进来。几个人见了面，免不了一阵寒暄，一起拥着徐知县进入正厅。

在李家大院东北角的小跨院内，李维善正和卢氏看着李思远玩耍。按当地规矩，他是新丧妻之人，不能出席喜庆酒宴。但妹妹出嫁，当兄长的

必须前来送嫁。他送李维凤出嫁后,便领着儿子来到了小跨院。

卢氏仍住在原先的宅子里,由几个下人伺候着,倒也不寂寞。她刚陪着婆婆站了好一会儿,觉得有些累,便偷空回来了。在她的心中,丈夫就是她的天,儿子是她的地。

卢氏望着丈夫,柔声说:"你要是相信俺,等那俩孩子大一些,让俺给带着。俺待他们会和思远一样,这样与思远一起长大,也有感情。"

李维善道:"俺知道你人好,可是孩子姥爷不让,随便他们吧。"

卢氏说:"等过一阵子,让爹再给你物色一个。"

李维善苦笑了一下:"俺就这命,认了。俺有你就行了,可不敢给你名分,怕害了你。等俺在莱阳那边完全立足了,就把你和儿子都接过去。俺过两天就走,那边的机器都等着安装呢,不能缺人。咱妹夫在掖县、招远和栖霞都预订了茧子,他那摊子铺大了,可不能出岔子了。"

卢氏问:"俺听说咱家的铺面都卖给合顺旺了,到时候绸子出来咋卖啊?"

李维善微笑起来:"柳疃才多大啊?由着他合顺旺折腾去。放心吧,到时候整个北方和西洋人那边都是天有信和恒信的天下。咱妹夫想通过新机器把成本降到八两,就像最开始的洋布买卖一样,平价走量,先把字号打出去。"

卢氏低声说:"你们男人的事俺不懂,不过俺知道,买卖是大家做的。你们要是断了别人的财路,别人不会害你们吗?"

李维善正要说话,见从外面跑进来一个孩子,是他同父异母的弟弟李维福。李维福比李思远大一岁,两个人经常在一起玩,叔侄二人感情很好。李维福的手里拿了两根糖葫芦,递了一根给李思远。

卢氏见没有用人跟进来,便起身问:"他叔,你娘呢?"

李维福拉了李思远的手就往屋里走,头也不回地说:"俺娘在屋里哭呢。"

卢氏和李维善相视一望,都有些吃惊。今天是李维凤大喜的日子,刘氏虽然是小娘,可也不会这么不识时务。卢氏对李维善道:"你看着他俩,俺过去看看。"

正厅之外的院子里都摆满了桌子,那是李家普通客人喝酒的地方,女眷被安排在几处客堂。男人已经上桌,女眷也应该准备去了。

卢氏径自来到刘氏住的内宅,见门关着。刚要上前敲门,却见门开了,刘氏从里面走了出来。

一见到卢氏，刘氏眼中闪过一丝惊慌和错愕，问："你怎么来了，不去陪着你娘？"

卢氏笑着说："听小叔说你在屋里哭，俺过来看看。他们叔侄俩在小跨院玩呢，孩子他爹看着。"

刘氏往鬓间插了一朵红花，又整了整发髻，笑着说："孩子说瞎话你也信？我是替维凤开心呢！"她走到卢氏身边："我们女人图什么？就是一个名分，你让他哥把你扶正算了，省得大院里的人狗眼看人低，都像看我一样看着你呢。"

卢氏笑道："俺跟他的时候就没想过那事，只要他对俺好就成。大院里事儿多，俺也不想住进来。不说了，走，喝酒去！"

两人并肩往外走的时候，卢氏闻到刘氏身上有一股怪怪的味道。她微微颦了颦眉头，没有说话。

午时正阳，就在卢氏和刘氏站在满氏身边陪着女眷们喝酒的时候，阎立信和李维凤已经在铺天盖地的鞭炮声中拜完堂，进了洞房。同族的兄弟们一番嬉闹之后，被高友亭给赶了出去。

阎立信挑开李维凤的红盖头，见李维凤秀眉粉脸、朱唇含羞，登时看呆了，情不自禁地说："真俊！"

李维凤抬起头，风情万种地望着阎立信："从今儿起，俺就是真正的阎家人了。"

阎立信从衣内掏出一个玉镯子，郑重地套在李维凤手上，柔声道："这是俺娘留给俺和俺哥的，一人一个。俺哥的那个给了嫂子，这个是留给你的。"

李维凤轻轻地摸着镯子，感叹道："可惜嫂子不知道在哪里？"话音刚落，只觉得整栋老宅一震，随着一声巨响，房顶的泥土扑簌簌地下落……

阎立信愣了一下，拉开门冲了出去，问："囊地了？"

外面堂屋里玩耍喝酒的人也是一脸茫然，一齐冲出屋子，站在院子里循着爆炸的方向望去，只见工厂那边一股巨大的黑烟冲天而起。

阎立信顿时脸色大变，拔腿朝工厂那边跑去。当他冲进厂子时，见地上躺着十几个哀号的人，燃着的煤渣和炭火落得到处都是，现场一片狼藉。他看到了一个圆形的大铁片，一颗心霎时沉到了谷底：蒸汽机爆炸了！

此前，他一直想加快机械动力，尽管换了零部件，仍没有达到他想要的速度。他与王师傅分析后，认为可以在蒸汽机上动一点心思。他不顾婚期已到，就和王师傅骑马前往坊子。他知道，那里产煤，只要找到上等的好煤，就能加大蒸汽机的牵引力。

　　联系好煤炭后，阎立信赶回来迎亲，王师傅押着两大车优质煤炭回到了工厂。尽管魏掌柜让人送来了酒菜，让王师傅歇息一下，好好喝一杯。可王师傅为了尽快得出机械动力的结果，不知疲倦地立即投入了实验。

　　果然，锅炉内加入好煤后，蒸汽机的动力提升了两成。但事与愿违，他还没来得及高兴，蒸汽机就发生了爆炸，连同他在内的十几个人都被巨大的冲力抛了出去。

　　阎立信望着眼前的一切，呆呆地站在那里，蒙了……

第二十章

太阳正晌,照耀着四处飘荡的云雾烟尘。蒸汽机爆炸了,就没有了动力,厂子里的那几百台机器都成了摆设。就算从广东再运来机器,最快也要两个月。而一个半月后,蚕茧就要下来了。

魏掌柜和高友亭领着大伙也赶来了,立即救人和灭火。有人走到阎立信面前说了几句话,他根本听不到对方在说什么,就这么呆呆地看着人来人往。

这时,一个红色的影子飘到他面前,他认出是李维凤,但他只看见李维凤那两片嘴唇上下动着,却什么也听不见。渐渐地,他看到李维凤化成了一朵红色的云彩,慢悠悠飞了起来,与半空中的那团乌云纠缠在一起,拼命地撕咬挣扎着,最后整个天空都黑了……

不知过了多久,他朦胧中好像听到了徐郎中的声音:"是急火攻心,不碍事的。"

阎立信努力睁开眼睛,见面前晃动着一张张熟悉的脸,使劲张了张口,问:"王师傅咋样了?"

魏掌柜道:"还没醒,徐郎中检查过了,说没啥事,在隔壁屋里躺着呢。"

阎立信挣扎着起来,被李维凤按住了。他瞪圆了眼珠子,朝李维凤吼道:"俺还能躺得住吗?"

李维凤一惊,赶紧退到一旁。阎立信起了身,推开众人,踉跄着迈进隔壁的屋子,见王师傅的头上缠着绷带,眼睛紧闭着,脸上还有血迹。他在炕头上坐了下来,静静地望着王师傅。周华仁、张冲和魏掌柜也走了进来,担忧地望着他,谁也不敢吭声。

阎立信就那么坐着,一动也不动,脸色比北海的海水还青。过了好一阵子,王师傅的眼皮动了动。他赶紧抓起王师傅的手,哑声道:"王师傅,

是俺害了你啊！"

王师傅睁开眼睛，虚弱地说："再从广东运……蒸汽机……来不及了……只要有银子……找洋人……"

阎立信问："干吗找洋人？"

王师傅说："同船到……青岛的……还有两台……德国洋人的蒸汽机……功率大……准行……"

阎立信点了点头："好，俺这就去办！"

他转身出了屋子，小跑着来到洞房，见李维凤坐在炕边，正在那里倒酒喝。他走过去，从李维凤手里抢过碗一口干了，低声说："媳妇，对不起了，俺不该朝你吼！"

李维凤抬起头，两道亮晶晶的泪珠子顺颊滚落，泪眼婆婆地望着阎立信，突然扑哧笑了："往后俺也吼你！"

阎立信也笑了，搂住李维凤："中！"他在李维凤的脸上亲了一口："俺要去找约翰神父，求他帮俺另弄台机器，你在家里等着俺。"

李维凤说："俺记得鲍尔神父说过，他会修机器。"

阎立信点点头，从炕上抓了一把花生，扭头出了屋子，对魏海生道："叫上几个人，马上跟俺走！"

周华仁抓住阎立信的胳膊道："你去哪儿？今天可是你大喜的日子啊，说什么也不能走！"

阎立信道："舅，厂子是俺的命啊，俺必须另捣鼓机器去，管不了那么多了。"说完，背上洋枪，骑上马，领着魏海生他们几个人，一溜烟出了柳疃往东而去……

工厂发生爆炸的时候，李中原正给大家敬酒。那巨大的声音把所有人都镇住了。几个人出了正厅，只见西边冲起了一股浓烟。

李中原吩咐徐德忠："马上派人去看看！"

没多一会儿，消息传来，锅炉炸了，伤了十几个人。不久，又有消息传来，阎立信带着人离开了柳疃，不知道去了哪里……

李中原愣了一会儿，念叨起来："囊会这样呢？"

站在李中原身后的孟四海朝亓满贵望了一眼，两人的眼神中透露出另外一层意思。

在跨院中陪着两个孩子玩耍的李维善，也看到了西边的冲天烟柱，赶

第二十章

紧吩咐用人看着孩子，拔腿出了李家大院。当他跑到十字路口，见阎立信骑马呼啸而过，后面跟着几个背着洋枪的小伙子。他来到厂里，见几个人正在打扫。他抓住一个人问道："囊地会炸了呢？"

那人道："俺也不知道，王师傅和二少爷从坊子拉来了上好的煤炭，烧了没多一会儿就炸了。"

李维善在厂子里转了一圈，没见到一个管事的人。他走进车间想看看里面的情况，却见一个人低着头从另一道门快步离开了。

他顿时感觉到有一丝不对，阎立信对他说过，缫丝车间必须保持干净整洁，不能随便让人进入，而且进出都要换鞋。莱阳那边的工厂也是照着图纸建设的，所以他知道对面那扇门的后面是传动力控制室，只有干活的师傅才能进去。

他立马追了过去，刚推开门，只见眼前亮光一闪。他下意识地往旁边一闪，随即下腹一阵剧痛，低头一看，一把刀插在了他的腹部。

从里面冲出来一个人，用手遮着脸。李维善的手往前一抓，扯住了那人的辫子。不料，那人用力一挣，居然挣脱了，辫子也掉了下来，一溜烟跑了出去。

李维善捂着腹部的伤口，吃力地追了出去，大声喊着："抓贼啊，抓贼……"他倒下去的时候，看到外面来了一群人，为首的是魏掌柜。

原来，阎立信走后没多一会儿，王师傅吃了李维凤给他的药，感觉不疼了，休息了一会儿，就让人去把爆炸后的蒸汽机抬出来，他要检查检查。

记得运回煤炭后，他让人添进锅炉里，火力一大，蒸汽机的动力果然增加了不少。他到传动力控制室里查看了传动机械的情况，也没发现什么问题。这时，他听到蒸汽机的声音变得有点刺耳，急忙赶了过去，只见蒸汽机侧面的一个排气阀似乎被什么东西刮住了。他冲过去的时候，只见眼前晃起一阵带火光的白雾。在巨大的爆炸声中，他的头部不知被什么东西击中，身体也飞了出去，立马就没了知觉……

当损坏的蒸汽机主要部件抬到王师傅面前时，昏迷过去的李维善也被人抬进了阎家老宅。虽然按规矩还没到请舅子①的时间，他不能到阎立信家，可这种情形之下，魏掌柜和周华仁也顾不了那么多了。因为徐郎中就在阎家，阎家还躺着好几个受伤的人呢。

---

① 舅子：方言，妻子的兄弟。

新房内的李维凤见哥哥被人抬进来，连忙把炕上的新被褥移开，直接让人抬到了炕上。她从一旁拖过药箱子，对旁边的徐郎中说："俺想用洋人的方法，您得帮着俺。"

徐郎中点点头："俺也听说洋人会缝伤口，但没见过……"

李维凤顾不得新娘的矜持了，用剪刀剪开了伤口附近的衣服，见伤口在左下腹，有一寸长短，也不知有多深，鲜血从伤口里面涌出来。

李维凤轻轻按了伤口附近，检查了一下，对并未昏迷的哥哥说："真是万幸，没有伤到动脉，出血量不大。只要处理好伤口，缝合一下就行了。"

高友亭和几个阎家同族的老人也坐在外间的堂屋里，看着洞房门口不时掀起的帘子，摇着头叹气："大舅哥带血进新房，这可不是啥好兆头啊！"

徐郎中让人送来了高粱酒，按李维凤的吩咐点上火。李维凤给哥哥注射吗啡后，把那些奇形怪状的洋工具小心地放在火上烤过，然后放在一个银盘内。

虽然李维凤帮着约翰做过很多手术，但都是当助手，干主刀还是第一次。她刚才说的话是在安慰哥哥，其实她心里清楚，哥哥被刺穿了肠子，必须剖腹清肠缝合才行。她在伤口周边做了清理消毒，然后闭上眼睛，回顾了约翰教给她的那些医学知识，深吸了一口气，小心地用手术刀将肚皮划开了……

在李维凤替她哥动手术的时候，王师傅已经从运回来的损件中确认了蒸汽机爆炸的原因。正如他所猜测的那样，是出气阀被人动了手脚，导致蒸汽压力过大而发生了爆炸。

魏掌柜告诉王师傅，那个使坏的家伙已经抓住了，就绑在阎家老宅的马拴上。王师傅让魏掌柜赶紧把人带进来。

蒸汽机是洋玩意，一般人连见都没有见过。安装的时候，村里很多人都来看新鲜。王师傅还求魏掌柜不要随便让人进来，魏掌柜却说都是乡里乡亲，拉不下面子赶人走。再说大家只是看看，也少不了什么。有时候，善心会害了自己。还真是这么回事！

那个汉子被拖进来的时候，显得很平静。二十来岁的模样，长得挺壮实，脸上挂了彩，嘴角还在流血，看起来被人打得不轻。

王师傅支撑起身子，问："若不是懂机械的人，根本不知道那么做。我想知道，究竟是谁教你的？"

那汉子把脖子一扭，一个字也不说。

王师傅已经得到了他想要的答案，接着让人把那汉子带走了。他对魏掌柜说："如果找不到那个幕后主使者，以后这样的事情还会发生。"

魏掌柜道："王师傅，你放心，徐大人还在李家呢，一定会查出来的！"他也知道是自己的疏忽导致了事情发生。将那人带走后，魏掌柜就赶紧让人去请徐大人和李中原，接着派了洋枪队员守护厂子，任何人不得进入。

李中原陪着徐大人来到阎家老宅，对那个被抓的汉子进行了审讯。那汉子也是个硬茬，上了两次刑，晕了一次，还是一个字也不说。

按徐大人的意思，先把那汉子送去县衙大牢，慢慢地审讯，就不信不开口。

李中原觉得，那汉子说不说都无所谓，对阎立信厂子使坏的，除了亓满贵，找不出第二个人。

他向徐大人提出，把那汉子吊在十字路口，先让人认认那汉子是哪里人，找到其家人，就可以让他开口了。

徐大人觉得也有几分道理，同意了李中原的意见。于是，李中原让人把那汉子吊在十字路口的一棵大槐树上，然后通知附近的村民来认人，有认识那汉子的，赏钱一吊。

送走徐大人后，李中原急匆匆来到亓满贵家。亓满贵正与京城回来的几位老板们在喝茶。他见李中原的脚步急促，且脸色难看，忙起身相迎："李老板，今儿你也有时间来喝茶了？"

那几个老板见他俩有事要谈，忙起身告辞。李中原坐下后，压抑着怒气问："你为啥还不放过他？"

亓满贵笑笑："俺听说他的工厂出事了，就知道有人怀疑是俺干的。俺这是泥巴掉进裤裆里——不是屎也是屎了啊。不错,俺确实想过囊对付他，可俺还没来得及呢。再说了，你们李、阎两家现在合为一家，俺要是那么做，不是明摆着没事找抽吗？你知道俺的性格，损人不利己的事，俺可不干。他的工厂出事，整个柳疃的人都说俺的坏话，刚才几位老板还在问这事呢。俺亓满贵也是顶天立地的男人，那种下作的事是不会干的！"

李中原语气缓和了些："真不是你派人干的？"

亓满贵的声音大了起来："俺对天发誓，要是俺让人干的，俺亓家上下十几口不得好死！"

李中原望了亓满贵一眼，虽然亓满贵为人奸猾刁钻，也确实落井下石害过阎立信，可这么赌咒发誓，他还是头一次听到，当下说："那会是谁呢？"

亓满贵说："俺和他们几个也在琢磨着这事。俺听说你女婿带着洋枪队去德州那边平了土匪窝，抢走了人家的财宝，说不定是土匪来报仇呢！"

李中原一时也拿不准，和亓满贵又聊了几句，便离开了亓家。经过街口的时候，见那个汉子被吊在那里，目光阴狠地望着街上的人。有几个顽皮的孩子还用小棍子去戳着玩，一个胆大的男孩还去拽那汉子的裤子。

那汉子急了起来，拼命地扭动着身子，还吐着口水。那个孩子一用力，那汉子的裤子被褪了下来，圈在了脚踝上。

李中原怔怔地望着那汉子的下身，觉得那条白色的带子有些晃眼。他走了过去，见那汉子的裤裆根部包扎着一圈白色的棉布，心道：莫不是男人那玩意受了伤？

他吩咐旁边的年轻人把那汉子的白带子解开，想看看究竟伤在哪里。可白带子解下来后，他前后转了一圈，也没见有伤口，就又给那人提上了裤子。

当地的大老爷们，体面一点的都在里面穿一条宽口大裤衩，也有啥都不穿的，却没见过绑白带子的。

程老板他们几个人也在外围看热闹，见李中原手里捏着那条白带子，上前道："李保正，这人恐怕不是咱这里的人。"

李中原问："你囊看出来的呢？"

程老板笑着说："在京城的澡堂子里，俺听人说，东洋人的裤裆和咱不同，像女人月事一样，兜着条白带儿。俺一直认为是说笑话呢，没曾想今儿见着了。"

李中原愣了："你是说，他是东洋人？"

程老板走过去，脱下那汉子的鞋子，看了看脚趾，回头对李中原道："错不了。俺还听说东洋人穿木屐，大脚趾和其他脚趾是分开的。你看，就这模样，错不了。"

李中原登时呆了，阎立信啥时候惹上东洋人了啊？这洋人不管东洋西洋，可都惹不起啊。他沉默了片刻，让人先把那人放下来，穿上鞋子后押到了祠堂内，并安排几个人严加看守。

突然，那个东洋人哈哈大笑起来，神态狂妄至极，用一口流利的京腔说："识相一点的赶快放我走，否则引起外事争端，你们吃不了兜着走！"

李中原骂起来:"你毁坏工厂机器,还伤了俺儿子,这笔账咋算呢?"

他虽然这么说,可还是让人给那个东洋人送了些吃的,准备次日一早送去县城交给徐大人。朝廷与洋人之间的事情,他不想掺和,也不敢掺和……

在阎家老宅,李维凤终于缝完了最后一针,长长地吁了一口气,把伤口周边再次消了毒,贴上徐郎中的祖传刀伤药。她走出屋子,见天色暗了下来。院子里喝酒的客人都散去了,屋里掌起了灯,还坐满了人。大家都佩服地看着她。她洗完手,笑着道:"都咋啦,来,重新摆酒菜,俺陪大伙喝点!"

魏掌柜叫来几个小伙子,用担架将李维善抬回李家大院,又让几个老婆子帮忙收拾了一下炕头。

李维凤撸起袖子,帮着一起往桌子上端菜。如今,她已是阎家的当家婆,不再是李家的大小姐了。

上了酒菜,李维凤先给自己满满斟了一碗,举起来朝大家道:"在座的都是俺男人的长辈,俺男人出去办事了,俺替他敬大家,往后天有信全靠大伙照应了。虽然今儿出了这样的事,放心,天有信倒不了!俺男人说过,天有信是大伙的,谁都可以入股。俺干了,你们随意!"说完,她咕咚咕咚几大口,把整碗酒给干了。

桌上的男人面面相觑,一大帮爷们硬是被她给镇住了。

老族长叫了一声好,接着颤巍巍地端起酒,说:"不愧是咱阎家的媳妇。来,俺和你走一个,沾沾新娘子的喜气,多活几年。俺老家伙也入一股!"

老族长仰头喝了几口,一碗酒已经不见了一半。魏掌柜和族里的几个老人担心老族长年纪大,急忙连劝带抢,好歹把酒碗给夺了下来。

这时,一个年轻人站起来:"俺陪嫂子喝!"说话的是阎立业,哥哥阎立昌跟着阎立信一起去了青岛。他留下来帮着招呼客人。

阎立业仗着自己年轻,一连和李维凤干了两大碗,第三碗实在喝不下去了。

张冲站起身,说:"来,我敬弟妹一碗!"

李维凤听阎立信说过和张冲结拜兄弟的事,笑道:"哪能让大哥敬俺?大哥不嫌柳疃地方小,一心帮着你兄弟,就这份情谊,弟媳妇也该敬你。"

就这样,李维凤连喝了十几碗,一桌子的大老爷们倒了好几个。外面断断续续传来锣鼓的响声,魏掌柜和高友亭叫嚷着要去看戏,这才给大家解了围……

李维凤歪歪斜斜地走进洞房,一头扎到炕上,抚摸着那大红棉被,搂着鸳鸯枕头,口中喃喃道:"这就是俺的新婚之夜吗?"

她没有想到,此后的一百多年里,柳疃一直流传着——新娘子喝倒了一帮老爷们的故事……

李家果然是大手笔,在街上摆了三天的流水席;几台大戏从白天到晚上,轮番唱个不停,一直唱到了三月二十八。

在柳疃,三月二十八是个特殊的日子。只要养蚕的地方,就有蚕神娘娘的传说。在柳疃一带,蚕神娘娘的传说和南方不一样。相传,明代中期,从南方来了一对逃难的父女。父亲病重,柳疃人见其可怜,就让他们住在了村边几间闲屋里,并不时救济他们。父亲痊愈后,父女俩便在柳疃住了下来。春天来临,村民发现那女孩去地头的柞树上采叶子喂一些黑色的小虫子。没多久,小虫子就变得白白胖胖了。后来,虫子结了茧,父亲和女孩把茧子用水煮过,抽出丝来,然后用那些丝纺成团线,再织成薄薄的布。女孩告诉大家,这布叫"丝绸"。南方都是用桑叶养蚕,这里没有桑叶,她试着用柞树叶子,没想到也能喂养蚕宝宝,而且结出来的蚕丝更加顺滑。丝绸可比棉布贵多了,一匹丝绸在南方值十几吊钱呢。女孩和父亲把柞树养蚕的技术毫无保留地教给了大家,并教他们如何抽丝、如何纺织,还教给人们到东山、南山采集柞蚕。柳疃人纺织出来的丝绸很快就被人贩卖到了青州和济南等地,很是畅销。不久,生意人蜂拥而来。可是,好景不长,一个地主见女孩漂亮能干,便勾结官府,想强娶女孩为妾,并逼柳疃人缴纳丝绸税。父亲坚决不同意,被官府抓去折磨而死。第二天,也就是三月二十八那天,女孩抱着蚕宝宝点燃了自家的屋子,随着青烟上了天……

为了纪念这位女孩,柳疃人在女孩住过的地方建起了蚕神娘娘庙。每年的三月二十八都举行祭拜仪式,附近夏店、东冢、龙池一带的茧农也都赶来祭拜,祈求蚕神娘娘保佑有好的收成。而这一天,也正好是柳疃大集。

从道光年间开始,每年的祭拜都由各商号推举出德高望重的人负责组织,然后与县太爷一起领着大家祭拜。里里外外上千人参加跪拜,场面极为壮观。街上卖鞭炮和香烛的也都能发一笔小财呢。

当李中原手持三支高香和徐知县一起准备躬身祭拜时,人群中突然传出一个声音:"今年姓李的代表不了大伙了。街面上铺面最多的是合顺旺,咱柳疃的商号生意做得最大的也是合顺旺了。"

李中原循声望去，见说话的人是合顺旺一个铺面的掌柜。他转向亓满贵，见亓满贵也正望着他，嘴角荡起一抹得意的微笑。

随着那人的喊声，合顺旺十几个铺面的掌柜也跟着大声附和起来。从京城回来的那几个老板也在窃窃私语。

突然，人群中开始一阵喊叫声："合顺旺、合顺旺、合顺旺……"

徐大人低声对李中原说："我来昌邑没多久，你们之间的事情，我也不好插手啊！"

李中原转身面向大家，凛然道："凡事都有规矩，俺李中原是柳疃街上三十八家商号选出来的，在没有选出新人之前，俺还是领头人。"

亓满贵冷笑道："按当初各家商号定下的规矩，若是领头人做出有损大伙利益的事情，则可以通过大伙的临时决议免除，大伙说是不是啊？"

李中原道："俺可没有做半点有损大伙利益的事情啊。"

亓满贵大声道："你别忘了，前几天你当众吊打东洋人，还扒掉人家的裤子。虽然徐大人及时把人给放了，可这样的奇耻大辱，日本人肯定不会善罢甘休。你李家倒霉，可别连累了大伙呀！"

有人接着说："亓老板说得有道理，大伙可不能不考虑啊。听说朝廷和法国人开战，赔了不少银子，万一日本人也要朝廷赔银子，朝廷肯定是要追究责任的啊。谁家愿意平白无故地出银子啊？"

紧接着，又有人说："是啊，今儿徐大人做证，李老板暂时不代表大伙了，那大伙也就没事了吧？"

这时，孟四海望着李中原，道："李老板，大家也是为大局着想啊！要不您也别跟亓老板争了，选一个可以替代您的青年才俊吧。"

周华仁对孟四海道："孟老板，您啥时候胳膊肘往外拐了？"

孟四海笑着说："周老板，俺只是生意人，俺这么说话，也没有帮着谁啊？你外甥要是在就好了，谁也没法和他争了。"

李中原目光阴冷地望着人群中低声说话的人，柳疃年轻一代的才俊没几个，掰着指头都能数得过来，排列在前面的，一个是他儿子，一个是他女婿，还有就是亓满贵的儿子。他儿子躺在床上，女婿去了外地，亓学文没有回来。这时，人群中传来一个声音："那就让俺来！"

人群闪开处，一个年轻人大步流星地走了过来……

第二十一章

　　李中原自知"虎老了不咬人",自愿退下又觉得有失体面。正在犹豫之际,一看走来的那人,顿时松了一口气。来人正是阎立信。

　　李中原像是抓住了救命稻草,冷冷地对亓满贵道:"行,今儿就让年轻人来吧!"

　　阎立信上前朝徐大人施了礼:"大人,不好意思,俺来晚了一步!"

　　徐大人回礼道:"哪里,哪里?你为本县丝绸业的发展日夜奔波,辛苦了!"

　　阎立信从李中原手里接过三支高香,对亓满贵道:"亓老板,你不会反对吧?"

　　一个声音从外面传来:"俺反对!"随着人群闪开一条道,亓学文面带微笑走了过来。他和徐大人见过礼后,来到阎立信面前,说:"因生意上的事耽搁了,没能参加你的婚礼,请见谅!"

　　亓满贵挑衅地看了李中原一眼,对徐大人说:"大人,今儿是丝绸商号领着大伙祭拜蚕神娘娘的日子,不能以官衔论高低,是吧?"

　　徐大人点点头:"那是,那是。今儿只谈祭拜的事。"

　　亓满贵朝着大家大声道:"俺合顺旺在柳疃街上有一半以上的铺面和作坊,在京城、天津、陕西、直隶有十八家分号。如今,俺不大管事了,儿子才是合顺旺的大老板。有哪个不服的,可以站出来!"

　　人群中一阵骚动,却没有人站出来。

　　亓学文低声对阎立信说:"你果然是大手笔,天有信押着现银去收茧。在掖县、招远一带,上等好茧五钱六分;在栖霞,你那六品官袍把知县都给唬住了。"

　　阎立信脸色微微一变:"你也去了?"

亓学文笑着说："做买卖讲究未雨绸缪，否则俺合顺旺那么多门店拿什么卖啊？不过，俺在那边转了一圈后，将蚕茧的价码提到了六钱四分，看你怎么节约成本吧！"

阎立信看着亓学文："今儿是给蚕神娘娘上香，不提买卖上的事，等会结束后俺请你喝一杯。"说完，他转向大家，大声道："刚才亓老板也说了，今儿是丝绸商号领着大家祭拜蚕神娘娘的日子。俺只想告诉大家，合顺旺如今主要是卖洋布，要拜也是拜他的洋布祖宗去吧！"

魏掌柜在人群中叫了一声："就是啊！"之后也有不少人跟着叫起来。

亓学文大声道："合顺旺卖洋布不假，但那是权宜之策，没办法的办法。但合顺旺是靠丝绸起的家，根本不能忘。今年合顺旺的买卖，还是以丝绸为主，请大家多多支持。俺宣布，今年合顺旺的收茧价，上等蚕茧为六钱五分，上等生丝为七两八分，一等品丝绸每匹市场价十四两五。"说完，人群中传出一片叫好声。

按规矩，每年都是在祭拜蚕神娘娘后，由领头人当众宣布蚕茧和生丝的价格。亓学文打破规矩，完全出乎人的意料，可人家只是说出了自家定的价格，谁也无法反驳。

亓满贵得意地望着李中原，然后一脸欣慰地转向儿子。父子俩从京城一同出发的时候，亓学文就提出去莱阳和栖霞那边看看。他怀疑阎立信大力建厂，肯定要先解决原料问题。他到那边后，果然发现天有信的人在预定蚕茧。他当即联络老客户，将蚕茧价格提了上去。天有信的丝绸门市价是八两五，阎立信肯定会降低成本。如果抬高原料价格，天有信每卖一匹丝绸都会亏本；如果天有信改变价格，那么就失去了信誉。到时候，天有信"以诚信为本"的金字招牌可就被毁掉了。不是赔本赚吆喝吗，他倒要看看天有信能吆喝多久！

亓学文说完，阎立信大声道："亓家大少爷说得好。去年乱了市场，秋茧在树上成了蛾子，大家都没赚到钱。今年俺替大家感谢合顺旺，好歹让养蚕的有个盼头。俺天有信认可合顺旺的蚕茧和生丝价，但俺宣布，天有信每匹白绸的门市价仍是八两五，同行铺面拿货价为八两二。"

魏掌柜和高友亭听了，相互望了一眼，微微皱起了眉头。之前，实验机器的时候，阎立信按五钱六分的蚕茧价，大致算出了每匹丝绸的成本不低于八两五。阎家那几百亩柞树林产出的蚕茧，多少能填补一点，不至于亏太多。如果跟着合顺旺的收茧价格走，天有信有多少银子搭进去啊？这不是做买卖了，纯粹是赌气啊！

徐大人说："依我看，两位都是本县杰出的青年才俊，时候不早了，不如先让两位一起领着大家进行祭拜，以免误了时辰。"

见李中原和亓满贵都没有意见，阎立信和亓学文站在徐大人的左右，领着大家完成了祭拜仪式。

祭拜完蚕神娘娘后，阎立信来不及回家，就和魏掌柜等人赶往工厂。路上，魏掌柜将东洋人搞破坏的事情对他说了。听完，他眉头微微锁了起来，没有吭声……

一行人到了工厂门口，还没有进去，巨大的轰鸣声就传了出来。

那天，他到栖霞找到约翰后，带着约翰的亲笔信，与鲍尔神父一起来到青岛，直接从德国人的轮船上卸下了两台大功率的蒸汽机，连夜用马车拉着往回赶。在路上，他听鲍尔神父说，这两台蒸汽机是德国的最新产品。如果配上发电机，还能用来发电照明。他不懂发电是什么玩意，鲍尔神父解释说，蒸汽机发的电与下雨天的雷电不一样，看不见，但可以摸得着……

进了厂子，见一团白气沿着地面往外喷。每个人竟如站在云朵上一般，整个厂子顿时成了仙境。

王师傅和鲍尔神父从车间出来，兴奋地说："现在好了，速度快了一倍。"

阎立信看着飞转的传动杆，对王师傅说："还要您辛苦一下去一趟莱阳那边，春茧用不了多久就下来了。"接着，他告诉魏掌柜，在缫丝厂旁再建一个染布厂。厂房的院墙不低于十尺，进去帮工的全要自家人，绝对不允许外人进去。缫丝厂和纺织厂的工人一律登记好身份信息，三户联保，发给厂牌，凭牌出入。所有厂区由洋枪队员日夜看守，外人不得进入！

安排好了这些，阎立信才朝家里走去。一进门，见堂屋的桌子上摆满了酒，李维凤仍穿着新娘装坐在那里，望着他傻笑着。

阎立信也嘿嘿笑了："媳妇，今儿祭拜了蚕神娘娘，按规矩，大家都去酒馆喝酒的……"

李维凤往一个碗里倒满了酒，笑着说："咱们结婚前到现在，你都没有好好歇一下，喝完这杯酒，俺让你去。"

"真的？"阎立信得到李维凤的肯定答复后，端起酒碗一口干了，"等晚上回来，俺再跟你喝，好好疼疼你。"

两人又聊了几句，阎立信转身要走，突然觉得脚下飘忽起来，眼前也开始变模糊了，不禁问："你给俺下药了……"

李维凤起身走上前扶住阎立信，轻声道："不是蒙汗药，是让人睡觉的西洋药。俺已经告诉了魏掌柜和咱舅，让他俩替你就行了。"

李维凤把阎立信扶进屋里，放倒在炕上，脱去了他的衣服，见他胸口藏着一个金线绣花荷包。她拿在手里看了一会儿，眼中闪过一丝嫉妒之色。随即，她又有点释然，将荷包重新放下，和衣在旁边躺了下来，扯过一床棉被将两人都盖住了，用手枕着头，侧着脸端详着。面对这位近在咫尺的男人，那棱角分明的脸庞，那两道剑眉，还有身上散发出的男人味道，她感觉已经醉了……

这一觉，阎立信睡了两天两夜。周华仁和魏掌柜等了两天，不见他醒来，脸上都挂满了担忧。

听到屋里的动静，周华仁两步抢到门口，掀起帘子，看到阎立信从炕上爬起身，便道："你终于醒了！"

阎立信还以为又出了什么事，急忙下炕道："舅，又囊地啦？"

周华仁拖着阎立信的手出来："你说囊地啦？咱是做买卖的，你这买卖可做大了。别人做买卖赚钱，你做买卖却往外搭银子。"

高友亭叹了口气，说："那洋人机器虽能缫丝、能纺织，可是六钱五的蚕茧、七两多的生丝，外加这人工费和煤炭钱，俺再怎么算都超过了八两五，人家合顺旺啥都不用干，只八两二从咱这里拿货就赚大发了。天有信有多少银子往外搭呀？"

张冲说："我算了一下，每匹绸布印染的费用也在五钱左右。"

周华仁对阎立信说："是啊，是啊，你光在家里睡大觉，大伙都看你笑话呢。往后这买卖看你囊做？就算有金山银山也会败光的！"

阎立信看着在座的几个人的脸，突然笑起来："买卖是人做的。不错，咱的丝绸，俺是定了八两五，可那是为了对付亓满贵，是白绸的价格。天有信的花绸可不是这个价啊。再说了，整个柳疃只有天有信才能染出花绸，买卖还是俺一家的。做买卖不能只看眼前，鲍尔神父说过，中国的丝绸卖给他们那边的上层人，每匹要七八十个银圆，折合白银上百两呢。"

周华仁和魏掌柜几个人的眼珠子顿时瞪大了，连呼吸都急促起来。

阎立信接着道："天有信几个商铺的丝绸价是八两五，到时候所有的作坊都会停工。他们从咱这里拿货，比他们自己织出来的成本还低好几两。但别忘了，货在俺手里，卖多少俺说了算。到时候，俺限量供应，整个市场都是俺的。"他停顿了一会儿,继续道:"早在唐朝的时候,中国的丝绸就到了西洋人那边。这些年,洋人一直都在买咱的丝绸,大头都让洋商赚了。咱们的丝绸只下了南洋,却忘了西洋那边。俺打算等今年的丝绸下来,亲自押着走一趟,出玉门关一路往西摸摸行情。"

周华仁道:"俺也知道那是一条古老的'丝绸之路'。二十多年前,你二舅跟着村里几家商号的年轻人一起,带了一千多匹白绸去过,结果到现在都没有消息,都说在新疆那边遭匪了。这兵荒马乱的,你以为这条路好走啊?"

魏掌柜道:"咱们不是和德国人关系好吗?要不就把丝绸从青岛搭上洋人的货轮,也一样能够到西洋人那边。俺打听过,要缴啥关税,大不了少赚一点,也成啊!"

阎立信笑着说:"俺知道,可轮船从海上过去,一旦遇到大风浪,就会打湿丝绸引起霉变。不过,只要用油布包好了,倒也没多大问题。但走海上,只能到暹罗印度和西洋诸国。再说,俺也想开拓一下西北的市场,过玉门关出新疆,也到波斯那边去看一看。海上运输的事情,鲍尔神父会帮忙联系好。到时候,让俺当荣表弟和魏叔,跟着鲍尔神父一起走就行了,他会帮咱们找好翻译。至于货物,从下营海关转烟台,直接上洋船。舅,您回东北之后,让俺表弟尽快赶回来。往后送去东北的货,直接从柳疃陶家口子码头到大连,就不用走陆路了。"接着,他转向张冲,说:"张大哥坐镇柳疃,印染这块少不了你。俺担心有人会打你的主意,已经派洋枪队专门保护嫂子和孩子了。另外,俺再送你一支短枪,天有信的兴衰还指望着你呢。"说完,他从屋里拿出一支短枪,递给了张冲。张冲也不客气,当即收下了。

听完阎立信的安排,周华仁和魏掌柜他们的脸上都露出了笑容。魏掌柜笑着道:"这样俺总算放心了。"

周华仁摸着胡子:"今儿晚上俺陪大家喝几盅,明儿一早就启程回东北了。"

李维凤和两个老妈子利索地整出了一桌酒菜,笑呵呵地问:"要不俺再陪你们喝点?"

高友亭笑道:"可不敢了,如今整个柳疃都知道了,阎家的新媳妇把一桌子老爷们都喝倒了,谁敢和你喝啊?"

大家一齐笑起来。那笑声飞出了屋子,院子里那棵老柿子树上停着的几只老家雀也似乎感受到了这份舒心，扑棱着翅膀飞到了屋檐下，唧唧啾啾地欢唱起来。

好事一来就逢双。春茧下来前，阎立信的叔叔阎于本回到柳疃，听说了家里发生的事情后，奔到堂屋后面跪在阎于诚的灵位前大哭起来："哥，兄弟回来晚了。俺在海上漂的时候，晚上就听到有人叫俺，那是哥在想俺呐……"

堂堂的大老爷们，眼泪哗哗地流，哭得那叫一个伤心，怎么劝都劝不住。旁边的几个人也都一个劲地跟着抹眼泪。阎立信和魏掌柜劝了好久，才缓和了一些。

阎于本抹干眼泪，朝着阎于诚的灵位道："哥，您一直担心老二不成器。如今，他长大了，咱家有他在，天有信倒不了，还是第一号！哥啊，您就放心吧！"

几个人扶着阎于本回到堂屋坐下，随后他讲述了那一段生死经历——

原来，他押的商船在东海遭遇风暴后，损失了两艘船。他所在的那艘船飘到了外洋，由于断了主桅杆，只得任由船只随着洋流飘荡。就这样，在海上漂了三四个月，船上的人死了大半。活着的人每日靠着一点可怜的雨水，偶尔抓几条海鱼充饥。他靠着仅剩的两个杠子头火烧勉强活了下来。最后，他们幸运地遇到了一艘英国商船，才被带到了一个叫澳大利亚的地方。那里是英国人的地盘，也有当地的土著人。那地方在婆罗洲还要往南，英国人说从广州到澳大利亚的道格拉斯，海上要走两个多月。令阎于本没有想到的是，他带去的白绸，不但英国人喜欢，当地的土著人也很喜欢，直接拿宝石和大块大块的金子来换。就这样，一船价值三十多万两银子的丝绸，硬是卖出了近二十万两黄金，还有不少宝石。他这次回来，就是计划雇佣商船装着丝绸直接前往澳大利亚的，沿途经过南洋那边的商号，该补补货就补补货……

就是通过这条"海上丝绸之路"，柳疃丝绸源源不断地漂洋过海，在世界上打响了"丝绸之乡"的名片。那些四处漂泊的背包客，凭着吃苦耐劳的拼搏精神，把"柳绸"送进了千家万户，也成就了昌邑"华侨之乡"的美誉。

话说每年六至七月，是柳疃最忙碌的季节。因为春茧陆续下来，各家商号的作坊也都纷纷收茧缫丝，然后纺织丝绸。今年不同，柳疃二三十家

第二十一章

商号的作坊都没有以前那么忙碌了。工人们大都进了天有信的缫丝厂和纺织厂，经简单培训后就上机工作。以往两三个人的活，如今一个女人就能应付，只是在煮茧的时候，需要男人帮一下忙。

正如阎立信所预料的那样，合顺旺虽然放出收茧的价格，却大大减少了收茧的数量。莱阳、掖县、招远和栖霞等地的蚕茧九成都被天有信给收了。阎立信还特地嘱咐收茧的人去栖霞蚕山曲家沟找陈树贵，在那里设一个收蚕茧的点。

蒸汽机不停火，厂子里的机器忙碌不停，工人三班倒。使用机器缫出来的丝，正如在广东南海所见的那样，粗细均匀，丝色比手工缫出来的还要洁净，且弹性好，纺织的时候几乎不断丝。令阎立信心安的是，莱阳和柳疃两边的厂子，每天出丝绸一二百匹，每一匹的成本就在八两七这个点上，比原先的成本低了三四两。当然，这是白绸的价格。

天有信的市场价八两五，并不亏多少。本地各家商号以及外地的预订数量大约有两万匹。天有信要求所供商号的市场价不得高于十一两，一旦发现哪家商号私自抬价，立刻断货不供应。但给洋商的供货价必须在十四两以上，不得低于这个价。

那些原先做南方丝绸的商家看出了其中的猫腻，每一匹差着三两银子呢，这样的买卖可不能不做。于是，那些卖南方丝绸的商家从山东几家商号以十一两的价格进货，转手卖给洋人，就赚三两银子。短短十几天的时间，北京、天津和南京几个大城市的绸布庄都摆上了柳疃白绸。就此一招，柳疃白绸天下皆知，很多客商直接来柳疃买白绸。

当客商看到十三四两的花绸后，也都惊骇不已，想不到昌邑花绸与南方花绸一样，花色纯正漂亮，且价格还便宜好几两银子。于是乎，天有信的花绸一个月内就卖出了数千匹，白绸上面亏损的银子都在花绸上赚回来了。

这时，亓满贵终于发现自己中了李中原的套。他所有的铺面买卖都被天有信卡得死死的，丝绸的市场价稳定在十一两，洋布的价格随之往下落。合顺旺从同升洋布庄拿货，根本赚不到钱。他库房里那一万多匹白绸也成了他的心病，每一匹的成本都超过十二两。有了新绸，谁还愿意买旧绸呢？单这一项，就搭进去几万两银子。

亓满贵怎么也没想到，做了几十年的买卖竟栽在一个毛头小子手上。好在合顺旺财大气粗，又有亲家的钱庄支持，也打起了开厂子的主意。

第二十一章

亓满贵骂了李中原几天几夜，骂归骂，生意还是要做。春茧已经是这样了，只等着秋茧的行情。他忍着气，让亓学文去广东一趟，合顺旺也要学着天有信的样子，购买机器建厂……

天有信不赚自己人的钱，只赚洋人的。可是，洋商也不答应啊！以往的拿货价不高于市场价，今年却不一样了，没人敢以低于十四两的价格给洋商供货。于是，洋商通过领事馆向朝廷施压，但阎立信早就料到了，先前就给醇亲王去了信，愿意用丝绸替换朝廷赔给洋人的银子。

大清和洋人签订了条约，每年都赔银子。白花花的银子往外流，老佛爷也心疼啊。阎立信愿意以丝绸的成本价给朝廷，让朝廷按市场价和关税折算后，用丝绸抵银子。如此一来，朝廷少花了不少银子，洋人还拿到了丝绸。为朝廷做了一笔赚钱的大买卖，老佛爷当然开心。至于朝廷怎么和洋人周旋，那就是官家的事了。

十月，阎立信在码头上送走了叔叔阎于本，还有魏掌柜他们几个人。京城和东北的丝绸也已经运走，仓库里的那四千匹花绸和两千多匹白绸，那是他留给自己的。两边的厂子里还在不断地出丝绸，山东巡抚衙门应朝廷的差遣，派了官员盯着，将丝绸清点完毕后，直接派人押到码头向洋人帮办交割。

阎立信随即立下规矩：往后天有信各家分号的掌柜不动，账房先生每年轮换一次。这种方式，有效地制止了掌柜一手遮天、出现财务混乱的情况。这一措施后来也被很多大商号所引用，连精明的南方人都跟着学了。

合顺旺和其他商号也都学着天有信的样子开始建厂子。这是朝廷支持的，丝绸出得越多，就越能够减轻朝廷的赔款压力。对此，阎立信也没特别在意，他只是继续着自己的计划……

一天，叶掌柜捎来信，说二柱不见了，派了几拨人找遍了整个京城，都没有找到。阎立信给叶掌柜回了信，说不用找了。他了解二柱，说不定什么时候就自己跑回来了，也许正在路上呢。

原来，六月份，阎立信回了京一趟，二柱就想跟着回来。他没让，吩咐二柱帮忙摸清孟四海的家究竟住在哪儿……

阎立信在官监里听任通源讲历史。汉朝的时候，南方的丝绸商人就通过一条路，把丝绸卖到了楼兰和龟兹国，就是现在的新疆，还一路卖到阿拉伯和意大利那边。自古以来，"丝绸之路"有好几条，都是做买卖的人用生命给走出来的。

出狱后，他就想着把天有信的丝绸也卖到那边去，也想去看看那巍峨挺拔的昆仑山和白雪皑皑的祁连山，领略一下那一望无际的戈壁滩，见一见月亮一般的城堡和全身蒙着丝巾只露出眼睛的西域女子。任通源写给他的那四个字，更加坚定了他走"丝绸之路"的决心。

他查过很多书，那条道路除了土匪外，还有狼群、风沙和暴风雪，汉唐时期曾辉煌一时。不过，从明朝崇祯年开始，就没有多少人走了。

那条道路究竟有多么凶险，周华浩他们二十几年了一直没有消息，就是最好的证明。

对于阎立信的想法，李维凤只在枕边问了一句："非得你自己去吗？"

阎立信嗯了一声后，她就没有再问过。倒是李中原前前后后劝了好几次，可没用。阎立信知道，那条路冬天大雪封山，根本不能走人，只有在夏季的时候去。于是，他计划着开了春就启程。为此，李中原领着李维凤去拜了蚕神娘娘，求娘娘保佑，还特地找人看了一个好日子：阴历二月十九，也就是观音菩萨的生日，期望观音菩萨能够保佑他平安回来。

在魏海生的带领下，洋枪队已经扩大到四十多人，冬练三九，夏练三伏，一直抓得很紧。阎立信计划带十几个人过去，商队虽说以做买卖为主，但也要防备土匪袭击。这一趟过去，不知会遇到什么样的风险。他已经想过，上有老、下有小的坚决不带。魏海生是魏掌柜的独子，刚说了一房媳妇，年前才结婚。魏掌柜下了南洋，海生绝对不能再跟着走。阎立昌有媳妇、孩子，主要管理厂子里的事。阎立业这小子机灵，枪法也准，可以考虑带着出去闯一闯……

天有信重新走上了正轨，除了在京城内的三四家分号外，在武汉和长沙等地也有了分号，更加速了南北丝绸对立的局面。由于上等蚕茧的价格太高，几乎不赚钱。考虑到茧农的利益，天有信也开始收次茧。次等蚕茧纺织出来的丝绸，在质量上并不比上等品差多少，故而价格还行。

眼看进了腊月，还是没有二柱的消息。阎立信有些沉不住气了，派了两拨人在柳疃到京城的路上寻找，可没有一点儿消息。这就奇怪了，二柱的脑子不好使，可也不至于不认识回家的路了。再说，他走这条路也不是头一遭了，也不至于窜到别的地方去啊。

年三十这天，阎立信驾着马车，拉着李维凤到阎家村祭拜祠堂和祖坟。路上，李维凤一个劲地吐酸水。阎立信问："囊地啦，是不是吃啥东西了，找个郎中看看吧？"

李维凤羞道："还囊地啦？你整日忙里忙外的，连自己要当爹了都不知道！"

阎立信勒住马缰，认真道："真的？"

李维凤低着头道："都三个多月了。上回俺回家吐酸水，俺娘就说俺有喜了，请徐郎中给把了脉，错不了！"

阎立信开心地喊起来："哈哈，俺要当爹了，俺要当爹了！"

李维凤嗔怪道："俺寻思着让你自个发现，没曾想你这个榆木疙瘩，到现在都看不出来。"

阎立信一把搂着李维凤："俺早就说过，你给俺生一堆，这就开了头了。"

到了阎家祖坟地，阎立信跪在爹娘的坟前，摸了一下李维凤的肚子，道："爹、娘，咱阎家有后了。爹，您以前告诉俺，说咱山东人不怕死、不怕苦，要有那么一股子的闯劲。过完年，俺就要顺着二舅走的路，把天有信的丝绸卖到洋人的地方去。您泉下有知，保佑天有信兴旺发达！"说完，郑重地给爹娘磕了头，又拜祭了兄长。

随后，他又来到肖炎的坟前。这里没有立碑，就那么光秃秃的一堆土。阎立信告诉李维凤："要是没有他，就没有天有信的今天，他是咱阎家的大恩人啊！"

李维凤问："他是谁，叫啥？"

阎立信磕完头，没有说话。他要将这个秘密永远埋在心底，带进棺材……

平平淡淡地过完了年，魏海生带人来回跑了两三趟，还是没有二柱的消息。不过，听说沧州那边有大刀会闹事，死了不少人。也许这就是二柱的命吧。

出了正月，阎立信让人在爹的坟墓边给二柱堆了一个衣冠冢，不枉二柱跟了阎家一场，希望来生投个好人家。

转眼到了二月十九日，观音菩萨诞辰。

一大早，李中原就给菩萨上了香。当他来到阎家老宅时，见门口已经站了不少人，都是柳疃各家商号的老板，也有不少村里的人。

总共十辆车，九辆车上装的是丝绸，一辆车上装的是吃的、用的。除了阎立信和他精选出来的十几个洋枪队员，还有高总镖头和镖行的七八个趟子手。柜上也跟去了两个老人，按计划到陕、甘一带开展业务。人家合顺旺能够把买卖做到山西去，天有信要做得更远！

阎立信穿着一身劲装，先是拜别了李中原，又一口喝完了李维凤递过来的那碗酒。

李维凤哽咽着："跟着你的这些人，都是乡里乡亲的，都是爹娘养的，你怎么领出去的，记得怎么带回来啊！"

阎立信深情地点了点头，随即出了院子，上了马，朝大家施礼后，在鞭炮声中大手一扬："出发！"

车队在众人的祝福声中缓缓起步。李维凤站在堂屋门口，朝车队远去的方向望着。她没有勇气走出院子送行，怕止不住自己的眼泪。她眼见阎立信把她绣的荷包连同小香橼的荷包一起放入胸前。就这一点，她已经知足了。

车队一路走过而扬起的尘土，带去了她的相思与牵挂。她摸着凸起的腹部，再过几个月，阎立信就要当爹了。这一趟出去，也不知啥时候能回来，也许永远都回不来了。

阎立信告诉过她，认定的事情就要努力去做。这才是昌邑人的秉性。

爹告诉她，说已经打听过了，走"丝绸之路"到洋人那边，最快一年就能回来。现在和二十几年前周华浩他们不一样了，大清平定了陕、甘和新疆，而且阎立信不但有洋枪，还有那一身官袍呢。土匪的胆子再大，也不敢劫官家的货。

她以为阎立信这一走不过一两年，哪知他们再次见面却是在五年之后，而且还带回了一个蒙着面纱的女人……

第二十二章

　　转眼春去夏来，眼看着蚕宝宝在不断长大。人们忙忙碌碌，期待着蚕茧的收获。

　　阎立信的车队从柳疃出发，一路风餐露宿，走了三个多月。这时，朝廷鉴于天有信所做的贡献，由兵部下了呈文，允许天有信的商队在必要的时候，动用新疆和陕、甘一带的大清绿营军护送。

　　阎立信手上有一份地图，是花银子从官员手里买来的。图上标记了新疆一带朝廷的兵营地点，还有土匪经常出没的地带。从兰州过了黄河，沿途看到的景色就不一样了。蔚蓝的天空像洗过一样，纯净而高远。除了一眼望不到边的黄土地，还有远处那连绵起伏的山峰。有些山峰顶部是白色的，就如老人的头顶长了一圈白发。

　　到了甘州府后，再往前走就是关外了。关外的路不适合马车，得用骆驼和马匹驮着货物走。

　　胶东人见过马和驴，却没有见过骆驼。别说阎立信，就是见多识广的高总镖头也没有见过。那玩意儿比马还高大，背上有两个大坨坨。甘州府军营的一个千总介绍说，往荒漠里的屯军处运粮草，全靠骆驼。别小看那驼峰，骆驼行走在沙漠里几十天不吃不喝，就靠它。马匹也可以带一些，主要是马跑得快，关键的时候能救命。具体啥是关键，那千总没有解释，阎立信也没有再问。

　　千总还告诉阎立信，出了玉门关往西就不太平了。有一伙外号叫黑旋风的贼人，横行二十多年了，屡次袭击商队、杀死商人。朝廷多次派兵围剿，都没能成功。

　　阎立信谢过千总，让千总看他带来的洋枪，有这些洋枪在，就不怕土匪了。

千总对阎立信非常热情，还让士兵一起帮着把货物打好包，装到了骆驼上。高总镖头也不闲着，一起帮着打包装货。

阎立信一边和千总说着话，一边看着高总镖头的背影。离家三个多月了，高总镖头一直很少说话，总是骑马走在最前面。有两次，就是靠着高总镖头几句喊话和扔下的一包银两，平安经过了土匪的地盘。

阎立业瞅着骆驼很奇怪，在面前转来转去，要看个够，冷不防眼前一花，一股腥臭味钻进鼻孔。再一摸，浑身上下都黏糊糊的，就像被人扣了一盆烂虾酱。

千总哈哈大笑，说那是骆驼的口水。虽然气味讨厌，但很有用，晚上在荒漠露宿可以防蚊子和毒蝎子。

在淡水紧缺的情况下，阎立业洗了澡，身上还是有腥臭味，其他人都笑他掉进了臭茅坑。驼队动身的时候，他一个人自觉在最后面，省得大家笑话他。

阎立信按千总的吩咐，用两匹骆驼驮运水和粮食。这边的杂粮面饼比老家的锅盖还大，千总说这叫"馕"，能饱肚子，还扛饿。

正好有一队人犯要押往伊犁，千总派了一个姓钱的什长，还有一队士兵，押着人犯跟着商队一起走。

阎立信见那七八个人犯中，有两个是犯官，手上戴着铐子，有两个跟来的忠仆伺候着。其余都是健壮的狠角色，脖子上戴着枷锁，其中一个紫色脸膛的大个子脚上还戴着镣铐，脚踝被铁铐子磨得鲜血淋漓，都能看到白森森的骨头，根本走不动路了。他不禁想起自己被囚的那段日子，顿时心生怜悯，觉得那几辆大车扔掉也可惜，便让人套了车，又拿出徐郎中准备的刀伤药，给那个犯人包扎了，并让所有的囚犯坐在车上走，计划到了车子走不动的地方，再丢掉车子。

钱头朝那犯人道："你烧高香了，遇到好人了。"

商队启程后，千总还骑着马送出了七八里地。

出了嘉峪关，气候完全不一样了，太阳直射着眼睛。大晌午，热得人直冒汗。有时候，晴空万里，可片刻间便风沙四起，吹得人眼睛都睁不开。晚上，在野外宿营，明明是七八月份的天气，却冷得刺骨。还好商队早有准备，每人一件大棉袄。那些犯人可就苦了，冻得瑟瑟发抖。两个犯官缩在火堆前，指着其他的犯人直埋怨："都是你们这些刁民害的，好好的日子不过，瞎闹什么？"

阎立信从钱头那里打听到，这批犯人是直隶沧州人。沧州押送的官差到张掖就办理移交，由张掖军营派兵押送到伊犁。从张掖到伊犁，快的话走两个月，慢的话则要三个月。

连续几天的相处，商队的小伙子已经和押送犯人的官兵熟络了。每当宿营的时候，小伙子们就让官兵们尝尝他们从昌邑带去的虾酱和杠子头火烧。官兵们也爽快地拿出他们的马奶酒和风干牛羊肉，把羊肉放在火上烤得滋滋直响，再撒上一种叫孜然的细沫子，蘸上一点盐，吃起来那叫一个香。虽然彼此言语不通，但手势交流代替了满腔真诚和热情。在传来的阵阵狼嚎声中，欢快的笑声响彻了空旷的天际。

往往在这个时候，高总镖头总是一个人坐着，时而起身望着远处。其实从离开张掖的第三天，阎立信就已经注意到有人盯梢。盯梢的人时而出现在后面，时而出现在侧面。高总镖头还时常下马，用杂草打一个奇怪的结，扔在路边。

千总说得不错，骆驼的口水确实能防蚊子。晚上宿营的时候，蚱蜢大小的蚊子一群群直往人脸上扑。大家的手上和脸上都被叮出一个个的包，奇痒难挨，还不能抓，一抓就溃烂，还流黄水。倒是阎立业没怎么被叮，几个小伙子便围着骆驼要口水，可骆驼就是不给，被小伙子们烦得呜啊呜啊直叫唤。

经过玉门和瓜州时，阎立信看到了坐在骆驼上的蒙面女人，还有高鼻梁、红头发的俄国士兵护送的洋商队。洋商队驮着一箱箱鸦片，洋人就是靠着这些害人的玩意，赚走了大清的银子。

过了敦煌，车辆的轱辘经常陷入沙土中，已经不能再坐车了。于是，钱头叫嚷着让犯人下车。阎立信还想发发慈悲，却被高总镖头一把拉住了。高总镖头贴着阎立信的耳根说："俺知道你好心，可咱是商队，不能跟着他们走了。"

阎立信问："为啥，有官兵一起，不是更安全吗？"

高总镖头望了一眼远处的沙丘，说："俺总觉得不妥。"

这是三个多月来高总镖头与阎立信说话最多的一次。阎立信认为做买卖，做的其实就是人心。犯人也是人，既然遇上了，就是缘分，能帮就尽量帮一把。在阎立信的坚持下，高总镖头没有再说话。阎立信让犯人骑着骆驼，反倒让洋枪队员们跟着骆驼走，弄得大伙一肚子怨气。

这天晚上，商队照常宿营。高总镖头在外围转了一圈，照例拿着他的

那把刀,拖着大袄找了一处避风的地方躺下了。

阎立信和钱头坐在篝火旁聊天,聊一些关外的风土人情。按照这速度,再走半个多月就可以到达哈密,就能够吃到新鲜的哈密瓜和葡萄了。那些东西是稀罕物,在"八大胡同"里,一个哈密瓜要二两银子,一大串葡萄要三两银子呢。

亓学文曾经掏银子请他和李长寿吃过,那甜味一直透到心里,至今还记得。阎立信不由得想起了小香橼,想起了李长寿。上次,阎立信回京去找李长寿,可戏班居然走了。他打听了一番,才知原来是老佛爷五十大寿时,李长寿不顾李老班主警告,入宫唱了戏。后来,老佛爷几次点名要李长寿进宫唱戏,李老班主便带着戏班偷偷离开了京城,不知去向了。

阎立信知道,李老班主那么做,原因就在李长寿胸前挂着的那块长命金锁上。遗憾的是,李长寿离开京城,居然连一封信都没有给他留下……

今晚不知咋的,钱头说话的时候,总看着他腰里的那支短柄洋枪,有些前言不搭后语的,还经常起身查看那些囚犯睡了没。

阎立信睡觉的时候,抬头看了一眼夜空,月色还是像前几天那样明亮。这个时候,不知小香橼和李维凤睡了没有?照日子算来,他应该当爹了,也不知生的是男是女。

临走前的那天晚上,他给娃起了名字,叫书真。这名字男女都行,期望孩子读书认真、有出息,不要像他这样白白浪费一个神童的名号。阎家要真正出一个靠读书考上功名的人,而不是靠老佛爷的赏赐。

小香橼的肚子一直没动静,也不知咋回事。他问过徐郎中,徐郎中说那些地方出来的女人,麝香和冰片用多了,大多不能生养,要慢慢调养好几年才有希望。他让小香橼去看了京城最好的郎中,瑞珠每日都给她煎药,身体调养得不知怎么样了。

也许是想着媳妇和孩子,阎立信躺在一匹骆驼身边,翻来覆去就是睡不着。这些日子,他已经习惯了骆驼身上的臭味,在骆驼的旁边躺着,蚊子还少一些。

眼看着月亮不见了,他开始迷糊起来,突然听到一声叫喊:"杀人了,抄家伙!"

原来,一个叫水旺的洋枪队员起来撒尿,正好看到士兵正举着刀向熟睡的洋枪队员下手,眨眼之间便砍了四五个。水旺打了一个激灵,喊了一声后,抓起洋枪就打。

随着水旺的叫喊和凄厉的枪响，阎立信一骨碌坐起来，只见一个士兵挥着刀朝他砍来。他就地一滚，勉强躲过了那一刀。

此时，阎立信的脑海中闪过无数个疑问，可眼下的情形根本不容他多想。他迅速拔出腰间的短柄洋枪，朝扑过来的士兵开了火。

高总镖头一刀砍翻一个士兵，大吼道："拿枪打！"

每个洋枪队员训练的时候，就被灌输了一个理念，那就是枪不离身。因此，出来这四个多月，晚上宿营睡觉的时候，都是搂着枪睡。正是这个习惯，使洋枪队在遭受突然袭击的时候，能够尽快反击。

伴随着枪声和惨叫声，黑暗笼罩下的戈壁滩上正上演着一场生死大搏杀！

士兵的手里只有刀，但人多，而且早有准备。洋枪队人少，事起突然，瞬间死伤七八个，其余的抓着枪胡乱射击。饶是如此，也打死了不少士兵。马匹和骆驼受了惊，四处乱跑。

高总镖头和他的趟子手也在与一队官兵拼斗，双方互有死伤。阎立信快速给枪里压上子弹，大叫道："钱头，咋回事？"

钱头没有回音，倒是高总镖头手下的一个趟子手叫起来："官兵想杀掉我们，吃掉咱这批货呢。"

钱头冷酷的声音也传了过来："我一年的俸禄，都换不到一匹丝绸。兄弟们，上，宰了这只肥羊！"

洋枪队员训练有素，很快就反应过来，趴在沙土上朝前面射击。官兵们只要扑上前，就被射倒。

这时，随着一声呼哨，远处来了一队持着火把的马队，一阵风般卷了过来。不一会儿，阎立信就看清了领头人的样子，居然是送他出关的千总。

阎立信大声道："大人，这是为什么？"

千总狞笑着："我们这边疆的官兵，一年到头都在风沙里滚，图的是什么？三年清知府十万雪花银，我这六品千总，一年到头才区区三十两银子，能干什么？都说靠山吃山，我们靠的就是这条路！"

千总把手一挥，马队冲了过来，寒光闪闪的砍刀凌空划过。在枪响的同时，地上躺下了不少骑兵，也多了几具洋枪队员的尸体。

阎立信大喊："大家不要散开，站成两排，发挥子弹的最大威力！"

其实不用他喊，能站着的，包括他和高总镖头在内，只剩下八个人了。高总镖头的左手和腹部中刀，血流不止。刚才他一个人就砍倒了十几个士兵。

高总镖头撕下一块布，分别扎好了两处伤口，踉跄着往前走了两步，大声道："你是朝廷命官，却暗中冒充土匪对商队下手，还嫁祸给黑旋风，还有一点江湖道义吗？有本事的，别让你手下的士兵送死，你和俺打一次，赢了俺，商队都是你的。"

千总下了马，拔出刀，道："好，我就来试试你这老头子的刀，到底有多厉害！"

高总镖头已经恶战了一场，加之身上带伤，根本不是千总的对手。刚一交手两三个回合，就被千总在背上砍了一刀，但他终究是老江湖，闪身避过致命一击，随手劈掉了千总的官帽，顺带着在千总的脸颊上划出了一道口子。

阎立信手里抓着一支长枪，眼看着两个人影晃来晃去，却不敢瞄准开枪，怕误伤了高总镖头。

千总抹了一把脸上的血，大叫着扑上前。几个回合下来，高总镖头明显体力不支，被踢翻在地。千总举起刀，当头砍下。就在这千钧一发之际，一个黑影从沙里面飞了出来，当的一声隔开了那把刀。

阎立信借着火光看清，是那个脚戴镣铐的犯人。那犯人凛然道："你欺负一个受伤的人算啥好汉，有本事跟俺过几招！"

原来，这个犯人趁着混乱，从押送的官兵身上抢过了钥匙，开了铐子后，把自己半埋在了沙里等待着逃跑的时机。

说着，这犯人用脚挑起一把刀，抓在手里。阎立业趁机上前搀起高总镖头，一步步退到阎立信身边。

高总镖头的背上那一刀，深可见骨，鲜血一个劲地往外涌。阎立信用手去捂，怎么捂都捂不住。

这时，高总镖头口中溢血，拉着阎立信的手，说："俺……知道你……很想……你嫂子和侄子……俺一年多……没告诉你……怕你坏了道上的……规矩……他们很好……长大后……就会回来的……俺欠你家……一条命……现在还……"话还没说完，高总镖头身子一挺，咽了气。

阎立信抓着高总镖头的手，伤心地大喊："高大哥，到底是谁让你联系土匪害死俺哥的啊，为啥不告诉俺啊？"

那个人究竟是亓满贵还是孟四海，高总镖头死了，所有的线索就此中断了。

阎立信踉跄着起身，看了一眼身边的几个人，又投向前面。那犯人果然有些本事，与千总对打着，一点也不落下风。

另一边，还有好几十个官兵在钱头的呼喊下，举着两块马鞍做盾牌，作势要往前冲。

阎立业低声说："哥，俺没有子弹了！"

洋枪队员身上的子弹袋里只有五发子弹，其余的子弹都在骆驼背上，可现在骆驼都不知跑到哪里去了。洋枪没有子弹，就等于烧火棍。阎立信的心一沉：看来这一劫是熬不过去了！

他往怀里一摸，摸出三发子弹来，给了阎立业两发，低声道："打完子弹上刺刀，和他们拼了！"

阎立业往枪里压上子弹，含泪点了点头。

随着又一声呼哨，骑兵首先大喊着冲了过来。阎立信的眼睛盯着钱头，看到钱头举着刀往前冲，他淡定地举起洋枪，瞄准了钱头。随着枪响，钱头的身子晃了一晃，一头栽倒在沙里。与此同时，一股巨大的力道将他撞飞。他落到沙土中的时候，朦胧中听到了一阵遥远的马蹄声。

不知过了多久，阎立信迷糊中首先听到的是阎立业的呼喊。他感觉非常疲惫，依稀记得开枪打死钱头后，侧身闪过劈向他的刀，不料却被扬起的马蹄撞上，就失去了知觉……

阎立业摇晃着阎立信："哥，你醒醒。遇到老乡了，是他们救了咱。"

阎立信睁开眼睛，见一轮红日挂在东方，已经是第二天清晨了。他面前除了阎立业外，还有四五个人。水旺捂着胳膊，身上有两三处伤。要不是他最先发出警示，商队所有的人都会死在这里。

见阎立信醒了过来，一个满脸络腮胡的黑脸汉子拿着一面天有信的小旗问："天有信是你家的？"

阎立信听到这个汉子说的，竟然是一口的柳疃腔，惊奇地点了点头。

黑脸汉子接着问："你叫啥名？你爹娘是谁？"

阎立信把自己爹娘和哥哥，还有自己的名字都说了。

黑脸汉子突然笑了，望着阎立信，有泪水在眼里晃动，嘴角抽搐着问："你知道周华浩是谁不？"

阎立信说："是俺二舅。二十多年前，他带着村里的几个人一起走这条道，至今没有音讯。那时候，俺还没出生呢！大舅对俺说，要俺走这边，顺便打听一下他的下落！"

黑脸汉子一把将阎立信搂入怀中，道："孩子，俺就是你那失踪二十多年的二舅啊。唉，俺要是早些来就好了，你们也不会死这么多人了。"

阎立信流着泪，问："二舅，你囊地不回家啊？"

周华浩长叹一声，望着远处苍茫的大山："唉，一言难尽啊！俺如今是关外的黑旋风，还能回去吗？"接着，他扭头朝另外几个人叽里咕噜地说了一阵子话，那几个人拨转马头分别跑开了。

阎立信问："二舅，到底囊回事啊？"

周华浩便把他从一个正当商人沦为匪首的经过给说了。原来，当年他们十几个人凭着一骨子闯劲，拉着丝绸走这条道。哪知出了关外，还没到哈密，就遭到了官兵的洗劫，十几个人只剩下了他一个。他被路过的回民所救，目睹官兵的残暴，便跟随回民一起抵抗官兵。这么多年来，他一直在关外和官兵作战，也被官兵多番围剿。渐渐地，由于他作战勇敢，得到很多回民兄弟的拥戴。在头领被官兵剿杀后，他就成了这群回民兄弟的头领，对外叫黑旋风，预示自己就像李逵那么能打，也预示他的一帮兄弟在荒漠戈壁上像旋风一样来去自由、瞬间无踪。他和他的兄弟从来不打劫普通商队，只打劫官兵的粮饷运输队和洋人的商队。但奇怪的是，经常有商队被洗劫，传闻都是黑旋风所为。他明白是官兵栽赃陷害，可没有办法，只能尽量保护那些普通商队。

在嘉峪关外，他们就盯上了阎立信这支被官兵护送的队伍，怀疑是驼队押运军饷。可是，在路上却发现了关内镖行联络的暗号。他摸不清这支和官兵一起的商队有什么来头，也不敢轻易下手，只让人远远地盯着。直到夜里听到枪响，看到官兵和商队的人相互厮杀，这才明白官兵又要残杀商队栽赃给他黑旋风，于是就带人来救了。路上，他截住一匹逃走的骆驼，看到了插着的旗号，且发现货物都是丝绸，便急着赶了过来，好歹从官兵手里救出了几个人。

沙地上一字排列着二十一具尸首，都是商队的人。活着的还剩十二个人，其中三个重伤、六个轻伤。

阎立信跪在高总镖头尸体前，望着那双半睁着的眼睛，流着泪道："俺知道你也有苦衷，俺不怨你。俺知道，这一趟其实你可以不用来的，但是你过不了自己的心坎。你没打算活着回去，是来还俺阎家一条命啊！"

逃跑的马匹和骆驼都被追回来了。阎立信在官兵的尸体中搜寻了一番，其他的犯人都死了，唯独没有找到那个与千总对打的人。周华浩解释说，他带人过来的时候，当时刮起了大风，没有注意到还有别人。

阎立信从每个死去的队员身上找出一件随身带着的东西。他必须带回去交给他们的亲人，那也是一份念想。戈壁滩上堆起了一排坟堆，连块碑也没有。阎立信和阎立业几个人跪在坟前，大声道："你们先在这里住着。俺发誓，只要俺活着，一定想办法把你们带回家！"

几个人伤心了一阵子，周华浩上前道："伤重的几个留下来，等伤好后，俺派人送他们回去。你们这点人，带着这么多货，根本没法到那边去。来，把你表弟也带上，他能帮你的。你也教教他怎么做买卖，好歹是俺周家的血脉，不能就这样跟着俺一辈子当土匪。"他朝远处招了招手，叫了一声："乌木里！"

一个年轻的小伙子飞奔过来，只见小伙子高鼻梁、蓝眼珠，头发是卷着的，与周华浩手下的那些回民兄弟不大一样。

周华浩说："乌木里的娘是维吾尔族人。十几年前，是俺从官兵手上救下来的，就跟了俺。乌木里是她娘给起的名字，俺给起的名叫周世昌。这孩子会说几种话，你用得着。"

乌木里抓了抓头，有些害羞地说："表哥，你好！"

阎立信笑起来："嘿，你的昌邑话还挺地道呢。"

乌木里俏皮地说："俺爹从小就教我说家乡话。"

周华浩说："你表弟很会学话，有一次他混进洋毛子的商队，十几天就能说洋毛子的话了。"

阎立信紧紧抱了一下乌木里："这一趟走得值，不但找到了二舅，还多了一个表弟。行，以后你就跟着俺，等买卖走上了正轨，甘肃、宁夏、新疆这边的买卖都归你管。就像大舅一家在东北一样，也让你们父子隔得近一些，可以经常见见面。"

洋枪队员死了那么多人，洋枪也派不上用场了。阎立信只留了几条枪和一箱子弹，把其余的枪支和子弹都留给了周华浩，并当场教那帮回民兄弟怎么瞄准、怎么开枪。他们有了洋枪，就更加不怕官兵了。

周华浩说："那些跑了的官兵朝前面去了，估计还会对你们下黑手。一匹丝绸就是几十两银子，谁都眼馋啊。俺给你找一个向导，走南边吧！"

他招了招手，喊了一声，一个精瘦的老头迈着碎步走了过来。周华浩接着道："他叫努哈尔，是个活地图，在沙漠里闭着眼睛都能找到水。有一次，俺的队伍被官兵逼到沙漠深处，大风过后迷了路，就是他带着大家走出来的。"

努哈尔六十多岁的样子，穿着一身黑不溜秋的衣服。那张脸被荒漠上的风吹成了老茄干，眼睛眯着就剩了一条缝，但目光很犀利。

阎立信让阎立业给几个轻伤的队员重新做了包扎，然后告别了周华浩，在努哈尔的带领下，转向南线的"丝绸之路"。

这边没有新鲜的哈密瓜和葡萄，只有漫天的黄沙和出没的狼群。商队出了关，每次宿营都能听到时远时近的狼嚎，但大伙已经习惯了。队伍人多、篝火旺，狼群不敢靠得太近。如今，他们不过十个人，两三堆篝火，有时候感觉狼群就在不远处，可以看到一片绿莹莹的亮光。

乌木里说，只要有火堆就不怕狼，马匹比人还警觉呢。在沙漠里，最怕的是沙井，走着走着，人陷下去就没了。

一天晚上，阎立信听到有人低声抽泣。原来是几个小伙子在抹眼泪，阎立业抽噎着说："哥，俺想娘了。"

第一次走这么远，谁不想家？走关内的那段路，路上没啥危险，该吃吃，该喝喝，就跟出外游玩一样。小伙子们嬉嬉闹闹的，倒也没人想家。自从商队遭了那一劫，每个人的心里就有了阴影，加上满眼的黄沙和荒漠，被风一吹，鼻子、耳朵里全是沙土。白天，热辣辣的太阳晒得人眼睛睁不开，手上都被晒脱了皮。有时候，一个人只有一袋水，根本不够喝，嘴唇上都出了血漕，舌头舔一口，全是沙土混着的血痂。

驼队走的路都是沙丘的脊背，热浪袭人，汗从毛孔里出来，转眼就干，脸上也结了一层盐碱。脚下的沙土热得烫人，完全可以捂熟鸡蛋。路上经常可以看到一些散碎的骸骨，有马匹和骆驼的，也有人的。有骸骨的才是路，没有骸骨的地方根本不敢去。

阎立信在本子上记着日子，离开二舅后，在荒漠里已经走了二十多天，终于抵达了且末。努哈尔果然是个活地图，走到哪里都能带着大家找到有水的地方补充水。

努哈尔不太爱言语，说的话他们也听不懂，全靠乌木里翻译。有几次，努哈尔的举动让人不能理解。大家走了一天，累得走不动了，好容易找到一处有水的树林子。努哈尔却让大家灌满水后，在骆驼背上放几根干胡杨木，继续顶着星光往前走。到了半夜，才找了一处大沙丘，在沙丘背风的地方安顿下来，用带来的干胡杨木生火。

第二天一早，大家还没有歇够，就催促着大家赶路。乌木里是个说话风趣的小伙子,有了他,多少排解了行程中的寂寞。他告诉大家,不能在有水的野外宿营,是为了预防狼群的围攻。人和狼群都要喝水,如果水源地被人占据,狼群就会发疯一样攻击,有洋枪也不管用。

他们在且末停留了三天,乌木里让大家吃了正宗的烤羊羔。那肉质香绵可口,入口即化。小伙子们的脸上好歹有了一些笑容。

徐郎中的刀伤药就是好,几个受轻伤的人已经完全恢复。几餐饱饭吃下来,还是生龙活虎的棒小伙子。

大清在且末有驻屯军,维护南疆一带的统治,还设有稽查所,盘查来往的客商。阎立信的商队尽管有官府的呈文,也花了十两银子,才得以放行。

离开且末走了两天,努哈尔让乌木里告诉大家,这一带有很多流沙井,必须跟着骆驼的脚印走。

大家都走得很小心。阎立信拿出水袋喝了口水,冷不防一阵风吹过,眼里进了沙子。他揉眼睛的时候,手里的水袋不慎掉在了地上,顺着沙梁滚了下去。那里面有半袋子水,在沙漠里水比金子还珍贵。他忘了努哈尔和乌木里的告诫,拔腿往沙梁下追。当乌木里叫喊的时候,已经迟了。只见阎立信的双腿已陷进了沙里,根本使不上劲。他拼命地用两只手往上刨,可不管用,越挣扎越往下陷,眼看着就埋到了腰。阎立业为了救他也跟了下去,两人一同陷在了沙里。

当沙子埋到胸膛的时候,一根缰绳从上面扔了下来。他们紧紧地抓住缰绳,上面的几个人用力往上拉,可根本拉不动。眼看着缰绳被一点点拉长,极有可能断裂。这时,阎立信听到耳边传来阎立业的声音:"哥,告诉俺爹,俺没给他丢脸!"

声音过后,只觉得绳子一紧。终于,他被一股巨大的力量拖出了沙井,回首望时,一条乌黑的辫子正渐渐被沙子吞没。

"立业——"

阎立信被人拖上去后,看着沙梁下面还在往下漏的沙土,欲哭无泪。就因为半袋水,又白白搭上了一条命!

他发疯似的捶打着驼背上一捆捆的丝绸,早知道要用这么多人的命去换,说什么也不来这里了,打开宁夏和甘肃一带的市场就行了,干吗非要走这么远啊?

冷静下来后,他抹了一把眼泪,对着沙梁下面喊:"立业,俺记着你

第二十二章

的救命之恩，往后你爹就是俺爹！"

驼队继续往前行，没有人说话，只有低声的抽泣。一天晚上宿营，一个叫得财的小伙子，手舞足蹈，又哭又笑。水旺他们几个人怎么按都按不住，还是被挣脱了跑进沙海里，眼瞅着瞬间就不见了。

水旺望着阎立信，抹着眼泪问："哥，咱能走出去吗？"

阎立信看了一眼远处，又看了看驼队，沉声蹦出一个字："能！"

洋枪队员只剩下三个人了，还有一个镖行的趟子手。阎立信喝了几口酒，对着三个人哭着吼："俺也没有想到会这样啊。一千多年前，南方人的丝绸就是这么运出去的，咱山东人口口声声能吃苦，还比不上一千多年前的南方人嘛。俺将来回去，要让子孙们看看，是咋用生命去做买卖的！"

第五十二天，他们抵达了于阗。看到街上铺面里摆着一堆堆的玉石，才知这里就是和田玉的原产地。玉石很便宜，巴掌那么大的一块上等籽玉不过一两银子。阎立信买了几块，作为纪念。

这里的人口并不多，虽然丝绸每匹能够卖到三四十两银子，可能够穿得起丝绸的人毕竟是少数，根本没有市场。

努哈尔告诉阎立信，他不能再往前走了，已经帮忙找好了向导。新向导会带着大家翻越雪山。考虑到商队的人太少，最好能够和其他商队一起走，翻越雪山口的时候，彼此有个照应。可他们在于阗等了半个月，只见到过来的商队，却不见过去的。眼看着秋凉了，再等下去只怕就大雪封山了。

阎立信思考了一阵，让努哈尔帮忙再雇几个人，多几个人就多一份照应。离开于阗的那天，天气很好，仍然是那么热。但很快，他们就知道什么是冰天雪地中的刺骨寒冷了……

第二十三章

胶东的冬天，北风刮得呜呜的，干冷干冷的。童年的记忆，深深地镌刻在阎立信的脑海中，怎么都抹不去。

柳疃蚕神娘娘庙西边有一个池塘。每当腊月天，附近村里的一些孩子便在里面滑冰玩耍。小时候，阎立信也和李维善兄妹一起去玩过。李维凤不敢下去，站在岸边冻得直跺脚……

如今，柳疃的冷比起大西北的冷那可谓是小巫见大巫了。从于阗出发的第七天，看到了连绵不断高耸入云的山峰，白皑皑的全是雪，像镜子一样透着白光的是雪线下的冰川。离着冰川还有十几天的路程，就感觉吹来的风带着一丝寒意。越往前走，感觉越冷，大厚棉袄都冻透了。

在山脚下，向导就对大家说了各种注意事项。阎立信也按向导的吩咐，把能够准备的东西都准备好了。

山下的路还好走，越往上越难走。一道道山泉顺着山沟哗哗地淌，路面湿滑湿滑的，不要说人，马蹄都打滑。走了几天，离冰川近了，野花也渐渐少了。阳光照不到的山沟里，还有大块大块的冰雪。

天气也很奇怪，刚刚还有太阳，一阵风刮过，转眼间就乌云密布，下起了棒子粒大小的冰雹，打在人头上、脸上。

好在每个人的头上都顶着羊皮帽子，倒也不觉得疼。冰雹过后，忽然又漫天飞雪，十步之内都看不清人。大家紧盯着脚下的路，抓着驼队的缰绳慢慢地走。

大雪没飘多久，又变成了大雨。冰凉的雨点直往人的脖子里钻，身上的雨布根本不管用。没多一会儿，浑身上下都湿透了，就如掉进了冰窖里，没了知觉。

再往上，路上全是冰。马匹和人脚上都裹了草，以防打滑。路面越来

越难走，旁边就是万丈深渊，稍不留神掉下去，肯定是尸骨无存。

路难走倒还罢了，胸口还感觉闷得慌，喘不动气，浑身乏力，脚下像灌了铅。大雨过后，他们想找个地方换衣服、烤衣服。可晚上宿营的时候，向导却不让生火，几个人挤在一起都感觉不到一丝暖和。

向导不但不让生火，连说话都不能大声，怕惊扰了山神而降下灾难。

清晨起来，胡子和眉毛上都挂着冰碴儿。这个时候，他们不禁怀念起沙漠里的酷热来。太阳热辣辣地晒着的那些日子，虽然出了不少汗，可也比这么冻着强啊。最思念的还是家里的热炕头，无论外面多冷，往炕上一躺，老婆孩子热炕头，那叫一个舒坦……

走着走着，阎立信突然感觉眼睛模糊，看不见东西了。乌木里低声问了向导后，才知很多人都会出现这种情况。只要翻过雪山，每天用羊奶冲洗，休养一阵子就好了。其他几个队员也出现了像阎立信这样的症状，只得用黑布蒙着眼睛，趴在马背上，在马匹的颠簸中听天由命。耳边是呜呜的风声，风很大，几乎要把人从马背上掀下来。阎立信紧紧抓着马鞍，努力使自己平贴在马背上。

一天晚上宿营的时候，乌木里在阎立信的耳边说："咱们掉了一匹马下去，连同马上的人都没了！"

阎立信发出一声长叹，不知该如何表达内心的痛楚。他紧紧抓着另外几个同伴的手，用手上的力道彼此安慰着。就这样，又走了两三天，终于可以生火了，也感觉没有那么寒冷了。又走了四五天，终于可以脱掉棉袄了，也听到了旁边的驼铃声，还有说话的声音，只可惜听不懂人们在讲什么。

商队在一个地方住了下来，乌木里告诉阎立信，已经过来了。住几天休息一下，等大伙的眼睛好了，再往前走。

找到住处，几个大老爷们哭得哇哇的，有一种劫后余生的感觉。

乌木里不知从哪里弄来了羊奶，给几个人洗眼睛，还把一捧沉甸甸的圆饼塞到阎立信手里。原来，他身上没钱，为了买羊奶，从骆驼背上抽了一匹白绸拿去卖了，人家给了十个金币。

阎立信掂量了一下手里的金币，每一块足有一两。也就是说，一匹白绸能换十两黄金。

几个人正洗着眼睛，外面传来了争吵声。乌木里领了两个人进来，一阵叽里呱啦之后，阎立信才弄明白，这两个人是要买丝绸。阎立信问明了对方的身份，得知都是商人。他们从西洋人手里买丝绸，每匹要十二个金币。这条丝绸古道已有一二百年没人运丝绸过来了，想不到竟然在这里巧遇了。这两个商人的实力有限，每人所要不多，也就几十匹。

阎立信告诉乌木里："就按十个金币的价格给他们吧。你告诉他们，等俺回去以后，每年都会有丝绸运过来，叫他们去大城市里找天有信的牌子。"

交易完毕，阎立信付给向导四块金币，其余的脚力每人两块。用他的话说，人家也是拿命换来的。

休养几天后，眼睛渐渐能够看清了。阎立信去街上转了一下，满街都是戴着头套帽的男人，偶尔还有一两个蒙着面纱的女人。镇子不大，也就几百户人家，不过来往的客商倒不少，也有洋人的驼队经过，看样子也是要翻越雪山口。

做丝绸买卖，就要到大城市去，到有钱人多的地方去。到了喀布尔，阎立信知道，这里可是"丝绸之路"的重镇。于是，他很快与一个叫艾哈迈德的商人达成协议，天有信在这里设一个分号，所有的白绸价格每匹八个金币、花绸十一个金币。艾哈迈德承诺每年可销售两千匹。

在喀布尔的集市上，阎立信花二两银子买了一个仆人，可那个仆人跟了他两天，居然不见了。

再往前走，乌木里也听不懂别人的话了，但难不倒阎立信，最有效的交流方式就是手势。依靠手势交流，他们在中亚这片广袤的土地上兜兜转转，居然停留了近一年的时间。

乌木里也趁机学了不少当地话，在谈买卖的时候，帮了很大忙。阎立信寻思着让他多学点西洋人的话，往后与西洋人做买卖会有用。

没想到的是，无论是白绸还是花绸，在这边都大受欢迎，成为有钱人身份的象征。每匹丝绸都是以黄金定价，最低卖出二十两，最高换得近三十两金豆。他们一行人受到贵族般的盛情款待，当然也被人敲诈勒索过……

阎立信谈成了十几个大客商，带来的那些丝绸变成了沉甸甸的金币和金豆。他们曾经跪在月亮教堂外，跟着别人一起祈祷，也站在大锥子一样巨大的石碓前仰望那四方而尖尖的锥尖。

没了丝绸，也谈成了生意，阎立信就想着尽快赶到一个叫德黑兰的地方，搭乘法国人的船只回烟台。但没想到的是，他们来到这里的时候，奥斯曼

帝国与法国激战正酣。

他们在经过一个集市时，人群中忽然一阵骚乱。随即，一伙持着洋枪的官兵赶了过来，不知道在抓什么人。在这片土地上，他们已经见惯了这种情况。

当他们离开集市后，才发现最后面的那匹骆驼上坐着一个人，是一个用白色丝巾包裹了全身而只露出眼睛的女人。

在集市上，经常有女人被卖，有钱人买回去当女奴使唤。水旺还想买一个回去当媳妇呢，阎立信拍了水旺一下："哥答应你，回去就给你娶一房媳妇！"

几个人在这边涨了不少见识，看着那七八个袋子的黄金，认为路上吃的苦也都值了，只是惋惜那些死去的人。

走出集市后，乌木里和那个女人说了几句话，然后让驼队快点走。

离开了麦地那，在阎立信的再三逼问下，乌木里才说了那个女人的身份。她叫卡丽姆，是当地一个富商的女儿。早年留学法国，现在的身份是法国的情报员。她受命去军营传递情报，不料消息泄露被官兵追捕，情急之下才跳到了他们商队的骆驼上。由于普遍存在买卖女奴的现象，官兵对坐在驼背上的女人早已习以为常，也想不到这几个脑后拖着辫子的中国人会帮着一位素不相识的人逃脱追捕。

阎立信在官监的时候，曾经与任通源讨论过胡雪岩的成败。任通源一针见血地指出，胡雪岩成败都在一个"官"字上。

他爹阎于诚做买卖也总是与官家保持着距离，天有信的丝绸入宫靠的是质量，而不是官府的人脉。爹常说，做买卖就是做买卖，绝对不能卷入政治纷争！

如今，卡丽姆可谓是一个触犯政治的定时炸弹。阎立信有心让她离开，但乌木里直求情："哥，咱要是不管她，被官兵抓到，那她就一个死。俺爹告诉过俺，咱山东人仗义，眼瞅着一条人命，能不救吗？要不等到了安全的地方，再让她自己走。前面如果遇到官兵盘查，就说是咱买的女奴，咋样？"

看着那女人哀求的眼神，阎立信也心软了。接下来，路上遇到几拨盘查的官兵，商队靠着大清的官文和乌木里的解释，总算有惊无险。可到达一处叫阿达纳的城市时，他们又被一群法国洋兵拦住了。本地的官兵还讲些道理，可这些法国兵根本就是来找碴的。其中一个洋兵揪着水旺的辫子使劲扯，疼得水旺嗷嗷直叫。

看到水旺嘶喊，洋兵们还哈哈大笑。阎立信拿出大清的官文，却被领头的洋兵给撕了。乌木里帮着说了几句，还挨了一枪托。阎立信并不知道，法国人接连在大清朝廷得了赢头，根本没把大清子民放在眼里。

一个洋兵拔出刺刀要把水旺的辫子给割下来。水旺拼命挣扎，给了那洋兵一拳，哪知洋兵大怒，直接把刺刀捅进了水旺的胸膛。

看着水旺临终前绝望的眼神，还有最后喊出的那一声哥，阎立信怒不可遏，不顾乌木里的劝阻，从驼背上取下洋枪，对着洋兵就开了枪。其他两个人也学着阎立信的样子反抗，可刚冲到骆驼前还没有摸到枪，就倒在了洋兵的枪下。

阎立信背靠着一堵墙，接连打倒了几个洋兵，可对方人多，呈环形包围上来。就在这紧急关头，随着那个女人的一声叫喊，洋兵居然不开枪了。

乌木里告诉阎立信："她说的是洋话！"

阎立信没有想到，这个女人居然会说洋话。每天给她吃就吃，让她住就住，从来不见她说话，一说话居然镇住了法国兵。

眼瞅着卡丽姆与洋兵军官又说了几句，然后挥手要他们放下枪。阎立信放下枪后，几个洋兵冲过来将他俩抓住并捆了起来。阎立信被洋兵拖走的时候，看到水旺和那两个伙伴的尸首就那么直挺挺地躺着。大风吹过地上的尘土，刮过那三张被阳光晒得黝黑的脸。大清子民的生命，就这样被留在了异国他乡……

阎立信呆呆地望着那几具尸体，心中哭喊着：水旺，哥还答应回去给你娶一房媳妇呢！

当天晚上，阎立信和乌木里被人丢进了囚牢。骆驼背上的近四万两黄金也成了法国兵的战利品。

在牢里，阎立信根本不知道外面发生了什么，每天和其他的囚犯一样，吃着猪食一样的食物，但他心里只有一个念头：必须活下去！

终于有一天，阎立信和乌木里被人从牢里叫了出去。走出牢房，他看到了卡丽姆，在卡丽姆身后站着一个身材魁梧的男人，还有两名法国军官。

卡丽姆告诉阎立信，他们被释放了，可以去伊斯坦布尔搭乘英国或法国人的商船回大清。她也想跟着去，见识一下东方文明古国的魅力。她父亲既是生意人，也是一位政客。他早就看不惯女儿的作为，这次就以救出阎立信等人为筹码，让女儿彻底退出军旅间谍生涯。他很喜欢来自东方的丝绸，就让阎立信带着卡丽姆到中国。卡丽姆还告诉阎立信：法国人抢走的那批黄金，答应退回一万两。

近四万两黄金吞进去，只吐出来一万两，法国人够贼的！阎立信发誓：抢走的那些黄金，一定会让法国人给吐出来！

人常说，男儿有泪不轻弹。此时的阎立信，又一次把泪水悄悄地锁在了自己的心底……

光绪十六年三月，阎立信他们三个人乘坐英国的商船离开了那片陌生的土地。在船上，一个叫查普曼的英国商人向卡丽姆大献殷勤，卡丽姆趁机套出了洋布的最低价，每匹折合银两仅为三两四钱。

查普曼得知阎立信是北京第一大绸布商号的少东家，在南北拥有数十家门店和合作商号，高昂的头顿时低了下来。随后，他热情地邀请阎立信进船舱喝酒，意图在船上达成合作。

阎立信告诉查普曼，各国洋商之间的竞争很大。洋布的生意也不好做了，除非做独家才能垄断市场，争取利润最大化。

卡丽姆给查普曼出了一个主意，可以委托阎立信为代理人，让阎立信出面，与其他国家的洋行签订协议，主动将价格提到四两。价格上来了，各国会抢着把洋布运到中国来。最终，其他国家的洋布由于成本高、市场价虚高，肯定卖不动，查普曼则可以借助价格优势抢占市场。而阎立信把丝绸在英国的销售权委托给查普曼，每匹上等丝绸价格是足银二十两，不包关税。这样用丝绸交换洋布，按合约价格折合一下，多退少补，各自处理关税。这确实是一种互利共赢的模式。

查普曼没有想到，自己还没到中国，就已经谈成了买卖，当即与阎立信签订了代理与销售协议。查普曼告诉阎立信，他有个朋友叫威尔逊，在大清海关当帮办，丝绸出关可以去找他办理。

商船过马六甲海峡的时候，阎立信想起堂哥阎立邦就在吉隆坡，既然到了这里，还是顺道去看看吧。商船正好在一个叫瓜拉彭亨的小港口停靠，距离吉隆坡没多远。于是，他们三个人告别查普曼，直接上了岸。

在船上，还不觉得热，下了船没走多远，就觉得热浪袭人，汗水一个劲地往下淌，身上的衣服很快被浸透了。

阎立信算着日子，现在是三月初，柳疃的大街上，人们还穿着大棉袄呢。可码头上的那些工人，一个个光着膀子挥汗如雨，下身套一条宽大的黑裤，皮肤晒得黝黑发亮。

街道两边的树木长得很奇特，笔直的树干，顶上的叶子一缕缕的，就像摊开挂在树身上晾晒的粗棉纱，叶子下还挂着一串串跟小孩子脑袋大小的绿果子。往里走了一会儿，看到了一些矮的树木，也长着不知名的果子。

路两旁都是简易的草棚，随便搭建而成，有的就在门口摆一个摊位，卖那种大绿果，还有的叫卖着各种吃食。

乌木里凑上前去看稀奇，比画了一阵后，用一块洋人的银圆换回三个大绿果。大绿果里面是水，喝起来清凉可口，还有白白的一层肉。卡丽姆说这叫椰子，这里的人都喜欢吃。

往前走了一段路，风情和码头上有些不一样。女人身上的装束和卡丽姆的家乡很相像，只是肤色和相貌有些不同。男人穿着没有领子的衣服，有白色的，有黑色的，下身套着长裙，头上还包着红绿色的裹头。

四五个男人聚成一堆，用树叶包着绿色的果子，塞进嘴里，不一刻便吐出一大口血红的口水来。虽然看似吐血，但人好像没事。很多男人的嘴巴都一动一动的，时不时地吐出一两口，地上满是红色的印记。

阎立信他们好奇地看着，那些人也在稀奇地看着他们。一个十一二岁的小男孩用笸箩大小的筐子装着那种绿果，走上前向他们叫卖起来。

卡丽姆自上岸后，就没有说话，只是偶尔笑笑。看着小男孩卖的果子，卡丽姆说这叫槟榔。

阎立信拿出一块银币递给小男孩，从筐子里拿了几颗槟榔。入口刚嚼了一下，满嘴都是熏人的怪味，连舌头都变得涩涩的，吓得他急忙吐了出来……

这里的太阳实在太大了，晒得人有些头晕。乌木里买了几顶宽檐帽和几把蒲扇，边走边扇着，倒也凉快了一些。

走了没多远，就看到一间挂着中国字招牌的店铺，阎立信疾步走了过去。店里坐着一位五十多岁的男人，见他走过来，热情地打着招呼。遗憾的是，那男人说的话他根本听不懂。

阎立信捡了一根树枝，在地上写道：你是大清子民吗？

那男人倒认识汉字，从里面拿出纸笔来，写下：我来自福建。

原来，闯南洋的不仅仅有山东人，两广和福建一带的很多人比山东人来得还早。

就这么靠着纸和笔，阎立信问明白了，山东人在马来西亚做生意的并不少，光开的绸布庄在吉隆坡就有二十多家，另外在槟城、新山、怡保那边也有。通过交流，他弄明白了，椰子有清热消暑的功效，椰肉可以挖出来做点心，也可以生吃；槟榔，有除湿、去痢、提神的功效。下南洋的大清子民刚来时都吃不习惯，慢慢地也就习惯了。所谓入乡随俗，就是这个理儿吧。

　　这里距离吉隆坡有上百里地，雇一辆牛拉车要走上两三天。牛拉车走得并不比人快，不过那种晃悠悠的感觉倒挺舒服的。乌木里买了十几个椰子放在车上，一边欣赏着异国风情，一边喝着椰子汁，那叫一个爽。他还向阎立信要了一个槟榔，学着当地人的样子嚼了起来，嚼了一会儿，笑着说："哥，别说这玩意还真提神，俺刚才还犯困来着，这会儿就精神了。"

　　路两边大多是草房，也有砖木结构的，都很低矮。地里长着大片大片半人高、绿油油的东西。卡丽姆似乎对这些植物很感兴趣，眼睛一眨不眨地望着……

　　两天后，他们来到一座大城市。街上的人很多，穿戴也不一样。人们见了面，都双手合十，相互点头躬身，就像进寺庙拜菩萨一样。

　　乌木里一脸稀奇，就如进了大观园的刘姥姥，嘴巴嘚吧嘚吧说个不停。阎立信和他不一样，他的注意力都在行人的穿着上。那些人身上穿的大多是绸布做的衣裳，但从他们走路时衣服摆动的样子看，不像是山东绸布，应该是江浙一带的丝绸。

　　街面上有不少卖绸布的店铺，但挂的都不是汉字的牌子。店铺内不时有客人进进出出，看起来买卖还不错。

　　阎立信让车子停在一个大门前，领着乌木里和卡丽姆走了进去。有伙计主动迎上前，直接用外语招呼他们。卡丽姆也用外语告诉伙计："路过这里，先看看。"

　　伙计领着他们进了店铺，只见店内的柜台上摆着各色的花洋布，还有花绸，品种倒不少。有七八个客人正在挑选着，还有两三个脑后拖着长辫子的华人。

　　阎立信随手拿起一卷花绸，见布料细腻轻薄，用手捻了捻，让卡丽姆问问绸布是哪里出产的。

　　不料，卡丽姆问了后，那个伙计的眼中露出几许讥讽的意思，微笑着回答："这是意大利的里昂绸，上好的绸布。"

　　当卡丽姆通过乌木里给阎立信翻译后，阎立信骂了一句："狗屁，上等的丝绸在中国。南在苏杭，北在山东昌邑。"

旁边一个四五十岁的男子瞅了一眼阎立信，用不太标准的大清官话说："这位先生说的是事实，可我们大清国积弱难返，到哪里都被洋人欺负。里昂绸看上去花里胡哨，质量不怎么样，可价格便宜，有人愿意买。我们大清国过来的绸布虽说质量好，但价格也高啊！"

阎立信朝那人施礼道："在下是山东昌邑的绸商阎立信，敢问兄台尊姓。"

那人拱手回礼道："不才孙士春，福建人。在此地经营几亩薄田，因同乡会明日有事，过来买几匹绸布。"

阎立信虽说脑后拖着辫子，是低贱的大清子民，可他身后跟着卡丽姆和乌木里，自然就显示出身份的与众不同，故而孙士春才主动搭话。

阎立信问："都是大清子民，为何不做自家人的买卖呢？"

孙士春笑道："方才我已经说了。若阎兄弟赏脸，后日可去前面街上的福建海鲜砂锅坊坐坐。"

阎立信已经从对方的衣着和言谈举止中，判断出对方身份的不一般，所谓的几亩薄田，肯定是谦逊之词。他当即微笑道："好，一定拜访！"

店铺里的伙计已经替孙士春包好了几匹绸布，并恭敬地说了几句话。

待孙士春出门后，阎立信指着那些花绸，让卡丽姆告诉店里的伙计，每样也来三尺。

伙计的手脚很利索，转眼就把二三十种花绸给打了包。乌木里拿起来往背上一甩，三个人出门上了车，继续往前走。

走了一段路，阎立信看到一家挂着"福建海鲜砂锅坊"招牌的大门房，边上还有一块竖着的牌子，上面写着：福建同乡会。

又转过两三条街，他们终于来到春和盛绸布庄店铺前。阎立信从车上跳下来，奔了过去。他知道春和盛的老板就是岳父的弟弟李中楚。他和李维凤大婚的时候，李中楚没能赶回去。

进了店铺，见里面有两三个伙计，其中一个好像是本地人。店铺里没有客人，伙计们在坐着聊天。见他进来，一个伙计赶紧站起身，微笑着用汉语问："老板，您买绸布？"

柜上摆着很多品种的绸布，也有洋布。阎立信一眼看出，柜上的山东绸布并不多，只有明丝绸、大黄绸、一六绸、二五绸等四五个品种。他的眉头微微一皱，问："你们掌柜的呢？"

声音刚落，从里间走出一个带着老花镜的老人，上下打量着阎立信，问："您是从山东来的？"

就这一句柳疃方言，阎立信已经多年没有听到了。他的眼眶不争气地噙满了泪，哽咽着说："俺是昌邑柳疃的，叫阎立信……"

老人的脸色立时变了，急忙吩咐站在一旁发愣的伙计："快去请东家，就说俺女婿来了，阎家的二少爷来了。"

伙计一阵风似的飞了出去，差点撞上走进来的乌木里和卡丽姆。

老人看了一眼乌木里和卡丽姆，问："这二位是……"

不容阎立信介绍，乌木里已经主动说了："俺是他的表弟，她是俺的朋友。"

老人瞪着眼珠，有点疑惑地问："表弟？看着不像呢！"

乌木里笑着说："俺爹叫周华浩，当年拉着丝绸到新疆，在那里娶了俺娘，俺的大号叫周世昌……"

老人摸了摸胡须，说："俺知道二十几年前，华浩带人闯新疆的事，不是一直没消息吗？"

阎立信担心乌木里说错话，连忙接过话："二舅他们确实遭遇了兵祸，只有二舅一个人活了下来。他在那边换了买卖，也想和家里人联系，不是这些年一直不太平吗？寄了好几次信，家里也没收到！"

老人似乎不太相信："怎么会收不到呢？我们往回写信，从来没说收不到啊。"他热情地让阎立信坐下，并亲自泡上茶，说："俺叫刘长贵，家是刘家庄的，跟着东家来南洋十几年了，只回去了一趟。俺见过你，那时你还很小呢。"

阎立信正要说话，听到外面传来脚步声，抬头望去，一个五十岁左右、身体健壮的男人快步走了进来。他赶紧站起身，见那男人长得和李中原相像，只是皮肤稍黑一些，忙躬身下拜："立信见过二叔！"

来人正是李中楚，他上前扶住阎立信，拍了拍他的肩膀，说："你的事，俺都知道了，不容易啊。听说你拉着丝绸往新疆那边去了，几年都没消息，囊又到这里来了？"

阎立信就把这几年的经历简单说了。

李中楚哈哈笑了："果然是有福之人。你来大马，想重振你家的天有信吗？"

阎立信愣了一下："二叔，囊地了？"

李中楚叹了一口气说:"二叔也不知囊跟你说。俺带你过去,你自己问吧!"

几个人离开春和盛,沿着街往前走。一路上不断有人双手合十,给李中楚行礼。李中楚也频频还礼,看得出,他在这边的人脉很不错。

阎立信问:"二叔,您认识孙士春吗?"

李中楚诧异道:"俺知道,他是福建同乡会会长,在街上经营着一家福建特色粥铺,还有几百亩田地,种着橡胶、油棕、烟草和咖啡豆,还有几家厂子,买卖做得很大啊。囊地,你认得他?"

阎立信说:"刚刚认识。"

李中楚说:"福建人会做买卖,什么种地、挖矿、开粥铺,不像咱山东人,只会卖绸布。福建和广东人,在这边都有同乡会,凡事有个照应,可就咱山东人,心不齐哪!"

走了约半里地,老远就看到了天有信的牌子。待走近了一些,才看清门口还竖着一块牌子,写着两种文字。其中一种他认得,写的是:门店转让。

进了店,一个三十岁左右的男子从椅子上站起身,朝李中楚握拳行礼。李中楚说:"立邦啊,看看谁来了?"

阎立信和阎立邦有十几年没有见面了,但兄弟俩一眼就认出了对方。阎立信来不及坐下,就问:"哥,门口那牌子,囊回事?"

店铺的柜子上稀稀落落地摆放着山东绸布,虽说品种比春和盛还多,却不养眼。店铺里除了阎立邦外,连一个伙计都没有,看得出落败的气象。

李中楚微微一笑,说:"你们兄弟相聚,俺就不掺和了。今儿晚上,立信去俺家住,傍黑俺让人过来接他。"

送走了李中楚,哥俩重新坐下,流了一阵子泪。在阎立邦的讲述中,阎立信才明白,阎于本下南洋后,先后在菲律宾和印尼停留过,最后来到马来西亚落脚。经过几年的努力,买卖做得确实不错,在几个城市也开了分号,山东的绸布和南方的绸布在这里平分秋色。但在这里做买卖不像在北京,铺面只是一个仓库,成交的买卖不多。更多的是找当地人,让他们背着绸布下乡,挨家挨户去卖。即便如此,这种境况也没好多久。随着洋布和意大利里昂绸的进入,这种格局很快被打破了。洋布对绸布的冲击力度不算大,但里昂绸质地轻柔、花色繁多,且价格低廉,很快就抢占了绸布市场。有的山东老乡在大城市经营不下去了,就卖了铺面换地方,有的去了乡下,有的则去了一些岛屿,重新开辟市场。

前两年，阎立邦他爹来了一趟，把他娘和弟弟妹妹都接到澳洲去了，这边的铺面交给他来打理。天有信在其他几个城市的分号也经营不下去了，已经关闭。于是，他想着转让最后的总店，带着老婆孩子也去澳洲。

说完，阎立邦叫出老婆和孩子。他老婆是浙江人，从小就跟着父亲来这边做丝绸买卖。去年买卖经营不下去了，她父亲就卖了店铺回了浙江老家。

阎立邦接着说："咱的绸布运到这里的成本，七七八八加在一起，每一匹折合纹银十五两，而里昂绸的市场价才十五两出头，这买卖囊做呢？人家英国人的洋布和绸布不用缴关税，咱大清国过来的货物要收五个点，这就又多出二两银子来。李家的春和盛为啥做得好？因为他不但卖山东绸，也卖洋布和里昂绸。可咱家的祖训，只能卖自家的绸布。再说他家和洋人有关系，也不用缴关税……"

阎立信摆摆手，没有让堂兄继续说下去，扭头对卡丽姆说："里昂绸质地柔、花色多，在这里的市场价才十五两出头，查普曼为何愿意出二十两买咱的绸布呢？"

卡丽姆和乌木里都不解地微微摇头。

阎立邦从柜子下面拿出两块绸布来，递给阎立信："兄弟，俺早就研究过，里昂绸是蚕丝绸，质地薄、不耐穿，而且出汗沾身子。"

阎立信早已见过里昂绸，还买了几十个样品，但他仍把两块绸布拿在手里翻来覆去地看，说："买卖是靠人做的，你囊就这样死脑筋呢？这里比不得大清国，情况不一样。你也可以学着春和盛，兼卖洋布啊。"

阎立邦说："俺不是没有想过，若没有洋人的关系，买卖也难做啊。"

阎立信说："哥，咱家的绸布，从山东上船的成本每匹不过十两多银子，主要是运费太贵，加上关税。俺回去就办这事，先把成本降下来。洋人为啥成本那么低，就是机器好、能织布。至于花色，咱也能行。洋人可以学咱中国人的养蚕工艺，咱为啥不能学洋人织布的本事呢？兄弟还求你一件事，你让人告诉维凤她二叔，今晚吃饭，俺想见见这里的山东老乡。"

阎立邦亲自去通知李中楚。他内人从里面端出一些水果，招待卡丽姆和乌木里，除了椰子和槟榔外，还有一种水果，切开后，黄黄的，入口酸甜。他内人说，这叫菠萝，两广一带也有，就是味道有点不一样。

不一会儿，阎立邦回来了。兄弟俩又聊了一阵，阎立信把这几年的经历简单地告诉了堂兄。他没有别的意思，就是让堂兄树立信心，把天有信继续经营下去。

乌木里是个自来熟，很快就与阎立邦的儿子阎书林熟了。两人出门一会儿，就搬回来好几种水果，其中一个比猪头还大，黄澄澄的，外面都是硬邦邦的刺。乌木里说："这玩意叫榴梿，可不便宜，花了俺三块银圆。还有这紫色的叫山竹，里面白白的，味道不错。只是这种叫木瓜的，感觉没有塞外的香瓜脆甜……"

天刚擦黑，外面来了两辆马车。李中楚没有让别人来，而是亲自来接。身后跟着一个二十多岁、穿着洋装、一头披肩发的小伙子。李中楚一进门就叫："立信，这是维成，你的内弟，英文名威廉，十五岁就去了英国。刚回来没多久，在亨利大人的手下帮忙呢。"说话的时候，脸上洋溢着得意和骄傲。

不等阎立信说话，李中楚接着说："本来想吃顿家宴，既然你想见见老乡，俺就满足你的愿望。今儿把这里所有的老乡都叫来了。"

阎立信盯着李维成看了一会儿，笑着问："你的辫子呢？"

李维成用手撩了一下耳边的头发，说："姐夫，英国人都没有辫子的。"

阎立信渐渐收起了笑容："你这模样没法回大清了，要被砍头的。不过，在这里无所谓。"

李中楚眼中闪过一丝不悦，说："俺没想让他回去。听说连大清都成洋人的天下了。这里是英国人的地盘，得靠着英国人赏口饭吃呢。"

阎立信笑着说："不说这些，走，二叔，吃饭去！"

第二十四章

天解人事,而人难测天意。所谓修行就是将人的意念修成天意。

阎立信跟着李中楚上了车,两人不再说话,气氛显得有些尴尬。过了好一会儿,李中楚才说:"俺劝过他做洋布买卖,他就是不听,跟他爹一个样,死心眼!"

阎立信笑着说:"俺阎家的人,就是太实诚。"

车子到了一处广东人开的饭庄,阎立信进去后,见有好几桌子的老乡,人数还真不少。

老乡们也都听说了阎立信的传奇经历,都聚拢来朝他拱手施礼,寒暄起来。虽然他们脸上都挤着笑意,但阎立信看得出他们笑容背后的忧虑。

李中楚拉着阎立信到上首坐下。三杯酒下肚,阎立信举着杯子,对大家说:"今儿俺路过这里,见到了诸位老乡,也知道大伙背井离乡实在不容易,开创的基业都是拿命拼来的。俺非常敬佩,是你们为咱山东人争了光,俺敬大家一杯!"说完,在场的人都干了酒。

也许是阎立信的一番话戳到了肺管子,一个个开始唉声叹气,有好几个忍不住抹起了眼泪。是啊,那种背井离乡创业的艰难,外人有几个能体会得到啊,谁没有一肚子苦水啊?

其中,有一个人当众脱下衣服,露出了身上的斑斑点点,哽咽着说:"俺初来大马,就是自个背着包袱,挨家挨户去卖绸子,一走就是好几天。晚上随便找个地方睡,这都是蚊叮虫咬的。在座的大伙,哪一个身上没有这些印记?拼着这条命,辛辛苦苦才站稳了脚跟,谁不想回家啊?"

一席话触动了大家的心弦,有一个人紧接着抽泣起来:"俺腿上的伤疤直到现在每到阴天下雨就痒痒,那是背包袱卖绸子时叫恶狗给咬的……"

"都甭哭了。今儿是开心的日子,都是大老爷们,别整得跟娘们一样!"李中楚打断那人的话,大声说。

阎立信说:"二叔说得对,都是大老爷们,有啥苦和着酒咽下去就是了,挺起腰杆子来做人。今儿俺借二叔的场面,有几句话俺要说说!"他一口干了杯中的酒,接着道:"俺家是咱京城第一大商号,也是俺爹辛辛苦苦拼下来的,俺娘还搭上了一条命。可没曾想,短短几天就遭人算计败落了,俺哥被土匪杀了,俺爹被活活气死了,俺也上了刑场,又下了刑部大牢。出狱之后,俺就想着重振天有信。于是,万里迢迢带着人闯新疆,遭兵匪险些丧命,过沙漠、爬雪山,在那个抬头认不得半个人的地方被关了近两年,几十个人跟着俺出来,如今就剩下俺一个人了。俺没叫一声苦,但不是俺心里不苦啊。咱昌邑人上北洋、下南洋、闯关东、走西域,靠的是啥?就是这股子不要命的闯劲!"

听了阎立信的话,在座的都露出敬佩之色,一个个频频点头。

阎立信继续说道:"俺刚来这里,就听说俺家的天有信商号要转让,为啥?就是因为里昂绸便宜,一匹才十两出头,挤得咱山东绸没有买卖了。俺告诉你们,在船上的时候,一个叫查普曼的英国人和俺签订了协议,愿意出纹银二十两买咱的绸布。这是为啥?因为他知道,咱山东绸靠的就是质量过硬。有人会说英国地方冷,所以喜欢厚实一点的绸布。里昂绸在英国没有销路,倒是适合天气炎热的马来西亚。可大伙别忘了,咱山东绸区别于别的绸子唯一的特点,就是出汗不沾身、不贴皮。俺看大伙穿在身上的都是自家的绸布,谁都不愿意衣服粘在身上,对吧?做买卖不能死心眼,得灵活。咱昌邑人对自家绸布的质量,心里是有数的。咱的绸布经洗而耐磨,穿两三年都不会坏,里昂绸能比吗?明天俺就让天有信挂出牌子,只要是从天有信买回去的布料,质保三年。三年之内只要是有破的,拿回来免费换新的!"说着,他又给自己倒了一杯酒,一口干了:"俺哥说过,洋人的绸布不用交关税,咱们的绸交二两。俺当着大伙的面问二叔,你家的绸布交多少?"

李中楚一听这话,脸色登时变了,有点不情愿地说:"各家做各家的买卖,路子不一样,哪能比呢?"

阎立信说:"二叔,糊涂啊!俺知道您和洋人的关系好,俺弟在洋人的手下干着活。您也跟俺说过,全靠着洋人赏口饭吃。也就是说,二叔您在洋人面前,永远都抬不起头来,求着别人给一点吃的。您刚才说,他们有几个人哭得跟娘们一样，不像大老爷们。二叔，真正的大老爷们，就应该站直了腰杆，挺起胸膛做人，是不是？"

李中楚的脸已经成了猪肝色，大声呵斥道："阎立信，你小子别没大没小的，胳膊肘儿囊拐的呢？"

阎立信再次倒上酒，举着杯子对李中楚说："二叔，俺说话不中听，向您赔罪了！但自古良药苦口，忠言逆耳。咱昌邑人上北洋、下南洋，到哪儿不是抱成团的？乡里乡亲的，出不了十里八村，都沾着亲呢。遇事也可以一起商议，想给家里捎一封信，那也得家乡人捎回去啊。身处海外再远，家乡也是根哪！洋人的里昂绸卖低价，那是在挤对咱们。他们首先用低价抢占市场，当把所有中国绸布商挤走之后，整个市场就是他们的了。到时候，价格就是他们说了算，洋人管这种手段叫'垄断'。二叔，俺想问一句，如果所有的老乡都被挤对走了，就您一家春和盛，靠着洋人赏口饭吃，能吃得下去吗？要是遇上啥事，连个说话的老乡都没有了，那日子过得舒坦吗？"

李中楚愣了一愣，没有吭声。

阎立信继续说道："英国人的货物，不是不要关税吗？这很简单，从今往后，所有在马来西亚上岸的绸布都将由英国商人查普曼的公司提供，不属于大清的货物，先省下这二两银子。另外，俺回去就琢磨里昂绸的花色，只要让咱柳疃绸的花色变得和里昂绸一样，成本再往下降一点，俺就不相信会输给他们！"

话音刚落，阎立邦就激动地带头鼓起掌来，其他人也跟着一起鼓掌。顿时，掌声一片，连李中楚都惊呆了。

待掌声稍微稀疏了一些，阎立信大声道："俺还有几句话要说，俺刚刚认识了福建同乡会会长，他们的同乡会明天要开会，可咱山东人呢？一盘散沙！俺建议，今儿就成立山东同乡会。俺二叔来南洋早、认识人多、路子广，同乡会会长非他莫属。只要有了同乡会，就能统一压住价格。都说打虎亲兄弟、上阵父子兵，做买卖的，也应该相互有个照应，是不是这个理儿啊？"

一个和李中楚差不多年纪的老乡站起身，大声说："大侄子，您今儿的话，可说到咱心坎里去了。咱早就应该成立同乡会，可人心不齐啊！"

阎立信笑道："从今儿起，咱山东卖绸布的就拧成一股绳子，相互照应着。二叔，您说对吧？"

李中楚叹了一口气,微微点头。

阎立信趁热打铁:"同意俺建议的,大伙举个手!今儿既是老乡聚会,也是咱成立山东同乡会的日子。"

所有人都齐刷刷地举起了手。

阎立信办事一向干净利索,当即就让人取来了笔墨,写了一份《山东同乡会会规》,并让大家挨个在上面签名画押。稍后,大伙陆续推选出了几名副会长。

李中楚端着杯子走到阎立信面前,有些难为情地说:"俺侄女果真没有看错人,你是个做买卖的料。俺跟你喝一个,从今往后,山东老乡的事就是俺春和盛的事。"

阎立信笑道:"二叔,您过奖了。做买卖嘛,将心比心,但也要多一个心眼。"

晚上,阎立信醉了,醉得很开心……

他们三人在马来西亚停留了四五天。其间,还去孙士春的福建海鲜砂锅坊品尝了那种混着各种海鲜熬出来的大米粥。此后,在李维成的帮助下,他们搭乘英国人的一艘商船,离开了马来西亚。

这天,前往码头送行的山东老乡有一两百人,泪眼汪汪,真是难舍难分!

大海的胸襟永远是那么敞亮,无边无际,但又汹涌有度。望着茫茫大海,阎立信感慨万千,欲哭无泪,离开家乡后的一幕幕不时在眼前浮现。"天地所以能长且久者,以其不自生,故能长生。"这是古老的智慧,也是他处世的准则……

他们海上颠簸了近一个月,终于到达上海。下船后,阎立信办了两件事:第一件就是找到一家美国洋行,以每支八十两银子的价格订购了五十支连珠步枪。他早就听卡丽姆说过,美国有一种装填十三发子弹的新式枪支,叫"温彻斯特M1866"连珠步枪,可以连续射击,不用像以前的洋枪那样打一枪装一发子弹。要是早买了这种枪支,在戈壁滩就不会死伤那么多人了,更不会让水旺死在法国兵的手里了。第二件就是调查上海的丝绸市场,并在查普曼的帮助下,用五千两黄金作保、以每匹洋布四两的价格与英、美、法三国的七家洋行签订了洋布在黄河以北的总经销权,承诺年销售量不低于十万匹,哪一家给得快、给得多,花式漂亮,就主要销售哪一家的。另外,他还与查普曼定了契约,以后送往马来西亚的绸布全部由查普曼的公

司出货,并负责运送到码头,不得有一分银子的关税。而查普曼所赚取的,只是正常的船运费。

在虹口公共租界内,他看到一家电报局,得知可以打电报到北京和天津,便尝试着给叶掌柜发去了电报:

立信已抵申

阎 字

那玩意很神奇,上海这边嘀嗒嘀嗒几下子,北京那边就知道咋回事了。为洋人操作电报的那些帮办们,一个个穿着西装皮鞋、喝着洋酒向同胞们吹牛的时候,那神情啊,仿佛脑后的辫子都成了金黄色。

一笼上海小笼包才六文钱,发个电报每个字却要一百文。就这几个字,接近一两银子。阎立信爽快地扔出一块金币,大声道:"剩下的赏给你们了,记住了,北京天有信商号!"就这举动,惊得大厅内办事的洋人和买办们一个个咋舌不已。天有信还没有在上海开办业务,但名声已经打出去了。

他还没走出电报局大门,就被一个穿着洋装、脑后拖着辫子的年轻人拦住了。那人恭恭敬敬地递过一张名片:"先生,请留步,我想请您喝杯茶。"

阎立信接过名片,见上面写着:花旗银行席家荣。

席家荣看了看阎立信身边的卡丽姆和乌木里,把身子又矮了一点,脸上更加堆满了笑容,眼中露出商人应有的狡黠,低声道:"您是北京天有信的,我知道,生意做得很大。以后有什么业务,可要多多照顾照顾我呀。我们花旗银行比汇丰利息要高一点。"

阎立信把名片放进衣兜,低声道:"那你知道北京同升洋布庄吗?"

席家荣连连点头:"知道,知道,老板姓钱,浙江人。当初在胡雪岩的典当行当过二掌柜,后来在上海当了一阵子买办,靠着法国人的关系做起了洋布,生意做得也挺大的。"

阎立信问:"你应该知道哪一家法国洋行给他供货吧?"

席家荣笑了一下,没有说话。

卡丽姆指指阎立信,用流利的英语说:"你这个金融买办的信息可不灵通啊,去打听一下,是谁刚刚拿下了英、美、法三国七家洋行的洋布总经销权啊。"

席家荣脸色一变,连忙说了一家法国洋行的名字。阎立信笑了,敢情他就是同升洋布庄的供货老板。他想不明白的是，同升洋布庄的生意做得那么大，但那家法国洋行的供货量却不高。如果席家荣没有骗他，那么，问题就出在同升洋布庄搞了鬼，会不会是打着外国进口洋布的名义掺入了大批上海和江浙一带生产的本土洋布，以价格低廉的土洋布冒充进口洋布呢？

想到这里，阎立信笑着道："我就喜欢和你这样的实诚人打交道，喝茶就免了。我还有事，以后肯定会有人找你的。"

席家荣送阎立信出了门，望着他们上了马车。他抬头看了看天空，感觉今天的阳光特别灿烂……

四月，榆钱变成了大叶子，清甜馋人的槐花已经落尽。走过了千山万水，总也走不出那迷人的乡愁。那天，阎立信终于回到了柳疃。令人悲楚的是，走的时候是一支三十多人的队伍，回来却只剩下了他一个人。

阎家老宅还是原来的样子，只是门口多了几辆马车。院子里传出一个女孩清脆的嬉闹声，还有一个女人的叫喊："书真，别淘气了，你娘和舅在屋里商量事呢。"

阎立信走了进去，见一个四五岁的女孩正举着一个风筝来回跑着，一个中年女人正追着那女孩，可怎么也撵不上。女孩的笑声洒遍了整个院子……

五年了！

他走的那年，是二月十九，院子里的老杏树还没有开花。如今，杏子长满了枝头，一颗颗青色的小奶杏正迎风晃动着。

女孩跑到阎立信面前，歪着头望着他，又看了看身后的两个人，问："你们找谁？"

阎立信蹲下身子，伸出手："书真，俺是你爹，来，让爹好好看看。"

女孩认真地说："你骗人，俺娘说，爹去很远的地方了。"

阎立信眼里噙着泪："爹走的时候，你还在娘肚子里呢！"

这时，从屋子里出来一个人，正是李维凤。她呆呆地望着阎立信，捂着嘴怔怔地看了一会儿，泪水簌簌而下，抹了一把后，喊："书真，真是你爹，快叫爹呀！"

阎书真看了看娘，见娘一个劲地朝她点头，怯怯地叫了一声爹，随即扑入阎立信的怀抱。

阎立信紧紧抱着女儿，在小脸上亲了又亲。他想这一刻，已经想了五年了……

李维善和魏掌柜等几个人都围了过来。李维善道:"回来了,回来了就好。魏掌柜已经派人往那些国家跑了两三趟了,就是打听不到你的消息。叶掌柜也通过关系从官府那边打探消息,都说你在关外遭了土匪,生死未卜!"

李维凤望着阎立信身后的卡丽姆,就那么端详着。卡丽姆没有再穿她的民族服饰,在烟台下船后,就换了一身中国姑娘的打扮,那头秀发像瀑布一样披在脑后,显得有点不伦不类。

魏掌柜出了院子,朝外面瞅了瞅,回身问:"东家,其他人呢,囊地都回家了?"

阎立信放下阎书真,沉痛地摇了摇头,沉声道:"没了,都没了,就剩俺一个了……"

李维凤听后瞬间泪流满面:"魏叔,囊对他们的亲人交代啊?"

魏掌柜迟疑了一下,安慰道:"这兵荒马乱的,做买卖哪有那么稳稳当当的?俺这条老命不也差点扔在船上吗?"他拍了拍阎立信的肩膀:"交给俺去办吧。当初走的时候都画了押的,回来的每人五十两银子,回不来的每人三百两。"

阎立信拿出了藏在身上的一个小兜子,里面装的都是从那些队员留下来的遗物,沉痛地说:"俺这条命是他们用血换来的,俺不能对不起他们,就是再多的银子,也换不回他们的命啊……"

阎立信见李维凤擦了一把泪,眼睛与卡丽姆对视着,便走上前拥了一下,低声在她耳边说:"书真娘,你别想多了。"

李维凤收回目光,在阎立信的胳膊上轻轻拧了一下,上前热情地招呼卡丽姆和乌木里进屋。大家进屋后,阎立信正要将卡丽姆和乌木里介绍给大家,乌木里却主动介绍说:"俺叫周世昌,俺爹是周华浩。"

若不是人在眼前,单听声音,李维善他们都以为说话的人就是土生土长的柳疃汉子。

阎立信简单叙述了这五年的经历,只是隐去了二舅当土匪的事,只说二舅在甘肃那边已成家立业,干着别的营生。至于南洋那边,山东同乡会成立了,大伙正抱成团,买卖会逐渐好起来。

李维善说:"眼下,咱们得先处理好自己的事了。"

阎立信问:"囊地了?"

刚才他看见家门口停了几辆车，进来又看到李维善和魏掌柜他们几个人都在，就知道有事情要商量，只是还没来得及问。

李维善把这几年发生的事简要说了。原来，阎立信离开后，天有信和恒信两家商号凭借着各自的工厂，买卖越做越大。虽然国内的买卖赚不了几个钱，可魏掌柜在西洋那边打开了市场。花绸比白绸卖得好了，刨去各种费用每匹多赚三十多两。合顺旺和其他商号也都陆续开办了厂子，只是规模要小得多。

官府看到丝绸的利润越来越高，就在昌邑和掖县开设了官办缫丝厂和纺织厂。也不知是谁给官府通风报信了，官府来了人，直接把张冲给请去了，还加封为八品。张冲原本就是官府的人，不能不去，好在他临走前，把染布的技术都教给了魏海生。如今，印染厂由魏海生打理着。

官府收茧的价格虽说和大家一样，可没有税收。可气的是，从去年开始，官府对丝绸商和茧农分别加收两个点的税，连带着蚕茧的价格也就上扬了。今年在蚕神娘娘祭祀仪式上，不得已开出七钱的收茧价。如此一来，每匹丝绸的成本就提升到了十两五钱。官家这么做，等于是从丝绸商的口里夺食。尽管各家商号都有怨言，可没人敢出头与官府说理。

民营缫丝和纺织厂面临着与官家竞争的压力，天有信首当其冲……

阎立信听完，沉思了一会儿，让乌木里把带回来的里昂绸样品拿出来，展示给大家看。李维善和魏海生抓起绸布，仔细看了一会儿，除了花式好看外，实在说不上还有哪点好一些。

阎立信要魏海生以后照着这些花样来生产，另外安排人去青岛，看看洋人那里还有什么好的机器。只要有，花再多的银子也要买回来，必须设法把每匹绸布的成本控制在九两以下。

接着，他笑着说："正当买卖人肯定不能与官府抗衡。官家工厂生产出来的丝绸主要是赔给洋人的，成本比天有信的成本还低，所以官家不可能再要那么多丝绸。对于咱们来说，未尝不是一件好事。官府的丝绸主要给俄罗斯和英、法等国，咱的丝绸除了下南洋、去澳洲外，可以主要进攻中东、北欧和非洲的那些国家。"说着，他拿出了随身带着的小本子，上面记载的地址和名字，每一个都是大客户……

走陆路虽然危险系数大，但成本较低，只要翻越雪山，立马就能换回黄金。一路过去，到达伊斯坦布尔，然后搭乘英、法两国的商船回来。第一趟之所以死伤那么多人，主要是没有经验，中了官兵的圈套。

听阎立信这么说，几个人都放下心来。

这几年，柳疃西街成了绸布的交易市场。一些乡下纺织户把自家的绸布拿到街上，搭一个摊子就能做买卖。天有信的生意都是在阎家老宅进行的。外地来的客商也都习惯在西街完成交易。东街的那些铺面几乎成了摆设，正如亓满贵说的，卖起了煎饼和馒头。

阎立信的这一招棋确实很妙，李家兄弟的老铺面都扔给了亓满贵，西街这边的新铺面买卖做得很是顺当。李家银号的现银进出最高峰时每天能有上万两。

卡丽姆一直想看看柞茧是怎么来的，阎立信让李维善顺便带着她去莱阳，看看那边的蚕茧养殖和生产过程，还带去了最新的洋布花样。

天有信这几年业务发展不错，张冲功不可没。阎立信听说他三年前又生了一个儿子，起名张扬，经常带着来柳疃。有时候，那孩子跟在阎书真的屁股后面转，姐弟俩打闹着玩，很合得来。

就在阎立信回到柳疃的第三天，张冲一大早带着老婆孩子赶过来了。中午哥俩喝酒的时候，阎立信看着跟在阎书真后面的张扬，突然萌生了一个想法，对张冲说："都说女大三抱金砖，张大哥要是不嫌弃，俺想亲上加亲，行不行？"

张冲笑道："我也有这个想法，只是一直没敢跟弟妹提。"

在两人的笑声中，两个孩子的姻缘就这么定下了。可是，五岁的阎书真听说让她长大后嫁给张扬，气得撅起嘴巴："俺不嫁，他老是拿泥巴糊俺身上，还说在柳疃有个小妹妹呢。"

阎立信笑道："到时候让你娘给你多生几个小弟弟，你就和他一样了。"

两家人其乐融融地吃完饭，阎立信送张冲一家回昌邑，顺便去拜访了新来的县令。张冲和县令认识，想要领他去，他拒绝了，说："俺主要是求他办事，在场的人多反倒不好。"

原先的徐大人已调去江苏任职。阎立信见到新任县令后，寒暄了一阵，偷偷送上了二百两银子。县令大人按照阎立信的想法，以保护商队的名义开出了批文，同意成立新式民团，并让他去潍县军营购买枪支。

阎立信玩了一个花招，让高友亭去潍县军营买枪，却让乌木里拿着批文去了上海。洋枪队只剩下了十几个人，必须尽快取回新式枪支扩充队伍。等乌木里回到柳疃，就押货去西北，给那边的几个分号补货。如果气候允许，可考虑去卡丽姆的家乡那边看看。十几个洋枪队员只护送到函谷关就回转，剩下的路，周华浩会派人跟着去。西北和"丝绸之路"的买卖往后就交给乌木里了。

工厂在王师傅和阎立昌的管理下，正常运转，无须再操心。阎立信陪着李维凤回了一趟李家大院。李中原看上去老了不少，家里请了私塾先生，专门教李思远和李维福叔侄两个。徐德忠仍是老样子，嘴巴里像抹着蜜，一口一个姑爷叫着。

阎立信在李家大院吃的午饭，翁婿两个喝了点酒，也没有多少话。席间，阎立信提出了成立柳疃丝绸商会的想法，李中原心不在焉地点点头。

阎立信总感觉气氛有些不对劲。回来后，李维凤才告诉他，刘氏抽大烟，把身子都抽垮了，就跟活死人没啥两样。去年，卢氏怀了孩子。爹满心欢喜，数着天数地让徐德忠给送去养胎的补品。可不知为啥，最后居然难产，大人孩子都没保住……

哥怪爹给嫂子吃的东西太多，莱阳那边的正室就是这么没的。爹也很后悔，一直想给哥再续一门亲。哥打死都不答应，说自己命硬，怕再害了人家。父子俩就一直那么僵着。哥每次回来，连李家大院都不去，办完事就走。她劝了几次，也无济于事……

阎立信寻思着，等过些时候再劝劝维善，毕竟是亲生父子，血浓于水，时间一长，心结也就解开了。

他打算去一趟京城。这几年，京城那边的生意全靠叶根茂支应着，买卖还不错，送入宫里的绸布也没再出岔子。最重要的，他想见一见小香橼……

这天上午，他刚从厂子回到家，正逗着书真玩耍，见门口站了一个蓬头垢面的乞丐，目光直直地望着他。他朝屋里喊："书真娘，拿些钱出来……"

他还没有说完，只见那个乞丐号啕大哭起来："二少爷啊……"

阎立信愣了一下，认出那个乞丐就是二柱，忙冲上前劈头就打："你这个爷巴，这些年你到底去哪儿了？也没个信！东北、西北，还有南方都有咱的分号，只要找到天有信的分号，柜上会不给你银子吗？咋地就这样回来了？你这是丢咱天有信的脸啊！"

二柱跪在地上，抱着阎立信的腿，哇哇地哭得像个孩子："二少爷，俺下次不给你丢脸了，俺穿着咱家的丝绸回来。"

阎立信扶起二柱，紧紧地拥住，放开后朝他屁股上踢了一脚："赶快

去洗一下，换一身衣裳。"

二柱可怜兮兮地说："二少爷，俺饿得慌，俺想吃饱了再洗。"

李维凤闻声从屋里出来，吩咐老妈子去厨房端东西出来。阎立信看着二柱狼吞虎咽的样子，问："告诉俺，这几年你究竟去哪儿了？"

在二柱断断续续的描述中，阎立信才明白是怎么回事。原来，二柱谨记着阎立信的吩咐，偷偷跟踪孟四海，哪知孟四海很滑头，二柱每次跟踪到琉璃厂大街他就失去了踪迹。后来，二柱索性就在琉璃厂大街一带转悠，总算发现在一条小胡同里有个小四合院，确定那就是孟四海的家。他想知道里面还住着什么人，冒冒失失地就去敲门，谁知里面伸出一只手，把他给扯了进去。他被两个男人摁在地上，眼瞅着寒光闪闪的刀就砍下来了。这时，一个声音制止了那两个人，是孟四海。孟四海问二柱怎么找到这里的，二柱把实话给说了。孟四海对那两个人叽里咕噜一阵，随后，二柱就被人剥光了衣服，装进了麻袋。当天晚上，他被放到车上颠簸了两天两夜，被人放出来后，已经是在一艘船上了，船上的人都说着他听不懂的话。他被关在船舱里，半个月后才被放了出来。接着，他被用绳子捆着送去了一个地方，跟着许多人成天捣鼓那些细铁管子，还操控机器往小铜管里灌火药。他每天干活，还经常被殴打，天天鼻青脸肿的。别看他呆呆傻傻的，可对干那些活很在行。到了第三年，他被带到一处军营里，有人教他认字和画图，可他怎么都学不会，还是经常被殴打。在那边待了四年多，学会了那边人的话，也习惯了那边人的生活，但他始终想着柳疃，想着回来伺候二少爷。终于，他趁看守的人不注意，扒在一辆车的车底下，从那个地方逃了出来。流浪了几个月后，来到一个码头上，就这样偷偷上了一艘开往上海的商船。到了上海，他偷了一套衣服换上，一路乞讨着往北走，走了三个多月，终于回到了柳疃……

听完二柱的话，阎立信沉默了许久。其实，孟四海完全可以杀人抛尸的，为什么没有那么做呢？

不管怎么样，能活着回来就是万幸。阎立信摸着二柱的头："你听好了，俺再也不准你离开俺了。"

"嗯。"二柱的嘴巴里塞着大半个馒头，一个劲地点头。

吃完饭、洗过澡、剃完头后，阎立信端详着二柱那憨憨的模样，心里琢磨着：二柱不能打一辈子光棍，等找机会给他买个女人，好歹也要留个后啊……

第二十五章

脚在路上，心向远方。在这个世界上，人本来就是这样的。下午，阎立信向李维凤要了两锭银子，想着去看看洋枪队的训练，谁的枪法最准，就赏给谁。二柱见阎立信往外走，死活都要跟着。洋枪队现在是魏海生的弟弟魏潮生管理着，正在招人。

主仆二人来到洋枪队训练的地方，只见一个十岁大小的孩子，叫嚷着也要参加，被魏潮生一把推开："你这还吃娘奶的小孩凑啥热闹，一边去！"

那孩子把袖子一撸："谁说俺还吃奶，俺五岁就帮着地主放羊，六岁就下地干活了。"

阎立信看着那个孩子，见衣服上打着不少补丁，鞋子磨得透了底，还露出了两个脚指头，倒是眉宇间透出一股异于常人的倔强。他走过去问："你叫啥名？"

那孩子看了一眼阎立信，躬身行了一个礼："回老爷的话，俺叫陈乾，龙池白塔村的。俺想来厂子做工，他们嫌俺小，够不着机器。俺听说参加洋枪队也有银子拿，所以……"

阎立信笑道："你确实还小，先回去，等过几年再说吧。"他从身上摸出一锭银子递过去。

陈乾看着阎立信手里的银子，说："老爷，俺没帮着干什么活，不能要您的银子。"

阎立信望着陈乾那双浓眉下的大眼睛，笑道："俺这不是给你的，是借给你的。你先拿着，回去上学，学好本领长大了就帮俺干活，赚了钱再还给俺。"

陈乾接过那锭银子，朝阎立信跪下磕了个头："老爷，俺一定会还的！"

阎立信望着陈乾一步三回头地离去。这时，他突然发现二柱正在拨弄架在一旁的洋枪,还举起一支瞄准呢。阎立信登时吓出一身冷汗,要是对着人扣动了扳机,那可咋办?

还没等他回过神来,二柱居然又把那洋枪三下五除二给拆解了,变成一件件的零件。魏潮生也发现了二柱的异常,冲过来厉声说:"你个爷巴,想干啥啊?"

二柱不理会魏潮生,而是扭头望着阎立信:"二少爷,俺在那边就是捣鼓这些玩意的。"

阎立信倒吸了一口冷气,问:"那你会装吗?"

二柱点了点头,就在众人的注视下,几下就把洋枪给复原了。他对阎立信说:"二少爷,要是有机器,俺还会造呢。俺在那边还修理过十三发子弹连发的呢,这种洋枪早就过时了。"

阎立信冲过去紧紧地搂着二柱,开心地说:"兄弟,你真是俺的福星!"

原来,大清军营腐败至极,高友亭从潍县军营买回来的二三十支洋枪都是坏的,有的连枪管都断裂了,根本没法用来训练。美国人那边的枪支最快也要几个月才能取回。阎立信正不知如何是好呢!

二柱会修枪,那就最好了,可问题是没有机器,巧妇也难为无米之炊啊!

十年前,李中堂督办江南机器制造总局,就仿着洋枪制造出了大清自己的枪支。如今,各省都有了机造局,可那些机器都是朝廷的,不允许私人使用。

回到阎家老宅,二柱见阎立信闷闷不乐,说:"二少爷,只要给俺支一个炉子就成,俺试试!"

很快,按照二柱要求的样子,在训练场边上立起了一个炉子。二柱带着几个人,靠着手磨锤打的土办法,硬是修好了近二十支洋枪,还用硫黄和黑硝自造了一批子弹。虽说子弹有时候打不响,也打不了多远,可总比没有强,光是枪声就能吓唬人。

终于在两个月后,乌木里运回了从美国进口的泛着蓝光的新式枪支,替代了洋枪队员们手里的单发洋枪……

中秋过后,阎立信得知朝廷下文,丝绸税提了四个点。北海的盐农也都加了税,不少人拖家带口去闯关东,寻找一条背井离乡的活路。

这天,柳疃各家商号的老板齐聚李家大院,求李中原去县太爷那里说说好话。阎立信告诉大家,朝廷每年给洋人赔偿那么多银子,都得从税收上来。别说求县太爷,就是求抚台大人也没用。求人不如求己,还是自己想办法吧。

一堆大老爷们在李家扯了大半天,也没商量出个好法子,有人还朝阎立信发火:"当初是你为了对付亓满贵,把丝绸价格给降下来。这么多年了,也没有升回去多少。这事你必须负责。你家天有信能印花绸,合着吃了五年的独食,咱们的白绸买卖没法做了!"另外几个老板也附和着,让阎立信交出印染花绸的方子。

阎立信也不跟他们生气,和颜悦色地说:"天有信不是俺一个人的,除了李维善和张冲外,还有不少小股东,俺老家的祖爷爷也入着一股呢。当初俺让大家入股的时候,大家都捂着银子想看俺的笑话,今儿反倒怪起俺来了。买卖是各家做的,朝廷加收四个点,大伙少赚点就是了,买卖还得继续做下去。不过,印染的方子嘛,俺也打算教给大家。各位叔伯都是看着俺长大的,俺就是倔驴性子,大伙这么逼俺,俺还不伺候了呢!"说完,阎立信起身大步走了出去,留下一屋子的大老爷们大眼瞪着小眼。

那几个逼着阎立信交出印染方子的老板,被其他老板一顿数落,连头都抬不起来了。也有几个老板求李中原给阎立信说说,给大伙一条活路。

李中原看着老板们无计可施的狼狈样子,忍着没笑,保持着他的威严。直到大多数老板都过来央求,他才缓缓说:"朝廷加税,大伙心里急躁,俺能理解。俺女婿虽说把持着印染的方子,可那是他和张冲花了一两个月的时间琢磨出来的。为了配药水,手都泡烂了。就好比你们自个儿生的孩子,哪能轻易送出去给人家当儿子呢?六年前,亓满贵抬高丝绸价格,弄得大家都没了买卖,是俺女婿救了大伙。如今大伙遇难,俺就豁出这张老脸,求他再救大伙一回吧。但是,俺有一个条件……"

上次李中原和阎立信吃饭,就听阎立信谈起成立丝绸商会的想法。既然打算成立商会,会长的位置肯定是非阎立信莫属的。

一个老板叫道:"只要让大伙都学会印花绸,甭说一个条件,就是十个,咱也不含糊。"

得到所有人的认可后,李中原吩咐管家拿来纸笔,说:"买卖好做,人心难测。俺女婿做买卖的本事,大伙心里都清楚。咱柳疃的丝绸要发展,大伙就必须拧成一股绳。俺琢磨过了,柳疃如今有五十六家商号,可每家商号的买卖都是各做各的,也没个规矩。要是能够成立商会,让立信带着大家一起赚钱,那该多好啊。同意俺的想法,并支持他干会长的,就在纸上签上名、摁手印。当然,不同意的也不勉强。"

老板们商量了一会儿,觉得无损个人利益,都自愿在纸上签了名、摁了手印。

办妥这件事,李中原搭进去了两餐酒菜……

此时,阎立信并不知道他岳父是在替他办事。他独自带着二柱,押着一批莱阳那边新出来的花绸去了京城。走后,柳疃街上就传开了天有信要公开印染方子的消息。合顺旺的铺面掌柜急忙写信派人快马送往京城,要亓满贵尽快筹建印染车间。

天有信的商队一路过去,见沿路村镇贴着悬赏捉拿巨匪镇山东的布告。镇山东在德州、沾化、潍县一带频频劫掠商队,行踪不定,官府围剿不力,悬赏金额已经涨到了两万两银子。柳疃不少走陆路的商队也都遭了劫,不得不改走海路到天津,再从天津转运到京。

民间传说,只要插着天有信旗子就安然无恙。这几年,天有信的商队确实没被劫过,一些精明的商家也都纷纷打出天有信的旗号。山东巡抚衙门曾经派人混入商队,当面质问镇山东,为何不劫掠天有信?镇山东回答很简单:只有这样,朝廷才相信天有信的阎老二通匪!

阎家老大就死在土匪手里的,阎家老二通匪,实在说不过去啊。于是,官府认定镇山东此举是受人指使,意在进一步栽赃陷害天有信。

阎立信抵达北京,连茶都没来得及喝,叶根茂就将柳疃那边传过来的消息告诉了他。听完,他笑了。他那么做的目的,既是为了保命,也为了揭开埋藏在心底的困惑。

正如李维善说的那样,阎立信没有看错人。这几年,叶根茂独当一面,虽然一再遭合顺旺的排挤,但天有信凭借独有的柳疃花绸,买卖稳步发展。最为重要的,每年送入宫的丝绸都是叶根茂与内务府的几位大人当面点验交割,没有出现任何差池。

原先柜上的韩福全和杨金友都干得不错。韩福全已经是二查柜了,有思路,办事也利索。前年,他还通过一个熟人介绍,把买卖做到草原上去了。

韩福全看着阎立信,显得很愧疚:"唉,老东家对俺舅那么好,他居然做出那样的事情,俺再不好好干,对不起自己的良心啊。"

阎立信道:"你舅也有苦衷啊,那也是身不由己。不说了,不说了。俺想让你独当一面,去一个好地方。"

韩福全问:"啥地方?只要东家用得着,去哪里都行!"

阎立信道:"等处理完这边的事,俺再告诉你吧。"

阎立信到达京城的当天,就按规矩查看了所有的来往账目,令他没有想到的是,天有信商号这几年居然赚了二十多万两银子,都存在了开业没多久的英国汇丰银行北京分行。

对于叶根茂的存钱行为,阎立信只问了两个字:"为啥?"

以前,天有信和晋商银号没有业务往来,打开了西北的"丝绸之路"后,少不得与晋商银号打交道。即便私家商号信不过,可户部的官号那可是绝对可靠啊。再说,同治年间,十几家洋人的银行都倒闭了,万一汇丰银行也突然倒闭,二十几万两银子岂不打了水漂?

叶根茂平静地说:"我知道当年天有信出事,就是入宫的丝绸出了问题。如果再出了错,一旦官府查封,洋人银行里的银子,朝廷是动不了的。我打听过了,醇亲王和中堂大人都把银子存在了汇丰。听说朝廷每年都向汇丰借银子呢。"

阎立信欣慰地看着叶根茂:"当初我看上您的时候,任大人就说您是个好掌柜,他老人家的眼光果然毒!"

叶根茂笑了:"多谢老板信任。听说任大人出来了,去江苏当了巡抚,上海也属于他的地盘。您回来就好,我早就想让咱天有信在上海设立分号了,那边的洋商多、进出口贸易量大,一半以上的南方丝绸都是从上海运走的!"

阎立信笑起来:"您和俺想到一块去了,您这几天就过去一趟。上次我到上海看好一个地方,在租界那边。您去了上海,有什么问题可以找这个人。他想请我喝茶,我没有答应。以后我们在上海做买卖,少不得和他们东山帮打交道。"

叶根茂看着阎立信递给他的名片,吃惊地问:"您是怎么认识他的?上海一半以上的洋行都被他们席家人控制着。我听说他们的手段,黑着呢!"

阎立信笑道:"听说的不如亲眼见的,再黑也黑不过朝廷。你是朝廷出来的人,还怕斗不过他?再说,我们还有任大人呢,谁敢不给任大人面子?等您去了,我找个时间去拜访一下任大人。他可是我的老师,没有他,可就没有我的今天。您家是南方的,在上海站稳脚跟后,把家小也一块接过去,省得他们挂念。我不在的这几年,真是难为您了。以

后上海那边的经营，一切您做主，掌柜和账房都由您选，也不用轮换了，我只拿五成利润就行。"

叶根茂眼中露出感激的神色，点了点头，说："我和汇丰银行立了字据，支取银子必须有我和您两人的印信才行，我把印信给您留下。马掌柜屋里的那处银窖，我已经封了。我知道你们山东人的规矩，喜欢现银交易，大批的银子存放在银窖里，其实很不安全。将来的业务都是通过汇票来往，这一点，洋人走在了我们前面。"

阎立信愣了："您是怎么知道银窖在那里的？"

叶根茂说："是福全告诉我的。我和他还下去看过，里面空荡荡的，什么东西也没有了。"

阎立信微微一笑："这是我回来听到的最开心的事了。"

叶根茂一时弄不明白，他封了银窖，阎立信还很开心。他皱了皱眉，没有再问。他当然不清楚，山东人的银窖位置一般只在东家的屋里，天有信的银窖却在掌柜的床底下，外人不可能知道的。天有信出事后，所有人都认为马清泉被亓满贵收买，在入宫的丝绸里动了手脚。但在丝绸入宫时，由柜上的人亲自清点，孟四海不可能动手脚。因此，只有马清泉身边的人才会有机会。阎立信在昌邑大牢中思考这个问题的时候，就分析出了两个人：一个是马永顺，一个是韩福全。

马永顺去了合顺旺，但韩福全和杨金友却被孟四海给请了回来……

五年前，阎立信离开京的时候，就叮嘱叶根茂多留意韩福全和杨金友。他相信只要天有信的买卖做得好，孟四海还会再次使坏。一旦出事，就能得知究竟是哪个人在背后孟四海有勾结。哪知这五年来天有信平平安安，他也打消了对二人的怀疑，可叶根茂不经意的一句话，使他认定在丝绸上动手脚的人就是韩福全。

他记得每次马掌柜用箱子往他爹住的宅子里运送银子，箱子在他爹的屋子里放一晚，就送了回去。而他爹隔天从屋子里往外扔砖头，他就怀疑马掌柜送进来的箱子里装的不是银子，而是砖头。东家和掌柜那么做，无非是打马虎眼，让外人知道银子都在东家的宅子里。而马掌柜往银窖藏银的时候，是绝对不允许外人在场的。虽然韩福全被支使出去，但时间长了，他难免起疑心，也就可能得知了银窖所在。

阎立信也是在一个偶然机会，才找到银窖的，可里面连一两碎银子也没有了。这只有一种解释，那就是知道银窖的人在马掌柜死后，偷偷找机会给拿走了。而亓学文也提起过，那个躺在天有信老铺面门口的乞丐个子不高，长着一张方脸。韩福全的个子就不高，长的就是一张方脸。

韩福全要想得到银窖里的银子只需让天有信出事，官府带走了马掌柜和东家，那他就是唯一知道银窖的人了。可问题是，凭此一点，还不能断定与孟四海勾结的人就是韩福全。

阎立信已经想好了对策，必须设法让狐狸露出尾巴！

叶根茂望着阎立信开心的样子，面无表情地说："您离开的这几年，他们两个都很卖力。马永顺在合顺旺那边干得也不错。亓老板提拔他当了一个分号的二查柜。听说合顺旺送入宫的丝绸，都是亓学文亲自和几位大人点验的。"

阎立信知道叶根茂想说什么，敬了叶根茂三杯酒："您辛苦了！"

叶根茂笑了："时候不早了，条二胡同，第三个门。"

三年前，叶根茂花一万两银子给小香橼置办了一处小宅子，就在条二胡同。除了瑞珠外，还雇了一个老妈子。每日熬药给她调养身子，日子过得也很清闲，偶尔还去听听戏。

阎立信起身拍了拍叶根茂的肩膀："多谢了，有件事还得麻烦您。明儿帮忙约一下亓学文，就在这里，我和他喝杯酒。"

阎立信离开天有信去了条二胡同。五年没见，小香橼仍是那么年轻漂亮。岁月并没有在她的脸上留下任何痕迹，只是多了些许充满贵气的丰腴，显得更加诱人，不似原先那么风摆杨柳了。

瑞珠也长大了，成了大姑娘，扎着一条麻花大辫子，穿着一身得体的蓝碎花长褂，更加衬托出了女性的丰满。她爹在天有信帮忙干活，弟弟也跟着当学徒。

阎立信在小香橼的伺候下，喝了几盅茶，感觉茶味没有以前那么顺口了，不知是不是没有用西山泉水的缘故。

晚上，搂着小香橼，续了一宿的情。李维凤生完孩子后，腰围粗了一圈，可小香橼的腰仍是那么细、那么柔、那么迷人……

阎立信一直睡到日上三竿才起来，简单用过了饭，驾车去了同升洋布庄。他在上海了解市场的时候，得知洋商抬高了棉花和蚕茧价格，等大量棉花和蚕茧齐聚上海的时候，故意不出手，等着中国商人熬不下去了，再以低于市场的价格来收购。如此一来，中国商人被外商打压，根本抬不起头来。究其原因，主要是中国商人不齐心，且资本不足导致的。当年，胡雪岩的产业就是这么被洋商和买办绞杀的，连带着天有信也损失不小。他要做的就是以其人之道还治其人之身，银子不能让洋人白赚了去。

他来到同升洋布庄后，见到了钱老板，拿出了七家洋行的经销授权书，以维护洋人的利益为名，要求同升洋布庄每匹洋布的发货价上调二两银子，否则就让大批洋布进入京城。钱老板看了经销授权书，脸色铁青地挤出几个字："你疯了！"

身为买卖人，"货到地头死"这条金科玉律适用于中国人，也同样适用于洋商。钱老板当然不能理解阎立信的良苦用心。几个月后，大批洋布堆积上海，七家洋行互相扯皮，终于迫使洋商对棉花的收购价直线下跌，给了沪杭一带的纺织工厂一条活路。阎立信以五千两黄金为代价，以一己之力迟滞了洋布的疯狂倾销。除了叶根茂，没几个人能看得懂。

当天晚上，亓学文应邀来到天有信。这几年，合顺旺虽然主要做洋布，但洋布价格一跌再跌，也没有赚到多少，全靠自家工厂生产出来的白绸支撑着。合顺旺与其他的商号都尝试了染绸，可不知为什么，就是染不出来。柳疃的花绸还是只有天有信才有！

两个人坐下后，亓学文没有客套，直接说明来意："听说你让钱老板把洋布的价格往上提二两银子。你答应过俺，放合顺旺一条生路的。"

阎立信给亓学文倒了酒，两人就着一碟老醋花生喝了几盅。几口酒下肚，他悠悠地说："咱都是做丝绸的，俺在丝绸上没有为难你吧？合顺旺帮着洋人销洋布，打自己人的耳光，这种事情你也干吗？洋布是好看，可那玩意不耐穿，没有土布耐磨。洋人低价销洋布，高价收棉花，整垮了江浙一带多少作坊啊？"

亓学文反驳道："你不是拿到了七家洋行的总经销权吗？连同升洋布庄都要看你的脸色。你不也开始做洋布了吗？"

阎立信呵呵笑了："俺只不过是人家的代理，俺抬高洋布价格，就是要让咱中国的花绸布有活路。亏你还是个举人，和你爹一样目光短浅，总盯着自家人兜里的银子，没想过像俺叔他们那样把买卖做到国外去。你家合顺旺就算卖给洋商一点货，也都被洋商压着价，给你十六两，你就烧高香了。你哪知道洋商一转手，就能卖好几十两以上。银子都让洋人赚去了，就知道窝里横，算啥本事嘛！"

亓学文听完，拿着酒杯的手微微颤抖了一下，目光中露出些许崇敬之色，哑声道："五年前，俺得知你亲自押着几千匹丝绸前往关外，就知道合顺旺不是天有信的对手了。这一两年官办工厂开了好几家，丝绸的买卖也没法做了。多谢你给俺指了一条明路，俺合顺旺的买卖也要像你天有信那样，做到洋人那边去！"

阎立信拍了一下亓学文的肩膀："朱大人不是在总理事务衙门吗？有他出面和洋人说一声，你们合顺旺的买卖肯定会超过天有信的。"

亓学文长叹一声："原来你还不知道啊，朱大人去年就去了菜市口了，一家人都发配到新疆去了。俺爹花了不少银子，也没把俺妹留下来。朝廷的那些事，啥时候都说不准。不过，俺弟在北洋舰队，好歹也是协军校官了，比俺强多了。"

阎立信换了一个话题："听说马永顺在你那里干得不错。他原先在俺家柜上的时候，就干事机灵，俺爹很相信他。当年，马大叔在入宫的丝绸里动手脚，俺觉得和你家没关系！"

亓学文的眼珠子瞪得滚圆："你咋知道？那事发生后，所有人都以为是俺爹让马掌柜干的，还收留了马永顺。俺问过爹，爹不解释，由着别人说去吧，可俺一直都想不明白。"

阎立信一口干了杯中的酒，低声道："文兄，你爹被别人捏着刀把子呢。他就是再蠢，也不会拿着屎盆子往自个头上扣啊。阜康钱庄胡二掌柜的死，还有山东那些老板加上俺家的银子，至今还是个谜呢。"

亓学文吃惊地问："你还知道什么？"

阎立信直勾勾地望着亓学文："俺哥死得冤呐。高总镖头还给了俺家一条人命，他临死前……唉，算了，不说了，都过去这些年了。告诉你爹，冤家宜解不宜结，都是柳疃出来的，大家应该齐心协力才对，你说对吧？"

亓学文突然朝阎立信跪下，哽咽着："俺替俺爹赔罪了，你要真想拿回那条命，就用俺的吧。"

阎立信扶起亓学文："文兄，以前俺确实想过要你家赔一条命，可后来也想通了，冤冤相报何时了啊。可是，俺放过了你爹，只怕有人不答应啊！"

亓学文低着头道："不管俺爹对你家咋样，俺可从来没有对你起过坏心呀！"

阎立信微笑着："俺明白，咱还是兄弟。总之一句话，做买卖要对得起自己的良心。今儿没法陪你喝酒了，俺还有事要办。"

阎立信亲自送亓学文出门，望着马车渐渐远去的影子，目光逐渐迷离

起来。他打算等天有信的绸布送入宫后，就去东北一趟。周华仁将柞树养蚕技术在丹东一带推广开了，迫切需要建厂。一旦厂子建起来，丹东那边纺织出来的丝绸可直接供应整个东北，甚至可以卖到俄国和朝鲜，不需要再从山东这边运过去了。

　　再过两天，天有信的丝绸就要送入宫了。他真的不想再出什么事，但他又希望出现，因为他想让所有的人都知道孟四海究竟是什么人……

第二十六章

冥冥之中自有安排。命运，真是一种说不清楚的东西。韩福全时常为自己命运而感慨，也一直想过上人上人的生活，有时却奈何不了命运的安排。

叶根茂去了上海，店铺里面的事情就交给了韩福全。韩福全领着店里的几个伙计在景大人和另外两位大人的注视下，将一匹匹丝绸装上了马车。

景大人仍是内务府广储司主事，这么多年了，没升也没降。

景大人问韩福全："怎么没见你们老板，听说不是回来了吗？"

韩福全回答："是回来了，一大早就出门了，好像去见朋友了。"

景大人眼中闪过一丝不易察觉的冷笑，挥了挥手，大车缓缓朝前而去。他上了马，瞥了一眼"天有信绸缎店"的牌匾，紧跟着车队而去。

此时，在车队必经路口的一家酒楼上，阎立信和亓满贵面对面地坐着。两人的脸色都紧绷着，桌子上摆了几碟小咸菜，还有几样招牌菜，酒杯里的酒都是满的。两人就那么望着，谁也没动筷子。

阎立信先开了口："叔，自从俺爹和俺哥老了①，俺就一直想找您单独聊聊，可一直没有机会。俺之前约了您两次，您都没来。俺也上门拜访过，您也没空。今儿以孟老板的名义约您，您终于来了，以前你俩没少见面吧？"

亓满贵哼了一声，起身道："都是做买卖的，经常见见，那也是很正常的。"

阎立信说："叔，您别急着走，等会给您看一出好戏。因为这场戏过后，

---

① 老了：方言，"去世"的意思。

有人就要死了！"

亓满贵停住脚步，扭头问："谁要死了？"

阎立信轻抿了一口酒，沉声道："你！"

亓满贵的眼睛眯了起来，冷笑道："癞蛤蟆想吞天，口张得有点大了吧，你敢杀人？"

阎立信笑起来："杀人哪用自己动手呢？叔，阜康钱庄的胡二掌柜，您不也没亲自动手吗？"

亓满贵有点气急败坏，说："俺没闲工夫伺候你，你到底要干什么？"

阎立信沉稳地坐着，说："叔，别急，先听我说完。孟四海知道你一直想报复俺爹，于是和你勾结起来对付天有信。如果俺没猜错的话，利用胡二掌柜高息揽储的主意，也是孟四海教你的吧？他还利用俺爹对他的信任，忽悠了马掌柜。你们把那些钱以个人的名义存进了户部官号，然后杀了胡二掌柜。阜康钱庄一倒，就没人知道那些银子的去向了。你通过高总镖头的关系，联系上了土匪，让土匪杀了俺哥，又给俺安上一个通匪的罪名。俺只想知道，你现在的日子过得舒坦吗？"

亓满贵哈哈笑了："当然舒坦，你爱怎么想就怎么想吧！"

阎立信的目光变得凌厉起来："被孟四海捏着把柄的日子不好过吧！俺爹和俺哥两条命，高总镖头已经还了一条，还有一条呢，今儿该还了吧？"

亓满贵冷笑道："你既然知道孟四海和俺勾结，为什么不去找他算账呢？"

阎立信喝完一杯酒，低声说："俺是个买卖人，他对俺还有用，所以暂时不动他。至于你，俺本来没想要你偿命，是有人要借俺的手杀了你，就由不得俺了。看，好戏开演了……"说着，他把杯子放在桌子上，起身朝窗外望了一眼，便下了楼。他拖了一张椅子，摆在了当街，迎面挡住了那队运送丝绸的马车。

另一边，二柱和杨金友领着十几个山东老板也过来了。

车队被阎立信拦住了去路，景大人拍马冲了过来，大声斥问："阎老板，当街拦官差办事，该当何罪，你不怕死吗？"

阎立信大声道："景大人，我就是因为怕死才这么做的，今儿要是让大人拉着这批丝绸过去，七年前的悲剧就要重演了，俺这颗人头可就不保了啊！"

景大人愣了一下，厉声道："阎老板，我们几位要赶着回去交差呢。误了时辰，谁都担当不起啊。"

阎立信朝几位大人和路边的那些老板们拱拱手："俺答应过老佛爷，若是天有信的丝绸再出现质量问题，俺甘愿去菜市口。这事，大伙都知道的。景大人，这批丝绸如果要拉走，一旦出现质量问题，这么多人作证，可就不关天有信什么事了，空口无凭，还请景大人立个字据吧。"

景大人大声道："你想怎么样？"

阎立信道："请您与诸位大人在同行老板们的见证下，再次查验。本次入宫五大车，总共一千二百匹绸布，都是天有信的最新产品，花纹和色泽都是一等。每一匹绸布的骑缝处，均有天有信的骑缝印章。"说着，他拿出一张盖有天有信印章的纸，展示给大家看。

二柱已经呈上了纸笔，景大人伸出手刚要去拿笔，却又缩了回去，说："重新查验！"

阎立信朝景大人躬身道："请景大人允许在下与几位大人一同查验。今天我要揪出一个内贼，还七年前天有信的清白，也给死去的马叔一个交代。"

站在酒楼窗口的亓满贵面带微笑地看着街上。他很想知道，阎立信怎样才能杀了他！

大街上，阎立信和几位大人开始重新清点。韩福全不知怎么得到了消息，也挤在人群中。

半个时辰后，阎立信拿着一匹丝绸，交到景大人面前："大人，这匹丝绸上的骑缝印章有误。"

景大人拿过来看了一眼："这不一样吗？"

阎立信又拿了几匹绸布，招呼那些老板们一同过来看："每匹绸布的骑缝印章，昨天晚上就已经印好，所用的是漳州八宝印泥。咱天有信要把最好的绸布孝敬给老佛爷。漳州八宝印泥里掺有蓖麻油，既防虫也细腻厚亮，也只有这样的印泥，才能配得上这些入宫的绸布。那盒印泥昨晚就被俺带走了，留在柜上的是一盒荣宝斋的印泥。大家都知道，荣宝斋的印泥色艳而沉，且不渗油。昨儿俺走的时候，在章子的把手上放了一点东西，谁要是拿了，三天内洗是洗不掉的。"

这时，站在二柱身边的杨金友刚想要逃，被二柱一把抱住，摔倒在地。阎立信走过去，翻开杨金友的手，让众人看看他右手掌心的靛蓝色，厉声问:"你为啥要害俺?"

杨金友立时哭了:"二少爷,冤枉……"

景大人一挥手,一个军士走过来,用刀背猛击杨金友的后脑。杨金友哼都没哼一声,一头栽倒在地,很快被两个军士拖走了。

阎立信淡定地看了一眼有些得意的景大人,还有躲在人群中的韩福全。

他知道,孟四海绝对会再次出手,使的是一箭双雕之计。如果能够直接陷害他,那是最好,即便被查出来,也会栽赃到亓满贵身上。至于怎么栽赃,关键就在景大人那里了。

总之,亓满贵的死期到了!

被调换的绸布一共有五匹,阎立信换完绸布,看着景大人和几位大人急匆匆地押着车子离去。这时,人群中走出一个人,是马永顺。他拉着韩福全一齐跪在了阎立信面前。

马永顺哭着道:"少爷,俺等这一天已经等了好几年了。所有的人都说是俺父子害了阎家,俺爹不是那号人,真冤啊!"

阎立信扶起马永顺和韩福全,对其他老板道:"今儿俺很开心,揪出了天有信的内贼。诸位老板佐证,明儿俺在惠丰堂请客,到时候请诸位多喝几杯。"

人们散去后,阎立信拉着马永顺和韩福全进了天有信,径直走进了马清泉生前住过的屋子。屋子重新装修过,放了一些茶具,成了招待贵客的地方。

三个人坐下后,韩福全屁颠屁颠地给两人倒了茶。阎立信喝了口茶,说:"俺把你俩叫进来,只是想给马叔留个面子。俺以为天有信只有一场劫难,没想到是一场铲草除根的局。六年前,俺逃过一劫,在国外闯荡了五年,以为没事了,没想到杀局还在继续。其实要想俺死,很简单的,就像对付俺哥一样,花点银子找人下手就行。要借老佛爷的手杀俺,让俺死得顺理成章,这一招太狠了。俺家和亓满贵是有些恩怨,亓满贵也确实想尽手段陷害俺家。若没有别人的帮忙,俺爹和俺哥都不会死,俺也不会被送上刑场,对吧?"

他说最后两个字的时候,眼睛死死盯着韩福全。马永顺也扭头望着韩福全:"是你干的?"

韩福全的额头上顿时冒出了汗水,还梗着脖子道:"俺哪能做那样的事呢？是杨金友！"

阎立信叹了口气，对马永顺说："山东老板的银窖一般都在家里，然而天有信的银窖就在马叔的床底下。那是俺爹对马叔的信任啊，银窖的位置只有俺爹和马叔知道，连俺都不知。天有信被查封，官府只抄走了柜上的几百两银子。也就是说，官府并没有找到银窖。当时，景大人还带着人去俺爹住的院子，把俺爹的炕头都给挖开了，也没找着。"

马永顺道："天有信的银窖在俺爹的床底下？俺爹从来没有对俺说过啊。每次装好银子，俺爹都让俺离开，他一个人留在店里。他说安排另外的人和车子送去东家的院子里。那么多年了，俺从来没有怀疑过啊！"

阎立信望着马永顺和韩福全："天有信出事是内贼所为，这是事实。如果内贼是杨金友，马叔不可能死。即便被阜康钱庄的老胡坑了十几万两，他也不至于死。马叔其实是被杀害的，杀他的人是在掩盖一些事实。谁都没有想到，马叔死前留了一手。这也是他对俺家的一个交代！"说完，阎立信拿出马清泉床头缝隙中的那张纸，放在马永顺和韩福全面前，含着泪起身走了出去。

原来，当年马清泉被孟四海忽悠，搭进去十几万两银子，他向阎于诚坦白后，阎于诚并没有过多怪罪他，只是想办法尽快填补窟窿。回到天有信铺面的马清泉就意识到问题出在韩福全身上，虽然他安排韩福全和杨金友去库房，但那晚韩福全给了杨金友银子，让其去窑子里快活，自己却偷偷地回到了天有信铺面。当马清泉与孟四海发生争吵时，韩福全冲了进去，与孟四海一起勒死了马清泉，并造成马清泉自杀的假象。孟四海离开后，韩福全从里面插好大门和房门，然后躲进了银窖中。第二天一早，马永顺踢门进来，发现了马清泉的尸身，"自杀"就变得顺理成章了。在马清泉的尸体抬出去后，韩福全趁乱从银窖中爬出，混入人群，最后被前来查封的官兵赶了出去。

天有信被官府查封，韩福全假扮成乞丐一直守在门口，终于等到了亓学文买下天有信。他就这样住进了天有信，神不知鬼不觉地取走了银窖中的银子，并给那间屋子重新上了锁。

若不是韩福全贪心，还想让叶根茂往银窖里放银子，这条狐狸的尾巴谁都抓不住！

在街上，当杨金友被二柱摔倒在地的时候，阎立信有些蒙了，但他很快反应过来，那只是韩福全在孟四海的授意下抛出的一颗烟幕弹。

烟幕弹可以蒙住别人，但蒙不住阎立信！

木秀于林，风必摧之。阎于诚创下的独门工艺，使天有信的买卖越做越大，成了京城第一大商号。天有信的绸布并不比南方的丝绸逊色，是山东人的骄傲。正是这种骄傲，成了天有信灾难的根源。

阎立信自懂事时开始，马清泉就是天有信的伙计。几年前，宋延森离开后，马清泉就成为天有信的大查柜。他爹对马清泉的信任，从银窖的位置就能看得出来。

马清泉兢兢业业，对天有信的贡献确实很大，也对得住阎家。他爹多次在老乡们面前，为有这样的好伙计而自豪。他爹认为，天有信的威胁来自外部，来自瑞德商号的那些南方人。也正因为如此，他爹才想着与胡雪岩合作，缓和南北丝绸之间对立的矛盾。可惜没用！

马清泉是个好伙计，可不代表马清泉手下的人都是好伙计。韩福全自幼父母双亡，跟着舅舅马清泉长大。马清泉对其视如亲生，最终却死在了外甥的手里……

阎立信扔给马永顺和韩福全的那张纸条，上面只有两行字：

　　孟老板包藏祸心诳吾入局，
　　内外勾结陷害天有信。

当初，阎立信深陷大牢，得知天有信出事以及父兄和马清泉去世的消息后，足足伤心了好几天。他认为，天有信出事以及他被诬陷通匪都是亓满贵布的局。他认定马永顺被亓满贵收买，是一个吃里爬外的家伙，所以故意提出让马永顺去柳疃找亓满贵，没想到马永顺真的去了。如果马永顺被亓满贵收买，就会有所顾忌，不敢去柳疃。

天有信与合顺旺的恩怨，其实就在绸布的工艺质量上。从柳疃走出来的各家商号所卖的绸布质量不一样，也只有天有信的绸布做工精细、纹理顺滑，真正称得上是"府绸"①。而亓满贵也会在盘下天有信的作坊后，想方设法得到天有信的独门纺织工艺，绝对不会把工人辞退。事实上，亓满贵没那么做。因为在亓满贵的内心深处，虽然恨天有信，却又带着几分不屑。天有信的丝绸质量好，但没有合顺旺那种捻线工艺厚实。合顺旺

---

① 府绸：官府认可的上等丝绸。

的绸布耐磨耐洗，在西北和蒙古一带卖得也不错，送入宫的丝绸适合干粗活的宫女穿。

阎立信出狱后，去看过合顺旺的绸布，发现与天有信的不一样，倒是华昌商号的绸布与天有信的无异。孟四海从小就跟着阎于诚，却没有学到阎家的独门纺织秘技。华昌商号的上等绸布还得从天有信调货过去。

那个时候的阎立信还没看到马清泉留下的这张纸条，所以并没有怀疑孟四海。直到他回到柳疃取出肖炎埋藏的宝藏、回到京城搬动马清泉的大床时，才发现了纸条。那一刻，他恨不得拿刀去找孟四海算账，但一年多的大牢磨砺，使他学会了隐忍和分析，不会再逞匹夫之勇。在没有确定孟四海的动机之前，他先用两粒玻璃珠子稳住孟四海。接着，他请叶根茂来当掌柜，并让叶根茂多留意韩福全和杨金友，还安排二柱暗中打探孟四海的底细。

他回到柳疃，用蒸汽机改进缫丝和纺织速度，以期降低成本。那一声爆炸，使他意识到有人不愿他翻身。他把目光同时投向了在李家大院中喝喜酒的亓满贵和孟四海，可后来抓到的日本人，令他百思不得其解。为了弄清心中的疑惑，他在安排妥当后，选择了离开。他离开的原因有二：其一是开拓"丝绸之路"的绸布市场；其二就是远离柳疃和京城，看看亓满贵和孟四海二人还会耍什么花样。

令他感到意外的是，这几年除了二柱失踪外，其他什么事情都没有发生。天有信每年送进宫的丝绸也没有再出现问题。

当他从国外回来见到失踪五年的二柱后，才知孟四海与日本人之间的关系。令他不解的是，为什么孟四海没有杀了二柱？

他很想让老板们看清孟四海的真面目，在杨金友被击晕的那一刻，突然意识到一个问题，那就是他忽略了孟四海和景大人的关系。

如果他当众揭开孟四海的真实身份和险恶用心，不但没人相信，还会因此得罪景大人，后果不堪设想。任通源曾经告诉过他，官场的驭人手段就是拿住对方的把柄，箭在弦上才最具威力！

也就是说，景大人肯定有把柄被孟四海捏着，一旦有人对孟四海不利，景大人会不顾一切地反击。所以景大人将杨金友押走后，阎立信并没有吭声。他必须冷处理，寻找最好的解决方式。

阎立信在外间坐了一会儿，只见马永顺用绳子捆了韩福全，出来后躬身道："二少爷，俺带他去衙门自首，是杀是剐，由官家说了算吧。"

阎立信神情有些落寞，口中道："不该这样的，俺阎家宽待下人，为啥会这样呢？"

马永顺眼中含泪，低声道："俺爹生前说过，东家二爷就是太好心了。"

阎立信靠在椅子上，沉声道："俺知道你这么多年在合顺旺，是在寻找报仇的机会，你该回来了。"

马永顺双膝跪地，磕了个头，又点了点头。

他看着马永顺押着韩福全离去，顾自道："长寿兄，《失街亭》和《空城计》都已经唱完，该唱《斩马谡》了，你要是在京那该多好啊！"

他约了一个人，该去赴约了。没有想到的是，他这一出《斩马谡》竟又唱了十年……

第二十七章

十月的北京，北风呼呼地刮着，卷起的灰尘和树叶直往人脸上呼。前门大街两边的柳树就像脱了衣服的汉子，只剩下了稀疏的枝条，在风中可怜地摇摆着。一些怕冷的人已穿上了棉袄，眯着眼睛缩着脖子，躲闪着街上飞驰而过的驿马和响着铃铛的马车。那些蜷缩在屋檐下的难民不知能不能熬过这个冬天……

在华昌商号不远的茶楼雅间内，阎立信喝了一壶茶，终于等来了孟四海。令他没有想到的是，孟四海还带了一个人，是一个十岁左右的男孩。男孩朝他鞠了躬，叫了一声哥，便站在旁边一声不吭了。

正如阎立信所预料的那样，孟四海显得很平静。若是不平静，那就不是孟四海了。

两人坐定，相视了好一会儿，然后都笑起来。一会儿，阎立信收敛起笑意，手指在茶杯沿上转动着，漫不经心地说："孟叔，俺的厂子刚建成那会儿，蒸汽机就被人弄坏了。那个家伙是日本人，还被书真她姥爷吊在了十字街口。当时，俺没想得通，直到二柱回来，才知道是你耍的鬼。既然你是朝着天有信来的，俺离开的这五年，你为啥不动呢？偏偏要等俺回来，故意露出破绽，你才下手呢？要不是你得到柳疃那边传来的风声，说俺计划让大伙都学会染绸，说不定你还会等几年，不会这么急于动手吧。你这一招玩得很溜，即使杀不了俺，也会让亓满贵背黑锅，借刀来杀人，让亓家人一辈子恨俺。不过，俺要告诉你，马永顺把姓韩的送去衙门了，你在俺这里出不了幺蛾子了。"

孟四海望着眼前的茶杯，一本正经地说："立信，你一口气说了这么多，俺都听糊涂了。你的蒸汽机被炸，是日本人干的，俺也是后来才知道的。俺和你爹几十年的交情，说俺害你爹，谁信啊？俺承认和日本人做过买卖，可那不代表俺就是日本人啊。你爹活着的时候，也和西洋人做过买卖呢。至于二柱，就更加不关俺啥事了。他就是一傻子，说的话你也信吗？"

阎立信一听，心里打了一个咯噔。这就是孟四海的精明之处，明知道都是他干的，却对他无可奈何！

孟四海接着说："今儿你在大街上当众揪出了内贼，是谁指使他的，官府审问后自然会清楚。你可不能红口白牙地说是俺指使的呀。俺害你爹，再害你，俺图啥呀？"

阎立信有些蒙了，终于感觉到孟四海的可怕，处处都被对方反制，他连还手的机会都没有。他想了想，问："所有在京做买卖的山东老乡，为啥只有你的住处那么神秘，你究竟隐藏着什么？"

孟四海笑了，说："俺一向为人谨慎，这是老乡们都知道的。京城虽是天子脚下，可也发生过入室劫掠的事。若是让别人知道俺家住哪里，遇上一个有心的，晚上带几个蒙面人去俺家，你说囊办啊？"

阎立信终于明白，自己有些操之过急了。虽然任通源教了他那么多，可在孟四海这样的老狐狸面前，终究还是嫩了点。他的每一句话，都显得很幼稚，苍白而无力，如同隔靴搔痒，触不到孟四海的关键痛处。他想起任通源说过的话：与人交锋，若直取不利，则迂回敲击，伺机而动！

如果他再不改变谈话的内容，只会更加被动。他给孟四海斟了茶，低声道："叔，今儿约您来，主要是想和您谈笔买卖的。您的消息那么灵通，无须俺多说了吧？"

孟四海端起茶杯，喝了一口，说："你爹立下的规矩，天有信不做洋布买卖的。宋老板就是为这事才离开天有信去的天津，全山东的老乡都知道！"

阎立信吃了两个点心，说："现在除了俺家天有信，所有的丝绸商号都兼卖着洋布呢。俺爹要是还活着，说不定也兼着卖了。"

孟四海冷笑一声："七家洋行的洋布，你自己吃得下吗？"

阎立信微微一笑，道："叔，您以为俺只有直隶和天津卫吗？东北、西北那边的买卖大了去了，俺这五年干啥了？光在陕西就多了二十家分号，还有甘肃和新疆。洋布价格便宜实惠，俺给洋人承诺了，每年不低于五十万匹。您从俺这里拿货，每匹比同升洋布庄那边便宜一两银子。"

孟四海并不相信："俺已经上过你一次当了，南方丝绸至今连影子也没见！"

阎立信淡淡地问："那个月京城多了多少南方丝绸？价格跌了多少？"

孟四海愣了,突然笑了:"你小子果然厉害,京城那些南方丝绸商号卖了两年的低价丝绸,有的还倒贴钱。原来是你干的啊!"

阎立信说:"那年,南方的丝绸都来了京城,上海、苏杭一带都断货了,救活了不少作坊吧?做买卖讲究策略,您不也是这样吗?叔,柳疃白绸变成花绸的技术,除了官府外,就只有天有信了。俺计划将秘方无偿提供给各家商号,到时候花绸的数量最起码翻一倍,您是不是很开心?"最后一句话,他加重了语气,目光炯炯地盯着孟四海。

任万物自生,如天观世。每个生命不用去驾驭,自现而自隐,自灭而自生。这就是孟四海的逻辑。此时,他目光冰冷,微微摇了摇头,长叹了一口气。

他不会告诉阎立信,十二岁那年,他与其他十几个孩子一起被押上西洋人的商船送到了大清。从此,这里就是他的第二故乡,他回不去了,因为他的命运由不得自己。大清派十几岁的神童留学西洋,是光明正大走出去的,也是光明正大回来的。可他们那一群孩子,却是像贼一样混进来的。随着年龄的长大站稳脚跟后,做着自己不愿做却不得不做的事,没有人能够理解他们的心思,更没有人能够猜得透。

早年间,柳疃丝绸传到日本后,日本人发现昌邑的柞蚕丝绸比桑蚕丝绸更加结实耐穿,而成为重要的军用物资。因此,他的任务是成为山东丝绸第一大商号,并控制昌邑丝绸产业。这个任务非常艰巨,他用了近三十年都没能成功。他对付天有信的目的,除了发展华昌商号外,最重要的是趁着阜康钱庄倒闭之际,南北相应,搞乱大清的经济。大清的战舰在海上成了法国人的炮灰,只要大清经济崩溃,就没有银子建造新的舰队。那么,日本将会成为亚洲的海上霸主。

这是上级给他的任务,他觉得很疯狂,也提出了异议。大清并不像日本那些高官们想象的那样,靠一点见不得光的手段就能整垮。可上级根本不听他的辩解,逼着他去实施。尽管他的每一步计划都完美无缺,但大清的经济并没有受到多少动荡。在福建水师全军覆灭后,朝廷很快组建了海军衙门。醇亲王总理海军事务,李中堂为会办,筹集银子向西洋国家定制了战舰。

其实,孟四海的内心是很痛楚的,为了所谓的"使命",失去了一个情同手足的兄长。当阎立信用两颗玻璃珠忽悠他的时候,他就知道阎立信已经对他起了疑心。阎立信建造工厂的时候,他受命派人前去破坏,不料那个人没能及时脱身,被抓住后暴露了身份。此事令他惊惶了很久,为此还被上级责罚。所以,在二柱找到他的住处时,他留下了二柱的命,并做

了一个大胆计划，把二柱送去日本。只可惜人算不如天算，居然让二柱逃走了……

阎立信才是天有信的根，只有不露痕迹地杀了阎立信，才能达到他的目的。所以这五年，他没有对天有信出手。当阎立信回到柳疃，有消息传出阎家要公开柳绸的漂染秘方后，他不得不吩咐韩福全故技重施。西洋诸国喜欢花绸，如果柳疃花绸的数量翻倍，不但增加了朝廷赋税，而且距离他控制丝绸产业的目标就更远了。只有杀了阎立信，才能制止柳疃丝绸的发展。虽然他可以派出杀手或者花钱买杀手,可那么做极有可能会暴露自己。他的性格就是求稳，必须稳妥才行。利用中国人对付中国人，才是他的谋略！

孟四海明知，阎立信故意设了局，仍按照计划实施。因为这是"一石二鸟"之计，即使被阎立信看破，察觉有异而顺带揪出内贼，景大人那边也会帮忙处理，转而嫁祸给亓满贵。

他望着阎立信，嘴角浮起一抹敬佩的微笑。中国有句老话：长江后浪推前浪。阎立信出狱后的一些作为，他看在眼里，也真心佩服。其实，他们两人都清楚彼此的招数，虽然过的是明招，但玩的是个人修为。这也是他今天把儿子带过来认识阎立信的原因。

想到这里，孟四海站起身，用手沾着杯子里的茶水，在桌子上画了两个缠绕在一起的圆圈，一声不吭地站起身，拉着那孩子的手出门离去。

阎立信望着那孩子的背影，从进来到离去，就一直站在墙边，身体挺拔目不斜视，就这份定力和沉着，无人能及。他不由得想起了他的侄子阎书亭。虽然他知道嫂子和侄子都活着，可还没有见到，心里一直牵挂着。

桌上的两个圆圈渐渐消失，阎立信愣了很久。直到十年后庚子事变，孟四海穿着一身中国的长袍坐在十字大街前面向日军剖腹自杀，他才明白了这两个圈的含义。

孟四海下楼后，雅座旁边的侧门打开，走出几个山东老乡，其中程老板说："立信，你让俺几个人来做证，可听了半天，也没听懂你们说的啥！"

阎立信叹了口气："不懂最好，唉，三条人命呐！"

几个老板面面相觑，不懂他说的"三条人命"究竟指谁？

程老板猜出来了，除了韩福全和杨金友外，还有亓满贵。他问："混进去的那些劣质丝绸已经被你揪出来了，还没入宫呢，大不了赔点银子坐几年牢，何至于搭上性命呢？"

阎立信说:"这才是孟老板的可怕之处,往后大伙和他打交道,一定多留点神!"

另一个老板急切地问:"你真的愿意把漂染的技术教给大家吗?"

阎立信朝几位老板拱手道:"六年前,俺做了一件事,柳疃周边的村子多了上千台织机,大家都有饭吃了,才有了一个村三百间房同时上梁的盛况。后来,天有信靠着张大人研究出来的印染技术,赚了五年多,也够了。俺想,诸位老板都把买卖做大了,大伙都有钱了,才更有底气。咱都是柳疃人,别只顾帮人家卖洋布,把自个的买卖丢了。"

几个老板连连点头。

阎立信让店家拿来纸笔,他背着众人飞快地写了一行字,折叠好,用火漆封了,说:"今儿俺与几位打个赌,你们身上都带着印信,麻烦盖个戳,三年后打开印证。"

几个老板将信将疑,各自拿出印章,在封的火漆上盖了。

送走几个老板,阎立信望着桌上的点心,陷入了沉思。孟四海带着儿子来,究竟有何动机呢?他猜不透,也不想猜,却从那孩子眼中明显看出了狂傲与不屑。

孟四海确实是日本人,十几岁就来到柳疃学习纺织技艺,到后来利用亓满贵一起陷害天有信。但在外人眼里,此人还有恩于天有信,心机之深实在令人不寒而栗。

他猜测,孟四海的行事从此会更加谨慎,即使他把印染技术公开,华昌商号也不会在柳疃或京城开设印染厂,肯定会把技术带去日本,在日本开设印染厂。原因很简单,白绸的成本价比花绸低了二两多银子,而日本人不像西洋人那样喜欢花绸。京城大街上来往的那些日本男人穿的都是白绸和洋布,只有女人才穿花绸。

就在他坐在茶楼里思索着怎么对付孟四海的时候,回到家没多久的亓满贵就接到了刑部派人送来的口信:韩福全由其表兄绑缚到了顺天府衙门,过堂前畏罪自杀。杨金友供认,是受合顺旺东家唆使,才陷害天有信的。景大人已将供状送呈入宫。

亓满贵顿时面如土色,对亓学文道:"阎老二果然厉害!"

亓学文也慌了,说:"爹,阎立信答应放过合顺旺的,他怎么能这样呢,俺这就找他去!"

亓满贵抹了一把老泪,道:"找他也没用,也是怪爹一时糊涂,被人捏着了把柄,请那个伙计吃了一餐饭,给了几个银子。其实,爹就是想弄到阎老二的印染配方,没想别的。阎家两次丝绸出岔子,跟爹都没关系啊。"

亓学文说道:"既然和爹无关,咱豁上些银子,也要保住爹的清白。"

亓满贵拍了拍儿子的肩膀:"爹早就不清白了。当年,阎家老大那事,爹做得太过分了,是俺求高通达帮忙找了昌邑开客栈的一个外地人牵的线,俺也没想要阎老大的命,只是让土匪劫走他家的银子,整垮他家而已。可那土匪下手忒狠,把人给弄死了。爹没话说,也没法说。没曾想,那个外地人收了二百两银子不算,还趁机讹诈咱。爹也是没有办法,才让高通达找人杀了他,尸首就埋在潍河边。至于阎老二的通匪罪证,俺怀疑是李家人做的,爹只不过是借机落井下石而已。爹想过了,迟早会有这一天的。有些事情爹没法和你说,必须带进棺材里。如今,你们兄弟都大了,爹也放心了。当初,马清泉的儿子去柳疃找我,说是要来合顺旺,你知道爹为啥留下他吗?"

亓学文也想知道答案,他一直也没弄明白。外面都说,爹串通马家父子害了天有信,可爹偏偏留下马永顺。阎立信说的那些话,似乎有几分道理,爹不会平白无故把屎盆子往自己脑袋上扣的。他想了一会儿,问:"爹,您留下马永顺的原因,是有把柄在他手里吗?"

亓满贵无力地点点头:"爹以一人之命,保全合顺旺。但有一句话你必须记住,阎老二斗不过孟四海的!"

亓学文听完最后那句话,似乎想起了什么。他看着爹进了屋,正要跟进去,却被推了出来,门随即关上了,里面传出了爹的声音:"让俺清静一下,明儿俺自己去衙门自首!"

半夜,刑部的郑大人带人来到亓满贵家中。亓学文带着来到爹的门外,多次叫门也没回应,于是就让下人把门撞开了。只见亓满贵吊在了屋梁上,早已气绝多时。书桌上留下了一份供状,承认是个人所为,与合顺旺其他人无关。

郑大人收起供状,对跪在地上大哭的亓学文说:"这已经是最好的结果了。"

鉴于天有信丝绸掺假一事,几个当事人已畏罪自杀,且丝绸并未入宫,故不予追究。

阎立信得到亓满贵的死讯是次日上午,他刚给醇亲王送去了十匹花绸和一些礼物,还给醇亲王泡了茶。他一回到天有信,马永顺就来了,带来了三个人的死讯。

阎立信低声道："你是个聪明人，做事和孟老板一样谨慎而周全。你爹曾经是天有信的大掌柜，现在叶掌柜去了上海，正缺个掌柜的。如今，天有信在京城内外有十几家分号，就辛苦你了！"

马永顺躬身道："二少爷，您当初让俺去柳疃找亓满贵，没想到他真的收留了俺。俺在合顺旺干活，被父老乡亲们背地里骂了五年多，俺时刻都想着给爹和老东家报仇，可他家看得紧，没法子动手。时间一长，他家待俺也不薄，俺寻思着就算过去了。二少爷当众揪出内贼，还了俺清白。从今往后，俺终于能够挺起腰杆做人了。可是，这掌柜的俺怕是……"

阎立信微笑道："没事的，如果你不愿来，自己开店铺也行。要是缺银子，跟俺说一声。"

马永顺的眼中闪过一丝惶恐，惊道："二少爷，你咋猜到俺想开店呢？"

阎立信倒了一杯茶，一口喝了："从今儿起，你也是老板了，俺以茶代酒祝贺你。那天有信的掌柜，俺自己先干着，等找到合适的人再说！"

两人不咸不淡地聊了几句，马永顺就告辞了。阎立信喝了一阵子茶，到柜上提了二百两银子，用一块白绸包了，驾着马车朝亓满贵家而去。

到了亓家，见门口已经挂起了白幡。两个头上扎着白布、腰间系着黑绸的掌柜领着几个下人正招呼着前来祭拜的客人。

阎立信认得合顺旺的大掌柜，叫亓满富，是亓学文的族叔。他下车的时候，见同升洋布庄的钱老板也来了。

亓满富把钱老板迎了进去，却将阎立信拦在门外，脸色铁青地说："阎老板，今儿可是您开心的日子，就别来凑热闹了。"

阎立信也爽快："亓掌柜，麻烦告诉学文一声，俺在这里站着呢。"

亓家来往的客人较多，阎立信这么站着，也有损亓家的待客之道。于是，有人急忙进去禀报。没多一会儿，一身重孝的亓学文出来了，看到阎立信后，走上前平静地说："俺爹已经死了，往后就是咱俩的事了。"

阎立信问："难道你爹没对你说什么？"

亓学文望了一眼正在下车的孟四海，朝阎立信摇了摇头。

阎立信把手里的二百两奠银递过去，亓学文没接。阎立信只得朝大门方向拱拱手，弯腰三鞠躬后，把奠银小心地放在了地上，低声道："节哀顺变吧！"

阎立信正要离去，只见几匹马飞驰而来，为首那匹马上骑着的是一个戴着六品顶戴、穿着武官袍的年轻人，剑眉虎目，跳下马后走路都带着风。

一个掌柜的叫了一声："二少爷回来了！"

来人正是亓学武，望着门口挂着的白幡，发出了一声惨号："爹啊！"

几个下人拿着孝服上前，要给亓学武换衣服。亓学武注意到了正在和亓学文说话的阎立信，顿时瞪起一双虎目，厉声道："阎老二！"

阎立信点了点头，说："没想到几年没见，你……"

话还没说完，却见亓学武拔出腰刀朝他冲过来，大吼着："我杀了你！"

亓学文转身把弟弟死死抱住，同时对阎立信喊："你快走！"

阎立信望了一眼站在台阶上冷笑的孟四海，有些狼狈地爬进马车，驾着车子离开了。此时，他发现自己除了亓学文和李长寿外，居然没有一个能够说说心里话的朋友。如今，亓学文很可能会与他分道扬镳了。人生如此，也是一件悲哀的事！

回到天有信，阎立信刚沏了茶，还没喝呢，伙计从外面领了一个洋人进来。那洋人操着一口半生不熟的京腔主动介绍："我叫威尔逊，是查普曼的朋友。他的一万匹洋布已经到了天津码头，另外你们的丝绸什么时候发货？"

阎立信这才想起，他还兼着七家洋商行华北总经销的身份呢。但天有信绝对不能卖洋布，这是他爹定下的规矩。

喝了几杯茶，阎立信当着威尔逊的面，用算盘一阵拨拉，很快算出了与一万匹洋布相抵价的二千四百三十七匹花绸的数额。按照他与查普曼的协定，以洋布换丝绸，双方都得利，出海关的赋税各自承担。

威尔逊佩服地望着阎立信："这玩意就叫算盘？你们中国人就是厉害，几个珠子上下一碰，数字就出来了，而且不会出错，比我们的笔算快多了！"

阎立信笑道："对啊，做生意离不开算盘啊。中国人从小就学这个玩意，随便去街上抓一个会认字的人，没有不会的。其实，你们洋人的好些玩意都是从中国传过去的。"

威尔逊说："你们的火药成就了我们的枪支和大炮，你们的指南针成就了我们的海上探险。可是大清自乾隆帝以来就不思进取、闭关自守，就像做生意一样，如果不懂变通那就只有关门了。"

洋人的话虽然有些刺耳，却也是事实。阎立信笑道："过两天，我就拉着丝绸去天津。走，我请你喝酒去！"

阎立信驾着马车拉着威尔逊，朝宣武门而去。路上，他告诉威尔逊，他与七家洋行签订了协议。但协议中说明了，哪家的洋布先到，就主要做哪家的。为了保证查普曼的利益，一旦有法国和美国商号的洋布入关，先让洋布囤积在港口，拖上一两个月再说。

虽然大清海关也有法国和美国的洋人帮办，但阎立信相信，威尔逊有办法维护英国人的利益。

两人来到宣武门外的一个胡同里，进了一家小酒馆。这家小酒馆的菜品味道不错，李长寿曾带他来过两次。

进去后，见里面客人不多，只在窗边坐了一个四十岁上下的男人。桌上摆着一盘豆腐，还有一盘青菜，正在低头喝着闷酒。那人见他们进来，抬头望了一眼。阎立信见那人穿着朴素，但目光深邃、表情淡定，且坐姿端正，不似常人。于是，阎立信朝老板道："给那位兄台加两个荤菜，我请客！"说完，他拉着威尔逊进了包间。

酒菜上来后，两人天南地北地一阵海侃，喝了个稀里糊涂……

当他睁开眼睛时，发现已经躺在自家炕上，小香橼一脸焦虑地望着他。见他醒了，小香橼嗔道："亓满贵死了，你也不至于开心成这样啊。传出去可不好听啊，那些山东老板们都认为你是幸灾乐祸呢。"

瑞珠端了一碗护肝茶进来，阎立信喝了，问："谁送俺回来的？威尔逊呢？"

小香橼道："听二柱说，一个中年人把你和那洋人送到了天有信就走了，不过落了一件吐满污秽的褂子。瑞珠洗褂子的时候，发现有一枚章子，还有两三个铜板。"

这时，瑞珠拿了章子进来。阎立信接过一看，是一枚两寸见方的土黄色小章子，质地油润，是上等田黄石。底面阴刻着四个篆体字：鲁人之印。

就这块石头，能值个一百两银子。阎立信皱着眉，心道：一两田黄一两金，能有这章子的人，非富即贵，不至于穿得那么寒碜。

小香橼道："洋人就睡在旁边的客屋。我让瑞珠帮忙伺候着，你有事先忙去吧。"

阎立信穿好衣服，收起那件褂子和印章，走进客屋，听见威尔逊的呼噜声一阵紧一阵，估计一时半会醒不了。

他来到天有信，见二柱对一个男人说："我们家二少爷来了！"

阎立信虽然是天有信老板，但二柱一直称呼他"二少爷"。他走进去，认出正是昨天在小酒馆见过的那个中年男人。男人穿着一身青色长褂，脚上的布鞋虽然干净，却打着补丁，显得很是寒碜。他连忙朝那男人拱手道：

"多谢兄台昨日送我回来，正不知如何感谢呢。敢问兄台名讳？"

那人朝阎立信回礼道："在下徐卜五，也是山东人。昨天见阎老板与那洋人已大醉，出门前不慎吐了我一身。好在你那马车上有天有信的印记，我就让酒店老板帮忙把你们抬上车。送你们过来后，我落了一件外衣在车里。感谢就不必了，只需把衣服还给我就行了。"

阎立信笑道："东西肯定要还给你，先请里面坐。"

到了里间，阎立信沏好茶，与徐卜五边喝茶边聊天。他发现徐卜五不但学识渊博，而且对很多事都有独到的见解。想着天有信正缺个掌柜，于是道："不知徐兄在哪里高就，我这里正缺个掌柜的……"

徐卜五哈哈一笑："虎卧高冈，龙潜深渊。阎老板太高看我了，可惜我不是做生意的料。时候不早了，我还要去入值呢。"

阎立信脸色一变，从衣服内拿出印章，连同着褂子，恭恭敬敬递过去，道："徐兄，恕在下眼拙，原来兄台是朝廷的人。不过，像徐兄如此清廉之人，实属不多，令我敬佩之至。小弟感于徐兄昨日相帮，一点小小的心意，请笑纳！"

不等徐卜五回答，他起身去账房取了二百两白银，还有两匹单色青绸布。

徐卜五看到阎立信手里的东西，登时面带怒容："阎老板，你把我看成什么人了？"

阎立信笑道："徐兄不要生气，在我心中，徐兄乃是饱读圣贤书之人。徐兄自恃清高，虽德才超于常人，但在官场中当属异类。昨日，我见徐兄独自喝闷酒，定是心中藏有幽愤之事。世人愚钝，只看衣裳不看人。徐兄若衣着华贵，世人都高看一眼。两匹绸布，是感谢徐兄的义举；二百两白银，是我借给您的。您立下字据，什么时候有钱了再还，如何？做买卖和做人一个道理，堂堂天有信的老板，受人之恩而不懂感恩，此事若传出去，别人会怎么看我呢？"

徐卜五听了，方才露出些许笑容："难怪你能够和洋人喝酒，而且买卖做得这么大。我要是再不接受，就有些不识趣了。"说完，他就着旁边桌子上的纸笔，写下了一张借据，落款写的名字是"鲁人"，然后接过银子和绸布，快步离去。

阎立信望着徐卜五的背影，拿起那张借据，慢慢撕碎，扔进了旁边的火炉中……

第二十八章

所谓真真假假、虚虚实实,任何装出来的境界都太低了。第二天一早,阎立信正要去库房点齐两千匹花绸,计划尽快送去天津码头。这时,只见门帘一闪,走进来一个虎背熊腰的男人。

来人是亓学武,穿着便装,也没有戴孝,两个随从一左一右站在门外。亓学武大步走进来,眼珠子直愣愣地看着阎立信。

二柱见对方来势汹汹,急忙抓了一根门闩,挡在了阎立信前面。

阎立信推开二柱,坦然对亓学武道:"有什么话,里面说。你弄两尊门神那么守着,我怎么做买卖啊?"

昨天亓学武提着刀向他冲过来,被亓学文阻拦了。事隔一夜,亓学文不可能不把事情的经过说清楚。若亓学武真是来替他爹报仇,就会穿着重孝,提着刀子冲进来,而不会换一身便装。

亓学武扬了一下手,那两个随从就到对面街上去了。

阎立信把亓学武领到贵宾室。亓学武看到小桌子上两杯留有余温的茶,微微皱了皱眉头。坐下后,阎立信也没客套,开门见山地问:"你爹冤吗?"

亓学武坐直身子,面无表情地说:"俺娘说他自作自受!"

阎立信给亓学武另外倒了茶:"你娘是好人。"

亓学武道:"俺昨天真想杀了你。"

阎立信笑道:"不是俺害的你爹,是姓孟的安的棋子——一石二鸟。你爹不死,死的就是俺!"

亓学武望着阎立信,瞳孔渐渐收缩,握起的拳头渐渐松开,沉声道:"俺怀疑是你玩的苦肉计,你为了对付俺家,曾经把绸布的价格压到八两五,甘愿做赔本的买卖。"

阎立信收敛了笑容,起身道:"做买卖的人,有时候形势所逼,也要

做一点赔本的买卖。这件事除了你爹，另外还死了两个人。"

亓学武冷笑道："对你来说，那是揪出内贼，可俺家的天却塌了。"

阎立信背对亓学武，仰头望着墙上挂着的《达摩一苇渡江图》，低声道："冤冤相报何时了。俺早就告诉过你哥，你哥没和你说吗？"

亓学武说："俺只相信自己。"

阎立信转身道："那你告诉俺，你爹头天晚上才过世，你咋地第二天就赶回来了？就算你哥当夜派人骑马去烟台，最快的速度，来去也要三四天啊！"

亓学武从衣服内拿出一封信，扔在桌子上："俺正等着你问这事呢。"

阎立信一看那张纸，眼珠子顿时瞪圆了，纸上写着：

丝绸入宫之日就是你爹偿命之时，速回京救人。

阎立信惊道："你哥知道吗？"

亓学武说："俺哥让俺来问你的。"

阎立信沉思一会儿，说："俺刚才说过，是孟四海的一石二鸟之计。没想到，他还想一石三鸟啊。"

亓学武说："昨晚上俺和哥猜了大半宿，也怀疑是他，可如果他要救俺爹，完全可以通知俺爹和哥，为啥写信给俺呢，而且时间都掐得那么准？会不会是别人……"

阎立信问："你啥时候接到的信？"

亓学武说："四天前，恰好舰船保养期间，俺没有出海，接到信就往回赶，没想到还是晚了。七年前，你家天有信出事，都说是俺爹搞的鬼，所以这事俺怀疑是你在报复俺爹，下马看到你，就……请原谅，是俺太冲动了。"

阎立信慢悠悠地喝了一口茶，说："写信的人并不是真正要救你爹，而是想知道你能不能回来。这是在打探咱大清军舰的虚实呢。以后姓孟的那边，你可要多防着点，他可不是普通人呐。"

亓学武再一次确认："真的不会是别人？"

阎立信微笑着："会咬人的狗从来不叫唤，相信俺，没错的。有些事明知道是他做的，可拿他没辙。记着，要想让狐狸露出尾巴，千万不要操之过急，需要慢慢来。这事你和俺，加上你哥，三个人知道就行了。到时候，俺会让你得到答案的。"

亓学武正色道："如果你骗了俺呢？"

阎立信反问道："从小到大，俺骗过你没？"

亓学武摇了摇头。

阎立信道："那就好，你可以走了。好好把你爹送回去吧，咱昌邑人不能再死人了！"

送走亓学武，阎立信随便翻查了一下这几年的账目，没有发现问题。他想着送绸布去天津，顺道去东北一趟，可京城这边没有一个管事的掌柜可不行。

傍晚回到宅子里，见威尔逊已经醒了，喝着小香橼沏的护肝茶。两人正说着话，似乎显得很亲热……

威尔逊见到阎立信后，摇头晃脑地说："你太够朋友了，这是我来中国这么多年醉得最厉害的一次。"

阎立信笑道："够朋友就好，往后生意上的事，还请你多多帮忙呢！"

就在亓学文兄弟把亓满贵的灵柩送回柳疃的第三天，魏海生来到京城，他是接到阎立信的信后赶来的，还带来了李维善的信。阎立信撕开一看，顿时乐了："敢情俺千里迢迢给他老李家带的媳妇呢。"

原来，伊朗那边的桑蚕纺织早在几百年前就有了，可蚕丝在抽剥和缫丝过程中，往往出现断丝现象。故而伊朗人的丝绸因重复接丝而显得厚实，不得已加上一些花边和纹理加以掩饰。这样的丝绸虽然好看，却根本没有东方丝绸那么飘逸和顺滑。卡丽姆的家族也从事丝绸织造和买卖，看到阎立信带过去的白绸和花绸后，便决定派人过来取经。于是，卡丽姆的父亲通过关系救出了阎立信，并让她跟随阎立信回大清。卡丽姆很聪明，跟着李维善到胶东后，从煮茧、剥丝、去胶、洗丝到几种工艺的缫丝和纺织都学会了。两人靠着双手比画了几个月，也渐渐心灵相通，感情急速升温。虽然得知李维善已死了三任老婆，但卡丽姆还是对这个温柔而细心的东方男子敞开了心扉，并主动出击，以中亚女子的热辣和真诚争取了一份真挚的爱情。

李维善写信给阎立信的目的，是告诉阎立信一声，他计划年底和卡丽姆在莱阳结婚，年后押着一批丝绸去卡丽姆的家。他这辈子都没离开过山东，也应该出去看看，丝绸的利润总不能给洋商全部赚了去。

李维善为什么不回柳疃结婚呢？

阎立信不愿他们父子一直这么僵着，兴许通过这一次婚礼，能给双方一个和好的机会。他给李维善回了信，首先祝福他和卡丽姆，顺便提出在柳疃举行婚礼的想法。如果在莱阳结婚，李维善原先的岳父母心里肯定不舒服，可能会影响到天有信和恒信的生意。而回柳疃在父母和亲友的见证下结婚也是天经地义的事。

他在给李维凤和李维善兄妹同时寄出信后，交代了魏海生一些事情，便带着二柱押着一批丝绸前往天津。在天津海关办理交割后，两人前往宋延森的店铺。宋延森前阵子帮忙筹办天有信天津分号，也应该去感谢一下。

他俩离开海关没多远，经过一处官衙时，见门口站着两位威风凛凛的士兵，肩膀上扛着新式枪支。旁边还挂一牌子：天津武备学堂。

阎立信望着那牌子，心潮起伏起来：要是阎书亭在身边，他定要培养侄子来这里，吃行武饭……

自从跟李长寿学了武生戏后，他不知怎么对从武行多了些兴趣。这也是他建立洋枪队的原因之一。他曾经幻想自己是一个驰骋沙场的将军，而不是一个整日琢磨着怎么卖绸子的老板！

车子经过一处洋人的教堂，他望着教堂顶上高高的十字架，竟然产生了几分亲切感。若不是洋人，他的命早就扔在了栖霞，就见不到李维凤了，也就更没有两台大型蒸汽机了。正如老佛爷说过的，洋人也不都是坏的！

教堂的旁边就是洋人开设的学堂，传出了朗朗的读书声，读的是洋文。洋人开学堂，收的都是中国孩子，要是大清早开放几十年，何至于如此被洋人欺负呢？

拐过一处街角，车子差点撞上一个低着头走路的妇人。那妇人迅疾闪到一边去了。坐在车内的阎立信并没有注意到，那妇人看到车上插着天有信的小旗子，突然紧追了几步，却又停了下来，捂着脸呜呜地哭了。她呆呆地望着车子消失的方向，任由泪水浸湿了衣襟。她就是阎立信的嫂子蓝氏。

镇山东果然仗义，把蓝氏母子送到天津，阎书亭进入洋人开办的学堂读书。他还不定期地送来银两，供母子生活。阎书亭还改名为蓝月明。

一天，蓝氏经过新开设的天有信分号，进去看了看，问了伙计后，得知就是山东柳疃天有信分号，东家叫阎立信。她摸着摆在柜台上的一匹匹绸布，眼中噙满了泪，随即摘下手上的玉镯交给了伙计，低声道："让掌柜的转交给你们东家！"说完，低着头出了店铺，一路流着泪回到住处……

第二十八章

且说阎立信到了宋延森的店里，两人刚聊了一会儿，天有信分号的掌柜也得到消息赶来了。除了带来了近期的账目外，还从衣兜内小心翼翼地拿出那只用绸布包着的玉镯，道："前不久，一个妇人来到店里，扔下这只镯子让转交给您。"

阎立信看到那只镯子，抓过来怔怔地望着，泪水狂涌而出，叫了一声嫂子，随即拖着掌柜，道："走，去门店！"

几个人急急忙忙来到天有信分号，阎立信站在门口，望着街上来往的人，突然扯开嗓子喊起来："嫂子，您在哪里啊？回来吧，咱回家，回家！"

宋延森拉着阎立信道："立信，你嫂子若是真想回家，就不会只留下镯子了。她这是想告诉你，她母子活得很好。"

阎立信流着泪道："要是让嫂子在外面漂泊，俺爹和俺哥都不会原谅俺的。叔，找不到嫂子和侄子，俺的心里不安啊！"

宋延森劝道："要是你爹和你哥知道你这么寻找嫂子，他们一定很欣慰。俺有个主意，从柳疃那边找一些认识你嫂子的人，到天津这边来，寻个一年半载，俺就不信找不到！"

阎立信抹干了眼泪："中，俺立刻写信给魏掌柜，让他多派些人过来，所有的开支从柜上出。"说完，他让掌柜拿来纸笔，当即写下：

嫂子蓝氏，年三十五；侄子阎书亭，年十五，山东昌邑人。因七年前遭匪失踪，疑流落津门，有寻其下落者赏银两万两。

写完，他觉得还不够，将赏银两万改为五万，又在下方写了一句：

嫂子，回来吧。无论发生过啥事，都不要介怀。

立信泣留

他吩咐掌柜："找人抄写，多贴告示。只要能找到，花多少银子，俺都愿意！"

掌柜当即找人抄写了，并派伙计们出去张贴。阎立信在门店等了几日，也没有任何消息。眼看隆冬来临，大雪封路，才不得已离开了天津，踏上了前往关外的路。临行前，他告诉掌柜，只要有消息，立马派人去柳疃告知。

出了山海关，一阵阵的北风刮得刺骨，路边的河沟都结了冰。二柱头上戴的薄棉帽顶不住了，换了狗皮绒帽。关外的风与山东的不一样，像刀子割一样。

听说关外土匪多，阎立信特地多带了一支美国的"十三太保"，可以连发十三发子弹。

主仆二人两匹马，日行夜宿走了近半个月，到达丹东后，由周华仁领着去山里看了看。东北的气候和山东一样，也是两季蚕，不过间隔时间短一些。以前有上百亩老柞树，这两年又种了不少新苗子，还没长起来。阎立信觉得建厂房还要过两三年，等柞树高了，出茧量大了，才适合工厂运作。

天有信在东北的几家分号买卖都一般，几年前运往关内十万两银子，已经伤了元气，好几年才缓过来。好在靠着俄罗斯那边的买卖，每匹上等绸布能卖到十六七两，要不然真是很难维持下去。

从国外回来后，阎立信就想过，天有信不能总卖上等绸布，劣等绸布也要卖，只要有钱赚就行。天有信不卖洋布，可恒信可以卖啊！

他和舅舅商议后，将两家买卖不好的分号换上恒信的牌子，除了做天有信的绸布外，还卖进口洋布。

随后，阎立信在丹东城外选好了厂房地点，直接将那块地租了下来，租期二十年。接着，又去其他几个地方的分号转了转。他注意到，只要有天有信的地方，就有合顺旺。周华仁也说过，天有信在东北有七家分号，原先合顺旺在东北才三家分号，除了卖绸布外，还兼卖洋布。几年来，合顺旺在晋商的帮助下，发展到近二十家。反倒恒信的十二家分号减少到七家。李家在东北的买卖全部由老三李中鲁主事。

李中鲁早就听说了阎立信的传奇故事，只是未曾见面。他到东北做买卖的时候，阎立信才七八岁。后来，李维凤出嫁，碰巧他生病，别说走几千里路回山东，当时连床都下不来。后来，他好不容易回了一趟山东，哪知阎立信却押着丝绸去了西洋。如今，阎立信到了东北，他这个当叔的，必须好好表示一下。于是，他提前定下了丹东最好的酒楼，除了自家人外，在东北的那些老乡掌柜能请来的全都到场了，合顺旺在丹东分号的两个掌柜也来了。

酒楼上下乌泱泱的几十号人，几乎都和李中鲁一样，没有见过阎立信，但都听说了他的传奇故事。天有信和恒信两家商号卖的花绸就是最好的证明。两家商号也给其他商号供货，每匹赚一两银子，至于人家卖多少，那是人家的买卖。

阎立信不愧是见过大世面的人，与诸位老板掌柜谈笑风生，席间主动提出天有信和恒信两家商号与大家共进退的想法，进口的洋布以后从大连上岸，直接由恒信领着大家一起做。

他特意和合顺旺的两个掌柜相互敬了酒，低声告诉他们："俺和学文一直都是好兄弟，上辈人的恩怨已经过去了。大家都是昌邑人，往后要齐心协力拧成一股绳！"

两个掌柜的点头称是，他们已经得到消息，老东家已死，如今合顺旺是亓学文主事。

阎立信已经看出来，在合顺旺疯狂扩张的背后，实则危机四伏。因为合顺旺的工厂和作坊只能生产白绸，就那点白绸根本无法供应门店销售。至于花绸和洋布，都是从别人手里拿货，所得的利润也不高。一旦市场有变化，后果不堪设想。

阎立信要想对付合顺旺，只需让同升洋布庄停止供货，合顺旺就只能用土布冒充洋布，一旦那么做，找人把消息扩散出去，合顺旺便会关门大吉……

在东北老乡的盛情款待下，阎立信醉得一塌糊涂。有几家掌柜还相继定下日子做东。都知道山东老乡好客，可眼下这情形，他必须尽快离开。他来东北是办事的，不是来喝酒的。

第二天，阎立信去向李中鲁辞行，让李中鲁以后给合顺旺供货，无论是绸布还是洋布都比别人低两个点，这两个点的账由天有信补上。尽管李中鲁不明白阎立信为什么这么做，但也没有多问……

离开丹东，阎立信和二柱急着往大连赶。他要去大连海关通融一下，以后洋人的进口洋布一部分直接从大连上岸。

这一天，两人路过营口，在一个镇外被人拦住了。只见一个十五六岁的干瘦小伙子，穿着一身露出棉花的破棉袄，鞋子也开了帮，用绳子捆着，倒是手里提着一支长铳。

阎立信见往前就是一个镇子，土匪的胆子再大，也不敢在镇子边上劫道。尽管如此，他还是抽出了挂在身后的"十三太保"，眼睛往道路两边瞅了瞅，见路两边都是平坦的荒地，连处藏人的草窝都没有。随即，他下了马，大声问："咋啦？"

小伙子说:"俺饿了,想求几个钱买饽饽吃。"

阎立信一听口音,似乎耳熟,笑了笑:"讨钱要去街上讨,哪有这么讨的?"

小伙子说:"镇上的人见了俺都躲,才寻思着到路口找过路的人要点钱!"

阎立信见小伙子长得虽然瘦弱,但粗眉小眼、高鼻梁、阔嘴巴,长得挺机灵,于是道:"可你这架势,不像是要钱,却像是土匪劫道。这样不学好,你爹不管你吗?"

小伙子的脸上闪过一抹阴郁,声音低了下来:"俺爹早就死了,俺娘带着俺兄弟几个,没法活了……"

阎立信听了,心中顿时一紧,没爹的孩子能活着就是幸运。他走上前道:"你是个男子汉,顶天立地的,应该帮着你娘多干点活。要是学土匪劫道被官兵抓到,是要杀头的。俺给你一些钱,熬过这个冬天再说。要是真没了活路,就去丹东或者奉天找天有信商号,去那里当个伙计,就说阎立信让你去的。"说完,从身上摸出七八两碎银子。

小伙子冲上前,抢过了阎立信手里的银子,道:"多谢老爷,我知道天有信的。"

阎立信问:"你叫什么名字?"

小伙子擤了一下鼻涕,歪着头说:"俺叫孙雨亭,小名'老疙瘩'。"

"你是怎么知道天有信的?"

"俺爹说过,天有信的老板是好人。俺爷爷曾经救过天有信的老板娘……"

阎立信也想起了曾经救过李维凤的孙家老人,便问:"你爷爷是孙有福?"

"对啊!"

"你家住哪里,你爹怎么没的?"

老疙瘩眼里立时含了泪,哽咽着:"俺爹和俺叔来到东北后,也学着你们昌邑人背包袱到俄罗斯卖绸子,叔叔不幸得伤寒死了。俺爹把俺娘和我接来后,也生了病,没钱去治。俺爹也听爷爷说了天有信的事,可一直不好意思去找,后来就死了……"

阎立信拍了拍老疙瘩的肩膀:"俺就是天有信的老板阎立信,你可不能给咱山东人丢脸啊!"

老疙瘩点了点头:"天有信的阎立信阎掌柜,俺记住你了。这钱算俺借的,以后俺长大了,赚了钱,再还给您。"

阎立信笑道:"老疙瘩,这钱就不用还了。行了,俺还要赶路,让你娘给你换一身厚棉袄,还有棉鞋。"

老疙瘩盯着阎立信手里的枪,问:"你那枪是从哪儿买的?俺要是有钱,也想买一支。"

长期的困苦生活,最能磨炼一个人的意志。阎立信望着老疙瘩,这孩子自始至终手里都拽着那支长铳,言谈间并不露怯,眼里透着机灵和狡黠,长大后估计也是个狠角色。

他低声道:"老疙瘩,等你长大赚了银子再买吧。要不就去投军,军队里有枪给你使,不用花钱的。"

老疙瘩眼中露出一抹亮光,笑道:"多谢阎掌柜指点,你们走吧。"

阎立信返身上了马,瞅着老疙瘩朝他拱手施礼,一副江湖好汉的模样。他也拱手回了一礼,催马疾驰而去。

在大连办完事,回到柳疃已近腊月。阎书真在院子里捞着水盆里的冰碴儿玩,一看到阎立信进门,呼喊着爹就扑了上去,冰凉的小手直往他脸上贴。

李维凤闻声从屋里出来,阎立信见她戴着孝,急忙问:"咋啦?"

阎书真接着哭了:"俺姥娘老了!"

阎立信问:"啥时候的事?"

李维凤把阎立信迎进屋,低声道:"亓家兄弟把亓满贵送回来后,亓学文去找过爹,也不知对爹说了些啥。从那以后,爹就天天喝闷酒,还老是喝醉,谁劝都没用。有一天晚上酒醉了,和娘吵了架,没曾想,娘就上吊死了。"

阎立信愣了:"俺听人说,吃斋念佛的人是不会自杀的。娘即便和爹吵了架,也不至于自杀啊。"

李维凤低声抽泣起来:"俺也这样寻思呢。你关在昌邑大牢的时候,俺去看你,爹朝俺发火。那天晚上,娘和爹就吵得很凶,都没啥事,囊地这时候上吊了呢?"

人已死,说什么都没用了。阎立信安慰了李维凤一番,问她收到信没有。

李维凤点点头:"娘出殡的时候,哥回来了,不知怎的,动手打了徐管家。虽说徐管家那人仗着爹作威作福,俺兄妹俩都讨厌他,可他毕竟跟了爹几十年。哥没进李家大院,在他原来的宅子里住了几天。当时,俺就看出他与那个洋女人关系不一般,那个洋女人还给娘上了香。全柳疃都知道李家大少爷说了个洋媳妇。"

用人端上茶水,阎立信喝了几口,道:"他们还没结婚呢,原来计划在莱阳那边办酒席,俺认为在那边不妥,就想叫他回来办。"

李维凤叹了口气:"本来俺想让哥和爹慢慢和好,现在娘一死,只怕老死都不相往来了,也不知他父子俩有多大的仇呢。哦,俺听哥说过,要是你原谅爹,他就能!"

阎立信微微皱起了眉:"俺和爹没有什么恩怨啊,再说了,是俺先提出解除婚约的,爹把你许配给亓学文,也合乎常理啊。至于他用三十五万两银子抵押拿走俺家柞树林的事,不是你哥连契约都烧了吗?后来,爹还帮着俺一起算计了亓满贵呢。你确定没听错?"

李维凤说:"没有听错,哥说完那话,俺还追问了一句,他就不吭声了。俺以为哥会找爹大吵一架,哪知他们爷俩根本没话说。"

阎立信沉默了片刻,说:"这事有些蹊跷。等吃完饭,俺过去看看,和爹聊聊!"

吃完饭,阎立信带了一些礼物来到李家。李家门口已经没有了家丁,门楣上的白色灯笼在寒风中颤抖着,已经被吹破了,露出了里面的竹架子。红漆大门也掉了漆,斑斑驳驳的。他敲了好一阵门,才有人开门,是一个下人。

那下人见到阎立信,忙躬身行礼:"姑爷回来了。"

阎立信问:"徐管家呢?"

那下人低着头道:"徐管家被大少爷打了后,就去他自己的宅子住了,庄北边最大的新宅子就是。老爷拉着四爷在小客厅喝酒呢!"

下人领着阎立信朝小客厅而去,只见道路两边堆满了落叶,不知多久没打扫了,好几处小院的门都紧锁着,也看不到干活的下人。整座院子显得很寂静,唯有脚步声在回廊间回响。往日人声鼎沸、高朋满座的李家大院竟也变得如此落魄……

进了小客厅,李中原和李中茂两人在喝酒。桌上没几个菜,两人都喝得有些醉意。李中原穿一身灰色大袄,头发白了不少,眉头紧锁,神情落寞。

李中茂看到阎立信,急忙起身道:"姑爷回来了,来,坐下喝两杯!"

阎立信坐下道："四叔，俺让下人送您先回去，俺和爹有些话要说，改天再陪您喝吧。"

李中茂是个会看事的人，当下起身跟着那个下人出去了。阎立信望着李中原，听着脚步声走远，自己倒了一杯酒，低声道："爹，在敬您酒之前，俺想问一句，书真她姥姥真是上吊自杀的吗？"

李中原的眼珠子一瞪，重重地拍了一下桌子，大声道："人都已经埋了，你这个当女婿的，不回来吊孝也就罢了，一回来就兴师问罪吗？"

阎立信愣了一下，低声道："亓学文究竟对您说了什么？"

李中原喝了一杯酒，目光迷离地看着阎立信："有本事你问他去！"

阎立信有些痛心地说："爹，究竟发生了啥事，您能告诉俺吗？咱都是自家人，有啥事不能说出来商量的？"

李中原苦笑了一下，说："每个人都有不能说的事。你能说你送给俺的那些珠宝真是你从土匪窝里抢来的吗？你爹旁边那座没有墓碑的坟，埋着的究竟是谁？"

阎立信又喝了一口酒，说："爹，既然您不愿说，俺也不逼您了。可您和维善哥的关系，总不能僵着吧。俺想让他回柳疃来结婚，你们……"

阎立信的话还没说完，李中原就吼起来："你的好意俺心领了，趁早别操那份闲心。他爱囊地就囊地，他不孝，还有老二，再过十几年，老二成年了，俺有人送终就行。"

阎立信一口喝了杯中酒，正色道："爹，无论您以前对俺家做过什么，都已经过去了。俺能够原谅您，听明白了吗？"

李中原把酒杯往地上一扔，突然号啕大哭起来："俺知道你有胸襟，是个干大事的人，可俺心里过不去那个坎啊。你能原谅俺，可有人不答应啊！"

阎立信问："是不是亓学文？俺去找他，上一代人的恩怨不能延续到下一代，他答应过俺的。"

李中原又喝了一杯酒，说："那是他和你之间的事情，与俺无关！"

阎立信苦口婆心地说："爹，您有必要这么作践自己吗？有啥天大的事情不能和俺说啊？"

正说着，门被人推开，李维凤风风火火地走了进来。她劈手夺过李中原手里的杯子，含泪道："爹，您别喝了，出了啥事，有女儿女婿替您挡着！"

李中原流着泪："闺女，你不懂爹心里的苦，爹没法对你说啊。你们走吧，别管了！"

阎立信对李维凤道："要想揭开爹的心结，有一个法子，那就是开棺验尸。"

李中原一下子掀翻了桌子，大声道："你们要是想让爹死了都被人戳脊梁骨，那你们就去开棺验尸！"

李维凤怔怔地看着李中原，流着泪喃喃道："真是您害死了娘？要真是这样，别说哥，俺都不会原谅您的。"说完，李维凤哭着离去。

阎立信追出门，见李维凤朝东跨院而去，在东跨院的门口站着一个小人影，近了一些才看清是李思远。

李思远看到阎立信，躬身叫了一声姑父，然后对李维凤道："姑姑，谁欺负你了？"

李维凤抹干眼泪，说："刚才风大，姑姑眼里进沙子了。"

李思远道："爹啥时候来接俺呀？"

李维凤一把搂住李思远，哽咽着："你爹和姑父一样常出远门，有时一出去就是好几年，往后你就跟着姑姑吧。从明天开始，你不用来这里读书了，姑姑把先生请到俺家去。"

说话间，一个老先生牵着李维福从里面出来。阎立信认得老先生，是徐郎中的同族兄弟，同治年间中的秀才，还曾经教过他。阎立信当下朝徐先生拱手施礼道："学生见过恩师！"

徐老先生还礼道："你是俺教过的学生里面，最优秀的一个。你这侄子，也是一块好苗子，得好好培养才行。"

阎立信道："从明儿起，请恩师移步到阎家老宅那边去，月例银多一两，每天俺让人来接维福过去就行。"

徐先生感叹了几声："李家是柳疃第一大户。唉，谁也没想会这样。"

阎立信摇摇头，和李维凤一起牵着李思远的手出了大门。这时，照壁后面吹起一阵风，卷着灰尘和落叶翻过了李家大院的屋脊，依稀之间似乎夹杂着几声叹息……

第二十九章

时光轮回，总要有初始的原点。回到阎家老宅，李维凤吩咐下人收拾出一间屋子，以后李思远就住在这里。然后又在后院整理出一个套间，成为李家叔侄的学堂。

吃完晚饭，阎立信和魏掌柜、高友亭几个人见了面，谈了买卖上的事情。魏掌柜说，一个月前，法国的洋商直接找到柳疃来了，给了一万两银子，定了五千匹花绸布。今年天气不好，秋茧下来前就落了霜，很多蚕刚刚结茧就被冻死了。栖霞和掖县几个地方的秋茧产量也比春天少了五成。几个工厂都在忙着赶货，唯恐凑不够数。

阎立信微笑着："往后天有信和恒信都要见银子发货。有人知道秋茧收成不好，利用洋人给俺下套呢。"

魏掌柜说："要是洋人来提货咋办？按约定，到期没有五千匹上等花绸，要赔双倍银子啊。"

阎立信笑道："俺前不久对洋人用过这一招，不稀奇。要是洋人真来提货，就让他去库房，说只要付清了银子，五千匹都让他提走。对咱中国人，做买卖就要实诚，但对法国人能赚他们多少银子，千万甭含糊。除了俺的几万两黄金，他们还欠着几条人命呢。这笔账，要跟法国人慢慢算！"

几个人也都点头称是，大家聊了一会儿，自然就聊到李中原身上。高友亭说，李家落魄了，但那个姓徐的管家日子过得倒挺滋润，不但新盖了大宅子，还在西街买了两个铺面，一个做绸布买卖，一个是天恒当铺。

魏掌柜说："俺听说李中原让徐德忠从银号取走了十万两现银。李家的事情，咱管不着，但那姓徐的心黑手辣，在街上与人'撞银'，连赢八场，弄得街上好几家老字号都关门了。老东成和春财聚的东家，一个吃了老鼠药，一个投了井。他还以你丈人的名义，纠集一些地痞无赖，成立了柳疃治安所。每逢集市和绸布交易日，便去为难那些摆摊的人，收人家十个大子儿。大伙儿都恨得牙痒痒，背地里叫他'徐缺德'，也有叫'徐拐子'的。徐拐子收钱没个数，是多是少他说了算，有不愿交的，当即就把人家的摊位掀翻了，还把人打一顿，吓得周边的人都不敢来了。合顺旺趁机派伙计去村子里收绸布，把客商都带过去了。"

高友亭说："那家伙是个机灵人，但凡跟咱天有信沾亲带故的，他都不敢惹。有一次，他还想让咱的洋枪队给他撑场面，魏掌柜没答应。"

阎立信没想到，他才出去几个月，就出了这么多事。看来，他老丈人的心结就在姓徐的身上。明天是柳疃大集，他必须去会会这个家伙！

几个人走后，阎立信躺在烧得滚烫的炕上，望着脱得只剩下粉红肚兜的李维凤，一把搂了过来，狠狠地亲了几口，低声道："啥时候给书真整个弟弟出来？"

李维凤轻轻捶了阎立信一下，嗔道："老夫老妻了，不正经。京城那位怀了没？"

阎立信呼吸急促地道："别提那茬，想死俺了！"

李维凤娇呼一声："你以为俺不想啊？"

阎立信不再说话，紧紧搂住李维凤，嘴巴堵了上去……

在这美好的夜晚，外面皓月当空，月色下的土炕上，花绸布棉被就像大风吹过的北海，涌起阵阵惊涛骇浪。一波又一波地翻腾后，海面趋于平缓，风浪将大土炕冲撞得掉下一块墼去。

李维凤一双酥臂搂着阎立信，长长地呼了一口气，轻声道："她爹，咱这老宅子有好几十年了吧？"

阎立信喘着气道："明儿俺就让高先生找人，开春就动工再盖个大宅子。俺还想在京买一处宅子，把你们娘俩和思远都接过去。哦，徐德忠那事，你为啥没对俺说？"

李维凤道："不是还没来得及吗？"

两人说了一阵话，又挪了一下地方继续折腾起来。直到精疲力竭了，才相拥着沉沉睡去……

李维凤醒来后，天色已大亮，一摸身边没人了。她穿好衣服下炕，来到堂屋，见二柱在院子里洗漱，就问："二少爷呢？"

二柱回答："今儿一早换上俺的脏衣服，也没梳洗，就出门去了，还不让俺跟着去。"

李维凤吩咐道:"别管他了,等会儿你去后院把炉子烧旺一点,再去把俺弟弟接来,往后他们就在后院读书。"

且说阎立信换上二柱的脏衣服,戴了一顶破棉帽,往脸上抹了一些灰土,从屋里抽了两匹白绸就出门了。来到街上,有不少人已经支起了摊子,都是临近一些村子的纺织户,拿了自家纺织的绸子来卖。不多时,卖菜的、卖小吃的、卖玩具的、卖糖葫芦的……都来了,集上的人也多了,吆喝声、讲价声此起彼伏。

阎立信买了一块煎饼,在一棵树下展开一块青土布,把两匹白绸摆上。不一会儿,旁边来了一位老人,也摆上了白绸,有一匹多的样子。老人主动搭讪:"小伙子,哪村的?"

阎立信低着头答:"马渠。"

老人主动说:"俺是齐西的,咱隔着挺近的。自家养的蚕,一年到头下来,就这一匹多,质地也不算好,合顺旺去村里收,开价六两五。俺想着来集上卖个好价钱,听说遇到外地来的客商,能卖到七八两。"

阎立信点了点头,没有说话,继续缩着脖子嚼着煎饼。刚吃了几口,过来一个人,是合顺旺一个店铺的掌柜。他没有认出阎立信,蹲下来看了看绸子,问:"上好的白绸,做工细腻,和天有信厂子里织出来的差不多,囊卖?"

阎立信的嘴里塞着饼,用手比画了一下,七两四。这是天有信从纺织户手里收上等绸布的价格。

掌柜的问:"六两八,卖不?"

阎立信摇了摇头。

掌柜的又把价格往上提了提,到了七两二,见阎立信还是摇头,顺便看了看老头的绸布,开出六两四的价格,见老头不答应,就离开了。

没多一会儿,又有几个人过来问价,阎立信直接开出七两八的价格。因为他的目的不是卖绸,而是为了等人。

日上三竿,前面的人群一阵骚动。阎立信望去,几个痞子模样的人正伸手朝道路两边的摊主要钱。一个个摊主递上十文钱后,一个劲地唉声叹气,有的人还朝着那拨人的背影啐了几口。

一个体格健壮的家伙推着一辆独轮车,左边坐着的正是徐德忠,右边放着一个柳条筐。痞子们收了钱,就往筐里扔。随着车轱辘的转动,筐里的钱哗啦啦直响。

痞子们很快来到阎立信面前，伸手道："二十文。"

阎立信低着头没动，倒是旁边的老人说话了："还没开张呢，囊就收上钱了呢？"

痞子凶道："少废话，给钱！"

老人哀求道："几位爷，俺今儿没带钱，要不等卖了绸子，再交吧。"

徐德忠懒洋洋的声音传过来："那就用绸子抵账，这匹绸子就算四两三，减去一钱银子，给他四两二，把绸子收了！"

那老人跪下道："几位爷，俺这是一匹两丈三，虽然不是上等，但卖给天有信也能卖六两八一匹。俺想着卖七两呢，您不能这么着啊！"

徐德忠道："今儿碰上俺了，算你倒霉，弟兄们等着上菜呢。"

两个痞子伸手就要抢夺，阎立信起身抽过旁边一个卖秫秸秆的扁担，劈头将那两个家伙打翻在地。

徐德忠跳下车，大声道："什么人敢在老子面前撒野，不要命了。今儿俺要是让你活着离开柳疃，俺就不姓徐！"

阎立信用袖子把脸上的灰土抹了一下，大声说："怎么着？拐子，你当真不姓徐了？"

这时，徐德忠认出了阎立信，张着嘴巴愣了片刻，才说："姑爷，姑爷，您这是跟俺开玩笑呢，是吧？"

阎立信大声道："谁是你姑爷，你仗着俺老丈人的势，在柳疃为非作歹，没人治得了你，是吧？"

见这边有人闹事，那些做买卖的也都不做了，围成一圈在看热闹。得到消息的魏潮生领着洋枪队也过来了，直接把那些痞子摁倒在地上。

徐德忠见势不妙，一瘸一拐地上前，朝阎立信躬身道："姑爷，求求你，高抬贵手吧。"

阎立信厉声道："别人求你的时候，为啥不高抬贵手？老人家为了多卖几钱银子，从齐西赶过来，连煎饼都舍不得买，一匹两丈三的白绸，你拿四两二银子强行抢走，那是一家人的活路啊。"

徐德忠连连道："下不为例，下不为例！"

阎立信道："还有下次啊？"接着，他朝那些看热闹的人拱手道："诸位都是柳疃的父老乡亲，也有商号的掌柜，做买卖有做买卖的规矩，按行情来，一个愿打一个愿挨，哪里容得这般巧取豪夺？就因为他身后是俺的老丈人，就因为李保正不管他，大伙就纵容他横行霸道吗？"接着，他指着徐德忠道:"今儿你先把钱还回去,囊收的囊还!"

徐德忠连连点头:"好,好,俺这就还回去。"

阎立信对魏潮生道:"等会儿你把这些家伙直接捆起来押送县衙,告他们个敲诈勒索!"

刚说完,李中原从人群中走出来,黑着脸对阎立信道:"把人放了!"

阎立信愣愣地看着李中原,想不明白他为什么会当众助纣为虐,令他下不了台。

李中原看了魏潮生他们一眼,接着道:"咋?俺说话没人听了?干脆把俺也给绑了,一起送衙门吧!"

阎立信走到李中原面前,低声道:"爹,有话咱回家说,姓徐的在集上敲诈勒索,不治不行了,这样往后谁还敢来做买卖?"

李中原面无表情地说:"先把人放了,俺和你回家去说。"

阎立信朝魏潮生挥了一下手,洋枪队员把那几个痞子都放了。

李中原对徐德忠说:"往后就按大人的吩咐,按规收费,不得再发生这样的事了!"

徐德忠朝李中原拱拱手,领着那几个痞子灰溜溜地钻出了人群。

阎立信和李中原回到阎家老宅,李维凤虽然心里不舒服,但还是亲手给爷俩倒了茶。李中原喝了口茶,说:"今儿俺虽然驳了你的面子,但也是为你好。你和新来的县太爷打过交道没?"

阎立信从国外回来,为了买枪的事情找过知县。知县虽然客气,却多番推托,等他送出二两百银子后,才爽快地开出了公文。他回答:"见过一面,是个心黑的家伙。"

李中原说:"知道就好。姓徐的不知怎么搭上了县太爷的线,大人同意他成立柳疃集市维护队,收取维护治安费。原定每个摊位三十文,是俺向大人求请,才降到十文。等过完年,他就是柳疃的保正了。你要是跟他闹翻了,能有好果子吃吗?那个家伙一肚子坏水呢!"

李维凤道:"爹,您知道他一肚子坏水,还留他在李家大院这么些年?就算大人保着他,也不能让他到处敲诈勒索,他还从银号……"

李中原打断了李维凤的话:"十万两买一个平安,立信花二百两银子拿到的批文,应该去潍县军营买枪支,结果后来直接从洋人手里买的新式枪支,那得督抚衙门的批文才行。姓徐的和大人收了俺的银子,给立了字据,这事暂时不追究了。但要有个万全之策,必须尽快成立商会,以商会的名义组织洋枪队，就不会有妄图作乱之嫌了。要不这几天，俺把几十家商会的人找齐了，只要挂出牌子，就万事大吉了。"

阎立信道："爹，那银子不该您出，再说十万两也忒多了。那两个王八蛋也敢要？"

李中原说："当年天有信出事，查封之后损失有多大，你没个数吗？官字两个口，虽说你也是六品官，可你这官就是用来摆设的。行，俺走了，往后俺的事，你少管。那臭小子愿意回来就回来，不愿意回来就拉倒，就当俺没生他！"

阎立信送李中原出了门，见李中原倒背着双手，消失在人流中。

这时，魏潮生和高友亭从后院过来。见阎立信一副闷闷不乐的样子，魏潮生有些生气地说："李保正不知犯了哪门子混，居然胳膊肘往外拐，当众帮着那瘸子说话。"

阎立信凶道："别说了，你看守好厂子就行了。街上的事情，暂时别掺和！"

魏潮生走后，阎立信和高友亭进了屋。两人坐了一会儿，还是高友亭开了口："这宅子是应该修修了，要不先搬到书真她舅那边住着，反正那宅子也空着。俺想年前就动手施工，计划两万两银子。"

阎立信点点头："中！"

说着话，他心里却嘀咕着方才与老丈人说的那些事。徐德忠成了柳疃街上的一颗毒瘤，弄得大伙生意都没法做了。要是再纵容下去，不知会整出什么糟心事来。他想了一会儿，在高友亭的耳边说了几句话。高友亭皱皱眉道："东家，这样不妥吧？"

阎立信笑道："照着俺说的去做就行。"

高友亭点点头："好，东家说囊办就囊办。"

高友亭离开后，阎立信用黄布将自己的六品官袍包好了，又提了两样点心，换上一身干净的衣服，顺着街道慢悠悠地转到天恒当铺门前。

当铺门口站了三个痞子。他们被洋枪队员摁倒在地上的时候，也吓得不轻。后来，李中原当众替他们撑了腰，便更加有恃无恐。他们见到阎立信，多少还是有些忌惮的，赶紧弯腰打千儿，迎到里面，泡好上等的香茶。

徐德忠从里面晃着身子出来，咧开嘴巴道："呦呵，阎老板啥时候有空来俺这小铺喝茶了？"

阎立信笑道："论辈分，俺得叫您一声叔。这不，俺刚从京城回来，不知道柳疃街上这几个月的变化这么大，方才在街上多有得罪，特地上门赔罪来了！"

徐德忠瞟了一眼桌子上的东西，道："赔罪就带这点东西吗？"

阎立信笑道："东西多少只是个意思，只要有诚意就行。"

徐德忠的三角眼一瞪："啥叫诚意，俺看不明白。"

阎立信看了看左右，低声道："我是来找您谈个买卖的，让他们听到，传出去就不好了。"

徐德忠眼珠子一转，微笑道："那咱上里面细谈。"

阎立信跟着徐德忠来到里间，是一间会客室，布置得挺奢华。桌椅和茶几都是上等檀木，地上铺着羊毛地毯。

徐德忠把门关上，凑到阎立信面前，嘿嘿笑了，说："现在可以说了。"

阎立信把装着官袍的包袱往桌上一扔，说："俺找您有两件事：一是想用俺的官袍当点银子；二是想请您替俺办件事，办完了，买卖自然就来了。"

徐德忠打开包袱瞅了一眼，脸色一变，说："你玩俺呢？俺开的是当铺，只当古董首饰、家产田地、衣服被子，还没听说当官袍的。要是当出事来，俺可吃不了兜着走了。你老丈人家老四不也开着当铺嘛，你到那儿当去吧。"

阎立信笑道："俺要是去他那里当，可就没你啥事了。我之所以来找您，就是看中了您如今在柳疃街上的声望，这买卖别人还真办不了。"

徐德忠问："那你先说说啥买卖？"

阎立信低声道："今年的秋霜下得早，秋茧收成不好，还有西洋人向天有信定了五千匹花绸的事，您知道吧？"

徐德忠狡黠地笑了："你想让俺帮着收白绸？"

阎立信点点头："徐老板果然是个聪明人，您窝在李家这些年，不做买卖实在是太可惜了。"

徐德忠问："那你说说俺囊收？"

阎立信说："今儿在集上您也看到了，人家的白绸想要七两多。俺让高先生放出风去，天有信收白绸的价格降到七两，你七两一二收，俺七两六要了，但得是上等绸啊。"

徐德忠冷笑一声："俺听说天有信收白绸是七两八，您这是给俺下套吧？若是俺收了，你不要囊办？这么好的事，你为啥不找恒信商号的人出面呢?"

阎立信眯起眼睛说:"俺方才说了,这事也只有您才能办得到。人家想卖七两四,你七两一收走,人家肯定不答应,一旦闹起来,也只有您才能摆平了。俺老丈人说,过完年,您就是柳疃的保正了,谁敢得罪您啊。"

徐德忠得意地干笑了几声:"那是,今儿在集上你要是还不知趣,后果很严重,懂吗?是你老丈人救了你!"

阎立信凑到徐德忠耳边,道:"不过这事还得大人点头才行。因为您在柳疃这么一弄,肯定有人去衙门告状,得大人替您撑腰不是?"

徐德忠肯定地说:"大人那边绝对没问题。"

阎立信接连问了几遍,得到准确答复后,拿起包袱要走,却被徐德忠一把拉住了:"阎老板,你还没有回答呢。要是俺收了,你不要囊办?"

阎立信放下包袱,道:"差点忘了,俺知道您有顾虑,所以把这身官袍带来了,先押在您这里。您开个单子,随便几两银子都行。要是俺不收,您带着袍子去俺家门口闹,俺还有脸在柳疃混吗?"

虽然大清律法不允许官员典当官袍,那是大清的脸面。典当官袍可是重罪,但到了同治年后,吏治腐败,也有官员拿着旧官袍去当铺或者旧衣铺买卖的。

徐德忠笑了:"这袍子的布料一般,不过就冲你阎老板的面子,也值个七八两吧。行,这买卖俺做了。你可别忘了,俺只要动一动指头,就能把天有信给捻死哦!"

阎立信赔着笑,快步离开了天恒当铺。他心想,一出好戏就要开始上演了……

第三十章

在天有信缫丝厂门口,有一个专收蚕茧和白绸的门头。由魏掌柜派人看货收货,就在阎立信吩咐完高友亭后,那里就关了门。街上也很快传出天有信不差白绸,刻意压低收购价格的消息。

得到消息的徐德忠笑了……

阎立信去了昌邑,穿着新做的官袍拜访了张冲。在张冲的引见下,认识了昌邑官办缫丝厂和纺织厂的管事官员。山东的花绸除了天有信和恒信外,就只有官办的厂子里才有。正如南方的官办工厂一样,官员瞒报数据,将多出来的花绸转手卖给各家商号。这是大家都知道的事情。当然,也有通过正当渠道,将多余的绸布卖向市场的。

张冲特地请来了昌邑县令,陪着几位官员一起喝酒。席间,阎立信不慎将菜汤洒在官袍上。他一边擦拭,一边解释道:"前两日,刚从京回来,将旧袍晾在院子里晒,不知怎的被风吹走了。一直没有找着,便做了一身新的。您看,今天又弄脏了,真是的……"

酒至半酣,他对几位大人说了洋人定制花绸的事。天有信拿不出那么多货,想向官办的厂子购买一千匹,每匹十五两八分银子。

在知县的见证下,阎立信签了订购合同。知县喜滋滋地将二百两谢银票塞进袖子。这种大家都得利的事情是最好不过的。

敬酒的时候,阎立信故意大声说:"柳疃街上徐老板仗着大人的关系为非作歹,只怕有损大人清誉啊,大人需多加管束才是。"

知县把嘴巴一抹,看了在座的几位官员一眼,笑着说:"我只是和他认识而已,并无很深的交际。"

阎立信微笑道:"那就好,那就好。"

酒足饭饱,几个人又去县衙喝了会儿茶,才分头散去。

正如阎立信所预料的那样,徐德忠不仅在集市上以七两的价格明抢,还指使手下到纺织户家中搜出白绸后,按六两八的价格抢走,一时间弄得天怒人怨。由于此举没有涉及各家商号的切身利益,大家都睁一只眼闭一只眼,任其张狂。阎立信要的就是这种效果!

这天,他刚从染布厂回到家,天津那边就派人送来了一封字迹娟秀的信:

他叔见字:

  嫂子沦落匪窝污了清白,愧对阎家祖宗,无颜相见。今母子平安,生活无忧。已另往他处,勿寻!

蓝氏泣书

看完信,阎立信呆坐在椅子上半天。魏掌柜和高友亭不知怎么劝,最后还是他主动说了话:"把柳疃过去的人都叫回来吧!"

魏掌柜带来了儿子魏海生的消息,几家洋行的洋布相继到了天津港。威尔逊正在周旋,按威尔逊的意见,阎立信安排各家商号好歹都吃进一些。否则,洋商通过使馆向大清施压,就不好了。

根据协议,哪家先到先做哪家,但洋人仗着势大,根本不把中国人放在眼里。在洋商看来,货到了海关,天有信就必须拿银子提货,否则就以武力逼迫大清朝廷。

阎立信吩咐魏掌柜:"马上派人去上海通知叶掌柜,让他找一个洋律师,俺要打一场国际官司。另外,让他找一下查普曼,如果官司输了,没法继续做买卖了,让洋人自己设法摆平吧。"

正说着,进来一个李家下人,说老爷请阎立信过去,有要事相商。

阎立信来到李家大院,见大门敞开着,已经撤下了破烂的白灯笼,门口停了十几辆马车,还有几匹马。

转过照壁,就听到大客厅那边有人说话,人还不少。进了客厅,见摆了两三桌酒菜,坐的都是各家商号的老板,还有合顺旺铺面上的两个掌柜,是亓学文的族叔。

徐德忠坐在一旁,热情地招呼阎立信落了座。

李中原见人员都到齐了,端起酒杯敬了大家三杯酒,也没多客套:"今儿把大伙召集过来,是为了一件大事。咱柳疃几代人经营绸布,各家商号都有各家商号的规矩,折腾了这么些年,除了赚钱外,留下的就是商号之间的恩怨。俺想着不能再这么下去了,得成立商会,重新定个大规矩。大家照着商会定下的规矩做买卖,就算有了矛盾,也有一处坐下来商量事的地方。废话俺也不多说了,名字俺都想好了,就叫柳疃丝绸商会。趁着大伙都在,把会长、副会长的人选出来,把规矩立起来。俺在西街有一间铺子,以后就是商会的了,选个好日子挂牌就成了。"

见没有人提出异议,几杯酒过后,会长和副会长的人选就出来了。阎立信是会长的不二人选,副会长除了李维善和亓学文外,还有徐德忠和另外两三个人。李中原解释年纪已大,就不掺和了,看着年轻人做买卖就行了。

阎立信按照承诺,公开了漂洗印染绸布的方子,以后各家商号可以自行漂洗白绸,并进行印染,无须再向天有信拿货。

各家商号老板都开心不已,白绸每匹最高八两五,而染色的花绸能够卖到十三四两,卖得好时几乎可以翻一倍。

阎立信还提出了自己的想法,天有信出资在柳疃建一所学堂,所有商号子弟和临近的村民子弟均可入学,为的是培养绸布生意的后继人才。以后所请先生的费用,全部由商会出。柳疃集市交易由商会控制,洋枪队归商会调配,维护柳疃治安,并上报抚台衙门批复。商会可组织一些经验丰富的老人,负责客商与商号之间的买卖对接。有了客商订单后,商户可自行出价,客商应允即可成交。每一笔交易,商会收取一定的提成费用。商会的目的是规定绸布买卖行规,保障各家商号的利益。至于其他一些规定,李中原自然会与各商号老板商议好,他就无须多言了。

成立商会虽然是件大事,但李中原此前就做了很多安排,所以一切都水到渠成。

花绸的印染方子一公开,白绸的价格直接上扬,当天就涨到八两二。徐德忠明抢暗夺囤积了大批白绸,眼瞅着就要大赚一笔,不得不感激阎立信。魏掌柜按着阎立信的吩咐,去找徐德忠收白绸。徐德忠却反悔了,重新要价七两八。徐德忠的算盘打得很精,就算天有信不要,其他商号也会有要的……

阎立信征得李中原的同意,把商会挂牌仪式定在了集市那天。他并没有把请知县和官办纺织厂官员的事告诉任何人。

他亲自去昌邑迎接几位大人,一再交代这只是商会的成立仪式,与官方没有多大关系。为了防止被人认为官商勾结,所以请几位大人着便装前往。"

阎立信先是带着几位大人在集市上转悠,正好遇上徐德忠带着人以七两的价格强买白绸。人群中,高友亭和魏掌柜安排好的人趁机起哄。徐德忠大怒,指使手下人大打出手,集上顿时大乱。

阎立信当着几个官员的面,对知县道:"大人,俺听说徐老板可是按着您的意思办的呢。"

张冲也说:"大人,这事要是传出去,恐怕对大人……"

知县顿时变了脸色,胡子吹了起来,大声道:"来人,把他们都给我抓起来!"

人群中,等候多时的魏潮生等人立马冲上前,将徐德忠和那帮痞子捆了。徐德忠一看到穿着便装的知县,还有另外几个陌生面孔,似乎明白了什么,忙喊:"大人,阎老板,误会,误会!"

阎立信说:"徐老板,你亲口告诉俺,大人这边绝对没问题。那你说明白了,是不是大人吩咐你这么干的?"

徐德忠吓呆了,结结巴巴地说:"可是……可是……"

知县厉声道:"可是什么,我只是让你维护地方治安,并没有让你这么欺压百姓、为非作歹。来人,把他们押去县衙,等候发落!"

李中原不知怎么赶了过来。徐德忠就像抓住了救命稻草,大声喊:"李保正,您给证明一下,救救俺!"

阎立信知道老丈人肯定会帮徐德忠说情,事情都到这份上了,他必须解开老丈人的心结,当即抢着道:"徐老板,你以前是李家的人,背着李保正胡作非为。今儿在几位大人面前,还想让李保正替你说情吗?"

就在这时,人群中一阵乱,接着过来几十个举着状纸的乡亲,都是遭到徐德忠欺压的。张冲过去接了一大摞状纸,回到县令身边低声道:"都是状告徐德忠的。"

李中原还想说话,被魏掌柜连扯带拉往后去了。徐德忠望着李中原的背影,惊慌地看着周边的人,然后怨毒地望着阎立信,道:"大人,是阎老板和俺合作,他首先压低白绸的收购价,让俺收白绸。他还把他的官袍抵押在了俺的当铺……"他见阎立信一脸微笑,呆了片刻,接着大吼起来:"李中原,你一走了之,不管了吗!你个老东西,你回来啊。我做的事,还不都是为了你吗?二十多年前,是你让俺挑唆山西绸商闹事,造成亢满

第三十章

贵和阎于诚结怨,把他们两个逼出了柳疃;三狗看到土匪往阎家门口还马匹,来向你报告,是你暗示俺在马鞍上塞书信和银子,还让俺找三狗打了黄海如的闷棍;你以为李家人丁兴旺,省省吧,你给我养着儿子呢。是你看上了儿媳妇……你儿子不认你这老畜生,活该!还有你那个吃斋念佛的老婆,也是你……"话没说完,魏潮生赶紧撕下一块布,把徐德忠的嘴巴给堵上了。

阎立信顿时呆了,终于明白徐德忠为啥能在李中原面前这么放肆了。这里面的事情不止一桩,那是个大疮疤,揭开了呼啦啦地往外淌血。他呆呆地望着李中原,叫了一声爹!

李中原脸色惨白,也不搭话,转身就走,脚步有些踉跄起来。

魏潮生和洋枪队的人拖着徐德忠他们出了人群,向县衙押去。

阎立信稳定了一下心神,领着几位大人去了商会。在鞭炮声中,老少爷们见证了商会的正式成立。在喝酒的时候,阎立信低声对知县说:"大人,姓徐的明明是偷了我的官袍,非说是我当给他的,官袍能随便当吗?!他就是一条疯狗,大人当心别被咬着啊!"

喝完酒送走几位大人后,阎立信赶到李家大院,见李中原躺在床上,紧闭着眼睛,气息微弱。徐郎中坐在一旁开方子,李中茂和另外几个侄子辈的人在外间,大家脸色都不好看。

徐郎中看到阎立信后,低声道:"急火攻心,生命无大碍。不过,脉象紊乱,不知他醒来后会咋样?唉,慢慢养着吧!"

李维凤从外面进来,见到阎立信后,将他拉到一旁,低声道:"俺去那边问了。二娘都承认了,她和那花匠阿全是一个村的。两人自小就好,她爹抽大烟,把她卖到窑子里。花匠没钱赎她,爹把她买了来,花匠就跟着来了。俺弟其实是她和花匠的孩子。姓徐的不是人,早就撞破了他们的事,也不说破,还趁机逼着与她……"

阎立信叹了口气:"可怜的女人!"

李维凤接着道:"她说,花匠的心里只有她,当年不可能去东跨院干那事,是姓徐的逼他那么做的,目的是迫使嫂子就范。谁知,正巧被爹碰见。阿全被姓徐的灭了口,连申辩的机会都没有。"

阎立信看了一眼仍在昏迷的李中原,低声道:"那事只有徐德忠才知道真相。你打算让他们娘俩继续住在这里吗?"

李维凤忧心忡忡地说:"俺也不知道咋办,原想拿点银子给她,让她母子回南方去。可她抽大烟，身子也垮了，估计活不了多久了。维福虽然和俺没有血缘关系，可自小看着他长大，他和思远还亲着呢！"

阎立信沉默了一会儿，说："孩子是无辜的，等长大了再告诉他真相，先搬去咱们那边和思远住一块。以后，叔侄俩都在一起，省得每天让二柱过来接。至于爹这边，找人伺候着，你有空就过来看看。俺马上找人通知维善哥！"

刚安排完，县里就来了衙役，查封了徐德忠的铺面和大宅子。阎立信得知县令回去后立马就过了堂，以买凶害人、敲诈勒索、窃取官袍之罪，判徐德忠流放，所有财产充公。听官差说，大人在大堂上动了大刑，把徐德忠的舌头都割了，双手也打断了……

阎立信想，这个县令也是个狠角色，担心徐德忠乱咬人，索性让其口不能言、手不能写……

除掉了徐德忠，柳疃街上放了两天鞭炮。震天的鞭炮声，都没能把昏迷的李中原震醒。徐郎中开的药都是灌进去的。

第四天，李家的下人过来说，老爷醒了，只是一个劲地傻笑。

李中茂搂住又蹦又跳的李中原："哥，你咋啦？"

徐郎中吩咐旁边站着的两三个人："按住他！"

几个人好歹按住李中原。徐郎中几针扎下去，李中原不扑棱乱叫了，躺在床上，眼珠子直愣愣的，一个劲地喘着粗气，嘴角直往外冒泡沫子。

李维善和卡丽姆回到柳疃，并没有直接去李家大院，而是进了阎家老宅，和阎立信夫妇说了一阵子话，几个人的心情都不好。

李维善还去后院看了李思远。李思远搂着李维善的腰，哭得很伤心："爹，您不要俺了吗？"

李维善含着泪，挤出一丝笑容道："你现在是大人了，要懂得照顾自己。爹和你姑父都经常出远门，有时很长时间才回来。"

李维善看到李维福站在不远处，目光平静地望着他，神色中竟然有几分落寞和成熟。他牵着李思远走过去，在李维福的肩膀上轻轻拍了两下，将叔侄二人的手握在了一起，低声道："你们俩要好好的，相互照顾着！"

李维福也不说话，只是微微点了点头。

李维善对阎立信道："啥话都不说了。莱阳那边，俺已经做了安排，你带人去接手就行。思柳的姥爷说过，那两个孩子不用俺管，会好好培养。等思柳长大了，把恒信的股份给他。俺过两天就跟卡丽姆走，从烟台上船，俺带三千匹花绸过去。要是那边能够开通电报，俺会尽快和你联系的。至于爹那边，你俩多费心，该囊地就囊地，他这也是自作自受！"

李维善和卡丽姆住了两天就走了，一直也没去李家大院，只领着叔侄俩和卡丽姆去祭拜了李家祖坟。

李中原彻底疯了，大冬天的满院子拉尿。这个年，李、阎两家都过得不熨帖……

亓学文是年后回的柳疃，买下了官府拍卖的徐德忠的大宅子，挂上了"合顺旺印染厂"的牌子。

阎立信和亓学文在顺义酒家的楼上见了面。面前摆着几碟小菜和两个酒杯，他们的身份除了天有信和合顺旺的东家外，还是柳疃丝绸商会会长和副会长。

亓学文漫不经心地喝着酒："俺爹一直有个梦想，那就是成为柳疃第一商号，有天有信在前面挡着，他就完成不了心愿。谢谢你公开了漂染的方子，其实俺也曾找人研究，银子花了不少，可一直没成功。为啥？"

阎立信笑了，他知道亓学文问的最后两个字究竟是什么意思，低声道："不为啥，俺和张大哥好不容易研究出来，总不能让大伙恨俺太死心眼吧！"

亓学文笑道："一个方子换来会长的位置，你这手干得漂亮。"

阎立信反唇相讥："你啥也没有付出，如今不也是副会长了。"他长叹一声："文兄，有没有李兄的消息？"

亓学文摇了摇头："叫李家班子的，有很多。"

阎立信低着头道："醉酒伤身子，可不喝醉又伤心。文兄，咱还是好好做买卖吧。俺退给你八千两银子，让那法国人不要来了。"

亓学文哈哈笑了："阎老板果然厉害，啥都瞒不过你。如果人家真要那五千匹绸子呢？"

阎立信吃了几口小菜，一口干了杯中酒，起身走到门口，回首道："拿银子来取货，俺等着呢。难道你就没听说，俺向官办厂子定了不少货吗？"说完，他唱起了《斩马谡》中的片段，独自下楼而去。

亓学文脸上的微笑渐渐凝固，一连喝了好几杯酒，发出一声大吼……

叶掌柜在上海请了洋律师，与那几家洋行在英、法两国以及公共租界法庭打起了拉锯战。根据协议，哪家商号的洋布先到，天有信就主要做哪家。

几个洋商在法庭上起了内讧，都证明是自己的货先到达中国码头的。这一打官司不要紧，叶根茂请《申报》记者长篇累牍地跟踪报道，大力宣扬天有信控制进口洋布、支持本土纺织业发展的做法。一时间，天有信成了维护民族利益的良心商家。连续一个月，天有信上海分号每天卖出十几匹绸布，上海滩码头的工人以及拉黄包车的车夫，还有茶馆里说书唱戏的，都在免费替天有信打着广告呢。

官司继续打着，眼看洋布在天津码头的仓库里发了霉，在查普曼的暗中周旋下，英国商号首先服软，主动提出降价条件，其他几个洋商见状，也纷纷低下了高昂的头。最终，天有信以二两六的价格吃下了近十万匹洋布。随之，国内进口洋布价格大跌，和土布成了一样价。洋商也不敢恶意抬高棉纱价格了。天有信损害了他们的利益，他们也在想着如何报复……

光绪二十年，天有信在丹东、奉天建起了缫丝厂、印染厂和织绸厂。从柳疃派过去一批熟练工人，其中包括刚刚上机没多久的陈乾。他一直想着阎立信借给他的银子，十四岁就央求魏掌柜让他进厂。魏掌柜见他机灵，便让他当了学徒，好歹赚几两银子。

阎立信在京城买了一所大宅子，想把李维凤和家人都接过去。可李维凤就是不答应，因李中原整日疯疯癫癫的。尽管有人照顾着，她还是放心不下，每天都过去看看……

这两年，阎立信在京城、柳疃两边跑，奇怪的是，无论是李维凤，还是小香橼，任由他怎么折腾，肚子居然都没有动静。

柳疃包括合顺旺在内的七八家商号都建起了漂染厂，但那些商号染出来的绸布在色泽上都没有天有信的看着顺眼。

天有信的花绸市场价十三两八，其他商家的花绸价格都低了两个点。国内市场一下子多了那么多花绸，各家商号也各自出招，可惜销售都不怎么样。

天有信和恒信在西方几个国家打开了市场，国内的市场也渐渐转移到偏远省份。

阎立信想着去上海一趟，顺便拜访一下任通源。不料六月中旬，叶根茂从上海拍来电报，说任通源因病死在了任上。他自作主张送去了五百两奠银。

接到电报后，阎立信在院子里摆上香烛，默默地坐了很久，小香橼两次来到他身边安慰他。对于他的一些举动，小香橼与李维凤一样，从来不问，只用女人的温柔去化解他的忧伤。

和几位在京城的老乡约定的三年期已到，还是在华昌商号附近的那家茶楼，阎立信拿出那封信，让别人当众拆开。纸上只有一行字：

华昌不开印染厂，不做西洋人的买卖。

几个老板面面相觑，程老板道："孟老板一向只做朝鲜和日本那边的买卖，这是都知道的。只是他不开印染厂，确实令人费解。那你说说，为啥猜得这么准？"

阎立信道："如果俺说他是日本人，你们信吗？"

正如他所预料的那样，没有一个人相信。这些老板全都望着他，眼中露出难以置信的神色。一个老板说："凭啥怀疑他是日本人呢？"

阎立信微微一笑，道："大伙都听说当年俺厂子爆炸后抓住了一个人，还被俺丈人当街吊起来的事吧？"

程老板道："是个东洋人，还是俺认出来的。不过，那事确实挺蹊跷，天有信没和日本人打交道，日本人为啥会那么做呢？也不能肯定就是孟老板指使的吧，他和你爹是多年的好兄弟呢。"

阎立信把马清泉留下的字条，还有二柱被抓去日本的事都说了，最后说："信不信随便你们，俺问过一些人，他们说日本男人的衣服都是土色和青色的，所以他完全没有必要开漂染厂。"

程老板道："即便他是日本人，可他十来岁就来到了柳疃，就像你叔他们下南洋一样，也不见得就是坏人啊！"

阎立信缓缓道："俺没说他坏，只是俺觉得他不像一个正经的买卖人。俺不敢想，也想不明白。总之，建议大伙和他保持点距离为好。"

这时，程老板的脸色显得很难看，说："你不知道吧，他在俺几个的店铺里都入着股呢。"

阎立信吃了一惊："按咱柳疃的规矩，自家的买卖，不是不掺外股吗？"

程老板叹口气道："那年，阜康钱庄倒了，俺几个都熬不下去了，就向他借了银子，并签了文书。他的银子不用还了，按六成的股金。当时，眼看你家都那样了，能够在京熬下去总比回老家强吧。唉，都是为了一个面子啊。"

阎立信没有想到情况居然会这样，也就是说，孟四海暗中趁火打劫，说不定已经控制了一半以上的柳疃商户。姓孟的才是柳疃丝绸的真正大户。他痛心疾首地说："这事你们囊不早些告诉俺呀？"

程老板接连叹了好几声："这样的丑事，谁愿意说出去啊？"

另一个老板说："俺听说在合顺旺那边，好像他也占了股份！"

这事绝对不能说出去，柳疃丝绸被日本人控制着，传出去丢中国人的脸啊！

程老板低声道："俺想过还他银子，可他不答应。俺几个的心里都不踏实，立信，你说这事该囊办？"

阎立信想了一会儿，安慰道："今儿的事，谁也别说出去，俺知道就行了。不瞒几位，姓孟的确实是个硬茬，俺和他斗了几次，都没占着便宜。先别急，慢慢想法子吧。"

与几位老板告辞后，阎立信回到家，见乌木里回来了，正在吃饭。乌木里看到他后，大声嚷嚷起来："表哥，你家里养的是什么用人，门都不让进，说啥都不信！"

乌木里穿着一身洋装，脑后的辫子不是拖在后背，而是塞进了衣服中，脚上还穿着洋人的皮鞋。这身打扮，与上海滩那些华人帮办没啥两样。

瑞珠站在一旁，说："老爷，他说是您表弟，可他这模样怎么看都不像啊。"

还没等阎立信说话，乌木里放下筷子喊起来："要不是看在你做的饭菜好吃的份上，才不……"

瑞珠抢话道："才不怎么？早知这样，才不放你进来呢，让你在外面一直站着！"

乌木里有点气急败坏，骂了几句别人听不懂的洋话。

瑞珠哭起来："你欺负人！"

乌木里问："怎么欺负你了？"

瑞珠用绢子擦了眼泪："欺负我听不懂洋文，威尔逊先生带来喝茶的那几个洋人，可比你懂礼貌多了。"

阎立信知道小香橼在王府旁边的胡同里开了妙香茶楼，如今在京城也有了名气，出入的都是有身份、有地位的人，还有不少慕名而来的洋人。想要小香橼亲自泡茶，费用可不低，够得上一匹花绸了。饶是如此，还是有很多人愿意花钱让小香橼伺候，除了喝茶外，主要是想看看留香院的头牌姑娘、天有信的二夫人究竟长什么样。

天有信不缺钱，阎立信对小香橼说过，把茶楼转出去，女人家还是尽量少抛头露面，可小香橼不听，说整日闷在宅子里闻着那药味，都要闷出病来了。

这些年来，她的肚子一直没有动静，心里也挺不是滋味，几次提出让阎立信把瑞珠收了房。毕竟瑞珠也大了，总不能一直这么单着。

瑞珠是小香橼的贴身丫鬟，阎立信从来没有动过那念头。前些日子，他买了个十三四岁的丫头，起名"樱桃"，由瑞珠调教着。等上了手，就打算寻个合适的人家，把瑞珠嫁出去。

他见瑞珠和乌木里直打嘴仗，便去了小香橼屋里。小香橼低着头正在绣花，樱桃坐在一旁学着。小香橼见他进来，忙放下手里的活，微笑着："他俩一进门就吵个不停，就像一对欢喜冤家，真不知……"话还没说完，瑞珠哭着跑了进来，捂着脸趴在了炕沿上。

小香橼问了好几遍，瑞珠也不回答，只是哭。

阎立信出了屋子，看到乌木里站在门廊下，望着这边笑，便问："你一个大老爷们，欺负一个女人干啥？"

乌木里道："俺没欺负她，就亲了她一口。"

阎立信骂道："你知道啥叫男女授受不亲吗？她一个大姑娘家，你搂着亲一口，还叫没有欺负她？"

乌木里说："在俺那边，喜欢谁，直接搂上马就走。"

阎立信笑了："可在俺这边，大姑娘被人亲了，就没了贞洁，严重的会出人命的。赶明儿俺把她卖了，省得和你吵架。"

乌木里走上前，涎着脸道："哥，把她卖给俺吧，俺喜欢她。俺活这么大，还没有人和俺对骂呢，骂得挺舒坦的，还有，她做菜好吃……"

阎立信大声说："她爹和弟弟都在咱柜上干活，要不就把这事定了？"

乌木里也爽快："中。"

阎立信回到屋，见瑞珠还在低声抽泣。小香橼望着他，笑了："你们的话她都听到了，我问她，她也愿意，说是要骂他一辈子，才能出这口气。"

阎立信笑道："嘿，俺成什么人了？前些年给老李家从国外带回一洋媳妇，今儿又给周家买来一个媳妇，还白养了这么多年，俺真成月老了。"

小香橼道："你这是积德。我让瑞珠和樱桃陪着去趟茶楼，你们哥俩慢慢聊吧。"

第三十章

她们走了后，阎立信和乌木里坐在堂屋聊天。质量一般的白绸在西北几个省卖得不错，只要价格便宜就行；而上等的花绸，一般人穿不起，在新疆和西藏那边，只有部落头领家才买得起。一般不给银子，直接拿黄金，还有各种宝石交换。乌木里建议阎立信开一家珠宝店，把花绸换来的宝石变成银子。说着，他拿出一个小袋子，倒出一些五颜六色的宝石来，有蓝的、黄的、红的，还有无色玻璃状的。

珠宝古玩行的水很深，阎立信不想去折腾。他认为，只要经营好绸布就行。如今，直隶、山东一带闹义和拳，茧农都卷进去了。蚕茧产量也低于去年，蚕茧价格高，朝廷又增加了赋税，海关也加税，一匹花绸光是给朝廷的税就二两多。大量的花绸涌向市场，价格都在往下落，生意越发难做。

乌木里神秘兮兮地告诉阎立信，以后花绸尽量从西北那边过去。他发现一处密道，可以避过朝廷的关卡。相比之下，每匹成本比走海关上船去西洋要少二三两银子，唯一就是多了几分凶险。

李维善和卡丽姆去了伊朗，渐渐打开了局面，每年需要上万匹花绸。阎立信想，天有信和恒信在国内的买卖赚多赚少无所谓，只要南洋和西洋几个地方能够稳住就行。但他真正想稳住的还是孟四海。他苦思冥想了一两个月，可一点辙都没有……

刚刚帮乌木里把婚事办了，阎立信还没等想出法子怎么与孟四海周旋，震天的消息就传来了，日本人出兵朝鲜，大清与日本开战了！

这天，阎立信收到一张字条，上面只有四个字：大清必败。

他知道是孟四海写来的，是赤裸裸的挑衅。果然，没多久就传来大清北洋舰队输给日本人的消息。

到了十二月，关外又传来了日本人占领旅顺的消息。天有信在丹东和奉天城外的厂房被日本人占了，损失不小。好在周华仁及时把一部分机器藏到了山里，才凑合着织了一些。

阎立信心情郁闷至极，连个说说心里话的人都没有。有时候独自一人，像他爹当年一样，坐在廊沿下就着两碟小咸菜喝酒。

以前，他和小香橼见面，总有说不完的话。自从他从国外回来后，两人之间似乎生疏了许多，隐隐之间有了一层隔膜。小香橼待他不再像以前那么甜蜜黏人，更多的是尊敬与含蓄。望着他的眼神，也不似以前那么火辣，而是平淡。兴许小香橼开了茶楼后，把那份对待客人的习惯一并带到家里来了。

他在柳疃的时候，李维凤就主动提出，让他给小香橼一个名分，可他认为和小香橼在一起，为的是两情相悦。若真给一个妾室的身份，是对她的玷污，不如就这么凑合着……

阎立信一边喝着酒，一边想着生意上的事，不小心把菜汁滴在了酒杯中。他望着散开的菜汁，脑海灵光一闪：菜汁混进酒里，就如商号掺入的外股一样，只要把酒倒掉，菜汁就没了。

各家商号都是经营了二三十年的老字号，有固定的主顾，要是商号倒闭，影响是挺大的。但各家商号的老板都不愿这么被孟四海捏着，又苦于无法解脱。于是，阎立信想到了一个人，需要他出来帮忙，那就是亓学文。

没想到的是，还没等他去找亓学文，亓学文就主动约他了！

这几年，合顺旺发展得也不错，花绸、白绸、洋布都做。亓学文也把买卖做到西洋那边去了，还生了两个儿子。亓家可谓人丁兴旺、买卖兴隆。

令阎立信没想到的是，亓学文早已是妙香茶楼的常客了。也正是在茶楼里，他认识了不少朝廷命官和洋人。而阎立信却是第一次去这里，约他的人居然是亓学文。

妙香茶楼位于东城门外的一个胡同里，连着几座王府，还有几位中堂大人的官邸。

阎立信到茶楼门口的时候，迎客的小厮不认识他，还躬身说了一句："爷，里面请！"

说是茶楼，其实是一处小四合院。阎立信听小香橼说过，这里原先是某个中堂大人的外宅。中堂大人过世后，外宅没了经济来源，只得卖宅子，要价还不便宜。小香橼花了三万多两银子买下来的，就是看中了这里的环境。茶楼布置得很优雅，与留香院有几分相似，院子里种着一些花草和竹子。回廊通着几十个雅间，每个雅间门口都挂着牌子，写着字号。几个长相清秀的姑娘进出伺候着客人，但门紧闭着，看不到里面的客人。

小厮跟在阎立信身后，低声道："这位爷，今儿咱这里没有空间了，是不是……"

樱桃从里面出来，看到阎立信，吃了一惊："老爷，您怎么来了？夫人在伺候亓老板呢！"

小厮听樱桃这么说，吓得吐了一下舌头，退到后面去了。

樱桃领着阎立信来到后院，进了另一处屋子，上到二楼后叫道："夫人，老爷来了。"

阎立信推开门，见亓学文和小香橼在喝茶。他笑道："文兄，想喝茶直接去俺家里，还用来这里了？"

亓学文道："阎老板就是不懂风情，在这里喝茶，喝的是雅趣和境界，就如当年咱在留香院一样。"

阎立信叹口气道："只可惜少了长寿兄。俺找了他好些年，都没有消息呢。"

这时，旁边的帘子一动，出来一个人。阎立信愣了片刻，惊喜道："长寿兄，这些年你去哪儿了？俺找你找得好苦哇！"

此时的李长寿，竟如舞台上的武生人物一样，刚毅的脸上多了一圈络腮胡，一身粗布长衫倒也合体，更多了些英武之气。他只回答了"关外"两个字，坐下道："来，喝茶！"

阎立信道："等会儿喝完茶，咱三人找个地方喝酒去，不醉不归！"

李长寿笑起来："你还是以前的性格，一点都没变。行，陪你醉一次，不过今儿我找二位，是想借一大笔银子，拿到钱就走。"

亓学文抬头望着阎立信，平静地说："阎老板，李兄找咱借银子，咱一碗酒一万两，如何？"

阎立信道："要不咱俩干脆出钱给他建一座戏院，没事就看戏喝酒，如何？"

李长寿笑道："你们就不怕我变成景阳冈下的武二郎？"

亓学文呵呵笑了，道："你带上梁山兄弟一起敞开了喝，也喝不垮俺两个！"

既然李长寿不提这些年的事，也不说借银子的用处，阎立信也没问。三个人来到那处他和威尔逊喝醉酒的小酒馆，再一次醉得一塌糊涂。李长寿喝了六碗……

次日，阎立信和亓学文每人出了三万两。他给李长寿写了一封信，让他以后缺银子就直接去找天有信的掌柜支取。离别时，他问："啥时候还能再见面？"

李长寿微笑着，没有说话。

阎立信上前紧紧拥住李长寿，低声问："你那长命金锁还在身上没？"

李长寿苦笑道："在我的心中，那就是义父留给我的一个念想，没想别的，我认命了。"

阎立信记得他刚进刑部大牢的时候，就听索爷说过那句话"我甭管什么贝勒爷"。也就是说，只有贝勒爷身份的人，才配戴那样的长命锁。李长寿的真实身份很可能是贝勒爷，这也是李班主为什么不让他进宫唱戏，并在老佛爷下懿旨命其入宫前突然离京的原因。

阎立信没有想到，他和李长寿这一别就是十几年。再次见面，是在大清落幕的时候……

送走李长寿，阎立信本想和亓学文谈谈关于如何对付孟四海的事，可话到嘴巴，只挤出"大清和日本"五个字，竟不知如何往下说了。还是亓学文先开了口："银子给老佛爷修了园子、办了大寿，大清输给了日本人，谁都没法子。北洋舰队没了，俺弟弟被降了品衔，去天津武备学堂教书了。"

阎立信道："孟老板该得意了，他在你家合顺旺也入着股吧？"

亓学文说："他在一半以上的商号都有股份，咱柳疃丝绸都在他手里攥着呢，你想囊办？"

阎立信道："京城不是也有丝绸商会吗？"

亓学文笑道："那又能咋样？三十多家商号都给他赚着银子呢，你凭一己之力，如何对付他啊？"

阎立信道："俺想让你和他联手对付天有信！"

亓学文顾自笑了笑："其实不用和他联手，在买卖上，我和你不是一直在斗吗，不过得感谢你，让洋布的价格低了两个点。"

阎立信道："胶东一带的义和拳，和沧州一样闹得厉害，绸布的数量上不来。俺把七家洋行的代理权转给你，咱山东的绸布买卖必须来一场阵痛，从无到有，才能摆脱他的控制。"

亓学文惊道："你想让商号先做洋布，然后破产？"

阎立信笑道："果然你最懂俺，只有这样，他才肯放手。"

自亓满贵死后，北京山东丝绸商会会长的位置一直空缺。在亓学文和阎立信的倡导下，京城二百二十四家山东人的丝绸商号一致同意改选丝绸商会，大伙都选孟四海当会长。

受义和拳运动的影响，胶东地区的蚕茧产量少了五成，很多茧农都去跟着拳民习武，修炼刀枪不入的神功。蚕茧在树上化了蛾，看着让人心疼。

天有信在莱阳的工厂处于停工状态，而柳疃的工厂也都几乎无蚕茧可

纺织。除天有信外，各家商号以卖洋布为主，有的甚至绸布都断了货。

朝廷这边也不太平，光绪皇帝提出了改革，首要的就是增加税率。

在阎立信的暗中联合下，被孟四海控制的三十七家商号全都改行专做本土洋布和进口洋布，有的甚至以买卖做不下去为由，清盘关门。

光绪二十三年，春茧下来的时候，被孟四海控制股份的只剩下了三家。与此同时，柳疃街上出现了不少新的商号。到年末，除了合顺旺外，那些商号都摆脱了孟四海的控制，有的重新挂牌，有的去了子侄的商号当起了幕后大老板。

孟四海煞费苦心经营的一盘大棋就这么被阎立信破解了！

这一年，发生了震惊中外的"巨野教案"。两名德国教父被杀，德军武力侵占青岛。

柳疃的老少爷们都知道阎立信和德国神父的关系，但没想到的是，这却给天有信带来了一场大劫难……

第三十一章

在阎立信苦心经营天有信的时候,天津武备学堂来了一批新学员。这批学员很多都来自洋人开办的学堂。身为步兵科教员的亓学武发现这批学员中,有一个长相清秀、性格腼腆的学生,除了会说日、德两国洋话外,说的居然是山东方言。

细问得知,他叫蓝月明,自称是山东临朐人,可说话的口音夹着些许柳疃的方言。对于自己的身世,蓝月明不愿过多透露。

亓学武查了蓝月明的登记档案,档案记载是山东临朐天井峪村。家中为当地富户,十一岁到天津进入洋人学堂读书,一直生活在天津。

他问过蓝月明,为什么要报考天津武备学堂?

蓝月明的回答很简单:"想带兵剿匪!"

天津武备学堂的课程设置分学、术两科,学科教授中国经史、天文、舆地、格致、测绘、算学、化学、战法、兵器等;术科教授马、步、炮队操演阵式,枪炮技艺和营垒工程等。

入学半年,蓝月明的学、术两科在月考和季考中名列前茅,令亓学武刮目相看。加之同是山东老乡,他对这位学生格外看重,生活上多有照顾,但学习上却更加严格。

见蓝月明的体质较弱,亓学武就每天清晨逼着他起床跑步,沿着大操场跑十圈,大风大雨也不间断。

有一次,蓝月明问亓学武:"全年级几十个学生,为什么偏偏针对我呢?"

亓学武正色道:"因为几十个学生只有你一个山东人。作为一个军人,想带兵剿匪,首先要有强健的体魄。咱山东人闯关东、下南洋,靠的就是一股子韧劲,没有吃不了苦,明白吗?"

蓝月明面无表情地点点头。从此，每天清晨，一个瘦弱的身影都会准时出现在大操场上……

天津武备学堂的学制是一年。一年后，蓝月明以优异的成绩毕了业，被编入北洋新军。

光绪二十四年秋，老佛爷发了怒，菜市口被杀了六个人，大清失去了最后一根救命稻草……

此时，义和拳在京津和山东、直隶一带蔓延开来。由于柞树木质坚硬，适合做刀枪棍棒，很多柞树林子都被砍伐。树木做成了各种武器，几个县的蚕茧产量减到了原来的两成，蚕茧价格却翻了一倍。

天有信在莱阳的几百亩柞树林，虽然有王银树拼死保护，可也被砍去了一半。

阎立信接到周华仁的信，东北的柞蚕茧大丰收，市场收购价低到两钱六分。单靠藏在山里的几台机器和传统手工纺织，根本不行，唯一的办法就是将蚕茧煮熟后运回柳疃。可这样要面临两个难题：一是蚕茧煮熟后不立马缫丝，三两天就烂了，从东北过来，海上要走四五天，如何解决蚕茧腐烂是一个大问题。二是大连、旅顺都被日本人占领了，日军军舰把商船、渔船当靶子打，根本没法通行。

阎立信想起，他和张冲做实验的时候，张冲说强碱水能够防腐，但时间长了，容易导致蚕丝发硬变脆，不好缫丝，可以考虑用酸水中和。这个法子没有试过，不知是否可行？

至于第二个问题，可以通过威尔逊的关系动用外国商船，无非就是增加点费用。问题是如何顺利经过日军的防区上船？

这时，阎立信想到了孟四海，就让亓学文约了他。仍在华昌商号附近的那处小茶楼，三个人喝了几口茶。孟四海说："咱山东人做买卖，除了诚信，还要讲究一个'义'字！"

阎立信说："你可不是山东人，你是日本人啊！"

孟四海眼珠子瞪得滚圆，大吼了一句："你懂啥？日本人就不是人了？"

还没等阎立信说话，亓学文忙说："咱山东的厂子都停了，没有了蚕茧。蚕茧都在东北，被日本人控制着。"

阎立信说："正好维修保养。"

这时，孟四海似乎早已知道了阎立信约他的用意，他拿出一封写满日文的书信放在桌子上，用地道的柳疃方言说："俺要四成白绸！"

亓立信说："如果俺不答应呢？"

孟四海面无表情地说："那就让蚕茧变成蛾子吧。"

亓学文站起来，说："你俩这是干啥呢，就像吃了枪药。大家都是做买卖的，斗啥气啊？绸布卖到东洋和卖到西洋，不都一样吗？"

亓立信望着孟四海说："西洋人可没想方设法要控制咱的绸布，也没有毫无人性地乱杀人，整个旅顺都血流成河啊。"

亓学文道："今儿是来谈事的。这样吧，你们俩都退一步，俺做主了，三成。"

孟四海望着亓立信，低声道："俺欠中国人的，会还。拿上这封信，畅通无阻！"说完，他顾自走了。

亓立信看着孟四海的背影，发现他走路有些蹒跚，孟四海也老了。这么大年纪了，为啥还不回日本，在中国折腾啥呢？

他当然不知道，孟四海苦心多年的布局被他"金蝉脱壳"之法化解，受到了上级的责罚，并严令若再办事不力，自行剖腹！

在甲午海战后，孟四海看到了日本的崛起，不再像大清那样被西洋人欺负，可随着局势的发展，他渐渐担忧起来。他从小就听母亲说过，日本和中国是一祖同源，在离他家不远的地方，就有一座庙，供奉着一个叫徐福的人。母亲说，日本人就是跟着徐福过去的那些人的后裔。很多人都想寻祖，可惜寻不到了。当年，他被派到中国时，任务就是融入中国的生活，为天皇服务。日本和大清一样，都受西洋人欺负。他以为只要日本强大了，会联合大清一起对抗西洋人。可他错了，当旅顺大屠杀的消息传来，他震惊了。日本人不该杀中国人的，日本真正要对付的，应该是西洋人，而不是大清。就如一母同宗的兄弟，为何要同室操戈呢？看看柳疃的丝绸商号，都是同族或者同村人相互帮衬，哪有窝里斗的道理？他想不明白，也没法想明白。从此，他心里也有了抵触情绪。他知道，日本根本控制不了中国。他也向上级反映过，上级却恭贺他成为山东北京丝绸商会会长，命他进一步控制丝绸，利用中国的资源和廉价劳动力继续为日本服务，每年需运到日本的白绸不少于五万匹。

亓立信本想拿着孟四海的信，去东北会一会日本人。这时，接到柳疃的来信，说李中原病重。于是，他让魏海生和合顺旺的人一起先去东北，自己则回到柳疃。

　　李中原确实病重了一阵，多亏徐郎中妙手回春。阎立信回到柳疃的当天，李中原披头散发地满院子乱跑，嘴里也不知念叨着什么。看这架势，一时半会还死不了。

　　昌邑县令换了，新来的县令姓胡，是与阎立信同年考上的秀才。潍县和昌邑南部都开始闹义和拳，胡知县带来了莱州府衙门的公文，征用洋枪队前往掖县，协助官兵平乱。他还带来一个好消息，李思远和李维福叔侄俩通过了朝廷留洋少年班的考试，过些天就启程去上海。

　　李思远和李维福都在童子试中考中秀才。李维福性格有些孤僻，不如李思远爽朗，但他从小喜欢捣鼓一些小机械，多次把家里的那口洋钟给拆了，又重新装起来。有时，厂子的机器出了毛病，他去鼓捣一阵，准能给修好喽。王师傅由衷地称赞他是捣鼓机械的好苗子。

　　对于叔侄俩，阎立信想好好培养。他谢过胡知县，陪着吃了饭，胡知县就带走了洋枪队。接着，阎立信以商会的名义召集大家开会。从东北那边到底运过来多少茧子，谁都没数，但蚕茧价格肯定比胶东的低。

　　这几年，很多洋商直接来柳疃进货，绸布的价格一落再落。虽然利润少了，但走的量多了，效益也不错。除了柳疃，龙池和夏店一带又多了许多纺织户。他们一年到头，靠着织绸过日子。要是没了蚕茧，就没了活路。

　　十几天后，第一艘英国人的商船到了渤海湾。周华仁领着几个伙计押的货。阎立信带着小船队，从大商船上往下卸货，都是一桶桶的熟茧，用洋油桶密封着。从陶家口子码头上岸后，直接点数让各家商号拉走。

　　阎立信当场打开了一桶，一股刺鼻的味道冲了出来。里面是一些淡黄色的水，泡着一个个洁白发亮的蚕茧。

　　一个小伙子走到阎立信面前，叫了一声东家。阎立信看了半天，也没认出是谁，还是周华仁给解了围："他是陈乾，可机灵了。日本人抢占工厂那会儿，就是他领着人连夜把大部分机器转移到山里。"

　　阎立信望着陈乾，笑了："你想当掌柜吗？"

　　陈乾抓了抓头发，拘谨地回答："当然想了。"

　　阎立信笑着说："当掌柜必须有文化啊。俺给胡知县写封信，让他举荐你再去凤鸣书院读书吧。"

　　陈乾给阎立信跪下，磕了头："多谢东家！"随后快步离去……

　　东北的熟茧不断运过来，各家商号的作坊和厂子又忙活了起来，一匹匹新绸子很快摆上了柜台。阎立信开心地笑了。他更开心的是，李维凤又怀上了。他正计划着怎么好好伺候李维凤和肚子里的孩子时，柳疃街上来了一群人，头上扎着红布、穿着奇形怪状的服装，手里还提着刀枪……

更没有想到的是，失踪了十几年的三狗也回来了，和三狗一起回来的，还有徐德忠。如今，三狗是那群人的头领，徐德忠是军师。到了柳疃，三狗带人直奔阎家新宅，一路上喊着：李维凤入洋教、阎立信结交洋人，拿夫妇俩的人头祭旗！

李中茂让人端着酒菜，当街拦住三狗和徐德忠，早有人飞快地跑到阎家新宅报了信。阎立信真没想到，事情来得这么突然。他抓起两支枪，领着家人从后门往北逃去。李维凤怎么也放心不下她爹，一家人慌乱地转了一圈，又来到李家大院。刚进大门，就见西街那边燃起了冲天大火。

阎家新宅起火的时候，那帮人顺带着把当街几十家商铺全都抢了。周围十几个村子的好事者也都赶过来，加入这场骚乱中。

这真是一场对柳疃的大洗劫！

这天，李中原没有在院子里疯跑，而是静静地坐着发愣。

李中茂来到李家大院，带来了一个不幸的消息：魏掌柜为保护工厂，被三狗和徐德忠手下的人浇上洋油，连着厂子一起烧了。

阎立信怒火中烧，抓起枪就要往外冲，被李中茂死死抱住："你还是会长呢，怎么这么沉不住气呢。"

没过一会儿，外面人声鼎沸，传来了撞门声，一个尖细的声音传进来："姓阎的一定躲在里面，兄弟们加把劲！"

说话的就是当年被割舌的徐德忠！

撞门声和徐德忠的吼叫声越来越大。阎立信对李中茂说："四叔，该来的躲不掉，俺去会会他吧！"

这时，李中原站起身，平静地说："俺去！"

阎立信呆呆地望着李中原，那胸有成竹的模样竟然和以前大不一样，根本不像一个疯子。他叫了一声爹，李中原没有回头，说："维福，去把你娘扶过来。这么多年了，有些话，俺得当面说清楚。"

李维福快步往偏院那边去了。

阎立信刚要追上去，却被李中茂死死拉住了。李中茂望着李中原的背影，低声道："立信，你不知道。这些年，他一直过不了心中的那个坎儿，让他去吧。"

大门缓缓开启，李中原走出来，手里提着一杆火铳。这时，李维福搀扶着刘氏紧跟着走了出来。

李家大门口围着足有两三百人，一个个提着刀、举着火把，有人正在搭着梯子，想要翻过高高的院墙。徐德忠在火把的映照下，显得狰狞而恐怖。他看到李中原，下意识地后退了几步。

李中原望着徐德忠，一字一句地说："俺知道你会来的，咱俩的那些账也该算一算了！"

徐德忠尖叫起来，声音含糊不清："姓李的，俺被你使唤了那么多年，没有功劳也有苦劳吧。如果没有俺帮你，你们家能发展这么快吗？今儿赶紧交出你女儿和女婿，让弟兄们住进宅子，否则……"

李中原把油光发亮的辫子一甩，大声道："否则囊地？"

三狗手里捏着一把香，叫起来："否则，踩着你的尸体过去。弟兄们，他就一杆枪，咱有神功护体，别怕！"

李中原看了一眼刘氏，大声道："徐德忠，你听明白了，让她亲口告诉你，维福究竟是不是你的种！"

只见刘氏瘦骨嶙峋，连站都站不稳了，被李维福扶着。她突然不知哪来的勇气，大声喊起来："我也不怕丑了，是我对不起老爷啊。当年，徐拐子发现了我和阿全的事，以此要挟我。当时，我已经怀了阿全的孩子。为了保护阿全和孩子，我只能忍辱偷生顺从他。后来，我就假意告诉他，我怀了他的孩子。徐拐子就萌生了占有卢氏进而霸占李家财产的念头，他对我说，将来李家的财产都是他的，他要让李家断子绝孙！那天晚上，是他给卢氏下了蒙汗药，逼着阿全去强奸卢氏，并假意被他碰见，目的是逼迫卢氏就范，还让阿全趁机杀死思远，让李家断后。他答应事成后，就放我和阿全远走高飞。不料，那晚被老爷突然回来撞破，他怕事情败露，就先下手打死了阿全。还有，卢氏怀的第二个孩子，也是他……当年维善曾说过，他的正室是因为营养过剩导致了难产。就这一句不经意的话，徐拐子就动了杀机，故意让卢氏多吃东西，最后也导致难产而死。他还挑拨离间老爷与维善的关系……"

李中原打断了刘氏的话，大笑一声："听明白没有？维福不是你的儿子，你失望了吧。你裤裆里的那玩意，没用！"

突然，刘氏挣脱了李维福的搀扶，扑到李中原身边，夺过他手里的火铳，对准徐德忠扣动了扳机，因没拨保险枪没响。此举却激怒了台阶下面的人，一根长矛从斜里刺来。刘氏用力将维福护在身后,长矛正中刘氏胸口。

李中原大怒,拿过火铳拔掉保险,瞄准了下面的人。随着一声巨响,冲在最前面的几个扑倒在台阶上。

三狗叫起来:"杀了他,替兄弟们报仇!"

听到枪声的阎立信知道事情不妙,就要往外冲,可李中茂还是死死抱住不让:"你赶紧带着媳妇和孩子从后门走!"

阎立信推开李中茂,大吼道:"俺要这么走了,还是男人吗?"

阎立信冲到大门外,见李维福正抱着刘氏哭泣。他赶紧让人和维福抬着刘氏回到屋里。

三狗和徐德忠躲在人群中,一个劲地撺掇着大家往前冲。李中原夺过一个人的刀,一顿乱劈,逼退了那些人。作势要朝徐德忠冲过去,可还没走下台阶,就被十几个人拿着长矛围住了。

阎立信连开几枪,打倒了好几个人,替李中原解了围。李中原举着刀踉跄着又朝徐德忠扑了过去。

只见三狗从旁边夺过来一根长矛,朝李中原当胸刺去。突然一声枪响,三狗的额头上出现一个血窟窿,身子顿了一顿,扑倒在李中原的脚边。

徐德忠瞥见阎立信朝他瞄准,转身往人群里一钻。没等他走两步,腹下一阵剧疼,低头一看,刀尖从肚子里伸了出来,耳边传来了李中原的骂声:"狗养的,老子早就想杀了你!"

人群中有人喊:"他们杀了头领和军师,杀呀!"

阎立信冲过去护着李中原,一边后退,一边朝冲过来的人群连连开枪。这时,枪里咔嗒一声,没子弹了。

危急时刻,一辆马车冲入人群。二柱扔过一支枪来,喊道:"二少爷,接枪。官兵马上就到了!"

一听官兵来了,那些人吓得四处逃窜。转眼间,只剩下了满地的刀枪和十几具尸首。

阎立信看到李中原的身子缓缓倒了下去,忙上前扶住,只见李中原的嘴角溢出了鲜血,肚子上有两处刀伤,正往外冒着血。他大叫着:"爹,俺抱你进去,让维凤给你动手术!"

李中原摇了摇头,眼角滑落两行老泪,嘴里艰难地吐出几个字:"俺对不……起……阎家,也对……不起……她娘……"

第三十二章

张冲和胡知县带着官兵赶到柳疃时,已是半夜。只见街上一片狼藉,拳匪和暴民跑得一个也不剩了。张冲告诉阎立信,现在到处都在闹义和拳,朝廷管不了,估计要招安。山东这边袁大人加入了"东南互保",但只是下令驱逐拳民,并没有说清剿,下面的州县都很难办,只得对拳民采取容忍的态度。洋枪队被派去了掖县,编入了火枪营,朝廷还防着德国人呢。

对于柳疃出现的这种状况,胡知县也感到无能为力。

张冲劝阎立信道:"兄弟,你们全家人还是尽快离开吧。拳民死了那么多人,肯定会来报复的,明枪易躲,暗箭难防啊。要不,先去京城或上海躲上一段时间吧。"

阎家新宅和工厂都化为了灰烬,只剩下满目的残垣断壁。魏掌柜的尸骸被挖了出来,只有黑乎乎的一截。阎立信领着一家人跪在地上朝魏掌柜磕了几个头,用上等的棺木盛了,亲自扶灵去魏家村。

东北那边陆续还会过来蚕茧,阎立信让张冲安排官兵接货,直接转交给官办厂子。等出了绸布,除了朝廷所需外,剩余的按成本价卖给各家商号。

办完李中原和刘氏的丧事,阎立信离开了空荡荡的李家大院……

连日来,李维福一直闷闷不乐,一句话也不说,还经常独自落泪。

阎立信知道,那个心结不是一朝一夕能够解开的。眼下,必须让他离开这个环境。于是,他给叶掌柜写了信,让李维福和李思远叔侄俩去了上海。有叶掌柜照应着,他就放心了。这几年,上海分号的买卖做得比京城还要好。

在春茧即将下来的时候,阎立信一家人前往京城。十几年前,比现在稍早一些,他和李维凤从栖霞回到柳疃,满车的欢快;可现在,他却带着一家人去逃命，一车子的忧伤。

路上，李维凤不时呕吐，累得够呛，好在有阎书真伺候着。李维凤告诉阎立信，感觉像个小子。阎立信呵呵笑了："总算盼来了，好歹也要给老阎家生个能延续香火的。"

到了沧州，满街都是拳民，成群结队地往北京、天津方向而去。路边不时看到几具尸首，衣服都被扒光，尸身上用血写着"二毛子"三个字。

经过廊坊的时候，有好几处教堂都被烧了。一队队的拳民呼喊着"扶清灭洋"的口号，对街边的商铺大肆劫掠，店家稍有反抗就被打个半死。咒骂和哀号充斥着大街小巷，到处是残忍恐怖的场面。

好不容易进了京城，阎立信总算松了口气，将李维凤娘俩安置好，就想着让小香橼过来见个面。

京城的情况也一样，很多商铺都关了门，天有信老铺面只开了半扇门。阎立信来到里面，含泪将魏掌柜惨死的事对魏海生说了。两人抹了一阵眼泪，魏海生将阎立信领到里面，推开一间库房的门，从里面走出两个人，是约翰和鲍尔。

魏海生说义和拳进城后，到处杀洋人和教民。他打算趁天黑把两人送出城去，让他俩往东北走，出了关就没事了。

原来，约翰和鲍尔一直在胶东一带传教，可自去年夏天，就不时有人去教堂闹事。官府也不管。入秋后，拳民直接把教堂给烧了。两人正好去青岛办事，才逃过了一劫。无奈之下，他们只得从青岛坐船到天津，没想到天津租界也不安全了，两人就辗转到了京城。他们想去领事馆，可路上都是拳民，根本去不了。正巧看到天有信的牌子，就躲了进来。

阎立信说："听说领事馆都被拳民包围了，肯定去不了了。等到了晚上，俺带你们先去我家，过些天再说吧。"

晚上，阎立信在马车里塞了一些乱七八糟的东西，让约翰和鲍尔躲在里面，从店铺到宅子的这段距离，遇到了三拨拳民盘查，好在有惊无险。进了阎家，赶紧吩咐二柱关紧大门。

阎立信以为此事做得很严密，可还是没能逃过一些人的眼睛。此时，合顺旺铺面内，亓满富和几个掌柜都劝亓学文："阎立信带着一家人来京了，有两个洋人躲到了他家里。他结交洋人，他媳妇入洋教，柳疃的老少爷们都知道，这可是灭阎家的好机会，千万不能错过啊。只要天有信没了，柳疃的绸布买卖就都是合顺旺的了。三狗他们回到柳疃来，抢了咱家那么

多铺子,还把厂子也烧了,这笔账都要算在阎老二头上。"

亓学文望着几个掌柜,说:"俺早就说过了,上代人的恩怨已经过去了。再说,那是李中原从中使坏,不关阎家什么事!"

在义和拳进城前,亓学文的家人跟着岳父回了山西。本来他也要跟着去的,但为了商铺的事才留了下来。

亓满富仍极力劝说:"你爹是被他害死的,难道忘了,你还是亓家的子孙吗?"

亓学文摇了摇头:"那事已经过去了。现在要做的,就是如何保住各家商号。"

另一个掌柜说:"看这阵势,迟早会像柳疃一样,囊保?俺听说宣武门外有几家丝绸商号被人抢了,但旁边的天有信分号却没事,不知囊回事。"

亓学文想了想,说:"听说义和拳的大师兄是山东来的。这么多年来,天有信的绸布从来没被劫过。俺这就去找阎立信,或许他有办法。"

阎立信没有想到,他刚把约翰和鲍尔安顿好,外面就有人敲门了。没一会儿,二柱领着两个人进来,是魏海生和马永顺。这些年,马永顺的生意做得不错,在郊区也开了分号。

马永顺叫了一声二少爷,接着道:"柳疃那边的事,俺也听说了。义和拳迟早会到这边来,你们回来干啥?赶快走吧。俺在丰台有一处宅子,那里有朝廷的军队,他们不敢乱来,要不先去那里躲一阵子?"

阎立信说:"大半夜的,城门早关了,也出不去啊。"

马永顺说:"没事,走安定门,俺认识守城门的,给点银子就成。这个时候,也没人管那么多了。"

每天子时过后,安定门便有粪车出城。阎立信见马永顺说得诚恳,便回到屋里让李维凤和阎书真赶紧收拾东西,二柱去通知了约翰和鲍尔。几个人出了门,约翰和鲍尔跟着二柱上了马永顺的车子。

魏海生想跟上去,被阎立信拉住了。两人坐在后面的车子上,李维凤母女在车内。两辆马车一前一后,趁着夜色朝安定门而去。

拐过两条街,阎立信故意放慢马步,与前面的车子拉开了距离。到了下一个路口,他却赶着马车朝另一个路口拐去。魏海生纳闷起来:"咱这是去哪里?"

阎立信还没来得及说话,就见前面来了一辆马车,两辆车子差点相撞。

驾车的人穿着一身官袍，正是亓学文。阎立信问："文兄，你这身打扮，要去哪里？"

亓学文也认出了阎立信，说："俺正要去找你呢，听说山东袁大人驱义和拳，留在山东要比京城安全得多，你回来干吗？连老佛爷都下旨杀洋人和教民，你不是找死吗？"

当年，亓学文捐了个七品官衔，本来要去上任的，后来因为朱大人犯了事便放下了，但这身官袍一直留着。这天，他听说义和拳不敢惹朝廷命官，便穿着官袍出来寻个安全。果然，路上遇到巡夜的拳民，都不敢查问。

阎立信对魏海生说："你把她娘俩送到小香橼那边。"说完，他跳下马车，上了亓学文的车子，说："文兄，跟俺救人去！"

车子跑了一段路，见前面乱哄哄的一拨拳民，正押着三个人往前走。亓学文认出其中一个人："那不是二柱吗，咋被抓了？"

阎立信把见到马永顺的经过说了，接着说："俺以为控制韩福全和杨金友的人是孟四海。看来，俺错了，俺忘记了还有马永顺。虽然不知道他到底扮演着什么角色，这些年一直战战兢兢地活着。今儿晚上他突然出现，俺就怀疑他有什么企图，所以俺故意跟他分开，就是想知道俺的判断对不对？"

二柱和两个洋教父都被抓了，却不见马永顺，这事明摆着了。

亓学文望着阎立信，道："今儿要是有事，俺陪你一起死，省得你认为是俺唆使别人害你的。"

阎立信感激地看了他一眼，道："多谢文兄仗义！"

亓学文说："还有一件事，俺要告诉你。宣武门外的几家丝绸商铺都被抢了，就你们天有信分号没事。听说义和拳的大师兄是从山东过来的，俺才想着去找你商量。"

以前，阎立信干过太多的善事，或许人家记得天有信的好，才这么报答他。想到这里，他低声道："咱俩去会会他们的大师兄吧？"

两人弃了马车，混在人群里跟着，只见马永顺和几个拳民押着二柱、约翰和鲍尔三人进了一所大宅子。宅子门口插着大旗，旗上写着"扶清灭洋"四个大字，门口还站着两个全副武装的大汉。大汉与街上的拳民不一样，穿着统一的白色土布褂子，胸口处像官袍那样挂着一块红色的补服，上面的图案是八卦符号。

阎立信看着那些八卦符，心念一动，觉得与他身上的铁八卦有些相似。

当年，肖炎曾和他说过铁八卦"可以号令江湖"。

眼看着那些拳民往别处去了，阎立信和亓学文正要往台阶上走，从里面走出几个人，为首的正是马永顺。

阎立信笑着道："马大掌柜，去哪儿呢？"

马永顺看到阎立信，呆了片刻，冷笑道："正要去找你呢，你倒自己送上门来了！"他指着阎立信，朝一个头领模样的人大喊起来："赵师兄，就是他在山东杀了咱的兄弟，杀了他……"

赵师兄把手一挥，门口的那些壮汉抽刀扑了过来。亓学文上前两步，挡在阎立信面前，拱拱手道："俺是七品顶戴，他是老佛爷恩赐的六品顶戴，谁敢擅杀朝廷官员，就不怕太后老佛爷怪罪吗？"

兴许是亓学文身上的官袍起了作用，那几个人咋呼着，却不敢往前冲了。

马永顺冷笑道："那两个洋人就是他的朋友，他媳妇还入了洋教。这事全柳疃的老乡都知道的，别搬出老佛爷来吓唬人，老佛爷也恨洋人呢。"

亓学文骂道："姓马的，你这狼心狗肺的家伙。阎家待你不薄，你折腾出那样的事来，俺家收留了你，没想到你却把俺爹给害了，你这条四处咬人的疯狗！"

马永顺叫道："姓亓的，你爹和孟四海勾结胡二掌柜，害了那么多山东老乡。要不是俺帮他，他能从俺爹手里弄走那么多银子吗？他还欠俺十几万两银子呢。你们两家不灭，哪有俺的活路啊！"

这时，阎立信从内衣掏出了那块铁八卦，缓缓地举起来。这时，他看到赵师兄立刻变了脸色，知道自己赌对了，随即对马永顺道："只怕你又要失望了！"

亓学文接着喊起来："山东天有信东家阎立信，求见大师兄！"

赵师兄朝阎立信做了几个奇怪的手势，见阎立信没有反应，便吩咐一个人进去禀报，同时拱手道："里面请！"

来到里面，过道两边火把通明，站着两排精悍的壮汉，手里举着刀枪。一个个目光冰冷，还有几个挎刀的官兵站在廊下。

阎立信正纳闷着，只见大厅里出来几个人，有两个还穿着四品官袍。一个头上扎着土黄色裹头、披着红色披风的大汉朝那两个官员拱手道："两位大人请慢走，一切按约定办！"

那壮汉看到阎立信，愣了片刻，突然笑起来："俺知道你会来的！"

阎立信也没有想到，在这里能够见到镇山东。他疾步走过去，问："俺嫂子和侄子呢？"

镇山东并未回答，说："刚才有兄弟进来说，你手拿铁八卦，是真的吗？"

这时，一个打扮得像关公一样的汉子走过来，镇山东对阎立信道："快来拜见大师兄！"

阎立信朝那人拱手道："天有信老板阎立信拜见大师兄！"

大师兄望着阎立信，呵呵一笑："是你？"

阎立信端详着大师兄，实在想不起在哪里见过。这时，大师兄说："还记得吗？俺一路上坐着天有信的车子，骑着天有信的马，最后被官兵洗劫时，还是俺出手救了那个镖头呢。"

阎立信这才想起在"丝绸之路"上遇到的那个壮汉，当即道："后来，您去哪儿了？"

大师兄笑道："趁着那阵风沙，俺抢了一匹马就跑了，实在抱歉啊。既然都是熟人，啥事都好说。听说你手持铁八卦要见俺，有事吗？"

阎立信把手里的铁八卦给大师兄和镇山东看了，说："是一个故去的友人送给俺的，说是可以'号令江湖'。其实，俺现在都不知道这是啥玩意呢？"

大师兄哈哈大笑："难怪赵兄弟和你联络，你一点反应都没有呢，原来你没入门，不是自家兄弟。你手上那东西是遵王的信物，那时可以'号令江湖'。今儿义和拳刚被朝廷封为义和团了，要帮着朝廷杀洋人呢……"

阎立信明白了，遵王举的是"反清复明"的义旗，捻军得势的时候，确实能够"号令江湖"。如今义和拳被朝廷招安，打出的旗号是"扶清灭洋"，遵王的信物就成了一块废铁片，人家能够以礼相待就不错了。

镇山东说："不过，按江湖规矩，只要你提出要求，兄弟们都要仗义相助的。有啥事，说吧！"

阎立信也不隐瞒，低声道："刚刚抓进来的那三个人，俺想带走，还请不要劫掠各家绸布商号。另外，您还没有回答俺刚才的问题呢，俺嫂子和侄子到底在哪儿？"

大师兄对镇山东道："今儿是奉老佛爷的指令，也甭管啥江湖规矩了，该咋办就咋办吧。"说完，大师兄在众人的拥护下进去了。

镇山东的脸色变得有些难看，沉声说："听说你在天津找过他们，要是想和你见面，自然会去见你的。来人，把他们一块押进去。兄弟们早点歇着，明儿押着他们去大使馆门口正法！"

没来得及说话，阎立信他们就被几个壮汉推进去了。二柱一看到他们，就哭起来："二少爷，您怎么也被抓来了！"

约翰来到阎立信面前，道："阎……怎么办？"

阎立信看了一眼门口的守卫，摇头道："没办法啊！"

亓学文坐在角落里，望着抽泣的二柱，几个人就这么坐着。外面渐渐没了动静，约四更天，门开了，一个人影闪了进来，低声说："别出声，我是镇山东的手下，快跟着俺走。出去后找地方藏好喽，再被抓到就没辙了。再是各家商号插义和团的旗子，能保平安。"

几个人跟着出了屋子，朝着后面走去。那个人开了一扇小门，示意他们赶快走。出了门，见外面有一辆车，插着义和团的旗子。

亓学文对阎立信说："要是信得过俺，就先去俺的外宅吧，正好空着。俺就放出风说你们跑回山东了。"

在京城，有钱的老板们养外宅是一件很平常的事。阎立信道："那先谢了！"

阎立信他们先到小香橼的宅子放下二柱，又接上李维凤和阎书真，车子一直往西走了几条街，进了一条胡同。

亓学文下车敲了敲门，没多一会儿，门开了。阎立信扶着李维凤下了车，慢慢走了进去。他知道，只要走进门，一家人的性命都捏在亓学文手里了。外宅里就一个看门的老婆子，也没别人，显得很清静。

约翰和鲍尔跟着阎立信一家就在这所外宅住了下来。每隔几天，亓学文就会来一趟，带来一些外面的消息。

没过多久，义和团就失控了，到处杀人，别说洋人、教民，连普通百姓都杀。马永顺带着几十个人去合顺旺的店铺闹事，追问阎立信的下落。好在亓学文有这身官袍，亓学武又是北洋新军的管带，马永顺不敢乱来，就又带人去了华昌商号，劫了商铺。店里的伙计、掌柜和账房，一个都没留，但没找到孟四海一家人。天有信老铺有镇山东的人守着，马永顺没敢去……

光绪二十六年五月，英、俄、日、美、法、德、意、奥八国以清政府剿匪不力为借口，派遣军队组成侵华联军出兵镇压义和团，先是攻占大沽炮台，并陆续增兵北京。

山东传来消息，袁大人加入了"东南互保"，山东比京城要安全得多。

于是，山东老乡的好些商号都关了门，携家带口逃回了山东。

阎立信让亓学文帮忙照顾一下小香橼。亓学文笑着说，小香橼安全着呢，住在茶楼那边，沾了王府的光，门口有官兵守着，义和团不敢乱来。

阎立信想找机会出城回山东，或者去关外，但亓学文认为李维凤即将分娩，不能再折腾了，怕孩子生在路上。况且带着约翰和鲍尔，到哪里都不安全。

八月中旬，听到东边传来枪炮声。亓学文回来说，八国联军打到了城外，正在攻城呢，城内乱成了一锅粥。他弟弟奉命撤到山东那边去了。

熬了两三天，见大批的难民往西逃，外面枪声一阵紧似一阵。洋兵进城了，到处抢劫，见人就杀，比义和团还残忍，躲在这里也不安全了。

阎立信挂念着小香橼，也不知道她情况怎么样了。他想独自出去看看，可亓学文和李维凤就是不答应，生怕他一出去就回不来了。

约翰说："阎、亓，用你们的白绸在中间画上个红'十'字，跟着我出去救人！"

他们很快就做好了几面红色十字大旗。阎立信和亓学文每人扛着一面，跟着约翰和鲍尔出了门。大街上尸体随处可见，枪声此起彼伏。

几个人逆着人流往前走，走了没多远，见前面跑过来几十个男女老幼。十几个洋兵在后面追赶着，一边开枪，一边哈哈大笑，竟如猎人在麦地里打兔子一般。人群中有几个穿着义和团服饰的男子，转身挥刀往前冲，转眼就被打倒了。

阎立信骂起来："拿中国人练枪法呢！"说着，操起一把刀作势要冲过去。约翰快步往前，挡在那群人和洋兵之间。约翰朝着洋兵大骂起来，洋兵也不敢开枪，看了看他们手里的旗子，往另一边去了。

约翰扭头对鲍尔吩咐了几句，然后顾自往前走。阎立信要跟上去，被鲍尔拦住了："他去东交民巷找联军指挥官制止这场杀戮。我们要尽快让大家知道红色十字旗能保平安。"

三个人来到天有信老铺面，见门口没有了义和团的人。魏海生和二柱都在，还有账房和好几个伙计。阎立信按鲍尔神父的吩咐，命伙计们尽快通知其他商号，并加紧制作红十字旗。

安排完，阎立信带着二柱，举着红十字旗，就往小香橼那边赶。为了安全，他还在背后塞了一把短刀。

走了两条街，见三个洋兵拖着一个女人进了屋，路边倒着四五具尸体，其中一个三四岁大的孩子，手里拿着吃了一半的糖葫芦，眼睛半睁着……

阎立信骂了一句畜生，疾步冲了过去。还没等他踢开门，就听到里面传来一声枪响，接连着几声闷哼。门开了，一个提着刀的男人在门缝里瞅了一眼，便把门打开了。屋里倒着三个洋兵，有一个身首分了家。屋里还有一个男人，一只手捂着正在流血的腹部。

阎立信惊道："是你！"

这个受了伤的男人居然是镇山东。镇山东捡起一支洋枪，对阎立信道："兄弟，又见面了！"

阎立信说："你受伤了，快去找郎中救治！"

镇山东一副无所谓的样子："洋兵封了城，四处杀人呢。俺本来就没打算活着，杀一个算一个吧！"

二柱叫起来："二少爷，快走！"

这时，前面来了一队士兵，正在追赶几个女人。那些女人跑不快，有两个摔倒在地，正哭着往前爬。一个士兵走上前，端起刺刀就要往下扎。随着一声枪响，那个士兵一头栽倒在地，其他的士兵吓得往两边散开，寻找开枪的方位。

阎立信把洋枪架在窗口上，和镇山东一起往外开枪，接连打倒两三个后，那些士兵顺着墙角冲了过来。屋里的那个女人哭号着跑了出去，转眼就被打倒了。

镇山东含泪道："死了好，保个贞洁。"

一队举着旗子的士兵相互掩护着往前冲。子弹打在窗棂上，落下不少尘土。二柱惊道："是日本兵，俺认得他们的旗子。"

对方人多，照这么下去，用不了多久，他们都会被堵在屋里，一个都逃不了。

凌乱的枪声中，只听得一声大喝，对面的枪声顿时停了。阎立信透过窗户望去，见一个提着刀、穿着长褂的男人站在大街中央。

那个男人朝着他们大吼："快走！"

阎立信端着枪走出屋，认出站在大街上的人是孟四海。孟四海朝他大声喊："快走，还等啥？"

屋内，提刀的汉子背起镇山东，跟着二柱快步出了门。阎立信见孟四海朝着日本士兵叽里咕噜大吼着。

二柱边走边说："他说中国和日本是一母同胞，应该联手对付西洋人，不能这么杀人。他还说我们几个是他的朋友，他愿意用自己的命换我们几个人的命，他要剖腹……"

阎立信走了一箭地，听到身后传来孟四海的叫喊："阎立信，你听好喽，俺说过欠中国人的，一定会还……"

扭头望去，见孟四海跪在地上，双手举刀插进了自己腹部。

阎立信叹了口气，加快了步伐，拐过三条街，让二柱带镇山东去找李维凤，他独自去了妙香茶楼……

第三十三章

且说李维凤见阎立信走了，就感觉心神不宁。阎书真陪着她说了一会儿话，刚躺下没多久，镇山东他们就进来了。二柱说了阎立信吩咐救人的事。

李维凤见镇山东伤势严重，吩咐阎书真拿出那个黑色药箱，不顾自己的大肚子，在阎书真的辅助下，给镇山东动了手术，接着又让二柱把镇山东抬到另一间屋子歇息。随后，李维凤撕下一块白绸，裹在二柱身上，前后都画上红色的"十"字，让二柱去茶楼那边看看情况。

二柱走后，街上的枪声仍不断传来。李维凤躺下，却怎么也睡不着，干脆起来在屋里走来走去。下半夜，二柱终于回来了，带来一个不幸的消息：小香橼为了救难民，去与法国兵交涉，结果被法国军官看上，强行带去了军营。阎立信得到消息前去救人，正好看到小香橼不堪受辱从楼下跳了下来，当场香消玉殒。阎立信要跟法国人拼命，可被抓了……

李维凤听完，身子歪了一歪，没有倒下。她让阎书真找来一块黑布，临时做了一身修女服饰，穿戴好，手拿《圣经》，淡定地说："二柱，跟俺走！"

二柱道："俺去找亓老板和鲍尔神父，洋人应该能救他。您就别去了，当心折进去！"

那个背着镇山东进来的汉子走了过来："俺陪夫人去，你去找救兵！"

李维凤吩咐阎书真好好看着镇山东，那汉子驾着车，载着李维凤来到一座府邸。这里原先是一位王爷的宅院，如今成了军营。门口站着两名法国兵，看到李维凤后，把枪一晃，大声问了几句。

李维凤没有搭理，举着《圣经》继续往台阶上走，却被两把刺刀逼住了。

洋兵看着她手里的《圣经》和一身修女打扮，不敢乱来，但就是不让她进去。僵持了一会儿,里面出来一个拖着辫子的西装男人,看了看她,问:"你来这里干什么?"

李维凤道:"俺来找俺男人。"

西装男人问:"就是那个要跟洋大人拼命的天有信商号老板?"

李维凤平静地回答:"是的。"

西装男人冷笑着:"你救不了他。洋大人说他是乱匪,明天就砍头示众。"

李维凤把手里的《圣经》翻开了一页,大声道:"俺这本《圣经》是德国威廉一世国王送给约翰主教的,上面有国王的亲笔签名。约翰主教已经去找联军总司令官了,不允许滥杀无辜。俺男人不是乱匪,是正当的商人,还是英、法、美七家洋行的洋布总代理。要是他出了事,七家洋行的洋布就甭想在大清国卖了!"

西装男人听完李维凤的话,瞄了一眼《圣经》上面的德文,叽里咕噜地朝几个士兵说了一阵子话,士兵耸了耸肩,收起了枪,对李维凤说:"让车夫在门口等着,你跟我来!"

李维凤跟着那个西装男人进了王府,七拐八拐地来到一间屋里,见几个法国军官正搂着几个姑娘灌酒。西装男人躬身上前,朝坐在正中间的军官耳语了几句。那军官打量了李维凤一会儿,叽里呱啦地吼了几句。西装男人赶紧翻译:"洋大人说,只要你喝下一瓶酒,他就可以考虑放了你男人。"

李维凤看了一眼那几个可怜的姑娘,还有桌子上的那些酒,说:"俺要是把这些酒都喝了,是不是把这几个姑娘也放了?"

几个军官听完西装男人的翻译,露出了不可思议的神色,嬉笑着点点头。

李维凤让西装男人找来一个大铜盆,把桌子上的酒都倒了进去,倒了足有大半盆。此时,阎立信被洋兵押了出来,见到李维凤后,惊异地问:"你囊来这里了?"

李维凤微笑着:"救你!"

在众人的注视下,李维凤端起大铜盆,就这么如老牛饮水一般,咕嘟咕嘟一气喝了个底朝天,嘴角滴酒不漏,惊得那几个军官张大了嘴巴。只见李维凤打了几个酒嗝,又拿起桌子下面的两瓶酒,顺带着喝了个底朝天。这才摸着肚子对阎立信说:"他爹,别生出来是个酒鬼就行。走,咱回家吧！"

几个军官惊呆了，不由得伸出了大拇指。这时，外面传来一阵嘈杂声，一个士兵领着两个人进来，正是二柱和鲍尔神父。

鲍尔神父朝那几个法国军官说了几句话，法国军官尽管听不懂，但经过翻译后，也知道阎立信的身份不同一般，表示可能是一场误会。不久，几个法国士兵用简易担架抬出了小香橼的尸首。

阎立信掀开盖着的白布，见小香橼双目微睁，头上的血已经凝固了。他跪了下来，任由泪水滑落，用手抚摸着小香橼冰冷的脸庞，哽咽着挤出三个字："对不起！"

小香橼手里握着一块绣花的帕子，上面绣着一对鸳鸯，还有一串洋文。阎立信愣了，默默地收起那块帕子，起身扶住李维凤，让鲍尔和二柱抬着小香橼先回妙香茶楼。就这样，几个人在法国军官的注视下离开了王府。

一个士兵奉命在车子上插了一面法军的小旗子，比画着意思是畅通无阻。

回到住处，阎立信让书真陪着李维凤，他独自驾着车前往妙香茶楼。路过一家洋油铺，他扔下一些碎银子，装了满满一车洋油。来到茶楼，让二柱把洋油卸了下来。

阎立信让樱桃打来了水，给小香橼洗了脸，换上一身干净衣服。做完这些，他让樱桃跟着二柱走了。然后，他点上熏香，默默地坐在床边。

眼看天色将亮，亓学文不知怎么找来了。他走进屋里，坐在阎立信身边，低声道："听二柱说，你一个人在这里，俺就过来了。"

他见阎立信不说话，接着道："很多朝廷重臣连带着家人都丧了命，能够活下来就是万幸了。俺带了一口棺材，车子上插着法国人的旗子，能出城，要不送出去寻个地方安葬了？"

阎立信叹了口气，道："她跟了俺这么多年，死了连个名分都没有。"说完，起身砸碎了一个橱柜，找了块木板，割破指头，用血在木板上写下：爱妻小香橼之位。

写完，他把木板放到小香橼枕边，拉了亓学文就走。出去后，他提着洋油桶，沿着王府，把几个小门都浇了油。转到大门口的时候，见看门的士兵在抱着枪打盹呢。

阎立信猫过去，拔出匕首三下五除二把两个看门的直接送回了家，然后在台阶上也浇了油。

亓学文低声道："你这样会害死咱俩的。"

阎立信笑了："你要是说出去，俺就说是你干的！"

回到茶楼，阎立信把最后一桶洋油浇在小香橼身上，默默地点着了火。他面无表情地看着火势在蔓延，直到火苗快要燎到了他的衣服，才被亓学文给拉了出来。

转眼间，妙香茶楼燃起了熊熊大火。两人驾着车冲出胡同，阎立信又把一支火把扔到王府大门口，突然哈哈大笑起来："洋鬼子，老子不会放过你们的！"

妙香茶楼和王府一同烧成了灰烬，法国兵被烧死了十几个，其余的都爬墙逃生了。法国人怀疑是阎立信所为，但鲍尔站出来证明，那晚阎立信和他在一起商议救助难民的事，并没出去。

有鲍尔神父保着，又有英、法、美七家洋行的合作文书，法国人吃了个哑巴亏。很快，李维凤拿着德皇签名的《圣经》勇闯法国军营救夫，并当众喝下一大铜盆烈酒的消息传扬开来。遗憾的是，这个消息并未阻拦八国联军的暴行。这场浩劫持续了十几天，大清的无数女人成了各国士兵的战利品，无数珍宝古籍连同雕栏画栋在大火中变成了飞灰。各国列强洗劫完城内后，又疯狂地向周边地区进犯。以李中堂为首的朝廷大臣与八国和谈，根本无法制止联军的洗劫。京城内外尸体枕藉，无人收葬，成了野狗的天堂，连空气中都弥漫着尸臭味……

阎立信的儿子就是在这样环境中出生的。或许是他不愿看到这场人间惨剧，出生后一直啼哭不已，姐姐阎书真怎么哄都无济于事。

按照辈分，阎立信给儿子起名阎书强，字奋起，希望儿子长大后国家强盛、民族奋起，不再像现在这样被洋人欺负！

李维凤不知咋的没了奶水，阎书强的小嘴怎么吸吮，都吸不出一滴奶。无奈之下，阎书真熬了一碗面糊糊，喂着哇哇直哭的弟弟。

阎立信坐在李维凤身边，看着母子平安，挤出了一丝微笑："老阎家总算有香火了。逢乱世出生，将来定是个人物。打虎亲兄弟，上阵父子兵，还得再有个兄弟才行啊！"

李维凤倒也开明："等安稳了些，趁着年轻你再娶一房，两个人替老阎家生娃，总比俺一个人生好，想生多少都成！"

阎立信摇了摇头，目光深沉起来，过了片刻，才自言自语："恍若一梦呵！"

李维凤看了一眼躺在旁边的儿子，道："他爹，你变了。"

阎立信叹了口气："这世道由不得人，不变不行，买卖还得做下去啊。"

尽管很多商铺都挂出了红十字旗，可仍阻挡不了洋兵的劫掠。天有信和合顺旺一样，老铺面和城内外以及郊区的分号都被洗劫一空。魏海生和守在铺面的几个人也下落不明……

在约翰的努力下，德军占领区首先成立了由华人组织的华捕局，维护治安，搜捕义和团民，其他国家的占领区也相继成立了安民公所等临时维持机构。

阎立信全家搬回了自己的宅子，在一个偏僻的储物间，见到了饿得两眼发绿的魏海生他们几个人。原来，老铺面被抢的时候，魏海生他们躲在床底下逃过了一劫，寻思着不能再待下去了，便来到了阎立信的新宅子。虽然新宅子已经被洗劫过，可还是不断有洋兵进来搜查。他们藏在储物间里不敢乱动，好在里面有两袋面粉，几个人就着凉水吃面粉，一天天地熬着。前几天断了顿，魏海生领着两个人趁着夜晚出去了一趟，啥也没找着，还差点把命给丢了。几个人商议着这两天拼着命也要出去，好歹找一些吃的，没曾想听到外面有人来了。

当魏海生听到二柱叫二少爷时，顿时泪水哗哗地流。几个人灰头土脸地站在阎立信面前，哇哇地哭了。

总算安顿下来了，阎立信寻了一个时间，去妙香茶楼的废墟前，摆上香烛默默地流了一阵子泪。在烧纸的时候，把那片绣着洋文的帕子连着小香橼以前送给他的香囊一并扔进了火堆。他宁愿相信小香橼没有辜负他的感情……

京城内百废待兴，天有信绸缎店是整条街第一家重新开业的商号，但一个客人都没有。当然，柜台上也没有一匹绸布。噼里啪啦的鞭炮声给这座饱受蹂躏的古城多少增添了些活力。

魏海生他们几个人坐在店里喝茶，大眼瞪着小眼，闲得发慌……

阎立信给上海发了电报，说京城急需大批洋布。两天后，威尔逊来到天有信，还没开口说话，阎立信就像豹子一样扑了过去，揪住威尔逊就打："老子等着你露面呢！"

威尔逊挨了几拳头，好不容易挣扎着逃到外面，隔着几丈远大声说："我有好消息告诉你！"

阎立信骂道："俺可不想听你的好消息，滚回你的大不列颠狗屁国去吧。洋人没几个好东西，俺把你当朋友，你却做出那样的下作之事。中国有句老话叫'朋友妻不可欺'，你知道吗？"

威尔逊说道："女人需要疼爱和呵护的，你整天只有生意，忽略了她的感受，有时候一走就是几个月……"

阎立信吼道："所以你就乘虚而入了？就你懂女人，女人最渴望的是啥？是男人给她的安全感。在她最需要你的时候，你去哪儿了？"

威尔逊解释："我要她和我一起走，可她说她是你的女人，不能离开那个地方。她就像被你囚禁的金丝雀，看起来很风光，其实心里很痛苦的，你明白吗？"

阎立信喘着气道："俺是不讲道理的人吗？她手里的帕子上都绣着一串洋文，她的心已经被你勾走了。俺要是知道，能不成全你们吗？可她最后，却死在法国人的手里！"最后一句话，他几乎是用血吼出来的！

威尔逊说："你冷静些，她已经死了，现在说什么都没用了。我也非常遗憾和痛苦，我来这里是要告诉你，一个月前七家商行的洋布陆续运送到了天津港，总值八万多两。由于局势变化没能通知你，现在京城恢复正常，马上要入冬了，生意肯定好。他们接到你的电报就立马通知北京这边和你办理交接，虽然还是老价格，但这次要现银交易，可以去银行办理转兑。"

阎立信冷笑道："那还要感谢你们洋人给俺这个赚大钱的机会喽？"

威尔逊笑着说："阎老板，是互利，大家有钱赚就行！"

阎立信说："行，不就几万两银子吗？你们那边办理通关后，安排你们的士兵和俺的伙计一起运到广安门外的库房。清点完毕后，该咋算咋算，现银，一两都不少！"

隔天，威尔逊告知有十几个英军士兵帮忙押运，还有一个美国帮办跟着。一行人离开京城的时候，阎立信趁着这个机会，把伤势渐愈的镇山东安全送出了京城。

临别时，他在镇山东耳边低声说了几句话。

镇山东笑道："放心，这笔赚大钱的买卖，俺一准给你办妥喽！"

路过天津，阎立信去看了天有信分号。分号在租界内，倒也没有受到多大影响。掌柜的说，租界外面的一些绸布商号都被洋人洗劫了，死了不少人。宋老板一家人逃进了租界，前一阵子才回去。

价值八万多两的洋布足足装了二十几大车，一行人押着往回赶。阎立信计算着行程，临近京城的时候，故意从法国人控制的防区走。当晚，他们并不急于进城,而是在城外和镇山东约好的村子里歇着。

后半夜,远处突然响起枪声,村外也响起了枪声。模糊间,看到一些人影朝这边射击。惊醒的英军士兵在美国帮办的指挥下,对进攻的人群展开反击,枪声顿时混乱起来。

过了一阵,对面的枪声越来越密,越来越近。黑灯瞎火的也看不清对方,从枪声上判断有上百人。英国士兵也不含糊,一个劲地开枪,但对面人多,子弹密集,有好几个英军士兵被打倒。

阎立信对美国帮办说:"别是朝廷的火枪营,咱们这点人可顶不住啊。这里距离法国兵营没多远,不如去找他们来帮忙吧。"

美国帮办刚说了撤退,英军士兵就拔腿开溜了。阎立信暗示最后离开的一个伙计,从旁边的一个草垛里拿出洋油,在二十多辆车子上淋了个透,然后点着了。

阎立信和美国帮办带着人,转了很久才找到法国军营。当他们带着数百名法国士兵前来围剿"大清火枪营"的时候,却在那个村子里见到了另一支法军队伍,得知他们被义和团袭击,一路追踪到了这里,并遭到了阻击。双方展开一场枪战,对方见势不妙仓皇逃走,并点燃了车上的物资。

美国帮办吹胡子瞪眼骂了一顿,阎立信望着满地的黑灰,装出一副伤心的样子:"八万多两银子的洋布就这么被法国人烧了,还反咬一口是咱烧的。行,你回去告诉威尔逊,让法国人给一个交代吧,反正天有信没收到货。"

尽管法国军队为洋布被烧事件背了黑锅,但这笔银子最终被加入战争赔款中,由大清朝廷付账。

几个国家的洋商来不及从本国调货,直接向上海附近的洋布工厂下订单。当洋商定制的洋布运到天津港的时候,本土洋布已经在北京卖了两个月了。阎立信以进口洋布超期为由拒绝收货,最终洋商不得已主动降低价格,做了一回赔本的买卖。

局势稳定了一些,阎立信安排魏海生去各家分号查看损失情况。听说李中堂正在与洋人谈判,一旦谈判成功,洋人军队撤走,买卖还是照常要做的。

第一场雪下来的时候,张冲和高友亭来了京城,并押了一批绸布过来。

高友亭告诉阎立信,东北那边过来的熟茧,泡的时间太长了,缫丝的时候总是断线。多亏了招远的郝老板及时送来大批已经缫好的蚕丝,栖霞曲家沟的陈树贵也送来了几千斤手工缫丝，这才解决了原料不足的问题。

跟着高友亭一同来的，还有陈乾。阎立信想不到，陈乾居然会跟着来京城。他还想着好好培养，将来让陈乾当掌柜的。可陈乾告诉他，世道这么乱，大清被洋人欺负，读书有啥用，还不如加入军队打洋人呢。

尽管阎立信觉得有些惋惜，但非常赞同陈乾的想法，保家卫国才是男儿本色。眼下，朝廷的军队都撤到山东、直隶和山西去了，京城内外都是洋人的军队。他想着等完全安定下来就介绍陈乾从军。

当阎立信押着两车绸布送到合顺旺的时候，亓学文望着他，只是微笑了一下。两人在喝茶的时候，阎立信说："文兄，俺想在柳疃成立三义堂，不为别的，只想告诉后人，阎、李、亓三家没有恩怨，只有道义！"

亓学文叹了口气，缓缓说道："从小到大，俺都没有服过你。可今天，俺从心底里服了。你知道吗？俺陪你去见义和团大师兄的时候，有一瞬间真想让你死在他们的手里。俺一直不明白，你啥时候和镇山东认识的？当年你的通匪之罪不冤吧？"

阎立信笑道："俺知道，你就像你爹一样，并不是真要置俺阎家人于死地，只是赌个气，想争个'柳疃第一'的名声。后来，你也没有向朝廷去告发俺和镇山东的关系，不是吗？至于俺和镇山东，也说不清楚是啥时候认识的，俺自己都忘了！"

亓学文笑起来："来，以茶代酒，咱俩再醉一次。如今想做点买卖，就必须学会和各种各样的人打交道。"

阎立信端起茶杯笑道："来，为了三义堂，干了！"

在合顺旺喝了一阵子茶，阎立信回到天有信，见魏海生已经回来了，说了天有信十几家分号的情况，损失都很大，有的分号连掌柜、账房和伙计都丧了命。

阎立信让高友亭帮忙料理后事，该抚恤的抚恤，该扶柩回原籍的安排人手送回去。总之一句话：不要省银子！

这个时候，阎立信才佩服叶根茂果然有先见之明，京城内的各家银号连同户部的银库都被洋兵洗劫一空，唯独洋人开办的银行没事。

义和团入城的时候，朝廷还派兵保护洋人的银行。后来，局势大乱，洋人只得自己派兵守卫银行和大使馆。汇丰银行的洋兵守卫只有区区二三十人，但数千名刀枪不入的义和团民围攻了一个多月，硬是没攻进去。

很多朝廷大臣都把银子存进了洋人的银行，而全家人则没能逃过这场

浩劫，银行则捡了个大便宜。

　　安排完各家分号的后事和重新开张的事宜，阎立信深感人手不够，尤其是掌柜和账房，不得已关闭了好几家分号。阎立昌从柳疃带了几个人过来，才帮魏海生稳住了局面。他想放樱桃回去，可樱桃哭着说家里人都死光了，没地方去了。李维凤心善，见樱桃可怜，便收下做了义女。

　　人在京城做买卖，但柳疃的根不能断。阎立信和高友亭商议着，老家的宅子和厂房都要重建，对于莱阳那边的茧农鼓励多种柞树，每亩山林补贴五吊大钱。

　　隔日，阎立信去了汇丰银行，才知上海那边又汇来了八万两，他加上原来的存款一共提了十万两现银。由于直隶一带的洋兵还在与大清开战，他要求银行方面照会英国军队护送至山东境内。对于这样的大客户，英国人屁颠屁颠就给办了。

　　将张冲和高友亭送出京城，阎立信目送着远去的车队，竟有些迷蒙起来。

　　此时，山东袁大人和东南诸省的"互保"证明了大清的君臣离心，满人的江山到底还能维持多久呢……

第三十四章

光绪二十七年七月,慈禧太后委托李鸿章作为全权大臣,签订了丧权辱国的《辛丑条约》。其中,单赔款就高达4.5亿两白银。同时,列强要求对支持帮助义和团以及杀死传教士和教民的官员进行清洗,列出了从朝廷到地方的一份官员名单,以光绪堂兄弟、大阿哥之父端郡王载漪为"祸首",共一百七十四位大臣。

李中堂的悲剧在于既看出了清朝统治的风雨飘摇,又在自己"实力足可除清廷自立有余"时,仍"勤勤恳恳服侍皇室,决不另有他途"。他殚精竭虑,镇压太平天国、倡导洋务新政、推行"和戎"外交,仍未拯救得了面临沉没的"漏舟"和倾覆的"广厦"。从此,洋人成了大清的太上皇,见"洋"大三级。他们的四轮车在大街上横冲直撞,撞死一个人跟碾死一只耗子一样,眼皮都不会眨一下。

老百姓在大街上见到洋人,赶紧躲得远远的,生怕祸事上身。那些脑后拖着辫子的帮办们也都狐假虎威起来,不像义和团进京时夹着尾巴的模样了。

约翰和鲍尔在京城停留了一阵子,便去了青岛。逃回山东的各家商号老板也陆陆续续押着绸布回来了。见面后唏嘘了一番,重新装修商铺,准备开业。

山东老乡带来一个消息:镇山东又在直隶和山东一带为祸,但只对付官兵和洋人,没听说抢过哪支商队。朝廷正派兵围剿呢,听说袁大人把北洋新军都给调过去了。

京城的街头仍时不时地杀人,都是被抓住的义和团民。被砍头的时候,很多人围着看,一个个幸灾乐祸的样子,就像看杀鸡宰羊。在他们的眼里,除了看稀奇之外,更多是来自心底的怨恨,恨义和团护国不力,给大家带

来了灾难……

陈乾也去看了一次，回来就坐在那里生闷气，一个劲地骂"一帮愚昧之众"。

阎立信本想让陈乾去东北那边分号帮忙，可关外有消息传来，说俄国老毛子趁关内大乱，出兵占了东北。东北的情况，比京城好不到哪里去。他与陈乾聊了一夜，见陈乾投军意决，便写了一封信，让他带着回山东去找亓学武。

陈乾离开天有信后，打听到山东老乡宋庆率领的毅军就驻扎在通州一带，便去投奔了毅军。

而在山东，亓学武率领的一营士兵奉命围剿镇山东。镇山东带领的那拨土匪完全是流寇性质的，东躲西藏跟官兵捉迷藏。经过两三个月的追击，在其他清军的配合下，亓学武总算把镇山东围在了阳信一带的一处洼地中，只待天明便可聚歼。

亓学武有心提拔什长蓝月明，便命其率部守在一处豁口，还配了一挺机枪。他断定，待全营发起攻击后，镇山东一定会带人从豁口逃走。到时候，只要蓝月明的机枪一响，就大功告成。哪知全营发起攻击后，豁口那边的机枪一直没响。全营折腾了大半天，洼地里除了两匹死马外，连土匪的人影都没见到一个。

亓学武顺着土匪的脚印追踪到豁口，见蓝月明手下的那十几个人都坐在沙土里，一问才知道，是蓝月明下令不准开枪，并独身一人前往洼地中打探消息。

士兵们听到豁口有人往外逃，可蓝月明没有回来，谁也不敢擅自开枪，就在那里干等着。盛怒之下，亓学武把那十几个人绑起来，每人抽了几十鞭。他命人搜遍了整个洼地，也没找到蓝月明。一个大活人就这么离奇失踪了！

亓学武想不通蓝月明为什么不死守豁口，而在下达不许开枪的命令后独身进入洼地，唯一的解释就是通匪。可他是看着蓝月明成长起来的，打死都不相信蓝月明会通匪。

最终上报的时候，将蓝月明做失踪处理。亓学武由于作战不利，被降为哨长。

亓学武当然不知道，镇山东是蓝月明的义父。他不可能看着义父被官兵围歼，紧要关头，独身进入洼地，带着镇山东从豁口处逃出了重围。他并没有跟着镇山东往山里走，而是溜到了天津城外的一个村子，找了一辆小推车，推着母亲蓝氏踏上了前往关外的路。镇山东养了他娘俩几年，他救了镇山东一命，从此算是互不相欠了。

母子二人走了一个多月，一路风餐露宿，艰难跋涉。蓝氏不愿看着儿子这么居无定所地奔波，几次提出要回柳疃，蓝月明却倔强地一声不吭。兴许是路上染了风寒，抑或是饥一顿饱一顿的，蓝氏感觉身子越来越沉，身上发烫，有时甚至迷糊起来。

这一天，母子二人到了一个叫落叶堡的地方，蓝氏说什么也不愿往前走了。

落叶堡并不大，只有二十几户人家。两边地里油亮亮的都是棒子，正在蹿苔。蓝月明进了村子，讨了一碗棒子粥给母亲喝了。村子里有几户人家是从胶东过来的，听说来了山东老乡，也都一齐过来看。有个姓王的寡妇，和蓝氏的口音一样。一问，居然是昌邑柳疃人。王寡妇见蓝氏生着病，便让母子二人先去她家里安歇，等养好病再考虑去处。

这些年不断有山东那边过来的人经过，每遇到困难，便找已经落户的老乡，没有不帮忙的。

王寡妇只有一个闺女，叫桂花，和蓝月明年龄相仿，二十好几了，还没出嫁。王寡妇解释说，男人十几年前就死了，母女俩相依为命，种着十几亩地，就想着招个女婿，可关外男丁稀缺，没人愿意上门，就这么给耽搁了。

蓝氏说，一家人原本在天津做点小买卖。义和团和洋人接连闹腾，男人被杀了，母子二人出关外来寻条活路。

蓝氏母子安顿下来后，王寡妇给请了郎中，几副汤药下去，蓝氏的病有了起色。王寡妇陪着蓝氏说着话，但都没有过多提起柳疃的那些人和事。

蓝月明感激王寡妇的仗义，主动去地里干活。王寡妇听说蓝月明并未婚娶，特地让桂花去地头送饭。几次下来，桂花看着身体健壮的蓝月明，还有那副狼吞虎咽的样子，目光逐渐痴迷起来。

两人聊天的时候，桂花告诉蓝月明，她家原先住在柳疃街上，她爹姓唐，外号"三狗"，成天不干正事，喝了酒就打她娘。后来又抽上了大烟，还想把她娘俩给卖了。于是，她娘偷偷带着她闯了关东。到落叶堡后，被当地一个老鳏夫收留。老鳏夫死了后，母女俩便种着老鳏夫的地，就这么过着日子。

当桂花问蓝月明为啥不娶媳妇的时候，他含含糊糊地没有正面回答。

有一次，桂花帮蓝月明收拾放在地头的衣服，发现里面藏着一支短枪。桂花吓了一跳，蓝月明忙解释说是路上捡的。

一个多月过去了，眼看棒子将熟。王寡妇主动向蓝氏提出：如果蓝月明不嫌弃桂花，就把人娶了，两家合为一家。往后，两个老姐妹做个伴，老了也好有个照应。

对于王寡妇的想法，蓝月明却怎么也不答应。蓝氏问道："你嫌弃人家？"

蓝月明摇了摇头，说："她娘骗了咱，他爹是三狗，在柳疃街上臭着呢。"

蓝氏抹着眼泪，道："唉，都是苦命人嘞。全柳疃人都知道，那三狗是从小不务正业，长大了也没个好。无奈之下，娘俩才逃出关外，寻一条活路。那是她娘俩心底的痛，能对咱说吗？咱不也没跟人家说真话吗？要是没有她们，娘说不定就扔在路上了，咱欠着人家一条命呢。"

见儿子不说话了，蓝氏接着道："你也老大不小了，听说你叔只生了一个女儿，后来一直没生。你好歹要给阎家留个后啊！俺听你义父说，你叔已经寻到了你爹的尸骨，葬回了阎家祖坟。等俺老了，你把俺送回去，葬在你爹的身边，俺也就瞑目了。"

蓝月明低着头，默默无语。

蓝氏继续道："桂花这闺女挺好，人实诚。这事娘做主了，哪天和王婶商量一下，等棒子下来后，就把你们的婚事给办了。"

蓝月明面无表情地出了屋子，见桂花端着一盆吃的东西站在门口。一见到他，脸上立刻飞起了红晕，说："俺娘做的疙瘩汤，放了羊肉的。"

蓝月明接过疙瘩汤，还没说话，又听桂花说："俺娘说了，明儿起，俺和你一起下地干活去！"说完，桂花羞涩地望了蓝月明一眼，甩着辫子逃开了。

棒子下来的时候，土匪来了。正在地里掰棒子的蓝月明听到村头有枪响，立马提着短枪，牵着桂花的手往村里跑。刚到院门口，就见一个提着刀的土匪从屋里拖出了王寡妇。

蓝月明抬手一枪，就把那土匪放倒了。他让桂花去照顾两个老人，自己闪在门边，瞅着外面疯狂劫掠的土匪，又一枪一个接连放倒了两个。

一个声音叫起来:"响窑,管直①。"

另一个声音吼起来:"单跳子,点活②。"

土匪欺负蓝月明一个人,十几个持枪的土匪咋呼着贴着墙角往前冲。蓝月明看得真切,抬手又放倒了两个,其余的土匪一看遇到了硬茬子,不敢往前冲了。

远处传来惊呼:"走水③!"

只片刻工夫,土匪逃得一个不剩了。村外来了一队官兵,为首的军官骑着马,身上穿着黄不拉叽的军服,头上戴着缨子官帽。他看了看地上的几具尸体,又望着靠在门边的蓝月明,惊道:"兄弟,好枪法!"

蓝月明收起枪,道:"院子里还有一具。"

几个士兵冲进院子里,抬出了那具尸体。那军官问:"兄弟,你当过兵?"

蓝月明斜眼看了军官一眼,满不在乎地说:"天津武备学堂第十期,当过北洋新军什长。"

军官下了马,走到蓝月明面前,欣喜道:"人才啊,咱孙大哥就缺你这样的人。"

蓝月明不答话,转身进了院子。

一个士兵骂起来:"妈了个巴子,别不识抬举……"

啪的一声,那士兵挨了一记耳光,军官骂道:"你懂个屁,回去!"

那些官兵走后,王寡妇来到蓝氏的屋里,担心道:"往年土匪只是抢些东西,不反抗就不杀人。如今死了好几个,一旦他们来报复,全村的人都活不了。"

蓝月明深沉道:"俺顶着!"

王寡妇叹气道:"有时候土匪来几百人,你一个人,咋顶啊?"

蓝月明道:"要不俺带着娘明儿就走,你俩要是愿意,也一起走。"

蓝氏抽了儿子一记耳光:"咱走了,村里人咋办?"她扭头对王寡妇道:"要是土匪来了,俺和儿子抵命去,只要不为难乡亲们就行。"

几个人说了大半宿的话,也没商量出一个好法子来。蓝月明躺在炕上,

---

① 管直:土匪黑话,有枪的人家,枪法好。

② 点活:土匪黑话,一个兵,目标容易拿下。

③ 走水:土匪黑话,来了官兵。

子弹上了膛，睁着眼睛一直到天亮。

一大早，村外传来了唢呐声。蓝月明出了院子，见村头来了一大队官兵，前面几个军官骑着马，后面跟着一些抬着礼物的士兵。

到了院门口，几个军官下了马。昨天的那个军官指着蓝月明，对一个腰间挎着指挥刀的军官说："大哥，就是他！"

蓝月明见那人的个子虽然不高，但浓眉深目，眉宇间有一股逼人的气势。

相互打量了一番，那人摸了一下八字胡，哈哈笑了："俺姓孙，叫孙雨亭，你可以叫咱孙大哥。昨天来这里胡闹的是老四的人，他们死了人，一定会来报复的，只要你跟着俺，就万事大吉了。"

蓝月明略一思索，微微点了点头。

孙雨亭一挥手，那些士兵把礼物抬进了院子。有两个士兵赶紧给蓝月明披红挂彩，接着，门口的鞭炮噼里啪啦响了起来。

孙雨亭笑起来："昔日刘备三顾茅庐请军师，留下千古传奇；今儿咱亲自上门请虎将，也算是一段英雄佳话吧。"

桂花扶着王寡妇和蓝氏站在屋檐下，怔怔地看着满院子忙碌的官兵。

蓝月明朝蓝氏跪下，磕了三个头，转身上了一匹马。桂花冲出院子，倚在门边含泪望着蓝月明。

蓝月明大声道："桂花，帮俺照顾好娘，等俺跟着孙大哥剿了土匪，就回来娶你。"

不提蓝月明跟着孙雨亭纵横辽西，且说莱阳、栖霞一带的茧农在天有信的扶持下，经过两三年的努力，蚕茧的产量越来越高。以柳疃为中心的几百个村庄几乎家家又有了织机声、村村有了半屋①。这种家庭式的纺织方式，很快延伸到了潍县和平度一带。

光绪三十年，柳疃生产的绸布达到三十多万匹，通过"丝绸之路"，大多数销往南洋和西洋诸国，还远销到非洲和南美洲的一些国家和地区。

为了加大各家商号与海外亲人的联系，阎立信以商会的名义，在柳疃设立了大清邮局，并开设了银号，直接与汇丰等十几家洋人银行进行对接，承办兑换等相关业务。

随着丝绸业的发展，"柳疃"这两个与绸布密不可分的字也声名远扬。

---

① 半屋：半地下式机房。

柳疃人往家里写信或拍电报，只要写上"中国柳疃"四个字，就一定能寄到。当时，这可是一种奇迹般的存在，柳疃人一直引以为荣。

眼看樱桃的年龄大了，阎立信做主，将樱桃嫁给了李中茂的二儿子，好歹当上了少奶奶，也算没有白跟小香橼一场。

这年冬，李维凤又产下一子，起名阎书章。奇怪的是，生完孩子后，奶水来得又快又多。小书章根本吃不了，李维凤涨得实在难受，有时候就用糖葫芦忽悠着三四岁大的阎书强帮忙吸出来。

过年的时候，李维善回来了。一同回来的，除了卡丽姆和两个孩子外，还有李思远。李思远如今是中国铁路总公司的工程师，过年后就要去京城那边，帮朝廷修建铁路。

李维福一直没有回来，留在了法国，娶了一个法国姑娘为妻，生了个女娃。来信中，对阎立信充满了感激之情，说自己既然生在李家，就永远是李家人。随信还寄了一张照片，照片上的女娃，那眼睛长得很像刘氏。

李维善去了莱阳一趟，一双儿女都长大了。赵思柳帮忙管理着恒信的厂子，还有赵家的那些买卖，刚娶了媳妇。赵思雅嫁给了莱阳的书香门第徐家，夫婿是举人出身，莱阳县丞。

张冲带着儿子张扬来到柳疃，提出过完年就替儿子完婚。张扬这几年跟着高友亭学管账，练得两手同时可以打算盘，而且不会出丝毫差漏。高友亭年纪大了，想着让张扬接替他。

阎立信几乎是看着张扬长大的。这孩子心细，是一块做账房的料。反倒是阎书真有些大大咧咧的，缺少女孩子的矜持。

阎立信想着当年自己娶李维凤的样子，寻思着排场不能小了。柳疃丝绸发展至今，仅仅在街上就多了好几十家商号。整个胶东地区从事丝绸买卖的商号超过了两百家。丝绸商会也陆续进了不少新人，从当初的三十多人增加到了上百人。林子大了，啥鸟都有。为了一些蝇头小利，个别人坏了规矩，必须整一整了。

阎家嫁女是一件大事，可以借这个机会，让柳疃各家商号的老板们聚一聚，该说的话也要说开了。

这个年，是阎立信过得最开心的。他和李维善坐在屋子里，陪着张冲喝酒，满肚子的话都随着醇厚而浓烈的高粱酒滑进了心里。

李思远领着弟弟妹妹在院子里放鞭炮，一个个的冲天炮伴着孩子们的笑声，在夜空中绽放出一朵朵绚丽的火花。

　　初六,阎家嫁女,沿街八个戏台连唱了十天大戏。流水席从东街到西街,酒水不停。十六人的大花轿,一百多人的礼乐队,其阵势超过了十几年前李维凤出嫁。

　　女儿出嫁的第二天,阎立信在三义堂摆下了十几桌,请了丝绸商会的各家老板。三杯酒过后,他指着正堂上面挂着的"信诚德昭"牌匾,大声道:"大伙都知道,这四个字是太后老佛爷赐给天有信的,但它属于咱柳疃,是柳疃人的脸面。俺是会长,今儿有些话不能不说开了,买卖做大了,可别昧了良心。听说有些人不敢坑蒙洋人,就坑咱中国人,以次充好,做一锤子买卖。俺告诫大家,别在被窝里使劲,只打自个人,有本事光明正大坑洋人去,让洋人吃哑巴亏。最可气的是那些坑织户的,人家那些绸布是在油灯下一梭子一梭子地织出来的,那是辛苦钱、血汗钱啊。从织户手里收绸布,不给大钱,就给掺了假的碎银子,一匹价值十两的绸布折去火耗后,还不到七两。赚这种昧心钱,那还是人吗?今后咱商会要主持公道,别让某些人坏了柳疃丝绸的名声。一旦发现有人那么做,立即将其公布出来,照会行业商家,看谁还会跟那个人做买卖,看看谁还会把绸布卖给那个人……"

　　他的这番话气势激昂,掷地有声。亓学文和李维善相继站起来表示支持,使得在座的好几个人低着头面露愧色。

　　话说完了,该喝酒还得喝酒。喝完,大伙一起商议,把原来的十六条会规增加到了三十条。虽说这餐酒不好喝,但好歹给行业带来了正气,没人敢公然违犯会规了。

　　原先商会的洋枪队被朝廷征用后,一直不还,领队的魏潮生如今成了哨长。商会需重新组建洋枪队,以保证各家商号货物的安全。

　　安排完柳疃的一些事情,阎立信回到北京,得知华昌商号又开业了。老板叫松田孟京,操着一口流利的京腔,应该就是孟四海的儿子。

　　松田孟京拿着孟四海与亓满贵签署的入股协议,找到亓学文,要派人进驻合顺旺管事,亓学文没有答应。松田孟京提出按股分红,折算出高达三十万两白银的红利。

　　阎立信得知后,感叹道:"当年俺见到那小子的时候,就知道比他爹狠多了。"

　　虽然这是华昌商号与合顺旺之间的事,但阎立信不能不管,既然牵扯到丝绸买卖,柳疃丝绸商会就有权介入。

第三十四章

松田孟京带来了一个叫冈田的人，是日本驻大清参赞，说话狂妄至极，根本不顾亓学文解释的义和团和八国联军对合顺旺的洗劫，只有一个要求：三日后交付三十万两白银或与之同价的绸布，否则就照会大清朝廷抓人。

阎立信知道在这个家伙面前没有道理可讲。既然日本人不仁，咱柳疃人也不能认怂！

三日后，冈田和松田孟京带着日本兵来到合顺旺。他们看到的，除了被更换的广聚合牌匾之外，还有英、德两国驻大清使馆的官员。阎立信能够请到两国官员的手段很简单，就是打电报通知他的洋商朋友，基于天有信的发展需要，愿意将各国进口洋布的代理权分给广聚合一部分，以增加进口洋布的销售量，但转权协议，需各国官方人员到场见证。

阎立信告诉松田孟京，既然是华昌商号与合顺旺之间的事，那就让孟四海与亓满贵两个当事人去算账吧。现在这里已经没有合顺旺了，只有广聚合了。

英、德两国驻大清官员也证明，现在这个地方就是广聚合。他们受本国商人之托，见证洋布代理权的转让。

用西洋人来对付日本人的招数，是阎立信从报纸上学来的。朝廷为俄国人占领东北的问题，正用日本人对付俄国人呢！

至于更换店名，这一招他早就对孟四海用过，再用一次也无妨，反正孟四海死了。

在英、德两国驻大清官员的面前，冈田这条疯狗变成了哈巴狗。日本人要想对付俄国人，还得需要英、美诸国的帮衬。因此，他不敢造次，带着人悻悻地离去了。

阎立信朝松田孟京的背影喊道："小子，当年俺对你爹用过这一招，没想到你们日本人就是不长记性。"

松田孟京扭头冷笑道："别高兴得太早了，大家都是做买卖的，这账得慢慢算。"

阎立信没有想到，日本人真是属疯狗的，咬人的速度这么快……

第三十五章

这天,东北那边来了个姓于的掌柜,说日本和俄国开战,现在东北乱成了一锅粥,很多茧农都当土匪去了。今年的春、秋两季蚕茧根本不行,那边缺着货呢。

京城这边正好有一批绸布要运过去,除了发往西北那边外,阎立信匀出了三千匹,打算自己押货过去。

东北的土匪多,为了安全,阎立信特地雇用了一支朝廷的洋枪队。十几辆大车浩浩荡荡地出了京,车辆上插着大清龙旗和天有信的旗子。出了关,偶尔遇到几股土匪,但大清龙旗和洋枪队对土匪还是极具威慑力的,一阵枪响,土匪知难而退了。

阎立信的马屁股上挂着两支"十三太保"。而护送货物的这支洋枪队,除了有八九支老式的"九响连珠"外,其余的都是单发的"来复枪",难怪大清军队会败给洋人。洋枪队的林队长非常稀罕阎立信的"十三太保",阎立信答应只要货物安全送达,就送给他一支。

一路走来,倒也有惊无险。遇到很多逃往关内的难民,拖家带口的,有不少人说话是山东口音。

过了锦州,又走了两天,到了一处叫赵家屯的地方。队伍刚停下来生火做饭,就听到前面传来凌乱的枪声。不一会儿,哨兵惊慌失措地跑来,说是日本人来了。

阎立信追到村口,见几十个日本兵正在追赶一群难民。枪声中,不断有难民中枪倒下。他记起几年前京城内的那一幕,顿时火起,从马背上摘下枪,朝着清兵们喊道:"还等啥?"

于掌柜劝道:"东家,咱这里还有十几大车的货呢。"

阎立信吼道:"打退了日本人,货物自然就保住了。"说完,他把另一支"十三太保"扔给了林队长:"今儿就归你了!"

林队长一挥手,洋枪队员们迅速占据有利地形,一字排开。眼看那群难民只剩下七八个人了,连滚带爬地逃进了村里。日本兵大声吆喝着,呈扇形围了上来。

阎立信一扣扳机,打倒了冲在最前面的一个日本兵。随即一阵枪声响起,日本兵当场倒下去七八个。日本兵不愧训练有素,遇到突然袭击后,全都趴在地上,并相互掩护着射击,一步步攻了上来。

日本兵的枪法太准,刚交手没一会儿,洋枪队这边就死了四五个人,都是头部中枪。其余的洋枪队员躲在矮墙下,不敢探出头,胡乱朝外开枪。

僵持了近一个时辰,日本兵付出十几具尸体的代价。仗着人多,将阎立信他们剩下的十来个人逼进了一个大院子。一部分日本兵开始围攻大院,其余的去劫掠车上的货物。

阎立信看着眼前的情势,对林队长说:"再这么下去,咱们都活不了,冲出去还能拼一拼。"

他和林队长手里端着"十三太保"在前面开路,十几个人强行杀出一条血路,还没出村子,就听到一阵号子声,一队骑兵冲了过来,扬起的马刀如一道道电光,砍瓜切菜一般削掉了日本兵十几颗头颅。剩下的日本人仓皇往村外的林子跑,还没等他们跑进林子,就被追上去的骑兵送回了老家。有两三个跑到林子边上,也成了骑兵们的活靶子。

阎立信看着骑兵的旗号,心道:大清啥时候有了这么能打的军队了?

骑兵的军官是一个二十多岁的年轻人,长得虎背熊腰,但脸却长得有些秀气。那军官的眼睛怔怔地看着马车上的旗子,也不说话。

阎立信走过去,躬身施礼道:"北京天有信商号阎立信,谢过长官救命之恩!"

那军官望着阎立信,眼中闪现出愤怒的神色,用滴着血的马刀指了他一下,只说了一个"你"字,就不再说话了,拨转马头就走。

阎立信望着那个军官的背影,不知道自己为何会令对方生气。依稀之间,他觉得似乎在哪里见过这个人,却又想不起来……

林队长过来道:"我打听过了,他们是前路游击马队孙管带的手下,军营就在前面不远。这一伙日本兵是被俄国人打败了的,四处抢劫。孙管带吩咐他们过来看看,他们看到车队上的龙旗,以为日本兵和大清军队开战呢,就帮了个忙。只要没有活口就行,他们会让俄国人背这个黑锅,不

关咱的事。"

洋枪队收拢了队伍，死了十七个人，活着的只剩下九个，还有四五个带伤的。阎立信出银子在村里找了一些人，把洋枪队员和日本兵都埋了。不过，那些枪支倒还有用，用马车拉着，等去军营感谢的时候，当作礼物送上。

车队走了几十里地，打听到军营的去处。他刚到军营门口，就见里面出来一群军人，簇拥着一个从四品管带。那管带看到阎立信后，哈哈大笑起来："听说天有信的阎立信押着货物经过，咱就来见见，没想到还真是你。"

阎立信望着那个管带，礼貌地拱手道："恕阎某眼拙，不知长官……"

管带快步走过来拉住阎立信的手，笑道："果然是贵人多忘事，几年前俺用一杆火铳讹了你几两银子，俺看中了你手里的枪，还是你让俺去投军的呢！"

阎立信想了起来："你是老疙瘩，几年没见，你都成朝廷的管带了！"

孙雨亭道："哪里哪里，混口饭吃而已，哪里像你做大买卖的？北京天有信，关外人都知道哈！来来来，里面请！"

既然都是熟人，就没有那么多客套了。孙雨亭就在军营内设宴款待阎立信，由一帮子军官陪着喝酒。在酒桌上，阎立信没有见到救他的那个军官，低声问孙雨亭："今儿领着骑兵救了俺的那个长官咋没来呢？"

孙雨亭笑道："他打仗厉害，就是不喜欢这样的场合，是个孝子，估计回去陪他娘了。"

阎立信问："他是东北人？"

孙雨亭回答道："天津的，叫蓝月明，家里做点小买卖，进过天津武备学堂，在北洋新军里混过。八国联军进犯的时候，他爹被杀了。他可能杀了些洋人，带着他娘避祸，闯了关东。前不久，才结了婚，小夫妻俩还给俺敬酒了。"

就在孙雨亭陪着阎立信喝酒的时候，蓝月明却回到了落叶堡。蓝氏听说了今天的事，心里怎么也平静不下来，起身要去见阎立信。

蓝月明黑着脸，说："见到了又能咋样，跟他回柳疃？在天津，他不是找过咱吗？还满大街贴告示呢！他要是真想找咱，当年就不会把咱娘俩扔在土匪窝里不管了。"

蓝氏流着泪道："前些日子遇到昌邑那边闯关东的人，俺打听了柳疃的情况。当年咱娘俩在土匪窝的时候，你叔深陷大狱，还上了刑场，差点被砍了头。他这些年艰难地熬过来，把天有信的买卖越做越大，也不容易啊。原先娘不愿和他相见，那是因为你还没有长大成人。如今，你有了媳妇，桂花也有了身孕，等过完年生下孩子来，还得姓阎。是你义父的兄弟害了你爹，可这些年他资助咱娘俩，也算把账都还了。"

蓝月明固执道："要见你去见，俺不见！"

蓝氏见儿子不同意，只是连声叹气："不见就不见吧。等娘老了，你把娘送回去就行。"

蓝月明离开母亲的屋子，回到自己的房间，见桂花在炕上绣着小孩子的肚兜。她的肚子微微隆起，已经三四个月了。桂花见他进来，连忙下炕去打热水，要伺候他洗脚。他按住了桂花："你歇着，俺自己来！"

他洗完脚，躺在桂花身边，枕着手发愣。桂花看出他有心事，柔声问："今儿咋啦？"

蓝月明低声道："俺和你说实话吧，俺爹姓阎，俺是跟着俺娘姓的蓝。咱孩子出生，你说姓啥？"

桂花说："孩子出生，肯定跟着咱爹姓啊。"

蓝月明缓缓地说："按照阎家的辈分'于、立、书、政'，咱孩子应该是'政'字辈。"

桂花随口道："那你是'书'字辈，叫阎书啥……"她怔怔地看着蓝月明，眼里涌出泪光，激动地搂着他的头，过了片刻才说："俺小时候在集上捡菜叶子，看着一个孩子坐着车子去学堂，长得可俊了。俺娘说，那是阎家的大少爷。俺当时还想，要是能嫁给他，往后就不会只吃棒子面窝窝头做的菜糊糊了。"

蓝月明眼里立时噙满了眼泪，拥着桂花道："小时候，俺就是天天坐着马车去学堂的。唉，这都是命呵！"

桂花说："你在外面带兵打战，娘天天担惊受怕，整天求菩萨保佑子弹绕着你走。"

蓝月明平静地说："当兵本来就是脑袋别在裤腰里的活儿，今天不知道明天的事。过几天去西边孙二麻子那边，孙大哥想招安他们，要是不受招，就剿了他！"

桂花叹了口气："这年头兵荒马乱的，啥时候是个头啊？"

夫妻俩说了一阵子话，桂花沉沉地睡去。蓝月明却睁着眼睛到天亮。

他在家里待了两天，得知天有信的车队已经走了，才回到军营。此时，他并不知道，阎立信与孙雨亭已经达成协议，天有信捐银十万两，助孙雨亭扩充军备，但孙雨亭必须保证天有信商队的安全。以后天有信的商队只要出关，孙雨亭这边就要派军队接应护送。

有了孙雨亭的军队护送，阎立信的商队安然无恙地进了丹东和奉天。在这大雪纷飞的日子里，真给天有信和恒信的各家商号雪中送炭了。

阎立信在丹东城内停留了几天，计划去城外看看去年建的新厂房。周华仁惋惜地说："砸进去五六万两银子呢，没曾想会这么乱。机器安装好还没织几天，蚕茧就收不上来了，就是有也不敢收，价格高得直接离谱。"

当初重建工厂的时候，阎立信也犹豫过，如今说啥都没用了。丹东城内乱成一锅粥，大批的俄军和难民不断涌入城内，说日本人打过来了，把丹东南边都给围了，正在进攻呢。

周华仁让阎立信赶紧出城，往西北走，要是再迟缓一些，就走不了了。

阎立信他们一行人在乱军中出了城，一路不敢耽搁，跟着大批的难民往关内走……

回到京城没多久，从东北那边来了书信：日本人打跑了俄国人，天有信在城外的厂房被日本人占据了，连牌子都换了，叫华昌丝绸商号，有日本士兵站岗，还贴着告示招人织绸呢。

阎立信来到华昌商号，可伙计说老板不在京城，在东北呢！

松田孟京在京城栽了跟头，就已经瞄上了天有信在东北的产业，趁着日本占据东北，就把天有信的厂子给抢了。这情形，还真拿松田孟京没辙。

阎立信的心里窝着火，年前回到柳疃就病倒了，吃了不少方子都没效果。

李维凤让人去青岛请来德国医生，洋人的药也没管用。眼看阎立信的病一天比一天重。出了正月，又熬了一个多月，阎立信明显呼吸微弱，连说话的力气都没有了。

李维凤守在床榻前，不知抹了多少眼泪。她让高友亭做了安排，随时准备后事，连上好的楠木棺材都订好了。

这时候，阎家大院来了一个人——陈乾。

陈乾是从日本回来的，他在日本接受了孙中山先生的民主革命思想，加入了中国同盟会。这次从烟台上岸后，就直接回到龙池，改名"陈干"。他听说了天有信在东北的厂子被日本人抢占的事，也听说了阎立信病重，便从龙池赶了过来。他不顾李维凤的劝阻，非要见一见阎立信，哪怕只说几句话……

李维凤好歹让陈干进去了，只见阎立信面如死灰，眼睛紧闭着，鼻子里只有出的气，没有多少进的气了。

陈干就坐在床边，流着泪，对阎立信说："东家，俺从日本回来，就想着去东北革命的。你要就这么死了，岂不遂了日本人的愿吗？俺听说日本占据东北后，光是东北那边生产的蚕茧就够华昌用的了。你放心，俺去发动百姓，偷偷把柞树给砍了，看他们的机器还囊转动？"

突然，阎立信奇迹般地睁开了眼睛，虚弱地问："革命是啥意思？"

陈干说："就是发动老百姓，和日本人对着干！"

阎立信反问："老百姓会听你的？"

陈干笑道："如果跟着俺有好日子过，不被日本人和朝廷欺压，你说他们愿不愿意？"

阎立信喘着粗气说："好，那俺也跟着你革命去！"

站在李维凤身后的阎书强拍着手掌叫起来："革命喽，革命喽！"

陈干把阎书强搂在怀里，低声道："小孩子可不能革命，也不能乱喊，否则会被人抓去割鼻子的。"

阎书强瞪着一双明亮的眼睛，望着陈干："俺只要和你一起，就不会被人割鼻子了吧？"

他虽不懂革命是啥意思，但感觉很好玩，小小的年纪，"革命"两个字在他的心底烙下了深深的印记。两年后阎书强长大了一些，他知道革命是要掉脑袋的，可他不管，因为他明白就是这两个字，治好了他爹的病，救了他爹的命。

和陈干聊了一阵，阎立信的精神好了许多，让李维凤吩咐厨房去做疙瘩汤。说也奇怪，阎立信的病一天好似一天，也不用吃药了，就那么和陈干聊天南地北的事情，几天后竟能下来走路了。从陈干那里，他知道了有一个叫孙文的人，也知道了中国同盟会。

在阎立信看来，只要能够帮他出那口气，花多少银子都行。陈干去了东北，他想要资助一些银子，可陈干没要。他写了一封信，让陈干带着，有事可以去找天有信分号，也可以去找孙雨亭。

陈干离开后十几天，阎立信完全康复了，偶尔还和李维凤聊陈干的"革命"。俩人都弄不太明白，但他明白的是：陈干已非池中之物，是干大事

的人。

一旦陈干在东北革命成功，松田孟京的厂子缺少原料，势必会把目光投向胶东。胶东这边蚕茧都已经被各家商号预订了，剩下的那些也会被茧农纺织成绸布。没有蚕茧，日本人占据工厂还有什么用呢？

这年春茧下来的时候，没有动静，但到了秋茧下来时，听说有日本商人到了掖县和招远，将蚕茧价格提到了八钱。胶东的消息传过来，各家商号都急了。

如果照八钱的蚕茧计算，每一匹白绸的成本就超过十二两，生意根本没法做了。有些商号计划把预订的蚕茧转卖给日本人。

阎立信想得很明白，从孟四海到松田孟京，日本人费尽心思，为的就是以最低的代价弄走昌邑丝绸。既然是这样，为何还要把价格抬得那么高，难道仅仅是为了收走蚕茧吗？他看着众人忧心忡忡的样子，不急不慢地说："既然日本人要来抢货，咱今年也让养蚕的人发点小财，天有信的蚕茧暂收价也上涨到一千一百文钱。请诸位少安毋躁，只需要按俺说的去做，俺保证大伙到时候有的是价格合适的蚕茧。"

以往收茧都是按银两计算，是银子的成色不同，每一种银子兑换制钱的数量也不一样。每一两上等足色银，通常兑换一千二百五十文到一千五百文之间，但有些银两经过火耗提纯，一两银子折损了两三成，折合起来，连九百文钱都不到。

几年来，柳疃街上的银钱熔铸铺开了七八家，而能够将银两兑换制钱的银号也多了不少。有不少人就做着银两兑换的买卖，一两银子抽二三十文。

日本人有的是银子，可老百姓需要的是制钱。银两兑换制钱，首先就让日本人付出一点学费。

天有信蚕茧暂收价上涨到一千一百文钱的消息很快传遍了胶东。日本商人被迫将价格提到一两四钱，看样子还在持续上涨。

乌木里从西北赶过来了。几年前，他将柞树移栽到陕西和甘肃南部一带，渐渐成了林。那边也有茧农开始养蚕了，他这次回来，就是商议在那边开厂子，省得每年的绸布还大老远地从山东运过去。另外，他想在北京和上海开珠宝店，把新疆那边的玛瑙和玉石弄过来卖。

哥俩见面后，免不了一顿好酒，阎立信大病初愈，不宜多喝。

乌木里看着地下跑得正欢的阎书强，说瑞珠已经为他生了两个娃，小的也有阎书强这么大了。谈到瑞珠，阎立信不禁想起了小香橼……

喝完酒，阎立信让乌木里好好歇息，说明儿去招远，让乌木里当东家，他当掌柜，去玩一玩日本人！

恒信银号在掖县也有分号，阎立信顺带着叫上了李中茂，一行人押着几十箱制钱前往招远。到了招远，打听到日本人和大成商号合作，蚕茧提到了一两五钱。

天有信招远分号的郝进财见到阎立信后，拉着内人就要下跪磕头，被他一把拉了起来。郝掌柜道："要不是您，俺现在不知还有没有呢。"

阎立信笑道："买卖是大伙做的，柳疃遭义和拳闹事那年，要是没有你帮忙，生意还真没法做了。"

郝掌柜道："东家，您也看到了，大成商号挂出了一两五，咱就是一千一百文钱，也没法和他比啊，今年的秋茧要不就算了吧？"

阎立信笑了，说："郝掌柜，别急，俺今天和四叔来，就是办这事的！您给俺准备几十斤好茧，找一个机灵的人跟着就行。"

阎立信来到大成商号，见商号门口挤了不少人，都是来卖蚕茧的。他朝郝进财派的那个人使了个眼色，那个人背着蚕茧挤了进去。在另一边，李中茂领着银号的掌柜和几个同行走了过来。

大成商号的伙计忙着在称重，然后写好单子。茧农拿着单子去柜台那边领银子，看起来一切都很正常。

阎立信和乌木里进了大成商号，见伙计们忙忙碌碌的，蚕茧堆成了小山。

一个掌柜模样的人见阎立信和乌木里衣着不俗，忙上前打招呼："两位客官看着眼生，不是本地人吧？"

乌木里手里拿着两块鸽卵大的宝石把玩着，掌柜直接把两眼瞪直了。阎立信对掌柜说道："俺东家是新疆过来的，那边的上等人才穿得起花绸，想着……"

掌柜一见来了大客户，直接把他们两个往里面迎。到了里面，见两个穿着洋装的人正在喝茶。掌柜命人泡好茶，向阎立信介绍："这是和咱商号合作的日本客商，人家光是蚕茧就要不少于五万斤。定好之后，自己押货走！"

正说着，外面传来嘈杂声。阎立信和乌木里走出去，见几个人举着银子在嚷嚷。李中茂站在人群中，朝阎立信微微一笑，仰头喝了一口随身带来的酒，便转身走了。

人群中有人喊："大成商号勾结日本人坑咱，银子里面含了铅，说好的一两五，实际六钱都不到，咱要制钱。"

其他茧农一听，一齐跟着叫喊起来，大成商号门口顿时乱了。

阎立信对两个跟着出来的日本人说："回去告诉松田那小子，做买卖讲究诚信，他想坑别人，坑的是他自个。"

回到天有信，郝掌柜正陪着李中茂聊天。李中茂不爱喝茶，随身带着一个红得发亮的酒葫芦，时不时拿出来喝上一口。那感觉，比别人抽大烟还舒坦呢。

李中茂对阎立信笑道："日本人的银子确实有问题，俺拿上手就知道了，七成都不够。"

阎立信说："俺也觉得日本人这么折腾肯定有问题，想拿掺假的银子买咱的蚕茧，所以俺提出今年用制钱。行了，用不了几天，蚕茧的价格就会回落。四叔，您带来的那些制钱也能赚上一笔。"

松田孟京偷鸡不成反蚀把米，往后谁还敢和日本人做买卖？

阎立信顺道去掖县和栖霞转了一圈。这一次，他特地去了曲家沟，陈李氏已经故去了，陈树贵除了经营着几十亩柞树林外，还帮着天有信收蚕茧。

机器缫出来的丝更细、更均匀平和，手工缫的丝全靠捻线的本事，粗细不均匀，纺织出来的白绸比较粗糙。但这样的面料便宜，比机器纺织出来的白绸更加耐穿，适合于中低阶层的人穿，柳疃人叫"疙瘩绸"，也很有市场。多年前，阎立信就把阎家独门纺织技艺公开，为的就是让更多的纺织户在家里能够织出绸布来。

栖霞这边的蚕茧产量虽然不错，但在家中煮茧、缫丝、织布的人家还是不多，主要是很多人嫌麻烦，从蚕茧变成绸布，要十几道工序。只要有一道工序没做好，纺织出来的白绸就是劣等品，卖不上价钱，还不如卖蚕茧呢。

阎立信在曲家沟停留了近半个月，教会了当地人从煮茧到纺织的每一道制作工艺。乌木里有些不理解，阎立信说："看着吧，松田孟京比他爹狠多了！"

第三十六章

　　仲春，吹来的风不再寒冷，仿佛还带来些许暖意。阎家老宅旁的杏树老枝开始返青，满满地缀起繁碎嫩芽，分明昭示出新一轮生命的勃勃生机。

　　阎立信回到柳疃，听闻胶东那边的蚕茧价格已经回落，郝掌柜也挂出了七百二十文的价格。

　　年前，京城内发生了两件大事，老佛爷和光绪皇帝相继归天，现在坐龙廷的是一个三岁大的孩子。

　　阎立信正要去京，陈干从东北回来了。两人针对大清的局势和国际形势聊了一阵，陈干提出在青岛兴办新式学堂，但缺少资金。

　　阎书强跟在陈干身边打转转，叫嚷着也要去革命，吓得挺着大肚子的李维凤赶紧追进来把他拧了出去。

　　阎立信非常支持办学，只有让更多的人识文断字，思想才会进步，国家才会强盛。柳疃的学堂就是他开办的，后来才让商会接手。他当即让高友亭拿来五千两银票交给陈干，笑着道："如果不够，随时过来取。"

　　陈干收起银票，当即道："够了，够了！"

　　阎立信低声道："俺这孩子和你有缘，要是你不介意，俺想和你结个干亲，把他带走，让他跟着你见见世面。"

　　陈干连忙道："东家，这咋能行？你舍得吗？"

　　阎立信说："有啥舍不得的？好男儿志在四方，要想成大器，还需多多磨炼，放在家里，让他娘给惯坏了。"

　　尽管李维凤万分不舍，但看到阎立信那么坚持，只得含泪答应了。阎书强倒不觉得有啥，听说要去青岛，开心得像只小猴子上蹿下跳的。

　　送走陈干后，阎立信和乌木里商议了在陕西办厂的事情，并定下了初步方案。

没多久，阎书真生了孩子，阎立信有了外甥。大年初二，按照柳疃的规矩，张扬送来了"开凌梭"，是孝敬老丈人的。这种梭鱼是北海的特产，也只有海冰化开的时候最为鲜美。在昌北，一直有开春送长辈"开凌梭"的习俗。

阎立信让张扬跟着乌木里去陕西，筹办绸布厂。他也决定，往后这样的事情尽量交给年轻人去处理。

年后，阎立信刚回京，松田孟京就上门来了，提了两大包礼物，是关东上等貂裘。

松田孟京态度非常低调："哥，按照……"

阎立信立马打断了松田孟京："甭叫哥，担当不起，还是叫阎老板合适一些。"

松田孟京说："按照中国的传统，咱们两家也算世交，对吧！你父亲对我父亲有恩，我父亲一直都惦记着呢！"

阎立信说："别这么说，世交谈不上，就是认识而已。真正有良心的人，哪有在背后对恩人捅刀子的？有啥事，直接说吧！"

松田孟京说："东北的厂子是你的，可那是军方的意思，我也是没有办法。东北那边的情况，你应该听说了，俺想求你……"

阎立信打断了松田孟京的话，说："你也是买卖人，有什么招数尽管使，别求俺，求也没用。要想真正做买卖，把军队撤出去，咱再谈。"

松田孟京有些不悦："你为什么这么恨日本人？日本军人是在旅顺杀了不少中国人，可那是战争，没有办法的。你和西洋人做买卖，他们不也打进京城杀了不少人吗？德国人至今还占着青岛呢！"

阎立信冷笑道："西洋人没想过使阴招，没派人混进柳疃，控制柳疃的丝绸生产，西洋人也没有派人毁掉俺的机器。"

松田孟京拿出一封信："我们打听到你和孙雨亭有协议，他现在和我们合作，这是他写给你的。"

阎立信接过信看了，微笑道："你要是早拿出来，不就没有那么多废话了吗？中，看在他的面子上，可以考虑合作。东北那边的洋布买卖也不错，正好有一批法国人的洋布，俺打算到天津后走陆路。既然这样的话，那就照会他们从旅顺上岸。你们军方接货后，把一部分转给天有信分号。法国人要价值十几万两银子的绸布，可绸布不够啊，剩下的那些洋布，东北也吃不下。不过呢，只要上了商船，法国人就认账了。听说，你们日本人军舰的炮火很猛啊！办好了这件事，俺把山东的茧子匀给你一些，省得你没法向你主子交代，千万别学你爹那样剖了肚子，俺不领情的。"

松田孟京的眼珠子转了转："你是想借我们的手对付法国人？"

阎立信淡淡地说："想要合作，就得拿出一点诚意，你说对吧？要不就算了，该咋做买卖，实诚着点，别拿灌了铅的银子蒙人就行。"

松田孟京说："我的银子并不假，虽然有些成色不太好，可没有灌铅！"

阎立信笑了一下："那就是你的合作人不对，那家商号连丝线都掺假，哪有不在银子里掺假的？"

松田孟京愣了，没有再吭声，起身告辞离去。

阎立信看到松田孟京留下的礼物，吩咐二柱把东西拿去卖了，换了制钱后去街上分给穷人。

阎立信看着二柱的身影，心想才四十多岁的人，背已经佝偻了。庚子年冬天，他给二柱买了一个河南的媳妇。那女人跟二柱天天吵架，没几个月就走了。自那以后，又买了一个，可二柱说啥都不要，还说一个人过得挺舒坦。服侍完东家后，往床上一躺，啥都不想，一觉睡到天亮。

二柱从小就是这么没心没肺的，整天乐呵呵的，啥事都不往心里去。见他这么坚持，阎立信也只得作罢了。

四月间，松田孟京带来了好消息，一切都照计划实施，把大部分的洋布混在绸布里，总计十四万三千两银子，通了关，上了法国人的商船。随即，日本的军舰以不明国籍为由，开炮打沉了那艘商船。接着，阎立信通知叶根茂那边，快去找法国人要银子。看来，必要的时候还是需要日本方面帮衬的。

春茧下来的时候，叶根茂从上海拍来电报，说日本军舰打沉了法国商船。经过两国驻大清人员的斡旋，法国人退了一步，损失让法国商号自行承担，除去三万多两银子的洋布款，还有十万出头的丝绸款，但法国人只同意这笔钱留在法国。

阎立信给叶根茂拍去了电报：在法国成立华人互助会。这笔款由李维福监督使用，资助每一个前去法国留学的中国学子。

法国人欠着他两万多两黄金，这才吐出一小部分呢。不过好歹也算出了一口气，晚上吃饭的时候，他让二柱陪着喝了两杯。

阎立信想着回一趟柳疃，自商会成立后，每年祭祀蚕神娘娘都是他和

第三十六章

亓学文领着大伙祭拜的。正想着让二柱去找亓学文，两人商量个时间一同回去。不料，亓学文却来找他了，进门后也不说话，拉着他就走。

亓学文买了一辆汽车，那玩意不用马拉，是喝油的，跑起来比马车还平稳。还别说，洋人的稀奇玩意就是好，怪不得老佛爷都稀罕呢。

两人坐着车子往前走，见一队官兵押着两个插着牌子的年轻犯人往另一边去了。亓学文说道："都是革命党，抓住就杀头，也不知那些人咋想的，年纪轻轻闹啥革命啊？"

阎立信想着陈干说的革命，也不说话。车子到了一家戏院门口，见旁边竖了一张大牌子，上面画着一个人，写着一行大字：李长寿《战长沙》。

阎立信惊道："他啥时候回来的，囊不告诉俺一声呢？"不待车子停稳，就开门下了车，丢了一块龙洋给守门口的人，就冲了进去。

阎立信来到后台，又被人给拦住了。他说了一句"俺找李长寿"，推开那人就进去了。到后台转了一圈，见到了正在化妆的李长寿，边上还站着一个挺俊的小伙子。他把李长寿拉到一边，低声问："现在不怕有人要你入宫唱戏了？你那块长命锁呢？"

李长寿说："扔了。"

阎立信问："扔哪儿了？"

李长寿叹了一口气，说："关外长白山脚下，我就一个平民百姓的命，没有福气戴那玩意！"他换了一副口吻："你今天来捧我的场子，我请客。"

阎立信笑起来："堂堂天有信的东家，还用你请客了？唱得好的，俺有赏！"

两人说着话，外面锣鼓声响，有人上前来催："师父，该上场了。"

阎立信回到外面，见亓学文坐在头排的边上，有小厮伺候着喝茶，已经嗑上瓜子了。头排的中间桌子，坐着一个老头子，有两三个人伺候着，一看就不是寻常人。

一阵节奏分明的"叫头"锣鼓声后，李长寿扮演的关公来到了戏台正中……

亓学文侧着头，低声对阎立信说："听说你利用松田孟京，做了一笔大买卖。"

阎立信的眼睛望着台上，对亓学文道："那是法国人欠俺的，慢慢叫他们还！"

亓学文接着道："你打算在陕西开厂子，算我一份，咋样？"

阎立信微笑道:"有买卖大家做,可以,但俺只认你,别掺和外人!"

亓学文继续道:"琉璃厂大街前阵子开了一家珠宝店,老板是你表弟。他没请你去喝酒?我觉得做玉石珠宝也不错,咱是买卖人,总不能只盯着绸布和洋布。"

阎立信笑道:"文兄,三百六十行的买卖,你都能做喽?别的咱不管,天有信只卖绸布!不过,俺寻思着不能只卖布,把绸布做成衣裳,说不定赚得更多呢。"

李长寿是京城名角,举手投足都引来一片叫好声。阎立信想起李长寿教他的《失空斩》,觉得这《战长沙》少了一些回味。他喝了一杯水,见李长寿把关公刀使得那么利索,便叫了一声"好",接着招手叫来小厮,低声吩咐了几句。小厮扬起脖子一阵大喊:"天有信绸缎店东家赏银一千两。"

过了一会儿,小厮又喊起来:"庆亲王赏银两千两!"

阎立信低声对亓学文说:"俺早看出坐中间那桌的不是寻常人,没想到是庆亲王。老人家出手阔绰,要是把银子给北洋舰队拿去买炮弹,大清哪里还会输呢?"

看完戏,阎立信做东,拉着李长寿和亓学文喝酒。几杯酒下肚,他对李长寿道:"文兄当了爷爷,俺也做了姥爷,你的孩子多大了?"

李长寿一阵苦笑:"你忘了我们两个在天桥上算的命吗?我这辈子就那样了。来,今天什么都不要说,只喝酒。"

三个人你来我往,喝了个痛快,最后是二柱找人给抬回去的……

几天后,阎立信和亓学文回柳疃主持了祭祀,才知陈干把阎书强给送回来了。原来,陈干在青岛成立了震旦公学,可开办没多久,大清朝廷迫于德国人的压力,就出面干涉了。

李维凤的肚子挺争气,又给阎家添了香火。阎立信给三儿子起名"阎书邦",希望将来能够振兴乡邦,成为国家有用的人才。

松田孟京派人来柳疃找阎立信,要求兑现承诺。阎立信让人以高于市价两成的价格,送去了五万斤劣等蚕茧。

周华仁年岁大了,把关外的买卖交给了儿子周当荣。他回到柳疃的时候,告诉阎立信一个消息:华昌商号学着天有信的样子,出银子鼓励茧农种柞树。再有个几年,东北那边的柞树都成了林,就不需要山东这边的蚕茧了。

阎立信笑道："等柞树成林，俺再找人砍了！"

阎立信亲自把舅舅送了回去，处理完事情后，带着一家人回了京城。

此后，他每天去戏院看戏，找李长寿喝酒。他注意到，李长寿身边总有一个小伙子跟着。对于过去的那些疑问，他不再问，只谈戏。日子就这么一天天地在酒里面浸泡着，充实而甘醇……

那一年，大清皇帝退位，中华民国成立，北京也改为"北平"。亓学武成了团长，亓学文在弟弟的帮助下，和军方搭上了关系，丝绸和洋布的买卖越做越大。

随着价廉物美的洋布形成潮流，山东丝绸和南方丝绸一样，陷入了尴尬的境地。阎立信被迫改变思路，用花绸制作旗袍。天有信各家分号都有了裁缝师傅，专门为小姐和太太们量身定做旗袍。

其他的商号也学着他的样子，做起了花绸旗袍。一时间，各家商号的柜台边专门设有一个玻璃橱窗，放着几款最新式的旗袍。

在进一步降低丝绸成本后，阎立信将人工纺织出来的疙瘩绸卖到了四川和云贵一带的山区。由于价格便宜且质量上乘，加之出汗不沾身的特点，深受普通百姓的喜爱。

阎立信专注于做生意，却忽略了儿子阎书强的变化。中华民国八年，当北平警察厅派人通知他的时候，才知道阎书强已自行改名"阎报国"，因组织同学们参加"五四运动"而被抓进去了。

阎立信怔了片刻，立刻打电话找陈干。此前，陈干被任命为山东省政务厅厅长，或许能够帮上忙。哪知电话打过去，才知陈干两年前就辞职了，不知道去了哪里……

他接着打电话给亓学文，要亓学文转告亓学武帮忙。亓学武如今是段祺瑞手下的师长，要是肯出面，救人应该不成问题。

几天后，亓学文陪着阎立信去监狱接回了阎书强。一见面，阎立信劈头给了阎书强一记耳光："臭小子，好好的书不读，跟着去凑啥热闹？"

阎书强倔强地说："干爹写信给我，说北洋军阀控制下的中华民国政府太腐败了，违背了孙先生的……"

阎立信骂道："你懂啥？"

回到家，阎立信将阎书强关进屋里，叮嘱李维凤除了送饭，不准阎书强出来。他接着对阎书章和阎书邦说道："你们两个也给俺听好喽，别跟着去瞎闹哄，好好读书。一群学生而已，以为上街闹几下，就能变了天？

你爹当年走'丝绸之路'的时候,手里还拿着枪呢,有啥用!"

他寻思着等安静了一些,就领着阎书强去上海和叶根茂的女儿完婚,接着安排小夫妻留洋,在国内闹腾说不定还会出什么事。

几天后,他从外面应酬回来。进屋后,见李维凤正在教训阎书章和阎书邦。两个小子跪在地上,低着头一声不吭。他才知道,原来兄弟俩把哥哥偷偷放走了……

阎立信大声问:"他去了哪里?"

阎书章怯怯地说:"他干爹写信给他,要他去苏联寻求革命真理。还有一个他喜欢的女同学,俩人一块走的!"

顿时,阎立信觉得嗓子里有什么东西堵着,眼前一黑,就昏了过去。当他醒来的时候,见李维凤坐在床边,阎书章和阎书邦两兄弟仍在床前跪着。二柱捧着一碗药,站在另一边。

他朝阎书章和阎书邦招了招手,喘着气道:"他走就走了,气也没用,你俩起来吧。"说着,叹了一声,道:"孙雨亭成了气候,每年加军费,东北的买卖没法做了。要不是为了和松田孟京争那口气,俺真想叫周当荣他们回来。"

李维凤安慰道:"不行咱就回柳疃去,哪里还没个活命的地方?"

话虽这么说,但天有信这么大的产业,好几十家分号,能走得开吗?待身子好了一些,阎立信由二柱陪着去看戏,看完戏照例找李长寿喝酒。他只有在看戏喝酒的时候,才不会去想那些烦心事。他没好意思跟叶根茂联系,说好的婚事就这么没了影,愧对人家呢。

奇怪的是,过了几个月,叶根茂几次来电话谈生意上的事情,也不提女儿的婚事。既然叶根茂不提,阎立信更不好意思主动说,这事就当没有发生。

东北那边的几家分号还在坚持着,丹东一带的柞树成林了,蚕茧的产量不低。松田孟京在日本军方的帮助下,控制着那边的蚕茧收购。军方还给茧农下了连坐禁令,一旦发现柞树被砍,全村人都要挨罚,严重的直接处死。

天有信的厂子给日本人生产着绸布,想一想都觉得憋屈。于是,阎立信给孙雨亭写信,想拿回厂子。

孙雨亭回信说,日本军方不答应,没辙!

周当荣来信说,日本人在东北纺织绸布,给奉军交着税呢。

人啊，有时候是属狗的，随便哪个人给扔块骨头，就摇起了尾巴！

时间过得真快，转眼到了中华民国十年。这年，春风吹来得格外早。乌木里和张扬在陕西的厂子已经走上了正轨，每年也能出几万匹绸布，生意覆盖整个西北一带，好歹给了阎立信一些安慰。

回到柳疃后，阎立信跟他爹一样，大多数时间都坐在家里喝茶。这天下午，他刚沏上茶，还没喝几口，只见魏海生领了两位穿着学生装的年轻人进来。

两人进门后，朝阎立信施了礼。魏海生凑到阎立信耳边，低声道："东家，他们说是书强的朋友，诸城那边的。"

阎立信吩咐魏海生给两人上了茶，才问："俺家老大现在哪里？"

其中一人道："大叔，俺也不知道他在哪里。俺和柳昌在济南待过一阵子。他告诉过俺，他的本名叫阎书强，大叔您叫阎立信。他让俺有事就找您帮忙。"

阎立信哦了一声，眼中闪过些许失望，问："你们想叫俺干啥？"

那人微笑道："大叔，那俺就直说了吧，俺和几个朋友想去苏联，但路上盘查得很紧。听说您和东北那边的关系好，您的货物过去都没人查，所以想跟着您的货物走。俺和几个朋友，就当是您的伙计，不知如何？"

阎立信沉思了片刻，问："还没请教你俩的名字呢。"

那人微笑道："俺姓王，叫王瑞俊。"

另一个年轻人说："俺叫王翔千。"

阎立信问："你俩都是干革命的？"

两人微微点头，算是默许了。

阎立信叹了一口气，说："前些日子，我在北平时，看见警察又抓了一些学生，都是你们这些干革命的。"

王瑞俊说："军阀独裁而腐败，只有革命，才能让中国实现真正的独立和富强。"

阎立信喝了一口茶，说："当年，陈干也和你们一样，一腔热血。我那大儿子就是受了他的影响，才不惜离家出走的。你托俺办的事，俺一定给办好了，但是，俺也想托你给办件事。"说到这里，阎立信的眼圈有些微红："唉，最让俺放心不下的，就是书强，走了两三年了，连一封信都不来……"

王瑞俊说："大叔，俺知道您的想法，我会让人转告他，让他写信回家的。"

阎立信笑道："多谢了。你告诉他，要是没钱了，就去天有信的分号支取，就说是俺说的。"说完，他望了魏海生一眼。

魏海生低声道："东家，正好有一批绸布要送去东北，三天后启程，但咱的绸布只到奉天啊。"

阎立信亲自给两人倒了茶，说："俺写信给东北那边的表弟。你们到奉天后，把信给他，他自然会安排人护送你们。如果路费不够，可以直接到他那里拿就是，无须客气。不过，为了安全起见，要委屈你们一下，就权当是咱柳疃的背包客。"

两人开心道："多谢大叔。"

这时，二柱疾步进来道："有警察朝咱家来了，囊办？"

方才魏海生领着王瑞俊二人进门的时候，就看到胡同口有人影，所以他让二柱看着门外的动静。

王瑞俊起身道："大叔，别连累您，俺先走了。"

阎立信说："既然人家是冲着你俩来的，你们肯定走不了了。别急，你坐着就行，一切有我呢。海生，你去里面拿几种样布出来，另外给他俩换上一身衣裳，快点！"

说话间，已经有人敲门了。

当魏海生把样布拿出来摆在桌子上，王瑞俊迅速换上一身长褂，王翔千换上一身伙计的衣服。二柱才去开了门。

几个端着枪的警察冲了进来，为首一个大声道："怎么敲了这么久才开门？"

阎立信起身迎上去，拱手道："不知几位有何公干啊？"

为首的那人看了看王瑞俊，挥手道："来人，带走！"

阎立信上前拦住，大声道："凭啥无缘无故就抓人啊？"

为首的那人说："我们怀疑他俩的身份。"

阎立信回头看了王瑞俊一眼，说："他俩都是俺的老乡，也是俺天有信柜上的人。今儿是来让俺看看绸布的花样，咋啦？俺商会每年给政府那么多税款，还不让做买卖了？"

为首的那人盯着王瑞俊、王翔千又看了几眼，问："你俩真是柜上的人？"

阎立信笑道："这还有假？俺阎家以诚待客，从不说假话，全柳疃的

人都知道。这个伙计过几天要去东北送货，顺便把买卖做到老毛子那边去。要不，你们几位跟着他一起去看看？"

魏海生不失时机地给那人倒了一杯茶，微笑着说："要不几位坐下来喝杯茶歇歇，看看俺东家是怎么吩咐伙计干活的，顺便也长长见识？"

为首的那人看了众人一眼，骂了一句脏话，说："我们哪有闲工夫喝茶？上头下令抓人呢。行，有你天有信东家这几句话，我们就不打扰了。"

魏海生贴上前去，往那人的口袋里塞了几块大洋，赔着小心说："几位整日忙碌，确实辛苦，那就不耽误几位了。"

为首的那人朝阎立信拱了拱手，转身带人离去。

阎立信与王瑞俊、王翔千又聊了一会儿，听着二人的讲述，他就像一个小学生，感到既新鲜又提神。他知道了中国共产党的诞生，知道了中国共产党的使命是让劳苦大众都过上好日子，知道了苏联的布尔什维克和"十月革命"……

三天后，王瑞俊、王翔千带着阎立信写给周当荣的信，和另外两位共产国际代表假扮成天有信的伙计，跟着运送丝绸的车子，一路出了关。

把守各处关卡的奉军官兵，看到天有信开出的介绍信，再一查包裹中的丝绸样布，二话不说就直接放行了。

到达奉天后，他们又在周当荣的安排下，以天有信绸布商的名义，背着一些绸布样品，畅通无阻地到达满洲里，并前往苏联。

从此，党组织依托这条红色"丝绸之路"来往于中苏之间。同时，共产国际通过这条红色丝路向军阀控制下的中国传递着新思想和共产国际的部署。而阎立信并不知道，王瑞俊就是大名鼎鼎的中共一大代表王尽美；他也不知道，这条红色丝路为中国的民主富强以至新中国的诞生做出了多大的贡献！

第三十七章

朝霞的节奏总是淡定从容,该灿烂的时候旁若无人;旭日的脚步总是不紧不慢,该出发的时候才会启程。人生不紧不慢,生命才能如旭日般蓬勃旺盛。

阎立信一直觉得,大清皇帝退位了,老百姓就能过上安稳日子。可那些大大小小的军阀从来不消停,一言不合就开战,今天你和他一起打我,明天我和你一起打他。他从中参透了一个理儿,没有真正的革命,老百姓就没有好日子过!

没多久,直奉战争又拉开了序幕。阎立信又回到了北平,但没想到的是,他差点被战争卷了进去……

中华民国十一年四月,第一次直奉战争打响。尽管十二万奉军作战勇敢,但由于粮草不济而导致全军溃败。已任直军师长的亓学武率领两个团追击奉军,刚过了黑山口,就听到四周响起了激烈的枪声。

清醒过来的亓学武看了看地形,才知道犯了兵家大忌,只顾追击,却被对手诱进了埋伏圈,连后撤的路都被堵死了。

部队接连发起几次冲锋,伤亡很大,可对方的阵地岿然不动。所有的制高点都有机枪和堡垒,呈环式结构,彼此呼应。这种德国式的防卫工事,他非常熟悉。奉军不都是一些土匪出身的草头兵吗?什么时候有了这样的指挥官?

打了两天两夜,亓学武手里的两个团只剩下了一个团,团长都给炸死了。后继的援兵不知为何一直没来,再这么打下去,两个团都会耗光在这里。

知己知彼才能百战百胜。亓学武下达死命令:给我抓一个俘虏来!

在付出好几十人的伤亡后,亓学武终于抓到了一个俘虏。经审讯得知:他们的团长叫蓝月明,毕业于天津武备学堂,曾经在北洋新军干过。

亓学武一听，笑了："我当是谁呢，原来是他，学生包了老师的饺子，这仗打得窝囊。"说完，他写了一封信，让那俘虏给带回去。信里，他讲述了当年蓝月明在山东剿匪失踪后自己对他的牵挂，坦言只要回到自己身边，定当重用。

蓝月明回信了，只有四个字：六时，西北。

亓学武知道蓝月明不愿过来，看在师生一场的面子上，才给他留了个缺口。他也不含糊，等时间一到，下令全部的兵力朝着西北突围。

突围出来后，才知援兵被阻击。人家一个营占据有利地形，两三个团的兵力攻了两天都没能打过去。

事后，亓学武被降为团长。眼看战事告一段落，他索性请假回家。刚进家门，见亓学文和阎立信在喝酒，正在为绸布做成西装的事争论着。他气呼呼地把帽子一甩，走过去倒了一杯酒，昂头一口干了。

阎立信笑着道："亓师长，今儿是咋啦？进门连招呼都不打，就喝上酒了？这可是你哥藏了十几年的老高粱啊，劲头大着呢。"

亓学武吃了几口菜，道："老子辛辛苦苦爬上了师长的位子，这下好了，学生打老师，一仗把俺打回了团长。"

阎立信问："报纸上说直军节节胜利，是假的吗？"

亓学武说："那倒不假。"接着，他把自己在黑山被蓝月明包围的经过说了，还说了他和蓝月明在天津武备学堂的那些事。

阎立信听得真切，想起在关外见过蓝月明时的情景，问："你说他以前偶尔会冒出几句柳疃方言，家里只有一个母亲？"

亓学武点了点头："俺和他认识那么些年，他从来不提家里的事。俺问过，他含含糊糊地不说。"

三个人喝了一阵子酒，阎立信见亓学武闷闷不乐，便拉着他走到一旁的衣架前，指着上面挂着的几套洋装和旗袍，让他点评一下。

亓学武倒也实在，笑道："俺一个扛枪的武夫，哪懂得这些东西呀。你们想卖给什么人，找他们来看，不就成了？"

这两年，阎立信和亓学文各自推出了绸布成衣店，只做各色洋装和旗袍。魏海生的儿子魏甲智从法国留学回来，学的就是服装设计。他那衣服做出来，看着就是顺眼。如今魏甲智已是天有信绸布成衣铺的总师傅了。

前阵子，叶掌柜专门打电话过来，说上海的杜先生一直挂念着阎立信呢，一是邀请他有机会去上海见个面；二是请魏甲智到上海给几个姨太太定做几套旗袍。

说到杜先生，阎立信一时有点纳闷，却怎么也想不起来了。

不管是谁了，有买卖就做呗。一件洋装成衣，布料不过一丈，但做出来后，贵的能卖几十个大洋，相当于差不多七八匹布的钱，真是卖布的还不如卖衣服的。一件花绸子旗袍，最便宜也能卖一两块大洋。上海、北平、天津这些大城市卖得特别好。于是乎，除了阎立信和亓学文外，山东的其他绸布商号也推出了定做成衣。

亓学武看了一会儿，说："俺也不管这几套衣服是给谁的了，等会我全拿去送人吧。"

亓学文笑道："只要你喜欢就行。"

这时，亓学武想起一件事来，说："俺从军政处出来，好像看到了松田孟京，身边跟了一个人，不像是他的人。那个家伙没啥好心，你们可当心着点。"

阎立信说："要是有什么事，还得请你多多帮忙啊。"

亓学武让卫兵进来收起那几套衣服，说："俺能帮的，一定不含糊！"

三个人又喝了一阵子酒，阎立信就告辞了，让亓家兄弟俩唠唠家常。回到家，阎立信让二柱拍电报给周当荣，要他设法联系蓝月明。他怀疑蓝月明就是阎书亭。

安排完，他踏踏实实睡了个午觉，起来喝了午茶，随手拿起一份报纸，见上面都是直奉开战的新闻。这年头，报纸上不是报道哪里开战，就是报道哪里有土匪闹事。在报纸的下端，有一则小启事：山东巨匪镇山东横行无忌，官兵多番围剿均未归案。如有捉到镇山东者悬赏十万大洋。

镇山东虽为草寇，但讲究江湖道义，更知"受人滴水之恩当涌泉相报"的道理，比那些站在台面上满口仁义道德的家伙强多了。

刚看了一会儿报纸，二柱领着几个穿着军服的人走了进来，为首的军官自称是段执政的军需官，为军费的事情，请阎立信前去商量。

阎立信觉得奇怪，有什么事情在家里商量不了，有必要去别的地方吗？

军需官面带微笑，但语气却不容争辩："阎掌柜要是不识相，我们只好强行请你去了。"

李维凤追出来说："哪有这么强迫人的，还讲不讲道理？"

阎立信劝道："秀才遇到兵，你和他们讲什么道理。俺去就是了！"

说着，他被那几个士兵押上了车。

车子在街上驶了一阵，进了一处有军人站岗的大院子。军需官客客气气把他请下车，来到一间屋子里，还给泡了茶。

这时，又进来两个人，其中一个是穿着黑色西装的大高个，坐下来说："阎老板的买卖做得挺大啊，关里关外都有天有信，每年给奉军的军费也不少吧？"

阎立信懒得跟他们啰唆，直接道："不就是想要钱吗？说吧，要多少？"

那人竖起大拇指，说："阎掌柜就是痛快。其实也不多，两百万大洋，比你这些年给奉军的少多了。"

阎立信怀疑自己听错了："什么，两百万大洋，你就是把俺卖了，也拿不出来啊！"

那人笑着说："我们已经通知了你的家人，以十天为期，拿出两百万大洋来赎人，否则以通匪罪枪毙！"

阎立信冷笑道："俺通匪？你没搞错吧？"

那人说："镇山东是山东巨匪，庚子年闹义和团，你和他之间的事情，我们都清楚。"说着，一挥手，门开了，进来一个穿着粗布衣裳、神情猥琐的男子。

阎立信一看到那个人，气得把杯子扔了过去："你他娘的还活着呀？"

进来的是马永顺，对那几个人说："长官，俺爹原来是他家的大掌柜。他的那点破事，俺都清楚。镇山东别家的货物都抢，就是不抢天有信的，这就是他通匪的证据。庚子年的时候，要不是镇山东偷偷地放跑他，他和那两个洋人早都被点了天灯了。"

黑西服男子又挥了挥手，马永顺弓着身子退了出去……

阎立信从家里被带走没多久，就有几名军人给李维凤送来了公函：十天之内拿两百万大洋赎人，否则以通匪罪执行枪决。

李维凤看了，吓得手足无措，呆了片刻，给李思远打去了电话。李思远是铁道部的工程师，可他不认识军方的人，想起上次阎立信通过亓学武救出阎书强的事，就让她给亓学文打电话。

没过多久，亓学文和李思远都赶过来了。亓学武几个小时前刚刚说过那样的话，没想到事情来得这么快。

亓学文接到李维凤的电话，就让弟弟帮忙去打听情况。他和李思远安慰了李维凤一番，两人也想不出别的办法，先筹集一些钱，等亓学武那边打听到消息后再商议。

傍晚，亓学武回来了，说这是段执政下的命令。除了天有信外，还给北平山东丝绸商会也派了军费。他找了不少人，才把两百万降到一百五十万，不能再少了。其实，这不是钱的问题，是段执政的面子问题，天有信这么多年在东北那边也没少花钱。

李维凤急了，十万二十万的倒还凑合，可这一百五十万去哪里凑啊？就是卖了天有信所有的产业都不够啊。

眼下，东北那边维持经营都成问题，唯一希望就是上海和陕西那边了。可十天凑集一百五十万大洋，还是无异于登天……

几个人正商议着，阎书章从外面进来了。他听了爹的事后，拍了一下桌子，气愤地道："这也太不讲理了。我马上写篇报道，揭发他们的丑行，让全国都知道这件事。"阎书章是燕京大学的学生，也是报刊《先驱》的实习记者。

李维凤骂道："大人在这里商量事情呢，哪有小孩子说话的份，别瞎胡闹了，回屋里看书去。"

魏海生说："俺觉得孩子说的话也有道理，报纸上一报道，他们就不敢乱来了。"

亓学文思索了片刻，说："这事不能急，得把握分寸，先让学武再设法疏通疏通关系。书章那边，可以多联系一些记者，特别是外国记者。到时候，如果情况有变，肯定用得着他们。咱几个人先尽量去凑钱。"

果然，阎书章在报纸上发表了文章，天有信东家阎立信因通匪罪入狱即将被枪毙的消息很快传播开来。

接下来的几天，亓学武努力帮忙疏通，可惜没起多大作用，一百五十万再也不能少了。天有信的资金大多押在了货物上，一时半会也无法回笼资金。上海那边叶根茂典当了自家的住宅，又向杜先生和银行借了一些，凑了五十多万大洋；陕西那边乌木里联合北平的珠宝店凑了近二十五万；天津分号和宋延森那边送来了十万。到了第九天，李维凤抵押了宅子和自己的首饰，加上各家分号紧急调来的，还有亓学文和李长寿资助的以及从各家商号借来的，也不过四十多万，还差二十六七万呢。

第十天一早，柳疃那边汇来了十八万。魏海生告诉李维凤，柳疃商会凑了四万，掖县的郝老板那边六万，剩下的都是阎家的族人凑的，有几个老人把棺材都卖了，就是为了救出阎立信！

李维凤拿着那几张薄薄的汇票，感觉比泰山还重，哽咽着说："这份人情俺记下了，等孩子他爹回来，俺给他们换上楠木的。"

军需官领着人来了，李维凤指着桌子上的一摞票据，说："就这么多了，还差着八九万，能放人吗？"

军需官冷笑道："上峰说了，差一块大洋都不行！"

李维凤听了，感觉整个天都塌下来了！

魏海生对军需官低声道："能不能多宽限些时日，我们再凑凑啊？"

军需官傲慢地说："等不了啦，已经下达了通告，北平城内外都知道要枪毙阎立信了。行了，等午时三刻去刑场领尸吧！"

李维凤一下子跌坐在地上，口中喃喃道："你们也太狠了，完全不讲道理呢。"

军需官冷笑道："天有信既然有钱给东北那边，我们这边也不能干瞪眼吧。这是上峰的命令，我也没有办法。"

望着军需官一行人离去的身影，李维凤抓着魏海生，哭道："海生，赶快想办法，不能看着你哥就这样上刑场啊。"

魏海生流着泪道："俺想着向洋人的银行贷款，可这么大的数目，一下子也贷不出来啊。俺想明白了，那帮吃人不吐骨头的东西，是想拿东家的命震慑整个京城的生意人呢。"

李维凤哭着道："那可咋办啊？"

魏海生低声道："嫂子，昨儿晚上有人去了俺门店里，说不定这事会有转机！"

李维凤急切地问："是谁？"

魏海生低声道："镇山东！他说，他已经带人进城了，要劫法场。俺劝他不要蛮干，就算劫法场能够救出东家，可咱也逃不掉的。最后镇山东说他有法子，绝对不会连累咱家的人。这事俺觉得不靠谱，但不管咋说，也是一个希望。"

李维凤说："只要能够把人顺利救出来，想要多少大洋，咱以后都给他。"

魏海生说："嫂子，咱也不能只靠着那边，俺也在想法子呢，让商会那边联名具保试试，希望有用吧。"

李维凤流泪不止，微微点点头……

第三十七章

阎立信被五花大绑插上亡命牌从车上押下来的时候，并不感觉害怕，不像上一次在柳疃那样心里憋得慌。他淡然地看了一眼周围黑压压的人群，看到了几张熟悉的面孔，有亓学文，有李长寿，还有丝绸商会的同仁们，也有儿子阎书章和阎书邦。李维凤没来，可能是不愿看到他血溅刑场的样子。

他想起天桥算命先生说的话，不是说他儿孙满堂、财富亨通吗？怎么就没有算到他会被枪毙呢？

该死的骗子！

他望着那些熟悉的面孔，露出一丝超脱的微笑，突然大声道："长寿兄，唱一曲《失空斩》如何？"

李长寿用帕子擦了擦泪水，大声唱了起来。他身边的一帮子名角和票友一齐和声，浑厚而悲壮的唱腔如潮水一般，飘向了刑场上空。

忽然，人群中冲出一个人，手里舞着一把刀，叫喊着二少爷，朝阎立信扑过去。

阎立信认出是二柱，喊道："二柱，别过来，闯刑场是死罪，快回去！"

几个士兵要去抓二柱，被他挥舞着刀子赶开。就在二柱冲到阎立信面前时，啪啪两声枪响，二柱胸口中弹，跟跄了几步，扑倒在阎立信脚下。

阎立信瞪着眼珠子，朝着台上吼道："他是个傻子，只不过想来见俺最后一面，你们为啥连一个傻子都不放过呀？"

几个士兵拖走了二柱的尸体，就在监斩官开始下令行刑的时候，只听得人群中一声枪响，骚乱中冲出几个人来，为首的那个人高大健壮、一脸的络腮胡，左手抓着一个人的衣领，右手拿枪顶在那个人的头上，大声道："都别乱动，否则俺先打死他！"

维持刑场秩序的士兵慌忙抬枪瞄准那几个人，监斩官身边的副官认出被络腮胡汉子抓着的人，是执政府的首席参议员，急忙大声道："都不要开枪！"

那汉子朝着人群中拍照的记者喊道："大家听好喽，俺就是官府悬赏十万大洋的镇山东，今儿俺来了。俺虽是江湖草寇，但也讲道义，俺和天有信并无交情，只因三十多年前，错杀了天有信的大少爷，欠着人家一条命，所以这些年俺从不打劫天有信的商队。如今，官家不仁义，以通匪之罪，逼天有信二少爷拿出一百五十万大洋，否则就杀人。听说人家想尽一切办法，才凑了一百四十多万，可官家就是不同意，仍要杀人。今儿俺这颗头颅就值十万大洋,凑在一起就足够了!"接着,他朝台上喊:"是不是只要俺死在这里,你们就放了人家?要不然,俺先杀了手里的这个家伙,然后杀出一条血路!"

副官喊道:"如何证明你就是镇山东?"

镇山东道:"老子行不更名坐不改姓,可以找任何人来辨认。"

过了一会儿,台子侧边出现一个人,镇山东认出了马永顺,大声骂:"姓马的,你这出卖朋友的狗日孬种,还没死呢?"

台上的监斩官喊道:"现在证明你就是镇山东了,只要你留下,我们就放了阎立信。"

镇山东哈哈大笑:"你们这些狗官,一向说话不算话,当着这些记者们的面,你们写下文书,把人放了,保证以后不找阎家的麻烦!"

镇山东手里的首席参议员低声说:"我向你保证,绝对不会再找阎家的麻烦,这总行了吧?"

阎立信呆呆地望着镇山东,鼻子发酸,眼里有泪花闪动。这个时候,他可千万不能与镇山东相认,只能默默地看着。

镇山东见监斩官写了文书,又让首席参议员签了字,吩咐一个兄弟拿出去给记者们拍了照,这才对那几个兄弟说:"兄弟们,快走吧,下辈子再做兄弟!"

那几个人朝镇山东一拱手,抹着眼泪闪入人群,瞬间不见了。士兵们没有长官的命令,也不敢去追。

镇山东仰头大笑,大声道:"江湖才有道义,姓阎的,俺镇山东把命还给你!"说完,他掉转枪口,对着自己头部开了枪,迸出的热血溅了首席参议员一身。这家伙的身子一软,裤裆里早就湿了……

副官领着几个士兵冲过来,检查了一下镇山东的尸体,朝另外一边挥了挥手。

阎立信被解开了绳子。他的步履踉跄,有些走不稳。阎书章和阎书邦兄弟俩快步奔了过来,一左一右扶住了。

阎书章低声道:"爹,没事了,咱回家吧!"

阎立信往前走了几步,扭头去看镇山东,却见一阵风刮起尘土,拂过镇山东的脸。依稀之间,他忆起二十多年前,水旺和那两个伙计在伊朗也是这么无声无息地躺在了那里,任由鲜血渗透了大地。

他不能当着官兵的面哭,只能在心底号啕,为了保住他的性命,又白白搭上了一条侠肝义胆好汉的性命。

从刑场到家里,阎立信面如死灰,目光呆滞,一声不吭。李维凤的手颤抖着,灌进去一碗定心汤,服侍他躺下了。

亓学文和李长寿一行人在堂屋坐了一会儿,各自散去。阎立信听到外面安静了一些,坚持着起身走到西屋二柱住的地方,见二柱的身上盖着白绸,边上摆着灵位和贡品。他坐在床边,哭道:"你这个爹巴,不知道劫刑场会被枪毙吗?你还想救俺呢,把自己都给搭进去了吧。你这辈子稀里糊涂的,跟着俺家也没落着好,当了一辈子下人。下辈子投胎到好人家做个聪明人,也尝尝当少爷的滋味吧。"

流了一会儿泪,他望着站在身边的两个儿子,低声道:"先停灵在报国寺,等着跟俺一起回去!"接着,他又缓缓地说:"好生安葬镇山东,他对咱家有恩呢。"

阎书章和阎书邦兄弟俩朝二柱磕了头,扶起阎立信离开了屋子,回到内宅躺下。李维凤进来喂了几口参汤,低声劝道:"俺知道你和二柱跟亲兄弟一样,二柱虽然没了,但他的一片忠心,咱家人都记着呢。"

阎立信点了点头,对两个儿子说:"二柱就是咱家的人,就葬在阎家祖坟,往后每年清明和过年,都不能少喽!"说着,他叹了几口气:"爹老了,你俩记住了,一定去把死在'丝绸之路'的那些伙计们的遗骨也弄回来。他们都是咱阎家的功臣啊。"

兄弟俩点了点头。

阎立信感叹道:"天有信遭此一劫,元气大伤。官府比土匪还狠,土匪只抢东西,官府是要人命。方才俺听外面说,各家商号都派了军费,文兄那边也要出三十万呢。"

李维凤柔声道:"他爹,要不咱回柳疃吧?"

阎立信恨恨地说:"这么腐败的执政府,俺要看着他倒台。唉,中国啥时候才能真正实现陈干说的民主富强啊!"

其实,除了丝绸商会外,执政府给北平城内外的各家商号都摊派了军费,就连一个卖烧饼的摊子也要出六块大洋。眼看着柳疃丝绸商会会长阎立信都被押上了刑场,谁还敢不服?

这一招是松田孟京给执政府出的主意,跟随举报的马永顺领了两百大洋的赏钱。

不提阎立信在家里养病,深居简出,且说天有信东北分号的周当荣接

到阎立信的电报后，多番打听，终于找到了蓝氏。可惜蓝氏双眼已瞎，身体也不好，卧病在床已经两年了。

周当荣讲述了阎立信多年不断寻找嫂子和侄子的经过。蓝氏百感交集，哭晕了过去。

周当荣从丹东请来名医，给蓝氏把了脉，只开出了颐养天年的方子，说这病是多年劳累焦虑所致，已病入膏肓了。

蓝月明听闻母亲病重，急忙赶了回来。他的两个儿子蓝政池和蓝政海都在丹东读书。

在母亲的哭诉中，蓝月明终于理解了叔叔的苦衷。他朝母亲磕了几个头，答应将名字改回"阎书亭"，蓝政池和蓝政海也改为"阎政池"和"阎政海"。

周当荣拍电报告知阎立信，已经找到了蓝氏母子。蓝月明就是阎书亭，还有了两个儿子。待直奉关系缓和，便送蓝氏回柳疃，让孩子认祖归宗！

阎立信接到电报，跪倒在阎于诚和阎立德的灵前，哭道："爹，大哥，俺终于找到他们了，阎家长房有后了！"

第三十八章

世间之事就这么神奇，说巧合也好，说意外也罢，是有轮回的。人生就是一个了缘的过程，缘了缘去，善缘恶缘，都是你的未了缘，谁也躲不掉的。

没多久，东北那边传信过来，阎家的长房儿媳竟是被阎立信亲手打死的三狗的女儿。三狗害了阎、李两家，但他的妻女却救了阎家长房之母子，且为阎家续了香火。

这年十月初六，是阎立信六十岁大寿。魏海生和李维凤正商量着怎么给阎立信祝寿呢，哪知阎立信蹦出一句话："祝啥祝，能活着就不错了，别瞎折腾了！"

这一天，李维凤也没敢张扬，只让阎立信换了一身新绸布衣裳，一家人吃了顿长寿面。阎立信喝了几杯酒，起身到院子里转了一圈，突然朝二柱住过的屋子喊道："二柱，咱俩明日回柳疃吧！"说完，他的眼泪模糊了双眼。他望着从正厅出来的李维凤，就像一个委屈的孩子，哭道："他娘，俺怎么忘了二柱还停在报国寺呢。"

李维凤上前扶着阎立信，说："俺让书章陪你坐火车回去吧，另外安排人送二柱回去。"

从中华民国初年开始，就有了北平到济南的火车，来去不再像以前那样折腾了。济南到青岛的火车早就通了，还是德国人修的铁路呢，只需要提前打个电话，让柳疃这边的人去峢山火车站接就行了。

阎立信在阎书章的陪同下回到柳疃，几天后，二柱的灵柩也到了。他把自己的那副楠木棺材给了二柱，还给二柱换上了天有信最好的绸布寿衣。

起灵下葬的时候，他不顾别人劝阻，坚持要亲自给二柱抬棺，一步，两步，三步……他走得很稳当，仿佛抬着的不是二柱的棺柩，而是整个柳疃的丝绸重担。

二柱就葬在了阎家祖坟地，在阎于诚墓的后面。阎立信坐在旁边，望着新堆起的土堆，平静地说："二柱啊，也许过不了多久，俺就下来陪你了。你在下面，可别再到处尿了，俺爹在边上看着呢。"

阎立信自言自语地和二柱聊了一会儿，起身去拜祭了父母兄长和满弓刀肖炎。

早在中华民国三年，他就给肖炎立了碑，上书：义父肖炎之墓。在他的心里，肖炎就是他的再生父母！

阎立信还命人寻了三狗的坟墓，重新择地安葬了，以女婿阎书亭及两个外孙的名义立了碑。

做完这些，他刨开了马棚下面的一个地窖，从里面拖出了三大箱珠宝。这是当年他从北海滩上挖出来的那批财宝，为了振兴天有信已经用了一大半，剩下这些就埋在土里。多年来一直未动，就连两次翻盖大宅子，都没有动这个地窖。三狗和徐德忠领着义和拳冲进阎家劫掠的时候，挖了几个炕头，只劫走了一些浮财，都没找到这处地方。

变卖了这些珠宝后，阎立信偿还了各家的借款，又给阎家村那些变卖了棺材的老人送去了上好的楠木棺材。这一次，他看到了阎家族人的齐心协力。来到阎家祠堂，他对着那一块块灵牌，重重地磕了三个响头。

回到柳疃，他打算用剩下的钱修建一座宅子，等到宅子落成，就亲自去东北把嫂子给接回来。可宅子盖好的时候，直奉又开战了。

这年冬天，还发生了一件奇事。腊月里，阎立信去给父母上坟的时候，发现坟前居然摆了香烛，问了一圈，都不知道是什么人来祭奠的。有村民说，看到一个年轻人跪在那里磕头。当上前询问的时候，那个人就走了，不认识是谁……

这年的春节特别冷，骡马都冻死了不少。大年初一早上，有人在柳疃街上发现了一个冻死的乞丐。有两个从北平回来过年的老板看过尸首后，说是像马永顺。不管是不是马永顺，阎立信出钱买了一口薄皮棺材，让人安葬在了潍河滩上。

初五，阎立信接到电报，说蓝氏过世了，阎书亭正领着一家人扶棺归里。阎立信一夜未眠，时不时泪流满面，悲痛、愧疚，交织在一起……

打那，阎立信每天一大早就顶着寒风，去村口溜达，时常手搭凉棚望着远处。

正月十八早上，北风刮得正紧，漫天的风雪吹得人睁不开眼。阎立信刚要出门，就被李维凤拦住了，可他却执拗地要去村口。无奈之下，李维凤只得让阎立昌陪着去了。

兄弟二人冒雪站在村口，大半个时辰很快过去了，阎立昌冻得直跺脚。二人正要转身回家，却听到一阵汽车的喇叭声。这时，漫天风雪中，出现了一大一小两辆车子，正朝着柳疃方向驶来。

不一会儿，小车在阎立信面前停下，身着重孝的阎书亭下了车，扑通一声跪在了阎立信面前，哭着叫了一声："叔啊！"

阎立信扶起阎书亭，哭着道："孩子，叔找了你们三十多年了，终于把你们盼回来了。当年咱俩见面的时候，你囊就不认俺呢？孩子啊，叔想你们啊！"

这时，桂花领着阎政池和阎政海兄弟俩也下了车，给阎立信、阎立昌磕了头，被阎立信扶了起来。

阎立信扑到大车子前，望着上面黑漆漆的棺材，内心一阵阵揪痛，哭喊着："嫂子啊，你终于回来了。兄弟对不起你们啊……兄弟一直想去东北接你，可没法去啊。今儿总算等到你了，可等来的却是……"

兴许是阎立信的诚心感动了上苍，风雪竟奇迹般地停了。得到消息的李维凤领着阎书章、阎书邦也赶了过来，和阎书亭一家见了面，又是一番泪眼婆娑……

阎家大宅起了灵堂。按当地的风俗，死在外面的人是不能进屋的。可阎立信不顾族人反对，坚持让嫂子的棺椁进屋。他让阎书章、阎书邦和阎书亭抬着棺材缓缓进屋，他在一边扶着，脚步迟缓而踉跄。

停灵三天后，蓝氏葬在了阎家墓地阎立德的旁边。随即，一家人还祭拜了三狗。此前，王寡妇也已去世。临终前留下遗嘱，绝不和三狗葬在一起，就地埋在了落叶堡。

办完蓝氏的丧事，阎立信拿出当年蓝氏让天津分号掌柜转交给他的玉镯子，还给了阎书亭。阎书亭如今是奉军某旅旅长，奉系打败直系控制京津一带后，准备继续向南推进。因军务在身，他在柳疃停留了几天，便启程回北平了。桂花就带着两个儿子住在了柳疃……

出了正月，阎书章和阎书邦也要回北平了，该上班的上班，该读书的读书，可兄弟俩却拖着不走。李维凤悄悄地告诉阎立信，说家里少了一些钱，

第三十八章

怀疑被人偷了，可谁会偷呢？

终于有一天，阎立信看到阎书章神色慌张地提着一个包袱往外走。他拦住后打开包袱，见里面有一件新绸布褂子，还有几十块大洋。

在阎立信的逼问下，阎书章终于说了实话。原来，阎书强去年就回来了，改名为"柳昌"，在寿光和潍县一带宣传共产主义思想，组织发动农民运动，怕连累家人，也不敢回来，只是偷偷地联系了两个弟弟。

阎立信想起街上贴的那些告示，去年昌邑抓到了两个人，说是共产党，当天就枪毙了。

阎书章道："哥哥说他是在追随陈干先生的理想，要建立真正民主富强的新中国。"

阎立信问："他现在哪里？"

阎书章低声说："官府正到处抓他，还不知道他和咱家的关系。他在北边的坡里等着，说是要去上海，俺就给他准备了这些东西。"

阎立信沉声道："这大白天的，你不怕被人看见啊？等到了晚上，俺和你一起去送吧。"

好不容易等到了日落西山，阎立信和阎书章父子俩骑着马来到柳疃北边的三官庙里。庙早已破败不堪，旁边是一处乱坟场，白天都没啥人来。父子俩把马拴在了隐蔽处，悄悄地来到了庙旁。阎书章学了几声鸟叫，只见从庙里走出一个人，正是失踪多年的阎书强。

阎书强看到阎立信，顿时愣了一下，跪在地上小声叫了一声爹。

阎立信走过去，扇了阎书强一记耳光，后又紧紧地搂住，流着泪道："臭小子，走了那么多年，就不知道给爹来封信啊。"

阎书强哭着道："俺也想您和娘啊，可怕给家里带来麻烦啊。"

阎立信抹了一把眼泪，看着儿子胡子拉碴却又坚毅的脸，沉声道："这个'强'字起得好啊，只要咱中国真正能够民主富强了，也不管是啥主义，你囊革命都行。你赶紧骑上爹的马走，到了上海那边，要是缺钱就去找你叶叔叔。"

阎书强跪下磕了几个头，拿过包袱，对阎书章说："照顾好爹娘！"

看着阎书强骑马消失在夜幕中，阎立信这才往回走。回到家，对李维凤说了去见阎书强的事。李维凤抓住他的衣襟就哭了："怎么不带俺一起去，让俺也看看儿子啊。"

阎立信将李维凤搂进怀里，低声道："晚上风大，怕你着凉，俺替你看了就行了。"

是夜，夫妻俩躺在炕上，嘀咕了大半宿，满满的都是对儿子的牵挂……

阎立信想着过些安静日子，可有人就是不让他安静。这时，柳疃丝绸又出事了——

在柳疃，虽然有几家大商号像天有信那样，也有了自己的工厂，把茧子搬进去，出来就是绸布，但更多的还是手工作坊，一家人"飞梭日日到黄昏，生花妙手织柳绸"。

那年，英商马茂兰为了达到垄断昌邑茧绸的目的，来到柳疃街上坐庄，天天高价买绸。结果今天买了，第二天一早，市面上又摆出绸子来。几个月下来，日复一日，怎么买也买不断，不得不悻悻地离开，从此留下了柳疃"日上市三千六百匹神绸"的说法。

马茂兰怎么也想不到，就柳疃周边一两百个村子织机总数已经达到两万多台，从事织绸和丝绸贸易的人达十万之众，年出口柞绸六十万匹；柳疃街上丝绸店铺上百家，钱庄达到三十四家，商会成员超过了两百人；北京四百多家商号中，柳疃丝绸商号占到了四分之一。

这样的规模，仅凭他一个人的力量怎么能垄断呢？有了马茂兰的教训，洋人也学精了，不买布，只买丝，拿着胶东生产出来的蚕丝回本国进行机械化纺织。法国和意大利人从山东买丝回去织成绸，随之里昂绸和意大利绸返销到中亚和南洋，迫使山东的绸布价格一跌再跌，落到了每匹五六块大洋。

胶东一带纺织绸布的少了，但缫丝卖丝的人家却越来越多。有人照着几十年前的老方法，将白糖熬到一定程度，掺入滑石粉搅成粉浆混进蚕丝中，使蚕丝看上去鲜亮坚硬，还增加重量。却不知这种掺假的蚕丝极为脆弱，织出来的丝绸失去了原有的韧性，看上去很厚实，也有分量，却不禁穿，很容易破。

在胶东一个村子，就发生了因绸布质量低劣而导致的惨剧：一个新媳妇穿了一条新绸布裤子骑驴回娘家。结果到了娘家一下驴，看新媳妇的人都哈哈大笑。原来，新媳妇的裤子被驴背磨破了，新媳妇羞愧难当，当天晚上就上了吊。在柳疃街上流传着一首童谣：河边洗新绸，一匹又一匹，鸭子伸嘴啄，真的好粮食……

随着掺假风愈演愈烈，柳疃绸布和蚕丝的出口量直线下跌。各家商号

虽然看着着急,但也没有办法,你不掺假,别人掺着呢。同样重量的蚕丝,别人家掺了假,能多卖好几块大洋呢。

掺不掺假,外行人看不出来,只有穿在身上才知道。那种绸布穿在身上,一出汗或者被雨水一淋,就往下滴白色浆子。为此,南洋那边的商号老板们不断捎信回来,千万不要掺假了,再这么折腾,柳疃丝绸就没有活路了。柳疃丝绸在南洋一带已经被里昂绸和意大利绸追上了,不少商家的买卖已经做不下去了。

多年前,商会就曾经对柳疃丝绸的造假行为有过约束,可那种约束坚持不了多久。阎立信和亓学文多次呼吁,也组织了十几个老人对柳疃街上交易的蚕丝和绸布进行抽验,发现掺假的立刻赶出去。可没过多久,那些昧着良心的商人便继续掺假,商会也管不了。

从中华民国十五年开始,由于柳疃丝绸的掺假行为,导致柳疃丝绸在国际上的声誉受到很大影响。随着日本和西洋国家人造丝的涌入,还有南洋英属岛国的重税,柳疃丝绸交易量每况愈下。街面上的商号不到十年前的一半,很多店铺都关了门。那门帘就像老人耷拉下来的眼皮子,看着让人心酸……

阎立信和亓学文喝酒的时候,痛心地说:"文兄,咱都老了,不中用了吗?"

亓学文倒也洒脱,笑道:"都六十多岁的人了,还不老?俺算想明白了,管那些闲事干啥?到时候两眼一闭,由着他们折腾去吧。人教人不如事教人,到时候买卖做不成,他们也就学会变通了。"

阎立信却不那么想:"任何时候做买卖都得讲究'诚信'两个字,弄一些假的东西,骗得了一时,骗不了一世啊。"

亓学文指着阎立信的鼻子,笑着骂起来:"你啊,就是一股子的牛犟劲,对谁都不服。你不是最能想法子吗?行啊,先别管咱的丝绸掺假,看看松田那小子,在东北买卖做大了,囊办?"

阎立信抹着脸道:"办不了他,不服不行啊。"

从亓学文家喝酒回来,阎立信倒背着手从街上走过,看着几家紧闭的商铺,跺着脚当街骂起来:"都是一些缺心眼的,给蚕丝里面灌浆糊,都是给自个灌的呢。柳疃的丝绸,就败在你们这些人手里。"

李维凤听说阎立信喝多了酒,在那里骂街呢,急忙吩咐人把他给拉了回来。阎立信躺在床上,闭着眼睛还在骂。

第三十八章

亓学文说得不错。此时,松田孟京几乎控制了东北的丝绸产业,还把蚕茧往山东这边卖,导致山东的绸布和蚕丝的价格不断下跌……

阎立信坚持以质量为本,靠着诚信依旧苦心经营着。国内的绸布几乎赚不到钱,只靠着成衣铺和出口绸布勉强维持着。在山东丝绸行业,天有信仍是第一块牌子。上海那边的几家分号买卖还过得去,叶根茂与杜先生合作,在上海开办了织造厂和贸易公司,维护了柳疃丝绸的正常销售。柳疃丝绸通过上海的贸易公司远销南美与欧洲。

这天,叶根茂来电话,计划把买卖交给儿子叶汉阁打理,让阎立信派人过去盘盘账。阎立信想着自己过去一趟,见识一下"东方大巴黎"的魅力,也顺道探望一下阎书强,不知他现在怎么样了?年纪也不小了,再怎么革命,总不能不成家立业吧?

阎立信顺便带上了魏甲智,一是给杜先生的太太做几套旗袍,二是让他见识一下大都市的服装流行趋势。到了上海,在叶根茂的陪同下,阎立信、魏甲智终于见识了什么是现代大都市,也见到了杜先生。一见面,杜先生深情地向阎立信深鞠一躬,感谢当年的救命之恩。

阎立信这才想起了三十年前的那次偶遇,赶紧相扶,两只大手紧紧地握在一起……

当晚,杜先生特地安排了宴会,邀请了不少政商名流,包括他的把兄弟黄老板和张老板。宴会在美艳歌女高亢和甜腻的歌声中,达到了高潮。

叶根茂指着舞池中的男男女女,低声告诉阎立信,舞池里一半以上男女身上的衣服都是用天有信的绸布制作的。

舞会结束,阎立信来到杜先生安排的酒店住下。到了半夜,突然听到外面传来激烈的枪声,还有尖利的警笛声,枪声和警笛声一宿没停。

次日,《申报》头版头条刊登了阎立信来到上海的新闻,还配着阎立信与商界要人握手的照片。

叶根茂来到酒店,拿着一份《申报》给阎立信看,笑道:"这是在给天有信打广告呢。"

阎立信的照片第一次登在报纸上,他美滋滋地看着。因为一夜没睡好,便又问叶根茂,昨晚的枪声是怎么回事。

叶根茂低声说:"听说工人们在闹事,警察署派兵镇压呢。我们这里是租界,没有那么乱。"

接下来的几天里,阎立信由叶根茂陪着,出席了各种应酬活动。望着

那一个个点头微笑的人,他不得不挤出同样的微笑,疲于应付。他感觉高脚杯里那淡黄色的洋酒,根本没有山东的老高粱好喝。几天后,阎立信终于明白,上海这边的买卖很多都是在这样的场合下做成的……

就在阎立信计划离开上海的前一天深夜,叶根茂来到酒店,带来了一张字条:柳昌被抓即将处决,速找杜先生营救!

叶根茂说:"上海现在到处抓人,黄浦江里每天都打捞出几十具尸首呢。"

事不宜迟,阎立信和叶根茂连夜赶到杜公馆。见到杜先生后,直接说明了来意。杜先生沉吟了片刻,立即吩咐手下去打听一个叫"柳昌"的人。

阎立信没有回酒店,就在杜公馆等着。没多一会儿,一个手下跑进来,在杜先生耳边低声说了几句。杜先生沉声对阎立信道:"实在抱歉,要是早来几个小时,恐怕还来得及。这一刻,已经晚了……"

阎立信如同被人打了一记闷棍,顿时呆住了。过了好一会儿,才喃喃道:"人死了,尸体一定还在吧?"

杜先生诚恳地说:"具体情况我也不太清楚,我马上让人带您去吧。"

一个梳着大背头的男子开车拉着阎立信和叶根茂来到黄浦江边的一处林地,说:"我们打听到柳昌是昨天下午被抓到的,傍晚就被拉到这片林子里处决了,部分尸体被扔进了黄浦江,拉去火化的尸体中没有找到柳昌的。"

走进林子,阎立信突然觉得很是乏力,跪倒在了地上。他抓起一把散发着血腥味的泥土,望着不远处的滔滔江水,欲哭无泪。他来上海就想见见儿子,没想到会是这样。他对叶根茂道:"叶老板,麻烦买一些香纸过来,我想祭奠一下!"

叶根茂让杜先生的人去买了一些香纸过来,陪着阎立信来到江堤岸点燃了。火光跳动着,香纸在黑暗的包围中闪着最后的光。热气冲到阎立信的脸上,他死死地盯着那一点亮光,像要把它刻进大脑深处的褶皱之间。

四周是一片无边的黑暗,一点点亮光在黑暗中跳动。他直起身子的那一瞬,看见深蓝的天幕中布满了星星,一颗、两颗、三颗……

香早已燃尽,所有的纸钱都化成了飞灰。风卷起纸灰,在空中飘舞了一阵,一头坠入江水,瞬间不见了。阎立信似乎有点疲惫,找了块干净的地方坐了下来。风吹过肩头,似有一股熟悉的暖流从心间流过。他就这么坐着,坐着,呆呆地望着波光粼粼的江面。

这时，一轮红日从东边升起，普照着大地。阳光在江面上折射出万道金光。风吹过水面，一波又一波的，犹如秋后金灿灿的麦子，看得让人心醉。此时的阎立信根本无暇欣赏绚丽的江景，他的心就像江面上那一片片的阳光，整个碎了。

天亮了，阎立信仍这么坐着，目光呆滞，动作缓慢。叶根茂几次上前劝告："东家，你现在是上海滩的名人，要是被记者拍到就不好了。"

阎立信慢慢起了身，被叶根茂搀着上了车。两人回到酒店，见叶汉阁已经在等候多时了，身边还有一个抱着孩子的中年妇女。

叶汉阁含着泪叙述了今天一早天有信分号开门的时候，看到了这个襁褓中的孩子。他见孩子饿得慌，便临时找了一个奶妈。说着，他拿出了在孩子身上发现的一封信。

阎立信打开信，见上面几行遒劲有力的钢笔字：孩子叫阎政申，父柳昌，原名阎书强；母梅子，原名叶丽雅。父母均已遇害，交天有信商号。

叶根茂看到信上的字，泪水一下子涌了出来，身子踉跄着差点倒下，被叶汉阁一把扶住了。他呆呆地望着阎立信，突然哭喊了出来："孩子啊！"

阎立信愣了，问："咋回事？"

叶汉阁含着泪道："叶丽雅是我妹妹，原先在北平读书，'五四'的时候跟着闹事，逃回了上海。那时候，您来电话，说让书强过来和我妹妹完婚，然后送去留洋。我爸不让她出门，可没想到她偷着跑了。后来才知道，她跟着一个男同学去了苏联。我爸觉得有愧于您，就没敢再提这事，而您也没有再提，所以……"

阎立信呆了片刻，突然干笑了，望着叶根茂说："咱俩给他们定的亲，他们不知道，自个私订了终身，一起去了苏联，最后给咱来了这么一出啊！"

叶根茂喃喃地说："我只告诉她，要嫁给天有信东家的大少爷。她打死都不同意，还说什么婚姻自由之类的，唉！"

阎立信拍了拍叶根茂的肩膀："咱俩几十年的交情，你在上海，俺在北京。分开后一直都没能见面，晚一辈的孩子都不认识，两人又自己改了名字，才会发生这样的事。这都是命呵！"

阎立信走到奶妈面前，抱过孩子，在小脸上亲了一口，挤出一丝微笑，道："阎政申，这名字不错。亲家，孩子俺带走，交给他嬷嬷抚养。等长

大了,再让他来上海见你,中不?"

　　这一声"亲家",叫得叶根茂又流了泪。他点点头:"孩子是阎家的,你想怎么样都行。"

　　阎立信回到柳疃,李维凤抱起孙子,稀罕得不得了。原本想等找到合适的奶妈后,再让上海的奶妈回去,可不知为啥,小政申只要一会儿见不到上海的奶妈就哭。那女人也舍不得孩子,便留了下来……

第三十九章

中华民国二十年,"九一八"事变爆发,日军开始对东北三省进行疯狂进攻。这年冬天,李维善带着卡丽姆回来了。他自觉年纪大了,就想着落叶归根。孩子们都已开枝散叶,恒信在伊朗那边的买卖做得也不错,就放手给两个儿子经营着。

李家大宅多年未住人了,院子的草长得比人都高,厢房有的已经塌陷了。

卡丽姆在屋里陪着李维凤聊天。她这个洋媳妇,也能说一口半生不熟的柳疃话了。卡丽姆带来一个消息:美国将举行芝加哥百年进步世界博览会,诚邀世界各地的商品参展。听说伊朗的丝绸也会去参加,李维凤觉得作为中国北方丝绸发源地的柳疃更应该带着产品去。不为别的,就为了向世界证明柳疃丝绸的精美和文化底蕴。

李维凤把这一消息和阎立信说了。阎立信听了,笑道:"孩他舅也跟俺说了,俺觉得这事可行。过完年,俺就去一趟,趁着还能走动,咱也再留一回洋,见见世面去。"

那年,阎立信带着自家生产的花绸和白绸参加了芝加哥百年进步世界博览会。在博览会上,柳疃丝绸以其精美的民族花色、厚实透气的独特个性夺得了金奖。

回到柳疃,阎立信兴高采烈地举着奖杯和奖牌,从街头跑到街尾,一路喊着:"看看,都好好看看,这是啥,是咱柳疃丝绸的荣耀,都睁开眼看着,做买卖别昧了良心……"

然而,世界金奖也没能挽救柳疃丝绸衰退的命运。有几家丝绸商号的掌柜闻声出来,表情漠然地望着阎立信手里的奖杯、奖牌,仿佛与他们没有半点儿关系。他们关心的,依然是今天的蚕丝和绸布卖出去了多少。

七月间，周当荣从东北拍电报过来，说松田孟京要购买天有信的铺面。天有信在东北的铺面，鼎盛时期达到十六家，这些年一减再减，只剩下三家了。

阎立信明白松田孟京的意思，他要的不是那几间铺面，而是代表柳疃丝绸的天有信字号。他恨恨地道："不是想要吗？咱偏不给，日本人没几个好东西！既然他要玩，就陪他玩一次，占了俺厂子的那笔账，还没跟他算呢。"

李维凤知道他又来了脾气，听说他要去东北，也没阻拦，只是说："你这牛性子，几十年了都没改。你先到北平，让书邦陪着去俺才放心。你还得答应俺，不许再瞎折腾了！"

三儿子阎书邦毕业后，跟着魏海生一起经营天有信。二儿子阎书章不知怎么失踪一年多了，听说在《中央日报》干记者，在南京和上海两边跑。

临行前的晚上，夫妻俩大眼瞪小眼的，李维凤陪着阎立信喝了几杯酒。阎立信看到孙子阎政申在桌子旁边转悠，搂过来狠狠地亲了几口。阎政申被胡子扎疼了，哭着扑到李维凤的怀里。

阎立信哈哈笑了，说："也五六岁了，亲家几次说想来看看，一直都没过来。等俺从东北回来，就带着他去上海见见姥爷姥娘吧，你也跟着去见识一下，那才是真正的花花世界呢。"

李维凤微笑着："亲家帮你扛了一辈子活，还搭上个女儿。你出事的那阵子，光是他那边就出了几十万大洋，还没好好谢谢人家呢。"

阎立信顿时瞪起了眼珠子："谢个啥？当年是俺掏银子把他从刑部大牢里弄出来的，是俺让他去上海的，也是俺同意他占一半利润的。这孩子他舅现在挂着上海商会理事的头衔，好歹也是场面上的人物。要是没有俺，他能有今天吗？"

李维凤在孙子的脸上亲了一口，说："行了行了，都是你的功劳啊？要是没有俺，也没有你的今天。俺可救了你三次了。"

阎立信喝了口酒，摸着胡子说："俺只认两次，第一次是长寿兄的功劳，是他把俺的状纸递给了王爷。"

李维凤笑起来："老佛爷才没把王爷的状纸放在眼里呢，德国领事馆给朝廷的照会才管用的。行了，俺陪孙子玩去了，你自个喝吧。"

阎立信看着李维凤和孙子的背影，嘬了口酒，顾自说道："俺不管，俺只认长寿兄的功劳！"

喝到后来，他一个人醉倒在了桌子底下……

两天后，阎立信回到北平。阎书邦去车站接了，本想送他去老宅子里歇歇，可他执意要去戏院找李长寿。到了戏院一问才知，李长寿几年前就不唱戏了，住在宣武门外大街那边养老呢。

车子到了胡同口，进不去了。阎立信下了车，步行着往里走。刚过了两个门口，就听到一阵抑扬顿挫的亮嗓子声，正是他熟悉的《失街亭》唱腔：

两国交锋龙虎斗，
各为其主统貔貅。

他咳了两声，接了上去：

管待三军要宽厚，
赏罚中公平莫要自由。

唱着，阎立信推开一座小四合院的门，见一个七十多岁的清瘦老头身穿长衫站在庭院中央，边上还站了一个三十岁左右的年轻人。阎立信欣喜地叫道："长寿兄！"

李长寿见到阎立信，看了片刻，表情淡漠地问："您是哪位？"

阎立信立时愣了："长寿兄，你连俺都不认识了？俺是阎立信啊。"

李长寿摇摇头，突然提高了嗓门："混账的东西，你以为你是谁啊，滚出去！"

边上那位年轻人连忙解释说："师父自从那年在台上晕倒了，抢救回来后就这样了，唉，谁也不认识了。"

阎立信的泪水一下子涌了出来，扭头对儿子低声吩咐了几句。一个多小时后，阎书邦买来了都一处的烧卖和正明斋的糕点，还有九龙斋的酸梅汤。

东西摆上后，阎立信让那个年轻人扶着李长寿坐下。他亲自拿着烧卖和糕点，喂李长寿吃了几口，又给他舀上了酸梅汤。

李长寿喝了几口酸梅汤，点头道："嗯，味道不错。当年天有信少东家阎立信在留香院请我喝过几回。几十年了，再也找不到那时的感觉了。"

唉,这位先生,你是谁呀?"

阎立信含着泪道:"俺是您的票友。"

他起身朝李长寿深深施了一礼,抹了把眼泪,转身走出了院子。在他身后,那熟悉的唱腔依旧传来,夕阳透过墙头斜照进胡同里,折射出一圈圈的金光来,有些耀眼。两人长长的影子在胡同的青石地板上晃动着,仿佛来自内心不甘的落寞……

阎立信回到住处,魏海生也来了,晚饭时陪着喝了几杯二锅头,又聊了一些家常和生意上的事情。他告诉阎立信,华昌商号改名了,叫"大和华昌贸易商行"。

阎立信听了,微微一笑,只说了一句话:"那小子又要折腾了。"

魏海生本来要跟着去东北,可店铺的事情实在太多,便让阎书邦陪着去。因为事先和东北那边通了信,父子二人坐火车出关后,又上了阎书亭派来的车子。到达丹东的时候,已经是九月中旬了。

阎书亭请了几个小时的假,从北大营回到丹东城内,见了阎立信一面。他带来了一个人,正是化名"柳昌"的阎书强。进门后,阎书强朝阎立信扑通跪下,哭着叫了一声爹。

阎立信赶紧上前相扶,惊道:"你还活着?"

阎书强含泪点了点头。原来,他在上海被抓后,当夜就与其他人一起被押到了江边。枪声响起的时候,他往堤岸下面一滚,掉到了江里,靠着一根浮木飘出很远。挣扎着上岸后,他不敢再回市里,一路乞讨着回到柳疃,得知他爹从上海回来了,带回了一个叫阎政申的孩子。他也不敢露面,就装扮成绸商去了东北,混入东北军开展地下工作。几年来,他已经在东北军站稳了脚跟,发展了不少地下党员,连阎书亭都是中共党员了。

阎立信扶起儿子,一个劲地说道:"活着就好,活着就好,只可惜了孩子他娘。唉,俺当初要你去上海成亲的人,就是她呀。哪承想你们在学校里都换了名字,要不然你们也不会逃婚……"

阎书强想起刚生完孩子没多久的梅子,接连发出几声长叹。他和梅子相识那么久,只知道梅子来自上海资本家家庭,由于地下工作的特殊性,两人连对方的真实名字都不知道,只有上级领导才知道他们的真实身份。"四·一二事件"的那天晚上,他去工人纠察队商议筹集枪支的事,就让其他同志送梅子母子回家。哪知梅子却让那位同志把孩子送去天有信分号。她在前往工厂的途中,被叛徒认出,当晚就遭了毒手……

阎书强也是后来才知道这个经过的，也知道生活了几年的妻子就是父亲逼着去结婚的资本家的女儿叶丽雅。

阎书亭解释说，时下东北的局势异常紧张，日本往东北又增了兵。

阎立信叮嘱阎书亭："日本人的野心大着呢，从孟四海那时候就开始了，就想着控制咱中国。你们现在手里有枪，该囊办就囊办，可别给咱昌邑人丢脸啊。"

阎书亭和阎书强兄弟俩出门的时候，阎立信走到阎书强身边，低声耳语了几句。阎书强点了点头："爹，俺一定给办了！"

阎立信站在门口，望着侄子和儿子的背影，回头对阎书邦低声说："明儿咱也去会会日本人。"

天有信和大和华昌贸易商行的谈判定在第二天中午。周当荣告诉阎立信，阎书强得知柞蚕绸布是日本军方的紧俏物资，用来做战斗机内饰和飞行员、坦克手军装的里衬，就暗地里做茧农的工作，让茧农学着山东那边的样子，往蚕茧上面多掺浆，既卖了高价，又得了实惠。那种蚕丝纺织出来的绸布要比天有信的绸布脆弱得多。这几年，天有信的绸布一匹也不卖给日本人。

听了这话，阎立信大声说了三个"好"字。

周当荣继续说："听说大和华昌贸易商行也去山东那边买蚕茧和蚕丝，可质量都差不多，就是比不上天有信的绸布。正因为如此，松田孟京才想着要收购天有信在东北的分号，好给军方一个交代。"

阎立信笑起来："咱明天就给他一个交代！"

夜里躺下后，他想着第二天的事，翻来覆去怎么也睡不着。半夜里，听到城外传来枪炮声，就像过年的鞭炮，响个不停。可惜这种声音不会带来欢乐，只会给每个人的心中布下一层战栗与担忧的阴影。

阎立信起身叫醒了周当荣和阎书邦，要他们连夜带着伙计去办一件事，并一再叮嘱，一定办妥，不可失手，因为关系着天有信的声誉和中国人的尊严……

东北的土匪太多，战乱不断，加之松田孟京的势力扩张，天有信的三家分号，主要做苏联客商的生意，本大利薄，实际上早已难以为继。但天有信靠着绸布的质量和信誉支撑着。日本人眼里盯着的，正是天有信这个老字号。

当阎立信和松田孟京坐下来谈判的时候，城外的枪炮声仍在继续。松田孟京高昂着头,脸上充满了胜利者的狂妄。在他身后,还站着几个穿西服的日本人。

松田孟京没多废话,开门见山直奔正题:"我打听过了,三家天有信分号的绸布存货大约还有五百匹左右,按每匹七块大洋计算是三千五百块大洋。两家分号是你们租别人的铺面,只有这才是你们天有信的产业。铺面前店后屋子,市价不过一千块大洋,现在我一共出五千块,如何?"

阎立信歪着头看着松田孟京,慢悠悠地说:"小子,你比你爹狠多了,这间铺子当年俺大舅可是花了八千两银子呢。"

松田孟京笑道:"那是以前的价格。现在是什么形势,你应该明白,我们大日本帝国的军队马上就要打过来了。到那时,别说五千,就是五百你都卖不出去。军队进城后,说不定一把火烧了,你一块大洋也得不到!"

阎立信嘿嘿笑了:"你认为天有信会缺你那几千块大洋吗?"

松田孟京抬头看了一眼挂在梁上的匾额,说:"今儿就要你一句准话,卖还是不卖?"

阎立信竖起一个指头,手突然颤抖起来,眼睛发直,嘴角流涎。周当荣急呼道:"哥,哥,您这是怎么啦?"

这时,阎立信已经说不出一个字了。周当荣赶紧吩咐两个伙计和阎书邦一起将阎立信抬了进去,这才对松田孟京拱手道:"实在不好意思,俺哥这样了,店铺肯定是要卖的,只是价格能不能再提高一点?刚才也看到了,俺哥伸出一个指头,他是想要一万大洋。要不您先回去考虑考虑,如果行,就明天直接带钱来签协议。"

松田孟京恶狠狠地往里间瞥了一眼,站起身走了。

周当荣送至门口,回到里间,阎立信却早已坐了起来,若无其事地问:"城外的情况怎么样了?"

周当荣似乎一下子明白了,笑着说:"天亮后,书亭派人送来信,说上面不让抵抗,北大营已经被日军占领了。东北军正往西撤退,日本人还在追呢!丹东城已经空了,日本人很快就会打进来,很多人都跟着往西逃呢!"

阎立信看着周当荣,说:"那还等啥?"他坐在椅子上,看着大家一边收拾东西,一边往货柜上倒洋油。他起身擦了一根火柴,丢到了货柜上,然后在阎书邦的搀扶下,从一处隐蔽的暗门进了地下银库,顺着银库的密道进了另一间商铺,从商铺后门走到另一条街上,快速混入人群中。

第三十九章

松田孟京得知天有信起火的消息，立即赶到了现场。他安插在天有信商铺前后的密探报告说，没看到人出来。他望着熊熊大火，实在想不通，阎立信竟会选择与店铺共存亡来断了他的念头。

接着，更令他愤怒的消息传来，就在他和阎立信谈判的时候，一支中国军队偷袭了他的工厂，炸毁了机器，焚毁了所有库存的绸布。他惊呆了，一场胜券在握的博弈居然成了一盘死棋。

在日本人攻进丹东城的当晚，阎立信一行人顺利到达一个叫望天屯的地方。这里距离奉天五六十华里，屯子的北面传来激烈的枪炮声，是东北军与日本人在激战呢。

当夜，有溃兵经过，一问才知与日本人激战的就是阎书亭的部队。原来，阎书亭率领军队撤出北大营后，在这里设了伏击圈，包住了日军的一个联队。

阎书亭手下虽有一个旅的兵力，可真正投入战斗的只有三个团。东北军呈全线溃退状态，根本无法统一作战，而日军陆、空配合进攻，战斗力自然很强。谁也想不到，阎书亭的三个团转眼就被日军咬住，并被反包围，阻击战打成了突围战。

日军的炮火很猛，尤其是那种小炮，当头砸下来，一砸一个准。阎书亭身边的几挺机枪，就是这么被砸掉的，他本人也受了伤。

仗打得窝囊，没有火炮支援，全靠士兵的血肉死扛。眼看着士兵一批批地倒下去，阎书亭又气又急，趁着夜色组织了几次突围，都被日军的炮火轰了回来，压在山谷里。再这么下去，三个团的兵力都会耗在这里。于是，阎书亭下达了分头突围的命令。

这时，日军的炮火居然奇迹般地停了。他率领三四百人用机枪开道，强行突围。当队伍冲上一个土坡时，一串子弹飞了过来。他顿觉胸口一痛，身体软软地倒了下去。临终前，他朝一个浑身是伤的营长道："冲……出去……抗……日……"

士兵们化悲痛为力量，抬着他的尸体如山崩海啸般顽强地冲过了日军阵地。前面的人倒下了，后面的人跟上来。当他们冲出来后，三四百人的队伍只剩下了四五十人。那个营长也在突围中牺牲了……

士兵们围在阎书亭的遗体旁，哭号声响彻天际。天色微明，一轮红日挂在了东边，伴随着红日的云霞，像渗出的阳刚之血。

阎立信一直在屯子里等着，不断派人去打探消息。天亮后，周当荣领

了一队残兵过来。阎立信看到躺在担架上双目紧闭的阎书亭，踉跄着冲过去，摸着阎书亭冰凉的脸，哭道："孩子，叔等着你呢，你囊地不睁开眼看叔一眼呢！"他接着对周当荣喊道："老大呢，俺不是让他好好照顾他哥吗？"

周当荣说："哥，没打听到柳昌的消息。"

一个连长模样的人说："老人家，我们下来后，听说柳参谋带领一支队伍袭击了日军的炮兵阵地。没有了日本人的炮火，我们才冲了出来。"

阎立信呆了片刻，弯下腰替阎书亭整了整军装，戴好帽子，盖上了一块天有信的白绸，压抑着夺眶而出的眼泪，低声道："书亭，你没给咱昌邑人丢脸。"接着，他让人把阎书亭的遗体抬到马车上。他坐在车头，甩了一下马鞭，大声道："孩子，叔带你回家！"

那马发出一声悲壮的长嘶，甩开四蹄朝着关内飞奔起来……

阎立信一行冒着呼啸的北风、碾着冰辙回到柳瞳时，看到村口高高地竖着白幡，还有列队在路两边的士兵。

一个胳膊上戴着黑纱的少将军官疾步迎了上来，正是亓学武。他的身后，是李维善和昌邑县县长刘毓章，还有国民政府、阎书亭所在部队派来的专员以及上百名当地乡绅。在乡绅们的后面，是数千名柳瞳镇内外的乡亲们。

两天前，先期到达的阎书邦已将消息通报给了商会和县里，却不知怎么传了出去，四乡八瞳的百姓们不顾天寒地冻自发地来到村口，迎接这位为国捐躯的抗日英雄。

阎书亭的棺柩在第一辆马车上，驾车的是阎立信，身边坐着周当荣。两位老人就这样从东北驾着车，马不停蹄地赶了两个多月，任由风吹雪打。饿了，啃几口杠子头火烧；渴了，吃几把雪；困了，就轮流在车上打个盹……

灵车入村，吹手齐鸣，哭声震天。

阎立信看着那些跪在地上的乡亲，已经没有了眼泪。他扭过头，对着身后的棺柩说："孩子，咱到家了！"

亓学武冲上前，扶着棺柩泪流满面，只吼了一声兄弟，就再也说不出话来了。

一阵阵整齐的枪响，是对军人最崇高的敬意！

阎书邦上前想将父亲扶下马车，却发现他的身子僵硬，一双紧握着缰绳的大手怎么掰都掰不开。隐约间,他听到了父亲的声音:"先送你哥回家。"

阎书邦流着泪说:"爹,交给俺吧!"

此时,东北那块广袤的大地上,战火仍在蔓延。在一处刚刚战斗过的阵地上,在满目的尸堆中,一个人坚强地站了起来,他就是阎书强……

第四十章

这年冬,雪下得特别大,田野里盖了一层厚厚的被子。

四位军人上前抬起棺柩,迈着整齐的步伐往前走,皮靴有力地踩在路面上,溅起了冰碴儿。

阎立信被两个年轻人搀扶着,望着眼前的人群,渐渐模糊起来。依稀之间,他看到了爹,还有哥哥和嫂子……

记得三十多年前,他被诬为通匪,就要斩首示众的时候,也有很多人跪在地上哭。

他的脚步飘忽着,跟着往前走,有不少人上前和他说话,有认识的,也有不认识的。他听不清人们在说什么,也不愿听,他只想听哥说话,听哥骂他不该擅自做主悔婚。如果他不去李家悔婚,哥就不会死,嫂子和书亭也不会沦落土匪窝。

模糊间,他看到了小香橼,也老了,鬓边有了白发;他看到了李维凤,也不知对他说着什么……

他张了张口,却说不出一个字,然后就被人抬着放到了炕上。他的耳边嗡嗡直响,眼睛就那么半睁着,看着面前的人影晃来晃去,大多是熟悉的老面孔。

也不知过了多久,一个人在他身边坐了下来,是亓学文,凑近他的耳朵问:"买卖还做吗?"

阎立信瞪着眼珠子,挤出了一个字:"做!"

亓学文叹了一口气,说:"咱亓、阎两家斗了几十年啊。俺爹死前告诉我,凭啥俺家的合顺旺比不过你阎家天有信,俺一直没想明白。后来咱两家化解了恩怨,你成立了三义堂,可俺心里还是不服气;这些年有俺弟弟帮着,合顺旺的买卖也超过了天有信,可不知囊地,在乡亲们的眼里还是比不过你家天有信。今儿，俺总算明白了，我服了。俺弟也说了，为啥要去江西？真想死在东北的是他！"

阎立信张了张口，颤抖着嘴唇说："文兄，俺想喝冰镇酸梅汤。"

亓学文抹了一把泪，笑起来："不怕伤了你的胃啊？"

这时，一个人走进来，跪在炕前磕头道："大爷，俺爹走了。"

阎立信认出是周当荣的儿子周德成，一路同行奔波而回，怎么说走就走了呢？

突然，他喉咙里响了两声，随即咳出一口血来，仰头晕了过去。站在门口的几个人闻声抢了进来，掐人中的掐人中，灌药的灌药……

亓学文退到一旁，口中喃喃道："没事的，他死不了。"

九十岁高龄的徐郎中被人抬了进来，给阎立信把脉后，颤巍巍地说："风寒劳累加悲伤过度，得慢慢调养，用惠昌药房的药吧。"

惠昌药房就在柳疃街上，掌柜叫隋寿三，潍县人，擅长治疗老年人的多种病症，而徐郎中擅长的是跌打和刀剑损伤。

很快，隋寿三被请来了，胳膊上还戴着黑纱。他朝阎立信鞠躬后，才开始把脉，和徐郎中说的一样，没有生命危险，只需慢慢调。当下就开了方子，回药房抓药去了。

阎书亭葬在了父母的身边，牌位进了阎家祠堂。那天，参加葬礼的人很多，阎家祖坟地旁边麦地里的积雪都被踏平了，铺了一层香纸灰。

亓学武骂了三天的娘，原来国民政府和少帅那边，只是来人慰问，连表彰都没有。日本人都打下东北了，蒋介石还在江西那边折腾着"剿共"。这样的政府还有希望吗？骂完，他脱掉军装，干脆写信给南昌那边，说身体有恙在家休养……

隋掌柜每天熬好了药，亲自来阎家大院送药。他家的药果然不错，阎立信的气色一天好似一天，能躺着和人聊天了。

快过年的时候，叶根茂一家人从上海回来了，说日本人正攻打上海呢！天有信的买卖虽然在租界，可影响也不小。老两口本来是要回老家的，可是想外孙了，就顺便来看看。

叶根茂和阎立信聊了上海那边的见闻，也聊东北的局势，痛恨国民政府和大清一样腐败无能。有时隋掌柜在旁边，他们也不避讳，该说就说，还让隋掌柜帮忙评判。隋掌柜的分析倒也中肯，令阎立信和叶根茂刮目相看，想不到一个郎中，说起国事来，居然头头是道。

第四十章

阎立信从隋掌柜身上似乎看到了陈干的影子。那年，他从上海回来，听说陈干在南京被害了，心里隐隐作痛，还在院里祭拜了一番，叹息道：这世道囊地了？为啥好人都落得这样的下场呢？

过完年，上海那边的局势稳定了一些，叶根茂一家人便回去了。

夜色里，一张古铜色的国字脸上，一双深潭一样的眼睛时常仰望着东北的天空，似乎射出了两团火。那目光里，蕴含着刻骨的仇恨。

人在柳疃，阎立信的心却挂念着阎书强，也不知他是死是活？这孩子命大，连几年前上海那场大屠杀都躲过了，不知道能不能躲过日本人的枪炮？

柳疃这边已经派去了两拨人，连周德成也去了，一直没有回音……

还有阎书章，说在中央日报社干记者，从来不给家里写信。阎书亭的棺柩回家，也拍去了电报，却没有回来。

阎立信使劲拍着床沿，说："阎家的男人，不能忘了根本，没了情义和血性。"

亓学武给南京的同僚打去电话，让人帮忙通知阎书章，好歹回来一趟。南京那边回复说，阎书章不在中央日报社了，已经去了力行社，是戴处长的人了，其他的事情就不清楚了。

阎立信不懂得中央日报社和力行社有啥区别，不就是当记者吗？亓学武在江西打仗都请假回来了，自家兄弟居然不回来，于情于理都说不过去。他大声斥责：往后权当阎家没这个人，就当他死了！

阎立信这一躺就躺了三个多月，多亏了隋掌柜的药好。他下床走动的时候，院子里那棵洋槐开花了，开得很艳，一串串的槐花从枝头垂下来，白得像绸布，分外耀眼。阎书真领着孩子们采了不少槐花，送到阎立信的屋子里。

一天，阎立信心情格外好，慢慢地起了床，领着一家老小去阎家墓地拜祭了父母兄嫂和侄子，还有满弓刀肖炎。

去东北的人回来了，周德成说东北现在乱得很，"抗联"队伍在打日本人，但没有打听到阎书强的消息。

天有信在北京那边的买卖由阎书邦和魏甲智两人管理着；上海那边有叶汉阁；柳疃这边厂子里的事情有张扬和李家的子侄们支应着。

有了年轻人，阎立信不再多管闲事，经常让魏海生陪着去三义堂，叫上亓家兄弟和李维善一起喝茶。时间长了，也没啥话说，就那么大眼瞪小眼的，有时就在堂内就着烤羊腿喝乾隆杯酒，醉得一塌糊涂，好几次都是让家人抬着回家。

三义堂成立以来，阎、亓、李三家每年都拿出一笔钱存入公共账户。这些钱主要是用来防备三家的买卖遭遇变化，度过危机用的。除了在中华民国十三年拿出了一笔钱，和山东省教育厅厅长于恩波办起了昌邑县第一所私立中学——育秀中学，此后就再也没有派上用场。

中华民国二十一年夏天的一个晚上，阎立信在院子里乘凉，正和魏海生说着话，见隋掌柜领着一个人进来，说有事商量。来到屋里，隋掌柜把着门，连魏海生都不让进。

阎立信点起了灯，一见到那人，惊喜地问："您是……徐……卜五？"

"阎老板，您认错人了，我姓赵，在下赵鲁人！"说着，两只大手紧紧地握在一起。随即，赵鲁人从衣兜内取出一封信，递给阎立信。

爹，送信人是俺的同志。俺现在东北，和同志们一起打鬼子，条件很艰苦，缺医少药没有枪弹。望爹尽力支援。

儿书强百拜

看完信，阎立信的眼睛顿时模糊了，一个劲地说："活着就好，活着就好！"他盯着面前的人，接着道："赵同志，您说，要俺出多少钱吧？"

来人就是中共昌邑特支书记赵鲁人，又名徐卜五，公开身份是国民党昌邑县政府建设科科员。那年，早已厌倦了官场的徐卜五拿了阎立信借给他的银子，南下去了上海，后辗转到了济南。经历了一番曲折和困惑后，毅然投身革命，加入了中国共产党。

这几年，昌邑的党组织遭到破坏，革命一直处于低潮。他受中共山东省委指派，打入国民党昌邑县政府，秘密发展党员，恢复党组织。

赵鲁人想了一下，低声说："这钱不能您一个人出，要让大家一起出，要名正言顺地送去东北，还有阎书强活着的事，不能让外人知道，别引起不必要的麻烦。"

阎立信微笑着说："俺明白，俺和他们几个老家伙都想去东北抗日呢！这事就交给俺了，您安排东北那边的人接应就行。"

隋掌柜和赵鲁人离开后，阎立信吩咐魏海生，去把亓家兄弟和李维善以及商会的几个头面人物请到三义堂，说有事商议。接着，他在院子里耍了两招当年李长寿教他的长靠武生招式，然后快步出门，一路上大声唱着《失空斩》中诸葛亮的唱腔：

  忆昔当年居卧龙，
  万里乾坤掌握中。
  扫尽狼烟归汉统，
  人日男儿大英雄。
  ……

  李维凤牵着孙子阎政申追出门，望着阎立信的背影，心里纳闷：嘿，这老头子今儿是囊地了，闷葫芦一样闷了半年多，成天唉声叹气的，没见过像今天这么开心过……
  她依稀记得这情景似曾相识——
  那年，阎立信从东北回来，被松田孟京气得躺在炕上，连德国医生都束手无策了。这时，陈干找上门，两人不知说了些啥，立马没事了。看来，这隋掌柜也有两下子。
  阎立信来到三义堂，里面已经灯火通明，除了亓家兄弟和李维善外，还有商会的几个人都到齐了。他走进去，不待别人说话，便朝亓学文拱手道："文兄，你问过俺，买卖还做吗？俺是囊回答的？"
  亓学文笑道："当时你迷糊着，只说了一个字——做。"
  阎立信扫了一眼大家，说："咱昌邑人做买卖，走西口、上北洋、闯关东、下南洋，都是拿命在拼的，啥时候怕过？俺天有信被松田孟京那小子赶回了关内，这口气到现在还憋着呢。他小日本的丝绸织造技术就是从咱柳疃偷出去的。如今，他嘚瑟了，买卖占据了东三省，咱们反倒窝在这里喝茶。"
  亓学文笑起来："你一撅屁股，俺就知道你要放啥屁。你阎家以身报国，俺亓家也没孬种，在座的都是爷们，说吧，你想让俺囊干吧？"
  "咱都老了，拿枪的活，咱干不了了，可买卖上的事，咱不能输给他。"阎立信看了一眼三义堂的牌匾，继续说道，"今年的春茧收成不错，南洋和澳洲都够货，东北那边的买卖，咱不能丢了。但东北的局势不稳，必须派兵押货。"
  亓学武大声道："阎二哥，武器上的事情交给俺，只要有钱，一个营的装备,俺都能给你弄来。"

阎立信说:"好,多多益善。俺当年出关外,还带了一百多条呢。"

接着,他说了行动计划,不能走陆路,直接乘德国人的船从海上过去,三义堂的买卖不仅仅限于丝绸、药品、棉布、棉花、粮食等,只要是东三省缺的,咱都做!

所有人都表示支持,几个人商议到半夜,才各自散去。临别的时候,亓学武拉住阎立信,低声说:"二哥,您这不是做买卖,是给抗日队伍送物资吧。"

阎立信盯着亓学武,过了半晌才说:"兄弟,您要是想退出,俺没二话。"

亓学武的脸顿时涨得通红:"阎二哥,您把俺想成啥人了?俺还想带着队伍去东北呢,可姓蒋的不让。俺哥也说了,你阎家以身报国,俺亓家也没孬种!俺想明白了,这一趟俺一定要跟着去,有事俺担着!"

短短十天时间,他们便集中了二十多万大洋的货物,明面上枪支只有五十条,其余的四五百条枪都藏在了丝绸和布匹里,三百多箱子弹埋进了粮食包里。

跟随货物前往的,除了阎、李、亓三家的亲信伙计,赵鲁人还安排翟瑞符和李重九等几个人跟着,负责与东北那边接头。他明白,这些人和他大儿子一样,都是共产党。他不管什么党,只要能够抵御外辱、振兴中华,他都支持!

亓学文也看破却不点破,他记得阎立信说的话,别一辈子只懂得做买卖,好歹也做一点有意义的事情。三义堂讲究的就是义气,对国家、对民族的忠义,也是生意人的责任和担当。

亓学武本来要跟着一起去,但南京那边突然来电让他复职,否则追究失职之责。临走的前一天,他和阎立信聊了一个晚上……

这年冬天,往东北运送了两趟物资后,第三趟过去,却怎么也联系不到接货的人了。东北那边的局势越来越恶劣。周德成按照阎立信的吩咐,以三义堂的名义在锦州开了店,伺机联络抗日队伍。

冬至那天,阎立信和鲍尔神父坐在屋子里,看着李维凤领着孩子们包饺子。鲍尔神父在中国几十年了,已经喜欢上这片古老的土地,一直不愿回去。阎立信打算正月里做七十岁大寿,然后在昌邑盖一座教堂。

饺子还没下锅,突然街上传来一阵枪声。没一会儿,张扬跑来了,说省里派了"剿共"专员于锦荣来到昌邑，指挥国民党昌邑县党部执行委员王美堂和县长刘毓章大肆"剿共"。在长流埠那边抓了不少人，现在来柳疃抓人了。听魏潮生说，上头的指示是：宁可错杀一千，决不放过一个！

阎立信一听火了，咋？胡乱抓人，还讲不讲道理了？

张扬扶着阎立信和鲍尔神父来到街上，迎面遇上一批士兵押着七八个人，里面有齐介璞和翟瑞符，他们都被五花大绑，正要押往县里。

亓学文和李维善也来了，十几个老人站在旁边看着。

阎立信往街中间一站，挡住了队伍的去路。王美堂和刘毓章都认得他，上前拱手道："老爷子，褭地把您给惊动了？"

阎立信摸着胡子说："俺听说你们'宁可错杀一千，决不放过一个'？"

刘毓章嘿嘿笑着："都是上峰的意思，俺只是奉命行事。俺得到消息，说柳疃这边有共党分子在活动，所以……"

阎立信打断了刘毓章的话："刘县长，你们抓的这几个人，都是俺三义堂的伙计，他们褭地了？杀人了，还是放火了？怀疑是共党就要抓人？草菅人命的事，大清都不会干，今儿轮到你们干了？当着柳疃街老少爷们的面，俺告诉你，今天一个人都不许带走！"

"老爷子，这恐怕由不得您吧。"

阎立信大声道："俺也是共党分子，把俺一起带走吧！俺下过大清的死因大狱，也坐过执政府的牢房。虽说黄土盖到脖子了，这国民政府的监狱，俺还真想见识一下！"

刘毓章急忙说："老爷子，您别说气话。您的大儿子虽说是那个，但已经是陈年往事了。您家老二，可是党国精英哪！"

阎立信骂起来："俺没他那个儿子，今儿你们要是能够把人带出柳疃，俺跟你姓！"

王美堂大声说："你想造反吗？"

阎立信仰天大笑，凛然道："俺不想反，如果你们逼得俺反，俺只有豁出这条老命了。你们不是要杀人吗？有本事到东北杀小日本去，别在这里对自家人使横。"

说话间，亓学文和李维善他们领着几百个乡亲站在了阎立信的身后，一个个怒目而视、剑拔弩张。

鲍尔神父也站在阎立信的身边，说："我不管你们中国人之间发生了什么事情，但你们这样粗暴对待一个七十岁的老人，要是让国际上的朋友知道了，只怕有损你们国民政府的名声啊。"

王美堂和刘毓章可以不把阎立信放在眼里，但对于鲍尔神父的话，他们不得不三思。共党分子多抓几个和少抓几个，对他们来说，没有多大影响。如果因此引来国际上的非议，弄不好脑袋就要搬家了。

阎立信走过去，亲自给那几个人松了绑，也没有人敢上前阻拦。王美堂和刘毓章见状，带着人灰溜溜地离开了。

柳疃的革命组织总算没有遭到破坏，但这几个已经暴露身份的人，恐怕会遭黑手。阎立信和赵鲁人商议后，让齐介璞和翟瑞符等人先去莱阳。天有信在那边有几百亩柞树林，还有工厂，躲藏几个人是没有问题的。其余没有暴露的人暂时停止活动，以免被抓到把柄。

赵鲁人在阎立信的暗中支持下，在惠昌药房成立了中共柳疃支部，龙池人齐文甫任书记，秘密开展革命工作。

只要有空，阎立信就让人把隋掌柜请来。他喜欢听隋掌柜说的那些道理，还主动提出要加入中国共产党，可隋掌柜认为阎立信是柳疃丝绸业的一杆旗，不一定非要加入党组织，可利用特殊身份为党做更多的事情。

阎立信告诉隋掌柜，应该发动更多的人，但如何秘密发动是关键，可以学着商会的样子，先把人组织起来。

隋掌柜把这种想法向上级做了汇报，上级认为可行。于是，齐文甫他们几个人在逄翟村成立了互济会。互济会成立后，又开办了农民夜校，以组织青年学习文化为名，秘密开展革命活动。

为了避免引起当局的怀疑，阎立信干脆让齐文甫他们成为三义堂的伙计，打着下乡收购丝绸和粮食物资的旗号做掩护，秘密发展党员。几次遭遇国民党士兵盘查，都应付了过去。

时下，国民党驻柳疃保安大队大队长就是魏潮生，都是自家人，所以齐文甫他们的工作开展得很顺利。

年初一，周德成等人风尘仆仆地回到柳疃，带回来两个消息：第一，已经与抗联建立了联系，但仍没有阎书强的消息；第二，松田孟京已去了上海。

阎立信叹了口气，道："松田那小子阴得很，得通知叶汉阁多留点心。"

初二，阎家大院上上下下忙着准备祝寿的事，外面来了一辆小轿车。阎书邦从外面兴奋地跑进来："爹，爹，二哥回来了。"

这时，身着笔挺中山装的阎书章携一位漂亮的少妇从外面进了院子。他抬头看到父亲从堂屋出来，还没上前叫声爹，就听到一声大喝："滚！"。

阎立信怒气冲冲地站在门口，所有的人都惊呆了。

阎书章脸上的笑容顿时僵住了，低声道："爹，俺和您儿媳妇回来看您了……"

阎立信浓眉倒竖，一字一句地说："你甭叫俺爹，阎家没你这号人。你书亭哥死在日本人枪下的时候，你在哪里？你要真是俺阎家的男人，就去东北打小日本去。"他喘了几口粗气，接着说："党国好啊，宁可错杀一千，决不放过一个，恭喜你成为'党国精英'。滚出去，你今天要是敢进这个门，俺一头撞死在你面前，信不信？"

阎书章呆了片刻，眼中有泪水晃动。他朝身边的阎书邦低声道："兄弟，照顾好爹！"说完，他扯着妻子在门口跪下，磕完三个头后转身上车离去。

李维凤听说二儿子回来了，欢天喜地地追出来，见阎立信瞪着眼僵在那儿。她正要说话，发觉情况不对，忙上前扶着阎立信，叫起来："书邦，快来啊，你爹背过气去了。"

阎立信被人抬进屋内，李维凤用西医的方法进行心肺复苏，得到消息的隋掌柜也急急忙忙赶来，给下了针，好在抢救及时，总算没事了。他苏醒过来的第一句话就是："告诉那个'党国精英'，有本事学他哥，否则死了也甭进想阎家祠堂！"

尽管阎立信坚持不庆寿，但李维凤还是按老规矩操办了一桌酒席，一家人和和气气地吃了顿饭。

日子过得波澜不惊。阎立信又在床上躺了几个月，即便能够下地走动了，也懒得出门。有时就站在院子里，望着东北方向，一站就是大半天……

就这么浑浑噩噩地熬到了1936年。这年秋，根据中共山东省委指示，昌邑籍共产党员张智忠从青岛回到昌邑，在集东村建立了中共昌邑县委，并任书记。

张智忠多次拜访阎立信。阎立信吩咐儿子，一切为张智忠行方便。在阎立信的资助下，他先后开办了文化书店、红十字会和新文字训练班，广泛联络进步青年，发展党组织，为筹建革命武装做准备。

1937年冬，有消息传来，日本人打进了山东，国民党山东省政府主席、第三集团军总司令兼第三路军总指挥韩复榘跑了。

得到消息的阎立信，气得破口大骂，接连又吐出几口鲜血，再一次倒下了……

那天，夕阳的殷红像是从后面流出来的，有着透明的感觉和立体的意味。夕阳的下面是一线红云，平整地舒展开去，像一只巨大的盘子，托住了那一轮金球。忽然，似乎有一只巨掌在下面猛地一拉，夕阳震动了一下，有一半就沉到云彩中去了。剩下的那个半圆，光芒瞬间强烈了起来，好像马上就会燃烧起来。

隋掌柜来了，把了脉，摇了摇头；张智忠来了，握住阎立信的手，久久不愿松开。

阎立信喘着粗气，眼里闪着泪花，说："这些年，我一直在想啊……一代代昌邑人……背着包袱开疆拓土靠的是什么……除了'诚信'二字……不就是凭着吃苦耐劳的闯劲……和包容世界的家国情怀吗……国民政府……没有希望……你们……才是……国家的希望……没有了国……哪里还有家啊……我不行了……家里还有几十条枪……你们拿走……还有几千大洋……也拿去吧……洋枪队……以后就听您调遣了……"说着，慢慢地转向阎书邦："能运走的绸布……都运走……机器炸掉……莱阳的柞树林……全砍了……一棵不留……孩子……记住……柳疃丝绸不能就这样垮了……"说完，仰天吐出了最后一口气，鲜血顺着嘴角滴到了白绸布床单上，迅速扩展开来……

脚下的土地仍在颤抖，似乎在等待一种平衡的力量——

终于，1938年2月5日，中共鲁东工委在昌邑瓦城组织发动了抗日武装起义，成立了"八路军鲁东抗日游击队第七支队"，打响了昌北抗日第一枪。

三月底，当松田孟京带着日军扑进柳疃时，看到的只是炸烂的机器和满地的灰烬……

图书在版编目（CIP）数据

大绸商 / 张葆海著 .—济南：山东文艺出版社，2022.11
ISBN 978-7-5329-6677-6

Ⅰ.①大… Ⅱ.①张… Ⅲ.①长篇小说—中国—当代
Ⅳ.① I247.5

中国版本图书馆 CIP 数据核字（2022）第 117070 号

大绸商
DACHOUSHANG
张葆海 著

主管单位	山东出版传媒股份有限公司
出版发行	山东文艺出版社
社　　址	山东省济南市英雄山路 189 号
邮　　编	250002
网　　址	www.sdwypress.com
读者服务	0531-82098776（总编室）
	0531-82098775（市场营销部）
电子邮箱	sdwy@sdpress.com.cn
印　　刷	肥城新华印刷有限公司
开　　本	710 毫米 × 1000 毫米　1/16
印　　张	26　插页 /4
字　　数	420 千
版　　次	2022 年 11 月第 1 版
印　　次	2022 年 11 月第 1 次印刷
书　　号	ISBN 978-7-5329-6677-6
定　　价	68.00 元

版权专有，侵权必究。如有图书质量问题，请与出版社联系调换。